魅丽文化 花火工作室

主播们

上册

薄暮冰轮 著

百花洲文艺出版社
BAIHUAZHOU LITERATURE AND ART PRESS

图书在版编目（CIP）数据

主播们 / 薄暮冰轮著 . -- 南昌 : 百花洲文艺出版社，2019.12
ISBN 978-7-5500-3466-2

Ⅰ. ①主… Ⅱ. ①薄… Ⅲ. ①长篇小说－中国－当代 Ⅳ. ①I247.5

中国版本图书馆 CIP 数据核字（2019）第 252003 号

主播们
ZHUBOMEN
薄暮冰轮 著

责任编辑 蔡央扬
选题策划 吴小波
特约编辑 雷凤伶
封面设计 阿 和
出版发行 百花洲文艺出版社
社 址 南昌市红谷滩新区世贸路 898 号博能中心 A 座 20 楼
邮 编 330038
经 销 全国新华书店
印 刷 湖南凌宇纸品有限公司
开 本 880mm×1230mm 1/32 印张 19
版 次 2019 年 12 月第 1 版第 1 次印刷
字 数 492 千字
书 号 ISBN 978-7-5500-3466-2
定 价 69.80 元（全两册）

赣版权登字 05-2019-312

网址 http：//www.bhzwy.com

目录
CONTENTS

第一章

新人美食主播
惨遭紧急送医

他终于还是签了个卖身契。

李一笑叹了口气，放下了签名笔，拿起合同抖了抖，又仔细看了看标题——独家直播经济合同。

现在就指望这个卖身契能让他成功从幕后转型到台前了。

“签完了？”经纪人陈阳伸手要去拿合同。

李一笑手一缩，把合同举高，严肃道：“大柱啊，我可是把卖身契签给你们公司了，当年咱俩在村口田埂上对着大黄狗发誓‘苟富贵，勿相忘’的事情，你可别给忘了。以后有什么资源，先照顾兄弟，知道不？”

陈阳狂捶胸脯连连保证：“二狗啊，咱俩什么关系啊，那可是一个村出来光屁股长大的交情。你放心，有我在公司，保准你能红！本年度虎鱼直播年度最佳美食主播，妥妥儿的！”

这姿势真的挺像大猩猩的，李一笑在心里吐槽。

李一笑露出了一个假笑，陈阳顿时笑得比他还假，两人“嘻嘻嘻、呵呵呵、哈哈哈”了一阵，都觉得对方比当年穿着开裆裤拖着鼻涕的时候还要傻。

得了，这家伙这么多年一点都没变，李一笑心想，三分的本事能让他吹成十分，现在居然还在红星经纪公司混成了个经纪人，手底下也有几十号主播了。而他呢？也算混出过头，但都是为他人做嫁衣，如今还不是要从头再来？

两人干完了正事，开始唠嗑叙旧。

“欸，二狗啊，听说你交了个女朋友，还是个女主播，你怎么不签她的公司呢？”陈阳哪壶不开提哪壶。

李一笑呼吸一滞，脸上的笑容却更夸张了：“夭寿啦！我妹子是主播的事情都让你知道了，你这消息够灵通啊。老实交代，你是不是暗恋我，偷偷打探我的感情生活呢？哎哟哎哟我好害怕啊，我知道我从小英气逼人、帅裂苍穹，但你也不能觊觎我美丽的肉体啊，离我远一点啦！”

“滚滚滚滚滚！谁关心你啊！这不是听你奶奶说的吗？她听说你隔三岔五换工作，一点定性都没有，很担心你，生怕你哪天想不开跟人家搞传销去了。”陈阳鄙夷道。

话题被李一笑轻而易举地转移了，他一脸高深莫测地说道：“传销？呵呵，你以为我没干过吗？”

“你还真干过啊？！”陈阳惊了。

“别提了，被骗去的，我到了那里之后手机被没收，走哪儿都有人跟着，一天到头就给我洗脑，可惨了。”李一笑叹气。

“那你怎么跑出来的？”陈阳好奇地问道。

“后来我找了个机会，自告奋勇给大家做饭，因为厨艺好，很快厨房就归我管控了。呵呵呵呵，我管控了，你明白这是什么意思吧？”李一笑露出一副恐吓的表情，阴森极了。

“你你你你你给人家下毒？！没出人命吧？”陈阳惊恐地问道。

李一笑翻了个白眼：“把人毒死了怎么办？法治社会，文明一点好吗？”

“那你怎么逃出来的？”

李一笑镇定道：“很简单，我左手右手各一把菜刀，模仿李小龙嘴里发出‘阿哒哒哒哒’的声音，光明正大用脚开门，成功逃出魔窟报警了。警察一举端掉一个传销窝点，还给我发奖状呢！”

陈阳无语道：“我知道你小子从小就是个事故体质，天上要是掉下了东西，掉到人家头上的是个馅饼，掉到你头上的那就是个广告牌了。也亏得你学东西快，什么都会一点，每次都让你死里逃生、化险为夷，也算是你命大。”

“由此可见，多一门手艺，就是多一条出路，你看我，会修水管，会拍视频，当过厨师，送过外卖，完全是新世纪所需要的新鲜人才。崽，要好好珍惜我这样能为你赚大钱的爸爸。以后你想发家致富，就全靠我了！”李一笑严肃道。

“滚，我才是你爸爸！”陈阳不满地叫嚣道。

“欸，好儿子，说好的宿舍是大别墅呢？快带我去看看，可别是城中村农民自建房吧，一出门外面就有大黄狗，旁边地里种着葱姜蒜的那种，咱们村里可是管它叫‘大别野’的，我可不认哦。”

陈阳冷哼一声：“你以为我们公司是那种十八线小公司吗？告诉你，我们公司可是有三位顶级网红，听说过郑仙仙吗？我手下头号女主播，主打田园生活小清新视频，现在红得跟个明星似的。陆霏霏听说过吗？虎鱼平台礼物排名每月都在前十，一个月光礼物收入就在百万以上，别说其他收入了。最近还多了个王牌男主播李师师，海外名校毕业，女装直播，能唱能玩能写代码，我们平台‘第一直男扳手’，只要他对粉丝们笑一笑，所有的‘直男’都不再是‘直男’了，他们会高喊‘我可以’，可厉害了！”

什么，还有这种女装大佬？李一笑想象了一下，嬉皮笑脸地摆出了如花的造型，小拇指坦荡荡地伸进了鼻孔：“是这样的大佬吗？”

陈阳被他恶心了一下，怒道：“滚滚滚滚滚！人家花容月貌，雌雄莫辨，我一看简历和照片，立马给人打电话，哭着喊着求他来我们公司，才艺都不用考了，人家长得那就叫一个天赋异禀！在起跑线上已经赢过了99.99%的主播。”

吹，你再吹，我就不信真的有男人能长成这样。李一笑斜眼看着陈阳花式吹捧自己手下的女装大佬，内心充满了不屑。男人靠脸吃饭有什么出息，当然是要靠内涵，就像他李一笑这样的！

“那你很棒棒哦。”李一笑假笑着给他鼓掌，敷衍道，“以后见见真人哈，可别是见光死。不说这个了，我们先去看一下宿舍吧。”

陈阳提起宿舍，神采飞扬道：“走走走，我们这儿的住宿条件，那是棒棒的啊。我给你特地选过了，你的几个室友，两个女主播，两个男主播，人都不错，好相处！”

“那还等什么呢，赶紧走起！”

这里是W市有名的城中村，飞速发展的城市新区块包围了这片未经拆迁的村落，此地成为了外地务工人员的落脚之地，逼仄狭小的街道两旁是一栋又一栋陈旧的“握手楼”，沿街的路面都被手推车商贩占领了，样样两元的小商品、花哨过时的服装、散发着食物油腻香味的快餐小摊……这些摊位堵住了店面房，于是苍蝇馆子的老板气势汹汹地驱赶起了堵住他店门的摊贩，摊贩当然不甘示弱，双方立刻用各自的方言骂出一段市井味十足的“喊麦”RAP[1]，引得路人纷纷驻足围观。

一站地铁以外的地方，正是W市最繁华的片区之一白云区，那里高楼林立，车水马龙。

李一笑跟着轻车熟路的陈阳穿过狭窄的街道，时不时被“地沟油”的香味勾起一阵食欲，然而看着周围的生活环境，李一笑不禁对自己即将入住的地方少了几分期待。

“崽啊，你就让爸爸我住这儿？爸爸对你很失望啊。”李一笑感觉自己内心已经唱起了《忐忑》。

“你再占我便宜我就真让你睡这儿了！”陈阳对李一笑这种力图在口头上占他辈分便宜的行为非常鄙视。

“爸爸，你不能这么对宝宝！宝宝要住大别墅的！”李一笑立刻切换了画风，一点儿也不介意陈阳当他“爸爸”，可谓是能屈能伸。

“闭嘴！再喊就打爆你的狗头！”陈阳咆哮道。

“爸爸，你好凶哦……宝宝害怕……好嘛，宝宝不说话了……”李一笑委委屈屈地闭上了嘴。

两人穿过了城中村的“商业区”，陈阳越走越快，李一笑却走累了：“哎，还没走到啊，要不我们打辆车吧？”

“今天车子都派出去了，公司平常都是有司机接送主播的。不

---

① 说唱。

过也快到了，再走几步吧。”陈阳说。

得了，他这个兄弟还是和从前一样抠门。

李一笑愁眉苦脸，开始卖惨：“天寿啦，我这腿啊，实在是不行了，自打被车撞过之后，风湿腿老寒腿全都来了，现在一到刮风下雨的天气，哎……这滋味，酸爽啊。”

陈阳纳闷：“什么时候被车撞的？”

戏精上身的李一笑顿时长叹了一口气：“哎，这件事要从一年前说起了，那会儿我还是一个王牌外卖配送员，在我们那个站点月月排名前三，月入过万那是轻轻松松，眼看着就要走上人生巅峰，结果天降横祸——咣当一下，出车祸了。”

陈阳呆呆地张大嘴：“严不严重啊？”

“嗨，你听我继续说。这天下午我刚送完外卖，电瓶车的两组电瓶都没电了，我只好推车回去。冷不防地前面窜出一辆电瓶车，直奔我而来！”

说着，李一笑似乎觉得这么解说不够形象，还比画上了。

只见他左手两根手指比画出在走路的自己，右手比画出骑电瓶车的人，一左一右往中间，一下子撞在了一起。

“砰——！啊——！哇——！”他还配上了音，俯身捡起自己脚边的枯树枝，“崽，你看好了，这条树枝就是我的腿！”

只见李一笑双手握住树枝，“咔”的一声，把代表他腿的树枝掰折了：“这就是关于我的腿的故事。”

陈阳看得一愣一愣的，方言都冒出来了：“咋这么严重哩？”

李一笑又是一声长叹：“那人比我还严重，一头栽倒在地上，爬起来时头破血流，当场给我跪下磕头，磕了两下就两眼一翻，晕死过去。”

“后来呢？”陈阳迫不及待地问道。

李一笑露出了凄凉的笑容：“后来我就被不明真相的围观群众，

当成了肇事者，扭送上了救护车。”

陈阳万万没想到还有这种发展，追问道：“那最后赔钱了吗？”

李一笑沉痛地摇头：“赔了，我赔了他一千块钱。”

陈阳蒙了，看着李一笑：“不是他撞的你吗？为什么还要你赔他钱？”

“真的太惨了，这个人，老婆跟人跑了，扔下四个孩子，这人还既当爹又当妈，把四个孩子拉扯大了。”李一笑沉重地说道。

“那是挺不容易的，四个孩子呢。”陈阳说。

“是啊，最重要的是，这四个孩子都不是他的种，他们的爸爸是四个不同的人。”李一笑说。

“什么？？？”陈阳再次蒙了，看着李一笑。

“那人也是迟钝，前三个孩子跟他一点都不像，他半点都没怀疑，最后他老婆生了个黑皮的小崽子，他才发现自己被‘绿’了，一去做鉴定，发现自己被‘绿’成绿巨人，全世界的绿帽都戴在了他的头上。”李一笑唏嘘道。

“……”陈阳露出了所有男人心领神会的同情眼神。

“就这样他还坚持要养这几个孩子，白天晚上兼了三份工！我实在看不下去，就给了他一点钱。我赚钱最多的那阵子还给他打过钱，就当日行一善了。但我也很惨，自打被他撞了之后，我这腿啊，就跟八九十岁的老年人似的，不中用了啊，走上几步就腰酸腿软，一天一盒高钙片都没用，哎，这可怎么办啊。”李一笑叹气道，疯狂暗示。

陈阳警觉地问道：“你是不是想讹我打个车？”

李一笑冲他使劲眨巴眼睛，满脸都写着真诚：“怎么会呢？我是那种人吗？”

陈阳决定给发小一点信任：“行行行，信你一次，我们打车。”

得逞的李一笑眉开眼笑，跟个袋鼠似的原地起跳一蹦三尺高，冲着开过来的出租车使劲挥手，浑然看不出哪里腰酸腿软了，嘴里还喊着：“喂，师傅，停车！”

不等陈阳回过神，李一笑已经挥手叫停了一辆开过来的出租车，只见他健步如飞地走上前去，拉开车门，对陈阳做了个“请”的手势。

陈阳看他刚才又是蹦又是跑，丝毫看不出腿伤的痕迹，顿时七窍生烟：“你这孙子又骗我！”

李一笑得意地笑道：“崽啊，今天爸爸是给你一个交学费的机会，让你知道这个社会是很险恶的。你还是太年轻了，学学爸爸我，三百六十行，行行都干过，见过的鬼比你见过的人还多。”

陈阳看着发小脸上狡猾又得意的笑容，听着他“恬不知耻”的发言，气不打一处来——这混账小子！

可他又能怎么办呢？打是打不得，骂又骂不赢，还不是要惯着这个祖宗啊！

陈阳怒气冲冲地对司机说：“到白云商墅！”

车子在一个名叫白云商墅的别墅小区门口停下了，陈阳看着满脸都写着没钱的李一笑，认命地掏出手机付了账。

几个打扮入时的男女从小区里走了出来，见到陈阳，笑着和他打招呼：“陈哥好。”

陈阳笑着和他们打招呼，回头对李一笑说：“就是这里了，我们公司把整个小区包了下来，当主播们的宿舍和工作室，你刚才见到的都是我们公司的主播。”

李一笑一看这超乎想象的住宅环境，喜笑颜开地拉住陈阳的手使劲摇晃：“大柱啊，你这辈子终于靠谱了一次！”

陈阳嘚瑟道：“那是，我哪能坑你啊。”

说着，陈阳突然回过味来：“你几个意思啊？我以前就那么不靠谱吗？”

“这要看和谁比吧，和我比，那你这个崽早该扔了。”李一笑沉痛道。

陈阳一听，正要跳脚指责李一笑从小到大坑他的行径，手机突然响了。他看了一眼来电号码赶忙接了起来，对面先是喊了一声“大事不好了”，然后语速飞快一阵噼里啪啦地把事情说了。

陈阳大惊失色：“什么？仙仙又打架了？她记得住自己的人设吗？古风田园小仙女！求求她不要再抽烟、喝酒、烫头、泡吧了！喝酒误事啊！”

李一笑差点笑出了声，这是哪个主播啊，这么“社会”？

等等，叫仙仙？这不是陈阳刚才提起过的顶级网红吗？说好的田园古风小仙女呢？怎么还抽烟、喝酒、烫头、泡吧？这严重货不对板，欺骗围观群众啊！

“什么，对方索赔五十万？开什么玩笑，我们仙仙有钱也不是这么烧的！我来和他谈，你等着，我马上就到！”陈阳说完，挂了电话，急忙对李一笑说，“不好意思了，我现在马上要赶去医院一趟，我就不陪你去宿舍了，下次请你吃饭。”

“等等等等，这里这么多房子，哪一栋啊？”李一笑大声问道。

“七号别墅！”陈阳已经跑远了，只有他声嘶力竭的声音遥遥飘来。

李一笑走进白云商墅小区，这个小区绿化很好，还有大量的人造水系，里面养了不少锦鲤，十分养眼。满眼绿色之间，几栋造型各异的小别墅映入眼帘。每一栋小别墅都自带草坪，草坪上有桌椅，可以用来户外聚餐，最夸张的一户竟然还自带了游泳池，完全是李一笑的“梦中情屋”了——特别贵的那种。

就在李一笑东张西望之际，前方有一个白发苍苍的老太太，拄着拐杖一步一晃悠地朝前方走去，每一步都让人十分担心她会摔倒。

李一笑不禁多看了她几眼，这老太太嘴里嘟哝着李一笑听不懂的话，颤颤巍巍地往前走，径直走过李一笑身边，在前方拐弯的地方，她头也不抬地继续朝前走去。

等等等等，再往前走是一个池塘啊！

这老太太好似已经老眼昏花，拄着拐杖径直朝着池塘走去，眼看再走上几步就要掉进池子里和锦鲤做伴了，李一笑决定日行一善，他一个箭步冲上去，把老太太给拉住了，喊道："等等，老太太，你再走就要掉进池子里了！"

老太太一个趔趄摔倒在地，"哎哟哎哟"地叫了起来。

李一笑警觉的天线竖了起来，心想：糟糕，摔了个老太太！他不会是被碰瓷了吧？就算不是碰瓷，以他的事故体质推测，绝对不会有好事发生！

李一笑慌忙把人扶起来："您没事吧？摔疼了吗？还能走吗？我不是故意的啊！"

老太太年事已高，"哎哟哎哟"地叫个不停，一时半会儿都站不起来了。

"你在做什么？！"一个咬牙切齿的声音从李一笑身后传来。

李一笑猛一回头，只见一个身穿纯色连衣裙，脚踩恨天高的高个儿美女怒气冲冲地一路飞奔了过来，高跟鞋清脆的声音敲击在石板地面上铿锵作响，让人担心她会不会摔倒。

她将老太太扶了起来，关切地问道："妈，你没事吧？"

糟糕的是，老太太开始呼痛道："哎哟，腿好疼啊，好像摔断了，哎哟哎哟。"

完了，好心办坏事还被人家抓包，李一笑拼命为自己辩解："美女，我看你妈头也不抬地往池子里走，我生怕她掉下去，赶紧拉住了她，谁知道她摔倒了，我真的不是故意的啊，你要相信我！"

李一笑刚说完，突然惊觉这事情不对劲！

这倒不是李一笑多心，他之所以疑心这是一起性质恶劣的碰瓷事件，实在是因为眼前这位比他还高的美女最多也就二十出头，但是这老太太，怎么看也有八十了，她还管人叫妈，明明当她外婆年纪都够了，怎么看年龄都对不上啊！

疑心一起，李一笑看着这位美女的眼神顿时不对劲了，长这么漂亮，竟然出来碰瓷！

那位美女看着他的眼神也充满了怀疑："是你撞倒我妈的？"

这要是承认了，她岂不是要讹他几千上万的医疗费啊？他是来当主播的，可不是让人来讹钱的。

李一笑紧张兮兮地说："不关我的事，我只是助人为乐了一下，她自己摔倒的！"

"行吧，不管是不是，你赶紧跟我去一下医院，我要找医生给我妈检查一下。"美女皱着眉说道。

"不……不……我不去，不关我的事啊！"李一笑坚决不去，拔腿就跑。

这套路他太熟悉了，这要是去了，妥妥是上了贼船，不扒他一层皮肯定回不来。

美女冷笑，一把拉住想要逃跑的李一笑："你慌什么？我又不是让你赔钱，先跟我去医院，我一个人既要挂号又要照顾我妈，管不过来。等回头我查一下监控就知道是不是你了！"

"那你现在就去查监控啊！不是我干的，我为什么要陪你去医院啊！"李一笑用力挣扎了起来，不料这美女力气特别大，他一个大老爷们奋力挣扎竟然没能挣脱。

"因为你现在是嫌疑对象。先消除影响，再配合调查，明白吗？"美女问道。

"不明白，这完全不对！应该先解除我的嫌疑！"李一笑抗议道。

“事急从权，当然是先去医院检查，我妈都这个年纪了，万一检查不及时，这个责任你担得起吗？”美女咄咄逼人道。

“本来就没我什么责任，去了医院还了得？你肯定要卖惨说你上有八十老母下有三岁幼弟，日子过不下去，要是我不给钱你就跳楼自杀！你以为我没见过这个套路吗？我之前被人撞了还倒贴一千块呢！”李一笑认定了这个漂亮姑娘是个碰瓷惯犯，说什么都不肯跳这个坑。

“当真不去？”

“不去！”

“果然不去？！”

“不去不去打死不去！”

那姑娘双眼微眯，不怒反笑，手上使出洪荒之力硬是把李一笑拽出了两米远，看来是要强行把人带走了。李一笑吓得哆嗦了一下，拼命反抗之际终于挣脱了姑娘的手。不曾想，这一下对方高跟鞋一崴，又被李一笑绊了一下，一声惊呼，竟然一头栽进了水池里！

李一笑捂住了眼睛，完了，这下是真完了，他先是“撞倒”老太太，再是把人家女儿“丢进”水里，这下不被讹钱也要被讹钱了！

李一笑左右环顾了一圈，开始认真思考要不要逃跑了。

幸而这水池的水不深，那姑娘扑腾了几下就站了起来，气势汹汹地爬回了岸上，深吸气，再深吸气，一口吐掉嘴里的池水。

“好，很好，你成功惹火我了。”美女冷笑着说道，这声音竟然奇异地变了，从原本温柔的女声变成了低沉磁性的男声。

李一笑一脸蒙地看着她：“美女，你嗓子怎么了？”

美女勾了勾嘴角，抓住自己湿透了的黑长直，轻轻一拽，将一头湿发丢在了草地上。

天呐，这美女头发短得像个男人！

不等李一笑意识到究竟发生了什么，这姑娘突然把手伸进连衣裙的领口里，从里面掏出两片海绵垫拧了拧，拧出了许多池水。

天呐，这美女的海绵垫有点厚啊！

姑娘似乎还嫌湿漉漉的不舒服，干脆拉开身侧的拉链，把裙子脱了下来拧水。

李一笑捂住眼睛惨叫了起来："夭寿啦！光天化日、朗朗乾坤你一个女孩子怎么可以这样非礼别人的眼睛！矜持一点啊！"

"睁大你的狗眼看清楚，老子是男人！"

一声晴天霹雳，李一笑目瞪口呆地放下手，惊恐地看着眼前这位"姑娘"——短到不能再短的板寸头，一马平川但穿着文胸的胸部，甚至还有腹肌。这绝对不是女人，她，不，他，是个货真价实的纯爷们！

这个水池具备某种让人性别转换的能力吗？还是……

李一笑的嘴里吐出了这一刻他的心声："你是变态吗？"

变态先生冲他灿烂地笑了，肉眼可见地怒气值满槽了，他揪小鸡似的，一把揪起了李一笑的领子，问道："兜里带手机了吗？"

李一笑犹在大变活人的震惊中，呆呆地点头。

变态先生把李一笑那只被前女友淘汰后才轮到他用的 iPhone[①] 4s 掏了出来，扔在了草地上，然后干脆利落地把人丢进水里。

猝不及防被呛了一嘴的李一笑在水里使劲扑腾，扑腾了半天才发现这池子的水也就半米深，就算坐着也淹不死。

"妈，你还好吗？"变态先生关切地问老太太。

老太太颤颤巍巍地说："师师，女孩子不能脱衣服的。"

"哦，那我穿回来。"变态先生捡起刚才搏斗中被他丢到地上的连衣裙，拧干后穿了回去，又把湿漉漉的假发搭在肩上，"妈，走了，男人指望不上，还是我带你去医院看看吧，不过你可不能再乱跑了，上次我找你找了大半天，可吓死我了！"

刚刚爬上岸的李一笑听到老太太喊他"师师"，惊呼道："你就是那个女装大佬李师师？我……陈阳是你经纪人？他是我好兄弟，

---

① 苹果手机。

你打电话给他啊，他可以证明，我绝对是个好人！”

李师师对他回眸一笑：“哦，那太好了，冤有头债有主，要是我妈有个万一，我会找你报销医药费的。”

“你刚才还说不让我赔钱的！你倒是去查监控啊！”李一笑惨叫道。

“在你喊我变态的那一刻，我改变主意了，毕竟我是个变态嘛，变态又不讲道理。”李师师笑得特别甜。如果不是知道他是个男人，李一笑还真会被他惊艳到。

“你怎么这么记仇！”李一笑难以置信地问道。

“唯女子与小人难养也，我虽然不是女人，但我是个小人啊，小人记仇啊。”李师师甜蜜地笑着，捡起李一笑的手机，给自己打了个电话，“号码我记下了，改天找你理赔。”

李一笑绝望地看着这位可怕的女装大佬主播扶着老太太扬长而去。

你们主播圈，画风真可怕。

在一出“碰瓷”事件后，李一笑浑浑噩噩地在路边的长椅上坐了半天，幸好已经入夏了，湿衣服很快就被烤干，不至于让人感冒。

他是不是要感谢李师师把他丢进水里前竟然还记得帮他掏出手机，不然这会儿他损失可就大了？

不，一点都不感谢他，他们的梁子结大了！

除非李师师跪下叫他爸爸，不然他怎么也咽不下这口气！此仇不报非君子！

李一笑也不知道自己是怎么走的，魂不守舍的他晃晃悠悠地来到隔壁的七号楼，朝着对开式的防盗门按了门铃。

也不知道他的室友是什么样的人，总不会也是女装大佬吧？

听陈阳说他的室友里有两个女主播，这一回总不会是女装大佬了吧？

李一笑勉强笑了笑，漂不漂亮他已经不在乎了，他只求他的室友们，男人是男人中的男人，女人是女人中的女人，可千万不要是女装大佬了。

笑容还没收回去，门开了，李一笑定睛一看，脸上勉强的笑容也逐渐凝固。

只见门内赫然杵着一个男人中的男人。这位板寸壮汉人高马大、满脸凶相，手臂大腿全是肌肉，一看就是个“社会人”，手下有一票鞍前马后的小弟，还有穿貂小妹剥蒜的那种！李一笑都脑补出那种画面了。

这位大哥大概是刚健身完，汗流浃背，冒着一身热气，见到站在门口目瞪口呆的李一笑，他一把将人提溜了进来：“师傅你可算来了，我们都漏了一整天了，赶紧给我们看看哪根水管坏了。”

连环打击下已然大脑死机的李一笑，恍惚间感觉自己回到了修水管的峥嵘岁月，下意识地问道：“哪儿的水管啊，卫生间还是厨房呐？”

“厨房，漏个不停。直接进来吧，别脱鞋了。”大哥领着李一笑穿过大厅来到厨房，里面已经积水了。

大脑短路的李一笑还是脱了鞋子，到了厨房边干脆连袜子都脱了，他卷起裤脚，赤脚踩着水进去了，看了一会儿后说：“我检测的工具没带，只能先给你大致看看。水槽下面没漏，你这儿多半是地面管道漏水，这就比较麻烦了，这地砖得刨了，换管子重新做防水，你有图纸吗？”

大哥苦笑：“我也不是户主，哪有图纸啊，要不你等等，我给经纪人打个电话，问问公司那里有没有。”

李一笑听到“经纪人”三个字，猛然回过神：“等等，我不是水管工，我是新来的主播啊！”

正在拨电话的大哥停下动作，两人面面相觑。

门铃再次响了，大哥赶紧去开门，李一笑也跟了出去，门口站着一个拎着工具箱的大叔，看到卷起裤脚半身是水的李一笑，茫然地问道：“是这里水管坏了吗？”

李一笑默默捂住了脸。

今天这日子真邪门！

真假水管工事件之后，板寸壮汉拉着李一笑坐到了沙发上，自我介绍：“哥们你好，我是韩麦，红星签下的主播，主要在虎鱼上直播。兄弟怎么称呼？”

面对社会大哥，李一笑断然不敢拿出和陈阳说话时满口叫爸爸叫孙子的口气，他满脸堆笑，用特别乖巧礼貌的语气说道：“大哥好，大哥别客气，我叫李一笑，一般大家叫我笑笑，新来的主播，陈阳跟您说过了吗？”

得了，都用上您了！这口气何止礼貌，简直“狗腿”了！

“说过了，我们都知道你要来，我给你介绍一下，我们这里住了四个人，算上你一共五个。一楼是客厅、厨房和健身房，面积还挺大的，你要开派对都行。你的房间在二楼，我们三个男人一层，另一个男主播叫金锋，做游戏直播的，长得非常帅，人称‘电竞流川枫’，三楼是两个姑娘的，一个叫秋宁一个叫夏甜雨，主要唱歌、跳舞、打游戏。”

李一笑一边点头一边努力把几个人记住，他、韩麦还有金锋，住二楼，秋宁和夏甜雨住三楼。

“兄弟，你猜我做什么直播的？”韩麦把手搭在两边的沙发上，跷起二郎腿问道。

这架势，气派！李一笑下意识地摸出口袋里珍藏许久的半包中华，要给大哥点烟。

一掏出来才发现，这香烟不幸在刚才的落水中湿透了。

“不不不，我不抽，保护嗓子，兄弟你自便。”韩麦摆摆手，挽救了李一笑这一刻的尴尬。

“我也不抽，健康要紧，哈，健康要紧。”李一笑讪笑着说道，“您这直播类型，我瞎猜一下，猜错勿怪。”

“别您来您去了，兄弟之间要那么客气干啥？”韩麦不悦道。

李一笑赶紧正色道：“您……不，大哥你说得太对了，住一个屋檐下以后就是兄弟了，您……大哥你管我叫笑笑就行。”

“妥，笑笑，你猜吧？”

“我看大哥这体格这气派，拿上话筒喊一宿的麦，绝对不成问题！”李一笑奉承道。

“嘿，让你给看出来了，你咋知道我是喊麦的？”被猜中的韩麦喜上眉梢，看李一笑的眼神都亲切了。

这看不出来才奇怪吧，李一笑心想，韩麦韩麦，名字的谐音就是喊麦啊，不喊麦简直浪费了这个名字。再说了，刚才大哥都给他提示了，说要保护嗓子，那妥妥就是要唱歌的啊。

“我瞎猜的。”李一笑赔笑道。

“好兄弟，你懂我！”韩麦用蒲扇般的手掌拍着李一笑的后背，和他称兄道弟，差点把他这小身板拍得吐血。

李一笑脸上是灿烂的，内心是绝望的，这就是陈阳说的“好相处”的主播？逗他的吧？！

一想到未来要和这样的室友同住一个屋檐下，沦为给大哥加油打气还兼职剥蒜的小弟，李一笑感觉自己前途一片灰暗。

“那我也猜猜你的直播类型。”韩麦说着，坐直了身，仔细端详了李一笑一会儿。

李一笑满脸堆笑，露出八颗大白牙。

“我看你修水管这么熟练，你以前一定是在‘筷手’上直播修水管！‘老铁双击666’，对不对？”韩麦问道。

“……”李一笑脸上的笑容再一次凝固。

大哥，你对我是不是有什么误会？

“呃……大哥，我……我以前不是做主播的。”李一笑轻声细语地解释道，“我以前是一个美食主播的助理，帮她跑腿买东西做吃的，拍视频剪视频做后期，也做一做主题策划，什么杂活都干。”

“兄弟厉害啊，啥都能干啊。”韩麦欣赏地拍手。

“生活所迫，生活所迫，只要生活能过好，哪里需要干哪里。”

韩麦了然地点点头：“那怎么出来单飞了？”

李一笑脸色顿时僵住，勉强笑了笑：“原因有很多……”想起过去的种种，李一笑还是有些伤感，“归根到底应该说是理念不合吧……我们大吵一架，吵崩了……刚好我一老朋友陈阳在这里当经纪人，就把我拉过来了。”

李一笑一点儿也不想回忆起那段天崩地裂一般的争吵，比任何一次司空见惯的争执更刻毒。他们歇斯底里地指责对方，把所有旧账都翻了个干净。他不愿意妥协，她也不愿意悔改，他们就这样在无法调和的理念分歧中走向离别。

可他不服气，也不甘心，他要证明给她看——一切用不正当的手段获得的利益都不会长远，唯有给观众呈现最好的内容才能获得成功！

即便如此，他还是感谢她的，是她将他带到了这条路上，让他看到了和从前生活截然不同的可能性，是她，让他找到了梦想。

“出来单干也好，我们这行干得好，就是一夜暴富啊。”韩麦说着，找了个一次性杯子给他，打开自己的保温杯给他倒了一点，“你刚来就拉你说了半天话，还没有给你倒杯水。这枸杞菊花茶你喝喝看，健脾、养胃、安神、降火、美容、养生，男人喝了养肾，女人喝了养颜，这杯不亏。”

李一笑看着一次性杯子里上下翻滚的枸杞和菊花，用难以置信的眼神看着韩麦。

这是“社会人”应该喝的东西吗？大哥，大哥你怎么回事啊？！好歹也来点啤酒吧？！

“人啊，就是要长远，要耐心，而长远的根本，就是健康长寿。只要你在河边站得够久，你就能看到你敌人的尸体从你面前漂过，这是古代一个非常有名的人说的话。”韩麦说道。

“谁？”李一笑纳闷道。

“孔子。”

“孔子说过这个吗？”李一笑震惊了，是他职高的学历太低了吗？竟然从来没听说过这句话。

“‘逝者如斯夫，不舍昼夜’，是这句翻译过来的。”韩麦说。

“这句话是这个意思吗？！”李一笑又震惊了，果然是他职高的学历太低了，吃了没文化的亏，他的老师说这句话的意思是要珍惜时间。

“德国人是这么理解的。”韩麦随口道。

“你还知道德国人怎么理解《论语》的？”李一笑再一次被震惊了，他觉得今天真是大开眼界了，他的室友见多识广啊。

韩麦愣了一下，突然开始仰天大笑，笑完之后说道：“我以前遇到过一个德国人，非常看不起我们的音乐，我就当场给他来了段即兴说唱，把他震得，以后看见我就绕道走！”

“……”这大概是被你吓的，李一笑在心里吐槽。

“我给你来一段。”韩麦说着，不等李一笑反对，打开手机音乐，把背景音乐放得震天响，拿起保温杯当话筒，给他来了段劲爆的喊麦，用词乡土，旋律却异常洗脑。

什么天下啊，争霸啊，王者啊，将军啊，红颜啊……

李一笑的眼神逐渐绝望。

真的好土啊……

土到窒息，土到绝望，土到天崩地裂。

这哥们绝对没念过高中，职高都没有，李一笑确信了。

“他们几个现在应该没在直播，我带你去认识一下，也看看你的房间。”韩麦说。

李一笑赶紧从沙发上站了起来，毕恭毕敬的，就差九十度鞠躬了：“多谢大哥。”

韩麦面上露出无奈之色，但还是没说什么，带着他来到二楼。

二楼统共就三个房间，韩麦打开了一间房门，李一笑往里面张望，不禁“哇”了一声。

这个房间还空着，一半是卧室一半是工作间，有独立卫生间，还带一个飘窗，面积估计有三四十平方米，作为租住的地方，这个水平已经称得上傲视群雄了。

“你的房间。”韩麦说。

“谢谢，谢谢，谢谢大哥，谢谢公司，我一定努力直播，为公司业绩添砖加瓦！配得上这个房间的水平！”激动中的李一笑忘记了对大哥的敬畏，一把握住了韩麦的手使劲摇晃，感激涕零。

“韩大哥，这谁啊？”楼梯上传来了“噔噔噔”的高跟鞋的声音，还有一个带着点奶音的甜美女声。

李一笑闻声抬头，只见一个身材不高的漂亮姑娘站在三楼楼梯口，好奇地看着他。

“甜甜，这是我们新来的室友，李一笑。”韩麦说道，“笑笑，这是夏甜雨，嗓音不错，唱歌好听，还会跳舞，是个很有潜力的女主播。”

夏甜雨下巴抬得高高的，披肩的长发一撩，故作高傲冷漠地说道：“哦，你就是陈哥说过的那个李一笑啊，以前做过主播吗？直播些什么啊？”

李一笑刚要回答，夏甜雨就从楼梯上走下来了，步态妖娆，气势十足，地板在她脚下跟模特秀场似的。

然而不幸的是，她的高跟鞋被楼梯台阶的镶边绊了一下，她一声惨叫，从楼上骨碌碌地滚下来了！

李一笑下意识地就冲上楼梯，将人拦了下来，结果也被她拉倒在地，两人合成了一只大号轮胎，一起骨碌碌地滚到地上！

正在这时，二楼楼梯旁边的房间门开了，一个高大帅气的男生低着头，手上拿着手机正在打游戏，听到门口的动静勉强把注意力从游戏转移到了现实之中，默默看着滚到他门边的两人，久久没有发出声音。

倒是帅哥手机里传来一声响亮的游戏配音，很应景："First blood①！"

"哎哟，疼死我了。"夏甜雨一边呼痛，一边想从化身人肉垫子的李一笑的身上爬起来。

"你们还好吧？"韩麦赶紧上来扶人。

李一笑还在眩晕中，头顶的天花板一直转啊转，恶心得他想吐。

夏甜雨一抬头，看到面前金锋房间的门已经开了，他面无表情地看着眼前的这场惨剧，顿时急得想跳起来。

"金锋！我……那个……我……我……我……摔……摔……摔……"夏甜雨顷刻间话都不利索了，她扶着韩麦的手爬了起来，结果腿一软，又跌回了地上。

膝盖正中李一笑的两腿间。

帅哥手机里的游戏配音冷静地喊出："Double kill②！"

刚刚还疑似脑震荡头晕目眩的李一笑，顿时什么头晕都忘了，他狰狞而缓慢地蜷缩成了一只虾米，双手想捂裆，却又猛然想起这边还有个姑娘，瞬间想捂不敢捂，想晕不敢晕。

旁边的两位男士倒吸一口凉气，猛地后退了一步，也下意识地

---

① 游戏术语，指游戏中产生的第一次击杀，也叫作"一血"。

② 游戏术语，指短时间内连续击杀两位玩家，也叫作"双杀"。

要捂裆。特别是金锋，惊恐之中手机都掉到了地上。

“我……我……我不是故意的！”夏甜雨发现自己闯了什么祸，又焦急又尴尬。

“金锋，搭把手，把他抬到沙发上躺躺。”韩麦说着，已经抬起了李一笑的胳膊。

一直没说话的帅哥金锋捡起地上的手机，暂缓了游戏里的大杀特杀，和韩麦一起把人抬到客厅沙发上。然而刚一完成韩麦交代的任务，他又立刻坐在沙发上继续游戏了，手机里时不时传来系统配音，十足的网瘾少年。

双手交叠放在胸前，平躺在沙发上的李一笑根本什么都没听到，他现在满脑子都是天堂的圣歌，感觉自己随时可以升天了。

金锋一心扑在游戏上，表情严肃地继续在游戏里战个痛快，夏甜雨看着他专注的侧脸，满脸花痴的表情，用口型对韩麦说：他真酷！

韩麦对她的花痴假装没看见，给李一笑倒了杯枸杞菊花茶，安慰道：“喝点吧，忍忍就过去了。”

夏甜雨又蔫了，看着面色惨白的李一笑，忍不住拉了拉韩麦的袖子，小声问道：“他这样，会不会留下什么……那方面的……后遗症啊？”

韩麦神情格外严肃：“这要看，有没有鸡飞蛋打了。”

李一笑的脸扭曲了一瞬，脑中不禁浮现出了刚下完蛋的母鸡发狂踩碎鸡蛋的画面。

夏甜雨似懂非懂，她慢慢地挪到李一笑的身边，拉了拉他的袖子，小声问道：“喂，你还好吧？”

“……不太好。”李一笑勉强挤出了几个字。

“你，有女朋友吗？”夏甜雨又问。

“就算有，你一脚下去，以后也没有了。”李一笑满脸痛苦地说道。

夏甜雨惊恐地捂住了嘴：“你不要放弃治疗啊……韩大哥，公司有给我们保这个医保吗？”

“不管有没有保，该上医院还是要上医院，兄弟，你觉得怎么样？要去医院看看吗？”韩麦也摸不清这到底有多严重，要不要去医院。

夏甜雨夸张地惨叫了起来：“可我没钱，真的没钱，我现在穷得一日三餐只吃一顿，还是吃草，感冒发烧不敢去医院，停播都不敢停，停几天就被黑是去整容了。想学游戏吸引一下观众，金锋还不肯教我，我容易吗我呜呜呜呜……”

在夏甜雨魔音穿耳的假哭声中，李一笑奇迹般地感觉自己好了一点，至少有力气坐得离她远一点了。

“你没事了？”夏甜雨发现他动了，顿时喜上眉梢。

“勉强，算是活着。”李一笑苦着脸说道。

“没事就好，还有不舒服记得跟我说，送你去医院。”韩麦说。

李一笑感激地对他笑了笑，大哥虽然长相打扮是凶了一点，但是人还是很好的啊，比那个冒冒失失的夏甜雨强多了！

“这是怎么了？”一个清冷的女声在夏甜雨的身后响起，正是住在这个别墅里的另一位女主播秋宁。

正坐在沙发上的夏甜雨冷不防听到背后有人，吓得一屁股坐到了地上，捂着摔疼的屁股回头怒道：“吓死个人了，你怎么走路都没声音的啊？”

秋宁站在沙发后，对她礼貌地笑了笑：“抱歉，我无心的。”

夏甜雨一脸不高兴地嘟哝：“无心都这样了，有心还了得？我看你就是嫉妒我年轻貌美想要弄死我。”

秋宁保持微笑，那是一种“尴尬而不失礼貌的微笑”。

李一笑打量着秋宁，这个姑娘的颜值在他见过的人里能排进前三，夏甜雨虽然也漂亮，却是邻家姑娘的可爱，化妆起来很像网红。秋宁就不一样了，她的五官有一种冷艳的美，甚至会让人有一种不敢亵渎的距离感，比网红更像是明星。

但是刚刚被女装大佬狠狠伤害过的李一笑，看到美女的第一反应，就是怀疑人家的真实性别。

应该……应该不是女装大佬了吧？陈阳都说了这屋子里有两个姑娘。

“笑笑，这是我们秋宁大美女，我打包票她是我们这里最漂亮最有学问最有气质的女主播，多少人心目中的第一女神，唱歌水平那是一流的，不过她主要直播打游戏。秋宁，这是我们的新室友李一笑。”韩麦给两人互相介绍，把秋宁夸上了天。

呦，这吹得有点狠啊，李一笑不禁多看了秋宁几眼，越看越觉得这姑娘和他从前见过的女主播都不太一样。她身上丝毫没有那种讨好别人的气质，这对依靠粉丝为生的主播来说简直是不可思议。

“你好你好，秋姑娘你好，你太漂亮了我刚才都不好意思出声。”心有余悸的李一笑和新室友打招呼，因为蛋疼表情还有些怪异。

秋宁轻轻一点头：“你好。”

非常斯文，有一种矜持的距离感，大家闺秀的感觉扑面而来。

“刚才怎么回事？我好像听到甜甜的声音了，还以为是我幻听。”秋宁问道。

“没事！什么事都没有！我就是摔了一跤喊了一嗓子！”夏甜雨怎么好意思说自己一脚下去差点把一个大好青年变成太监。

韩麦却没瞒着秋宁：“刚才甜甜摔倒了，踹中了李一笑兄弟的……嗯……那里。”

这一刻，房间里所有人都化身“盯裆猫”，吓得李一笑蜷起腿，赶紧说：“没事了！我已经没事了！不怎么疼了！！！”

秋宁蹙了蹙眉：“你最好还是去医院看一看，我以前有个朋友，打球的时候被撞到了，当时没怎么样，结果晚上回家之后疼了起来，到医院的时候已经没救了。”

“死……死了？”李一笑惊恐地问道。

“人倒是还活着，但是……”秋宁说着停顿了一下，觉得有些难以启齿，于是带着歉意对眼前几人笑了笑，然后走进厨房拿了一个碗和两个鸡蛋出来。

三位男士的表情逐渐惊恐，夏甜雨则是一脸茫然。

只见秋宁“啪啪”两下，把两个鸡蛋磕了，蛋黄蛋清一并流进了碗里。

秋宁微微一笑说：“但是就这样了。”

几人看着那一碗鸡蛋，表情狰狞。

“不要浪费了，待会儿我们吃炒鸡蛋吧。”秋宁说道。

沙发上的三人齐齐摇头，这怎么吃得下去？！

“还是去看看吧，兄弟，这要是有个万一，甜甜就只好嫁给你赔罪了。”韩麦郑重道。

夏甜雨“嘤嘤嘤”了起来：“我不要啊，我不要嫁给一个太监，太监都会心理变态的，嘤嘤嘤我不要啊。”

李一笑怒视她，小姑娘怎么说话的呢？谁是太监啊？！

“我打电话叫公司的司机送你，还是去医院看一下安个心吧。”秋宁微笑道。

“我马上要去直播了，啊哈哈哈哈哈，我先去直播啦！”夏甜雨猛地从沙发上站了起来准备逃跑。

李一笑一把抓住她，狞笑道：“别想跑了，带上钱包跟我走一趟吧！”

看来他今天就是躲不开要去医院的命，不是陪女装大佬去，就是自己去。

“甜甜钱不够的话，我先垫付好了。”秋宁说道。

看看，看看人家秋宁！这么温柔，这么知礼，和这干了坏事还想跑的夏甜雨根本是一个天上一个地下啊！

不料，秋宁这么一句话，突然戳中了夏甜雨的痛穴，她愤愤道：

“谁说我没钱！我有的是钱！不就是医药费吗？我掏得起！李一笑，我们走！”

突然赌气的夏甜雨一把拽住李一笑要把人拉走，李一笑猝不及防地一个趔趄，两腿间刚刚受创的部位再一次磕在了茶几的边角上。

两眼一黑的李一笑扑通倒在地上。

金锋手机里的游戏配音再一次响起：“Triple kill[①]！”

“兄弟，你没事吧？！”

“李一笑，李一笑，你可别死啊！我没钱烧给你的！”

“请坚持一下，我去打个120。”

十几分钟后，急救车“嘀嘟嘀嘟”地开了过来，声音响彻小区，李一笑在附近好奇的主播们的围观下被抬上了担架。

“这是怎么了？”隔壁别墅的主播探头探脑地问道。

“不知道啊，不会是猝死了吧？”

“哇，太惨了吧？竟然猝死了？不行不行，我再也不熬夜直播了！”其他主播心有余悸，纷纷反省起了自己。

“听说还是个新人呢。”

“新人就猝死啦？现在竞争压力这么大的吗？”

“不是猝死啦，听说是因为被一个女主播踹了‘蛋蛋’送医院了。”

“哇靠，这么禽兽啊，这是怎么得罪人家姑娘了？！”

“太禽兽了！肯定是见人家女主播漂亮去调戏了吧？活该咯！”

救护车里的李一笑泪流满面：我不是，我没有，我是冤枉的！

人群中的金锋手机里传来冷酷而应景的游戏系统音：“You have been slain[②]！”

签约公司第一天，李一笑因为一起意外事故，成为了公司上下的八卦谈资，半个小区的主播都认识了他。

---

① 游戏术语，指短时间内连续击杀三位玩家，也叫作“三杀”。

② 游戏术语，意为“你已被敌方击杀”。

第二章

在医院和野蛮前女友狭路相逢

保住了，他的命根子保住了！

他一进医院就被抓去做了B超，蓄了一把大白胡子的老医生还挺幽默，笑眯眯地对李一笑说道：“小朋友运气不错啊，要知道多少男人都是这么一不小心就成了太监。”

“我没事啦？”李一笑喜出望外。

“我兄弟能出院啦？”韩麦也喜不自胜。

“只要不再疼，一般没大碍。”老医生说道。

李一笑感动到泪流满面，夏甜雨更是喜极而泣：“太好了，我不用嫁给太监了！”

医生继续笑眯眯地说：“小姑娘，宫女和太监搭伙过日子不叫嫁人，叫对食。”

夏甜雨脸一红，大声道：“我当然知道，只是刚才一时没想起来罢了！我可喜欢看宫廷剧了！”

一脸慈祥的老医生突然精神一振：“你也喜欢看历史剧？”

“啊？啊，是……是啊。”夏甜雨没想到这位老医生这么潮。

老医生喜笑颜开：“我也喜欢。《大明王朝1566》真是太经典了，我闲着没事翻来覆去看呢。小姑娘，你喜欢看哪一部剧啊？”

夏甜雨压根儿没听说过老医生说的那部剧，愣愣地说道：“我喜欢看《绝世宠妃之爱在宫闱》。”

老医生脸上的笑容逐渐消失，千言万语化为一声冷漠的：“哦。”

李一笑感觉到了空气中弥漫的尴尬，打圆场道：“现在年轻人，口味就是这样的。”

韩麦在一旁使劲点头：“对啊，现在的年轻人还喜欢喊麦呢。”

李一笑猛地转头去看韩麦，内心吐槽：大哥，你这样自黑真的好吗？

老医生皮笑肉不笑地补充了两个字：“呵呵。”

夏甜雨隐约感觉到自己说了不恰当的话，但又不知道问题出在哪里，有些局促不安地说：“既然你不会变成太监了，我也不用嫁给你了，那我们回去吧，先说好了，你既然没事，我是不会赔你医药费的！”

李一笑颇为嫌弃地看了她一眼：“我就算变成太监也不会娶你……啊不，和你对食的！”

夏甜雨气愤道：“我这么漂亮想娶我的人一抓一大把，个个都殷勤着呢，轮得到你？”

“卑微暗恋终将一无所有。”李一笑冷酷地说。

“你说谁呢？我才不是！我才没有暗恋金锋呢！你混蛋！你才会一无所有呢！”夏甜雨回想起自己对金锋毫无结果的暗恋，感到自己的心被深深刺痛了，气急败坏地摔门而去。

李一笑默默无言：姑娘，你这样自我暴露真的好吗？

韩麦挠了挠头：“兄弟，我去看看甜甜，免得她走丢了。”

李一笑也不知道这姑娘哪来这么大脾气，汗颜道：“去吧去吧。”

陪他来医院的两个同事都走了，李一笑和老医生大眼瞪小眼，老医生冷酷道：“你既然当不成大内总管，跪安吧。”

“喳！”

李一笑被赶了出去，在走廊里徘徊，他还不知道同事的手机号码，这会儿都不知道上哪儿去找人，只好自己在医院里晃荡，希望碰运气，看能否找到他的小伙伴。

但是他忘了，他这个人天生事故体质毫无运气可言。

医院走廊惨白的灯光下，李一笑清晰地看到前方有一个熟悉的老太太拄着拐杖颤巍巍地向他走来——可不就是那个差点掉进池子里的老太太？！

她不是被她那个如花似玉、心如蛇蝎的“女儿”送到医院检查去了吗？竟然好巧不巧地和他在同一家医院里？

李一笑顿时浑身一凛，左右环顾，生怕哪里又杀出一个女装大佬按住他碰瓷。

左看右看，四下无人，李一笑松了口气，背过身去蹑手蹑脚地准备跑路，就当没见过这个老太太。

可不料，这老眼昏花的老太太看到了他远去的背影，突然精神一振，高声喊道：“荣荣！荣荣你等等外婆！”

谁他妈是荣荣？

李一笑慌忙扭头，却见那老太太突然健步如飞地朝他追来，一边追赶一边喊着“荣荣”。

“我不是啊！你认错人了！”李一笑生怕这又是一起新型碰瓷事件，吓得拔腿就跑。

这不跑还没事，一跑就出了问题，李一笑还没跑出几步，迎面撞上了一个人，他一边道歉一边抬起头，却对上一张皮笑肉不笑的漂亮脸蛋，女装大佬李师师意外地说道：“没想到你这个人还挺厚道的，我都不要你赔医药费了，你竟然还主动找上门来了。既然你这么真心实意地想要赔钱，走吧，跟我去交医药费。”

老太太也终于追了上来，欣喜地抓住李一笑的胳膊：“荣荣，你可算回来了！”

前有狼后有虎，李一笑绝望地说道：“你们果然是联合起来碰瓷我。”

李师师闻言脸色一变：“妈，你认错人了，他不是荣荣。”

李一笑丈二和尚摸不着头脑：“到底谁是荣荣啊？”

“他怎么不是了？师师你是太久没见到荣荣了吧？”老太太眉开眼笑地把李一笑和李师师的手交叠在一起，对李一笑说道，“傻孩子，你妈妈都好久没见到你啦，她可想死你啦！”

李一笑惊恐地看着李师师：“你孩子都有我这么大了？你今年到底几岁啊？！”

李师师斜了他一眼，没好气地说道：“她年纪大了，脑子不清醒，根本没有这个人。”

李一笑扁扁嘴：“所以你是多嫁不出去，才让她焦虑到直接认了个外孙？”

李师师的脸顿时黑了下来，喊道：“闭嘴！”

老太太冲李一笑咧开嘴，牙都掉了一半了，满脸的皱纹挤在一起，像一朵皱起来的菊花。

李一笑也只好冲老太太干笑，笑得像一个发现自己身中五百万却在彩票兑换点弄丢了彩票的倒霉蛋，比哭还难看。

这难道是报应吗？他天天占人家便宜喊人家“崽”，逼着人家叫爸爸，现在好了，他多了个妈！还是个男的！

“我能走了吗？我同事还在等我呢？”李一笑用渴望的眼神看着李师师。

李师师还没回答，老太太着急了：“不行啊，荣荣，外婆都好久没有见到你了，你这么快又要去美国念书，外婆舍不得你啊，你可不可以别走了？”

李一笑惊讶地在李师师耳边说道：“你妈这脑补的人设做得还挺完整的啊。”

李师师的神色有些复杂，他拉过老太太的胳膊：“妈，走吧，我们该回家了。”

“不走，我今天不走了！我要和荣荣说说话！”老太太一手被李师师拉着，另一手拉住了李一笑，冲他笑，“荣荣，我们再聊聊天吧，外婆想死你啦！”

李一笑走也不是，留也不是，为难地看着李师师，李师师皱了皱眉，不知道想了些什么，最后对李一笑点了点头。

李一笑哭丧着脸，拉过李师师小声道：“你让我演你老母亲的海归外孙？夭寿啦，我就念了个职高，ABCD全靠蒙，英语只考40分！”

李师师一脸冷酷：“要么演，要么掏医药费，你自己选吧！”

“你，你这是……逼良为娼！”李一笑气愤道。

李师师挑了挑眉：“你英语不怎么样，语文倒是还可以嘛。凑合演演吧，还能跑咋的？”

李一笑哭丧着脸问道：“真的不能罢演？”

李师师冷酷道：“可以啊，给钱。”

贫穷让一个可悲的男人当场放弃了节操“认贼作妈”。

只要生活过得好，哪里需要干哪里，这就是他的命了！

李一笑打定主意后深吸了一口气，既然都当人家的儿子了，他说什么也不能放过这个便宜老妈。于是李一笑伸出了手，猥琐地搓动着三根手指，做出一个“要钱”的动作，满脸堆笑道：“我这么有原则的人，那当然是选择当你的儿子啦！妈，给崽崽一点零花钱呗？崽崽是真的缺钱啊！”

李师师的脸上出现了杀气。

老太太及时拯救了处于“死亡”边缘的李一笑，拉着他在走廊两旁的椅子上坐了下来，关切地问道：“荣荣，有女朋友了吗？”

“啊……这个……有一个，不过已经分手了。”

“哎呀，怎么分手的呀？”

李一笑尴尬地抓了抓脸，看着老太太关切的目光，他没法随意敷衍过去，只好说道：“就是两人不太合适吧……”

李师师瞥了他一眼，倒是没说什么嘲讽他的话。

老太太十分惋惜地说：“有照片吗？给外婆看一看呀。”

李一笑掏出了手机，打开相册给老太太看，他的手机里一大半都是各种“表情包”，剩下的除了各种美食照片，就只有一个姑娘的照片了。

那是一个脸有些圆的姑娘，看起来甜甜的，正是家中长辈都会喜欢的那种长相。她一手拿着叉子往嘴里送食物，另一手比了个可爱的“V”字手势，对着镜头笑得一脸开怀。

老太太惋惜地说:“哎,多好看的姑娘啊,你们怎么就分手了呢?”

李一笑勉强笑了笑:“很多事情上,我们的想法不太一样……其实她也很可怜……不说啦,不就是分手嘛,这年头谁没分过几次手啊!”

李师师冷哼了一声:“我啊。”

李一笑用狐疑的眼神看着他:“你确定不是因为你是个‘母胎单身’吗?”

李师师:“……”

竟然无法反驳!

“那你们现在还有联系吗?”老太太问道。

李一笑摇了摇头:“早就不联系啦。”

号码还留在他的手机里,却已经不再联系,但是不再联系不代表李一笑没有关注她,她还在他的微博特别关注里,她新发的每一条吃播视频他都会看,还用小号给她点过赞。

“有会动的照片吗?”老太太继续问道,满脸都是好奇。

“是视频吧?”李一笑被老太太急切的神情逗笑了,打开手机微博里的特别关注,随便点开了一个视频给老太太看。

镜头里的女主播热情地对观众挥手介绍自己:“大家好,我是你们聪明、活泼、可爱,但能吃的猪猪女孩圆圆!今天我要吃的东西可不一般……”

李一笑凝视着屏幕上这个熟悉的姑娘,一切仿佛回到最开始的地方,他提着外卖急匆匆地跑上没有电梯的楼层,气喘吁吁地敲开了她的门……

“我从小就喜欢吃各种好吃的东西,每次吃到美食都觉得好幸福!我要把这种幸福传达给别人,所以我才想做吃播。李一笑,我要成为最棒的美食女主播!”她大声对李一笑宣布。

那一瞬间,这个姑娘的身上有一种令他无法移开视线的光彩。

他一生都不会忘记。

分手后的三个月里，他背起为数不多的行囊到处流浪，一路靠打工赚路费，走到哪里是哪里。这一路上他想了很多，关于自己的未来，关于她的未来。但他确定，他们不会再有未来了。

李一笑以为自己可以很轻易地放下这一切，他们一同努力的一年零三个月对他而言好像是一场太过久远的梦，他只是从这个梦里醒来。可他还是想回到梦里去，因为他不甘心就这样告别这个行业，也不忍心看着她在错误的道路上越走越远。

他想证明给她看，即便不去欺骗观众，他也可以获得成功，甚至比她更成功。

关于她的未来，他也许已经无法再参与，但至少，他要给她展现另一种未来。

发小陈阳的一通电话，为他不着边际的流浪之旅画下了句号，也让他下定决心，从幕后走到台前。

如今她换了策划，换了摄影，换了后期——从前这些都是他的工作——唯一没有变的是她面对镜头时的笑脸和津津有味的吃相。明明是一个近来主打大胃王主题的美食主播，她吃得比从前还多，可却越来越瘦了。

“荣荣，荣荣？”老太太唤他，终于把一个走神的人唤了回来。

李一笑脱口而出：“欸，外婆！”

李师师“扑哧”一声笑了出来。

他还真的喊出了这一声“外婆”，他这是被洗脑了吗？还是演戏演上瘾了？

李一笑气愤地看着李师师说：“又不是喊你，你笑什么笑？”

“谁是我儿子我笑谁咯。”李师师理直气壮道。

李一笑正色道：“你错了，我不是你儿子，我是你爸爸！”

老太太用拐杖一下戳在了李一笑的脚上，严肃道：“不许对你妈没大没小的！”

李一笑疼得一激灵，背都挺直了。

“荣荣，你也老大不小了，女朋友分手就分手吧，外婆再给你介绍一个吧。刚才给外婆带路的那个小护士人可好了，和你般配！”老太太兴致勃勃地说道。

哎哟，这是要给他介绍小护士？

李一笑害羞地婉拒道：“我哪配得上人家啊。”

“可以的，你们般配，没有问题！欸，小赵，正好，我给你介绍个对象吧！”老太太突然高声对路过的护士喊道。

人高马大、膘肥体壮的男护士回头一看：“啊？”

李一笑看着满脸横肉的男护士：“啊？！”

介绍对象？介绍谁？难道是……男护士的目光落在了嫣然一笑的李师师身上。刹那间，他好像被丘比特的爱神之箭射中了一样，一句话也说不出来，只知道对着“美女”傻笑个不停。

于是李一笑看着男护士，男护士看着李师师，一个惊恐一个害羞，异口同声道：“这不好吧？”

老太太喜笑颜开：“哪里不好啊？你们般配得很！小赵啊，这是我外孙李宇荣，在美国念书，可有出息了，你这么漂亮，工作稳定，和他很配啊！”

赵护士投向李师师的目光一下子扭到了李一笑身上，表情呆滞，万万没有想到这个老年痴呆的老太太竟然连男女都分不清楚了！他完全接受不了自己的相亲对象从一个大美女变成一个大老爷们！

李一笑尴尬地笑了笑说“老太太脑子不清醒，你别往心里去啊。”

赵护士面无表情：“哦，我还有工作，先走了。”

“外婆我也有事，我先走了，下次再来看你！”李一笑心道这是个好时机，不等老太太反应过来，跟着赵护士拔腿就跑，简直使出了吃奶的劲，飞一样地逃离了现场。

呼，总算跑掉了，李一笑长长出了口气。

现在也不知道韩麦和夏甜雨跑到哪里去了，李一笑没有两人的手机号码，这会儿也找不到人。

不对啊，他有陈阳的号码，陈阳肯定知道这两个人的联系方式！

李一笑赶紧给陈阳打了个电话：“喂，崽啊，爸爸跟你打听两个号码。”

“滚滚滚，我是不会把李师师和郑仙仙的号码告诉你的！”陈阳怒道，“你们这群新主播，一个两个都跟我打听这个那个，脑子里全是‘泡妞’，还不赶快好好去做直播！”

“你哪个耳朵听到我要打听这两人的号码的？”李一笑无奈。

“不是这两人，那就是陆霏霏了，肯定是吧？她可是我们的一姐！你别想了，追不到的！”陈阳笃定道。

“真不是啊，崽，你怎么可以这样冤枉爸爸我？”李一笑说着，突然觉得有点不对劲，“等等，怎么这些人一个个都是叠字的？咱们公司是不是有什么叠名才能大红大紫的玄学？那我要不要取个艺名叫李笑笑之类的？”

“滚吧，我看你叫什么都红不了！”陈阳吐槽道。

“崽，我看你今天心情很暴躁啊，遇到什么不高兴的事情了？说出来让爸爸高兴高兴？”李一笑问道。

陈阳已经习惯了李一笑嘴上占人便宜，懒得和他计较了：“还不是郑仙仙这个惹祸精。不跟你说了，我忙着呢，挂了！”

“等等等等，先别挂啊，你先把夏甜雨号码告诉我啊。”李一笑赶紧说道。

“好啊，兔子还不吃窝边草呢，你连室友都不放过！”陈阳气急败坏，心想这小子果然是个坏胚，竟然想勾搭夏甜雨了！

“喂，谁要勾搭她啊！我这不是找不到人吗？”李一笑觉得自己很冤。

就在此时，身后突然传来一个熟悉的女声：“李一笑？”

李一笑猛然僵住了，电话那头的陈阳还在凶巴巴地质问李一笑，可是他却什么都听不见了。

他突然失去了回头的勇气。

有什么不好回头的？他又没错！

李一笑深吸了一口气，回过头看向身后的那个姑娘。

他的前女友，美食主播圆圆。

圆圆看起来瘦了很多，脸上打了厚厚的一层粉底，彻底遮住了皮肤原本的色泽，在医院走廊的灯光下显得格外苍白，但是李一笑回头的一刹那，她突然从一个期盼着见情郎的深闺娇小姐蜕变成了战场女武神，神情高傲又嘲讽。

“李一笑，还真的是你啊，我就说嘛，除了你还有谁会在走廊里这么大声讲电话，素质两个字会写吗？哦，差点忘了你这家伙四舍五入差不多是个文盲啊，书都没怎么念，实在不好意思啊。”原本精神不振的圆圆突然铆足了劲炮轰前男友。

此时此刻，李一笑十分不想承认，这个不刺人不舒服的疑心病十级患者是他的前女友，是个货真价实的野蛮女友。

他俩在一起的时候，一天吵三次架那还算是太平的，被圆圆追着暴打也是发生过的，这姑娘不但兼修散打，还有一手出色的铁头功技术，能把人捶成脑震荡，硬是把李一笑练成了闪避十级的长跑达人。伴随着他们恋爱生涯的背景音乐就是：“来啊，互相伤害啊！”

“你竟然跟我说素质？你也知道素质？当年是谁去餐厅吃饭看到情侣免单硬拉着我冒充情侣欺骗商家？我当年就是太傻、太天真，瞎了狗眼，才会答应你干这种缺德事，遭报应了吧——你还真成了我女朋友！”李一笑不甘示弱，熟练地切换到嘲讽模式。

“哈？你遭报应？遭报应的明明是我。我才是年少无知没见过好人，从垃圾堆里捡了个男朋友，成天对我说教，管这管那，我上辈子是希特勒吗？做了多大孽才会遇到你啊？”圆圆一口气没上来，指着李一笑鼻子狂骂。

“哦哦，你也好意思说我管这管那？你倒是说说我除了工作上的事情对你有要求，其他时候哪里管过你？明明是你对我指手画脚好不好？我去网吧和朋友打游戏回来都要跪搓衣板，推销电话打到我手机我还得跟你解释三遍不是外面的狐狸精，你这疑心病已经不是一般的疑心病了，你还是赶紧去医院看看吧，记得挂精神科！”李一笑回想起当年种种，气不打一处来，什么怀念之情瞬间灰飞烟灭，只剩下熊熊燃烧的战斗欲望！

“我呸你奶奶个腿！你说你这个男朋友当得合格吗？我‘大姨妈’肚子疼给你打电话，结果你跟我说什么？‘亲爱的我和车程在网吧打游戏，现在走不开，你自己烧点热水喝哦，爱你么么哒。’你还算是个男人吗？！你说我对你管这管那，我管你是因为我是你女朋友，你做男朋友的，不管我那是你没责任心！”圆圆厉声道。

“现在不是了！我们分手了！”李一笑咆哮了一声，两人都愣住了。

李一笑深吸了一口气，看着医院天花板上的白炽灯，别过了脸不去看她。

圆圆死死盯着他，强忍着眼眶中即将喷涌的泪花，喉咙里发出哽咽的声音。

曾经他们每一次吵架都会和好，继续一同为着美好的未来奋进。

他们分手过一二三四五六七次，每次分手都会和好，可是这一次不一样，他们不是因为个性上的差异吵架，而是为了一个无法调和的理念上的矛盾，直接吵到合作破裂，分手离开。

可就算这样，圆圆还是相信他们会和好的，直到李一笑对她吼出那句话——“现在不是了，我们分手了。”

“我知道你生我的气，可你不能不管我，我一个人现在……真的很难……”圆圆说着，想起李一笑离开后自己受过的委屈，咬住嘴唇才没让眼泪掉下来。从前李一笑帮她打理好一切，她只要做自己喜欢的事情就好了，可现在不一样了，没有人会像李一笑关心她那样，全心全意地帮她了。

李一笑没说话，默默地看着自己的脚尖。

“你回来帮帮我吧？帮帮我好不好？”圆圆颤抖着声音问道。

李一笑心乱如麻，他的好姑娘哀求他回去，继续帮她做摄影、做策划、做一切幕后的事情，就像从前一样，他们一起努力，一起奋斗，可他却已经回不去了。

“回去做什么？继续看你作死？”李一笑终于正眼看向圆圆，脸上一丝笑容也没有，“你看看你，我认识你的时候你一百一十几斤，你现在多少斤？九十斤都没有了吧？都作死到医院来了，你让我回去帮着你继续折腾你自己？你自己作死是自作孽，我帮着你作死那是谋杀，告诉你，我办不到！我现在都没有去爆料你催吐，是看在我们以前的感情上，但你不能再这样下去了，圆圆，你真的该回头了。”

圆圆静静地看着他，还带着眼泪的脸上露出一个自嘲的笑容：“我早就已经回不了头了。你也不要再说什么为我好的话了，都已经分手了，你想做什么就做什么，就算你新交了女朋友我也管不着……”

又来了，女人的疑心病。

“你又瞎想，我没有……”李一笑刚要解释自己根本没有移情别恋，却看见前方有个熟悉的人朝他走来，可不就是那个该死的女装大佬李师师？！

李一笑顿时脸色一变，拼命用眼神示意他不要走近。

李师师却根本看不懂他的暗示，张口就道：“李一笑，原来你跑这里来了，我妈现在念叨你念叨个不停，你赶紧跟我过去哄哄她。”

李一笑默默扶住额头，要完，要完啊！

圆圆猛然回过头去，看到一个身材高挑的大美女朝李一笑走来，顿时脸色一变。

这身高，这脸蛋，这气质……简直是完胜她啊！

这场女人之间的战争，她们之间一句话都没说，她就已经输到马里亚纳海沟去了。

圆圆充满敌意的眼神让李师师愣了一下，不知道自己是哪里得罪了这姑娘。

“你就是李一笑的新女友？”圆圆用尖厉的声音问道。

李师师挑了挑眉，看了看扶额的李一笑，又想起他提起过的前女友，顿时就明白了，说道：“哦，你就是那个我名字都记不住的，李一笑的前女友，对吧？”

这可激怒了圆圆，她像是一只被侵犯了领地的母狮子一样，指着李一笑的鼻子骂道：“你还敢说你没有新女友？！”

李一笑委屈地嘀咕道：“你不是说你管不着吗？”

“好啊，我是管不着，我管不着你们这对狗男女！可是你骗我！你竟然敢骗我！渣男，禽兽，畜生！去死吧李一笑！我和你拼了！”这一刻，宛如齐达内附体的圆圆暴怒地按住李一笑的头，竟然当场用自己的铁头功给了他一记“头槌！”

这一声闷响，李一笑的世界天旋地转，他瘫在地上怀疑人生。

啊，这感觉，应该又是脑震荡了，他又要上医院了！

咦，他为什么要说又呢？

第三章

是时候给自己取一个一炮而红的艺名了

“哎……”坐在客厅沙发上的李一笑长长地叹了一口气。

“你怎么了？”对面正在看书的秋宁听到了新同事的叹气声，随口问道。

李一笑抬起头，看着眼前这位端庄美貌的大家闺秀，又是一声长叹，说道：“秋宁啊，距离我怀揣梦想来到这个宿舍已经过去一周了吧。”

“嗯。”秋宁应了一声。

“现在我遇到了自己梦想道路上最大的难题。”李一笑严肃地说。

秋宁点了点头。

“非常非常困难，无数先驱就是倒在了这关键性的一步上！”李一笑的表情更加严肃了。

秋宁连应都不应了，笑而不语地看着他。

李一笑无奈地看着这位神仙颜值的同事，无奈道：“你就不能捧哏一下吗？”

秋宁微笑着反问：“捧哏是什么？”

“好吧，女神无须学什么是捧哏，我们这样的相声演员才需要。”李一笑放弃了自己相声式的聊天方式，单刀直入道，“现在的问题是，我有取名困难症，取不出艺名了。”

“你可以和我一样用真名。”秋宁说。

“什么，你艺名也叫秋宁？”李一笑大惊失色，女神也过于耿直了吧？

“取名太麻烦了，我不会取名。”秋宁认真道。

李一笑绝望地看了她一眼，觉得今天跟秋宁聊怎么取艺名就是个错误，女神直播都用上真名了，找她取经也没用。

“不过我有一个不错的名字，你觉得‘李十三笑’怎么样？”秋宁问道。

“还行，还不错，哎哟可以啊，既契合我的本名，又有点武侠风味，还很好记，你这不是挺会取名的吗？”李一笑惊喜地看着秋宁。

“以前玩游戏随机到这个名字，觉得还不错，刚好你姓李，很合适。”秋宁笑眯眯地说道。

这是她高中注册网游《刀剑启缘》时系统随机给的名字，虽然有点偏男性化，但秋宁也没介意，顶着全服第一土豪的名头玩了一整年，直到没了兴趣才退出。

李一笑一拍手：“就是这个了！多谢女神，大恩不言谢！晚上给你下厨房！你只管点菜！我们今晚就搞个欢迎新人李十三笑大会！神厨李十三笑为大家倾情服务！不收费！”

说完，李一笑感到心中一痛。他上岗第一周非但没有赚到钱，还倒贴了出去，照这个进度他什么时候才能脱贫啊！可是话已出口，他也没脸反悔，只好眼巴巴地看着秋宁，希望这位新同事能够婉拒他的邀请。

“好啊，谢谢你。”秋宁面带微笑，报出了一长串菜名。

李一笑越听脸上的笑容越僵硬：“女神，法式鹅肝这个就算了吧？我这里可没有材料啊。”

最重要的是，这个很贵啊！

秋宁有些失望地叹了口气：“哎，好久没有吃到了。”

“有机会再做！我去招呼大家一声晚上聚餐！”李一笑可不想等秋宁再报几个一听就很贵的菜名了，转眼就跑没影了。

秋宁看着他的背影，笑了一笑，又继续低头看起了书。只是看着看着，她突然回想起了在玩《刀剑启缘》时的那些事儿。

她虽然是个游戏主播，但玩游戏的水平可不怎么样，打小就是如此，但是秋宁总有别的办法，比如花钱包养一个能打的小“情缘[①]”，给他买装备买外观，让他带着练级做任务。

说起来，她那个叫“金子不一定发光”的“情缘”退了《刀剑启缘》后到底是去打什么游戏了？好像说是要去打电竞？不知道有没有成

---

① 指游戏里的男女朋友。

为职业选手。

秋宁想不起来，也不是很在意，转眼就将这件事情抛到了脑后。

“夏甜雨同志，晚上聚餐，我这个新某方出来的神级厨师负责下厨，你即将有幸品尝到绝世美味，走过路过可不要错过哦。”李一笑敲开了夏甜雨房间的门。

夏甜雨好似是刚睡醒，一头乱发，嘟哝道：“你算哪门子神级厨师啊？一周了也没见你下厨，天天泡面外卖，你会做饭？”

“喂喂喂，你不要看不起人哦，我可是个正经美食主播呢！实不相瞒，爸爸我当主播前可是新某方烹饪学院毕业的，未来还会是知名校友，新某方以我为荣！”李一笑振振有词。

“咦，美食主播？我看你‘摸鱼[①]’了一周，还以为你要当个直播‘摸鱼’月入过万的咸鱼主播呢。”夏甜雨嘲讽道。

李一笑看着夏甜雨，夏甜雨也不甘示弱地看着他。李一笑确定了，这姑娘和他有仇。

“无知，我之所以还没有开始主播事业，是因为我还没有做好准备，不过现在我现在已经万事俱备了！”李一笑说。

“什么准备？”夏甜雨好奇地问道。

“自然是给自己取个惊天地泣鬼神的艺名！说出来吓死你！”李一笑糊弄道。

“你倒是说啊？”夏甜雨不信。

李一笑见人上钩，得意扬扬地摆了个风骚的姿势：“现在保密，等晚上聚餐的时候再宣布！”

“神神秘秘的，我倒是要看看你取了个什么鬼名字。”夏甜雨嘀咕了一声，关上了门。

见“夏甜鱼”已经上钩了，李一笑撒腿就跑，去楼下通知金锋。

说到金锋，这人绝对是这个宿舍里最“奇葩”的那个。整整一

---

① 指偷懒、不好好干活的行为。

周时间，李一笑就没有见金锋一口气说话超过三个字！

他可是一个主播啊，游戏主播啊，他的话怎么能这么少？要不是他“啊”“嗯”“哦”“好的”“谢谢”“知道了”这几个常用词说得还算流畅，李一笑都要怀疑这是个哑巴了。

难道是因为长得太帅？技能点全点在脸上，导致语言方面的技能点没点上去？李一笑觉得这个猜测很合理，毕竟长得这么帅的游戏主播，李一笑还是头一次见到，不愧是“电竞流川枫”。

李一笑来到金锋门前，敲了敲门。

金锋打开了门，直勾勾地看着李一笑，也不说话，来自帅哥的凝视让李一笑后背发毛。

“啊……嗯……金锋啊，晚上我们庆祝一下，聚个餐吧，我来做饭！”李一笑硬着头皮邀请道。

金锋默默看着他，看了半天，问道：“庆祝什么？”

李一笑这还是第一次听到金锋说了四个字！不由张大了嘴：“哇，金锋，你今天跟我说了四个字！四个！”

金锋看着他的眼神宛如看着一个智障。

“咳咳，是这样的，为了庆祝我取好了艺名，准备正式开始主播生涯，我决定邀请大家一起吃个饭。”李一笑赶忙说道。

“好。”金锋点了点头，关上了门，这门关得太快，差点把李一笑的鼻子给碰扁了。

李一笑捂着差点遭殃的鼻子喃喃道：“夭寿啦，我这个吴彦祖的鼻子差点保不住了。现在还差韩麦……”

李一笑继续往下走，来到一楼的被改成健身房的储藏室，韩麦不出意外地正在里面举铁。这位一脸凶相从前仿佛是个金链大哥的男人，画风却和他的社会大哥形象截然不同——他喜欢健身，热爱养生，还喜欢给人灌心灵鸡汤！

一周下来，李一笑也没有刚来的时候那么怕他了，开门就对他说道：“大哥，晚上一起吃饭啊，庆祝我马上就要上工开播了。”

正在用器械强壮肌肉的韩麦浑身大汗，气喘吁吁道：“好啊，兄弟，我就等着尝尝你的手艺了！”

李一笑嘿嘿笑道：“保证不让大哥失望！”

韩麦从器械上坐了起来，一边擦汗一边问道：“你前几天不是还纠结着吗？今天怎么突然要准备开工了？”

李一笑愉快地说道：“之前是因为没想好艺名，选择困难症犯了。”

韩麦笑道：“你这毛病还挺多啊，一会儿强迫症，一会儿选择困难症。纠结太多，头发掉光了。要多喝点枸杞菊花茶，健脾、养胃、安神、降火、美容、养生，男人喝了养肾，女人喝了养颜，喝了不吃亏，喝了不上当，谁喝谁知道。”

“谢大哥关心！”李一笑满脸纠结，他实在不想喝这种东西啊！

“艺名叫什么呢？”韩麦问。

李一笑有些得意地报出了秋宁给他取的名字：“叫李十三笑！”

“不错，好听好记，是得庆祝一下，让我想想……”韩麦说着，又问，“其他人你都叫上了吗？”

“都叫好了，金锋也答应了……”李一笑说着，又惦记起了这位“哑巴室友”，小声询问起了韩麦，“不过大哥，金锋他……他是不是对我有意见？我和他说话，他都埋头打游戏，爱理不理的。”

韩麦赶忙摇头：“不是不是，绝对不是，他这个人……哎，说来话长。”

李一笑一听，这是有情况啊，赶紧乐滋滋地在韩麦身边坐下，一副认真听讲的样子：“来来来，大哥您长话短说。”

韩麦有些为难，但还是张嘴了：“金锋这个人……是……呃……那个……”

“哪个？”李一笑好奇心被勾出来了，眼神炯炯地看着韩麦。

韩麦觉得难以启齿，几次张嘴都没说出来。

李一笑给他一点提示："他精神分裂？"

"不，没有的事！不是这个。"韩麦当即否认。

"那他，有抑郁症？"李一笑又问。

"没有没有，他心理状况应该还可以。"韩麦说。

"那是社交恐惧？现在年轻人一半都是社恐，不肯出去社交，倒是给我们主播行业提供了大量观众。"李一笑说。

"可能有点，但也不是因为这个。"韩麦说。

百思不得其解的李一笑抓了抓脸，干脆开起了玩笑："那我也不知道了，总不会是这哥们是个同性恋，见我年轻貌美姿色颇佳，对我一见钟情，每次见我话都说不利索，变成一个结巴？"

"对！就是这个！"韩麦突然一拍手，"就是这个！"

李一笑瞬间一脸惊恐："金锋他……他……他……"

他是个同性恋？！

韩麦拍手道："对！没错！他是个结巴！"

李一笑悬着的心终于落地了，他长长松了口气："哦，结巴啊，那有什么啊，你早说不就好了吗？"

等等，结巴？一个游戏主播？是结巴？！

李一笑一脸难以置信："结巴，这不可能吧，他是个游戏主播啊，要讲话的！"

一个游戏主播，长得这么帅，是个结巴？这仿佛是在逗他！

韩麦一脸"世界之大无奇不有，随缘随缘"的神情，非常佛系。

"来来来，大哥你给我说说金锋吧。"李一笑好奇心上来了，决心今天就要把这位帅哥室友的来历搞清楚。

韩麦被他一搅和，也无心健身了，干脆和李一笑八卦起了同事。

"金锋从前是个电竞选手，听说挺厉害的，技术很好，但是不爱说话。"韩麦说。

"人帅话少性格冷，怪不得外号'电竞流川枫'呢。"

“可惜他运气不好，手伤退役了。”

李一笑好奇地问道：“怎么伤的？”

韩麦摇了摇头道：“不知道，从来没听他提起过。退役后他就回老家去了，过了一两年，不知道怎么的，和公司签约，来做直播了。”

李一笑嘴角抽了抽：“公司怎么想的，和一个不会说话的游戏主播签约。”

韩麦一脸严肃地说：“那还用问吗？当然是因为他长得帅了！”

李一笑一想，比韩麦还严肃地点了点头。

两人你看看我，我看看你，最后一同发出一声长叹：“这个看脸的世界啊。”

“不过金锋明知道自己结巴，为什么还要来当主播啊？干点别的不好吗？何必为难自己折磨观众呢。”李一笑还是有点纳闷。

“可能是放不下吧，当年他可是大学肄业去打电竞的，还是个很不错的大学呢。”韩麦说。

“哇，网瘾少年哦，看来他是真爱游戏了。”李一笑惊叹了一下，“那他结巴是天生的吗？”

“不知道，其实有时候我觉得他没有结巴，日常随便聊天的时候，他说话挺流利的，但不知道为什么，一开直播就结巴，后来干脆不说话了。”韩麦说道。

李一笑叹了口气：“幸好我不是个结巴，我这个话痨要是结巴，那肯定要被憋死啦！”

邀请工作完成了，李一笑出去买了食材，为晚上的宴会做好了准备，韩麦鬼鬼祟祟地出了一趟门，回来时拿了一捆红色的东西，李一笑瞅了一眼，好似是块布，还没来得及问，韩麦就已经回房间去了。

夜幕降临，大家坐在了一楼的餐厅，难得人这么整齐，李一笑在厨房里忙进忙出，韩麦也搭了把手，看不出来，这位社会大哥竟然在厨房里还挺有一套的，真是不符合人设。

“来来来，开饭啦。”李一笑把最后一道硬菜端上了桌，大家端着饮料准备干杯。

“等一等，我有个东西要送给李一笑兄弟。”韩麦说着，从柜子里拿出了他从外面定做的横幅。

李一笑“哇哦”一声，兴奋地过去打开。

他和韩麦两人一左一右拉开了这条红色的横幅——“热烈欢迎李十三笑加入主播大家庭。”

李一笑被感动了，握着韩麦的手激动道：“大哥，大哥你真是个好人！”

被发了好人卡的韩麦有点不好意思：“嗨，就这么点事儿，算个啥。”

就在此时，正在喝饮料的金锋冷不防地看到了横幅上的这一行字，猛然被呛住了，一口可乐喷在了地上。

“金锋，你没事吧？”夏甜雨立刻关心起了男神，生怕把人给呛着了。

金锋一边难受咳嗽，一边用难以置信的眼神看着李一笑，好像他是一个始乱终弃的负心汉。

这眼神已经不仅仅是让人背后发毛了，是让人两腿发软想要跑路！

李一笑捂着胸口往后退了两步，躲到了韩麦身后，委屈又莫名地问道：“金……金……锋……锋……你……你……你怎么了？”

好家伙，他都被吓得结巴了！

金锋一言不发，那眼神比李一笑还委屈。

李一笑开始疯狂思考自己到底做错了什么，让金锋这么看他。

他真的什么都没做啊！

夏甜雨，你别再看着我了！我真的没有对你男神做什么！是他自己要盯着我看的！

秋宁眼神若有所思地在横幅和金锋之间打了个转，不知道在想些什么。

因为金锋的这一出意外，李一笑整顿饭都食不知味——任谁被一个大帅哥用委屈控诉的眼神凝视，都会食不下咽的。

饭后秋宁主动承包了洗碗工作，夏甜雨白吃了一顿大概觉得不好意思，也进去洗碗了，一边洗一边还要跟秋宁比赛谁洗得快，秋宁大概觉得这很无聊，拒绝比试，让夏甜雨很是失望，她可是难得有项目可以稳赢秋宁呢！

被人紧迫盯了一晚上的李一笑对金锋干笑了几声，准备溜号了："那我先回房间去了，拜拜，拜拜，拜拜。"

一口气说了三个拜拜也没能让金锋退让。他站在李一笑的身前，脸上面无表情，目光炯炯有神："你玩过《刀剑启缘》吗？"

啊？他纠结了一晚上就是想问这个？

李一笑一脸蒙："玩过啊，高中的时候玩过。"

金锋的眼神这已经不是炯炯有神了，根本是熊熊燃烧！

李一笑都被吓蒙了，生怕金锋冲进厨房拿把菜刀和他拼命。

"那你还记得，'金子不一定发光'吗？"金锋咬牙切齿，一字一顿地问道。

完全没有！

李一笑心慌慌的，不知道为什么金锋突然要问这个，直说不知道吧，金锋已经快要杀人了，要说知道吧？他什么都不知道啊！

李一笑只好先稳住对方："你让我想一想啊……这名字有点耳熟……嗯……可能是哪里听过……应该……嗯……可能是……"

金锋死死盯着李一笑。

李一笑欲哭无泪，只好诚实交代：“对不起啊兄弟，我真的想不起来了。”

金锋闻言，突然冷笑了一声，从椅子上站了起来：“骗子！”

说完，金锋头也不回地扬长而去。

李一笑呆呆地坐在椅子上，啊？骗子？他不是，他没有啊！他真的好冤枉啊！

刚才在厨房洗碗的秋宁已经结束了工作，正在给自己的手涂护手霜，见到呆若木鸡的李一笑，她问道：“金锋怎么了？”

李一笑委屈地看着秋宁：“他莫名其妙问我认不认识一个叫‘金子不一定发光’的人，我说不认识，他就骂我是个骗子。”

秋宁明显是愣了一下，喃喃道：“金子不一定发光？”

“我不认识啊！我玩《刀剑启缘》的时候根本没听说过这人！”李一笑感到十分冤枉。

秋宁捂着嘴轻咳了几声，转眼就将事情全都想明白了。

秋宁对李一笑招了招手，笑容满面道：“我们去外面散个步吧。”

秋宁女神要请他去散步？李一笑越发莫名其妙了，今天一个两个都是怎么回事啊？

不等李一笑拒绝，秋宁已经强行拉着李一笑出去了。被拖走的李一笑一路都在喊：“等等、等等，到底怎么回事啊？”

刚刚清理完厨房出来的夏甜雨，看着拉着李一笑出门的秋宁，张大了嘴：“哇，有奸情啊！不行，我得去看看。”

金锋一直是个性格稳重的人，加上先天性的“面瘫”，基本上是个喜怒不形于色的冰山帅哥。

但是再冰山的帅哥，也有被“人妖”逼疯的一天。

对，“人妖”！他的初恋情人竟然是个死“人妖”！

这个重大打击让金锋简直不忍心回想自己高中时都干了些什么。

“兄弟，你怎么了？”韩麦见到金锋魂不守舍的样子，关切地问了一句。

“我……没事。”金锋怎么好意思把这等糗事告知室友，板着脸装作没事。

韩麦上下打量了他一番，见他实在是失魂落魄，一看就是有重大情感问题，干脆把人拉进了自己的房间里，强行按着他坐下，可怜金锋一个高高瘦瘦的宅男，哪里反抗得了一个养生举铁的大哥，硬是被按在了沙发上。

金锋想站起来，但是韩麦一手按着他的肩膀，起来一次被按下去一次，跟打地鼠似的。

连续被按下三次后，金锋终于放弃了挣扎，乖乖坐在沙发上。

“兄弟，我知道你心里有事，刚才吃饭的时候你就不对劲了，有什么事儿，说吧，大哥我大学时选修过心理学，虽然成绩一般但好歹通过了。”韩麦热心地说道。

金锋满脸问号，看着韩麦的表情都不对了。

你一个社会大哥还念了大学，念了大学也就算了还选修心理学？

莫不是个学霸哦？

不可能不可能，绝对不可能。金锋飞快地把这个可怕的念头甩出了脑袋。十有八九是为了更有面儿才花钱读了个夜大。

“我……呃……这件事……有点丢人。”金锋在韩麦的紧迫盯人下，终于开口了。

“慢慢说。先喝杯枸杞菊花茶，健脾、养胃、安神、降火、美容、养生，还防秃头，我们这行最需要了。”韩麦泡了杯枸杞菊花茶递给了金锋，这是打定主意要为小弟排忧解难了。

金锋心情复杂地喝了一口茶，幽幽道：“我高中的时候……”

另一边，被秋宁强行拉来陪散步的李一笑紧跟着女神的脚步，像个伺候贵妃娘娘的小太监，殷勤道："秋宁啊，你今天真的不太对劲，真的真的不太对劲。"

秋宁回眸一笑道："哪里不对劲？"

"总之就是很不对劲。你到底有什么事情瞒着我？"李一笑不是傻子，他已经觉察出了这个情况不对头。

秋宁指了指路边的椅子，示意李一笑坐下来。

此时天色已经晚了，两人坐在小区路边的长椅上，秋宁问道："你以前也玩过《刀剑启缘》？"

"是啊，高中时候的事情了。"李一笑回道。

秋宁微微一笑道："巧了，我也是，我在玄黄区。"

"我是洪荒区的。"李一笑说。

"怪不得你不知道……'金子不一定发光'是玄黄区很有名的一个大神。"秋宁说道。

"不知道，那时候我不怎么上游戏论坛，就瞎玩了一个假期，之后就退游了。"李一笑抓了抓头发说道。

秋宁淡淡道："嗯，所以你不知道也在情理之中……"

"我高中的时候，《刀剑启缘》，这个游戏刚……刚出来，非常火，我被同学拉去玩了。"金锋说起从前的时候，口齿竟然异常流利，几乎都不结巴了，"游戏里，我有个'情缘'。我们两情相悦，她对我很好，非常好，我们一起做任务，一起比赛，很开心。"

哦哦，网恋啊，韩麦笑了，冲金锋挑了挑眉："你小子可以啊。"

金锋回想起少年时的网恋，脸上自然而然有一种光彩："后来她主动跟我求婚，我们……我们就结婚了。婚礼很盛大，全服都知道。我们是一对……一对……神仙眷侣。"

韩麦的笑容越来越明显："好事儿啊。"

金锋说着，叹了一口气："之后我接触了别的游戏，对《刀剑启缘》的兴趣淡了，想去打电竞，就……退游了。我想拉她一起去，但她不去。”

韩麦点了点头：“理解，妹子肯定还是更喜欢《刀剑启缘》这种比较社交性的游戏，我一个不玩游戏的人都听说过。”

要真是个妹子他也不会这么纠结了。金锋怨念的心想着，看着韩麦的表情有点幽怨，看得韩麦莫名其妙。

“可我不想和她断了联系，就问她，要了联系方式、家庭地址。心想，就算以后不能一起玩，也要保持联系。但是……”金锋说着，一张帅脸上满满地写着沮丧。

“但是什么？”韩麦好奇地问道。

“但是她给我的信息全都是假的！”金锋一脸悲愤，活活就是个被渣女坑害的倒霉老实人。

韩麦惊讶地“啊”了一声：“为什么啊？”

“我想了这么多年，直到今天，终于明白了。”金锋的脸上浮现出了浓重的杀意，“她从来不跟我语音，不跟我视频，还不给我真实信息，根本是因为……”

“是因为他根本是个‘人妖’，他就是李一笑！！！”金锋气得连结巴都治好了。

韩麦愣愣地张着嘴，半天才发出一个声音：“啊？”

另一边，秋宁和李一笑并排坐在小区长椅上。

秋宁整理了一下思路，露出她脸上惯常的那种优雅笑容，将事情娓娓道来。

“我高中的时候在玩《刀剑启缘》，但是操作不是太好，所以我干脆‘包养’了一个高手。我对他不是很上心，就是给钱给装备，让他带我练级做任务，一共也就花了十几万的样子。”秋宁说道。

李一笑的表情非常诡异。十几万块钱，那叫不太上心？不是很懂你们有钱人。

秋宁平静道："后来系统出了很多情侣任务，我就提议结婚，他也答应了。我心想既然结婚了，总得办一下吧，就稍微花了点钱，也没花多少，肯定不到十万。"

李一笑脸上的笑容逐渐消失，土豪的世界他真的不懂。

"后来他好像是不想玩了，想去打电竞。我玩游戏只是为了休闲，对竞技并不感兴趣，也不想为了谁去重新适应一个游戏，这太浪费时间了。"秋宁平静道。

李一笑点了点头表示理解。

虽然接触时间不长，但是秋宁身上有一种很随性却又很自我的气质，让李一笑很明显地感觉到，这个姑娘应该有一个很显赫的出身，才会养成她这种礼貌却疏离，高傲却又理所应当的气质。

秋宁接下来的话又佐证了李一笑的想法。

"退游前，他跟我要了家庭地址等一些联系方式。"秋宁说。

"你给了吗？"李一笑问道。

秋宁笑了笑："算是给了吧……不过，我家里人跟我反复叮嘱过，不熟的人，一定不能给真实的个人信息。我有个未婚……呃，朋友，是我们家的世交，他就是交友不慎，被人绑架索要了五千万的赎金，还差点被撕票。"

李一笑的嘴里都能塞下一个鸡蛋，他左看右看，小声对秋宁说道："你们有钱人的世界，都这么危险的吗？"

"也还好，国内治安不错，我回国之后就不带保镖了。"秋宁微笑道。

"……"李一笑的嘴角抽搐了一下，什么都不想说。

"总之，我给他的个人信息全都是假的，我们之后就断了联系。"

"嗯，然后呢？"

"我的'情缘'，叫'金子不一定发光'，也就是金锋。我也是今天才知道这件事。”秋宁面带微笑地看着李一笑，“现在的问题是，他把你误认为了我，因为那时候我的网名叫‘李十三笑’。”

“死‘人妖’欺骗纯情美少年”的惊天一锅背在身上，压得李一笑一口气没上来，他只能发出呆滞的声音：“啊？”

听完了这段旷世网恋的韩麦，支支吾吾地问道：“兄弟啊，这……会不会……是你搞错了？”

“我情缘就叫‘李十三笑’，我问过李一笑，他确实玩过《刀剑启缘》。不是他，还能是谁？”金锋面无表情，脸上甚至还有杀气。

原名李一笑，游戏里给自己取名叫李十三笑，这好像是挺自然的事情，小朋友的第一个网名确实很容易取和自己姓名有关联的名字。

韩麦都不知道怎么给李一笑辩解了，只好说道：“也许他给你假的信息，不和你联系，就是怕这件事会拆穿，然后伤害到你？所以他肯定知道自己错了。你就……呃，忘记你的初恋吧，初恋啊，总是不圆满的嘛。”

“我不能接受。”金锋杀气腾腾地说道，“我不能接受，我的初恋，是个‘人妖’！”

那颗惨遭骗婚的纯情少年心啊，在今天的晚餐中破碎了。

韩麦叹了口气，看来是劝不住了，只好道：“兄弟，我现在还有最后一个问题……”

金锋冷冰冰的脸上浮现出一抹淡淡的红晕，他沉痛地缅怀逝去的初恋：“爱过。”

韩麦：……我真的不是想问你这个。

“所以你现在想怎么办？”韩麦问金锋。

金锋其实也没有想好，他呆呆地在沙发上坐着，好像因为这个沉重的打击失了神。

韩麦不禁有些同情这位帅哥室友，明明是个大帅哥，明明可以在现实里正常恋爱，却偏偏要去搞网恋。网恋也就算了，还恰恰遇到一个人妖，这下好了，朦胧且无疾而终的疼痛初恋故事，一下子变成了搞笑片，另一个主演竟然还是他的新朋友李一笑。韩麦真是一个头两个大。

孽缘啊，真是一段孽缘！

“我要去……问问他，当初，为什么，要骗我。”金锋一下子从沙发上站了起来。

“等等，你就这么直白地问吗？”韩麦被吓了一跳。

“对，我一定要搞清楚！”金锋说。

“等等啊，大兄弟，你就这么问，他也不会承认吧！”

金锋一想，也是，刚才他不就是装傻吗？

“这样吧，你最好还是约个时间地点单独和他谈谈，认真谈，深入谈，谈话是沟通最好的途径，一旦谈出感情来了，他不就会跟你坦白了吗？”韩麦说。

“……没有感情了。”金锋冷漠道。

“你刚才还说爱过的。”韩麦说。

“在我知道，他是‘人妖’的那一刻，我就当初恋，死了。”金锋面无表情地说道，掏出手机编辑了一条微信发给李一笑——“今晚十二点，来我房间。”

韩麦拍了拍他的肩膀：“你知道你现在的行为叫什么吗？”

金锋茫然地摇了摇头。

韩麦沉重道：“叫挖坟。你非要把你死掉的初恋，从坟地里挖出来。少年，你这样很偏执啊，容易魔怔，我劝你做人要佛系一点，初恋什么的，死了就死了吧，谁还没有死过初恋呢？”

金锋：“……”

另一边，李一笑正在抱头哀号。

这个锅好冤，这个锅好沉。

哪怕是常年背锅，已经习惯自己事故体质的李一笑，都觉得自己好惨。

不就是找人取个艺名吗？为什么会变成这样呢？

“看金锋的样子，他恐怕还是惦记着这件事，我觉得，最好还是一劳永逸，让他死心。”秋宁看着李一笑，郑重道。

“你暗示了，要送我一个锅，一个又大又沉的锅。”李一笑也看着秋宁，严肃道。

秋宁笑了，这个笑容让她身上那种不食人间烟火的气质淡去了一些，有了年轻姑娘那种鲜活的美。

“如果你愿意的话，我会很感激。当然你拒绝，我也完全理解，毕竟这件事是我的错，害你受了无妄之灾，说起来，是我应该向你道歉。”秋宁笑着说道。

李一笑眼珠子一转：“也不是不行，毕竟我信奉做人要日行一善，但是嘛……嗯……”

李一笑把手往秋宁面前一摊：“给点好处呗。”

李一笑拼命暗示，满脸期待地看着秋宁：给点钱啊，大小姐，我都这样牺牲名誉了。

秋宁想了想说道：“我本来想给你钱，但你是个好人，我不能用肮脏的钱侮辱你的品格。”

李一笑仿佛受了内伤，内心泪流满面：不不不，请尽情地侮辱我啊！可你为什么给我一张好人卡，让我想不做个好人都不行了！

“这样吧，我给你推荐。你什么时候直播，或者出视频，我就在直播里给你推荐。”秋宁微笑道。

李一笑一拍双手：“成交！这样的好事，难道还有谁会反对吗？”

一直藏身在草丛里被咬了满头包的“提莫队长”发出了反对的

声音：“我反对！”

秋宁和李一笑齐齐回头看向草丛。

夏甜雨突然从草地里冒了出来，头发上沾满了草屑，脸上还一左一右被叮了两个硕大的蚊子包，看起来十分搞笑。

夏甜雨丝毫没有偷听人家谈话的愧疚感，目光灼灼地看着两人：“我反对！”

反对什么？李一笑竟然一时间没有反应过来。

“你们的话我已经都听到了，总之，我反对！”夏甜雨说道。

“你怎么能偷听人家说话呢？”李一笑谴责道。

“偷听你怎么了？！”夏甜雨不为所动。

“行行行，不怎么样，所以你想干什么？”李一笑问道。

“你甭管我干什么了，总之，我反对！”夏甜雨不依不饶。

李一笑感到手机响了，拿出来一看，是金锋发给他的——“今晚十二点，来我房间。”

李一笑赶忙拉住秋宁：“怎么办啊！金锋让我晚上十二点去他房间！他肯定是要逼问我名字的事情了！”

夏甜雨闻言尖叫了起来：“你怎么可以大半夜去金锋房间，你们‘孤男寡男’，深更半夜，共处一室，成何体统？要点脸啊！”

李一笑一脸蒙，他这还是第一次听到这样的“男德教育”呢。

“那也是金锋邀请我的。”李一笑为自己辩护。

“我不管！肯定是你勾引他！你没那个心，可以选择不去啊。”夏甜雨无脑站在自己男神这边，把锅甩在了李一笑的头上。

背锅侠李一笑无语了，默默看着秋宁，一脸无辜。

于是秋宁问夏甜雨：“所以，甜甜，你想怎么样？”

夏甜雨看了看秋宁，脸上一红，硬是挤出了一个谄媚的笑容，把李一笑从长椅上挤了出去，自己坐到了秋宁身边——顺便一踢，李一笑一屁股坐在了草地上，一脸茫然。

“秋宁，我们是好姐妹吧？”夏甜雨挽着秋宁的胳膊，用甜甜的声音问道。

秋宁温柔一笑：“不是啊。我来宿舍第一天，你就指着我的鼻子说，我们以后是充满竞争的塑料姐妹花。”

李一笑捂着嘴发出了古怪的笑声。夏甜雨会做出这种事情，他还真是一点都不觉得奇怪。

夏甜雨的脸都皱到了一起，她深吸了一口气，越发谄媚地说道：“塑料姐妹花怎么了？塑料姐妹花，它永不凋谢！再说这都是从前的事情了，那时候我不懂事，可是这么长的时间下来，我已经把你当成我最好的姐妹了！毕竟你平时那么照顾我，我要知恩图报的！”

“我平时都怎么照顾你了？我怎么不知道。”秋宁微笑道。

李一笑在草堆里看着这俩姑娘，觉得这情景真是有意思，秋宁显然是在逗弄夏甜雨，刚才那笑容，乍一看是标准的斯文端庄大家闺秀，可是仔细一看，要多阴险有多阴险。

看来这姑娘也不是表面上这么文静稳重啊，李一笑心想。

李一笑看出来了，夏甜雨却不知道，她正在抓狂，秋宁今天是怎么回事，专门和她杠上了吗？！

“我不管！你是我最好的朋友，我一定要报答你！你不想金锋知道你就是他的情缘，没有关系，我可以主动帮你解决这个难题！李一笑！”夏甜雨一声怒吼，厉声叫出了李一笑的名字。

“在！”草丛里看八卦的李一笑立马精神了起来。

“你告诉金锋，这个名字是我帮你取的，这是我在《刀剑启缘》里的网名！今晚，我去金锋的房间里和他好好谈谈！”夏甜雨大声道，眼睛都在发光。

哦，这个姑娘果然是暗恋金锋。

李一笑早就看出来了，故意用夏甜雨刚才说的话顶了回去：“我反对，你怎么可以大半夜去金锋房间，你们孤男寡女，深更半夜，共处一室，成何体统？”

秋宁笑眯眯地说道：“李一笑说得对，我们既然是好朋友，我怎么能让你去背这个锅呢，万万使不得。”

李一笑斜了秋宁一眼：所以就活该他背锅咯？还真是见色忘友……啊不，见友忘色！

夏甜雨急了，使劲找借口：“但是你让李一笑去，万一……万一……万一金锋打他怎么办？”

秋宁做沉思状：“你说得有道理。”

夏甜雨的眼睛一亮：“所以还是让我……”

“实在不行，我就去找金锋坦白好了，他总不会打我吧？”秋宁叹了口气，一副要去毅然认错的架势。

“不行啊！绝对不行啊！”夏甜雨要疯了，心想，你们要是旧情复燃了怎么办？我男神岂不是被你轻松拿下？我只好收拾包袱滚蛋？！我绝对不同意这门亲事！

夏甜雨突然提高了分贝，活像一只惨叫鸡：“秋宁，你是我的好姐妹。我要帮你挡枪！让我去吧！这个锅，我背了！”

秋宁一脸感动状，拉着夏甜雨的手深情道：“你的心意我感受到了，你果然是我的好姐妹。可是你把我当好姐妹，我又怎么能眼睁睁地让你去背锅，我宁可不做主播回家继承家业，也不能让你为我顶罪！”

夏甜雨急得都忽略掉了继承家产的言论，简直要原地爆炸了，她一会儿捂脸一会儿揪头发，一副急得要命的模样，简直是喜剧一般的效果。

李一笑看得明明白白，秋宁根本是在故意逗夏甜雨，她就是想看夏甜雨着急的样子。看看这坏心眼的姑娘啊，她脸上那阴险的微笑……真叫人害怕。

夏甜雨已经被逼疯了，她一下子从椅子上站了起来，冲到旁边的池塘边，尖叫道：“你不让我背锅，我就从这里跳下去！”

秋宁惊讶地瞪着夏甜雨，李一笑干脆捂住了额头，这世间自有真情在，竟然还有这样“伟大”的背锅侠。

“好吧，我让你去，你赶紧回来，万一掉下去了……你晚上还要直播呢！”秋宁被吓了一跳，只得连忙答应夏甜雨，劝她赶紧回来。

“真的？你不骗我？”夏甜雨还挺机警，再三确认。

“真的，真的，不骗你！我保证！”秋宁举起了手，发誓道。

夏甜雨这才心满意足地笑了，蹦蹦跳跳地从水池边回来。

然而，这姑娘乐过了头，绊到了东西，像是一只努力起飞的小母鸡一样使劲扑腾手臂保持平衡，却还是一头扎进了池子里。

“甜甜！”秋宁吓了一跳，赶忙冲过去救人。

李一笑也叫了一声，猛然想到，从他到这里以来，这池子里已经掉进去三个人了吧，有毒啊。以后要离这个池子远点。

晚餐过后到午夜的这个时间段是直播的黄金时段，也是竞争最激烈的时段，各位积累了大批粉丝的大主播们纷纷开播，吸引了绝大部分的流量，小主播们很难和他们直接竞争，大多另辟蹊径，选择人少但竞争也少的时段。但撇开这群还没站稳脚跟的小主播，还是有不少主播选择在这个时间段开播，因为这也是一天里观众基数最大的时候。

各大直播平台也到了最忙碌的时候，推荐位上的主播们挖空心思地吸引更多新人观众留在自己的直播间内，至少也要他们点个订阅再走。这种热闹的景象会一直持续到午夜前后，零点的钟声响起后，直播平台中的“万家灯火”渐次熄灭，等待新的黎明的到来。

零点快到了，夏甜雨下播了，对着镜子一通补妆之后，她雄赳赳气昂昂地来到了金锋的门前，“咚咚咚”地敲响了门。

金锋也刚刚下播，听到敲门声立刻精神了起来，一副准备进入战斗状态的架势。他深吸了一口气，思考着待会儿要怎么好好和李一笑“谈谈”，一定要深入地“谈谈”。

但是在拉开门看到含羞带怯的夏甜雨的一瞬间，金锋下意识地关上了门。

——这一定是他开门的姿势不对！

“喂喂喂，别关门啊！我有话要和你说！”夏甜雨硬是从门缝里挤了进去，强行入内，吓得金锋后退了一步，一副深夜被色狼推门而入的惶恐少女的样子。

夏甜雨杀入了金锋的房间，对着男神甜甜一笑，笑得金锋后背的汗毛都竖起来了。

“金锋，有一件事情，我觉得我不能再瞒着你了，就算你会生气，我也要告诉你！”

夏甜雨上前几步，把金锋逼退到了沙发边，金锋一屁股坐了下去，浑身紧张地看着夏甜雨：“什、什么？”

门外。李一笑拖着秋宁来到了金锋房间门外，干起了偷听的勾当。

“来，蹲下来，用手这样扶着耳朵，听得更清楚。”李一笑对秋宁小声说道。

秋宁拉不下脸蹲墙脚：“麻烦你转述给我吧。”

“相信我，听墙脚很快乐的！”李一笑说。

“嗯……没关系，我想站一会儿。”秋宁虽然觉得好奇，但是教养让她干不出听墙脚的事儿。

李一笑也不勉强，自己偷听了起来。

“金锋，那个李十三笑，其实是我玩《刀剑启缘》时的网名，我把它送给李一笑用了，所以当初和你网恋还对你始乱终弃的人渣，就是我！”夏甜雨大声道。

金锋：“始……始乱终弃？”

“但是我已经长大了，我知道自己当年的做法是错的！我不应该用金钱侮辱你、‘包养’你，我错了！大错特错！”夏甜雨咬咬牙，背着锅沉痛地忏悔了起来。

金锋：“包……包养？”

门外。秋宁忍不住问李一笑：“他们说了什么？”

李一笑尴尬地说道：“好像说了，包养，始乱终弃，人渣什么的。”

秋宁感觉自己一世英名毁于一旦，绝望地闭上了眼。

金锋的房间里，夏甜雨继续她的表演：“对，我……那个……我……我那时候还小！不懂事哦，总觉得……谈恋爱很羞耻！所以有看中的人，我就直接‘包养’了！这个……那个……先‘包养’，后恋爱，这个套路，特别流行的！”

金锋：“什么？？？”

这是什么套路？老实人没见过啊！

李一笑给秋宁现场直播了起来：“包养出真爱，甜甜这姑娘，思路很‘霸道总裁’啊，她是不是特别喜欢看这种言情小说。”

秋宁微笑着说道：“真正的霸道总裁，无须包养也会有真爱，而且很多。”

李一笑问道：“你怎么知道？”

秋宁淡淡道：“因为我父亲就是这样的人。就我知道的，他在外面至少有十八个小情人，每一个都是真爱。去年新有了一个，听说就比我大一岁，还给他生了对双胞胎女儿。”

李一笑：“……”

你们有钱人的世界，我真的不懂啊。

夏甜雨不知道门外有人偷听，此时正越说越来劲，她熟练地将自己代入了“霸道总裁爱上我”这类言情小说里的总裁角色：“给你假的联系方式，是因为我发现，我真的爱上你了！”

金锋：“什么！！！”

夏甜雨浮夸地咏叹了起来：“啊，爱情，爱情是这样让我不知所措，我不知道该怎么面对你，只好对你避而不见，从此不再与你联系。我以为只要这样，我就可以忘掉你，重新开始我的生活，和一个门当户对的男人结婚，这就是我们有钱人可悲的宿命。”

金锋：“……”

李一笑已经笑到打鸣了：“哈哈哈哈哈，甜甜这个套路真的可以啊，我快笑死了。接下来的剧情是不是后来两人再相见，干柴烈火坠入爱河！可以，这很‘霸道总裁’。”

秋宁冷漠道：“一般来说，会真的忘掉的，毕竟真爱实在太多了，谁还记得啊。”

李一笑斜了她一眼，总觉得自己听到了很多了不得的秘密。

夏甜雨还在表演：“是命运，命运让我们相遇了。哪怕我不知道你就是当年的那个他，我还是止不住地为你心动。当今天，我知道你就是‘金子不一定发光’的那一刻，我再也无法压抑我对你的感情，我一定要告诉你……我……我……”

金锋冷漠道：“你根本没玩过《刀剑启缘》。”

浪漫的告白场景，一下子变成了侦探剧，连背景音乐都变了。

夏甜雨惊叫道：“你怎么知道？！”

金锋看着他，面无表情地说道:“你忘了吗？你刚来宿舍，第一天，就，让我教你……打游戏。”

夏甜雨猛然回想了起来，冷汗涔涔。

金锋看着她，痛心疾首地说道：“然后你，一下午，都没有过《超级玛丽》，第一关。”

夏甜雨一脸牙疼的表情，她是真的不玩游戏啊！

“你的操作，已经出卖了你。李一笑呢？他竟然，让你给他背锅，他不是个男人！”金锋没有怪夏甜雨，而是认定这肯定是李一笑的把戏，他不敢承认，找了夏甜雨给他顶锅，这种行为让金锋不齿。

夏甜雨还能怎么办呢？为了维护自己在男神心中的美好形象，

她只好嘤嘤嘤地附和了起来："对，他不是个男人！"

门外的李一笑一脸蒙："怎么又是我的锅？！"

秋宁不知道里面发生了什么："怎么了？怎么样了？他们说了什么？"

李一笑侧耳倾听，只听金锋说道："我要找他'好好谈谈'。"

李一笑赶忙道："不好！金锋要来找我了！"

秋宁连忙后退两步，若无其事地和李一笑拉开了距离。

门开了，李一笑后退不及，一个跌倒趴在了金锋的脚下，两人四目相对，李一笑干笑了两声："我说路过，你信吗？"

金锋冷漠地说道："解释。"

李一笑看向秋宁，秋宁一脸"我只是路过此地你们接着聊"的神情。

哎，他早该知道，他这个倒霉的背锅体质，怎么可能有随随便便能把扔过来的锅丢掉的机会呢？凡事都是他李一笑的错，他早该明白啊！

李一笑熟练地认命了，面对英俊逼人的帅哥同事，他勇敢地承认："当年的事情，我道歉。我的心情其实非常复杂，你想啊，我一个大男人，在游戏里装妹子，还'包养'小帅哥，这种行为完全是被资本主义腐蚀了纯洁的心灵。我当年……"

金锋接了下去："游戏打得真的很菜。"

李一笑忙不迭地说道："对对对，很菜，很菜！不然也不用'包养'你，是吧？"

秋宁在一旁干咳了一声，假装没听见。她现在的心情非常复杂，高中的时候她父母的关系几近破裂，她被压抑的家庭氛围弄得非常烦心，干脆把时间都花在了游戏里，结果留下了这样的黑历史。

"我也没有喜欢你。"金锋说道。

"对对对，没有喜欢我，这是肯定的，你是'钢铁直男'，'直'

得不能再‘直’了。喜欢我那不就‘弯’了吗。”李一笑附和道。

这下轮到夏甜雨在一旁干咳了。她现在心情非常沮丧，好不容易和男神套近乎给自己搞了个网恋前女友的人设，结果失败了，多好的机会啊！怎么就被金锋看穿了呢？果然人不能不会打游戏啊。

“我原谅你了。”金锋说道。

“对对对，原谅……啊？原谅我了？”李一笑万万没想到金锋这么好说话。

金锋看了他一眼，实在不想承认自己的初恋竟然是这样一个“人妖”，但事已至此，他也不是一个揪着过去不放的人。

“嗯，就这样吧。”金锋说道，意外地洒脱。

李一笑感动极了，抓住金锋金贵的手使劲摇晃：“兄弟啊，虽然我们因为性别一样，这辈子是当不成‘情缘’了，但我们可以做兄弟啊！我们应该当场结拜！”

金锋嫌弃地把手收了回来：“算了，我没兴趣。”

李一笑严肃道：“对兄弟，我向来是一天管三顿饭的，必须是今天晚饭这个水平。”

正要关门的金锋默默回来了，双手握住了李一笑的手：“好的，兄弟。”

李一笑给了秋宁一个得意的眼神，看吧，要征服一个男人的心，必须先征服他的胃。

秋宁无奈地笑了笑。

算了，黑历史就让它这样过去吧，让秘密永远是一个秘密。

虽然秋宁的想法是好的，但是现实却是残酷的。

人生，总有这样那样的意外，也总有这样那样的猪队友。

就在第二天，李师师来到了七号别墅：“秋宁呢？说好的跟我一起逛街帮我挑衣服呢？”

李一笑刚从楼梯上下来："你老找我们秋宁做什么？"

李一笑记得清清楚楚，他来这里不过一周的时间，这个李师师已经来找秋宁三次了！还每次对他横挑鼻子竖挑眼，一见面就是吵架，真是八字不合。

"怎么？我找我老同学逛个街，还要你批准？你是更年期的教导处主任吗？"李师师对李一笑没什么好脸色。

李一笑惊讶道："你们是老同学？"

"对啊，你不知道吗？我们高中一个班的。"李师师说道。

李一笑还真不知道。

秋宁还在房间化妆，李师师干脆在沙发上坐了下来，和李一笑闲聊："你到底什么时候开播啊？可别是准备当一辈子咸鱼。"

"谁说的，我最困难的阶段已经过去了！我已经取了一个惊天地泣鬼神的优秀名字，就等一夜爆红了！"李一笑得意道。

"什么名字？"李师师好奇地问道。

正在厨房倒水的金锋走了出来，斜了李一笑一眼。李一笑对他挥挥手，又把视线转回了李师师身上："我的艺名，就叫李十三笑！怎么样？是不是武侠里透着言情，言情里透着悬疑，悬疑里透着……神厨的气息？"

秋宁从房间里出来，拎着包走了下来，冷不防地听到李一笑正在对李师师吹嘘他的艺名，脸都白了。

不等秋宁阻止，李师师已经脱口而出："秋宁，李十三笑不是你的网名吗？"

刚倒了水正在喝的金锋，再一次把嘴里的水喷了一地。

惊得秋宁当场来了个否认三连："我不是，我没有，你别乱说啊！"

李师师一脸"你瞒不过我"的表情："我可是你高中同学，我会不知道吗？《刀剑启缘》是吧？哦对了，你那时候还有个挺厉害的'情缘'，叫金子什么的，把我当情敌，老跟我约架，可畜生了。

你怎么就不能跟他好好说说，我跟你当年那可是相看两厌的关系。”

秋宁恨不得堵上李师师的嘴，把他一个过肩摔丢出屋外。

李一笑偷觑着金锋的脸色，他仿佛受到了重大的打击，愣愣地看着秋宁，又愣愣地看着李一笑，一个字都说不出来。

唯一不知道内情的李师师还颇为得意：“哦，我想起来了，你那个情缘叫‘金子不一样发光’！我记性是不是很好？哎，毕竟是个学霸，天生智商难自弃，时常因为学习太好而苦恼。”

秋宁飞奔下楼，揪住了李师师的耳朵，连拖带拽地把人拉走，甩门而去。

李一笑安慰地拍了拍金锋的肩膀：“你‘情缘’其实是女的，这么一想，是不是开心多了？是秋宁总比是我强吧，好歹不是‘人妖’呢！”

“闭嘴。”金锋咬牙切齿地说道。

李一笑立刻闭嘴，用手指在嘴上画了个叉。

网恋有风险，玩家须谨慎。

可不就是这么个道理吗？

第四章

女人之间的战争你不会懂

夜晚是主播们工作的黄金时间，李一笑的几个室友们全部上工了，就差他一个人，还在绞尽脑汁为了自己的路线发愁。

名字是取好了，但他到底要走什么路线呢？

黑暗料理美食主播？专业美食主播？田园风情美食主播？搞怪创意美食主播？

李一笑纠结了，选择困难症又犯了，就是确定不了。

反正一时半会儿也确定不下来，李一笑决定看一看室友们都在直播些什么。李一笑打开自己的二手电脑，把从韩麦那里问来的室友们的账号都订阅了一遍。

第一个开播的是韩麦，李一笑第一时间冲进直播间围观大哥。

刚开播，观众还不多，韩麦和粉丝们唠嗑了起来，弹幕里一片向大哥问好的字样，看得李一笑忍俊不禁。

“我这个人虽然没什么文化，书都没怎么念，不过社会上的事情还是有经验的，老铁们有什么可以说出来听听，我给你们支点招。”韩麦对粉丝们说。

弹幕里顿时画风一变，出现了各种提问弹幕，有粉丝问：“大哥，我老板和小姨子跑了，老板娘撂担子不干了，东西样样两元，过几天就关店，我没活干了，咋整？”

不等韩麦回答，弹幕里一片“这家店在哪里我们马上去买东西”。

韩麦问道：“你老板叫黄鹤吗？你可以学学黄鹤的员工啊，买个蓝牙音箱天天去小区门口公放卖东西。”

又有粉丝问道：“大哥，你这一身肌肉真棒，是怎么练出来的？我想要这样的肌肉，应该怎么锻炼呢？”

韩麦非常得意，开始传授自己的健身秘籍：“首先，你不能乱吃东西，我跟你们说，健身的第一步……平时多喝枸杞菊花茶，健脾、养胃、安神、降火、美容、生发，还刮油燃脂，男人喝了养肾，女人喝了养颜……”

完了，大哥又开始传授自己的养生健身经验了！

李一笑浑身一凛，又感觉到了这位画风不一样的社会大哥的可怕之处。

他一会儿想走，一会儿又觉得没听到大哥现场喊麦实在可惜。虽然他曾经有幸听过一次，那可实在不是什么美好回忆。但是李一笑又觉得，自己可能是对韩麦有偏见，人家平时直播间里喊的麦可未必是那种风格呢。

就这样瞎扯了十多分钟，韩麦清了清嗓子，将移动麦克风拉了过来，准备给大家伙唱歌了。

李一笑正襟危坐，准备听一听韩麦在直播间唱歌是什么水平，应该比那天唱给他听的好吧？

韩麦大手一挥，高兴地说："前几天我让大家投票，选个题材，我来写歌，今天写好了，唱给大家听一听。"

直播间顿时弹幕与礼物齐飞，可惜一大半都是免费礼物，剩下的是最便宜的礼物。

劲爆的音乐声响起，韩麦唱了起来："沙场饮酒恨太醉，佳人入梦成双对，征战号声马上催，何日卸甲双双归……"

伴随着魔性的背景音乐，和大哥激情洋溢的喊麦，弹幕里一片"666"。

这一刻，古风、摇滚、电音、说唱，像是被倒在同一口锅里的鸡蛋、海鲜、牛奶和巧克力，混成一坨可怕的黑暗料理，只要稍稍靠近闻上一闻，就能让人像是中毒了一样晕死过去。

李一笑浑身像是过电一样，抽搐不止，在这销魂魔性的音乐中，李一笑逐渐失去了梦想。

为什么？

为什么会有这么土的音乐？

这"动次打次"的节奏，这无病呻吟的歌词，还有魔性的喊麦旋律……他真的不能理解啊！

李一笑瘫在椅子上，陷入死机状态。

“兄弟们，这首《沙场饮酒恨太醉》送给大家，喜欢的兄弟点个订阅，大家双击‘666’！”韩麦唱完一曲，还在激情洋溢的状态里。

李一笑感觉自己的双手不受控制地摸上了键盘，在弹幕框里打了一串“6666666”。

不行，必须关掉这个直播间了！李一笑努力用左手抓住右手，强迫自己点下了右上角的叉叉。

做完这一切，李一笑才瘫在椅子上，两眼放空地看着前方。

妈呀，太魔性了，这个背景音乐现在还在他脑内不停地徘徊，不用思考，脑中就能浮现出歌词。

可怕，实在可怕。

李一笑去洗手间洗了把脸，这才冷静下来。此时刚好金锋也开始直播了，李一笑立刻点进去围观了起来。

金锋直播间里不太热闹，比起韩麦那边满屏的“老铁666”，算得上是冷清了。

奇怪的是，金锋直播游戏不露脸。

游戏主播不露脸的不少，毕竟大家沉迷游戏无心健身，很多身材长相拉低了直播平台平均颜值，不露面就不露面了。但是金锋不一样啊，他可是拥有人称“电竞流川枫”的颜值啊！不露脸太可惜了吧！

最奇怪的是，金锋非但不露脸，还不说话！

不说话！

他不说话！

因为他是一个结巴！

这是一个游戏主播该有的素养吗？！

李一笑呆呆地看着金锋从跳伞落地到成功“吃鸡[①]”，耗时二十

① 网络流行词，这里指在某热门游戏中取得第一名。后也被网友用来直接指代该游戏。

分钟，他一个字都没说，仿佛今天麦克风坏了。

弹幕里有女粉怜爱地说道：“老公今天也忘带声卡，不过没关系，爱你么么哒！”

说着，还刷了一堆礼物。

李一笑觉得自己仿佛是在看游戏录像视频，了无生趣。

观众看直播，不就是想看主播说话，还能即时交流吗？你不说话几个意思？？？

就算是结巴，你也不能这么自暴自弃啊！

“感谢亲爱的 ×× 的礼物”这样的话总会说吧！你一言不发，人家还以为是无声录播呢！

李一笑坚持不下去了，刚好秋宁也开播了，李一笑赶紧切换到秋宁的直播间。

秋宁的直播间已经聚集了一批粉丝，秋宁也在打游戏，这位和金锋不一样，她把游戏画面放在大屏幕上，自己的画面占据左下角一小块区域。但是哪怕只有一小块区域，她看起来也赏心悦目美不胜收，怪不得刷礼物的粉丝此起彼伏。

秋宁也在玩“吃鸡”，但是这一把运气不佳，落地成盒[①]。秋宁沮丧地叹了口气，跟观众说了句抱歉。

弹幕里顿时一片“小姐姐你这么漂亮对方下得去手一定是个畜生啊”“小姐姐不要灰心，我们下一把再来”“小姐姐不慌，我带你飞”。突然弹幕里亮起了送礼物的特效动画，这是送了一定金额的礼物才会出现的动画效果，秋宁立刻感谢了这位土豪粉丝。

“小姐姐别打游戏了，我想听你唱歌。”土豪粉丝说。

秋宁微笑着说：“好啊，那我给大家唱一首吧，你点歌。”

土豪粉丝美滋滋地点起了歌。

李一笑有些好奇秋宁唱歌水平。意外好听，她的音色很美，加上人长得漂亮，瞬间直播间里人多了不少。

---

① 网络词汇，指进入某游戏后在很短的时间内就被敌人淘汰，游戏里的人物被淘汰后会变成一个盒子。

可惜秋宁似乎对唱歌不太感兴趣，唱完就又开始“吃鸡”了。

水平，那是真的菜，要不是主播颜值高，她早该凉了，怪不得高中时要“包养”能打的游戏高手来做任务。

李一笑看了一会儿，最后关掉了视频，去看最后一位室友夏甜雨了。

夏甜雨在直播平台的账号名称叫小甜甜不下雨，一般签约的主播会有公司的前缀，很容易辨认出哪些主播属于哪个公司，也有利于吸引新的主播签约，红星经纪公司的主播前面的缩写就是HX，其他三位室友的账号名称前面也都有HX，夏甜雨的账号名称是HX-小甜甜不下雨，可以说是非常嗲了。

李一笑进去一看，夏甜雨打扮得非常少女，认认真真地给粉丝们唱歌，唱得竟然是一些难度不低的曲子，就是歌曲有点冷门，李一笑竟然一首都没有听过。

夏甜雨唱完一首问粉丝还想听什么，卡个牌子就可以点歌。

所谓卡牌子，就是给主播送十个最便宜的收费礼物，这样可以得到主播的特定徽章，说话时右边消息栏里你的账号名称前就会出现那个小标志。费用也不贵，就一块钱，首次充值一块钱，都可以得到远远超过一块钱价值的道具，为的就是鼓励新用户充值。

指望着卡牌子赚钱是不可能的，但这些都是套路，一旦你开始充钱打赏主播，就基本停不下来了。

有个粉丝要夏甜雨唱《喵喵叫》，这是最近特别流行的卖萌歌，没有任何技术含量，歌词也非常之傻，但就是有很多人喜欢。

夏甜雨扭捏了半天，最后说自己不会唱。

李一笑有些惊讶，这首歌火成了街歌，一个才艺女主播说自己不会唱，这有点不科学。

那个粉丝显然也不相信，但无论他怎么说，夏甜雨就是不唱，倔得很，两边就僵持了起来。

消息栏里突然来了个高级贵宾观众，账号名称叫宝哥哥没妹妹，进来就说“查房查房，主播表演一个”。紧跟着他的脚步，消息栏里显示一大群观众进了直播间，无数贵宾观众的账号名称后面挂着特效，闪得飞快，一下子消息栏就被刷屏了。弹幕里充斥着“宝哥带队查房”之类的字眼。

李一笑了然，这是有大主播来查房了。直播是一项很累人的工作，连续集中精力几小时，不间断地输出内容，无论是打游戏还是唱歌，哪怕是聊天，都会非常消耗精力。

所以不少主播都会动动脑筋，让自己省事一点，查房就是一个很不错的办法。

查房就是主播把直播画面切换到自己的手机或者电脑，然后打开别的主播的直播间，直接让自己的粉丝看别人的直播，主播还会对别的主播的直播内容进行评价，有的表扬，有的调侃，有的直接就批评上了。

如果查房的主播是个大主播，还会有不少他直播间的观众跑到被查房的主播的直播间去，订阅的订阅，送礼物的送礼物，是个不错的提高人气的办法。所以有时候一些希望借此火起来的小主播，也会私下邀请大主播查房，甚至是付费求查房。

但有时候，一些主播来查房，本来就是奔着找碴儿来了。

此时消息栏里的弹幕已经失控了，大批外来观众占领了这个直播间，疯狂刷着他们团队的弹幕。

夏甜雨愣了一下，似乎反应了过来，笑着说道：“哎呀，这么多小哥哥呀，给我点个订阅呗？宝哥哥想听什么歌，我唱给你听呀？或者我们连麦[①]一下？ PK[②]就算了，打不过你们的，饶了我吧。”

对面似乎答应了，屏幕分成了左右两边，夏甜雨在左边，那个叫宝哥哥的在右边，是个打扮得有点土又有点非主流的男青年，屏幕下方出现了一个 PK 条，时间的位置显示等待中，双方都没有开始

---

① 一种网络沟通方式，可以一块聊天、唱歌。

② 对决。

PK 的意思，而是纯粹连麦。

对面的男主播一边吃烤串一边漫不经心地说道：“听说咱们平台来了个新的女主播，就是你了？可别又是个全靠声卡续命的破锣嗓，现在你们这些妞一个个唱歌不行，没了声卡一开口就吓得老子都萎了。”

对方上来就挑衅，夏甜雨不禁皱了皱眉，却还是忍住脾气，端着笑容好声好气地说道：“宝哥哥，不是的，我从小就喜欢唱歌，差点去当歌手了。我的声卡也不高级，公司发的标配，再贵就得自己买了，很贵的。”

对面骂了句脏话，一脸挑衅：“屁，现在哪还有真会唱歌的女主播啊，行，你给我唱个《喵喵叫》吧。”

又是《喵喵叫》，夏甜雨本来就讨厌这种没有技术含量的口水歌，现在被人逼着唱，心情一下子降到了谷底。

她深吸了一口气，强笑着说：“宝哥哥，我不会唱《喵喵叫》，我给你换一首吧，我们唱点有技术含量的。”

男主播嗤笑了一声：“你连《喵喵叫》都唱不好，还想唱什么有难度的啊？唱，赶紧唱，我忙着呢！没空和你瞎叨叨。唱得好我打赏！”

夏甜雨终于忍不住了，她脸上没了笑容，沉声道：“谁稀罕你打赏啊！喵喵喵喵，喵个鬼啊！要唱你自己唱去！”

“哟，我是来查房的，又不是被你查房，我还带了这么多兄弟来给你撑场子呢，你唱不唱？”男主播不依不饶。

李一笑皱了皱眉，这男主播怎么回事啊？这是来故意闹事的吗？

“要是我不唱呢？”没了甜美笑容的夏甜雨冷冷地反问，眉宇间流露出一股倔强的戾气。

“哟，不唱？不唱就是心虚呗，滚回老家种地去吧！”男主播说着，似乎觉得这很好笑，哈哈哈哈地笑了起来。

夏甜雨深吸了一口气，突然暴怒地一拍桌子："唱唱唱，唱给你听？我告诉你，我给我们直播间的粉丝唱歌，卡个牌子就能点，没牌子好声好气地点歌，我也唱，有你这样挑事的吗？我告诉你，我今儿个就不唱了！"

对面的男主播愣住了，吃烧烤的嘴也停下了，半晌才道："不唱就不唱了，小妹妹，你脾气这么暴躁的？这嫁不出去的。"

夏甜雨发完了火，这才想起自己身为一个主播，不该在直播间里发火，顿时有点慌，又有点尿，扁扁嘴，眼眶红了，又拉不下脸道歉，坐在镜头前强忍着眼泪。

"欸欸欸，你别哭啊，我就跟你开个玩笑嘛，你哭了搞得我欺负人似的。"对面男主播见把人弄哭了，也有点慌，有点尿。这说出去可不是什么好名声。

"谁哭了，你哪只眼睛看到我哭了！"夏甜雨眼泪都下来了，却还梗着脖子说道。

直播间里充斥着她"哧溜哧溜"吸鼻子的声音。

男主播无奈，连连抱拳道歉："行了行了，小妹妹，是哥哥我不好，我就跟你聊聊天啊，你生这么大气，还哭上了。惹不起惹不起，哥哥我这就走了，得得得，兄弟们撤了，女人就是爱哭，动不动就哭，真没劲！"

说着，对面脱离了连麦，直播画面变回了夏甜雨一个人。

夏甜雨抽了张纸巾，用力擦了擦眼泪，可她忘了自己化了妆，这一擦，眼睛旁边顿时出现了几条黑乎乎脏兮兮的痕迹，她一抬头，看到屏幕上的自己，吓得大叫一声："啊！"

直播间里有安慰她的，有嘲笑她的，有让她赶紧补补妆的，更多的还是送礼物鼓励她的。

夏甜雨破涕为笑："你们等我一下，我去补个妆……哦，我这里补吧，你们等我一下，我去拿化妆包。"

夏甜雨拿了化妆包，对着屏幕一边给粉丝介绍每样化妆品的作用——还强调了一下价格，一边和大家闲聊，看到屏幕上还有安慰她的粉丝，她说道：“我不生气了，刚才是很生气，因为他说我唱歌全靠声卡，我才没有呢。我刚开播的时候什么都不懂，也没有工会，对着买电脑送的耳机就敢唱，那时候就有人夸我唱得好了。我其实也没有正经学过唱歌，一直没有那个机会，可我喜欢唱歌，从小就喜欢。我差点去当歌手了，不是骗你们的，当时都快和经纪公司签合同了……《喵喵叫》那种歌，我真的不喜欢，我想好好唱歌的，真的想好好唱歌的。”

补完妆，夏甜雨已经恢复了过来，笑嘻嘻地和粉丝们玩起了互动，一会儿唱歌，一会儿和其他主播连麦 PK，直播间的气氛很是活跃。

李一笑一看时间，现在已经是晚上十点了。他关了电脑，来到厨房准备起了消夜。

厨房里的食材不多，有椰蓉有红薯，李一笑琢磨着，就给大家做点能填饱肚子热量又不高的椰蓉红薯吧，晚上下播了吃一顿，美滋滋又不发胖。

夏甜雨第一个下播，今天有人闹事，她也没了直播的心情，早早地就关了直播间。

“什么东西呀，这么香？”夏甜雨来楼下倒杯水，闻到厨房里传来阵阵香味，顿时口水直流。

此时的她已经完全看不出之前哭过的痕迹了。

“椰蓉红薯，吃点吧，给你做的消夜。”李一笑说道，语气特别温柔。

不料，一脸馋意的夏甜雨面对李一笑端出来的美味消夜，硬是忍住了：“我才不吃呢。吃消夜是不可能吃消夜的，这辈子都不可能吃消夜，只能每天吃草维持身材这个样子。”

说着，夏甜雨打开冰箱，拿出了一份蔬菜沙拉——全是菜叶的那种。

李一笑体谅女主播辛苦，也不勉强："行吧，我去上面看看他们直播完了没。"

说着，李一笑上楼去了。

夏甜雨一边生无可恋地吃草，一边偷瞄桌上的椰蓉红薯。

好香啊……啊……真香啊……

反正李一笑也不在，偷偷吃一根他不会发现的，而且一根也不会发胖啊！

夏甜雨空荡荡的胃里不断发出催促的声音，她忍不住把椅子往旁边挪了一下，悄悄伸出了手，还自欺欺人地扭头盯着天花板，好像不看消夜就不算吃了……

李一笑看了一下自己订阅的直播间，大家都还在直播，他只好用手机给几人发了条信息，自己下楼去了。

于是他看到了这一幕。

这辈子都不可能吃消夜的夏甜雨小姐，一手抓着盘子，一手抓起椰蓉红薯使劲往嘴里塞，吃得满嘴流油，边吃边说："真香，真香！"

李一笑："……"

眼看着再不阻止，夏甜雨能把一整盘都吃光，李一笑不得不站在台阶上干咳了几声以示提醒。

夏甜雨悚然一惊，猛然放下盘子，假装若无其事地问道："他们几个都下播了没？"

"还没有。"李一笑说着，从楼梯上走了下来。

偷吃被抓的夏甜雨尴尬地咳嗽了几声，给自己解释道："我今天遇到了一个特别变态的主播来查房，把我气得要死，忍不住化悲愤为食欲，平时我是不吃消夜的，都吃草！"

说着，她又端起自己的蔬菜沙拉，生无可恋地吃了起来，然而吃了两口她就受不了了，把沙拉往旁边一放，再次把手伸向椰蓉红薯，一边吃一边安慰自己："没事的，我吃完就去吐掉，不会胖的！

一定不会胖的！”

李一笑皱着眉，一把端走了她面前的消夜，冷声道：“宁可不吃，绝对不可以去催吐！”

被虎口夺食的夏甜雨哼了一声：“关你啥事！”

“催吐对身体不好，你要是想减肥可以多锻炼，但是绝对不可以暴饮暴食然后吐掉，胃酸对食道和牙齿的腐蚀作用巨大，还会养成恶习，绝对不可以催吐。我可不想在医院里看到你。”李一笑严肃地说道。

感觉自己无端被训斥的夏甜雨有些下不了台，气呼呼地别过了脸，懒得理会他。

此时，金锋也下播了，他从二楼走了下来，看到一楼餐厅里的李一笑和夏甜雨，什么也没说。

“金锋，来吃消夜吧，可好吃了！”夏甜雨热情地招呼起了金锋。

金锋迟疑了一下，朝他们走了过来。

“来，尝尝看，这个椰蓉红薯，甜甜的又不会发胖，你吃吃看？”夏甜雨捏着一根椰蓉红薯递到金锋嘴边。

金锋连连摇头，坚决不肯。

李一笑从消毒柜拿出了一双筷子：“吃吧。”

金锋接过筷子，吃了两口，表情有些意外地看着李一笑，好像没想到这个人不但正餐做得好吃，点心手艺也过硬。

“味道不错吧？不瞒你们说，我在当主播之前，是从新某方烹饪学校毕业的，我老师的得意门生，说我可以成为传说中的……中华小当家！”李一笑笑眯眯地扯淡起来，开始滔滔不绝地跟室友们介绍自己从前丰富多彩、波澜壮阔的打工经历，说到兴头上还即兴表演起了自己修水管、送外卖时的样子。

金锋显然没想到有人这么能说，打从他开口起，就没打算让别人插上话。

夏甜雨听了半天，有些不耐烦了，转头对金锋说："金锋，我想学打游戏，你教教我嘛。现在女主播不仅要会唱歌跳舞，还要会打游戏了，可我不会啊，你教教我好不好？"

"你最好……跟……跟……跟秋宁学。"金锋磕磕绊绊地说道。

"不嘛不嘛，秋宁她怎么会教我？这辈子秋宁都不可能教我打游戏，你以前是打电竞的，更专业啊，还是你来教我吧。"夏甜雨不依不饶。

"我……我……我的玩法，不适合……初学者。"金锋说，说话依旧不流畅。

金锋说完，干脆打开手机上的直播软件给夏甜雨播放起了秋宁的直播间。

秋宁正在玩游戏，这一把她成功"吃鸡"，顿时一片弹幕，还有土豪粉丝给她打赏了一个价值五百块的礼物，夏甜雨捂着脸尖叫了起来："嗷嗷嗷嗷，礼物！礼物！礼物！我今天直播了一天才两百块，太惨了！"

李一笑在一旁插嘴："两百块也不错了，一个月六千呢。"

夏甜雨冷漠道："平台抽一半，公司抽两成，到我手里就六十块。"

李一笑："哦……"

那是有点惨。

夏甜雨大概是觉得有点丢脸，冷哼了一声说道："我平时一天几千常有的事，最多的一天上万了呢！"

"厉害厉害，牛！"李一笑商业吹捧了起来。

"不看了不看了，看看韩麦吧，他是不是又在喊麦呢？"夏甜雨抢过金锋的手机，把直播间切换到了韩麦那里。

韩麦此时正在和一个女主播连麦 PK："那你说说，我今天和你妈妈一起掉进水里了，你先救谁呢？"

女主播咯咯笑着："当然是救我妈妈了。"

韩麦立刻一拍大腿，激动道：“太棒了！我就喜欢你这样孝顺的女孩子！那我再问问你，我和你的粉丝一起掉进水里，你先救谁？”

女主播笑得更欢了：“当然是先救我粉丝了！”

韩麦更激动了，连连鼓掌夸奖道：“太棒了！我就喜欢你这种，对粉丝真心实意，特别爱护粉丝的女孩子，懂得感恩，有人情味，我特别特别中意你！来，哥哥给你唱歌，就唱这首《妹妹你听好了》。”

李一笑听得一愣一愣的，不管女主播怎么回答，韩麦都有办法把人家夸得飘飘欲仙，这也是个本事啊。

在韩麦土味的情歌声中，女主播笑得花枝乱颤，“哥哥、哥哥”叫个不停。

夏甜雨却一脸冷漠，甚至有些生气：“看看韩麦这样子，就知道花言巧语，男人都是大猪蹄子！”

无辜躺枪的金锋和李一笑交换了一个眼神，有点儿委屈。

这时候秋宁也下播了，她施施然从楼梯上走了下来，对李一笑说道：“你刚才给我发信息的时候我在直播，没回你，谢谢你的消夜。”

李一笑热情道：“那还等什么，赶紧吃吧。”

秋宁笑着点头，吃了几根椰蓉红薯，连声夸奖李一笑做得好吃，比得上五星级主厨了。

但是李一笑注意到，她其实根本没有吃多少，和隔壁那个说着不吃其实吃得比谁都多的夏甜雨形成了鲜明的对比。

“我们刚才在看你的直播呢，今天收到不少礼物嘛。”夏甜雨酸溜溜地说道。

秋宁笑了笑：“还好吧。”

“要是我也有那么多礼物就好了。”夏甜雨恹恹道，“省得隔壁那个死变态又嘲笑我。”

“你说李师师？别理他就行，他就是爱嘚瑟，嘴巴毒，本性不坏。”秋宁说。

第一次见面就被女装大佬丢进池子里的李一笑不敢苟同。

夏甜雨问道："上次你和他一起买衣服，买得怎么样？那家伙买衣服一定买得很贵吧？"

"还好吧，倒是帮他挑了不少化妆品。"秋宁说。

夏甜雨笑出了声："哎哟，他一个大男人还化妆，真是好笑。"

"也不能这么说，化妆是工作需要。"秋宁说道。

"哎，我也要去买衣服了，直播每天都要换衣服，公司提供的衣服又不好看，还是我自己去挑比较好，粉丝都夸我的品味好呢。"夏甜雨在秋宁面前故意抱怨了起来，炫耀自己的品味。

秋宁看了一眼夏甜雨这一身蕾丝蓬蓬裙，表情抽搐了一下，最后化为一个尴尬而不失礼貌的微笑，她尽可能真诚地说："好啊，等天气好了我叫你一起。"

夏甜雨偷偷瞥了秋宁一眼，发觉秋宁正在看她，赶紧移开视线。她才不要和秋宁一起去逛街呢，商场衣服很贵的！还是去批发市场买高仿吧！

哼，谁知道秋宁买的是不是真货呢。说不定她穿的衣服也是假的！高仿！还有那些名牌包，假的，都是假的！她在小商品市场只要一百八，就能买到两万块的包，看起来和真的一模一样！谁买真货谁傻！

夏甜雨在心里对秋宁进行了一番疯狂贬低之后，又重新建立了自信，大口大口地吃起了椰蓉红薯。

真香！

下午天气极好，秋宁拉着不情不愿的夏甜雨逛街去了，夏甜雨恶意揣测自己的这位室友一定是想炫耀她这个月赚得多，可恶，实在可恶，秋宁真是太可恶了！

说什么也不去！

“上次不是你说要去逛街买衣服吗？难道……你最近手头比较紧？”秋宁漂亮的脸上露出了些许的疑惑，上下打量着夏甜雨。

这表情真是太做作了，换个人肯定一眼就能看出，这是秋宁的激将法。

但是夏甜雨就是会被这么愚蠢做作的表演欺骗，她立刻从椅子上跳了起来：“谁没钱啊，姑娘我买衣服的钱，永远都是够够的，走，我们去买衣服！”

秋宁觉得奓毛的夏甜雨好玩极了，强忍着笑意说道：“行啊，那我们逛街去吧。”

李一笑从楼上下来，闻言道：“你们要出门啊？帮我带瓶酱油回来啊，谢谢啦！”

秋宁微笑着问道：“要一起来吗？我们缺个能拎包的帅哥。”

夏甜雨嗤笑了一声，抱着手臂说道：“他算哪门子帅哥，跟金锋比差远了！”

强行被拉去和帅哥比较的李一笑，委屈地说道：“我不就是让你们帮忙带瓶酱油吗？”

“我才不带呢，要买你自己去买！”夏甜雨说着，想起秋宁的话，转头对李一笑说道，“不如，你也跟我们来吧，我们正缺个拎包的小弟呢。”

“不了吧，我一个大男人跟你们两个大美女出去，走在你们中间，会显得我好像很有钱，家财万贯的那种。”李一笑打趣道。

“让你来你就来，哪这么多话啊！”夏甜雨不悦道。

“是啊，李一笑，一起逛个街吧，我们也可以顺便帮你挑一下衣服。”秋宁微笑道，委婉地对李一笑的“直男”衣着品味表示了异议。

“我就算了，哪有那个闲钱啊。”李一笑随口道。

“那就给你个显得有钱的机会，来，帮我们拎包！”夏甜雨见不得李一笑推托，她又不想和秋宁单独逛街，干脆强行把李一笑拖出了门。

三人坐上了公司安排的车，司机和秋宁很熟了，一见她就问："去白云商场？"

这是距离最近的商业区了，里面衣服出了名地贵。

看来秋宁常去那里，李一笑心想。

司机又看了一眼夏甜雨，迟疑地问道："还是去服装批发市场？"

这是附近比较有名的购买便宜衣服的地方，夏装几十，冬装几百，全是假包。

李一笑总觉得自己好像又知道了些什么。

秋宁转头问夏甜雨："你常去那里吗？"

"不不不！我怎么会去那里！哈哈哈哈，我就是有几个朋友，经常约我逛街，她们喜欢在那里买衣服，老叫我……去批发市场买衣服，我是不可能在那里买的，这辈子都不会去批发市场买衣服。我也比较喜欢白云商场的衣服，贵是贵了点，但都是牌子货嘛。"夏甜雨笑得非常尴尬，但决不在秋宁面前认输！

李一笑心想，要是这姑娘没有急得冷汗直流，这话可能会更有说服力。

秋宁不动声色地点点头，对司机说："那我们去白云商场。"

夏甜雨疯狂回忆自己的钱包里还有多少钱？信用卡还能刷多少额度？支付宝花呗还清了没有？

答案是：两百块、零、没有。

这个月买了一大堆淘宝和微信上的衣服、包包、化妆品，买太多了！

完了，今天该怎么办？

懊悔不已的夏甜雨一路都在纠结这个问题。没办法了，只好假装一件都看不上！对，要摆出一副秋宁日常的高傲表情，让店员知道，不是她买不起，而是他们店里的衣服配不上她高贵的品味！

思考完毕的夏甜雨恢复了一点自信，长长地出了一口气。

呼，下次得存点钱了，不能再这么“月光”了，夏甜雨心想。

这对塑料姐妹花进了商场，里面顿时凉快了许多。夏甜雨爱美，嫌弃自己腿上皮肤不够细腻，大热天还穿了一条丝袜修饰肤色，现在感觉热得要命，被冷气一吹这才觉得自己活了过来。

再看秋宁，穿着一身修身的连衣裙，长发飘飘，气质非凡，时髦值极高，走在人群中绝对是最闪亮的那一个。

战斗的时候到了！

当和同龄的漂亮姑娘站在一起，且旁边有人的时候，夏甜雨立刻就进入了战斗模式，她非常庆幸自己今天穿了一双高跟鞋，虽然走起路来不太舒服，但是她不穿高跟鞋，根本没法和秋宁走到一块去，两人身高差太多了！

没关系，抬头挺胸，屏气收腹，面带笑容，她夏甜雨今天就是要艳压秋宁！

李一笑猛然感觉到身边的夏甜雨突然挺直了脊背，整个人散发着一股强烈的胜负欲，就像是一个等待发令枪响的跑步运动员，随时准备冲出起跑线！

“你想去哪家店看看？”仿佛没有感觉到任何异样的秋宁冷不防地问道。

这一定是在考验我对这里的熟悉程度！夏甜雨心道。

夏甜雨理了理头发，漫不经心地说道：“随便看看吧，这里的衣服也就这样。我还是喜欢优衣库，虽然是快消品，但是穿起来还挺好看的，我们去看看吧。”

秋宁愣了一下：“白云商场是不引进优衣库这种快消品牌的。”

什么？竟然不引进？天呐，又在秋宁面前丢脸了！

夏甜雨急得眼珠乱转，猛然看到前面有一家叫“LOUIS VUITTON[①]”的包店，她迅速挽住秋宁的胳膊：“我们先去看看包吧，

---

① 路易•威登，法国著名奢侈品牌，通常缩写为LV。

我是想买个新包了。”

秋宁一看那家店，又不动声色地看了一眼夏甜雨身上假得明显的LV包包，迟疑了一下：“要不我们去别家看看？”

“不了，就这家了！”夏甜雨拉着秋宁走向那家店。

李一笑跟在两人后面直摇头，哎，夏甜雨这姑娘啊……

一路上夏甜雨都在想：这啥牌子啊这是？没听说过？她只知道LV、PRADA[①]、CHANEL[②]，没听说过这个叫“LOUIS VUITTON”的。不过就算是她心爱的LV、PRADA和CHANEL，她也从来没有在店里买过，她都是看好外形，然后去假包一条街里买一个，绝对不超过两百块。

比如她现在背的LV，就是个假包，一百八十块。

迈进店门的那一刻，夏甜雨突然后悔了。

啊！店里的墙壁上那个标志是什么？LV？天呐！这个LV是“LOUIS VUITTON”的缩写啊！她身上还背着一百八十块的LV假包呢！

夏甜雨突然失去了走进去的勇气，脚步从大步流星变成了小步碎花。

完了，这下全完了，她一定会被嫌贫爱富的导购指着鼻子嘲笑，然后被围观群众一阵羞辱，天哪，她不想做人了！夏甜雨迅速陷入了惊恐的想象中。

李一笑感觉到了她这一刻的窘迫，急中生智地指着LV店面外墙玻璃展示柜上的一个包，大声喊道：“这个包好奇怪啊，甜甜、秋宁，你们来看看这个！”

秋宁趁机拽着夏甜雨往店门外走，问道：“什么样的？”

夏甜雨一阵暗喜，长长松了口气，从善如流地跟着秋宁来到外墙展示柜前，驻足围观，然后被上面133000的标价惊吓到失去语言能力。

夏甜雨揉了揉眼睛，再仔细一看，确定不是自己多看了一到两个零。

---

① 普拉达，意大利奢侈品牌。

② 香奈儿，法国奢侈品牌。

她再掰着手指算了一下自己橱柜里已经塞不下的包包的平均价格，大概100出头，这么一算，这个包可以买一千个她常用的包啊，足足够塞满她的房间了！为什么这么贵？！

“哦，这个是系列里最贵的那个包，用短吻鳄皮做的，所以特别贵，另一款是小羊皮的就很便宜的。”秋宁说道。

“多少钱？”夏甜雨忍不住问道。

“两万五左右吧，肯定不到三万。”秋宁说道。

夏甜雨一口气没上来，差点厥过去，这叫很便宜啊？！大小姐，你对价格是不是有什么误解啊？！买假包啊！真的很便宜的！

李一笑的话说出了她此刻的心声：“不就是个包，为什么这么贵呢？”

秋宁露出了她那副标准的大家闺秀笑容，笑而不语。

已经被价格弄到没脾气的夏甜雨再也不想看到这家令她伤心欲绝的店了，有气无力地跟着秋宁在白云商场转了半天，李一笑充当了拎包小弟，帮两位姑娘拎包，倒是引来了不明真相的路人们羡慕、嫉妒、恨的目光。

秋宁也没看中的衣服，对夏甜雨说：“不如我们去批发市场看看吧？”

蔫了吧唧的夏甜雨一下子精神了起来，脑子转得飞快。

秋宁这是在试探她吗？她是不是发现了她特别喜欢去批发市场买便宜货？不行，不能丢这个人！

夏甜雨抬起精致的下巴，高傲地说：“哼，那里的东西有什么好买的，我朋友是喜欢去，我可不喜欢，那配不上我的档次。”

哼，她这次装得很成功，一下子摆出了自己对批发市场不屑一顾的态度，她给自己一百分！

秋宁遗憾地说：“可我还没去过那里呢。”

什么，秋宁装得真好啊！太厉害了！一下子把高端、洋气、上档次的人设立起来了啊！她这个去过批发市场的人完全输了啊！

夏甜雨咬牙切齿道："好啊，那就去看看吧，省得你下次再吵着要去。李一笑，我们走！"

下次你绝对没机会再这么装了！夏甜雨恨恨地心想。

李一笑无奈地叹了口气，女人啊。

于是三人打车去了服装批发市场。秋宁打的车，夏甜雨心想她绝对不会和秋宁平摊车费的！有便宜不占王八蛋！

到了批发市场，夏甜雨推开出租车车门的一瞬间，心中突然冒出一个邪恶的念头：秋宁这家伙第一次来这里，人生地不熟，说不定会被坑点钱倒霉倒霉呢？

夏甜雨这么想着，忍不住笑出了声。

然后，她一脚踩在了窨井盖上，鞋跟卡在了下水孔里。

"嗷嗷嗷，我卡住了！"夏甜雨急得满头大汗。

怎么这么倒霉？！

秋宁赶紧下来帮她拉鞋子，李一笑扶住夏甜雨让她站稳，三人努力了半天，最后成功掰断了鞋跟。

一手抓着鞋跟的秋宁：怎么回事？？？

一脚失去鞋跟的夏甜雨：啊！！！

目睹了整个过程的李一笑："……"

"鞋子，我的鞋子，我最喜欢的鞋子……就这么断了？我……我……啊，这下全完了，我的事业，我的人生，我这辈子，都完了，我不能没有我的鞋子，啊，我不想做人了。"夏甜雨再一次启动了怨天尤人、自暴自弃的模式，对着鞋子长吁短叹、唉声叹气，一副生无可恋的样子。

"呃……不好意思啊，我赔你一双鞋子吧。"秋宁说道。

一手抓着鞋子一手抓着鞋跟，蹲在地上哭丧着脸的夏甜雨听到这话，顿时满血复活："你说的？"

“嗯，你挑，我买单。”秋宁大方道。

夏甜雨从地上站了起来，严肃地看着秋宁，秋宁莫名其妙地看着她。

“你这个朋友，我交定了！”夏甜雨严肃地说道。

“你前几天才说我是你最好的朋友的，难道是骗我的吗？”秋宁故作伤心地问道。

“哈哈哈哈当然不是啦！”夏甜雨一边打着哈哈，一边想着，不，我们是永远的塑料姐妹花！女主播之间没有感情！如果有，那一定是塑料的！

夏甜雨不顾自己走路一脚深一脚浅，用敲诈土豪的决心，把秋宁拉到了这个批发市场最贵的一片区域，挑起了鞋子。

好恨啊，要是还在白云商场就好了，一定买最贵的鞋子让秋宁付账！

这里最贵的鞋子，比起白云商场都是那么平价。

“老板娘，把你们这里最贵的高跟鞋拿来！”夏甜雨有人付账，腰板都直了。

老板娘表情古怪地给她拿来了鞋子，标价388。

到要换鞋的那一刻，夏甜雨突然僵住了。

“我要这双了，我们拿走吧。”夏甜雨突然站了起来，坚决不肯换鞋子。

“先换了鞋子试试啊，万一不合脚呢？”秋宁劝道。

“是啊，高跟鞋很难穿的。”李一笑说道。

“不了不了，我一看就知道这双没问题。”夏甜雨说。

“你先试试再说这话，万一不合脚可怎么办呢？”

“不合脚可以退换嘛！”

秋宁愣了一下，显然没想到还有退换这个操作。

“那也不行啊，你现在的高跟鞋断了，一定得换一下，不然待会儿怎么逛街呢？”秋宁说道。

“哦……好好好，行的。哎呀，我好口渴啊，好秋宁，你帮我去买一瓶水吧？”急得满头大汗的夏甜雨见此计不成，又生一计。

秋宁看了看李一笑，李一笑颇有自知之明地举手：“我去我去。”

“不行！让秋宁去！”夏甜雨突然激动地大叫一声。

李一笑和秋宁面面相觑，不明所以。

“我怀疑你会在我的水里吐口水，不行，让秋宁去！”夏甜雨板着脸振振有词道。

李一笑一脸无奈，感到人品被质疑：“吐口水？崽，你爸爸我是那种人吗？”

夏甜雨哼了一声：“你都好意思自称我爸爸占我便宜了，谁知道呢？”

秋宁无奈地笑道：“那我去吧，你们稍等。”

秋宁说完，就出去帮她买水了。

夏甜雨又看向李一笑：“你……呃，你转个身。不许看我换鞋子！”

“你只是换个鞋子啊，这还要我避嫌？”李一笑再次感到人品被质疑。

“谁知道呢，万一你是那种特别喜欢看女人的袜子和脚的变态呢？转过去、转过去！”夏甜雨说。

李一笑气呼呼地转过身去了。

夏甜雨第一时间脱下了自己的高跟鞋，露出里面隐藏最深的秘密——一双破掉的袜子。

为了保住这个秘密，她差点黔驴技穷。

都怪她今天出门忘记换一双连裤丝袜了！差点就又在秋宁面前丢人了！

穿上新鞋的那一刻，夏甜雨就好像是穿上了王子递过来的水晶鞋的灰姑娘，瞬间扬眉吐气！再也不尿了！

“好了，帮我把旧鞋子包起来，我直接穿走。”夏甜雨也不管鞋子合不合脚了，立刻和老板娘说道。

李一笑看她好像突然精神振奋，不知道这双鞋子是有什么魔力。

秋宁回来了，把水递给夏甜雨，问道：“新鞋子怎么样？”

“好极了、好极了！非常棒，很舒服，也好看！”夏甜雨瞎说一气，她根本没试走过。

于是，在她走出店门的那一刻，她就后悔了。

这鞋子……真的很硌脚！

在这里熟门熟路的夏甜雨带着秋宁和李一笑逛了起来，一边走，一边强颜欢笑，这鞋子和她脚型不合，怎么走怎么难受，还没走出两百米，她就觉得自己的脚已经被磨出血了。

里面好像还进了小石子！每一脚都让她像一条走在陆地上的可怜小美人鱼！

这也太惨了吧！

最惨的是她还不能脱下来倒一下小石子，否则就会暴露她的袜子是破的！

夏甜雨欲哭无泪。

秋宁却逛得津津有味，她对衣服的价格不太敏感，问也不问就买了起来，一旁的夏甜雨实在看不下去，在一旁帮她砍价，十几件衣服砍下来，夏甜雨觉得自己被套路了。

她至少帮秋宁节省了一千块！！！

她为什么要帮秋宁砍价啊，脚好疼，心好累，做人好痛苦……

都是秋宁的错！

回到家之后，秋宁拎着大包小包满面春风地换了鞋子，夏甜雨已经气息奄奄，有气无力地脱下鞋子——然后才想起自己努力了一下午才藏起来的小秘密。

一个血淋淋的小秘密。

“甜甜，你的脚没事吧，都磨出血了！”秋宁看到在玄关换鞋的夏甜雨的脚，吓了一跳。

李一笑也吃了一惊：“天寿啦，你流了好多血啊！”

夏甜雨看着血淋淋的脚，脑中响起了自己的尖叫声：啊啊啊啊啊啊啊，夏甜雨！你怎么就不长点记性！又在秋宁面前丢人！你行不行！完了，全完了，你这辈子都没法在秋宁面前抬起头了！

“这不是磨出来的血。”极度抓狂后，夏甜雨意外地冷静了下来，她面无表情地说道，“我只是来‘大姨妈’了。”

“从脚上来？”李一笑茫然地问道。

夏甜雨点了点头：“对，‘大姨妈’是从脚上来的，这是常识。”

说完，她拎起鞋子从容不迫地走上了楼梯，一声响亮的关门声后，房间里传来了她懊悔的惨叫声：“啊啊啊啊啊啊啊，丢死人了，我不做人啦！！！”

李一笑默默问秋宁：“你是不是从来没告诉过她，我们这个别墅的隔音其实不是那么好……”

秋宁笑道：“在今天之前，我也不知道呢。”

“所以现在怎么办？甜甜会不会不想见到我们了？”李一笑问。

“不会的，睡一觉之后她的脑子就会格式化一样，强行洗脑自己忘掉了这件事。”秋宁说，“这可能是某种女孩子的生存之道吧。”

“哦……哦，挺好，挺好的。”李一笑说着，长长叹了口气。

啊，女人啊，真是叫人捉摸不透。

第五章

你妈觉得主播不是正经工作 要求你回老家学修车

“喂，妈呀，妈呀，妈呀。”李一笑连着重复了三遍，对面还是没有声音，他把这只从前女友手里淘汰下来送给他的手机拿到眼前，可怜的手机不但硬件落后了，而且还信号不良，对修复此类故障拥有丰富经验的李一笑一边往阳台走，一边使劲挥动手机，试图恢复手机工作能力。

皇天不负有心人，手机在经过十八圈甩臂复健后成功治好了。

“儿子，是妈呀，你最近咋样啊？能吃能喝不？上次你说换工作的事情咋样啦？”母亲响亮的嗓音响起。

“能吃、能喝、能睡！工作找好了，是销售！”李一笑也大声喊道，给自己瞎编了个工作，“陈阳给介绍的，你还记得陈阳不？我初中同班的那个小胖子！”

“记得记得，我还有号码呢！他奶奶的！”

“妈，你咋骂人呢？”

“啊？妈没有啊，妈说妈有他奶奶的电话！”

“哦，呵呵呵呵呵，呵呵呵呵呵呵呵。”李一笑尴尬地笑着打哈哈。

“儿子，你工作现在怎么样？老板人好吗？同事好相处吗？给多少钱啊？”

“妈呀，我现在这个工作可赚钱了，底薪五千还有提成，努力一点月薪上万不是问题啊！人家同事都是一个月好几万的！”

“哪个销售这么来钱呢？可别是传销吧？”母亲怀疑地问道，生怕儿子是被骗去搞传销了。

“不是不是，我搞的销售是新行当，卖……卖……卖那个……”李一笑没编好说辞，一下子没反应过来，顿时结巴了起来。

二楼阳台门开了，金锋一边做手操活动手指，一边走了进来，和正在绞尽脑汁的李一笑对上了眼。

阳光落在金锋的脸上，给他原本就英俊的眉眼直接镀上了一层特效一般的滤镜，说是美如画也不为过了。

李一笑看着金锋这张堪称少女杀手的脸，脑子一懵，说道：“卖帅哥的。”

电话那头的母亲陷入了漫长的沉默，随后暴怒的吼声响起：“李一笑！你小子修车不学，竟然去做‘鸭’了！你对得起你爸和我吗？你现在在哪里？我和你爸马上就过来！”

李一笑冷汗直下，急得想从阳台跳下去：“不是啊！妈呀，你听我解释！我不是那个意思！我的意思是我做的是星探的工作，对，星探，就是看到好看的男人、女人上去问问人家要不要当主播，主播知道吗？就是做直播的，唱唱歌、跳跳舞、打打游戏，我是这个意思啊！”

对面的母亲越发怒不可遏：“什么？你还拉起了皮条？李一笑！我和你爸虽然没什么钱，但丢不起这个人！你现在在哪里，我们要来好好教育教育你！”

李一笑急得跳脚：“妈，那是主播，正经主播，你到底想什么呢？”

“什么主播不主播的，新闻里都说了，主播不就是跳脱衣舞卖肉的吗？拉人家小姑娘做这种生意，你有没有良心？李一笑，我告诉你，你妈我今天非好好教你做人不可！”

李一笑崩溃了：“妈呀，我真的不是那个意思！主播也不全是唱歌跳舞的，还有打游戏的呢！我旁边这位帅哥，辍学去打电竞的，游戏可厉害了！”

无辜被拉出来当典型的金锋：？？？

“还打游戏？退学还要打游戏？这有什么出息！李一笑！当初你说要当厨师，我没意见，你又去修水管，我也同意，后来去送外卖，行，送外卖就送外卖，都是正经行业，没什么丢人的，可你现在在干啥子？和打游戏的混在一起！那些都是不好好学习退学还有网瘾的人！你再搞这些不三不四的事情，看我怎么收拾你！现在，马上给你叔叔打电话，收拾包袱去找他学修车！”

李一笑又气又急，手一抖，手机掉在了地上，又扑腾了两下，滑出了阳台栏杆，奔向坚硬的大地。

“砰”一声脆响，手机死于非命。

“哎哟！”李一笑趴在栏杆上，看着一楼地面上摔到肢解的手机，心疼得直吸气。

楼下，夏甜雨正坐在草坪的秋千上玩手机，听到这一声脆响，跑过来看情况。

“哎，谁的手机啊？”夏甜雨捡起摔得四分五裂的手机。

“我的我的！”李一笑在阳台上喊道。

夏甜雨看了看李一笑的手机，嗤笑了一声：“哼，什么年代了还用 iPhone 4s，用苹果手机的不每年买个最新款，那就不是苹果手机！”

“那是什么？”李一笑问道。

夏甜雨抬起下巴，骄傲地说：“过时的苹果手机，就是烂苹果手机！”

说着，夏甜雨掏出自己的最新款手机举高晃了起来，一脸得意地说：“看，我的是 iPhone XS Max，好看吧！”

向同事炫耀的这一刻，夏甜雨通体舒畅，好似完全忘掉了付款那一刻的痛苦纠结，满脸都写着骄傲，以及“快来夸我手机”的期待。

李一笑在心里摇头叹气，女人啊，你的名字叫虚荣。他不太懂小女生的这种炫耀之情，要不是为了拍照片好看，他觉得用个山寨手机也没差。

正得意扬扬的夏甜雨突然手一滑，手机“砰”的一声，也掉在了地上。

夏甜雨尖叫着捡起手机，只见原本光滑的屏幕上，已经出现了一条惨不忍睹的裂痕。

“嗷嗷嗷嗷嗷我的手机啊！！！”夏甜雨惨叫了起来。

叫着叫着，惨叫变成了哀号：“啊，我的手机啊！啊啊啊啊，我的 iPhone XS Max 啊！！我的钢化膜还没到啊啊啊啊啊！！！”

被魔音穿耳的李一笑和金锋，不约而同地捂上了耳朵。

“大柱啊，我觉得，我应该重操旧业，做美食视频。”李一笑对经纪人陈阳说。

陈阳一边发微信一边对着李一笑连连点头：“很好很好，这个想法可以的。”

“普通的美食视频是没有竞争力的，我得再想想有什么特别企划，可以让大家一看就有兴趣。”李一笑说。他曾经给圆圆做的那一套现在已经过时了，他必须有新的创意。

陈阳继续发微信，一边说道：“那得你自己想一想，你从小就特别有想法，只要是你想的，我都支持。”

李一笑应该很感动——如果陈阳没有一直盯着手机的话。

“崽，你看啥呢？”李一笑问他。

陈阳抬起头，长长地叹了口气：“还不是仙仙，她是我一手挖掘一手培养的，我给她做的人设多棒啊，古风、穿越、荒岛、田园、唯美、仙气、不食人间烟火，完美切中广大‘城二代’文艺男女青年对田园生活不切实际的妄想，觉得自己一到村里就能过上陶明渊的生活……”

“是陶渊明。”李一笑纠正道。

“对对对，就是那个采莲东篱下的陶渊明。”

“是采菊东篱下。”李一笑又纠正道。

“哎，管他采什么东篱下呢，总之就是那种特别梦幻，特别唯美，特别仙气飘飘的田园生活，零社交的那种。现在的上班族可怜啊，天天在办公楼里被老板客户、甲方乙方、工作、绩效指标、职场斗争搞得头发狂掉，半夜还睡不着觉，天天在网上嚷嚷着辞职来一场说走就走的旅行，又都没有勇气实现梦想，只好意淫一下自己老家有田，种种地、养养鸡就能过上小资生活。我让仙仙给他们提供的，是他们做梦都想要的生活，特别美。”陈阳摆摆手说道。

“嗯……”话是糙了点，但是李一笑觉得，陈阳在把握观众心理方面还是有一套的，“那你觉得，我要做美食视频的话，从哪个方面入手比较好？”

“唔，我想想啊，专业上你是比不过专业大厨的，观众也不是要看你做菜专业，还是要有亮点吧。你想啊，观众想从美食视频里得到什么？食欲？乐趣？陪伴感？总之，你得至少抓住一个点，不然火不了。”陈阳说。

李一笑若有所思：“我有点思路了，得回去好好想想。”

“哦，二狗啊，前阵子你妈从我奶奶那里问到了我的号码，打电话给我，问你住在哪里，语气不太好，我就跟她说了，她听完就挂了电话，打回去也不接了，你妈怎么了？”陈阳纳闷地问道。

李一笑的心里“咯噔”了一下。

糟糕了！他妈肯定是要来教训他了！

“完了，我妈以为我被你拉皮条去做‘鸭子’还升级到老鸨了，现在要来抽我嘴巴，咋整啊兄弟！”李一笑慌了。

陈阳也蒙了：“什么拉皮条什么‘鸭子’什么老鸨？我做的是正经行业啊！”

“我说了啊，她就是不听，她对我们的行当有很深的误解的！”李一笑欲哭无泪。

“等她上门抽你的时候，你好好跟阿姨解释清楚，务必帮我解释一下，我这行当很正经的啊！不要坏我清誉！”陈阳说。

“我现在泥菩萨过江自身难保。”李一笑幽怨地说，“要是我妈把我打死在宿舍里，你一定要帮我收尸。我还没儿子呢，总得有人给我摔个盆，靠你了。”

“阿姨不是那种人啊，阿姨挺开明的。”陈阳说着，猛然反应了过来，怒道，“你又占我便宜！”

“哎，谁让你坑爹呢，我都快被你坑死了。我妈不涉及原则问题的时候，对我还算厚道，我小时候考砸了她从来不打我，但是我作弊撒谎的时候她就变成特务一样，打我打得可凶了。”李一笑现在想起来还觉得屁股疼。

“你保重，我们公司有意外保险的，我去问问被打死了能不能理赔。”陈阳拍了拍李一笑的肩膀，宽慰道。

李一笑的笑容逐渐绝望：“你就是这样对你未来的爸爸的吗？”

“不好意思，我妈没有和我爸散伙的意思，你是没机会当我爸爸了。”陈阳义正词严道，“你还是考虑一下被阿姨从儿子抽成孙子的可能吧。”

陈阳这个垃圾！根本不靠谱！

“同志们，有一个坏消息，我妈要来看我了。”李一笑慌慌张张地跑回宿舍，向室友们汇报了这个坏消息。

夏甜雨目露惊恐之色：“你爸妈来问你要钱？”

李一笑呆了呆：“不是啊，他们从来没问我要过钱。”

秋宁了然地看着李一笑：“那是不是你爸妈不支持你做直播，想让你回去继承家业开公司当总裁？”

李一笑尴尬地笑了：“家业？我家的家业就那两亩田，没什么好继承的。”

夏甜雨斜睨了秋宁一眼：哼，又装！

韩麦也很理解李一笑：“难道你做主播的事情没有告诉家里人？他们以为你在……呃，喊麦？”

李一笑解释道：“我说了我在当主播，但是他们对这个职业，有点误解……我妈以为……我……在，呃……那个，从事……非法的风俗行业，出卖色相的那种。”

听到了李一笑和母亲打电话的金锋被水呛住了，扭头咳嗽了起来。

“那你赶紧跟你爸妈解释啊！”夏甜雨说。

“解释不清啊。”李一笑崩溃道，“他们根本就不听我的！我给他们打电话也不接了，还从陈阳那里问到了联系方式，现在人说不定都已经杀到门口了！”

“叮咚”，门铃响了。

李一笑的脸一下就白了：“你们去开门就说这里没有一个叫李一笑的人！李二笑，李三笑，李十三笑通通没有！”

说完，他撒腿就想跑。

韩麦一把揪住了他，语重心长地给他灌鸡汤：“不管和父母有什么样的误会，你一定要解释清楚，逃避是不能解决问题的，但是沟通可以。是沟通与信任搭建了人与人之间的桥梁……”

“要是能解释清楚我早就说明白了！现在不跑路，你就等着清明节给我上香吧！”李一笑还是不想和父母见面，生怕母亲祭出“家法”抽他屁股！

“不说怎么能解释清楚呢？你平时不是挺能说的吗？”韩麦反问道。

金锋使劲点头，深表赞同，并且非常羡慕这种能力。

秋宁也在一旁点头道：“是啊，父母不会把你怎么样的，最多让你回家继承家业当总裁……”

“哦，要是真能继承家业当总裁，我现在就回去了。”李一笑心累道。

“那怎么办呀，要不你还是跑了吧？我帮你守门，你赶紧的。”夏甜雨不知怎么的，竟然为李一笑着急了起来，主动提议帮忙，还挺真心实意的。

李一笑对夏甜雨刮目相看，觉得自己平时真是错看她了。

“我之前也是这样跑掉的，不然我爸就要把我嫁给隔壁村的傻子换彩礼！”夏甜雨说着，突然意识到自己说出了什么了不得的秘密，顿时尴尬地“哈哈”了起来，“我开玩笑的。”

李一笑完全笑不出来，但是还要强笑：“哈哈哈，说得跟真的似的，差点被你骗过去了！”

“哈哈哈哈是吗？没想到我还挺有开玩笑的天赋的哈哈哈哈哈。”夏甜雨傻笑着说道。

门铃已经响过数遍了，五人还在客厅这边纠结要跑还是要留，最后按门铃的人忍不住了，拉开了窗户直接爬了进来。

五人看着长发短裙“美少女”毫无形象可言地爬进了他们的屋子，“春光乍泄”直接露出了裙子下的安全裤，表情都凝固了。

这个“女孩”的裙底有怪物！

李师师站稳，双手叉腰怒道：“你们几个是聋了吗？为什么不给我来开门？是想惹火我吗？没听说过‘唯女子与小人难养也’？虽然我不是女人，但我是小人啊，特别记仇的那种！”

面对大佬的逼问，五人都有点尿。

“我以为我爸妈来抓我回家学修车了，不敢开门。”李一笑解释道。

“这不挺好的？去吧，以后电瓶车坏了找你修，别跟我要钱。”李师师冷漠道。

还有没有同事情谊了？！李一笑气结。

“叮咚”，门铃再次响了。

李一笑又一次有如惊弓之鸟：“完了完了，这次一定是我爸妈来了，我还是出去躲躲吧，你们记得要说这里没有李一笑这个人，李二笑、李三笑、李十三笑通通没有，听都没听说过，记住了吗？”

“不就是不让你当主播吗？跑什么跑，好好跟他们聊聊，最好打一架，你跑了我还看什么热闹啊。”李师师拉住了李一笑，李一笑使劲挣扎，但这位看起来文文弱弱的女装大佬力气特别大，被他拉住就挣不开了。

李一笑气急败坏道：“你还算是个人吗？”

“算啊，小人啊。”李师师理直气壮道。

“有人吗？你点的外卖到了！”门外的外卖小哥……啊不，听声音是个外卖大叔喊道。

秋宁施施然从沙发上站了起来，说道：“我的外卖，我去拿一下。”说着，秋宁开门拿回了外卖。

李一笑从门中看到送外卖的大叔的身影，惊讶地喊道：“吕大哥，是你吗？”

门外的外卖大叔也惊讶道：“笑笑，是你啊！”

“还真是你！最近怎么样？”李一笑走上前去，和送外卖的大哥聊了起来。

“嗨，别提了，烦着呢。孩子大了要读书了，我又没有学区房，买房子又买不起，现在不知道该怎么办呢。”姓吕的外卖大叔说道。

李一笑和他寒暄了几句，对几人介绍说：“给大家介绍一下，这位就是撞断我腿的吕平安，吕大哥。我们以前是同行，都送外卖，我是美 × 外卖，他是饿 × 么外卖，自从被他撞断了腿，我就改行了。”

其他人不明所以，只觉得现在外卖界真是斗争激烈，竟然还有撞断同行的腿这种操作，这两人竟然还一笑泯恩仇，称兄道弟了起来。

果然外卖小哥都是江湖中人，社会社会。

李一笑还想留他多聊几句，然而吕平安要继续送外卖，便和他道别了。

“哦对了，我刚才在门口遇到了一对中年夫妻和一个跟我年纪差不多的男人，正在和人打听七号楼在哪里，我一看这外卖也是送到七号楼，就顺手给他们指了个路，现在人应该快到了吧。”吕平安说道。

李一笑脸上的笑容一瞬间消失了，他反手就想关门，然而此时已经太晚了。

别墅草坪围栏的外面，出现了三张熟悉的面孔——他爸，他妈，他叔。

李一笑的母亲张招娣甩给他一个杀气腾腾的眼神，看样子就是在说：你等着，看我不打爆你李二狗的狗头！

李一笑顿时腿一软，用破了音的嗓子喊出了一个字：“妈……”

张招娣上来就扯着李一笑的耳朵来了个咆哮N连：“李一笑——！让你学修车，你说你不学，不学就不学！修车你不学，做人都不学！干啥你不好，跑去做‘鸭子’，做‘鸭’也随你，害己不害人！看看你干啥，你去拉皮条，害人又害己，迟早蹲大牢！”

李一笑被她揪得上蹿下跳，恨不得跪地求饶。

韩麦在一旁叹为观止：“伯母这一段太绝了，开局高音先声夺人，后边节奏紧凑，铿锵有力，台词抢眼，还很押韵，犀利！喊麦界奇才啊！”

秋宁皱了皱眉道：“阿姨对李一笑的误会有点大，这怎么解释？”

夏甜雨瑟瑟发抖：“太可怕了，真的太可怕了，我爸打我都没这么凶……呃，我说笑呢。”

李师师在一旁幸灾乐祸：“李一笑这个祸害也有今天，打得好，阿姨你再用点力，哎呀，阿姨你手疼不疼，我给你找个板凳，往死里打！”

李一笑听到了李师师的声音，被殴间隙也要发出呐喊：“李师师，我们什么仇什么怨，你要这样对我？！”

张招娣教训儿子的动作停了一下，回头看了一眼，没想到一个漂亮姑娘发出来的声音这么低沉，这是男人的声音啊！

“你公的母的？”张招娣狐疑地看着李师师，活像在问一只狐狸精公的母的。

李师师的脸青了：“公的……啊呸，男的，怎么了？”

张招娣回了他铿锵有力的两个字："变态！"

李师师生平最恨被人说变态，女装是他个人爱好，他打小就看不惯这种风气：凭什么女扮男装大家夸这个姑娘很酷很特别，男扮女装却要被歧视，这一点都不男女平等！

他李师师就要打破这种不平等！

怒极反笑的李师师挤出了一个扭曲的笑容，李一笑浑身一僵，还没反应过来，就听李师师说道："阿姨，您知道我跟您儿子是什么关系吗？"

李一笑一听，李师师你要做什么？我们多大仇啊！这是满门抄斩、挖坟鞭尸的仇了吧？！又不是我惹火了你，男人何苦为难男人！就算你是女装大佬，好歹也算是个人吧！怎么能做出这等禽兽行径？！

"我是您儿子的男朋友。"李师师铿锵有力地扔下了这句话，拉起地上的李一笑，深情道，"我们情比金坚，不日就要完婚，阿姨什么时候给我三金和彩礼？"

张招娣怒极反笑，看着李一笑的眼神活活就是在说"这儿子她不要了，打死算数"。

"妈，先别打！给我个解释的机会吧！死也要让我死个明白啊！"李一笑哀号着，"爸，你就看着妈把我往死里打吗？你良心不会痛吗？我可是你儿子啊！亲生的！打死要判刑的！你就老婆和儿子都没有了。"

李一笑深谙被打了一定要拉人讨饶的道理，果断拉上了他爸，瞅准了他要面子的弱点："叔叔还看着呢！你就让妈这么打我吗？！"

果然，李一笑的父亲李建国干咳了几声："孩子他妈，你也先停手吧，让他自己解释一下。"

张招娣停了手，叉着腰问道："那你说吧，说个清楚明白，听到了吗？"

李一笑这才松了口气，指着李师师说道："先澄清一下，我没有和这个死变……”见对方半眯眼睛看着自己，李一笑赶紧改口，“异装癖搞对象，之前得罪了他，他整我呢。”

张招娣一脸狐疑。

韩麦这等老实人就站了出来：“阿姨，我保证李一笑说得都是真的。”

张招娣还没说什么，李一笑的叔叔李建城已经熟练地掏出烟和打火机，恭敬道：“这位大哥，来根烟吗？”

韩麦一脸严肃地拒绝了：“少抽烟，对身体不好，戒了吧。平时多喝枸杞菊花茶，健脾、养胃、安神、降火、美容、生发，还刮油燃脂，养生润体，延年益寿，男人喝了养肾，女人喝了养颜。”

李建城点头如捣蒜：“大哥说得对！大哥不愧是过来人。”

李一笑赶忙道：“爸、妈、叔，这几位都是我的同事，这个身材结实的大哥叫韩麦，直播喊麦的，喊麦知道吗？”

叔叔李建城立刻抢答：“知道知道，筷手上面的！我特别喜欢《我明天就会很有钱》！”

韩麦笑容一僵，不，他的歌虽然土但没有这么土！

李一笑把人一一介绍了之后，满脸堆笑地掏出手机打开虎鱼直播软件给父母看：“爸、妈、叔，我给你们看一下什么叫正经直播，别老看微信朋友圈里面乱七八糟的科普，都是瞎说的，眼见为实！”

打开软件，首页推荐了一个介绍词是“甜心仙女，歌舞达人”的女主播，李一笑顺手点进去给父母看看：“我给你们看看女主播是怎么唱歌的，大家都是正经直播，现在对女主播的管理可严格了，衣服都不能露胸沟的……”

李一笑信心十足，以为一定能让父母改变“主播是个不正经行业”的看法。

然而点进去的一瞬间，一个和画面上清纯美女画风截然不同的女主播出现了。

她一身紧身皮衣，戴着制服帽子，手上甚至还拿着一条皮鞭，活像个女王一样！要命的是，这位女主播还随着音乐跳起了摆胯舞！画风一下子色情了起来……

叔叔李建城不由得伸长了脖子想看清楚。

“不，妈，这是少部分女主播，搞搞擦边球，其他都很正经的！”李一笑心一慌，赶紧换了个男主播的直播间。

这个直播间是个打扮得精致的男主播，染了一头张招娣一看就会皱眉的奶奶灰色，一开口就不像个正经人，正在唱那首著名的《痒》，每一句都很荡漾：“来啊，快活啊，反正有大把时光……”

李一笑：“……”

李一笑一下子陷入了绝望，不，不，不是这样的……这都是巧合，巧合啊！

张招娣面无表情地看着儿子，那眼神分明是在说：你还有什么要狡辩的？说吧，说完我就打死你！

“行了行了，我也不看了，你赶紧把陈阳那小子叫来，赶紧回家吧，你叔叔我也叫来了，他现在开了家修车店，你去跟他学点手艺吧，以后总不会饿肚子，这些虚头巴脑的东西也别整了，咱们家虽然穷，但不干那些乱七八糟的事。”张招娣语重心长地对李一笑说道。

“妈！真不是啊！我就直播做做饭、做做菜，很正经的啊！”李一笑都快绝望了，他妈现在是完全被洗脑了，根本不听他解释。

“我和你爸都是跟老板请了假才出来的，赚几个钱不容易，背井离乡在外面打工，大过年的才回去一趟。从小也没怎么管过你，你现在变成这样，妈有责任，妈对不起你。”张招娣说到动情处，擦了擦眼泪。

“不是的，妈，你没什么对不起我的，是我自己不好，念不好书，大专都考不上。”李一笑一听母亲自责，自己也很自责。他一直想好好工作，让爸妈不要再这么辛苦，他们两人这么大年纪了，还在工地干些体力活，身体早已大不如前，可他一直都做不到，养活自己都很费力，别说孝敬父母了。

“不不不，笑笑你打小就聪明，是爸妈没本事让你念好的学校，耽误了你，是妈对不起你。”

“别这么说，妈，你已经对我这么好了，是我没能孝敬你。”

母子俩越说越动容，最后抱头痛哭。

“儿啊，回老家学修车吧，学好了手艺，养活自己没问题啊。说不定以后自己能盘个店面当老板哩，也让妈享享福。”张招娣说道。

叔叔李建城在一旁附和着，拍着胸脯说道：“我这压箱底的手艺，全部教给笑笑。笑笑从小学什么都很快，修车一定也没问题！直播那算什么啊，根本不是正经工作，赶紧跟叔叔来修车吧！”

李一笑边哭边说：“妈，叔，你们别说了，我这就跟你们走，好好学修车，好好孝敬你们。”

一旁的几人：？？？

怎么回事，刚才还在为自由抗争，现在怎么一下子变成要回老家学修车了？

韩麦感觉自己有义务帮一帮兄弟，不然李一笑就真的被带走了。

于是他站了出来说道：“叔叔、阿姨，笑笑的事情，我来帮他解释一下吧。我们主播这个行业，是新兴行业，现在还处于野蛮发展的阶段，管理不完善，平台上的主播确实良莠不齐，影响了整个大环境和社会大众对主播这个行业的评价。但是我觉得，无论什么行业，都存在一些阴暗的角落，最重要的是，自己要行得正坐得直，问心无愧。我和李一笑接触这段时间来，我看得出来，他是个非常正直的人，也乐于助人，我相信他能在这个行业里干出一番事业来。退一万步来讲，就算他失败了，他还年轻，有的是机会，与其现在押着他回去学修车，不如让他好好闯一闯，哪怕失败了再回头，也来得及。”

这话还挺有道理的，李一笑的父母都不禁点了点头。

叔叔李建成在一旁鼓掌："大哥说得好！大哥就是有见识！"

李一笑不禁纳闷地看着韩麦，这位喊麦达人说起道理来怎么一套一套的，不像个大哥，倒像个老师。

秋宁是个不爱管闲事的人，但是李一笑当初帮她背过"黑锅"，她不能袖手旁观，于是开口道："叔叔阿姨，我也来说一下。网络直播这个行业正处于高速发展的时期，每一年都比前一年有更大的市场，现在进入这块领域，李一笑还有很多机会发展，时间是不等人的。介绍一下我自己，我叫秋宁，毕业于英国伦敦政治经济学院，专业是金融，回国后父母希望我管理家族的公司，但是我并不喜欢那些，我想做我自己的事情。像我这样有不错学历的主播还有很多，主播这个行业，并不是靠脸就可以成功的，也不是学历不高就一定不会成功。这个另类的职场，也同样锻炼人，请你们给李一笑一个机会吧。"

夏甜雨在一旁瞠目结舌：什么，英国伦敦政治经济学院？！管理家族公司！秋宁这吹牛也吹得太过分了吧！简直不要脸啊！

但是李一笑的父母被唬得一愣愣的："这闺女是个高才生啊。"

秋宁温柔地笑了一笑，看起来特别像大家闺秀。

李一笑终于从被洗脑的状态中解脱了出来，他怀疑自己智商真的是不在线了，从小到大他妈妈用这一招唬了他多少次了，他家遗传的吃软不吃硬，他妈一卖惨，他就从了。

对了，卖惨，还有这招啊？！

"妈，有件事我之前一直没告诉你们，怕你们担心，现在看来不得不说了。我的腿被车撞断过，医生说我不能干体力活，现在我爬楼梯都不太利索，也不能跑，修车看来是不能修了，走投无路才来当主播的。你看，肇事的人还在这里呢！"李一笑说着，把手指向一旁看家庭伦理剧看得起兴，连外卖都忘了送的吕平安。

哈哈哈哈，他这个背锅侠终于有甩锅的一天了！快乐啊！

看到自己被苦主指着，被苦主的亲戚瞪着，吕平安一惊，戏精附体地号啕大哭了起来：“我惨啊，太惨了！我不是故意撞断他的腿的，也不是故意让他赔我一千块的，我是没办法啊！我老婆跟人跑了，留下四个孩子，我一把屎一把尿地养大了，现在念书都没地方念，还有比我更惨的人吗？！”

李一笑心里默默道：没有了，一般人惨归惨，惨不到四个孩子有五个爹。

“你撞断了我儿子的腿？还让他赔你钱？你是人吗？”张招娣扑上去和他扭打了起来。

“喂喂喂，好好说话别打人啊！”

眼看着打了起来，一帮人赶紧拉架，场面一度非常混乱！

最后，当陈阳赶到“案发现场”的时候，眼前的一幕让他目瞪口呆。

张招娣把吕平安的胳膊扭到了他自己的背后，李建国一屁股坐在吕平安的背上，李一笑和金锋正在拼命拉架，不知道谁踩到了谁的鞋，两人一头栽倒在地上滚成一团，韩麦想去拉扯两人，最后三个人在大乱斗中滚到了一起，李师师一脸事不关己，手上却狂拍照片，李建城则拿着手机在筷手上发布这段斗殴视频。

夏甜雨捂住了脸不忍心看下去，秋宁对一脸懵圈的陈阳点了点头：“我也说不清楚发生了什么，总之现场就是这个样子了。”

陈阳看着被压在最下面的外卖大叔，惊叹地问道：“不过就是送个外卖，你们至于把人家打成这样吗？他到底是迟到多久了啊？”

吕平安泪流满面：我不就是送个外卖，我容易吗？

陈阳赶到后，情况好转了一些，起码一群人能坐在一起好好聊天了。

送外卖的吕平安跑了，跨上他的小电驴头也不回地奔向下一个订单，走时鼻青脸肿。

陈阳声嘶力竭地给李一笑的亲戚们解释直播这个行业，甚至还专业地带上了电脑，一副在跟投资人骗融资的架势，把李一笑父母和叔叔唬得一愣一愣的，一会儿图表，一会儿数据，一会儿视频，高端、大气、上档次，学历不高的三人觉得非常厉害。

在陈阳一番超常发挥之后，三人总算对直播这个行业有了一些了解。

“原来直播是干这个的啊，俺是不太懂，但比之前想的好一些。”张招娣说，心里总算有几分满意了。

陈阳在一旁吹牛：“我们公司的一姐陆霏霏，一个月光礼物收入就在百万以上，这还不算广告代言之类的收入，加起来一年三千万妥妥儿的，比一般小明星也不差什么了。”

几位主播在背后斜睨他，这数据注水也太严重了。

“以我对李一笑的了解，他以后一定会成为一个优秀的主播。你们可能以为这个赚不了什么钱，不是正经行业，但是现在年入百万的主播很多了呀，李一笑肯定没有问题，以后一定能大把大把赚钱孝敬你们。我保证这些钱来路都正，绝对不是什么黑色收入！”陈阳使劲给李一笑亲戚洗脑，他深知只要某个行业能赚钱，而且正当，父母到最后都是会同意的。

“孩子他妈，你看，如果笑笑干这个确实合适，不如我们就……”李建国对张招娣说，口风有点软了。

张招娣还是面色凝重。

“爸妈，你们不用这么着急啊，给我个机会吧，三个月，如果三个月内我没做出什么成绩来，我就再也不自己瞎搞了，马上跟叔叔去学修车，成不？”李一笑见时机差不多，赶紧出声给个提案。

张招娣长了个心眼：“怎样算做出成绩了？”

李一笑想了想，说道：“三个月，我赚到三十万，就算有成绩了，怎么样？”

三十万对李一笑的家庭来说，可不算是个小数目，抵得上他们夫妇辛苦两年的收入了。

张招娣认可了，但她还是心有顾虑：“保证不赖账？”

“保证、保证，到时候我要是不肯回去，你打断我的腿把我拉回去！”李一笑深知他妈吃软不吃硬，卖惨是有用的，“哎，我的腿啊，一到下雨天就疼，也不知道还能不能干体力活，万一我连修车也修不了了，我就变成了个废人，天天在家啃老，我可活不下去了，啊，死了算了。”

“……”演技太尴尬了，几个人简直看不下去。

但是卖惨这招对张招娣果然有用，她立刻抹着眼泪说道：“都是妈不好啊，妈没用，赚不了大钱，养不了你，是妈不好。妈答应你，你也要答应妈，以后混不下去，回老家修车吧！”

李一笑一看，这是同意了啊，立刻欣喜点头：“好的老妈，没问题老妈，我一定听话！”

事情圆满解决了，所有人都松了口气。

张招娣看着消瘦了不少的儿子，心疼地说：“你一个人出门在外，每天乱吃东西，人都瘦了，妈给你做点好吃的。”

说着，张招娣起身要去厨房。

李一笑吓坏了，从沙发上跳了起来：“别别别，妈，你放着我来！我来做饭！你可千万别！别下厨房啊！”

其他人不明所以，怎么就不能下厨房了？

张招娣有些生气：“你是不是以为妈还是原来那样，不会做饭？我告诉你，你妈妈我，现在是个大菜师父，做菜做得可好了！你爸天天夸我！”

李一笑恐惧地看着她，心想，妈，你从小就是这么对我说的，每年过年都要给我做超难吃的饭菜，不吃还不行！

每一次过年，都是一场痛苦的回忆。

张招娣不顾李一笑的阻挠，毅然进了厨房。

李建国和李建城都是一脸惊惧："怎么办啊？你妈又要下厨房？"

李一笑瘫坐在沙发上，绝望地对众人说："对不起了，大家，忍一忍吧。"

"阿姨做的饭就这么难吃吗？"秋宁纳闷道。

"可不是一般的难吃，我妈做的饭……超级……超级……超级难吃。"李一笑回忆起母亲天马行空的料理素材，千奇百怪的烹饪手法，惨无人道的加料方式，不禁瑟瑟发抖。

最可怕的是，她本人吃得津津有味！！！

陈阳是感受过那个威力的，他一下子从沙发上跳了起来："兄弟，既然你的事情已经解决了，我就回去了，还有好多事情要忙呢！"

"留步！兄弟，不差这一会儿啊！我们有福同享，有难同当！"李一笑当然不肯放人走，要知道他妈妈做了菜，就会逼所有人把她的菜全部吃完！他怎么能放走任何一个可以分担黑暗料理的小伙伴呢！

陈阳脸都吓白了："我我我我我最近肠胃不好，吃不了这么可怕的！"

"那更应该刺激一下肠胃了，说不定刺激一下就好了呢！你就当日行一善吧！"李一笑死不放人。

李师师已经感受到了一股不祥的气息，飞快地跑了，临走前还让李一笑记得拍照给他乐呵乐呵，气得李一笑怒骂他死变态不要脸。

不管李一笑如何抗拒，饭菜已经上桌了。

张招娣高兴地对大家说："今天我做了好多菜，大家随便吃！一定管饱！"

所有人看着桌子上一堆又一堆颜色古怪，气味奇妙，造型恐怖的饭菜，不禁露出了恐惧的神情。

李家的两个男人则是面无表情，甚至还帮腔："吃吧，吃吧，吃着吃着就习惯了……”

张招娣浑然不知，她自己拿筷子尝了尝，觉得美极了：“不错不错，我的手艺进步了，多谢大家对我家笑笑的照顾，今天一定要吃个饱！”

说着，张招娣热情地给每个人盛了一大碗饭：“一定要吃光！”

面对热情洋溢、难以抗拒的张招娣，几人不禁露出了相似的神情：弱小，无助，又可怜。

韩麦鼓起勇气用筷子夹了一口颜色诡异的不明物体，塞进了自己的嘴里。

这一刻，人生的酸甜苦辣咸一下子在他的味蕾上绽放，他看到了……从前的自己，现在的自己，未来的自己，啊，他看到了，死亡的大门在他眼前敞开。

“扑通”一声，韩麦晕死过去，一头栽倒在地。

吓得李一笑赶紧试探了一下韩麦的呼吸，惊呼道：“不好了！韩麦没气了！！”

菜已经到嘴边的金锋手一抖，筷子掉在了桌上。

还好还好，差一点死的人就是他了。

“快给他做人工呼吸啊！你们谁会？！”李一笑问道。

众人齐齐摇头。

李一笑绝望了，难道在座的就只有他会吗？他不想给一个大老爷们做人工呼吸啊！再也不想学杂七杂八的技能了！

此时，韩麦的手动了一下，李一笑惊喜地看向他：“韩大哥！你醒了？你还好吗？”

韩麦躺在地上，那可怕的味道还在他的味蕾上徘徊，他回忆着刚才晕厥过去的感觉，觉得与其吃饭受死，还不如赖在地上躺尸。

“啊……我不行了……”韩麦使劲冲李一笑眨眼睛，拼命暗示之后，两眼一翻，继续装死。

“不好了，韩大哥又晕过去了！眼睛都翻白了！他死定了！”

夏甜雨惊叫道。

李一笑："……"

一旁的夏甜雨着急地说："快快快，你快给他做人工呼吸啊！"

李一笑感觉到韩麦哆嗦了一下，显然，他也不想让一个大男人给他做人工呼吸。

就在这僵持之际，张招娣端着一盘黑暗料理走了过来："可怜的娃子，看起来身体结实，怎么这么虚啊？没关系，妈有办法，笑笑你让让，妈给他再喂一口，他很快就会活过来的！"

"妈，这样会死人的！"李一笑极力劝阻，坚决不让他妈谋杀他的同事。

"不会的，相信妈，妈有经验，上次你爸住院动手术，妈给他带饭，他吃不下，偷偷喂给一个植物人，人家竟然恢复意识了！醒来后，家属非常感谢我们，逢年过节还给我们送东西呢！"张招娣非常骄傲地说道。

众人："……"

"啊……我怎么了……我好像晕过去了……"韩麦见这一劫是逃不过了，为了避免被硬塞黑暗料理，他假装自己恢复了意识。

张招娣眉开眼笑："太好了，小伙子你醒了，感觉怎么样？"

韩麦笑得比哭还难看："我好了，没事了，谢谢阿姨！"

这一顿饭谁也没逃过去，张招娣看着大家伙把饭菜吃得干干净净，心情非常愉快。晚饭过后，李一笑的父母和叔叔要离开了，大家意思意思挽留了一下，迫不及待地把人给送走了。

李一笑出去送父母了，其余人在关上门的一瞬间卸下了强颜欢笑的面孔，抱在一起，痛哭流涕。

谢天谢地，活下来了！

第六章

我的直播
到底有什么问题？！

“崽，爸爸我不能再做一条咸鱼了，不然就只能回老家学修车了。”李一笑严肃地对老同学兼经纪人陈阳说道。

陈阳鼓掌道：“兄弟，你终于醒悟了啊，你早该雄起了啊！”

李一笑点头道：“必须啊，不然爸爸怎么养得起你这个崽呢？”

“滚！少占我便宜！现在我才是你爸爸！”陈阳怒道。

“行行行，爸爸，你听一下崽的思路。我觉得现在单纯的美食主播已经市场饱和了，我又不想干大胃王吃播这行，所以还是要在创意类型里下手。”李一笑说。

“可以，你接着说。”陈阳轻易地被转移了注意力。

“我受到我妈的启发，觉得做一下黑暗料理类型的短视频，应该能火一把。等短视频有流量了，我再引流到直播间里，你觉得如何啊？”李一笑问道。

“具体是什么样的黑暗料理？”陈阳又问。

“先从大家不敢吃的东西下手吧，比如我先做一期虫虫黑森林蛋糕，然后表演一下当场吃掉，是不是挺有趣的？”李一笑说。

陈阳撇撇嘴：“有点恶心。”

“就是要这个效果，必须要给人留下深刻的印象，才能一炮而红。你想啊，我这种视频，一个人看了之后肯定会发给自己的好朋友，祸害一下好友的，对吧？被祸害的人又会发给下一群受害者，这不就有了传播度吗？”李一笑说。

陈阳想了想，觉得不无道理：“可以试试，反正你现在是个新人，试错成本低。”

李一笑斜了他一眼：“大兄弟，对我有点信心好不好。我上一份工作可是当红美食主播的幕后策划兼摄影师兼后期呢！”

“行行行，那你还等什么呢？赶紧啊，我这个经纪人就等着扒你的皮，吸你的血，抽你的分成了啊！”陈阳催促着，还有心情自嘲了一句。

“一定让崽崽你吸个饱！”李一笑拍着陈阳的肩膀说道，“你知道这样你的像是什么吗？”

“吸血鬼？”陈阳猜测。

李一笑摇头。

“蚊子？”陈阳又猜。

李一笑再次摇头。

“蚂蟥？”陈阳还猜。

“不要总觉得自己不是个东西，这样的你，其实最像一片卫生巾，还很贴合你‘妇女之友’的身份。”李一笑严肃道。

“滚滚滚，受死吧！”陈阳对昔日好友一通狂殴。

李一笑有了思路，也不犯拖延症了，说干就干。

回去之后，李一笑迅速买齐了需要的道具，自己架上从公司租来的摄影机开始拍了。

李一笑此人，有个怪癖。

他平时脾气挺好，但是一旦开始工作，就突然从一个好人变成了一个暴君，逮谁骂谁，从演员到工作人员一个不落，谁要是不按他的步调走，他能打爆人家的狗头！

因为这一点，他和圆圆不知道吵过多少次。她实在不理解为什么有人一工作就从五好男友变成潜在家暴危险分子。

“哇，摄影机，这是干什么呢？”夏甜雨刚从公司上完了才艺课，回到别墅就见到李一笑在摆弄摄影机。

“很专业啊。”秋宁也感叹了一声。

李一笑正在琢磨画面布局，看到两个姑娘绕着摄影机转来转去，已经进入工作狂状态的李一笑赶紧道：“让让让让，别打扰我干活啊，先说清楚，我这个人工作状态很暴躁的！”

“为什么啊？”夏甜雨问道。

“闭嘴！都说了很暴躁了你还问！你见过哪个导演脾气好的吗？！”李一笑咆哮道，把夏甜雨吓得脑袋一缩。

“不问就不问嘛，凶什么凶。”夏甜雨嘟哝了一声，肉眼可见地尿了。

秋宁笑了笑，识趣地走了。

夏甜雨走了两步，觉得就这样认尿很丢人，于是又气势汹汹地回过头：“你到底要拍什么呀？”

“闭嘴！再吵把虫子扔你脸上！”李一笑正在摆弄着自己买来的活虫，对夏甜雨的关心毫不领情。

“你敢？！”夏甜雨怒道。

李一笑看着夏甜雨，夏甜雨看着李一笑，两人斗鸡一样对视，试图用眼神杀死对方。

最后李一笑狞笑了一声，从盒子里抓出了一条扭动的蚯蚓，在夏甜雨的鼻子前晃来晃去：“你倒是看看我敢不敢。”

“嗷嗷嗷嗷嗷啊啊啊啊啊啊！”夏甜雨爆发出了一串惨叫，连滚带爬地跑了。

一边跑她还一边哭：“李一笑你混蛋！你给我记住了！！我不会放过你的！！！”

李一笑慢悠悠地把虫子放回了盒子里：“区区蛋白质，也能被吓到，废物点心！”

秋宁摇了摇头：“别吓唬她了，她胆子小，你又不是不知道。”

李一笑哼了一声：“哼，敢打扰我工作的，就是这个下场！”

世界清净了，李一笑继续他的拍摄工作，当天就搞定了前期拍摄，他迅速把自己关到了房间里，开始做后期，第二天就剪出了一个高质量的短视频，发给了陈阳。

陈阳看完激动道：“兄弟，我觉得这能火，赶紧发吧！”

李一笑立刻登录了自己在微博和各大短视频软件里注册好的账号“李十三笑”，发布了自己新账号的第一个视频。

要火了，要火了，他马上就要火了。

李一笑反复看着自己的视频，像个更新前反复看自己文章的作者，他越看越满意，感觉自己无论是技术还是创意都有了飞跃式的进步，看看这个视频啊，拍得多棒啊！

这构图，这配色，这音乐，完美！

视频内容也很简单，就是他用各种奇怪的虫子做了一个黑暗虫子版黑森林蛋糕，然后吧唧吧唧几口吃掉。

当然，他吃掉的那个蛋糕，和他做的那个蛋糕根本不是同一个。

后面那个蛋糕里的虫子都是用食用胶做，看起来以假乱真，但实际上根本是假的。

但这又有什么关系呢？

这年头美食主播的花招可太多了，连三胞胎轮流上阵做吃播，一顿饭主播换了三个人这种事情都发生过，还有什么不可能呢？

一天过去了，两天过去了，三天过去了。

李一笑悲惨地发现，自己没有火，甚至根本没有什么水花。

他，依旧是个，悲惨的小透明。

怎么可能？我的视频做这么好！我的创意这么有趣！为什么我就是不能火？！

李一笑心态崩了，抓着陈阳疯狂打电话吐槽。

陈阳幽幽道：“你要不要看看前几天突然红起来的一个博主，叫红烧大叔。”

李一笑挂了电话飞快地搜索了起来，好家伙，这也是个美食博主，和他同一天发了一条美食短视频，转发过万，突然走红。

一看内容，做的也是黑暗料理，虽然食材不一样，但是主题是一样的！

李一笑气炸，这做得还没他好呢！凭什么他火了啊！

“他这个视频做得还不如小学生，你看看这个构图，看看这个布景，看看这个剪辑和后期，垃圾！他怎么好意思发出来！发了竟然还万转，这不科学啊！现在的观众都是瞎的吗！他肯定是买了营销！”李一笑抓着陈阳一顿咆哮。

陈阳叹了口气：“兄弟，你和人家撞设定也没办法，再做下去人家的粉丝肯定要来喷你，到时候吃亏的总是你，谁让你没知名度呢，这个圈就是谁有名谁正确啊，赶紧换个路线吧。”

李一笑气得摔了电话。

刚好下楼来的夏甜雨听到李一笑在客厅里打电话的吐槽，心有戚戚然地说道：“我理解你。”

“啊？”李一笑纳闷地看着夏甜雨，她理解什么？

夏甜雨幽幽道：“我努力练习唱功，钻研怎么把歌唱好，但是那些个就知道唱《喵喵叫》卖萌发嗲的女主播就是比我红。唱功一塌糊涂，全靠声卡救命，这也能火？我唱功吊打她们十条街！竟然红不过这群菜鸡，我真是气到打鸣！”

两人突然有了一些惺惺相惜的感觉——啊，为什么我们就是要被一群菜鸡压着打？

“理性分析一下，我觉得你应该去学习一下她们的走红经验。”摆脱了当局者的身份，李一笑还是能给出一些合理的建议的。

夏甜雨冷哼了一声：“我才不要呢！你要学自己去学呗。”

李一笑倍感不爽：“有什么好学的，我难道不比他们懂行？我可是给当红美食主播干过策划的！”

夏甜雨“切”了一声，一脸不信。

“哼，不信就算了，一条路不通还有下一条，我就不信我红不了！”李一笑捶了下桌子，信誓旦旦地说道。

“陈阳陈阳，呼叫陈阳，爸爸我有新思路了！比那个黑暗料理不知道高到哪里去了，一定能红破天际，成为一代网络红人美食博主！”李一笑激动地给陈阳打电话。

“你说说看？”陈阳还是挺相信自己的老同学的，毕竟他从小就古灵精怪，脑子活络。

“思路是这样的。现在办公室青年这么多，一天十二个小时在办公室里搬砖，吃也吃不好，睡也睡不香，日子过得苦哈哈，除了意淫一下自己乡下有田明天就炒了老板去过田园生活之外，就只能幻想一下一夜暴富了。但是理想是美好的，现实是残酷的，大部分人还是要过着‘996’的悲惨生活，早上九点上班，晚上九点下班，一周工作六天，这样下来任谁都对办公室有了一种斯德哥尔摩综合征式的亲切感。”李一笑噼里啪啦说了一堆，终于说到了关键，“所以我想做一个系列视频，教大家怎么在办公室做美食，什么用饮水机做火锅啦，用电脑主机当烧烤架啦，让大家既有亲切感，又觉得眼前一亮。”

陈阳一听，拍案叫绝：“这个思路完美，赶紧去做吧，兄弟，你这一次一定能火！”

李一笑对陈阳的识货很是满意：“崽，你就等着爸爸一夜爆红，然后让你吸得盆满钵满，大家一起发财！”

“好的爸爸，加油爸爸，我看好你，爸爸！”陈阳兴奋地说道。

李一笑挂了电话，飞快地做起了第二期视频——办公室创意类型美食节目。

租借场地、临聘人员、开始拍摄、后期制作，一整套下来，一周时间又过去了，陈阳对李一笑的新视频那是一百万个满意，觉得自己又要有一棵摇钱树了。

视频一经发出……

石沉大海。

淹没在了信息的汪洋大海中。

“这不科学啊！”李一笑疯狂捶打着桌子，咆哮道，“怎么可能不火，我这种天才一般的创意，天才一般的拍摄，天才一般的后期，怎么可能不火啊！”

陈阳也百思不得其解，他都努力营销了一阵了，为什么还是没有炒出热度来？

“可能是‘水逆[1]’。”陈阳得出了结论，“肯定是因为‘水逆’！”

李一笑斜了他一眼：“不要封建迷信。”

陈阳振振有词：“干我们这行的，就是讲玄学。你看有的女主播吧，长得也不是最漂亮，歌也不是唱得最好，要论为人处世，呵呵，有的真的情商低。但就是火起来了，一夜爆红，你也不知道这他妈都是什么玄学。有的人就是大爆特爆，有的人就是死活捧不红，都是命啊。”

“你在暗示什么？”李一笑怀疑地看着他。

“没有，绝对没有暗示你的意思。以你的视频质量，红起来是迟早的事情，你不要灰心，大不了再多做几期，只要你有产出，有质量，我还有渠道，一次红不起来，这是概率问题，两次三次二三十次，这要是还红不起来，那就是真的玄学了。”

李一笑一想，觉得很有道理，于是发愤图强又做了一期。

视频还没做完呢，陈阳一个电话已经打过来了：“快快快，李一笑，别做了，你去看看那个‘办公室小王’！”

李一笑一脸懵圈地打开搜索引擎。

又是一个和他同期出道的美食主播，题材类型、制作风格、输出内容，几乎一模一样，不知道的还以为是同个团队的作品。

人家微博上的视频一万转发了，他自己的视频，转发量250。

可以说是非常二百五了。

李一笑默默删掉了电脑里还没做完的视频素材。

然后开始用脑袋狂磕电脑桌。

咚咚咚。

去死吧！“水逆”！

“大柱啊，帮我研究一下我的‘水逆’什么时候过去。”李一笑脑袋上缠着纱布，在陈阳的办公室对他面无表情地说道。

---

① 网络词汇，意思是遇事不顺，比较倒霉。

陈阳对着手机里的星座指南研究了半天：“明天，明天你的‘水逆’就结束了！”

李一笑面容扭曲地笑了：“好极了，我明天就开始做新的美食视频。”

“兄弟，你确定不要休息一下吗？”陈阳的视线落在李一笑缠着绷带的脑门上。

“不！我现在就要红起来，不然我就要回老家学修车去了！”李一笑咬牙切齿地说道。

陈阳拿他没辙：“那你有什么新思路了吗？”

李一笑严肃地点了点头：“这一次，我决定走精致田园风格，要细致，要讲究，要有情调。第一期我背着登山包和道具，跋山涉水去找最清澈的山泉，煮一碗泡面，还要打一个蛋，配上葱花辣椒，吸溜，讲究！”

“可以，这个思路不错，你去吧！”陈阳再次对老同学进行了鼓励。

李一笑气势汹汹地去了。

两天后，好不容易背着包跋山涉水来到W市郊外的山林里，找到了一汪山泉，正在拍摄煮面的李一笑接到了陈阳的电话。

“兄弟，不好意思，我看错了，你的‘水逆’要下个月才结束啊！”陈阳急匆匆地说道。

“管他呢！我们要相信科学！”山里信号不好，李一笑不得不大声说话。

“不是啊，你赶紧打开微博看看，搜索一下一个叫‘野食大哥’的新人！”

李一笑顿感不妙，慌忙挂了电话一通搜索。

啊，真是完美的撞哏。

李一笑默默摁掉了手机，脱下衣服，一股脑儿跳进了池子里，给自己来了个透心凉。

冷静，李一笑，冷静。

人生就是这样大起大落、落、落、落、落、落。

都是“水逆”的错！

于是李一笑关了摄像机，在泉水边哭着吃了一碗讲究的泡面。

“陈阳，我想……”在陈阳的办公室里，李一笑再一次对陈阳说。

“不，兄弟，你别说了！”陈阳伸出一只手捂住了李一笑的嘴，沉痛道，“我觉得你的‘水逆’比星座书上的要长，建议你再休息一阵子。”

李一笑掰开陈阳的手说：“我不是要做短视频。”

“哦，那你说吧，一切好说。”陈阳放松了下来，生怕李一笑再来一个创意提案，然后完美撞哏，“每次你有了个思路，红的总是别人家公司的网红，我也很郁闷啊。”

“我决定先去直播一下，简单地直播做家常菜，也不指望靠这个红起来，就是先做点事，等‘水逆’过去了再说。”李一笑面无表情地说道。

“妥儿，可以有，去做吧。”陈阳说。

接连被短视频打击的李一笑，终于暂时放弃了靠短视频爆红的思路，决定踏踏实实从普通的美食直播做起。

这说起来容易，做起来可就难了。

李一笑悲惨地发现，自己的事故体质再一次发作了，可能真是因为“水逆”，它发作得更厉害了。

他摩拳擦掌地准备直接在直播行业中做出一番事业来，然而直播第一天就发生了点意外。

“观众朋友们大家好，我是你们的新人主播李十三笑，虽然大家不认识我，但是没有关系，我相信你们很快就会记住我的。”李一笑对着只有小猫两三只的直播间观众进行了一番开播吹嘘，“实不相瞒，我做主播前其实是新某方烹饪学院毕业的优秀高才生，精通八大菜系，中外美食样样都会，你要我给你做臭鱼罐头我都没有问题。但是今天，我们还是来一点家常一点的菜色吧。”

李一笑一边跟直播间里的观众们唠嗑，一边开始介绍如何做家常菜，结果刚开火没一会儿，水管漏了。

嗯？水管不是刚修好吗？

李一笑抓狂地研究了一下水管，发现是真的漏了，不修不行的那种。

“不好意思啊，水管漏了，我得先修一下水管。”李一笑只得跟直播间的观众们道歉，然后……

然后直播修水管。

“实不相瞒，我做主播前其实还当过水管工，不是超级马里奥那种飞天遁地能救公主的水管工，就一普通上门维修的水管师傅。但是我的技术还是可以的，反正现在也没法做菜了，我教大家家庭管道的基本自检自修方法吧，免得哪里坏了一点就打电话叫人来修。正所谓，只要生活过得好，哪里需要干哪里。”

李一笑这里敲敲那里弄弄，终于把水管修好了：“这次运气好啊，不是什么大问题，要是地面下的水管漏了，那篓子可就大了，搞不好要全部敲掉重新做呢。好了，今天的教学就到这里，大家学会了怎么修水管吗？”

一个刚刚进直播间的观众茫然地发了弹幕：“我看直播间的名字，不是家常菜教学吗？”

一个看完了全程的观众嘲笑道：“主播开播十分钟水管就爆了，接下来就变成教你怎么修水管了。”

“你别说，还挺有用的。我家刚好水管坏了，师傅说要明天才能来，我刚才按照主播的方法自己处理了一下，竟然自己修好了！”一个观众说道。

李一笑哭笑不得，说好的美食主播呢？为什么他修了一整天的水管？！

没关系，明天总不会还漏水了吧，明天再直播吧！

“大朋友、小朋友、新朋友、老朋友，我是你们的主播，立志成为一个优秀美食主播的李十三笑。今天我们还是来学习家常菜的一些做法，特别是一个人独居在外的朋友，平时三菜一汤吧，吃不完，随便对付吧，胃不答应，天天外卖吧，费钱还不一定卫生健康，所以我们要学习一下做一个人也能吃得营养丰富的一餐。”第二天傍晚，李一笑准时出现在直播间，和寥寥几个观众唠嗑了起来，要教大家做菜。

刚切完食材，突然有个人闯了进来：“我的电脑坏了，你帮我修一下吧！”

是夏甜雨！

工作被打断的李一笑的表情瞬间狰狞，要不是现在在直播，他能抓住夏甜雨咆哮一顿。

李一笑压低声音道：“我在工作呢。”

“快快快，帮个忙啦，我马上要开直播了，现在电脑坏了可怎么办啊！”夏甜雨急得要命，使劲催促起了李一笑。

“姑奶奶，我也在直播啊，你让我现在给你去修电脑？”

“来吧来吧，你的直播也没几个人看啊，还是我的比较要紧，求你了，我会付你钱的！”夏甜雨急得跺脚。

李一笑深吸了一口气，无奈地对直播间的观众说道：“实不相瞒，我在当主播之前，开过一家电脑维修店，技术还可以，有很多回头客。”

观众都被他逗乐了：“你不是说技术好吗？怎么还有回头客？”

李一笑面不改色：“因为我长得帅。”

弹幕里的观众都被他逗乐了，李一笑继续道：“那我们今天就直播修电脑吧。电脑这个东西，现在人人都有，电脑坏了，那肯定比家里漏水还着急。那我今天就教大家一些电脑修理的基本知识。”

于是这一天，李一笑的美食直播画风突变，从做菜变成了修电脑。他不是自吹自擂，技术是真的不错，半小时就把夏甜雨的电脑修好了，接下来的时间，李一笑在和观众互动，科普电脑常见的问题，以及问题的处理方法，甚至还帮几个观众远程处理了电脑问题。

观众：“我按照主播教的方法，修好了我的电脑，太好了，本来打算明天拿去店里维修的。”

李一笑得意道：“只要生活过得好，哪里需要干哪里。我教的方法肯定没问题！”

就这样，今天的李一笑也不务正业，十分钟教做菜，三小时教修电脑，还给观众布置了“作业”，总结今天的学习心得。这让一个个打开直播平台美食板块，点进去却发现主播在修电脑的观众一脸懵。

这主播有毒吧？

“各位观众老爷们，修电脑的，修水管的，送外卖的，卖片儿的，大家好，我是你们热情好客、能言善辩、动手能力十级的主播李十三笑。今天我们依旧要学习怎么做家常菜，虽然因为各种各样的意外事故，导致我们第一天的家常菜课程到现在都没有上完，但是今天一定没有问题……”李一笑打开直播间，开始了今天的直播工作。

开场白还没说完，韩麦推门而入：“笑笑，我有个视频要剪后期，你上次说你会这个，帮我个忙吧。”

李一笑在镜头前捂住了脸：“……”

韩麦入镜了，对着直播镜头笑了：“哦，在直播啊，那我不打扰你了！下播了再来找你！”

看直播的观众里有几个人认出了韩麦，开始纷纷喊他“老韩大哥”，直播间的气氛一下子热闹了起来。

一条弹幕幽幽飘来：“大哥，这是你家厨子吗？他这个人有毒，每次教人做菜都会出事。”

韩麦乐了：“他是我兄弟，运气不太好，不过人很不错，大家多关注一下啊，点个订阅。”

李一笑感激地对韩麦笑了笑，还是大哥好啊，还帮他拉人气呢。

“没事，只要生活过得好，哪里需要干哪里。我先帮你剪一下视频吧，毕竟日行一善嘛。实不相瞒，我当主播前其实是个‘百万后期’，一条视频收费十万起，决不让还价。今天我就顺便教一教大家怎么做基础剪辑好了。”李一笑说道。

韩麦挺高兴的，但又觉得这样不好，两人推辞了一番之后，李一笑一拍桌子：“就这么说定了！反正我每次直播都要干点别的，不干别的我还不习惯呢！”

于是这一天，李一笑给他的观众们传授了视频剪辑和后期的一些技巧，包括哪些软件比较实用，哪些技巧值得学习，哪些问题新人特别容易犯，把观众看得一愣一愣的。

“看完今天的直播，我好像学会了怎么剪视频。”一个观众如是说。

李一笑又是心酸又是好笑。虽然没有在做菜，但好歹教会了别人一些东西。

“这不是挺好的吗，肯定会有很多人需要这样的教学视频。要不你发网上吧，给别人学学也好。”韩麦说。

李一笑“嘤嘤嘤”了半天，无奈点头道：“好，我剪。”

哎，“水逆”到底什么时候才能过去啊。

“你发你修水管、修电脑、剪视频的东西给我做什么？”陈阳一脸懵地给李一笑打电话，“你还教人化妆，传授打扫房间和收纳技巧，连叠衣服都教，你这是搞笑教学片吗？为什么一开头总是在做菜？”

李一笑幽幽一叹：“兄弟，我每次直播做菜，都会出点事，最后就变成教人怎么解决问题了。”

“……你这是什么破运气。”陈阳都震惊了。

李一笑泪流满面。

“你视频剪都剪了，干脆发网上吧，虽然肯定不会火，但好歹是一点内容，你要多做内容，总会有瞎猫遇到死耗子的时候。”陈阳说。

李一笑继续泪流满面，哭着把自己剪好的教学视频发到了微博和各大短视频软件里。

虽然不会火，但好歹是产出。

李一笑已经认命了。

然而有时候，命运就是这么奇妙，偏偏是这些李一笑不抱希望的视频，居然蹿红了！

“兄弟，你知道吗？你的视频被一个‘大V’转了！现在转发量好几千了呢！”韩麦突然兴冲冲地来找李一笑，告知了这个好消息。

李一笑一愣，赶紧掏出手机打开了微博。

好家伙，一个叫“金门大桥倒下来”的博主，莫名其妙转发了他的视频，一下子把流量带起来了。

“难道是陈阳那小子终于肯给我买营销了？”李一笑纳闷着，赶紧打了个电话给陈阳。

陈阳比他还茫然：“不是啊，这不是我们公司合作的‘大V’，是个‘自来水’啊，自己上门来的‘水军’，这还不好啊兄弟？”

“自来水”，他有“自来水”了？

李一笑狂喜，把这个“大V”研究了半天。

这个叫“金门大桥倒下来”的“大V”写的所在地是美国，关注有一百多万了，是个做海外趣事翻译和搬运的博主，以前不怎么转发这类视频，这次不知道怎么回事，转发了李一笑教人怎么剪视频的那一期，给李一笑带来了不少的关注度，连其他几个视频也被大量转发了起来。

陈阳赶紧联系了和公司合作的“大V”，把“李十三笑”的流量带了起来。

评论区简直是一片欢乐的海洋，李一笑的事故体质被疯狂吐槽。

——这个博主有毒吧，做了六期美食视频，没有一期做完了菜。

——说好的家常菜呢？你连化妆都教了，怎么还不教我做菜？

——这个修电脑的技巧还挺实用的，连怎么重装系统，怎么自己组装电脑都教了，很贴心了。

——博主的技能树是真的奇怪，化妆、修水管、剪视频、房间收纳……就差会做菜了。

——博主目前自称从事过的职业：厨师、“百万后期”、修电脑、水管工、明星化妆师、家庭主夫……博主你到底是做什么的？

——这一定是节目效果！我不信会有人这么倒霉！

不管观众是什么态度，热度上来了总是一件好事，万万没想到自己会因为这种视频红起来的李一笑，到现在走路都是飘的。

“朋友们，我关注破五万了！我们聚餐吃饭！我下厨！”李一笑乐颠颠地把这个好消息告知了室友们。

于是李一笑又下厨做大餐了，做了整整一桌，邀请了各位室友还有隔壁李师师一起参加。

“同志们，今天的晚餐主要是一个庆祝活动。我来宣布一下好消息，恭喜我，突然走红，我的六期不正经美食视频，共计转发超过两万！个人关注超过五万！大家鼓掌！”李一笑说完，自己率先鼓掌。

餐桌上“啪啪啪”一阵掌声，有的认真有的敷衍。

竟然还有“砰砰砰”的枪击声，不用看都知道是金锋在打手游。

这小子完全是个网瘾少年，成天吃饭、睡觉、打游戏，要不就是用诡异的眼神偷瞄他，看得李一笑汗毛都竖起来了。

“顺便呢，大家都说一下最近的好消息吧，有谁主动要说吗？”李一笑问大家。

李师师举手：“我这个月业绩排名第二，比上个月上升了一个名次，公司决定多给我 5% 的提成，另外还接了七场商演，三个网络广告，还有八个产品推广。这个月算下来，扣掉公司抽成和个税，收入一百八十万吧。”

众人：“……”

气氛一下子凝固了。

夏甜雨不断地掀手指，念念有词："一百八十万，一百八十万，一百八十万……我的妈呀……我死了……我一个零头都不到……"

李一笑的脸上笑容凝固：大佬，你这样刺激我们这个穷宿舍真的好吗？你不知道我们宿舍所有人的业绩加起来都没有你多吗？

秋宁倒是神色如常，面带微笑地对李师师说："恭喜你啊。"

李师师得意地说："红星就没有比我收入高的男主播了，所以，从今天起，请尊称我红星一哥！"

夏甜雨翻了个白眼："是红星一姐吧。"

"那倒不是，毕竟还有陆霏霏呢，算上短视频这块的话，郑仙仙业绩也比我强。"李师师一本正经地回道。

夏甜雨幽幽道:"我们公司的玄学,就是叠字名字的人才会红吗?我要不要改名叫夏甜甜？"

李师师嘲讽地笑了笑:"你改什么名都没用的。这主要是'人品'问题。"

夏甜雨气结。

"啊哈哈哈，那大家还有谁有好消息要公布吗？"李一笑干笑着问道。

夏甜雨又陷入了纠结。

她是个内心戏丰富的姑娘，这一刻，她不禁思考了起来：李一笑是故意让她难堪吗？要是大家都说了，她没有说，岂不是显得她一事无成？

一定是故意让她出丑的！

夏甜雨绞尽脑汁，开始思考自己能宣布什么好消息。

一个都没有啊！

没关系，只要秋宁没有好消息，她就不算输了！

"我也有个好消息要宣布。"就在夏甜雨绞尽脑汁之际，秋宁开口了。

“我认识了一个很有才华的音乐人，看过我的直播，觉得我声音条件很好，很合适她刚写的歌，我试唱了一下，很好听的一首情歌。”秋宁笑着说道。

“莫非是暗恋你的哪个小粉丝？”李一笑开起了玩笑，一边不禁紧张地偷看韩麦的脸色，他知道韩麦一直都很欣赏秋宁的，常常去看秋宁直播的录像，“帅吗？看过照片吗？”

但是，韩麦竟然一点紧张感都没有，仔细看，他竟然还有点脸红。

李一笑奇怪韩麦怎么会是这个反应，有粉丝给女神写歌，难道不应该紧张一下吗？

秋宁不好意思地笑了笑：“不是男生，是个女孩子，叫程羽。歌真的不错，我唱给你们听吧。”

于是秋宁唱了起来，这是一首情歌，不同于最近流行的那种特别甜腻的歌曲，歌词里充斥着暗恋一个人时幸福又悲伤的感觉，忍不住靠近却又不敢靠近的胆怯。

秋宁唱完了，期待地看着大家。

夏甜雨“哇”的一声哭了出来：“太好听了！我太感动了！这首歌叫什么名字！”

“叫《我在喜欢你》。”秋宁说。

夏甜雨顿时泣不成声：“太棒了，这首歌，我好感动啊呜呜呜呜，太有代入感了，太感动了呜呜呜呜呜呜。”

李一笑用眼神疯狂暗示金锋，听一听啊，这是暗恋你的小粉丝的声音！

宅男金锋，沉迷游戏，无法自拔，根本没有注意到夏甜雨说了什么。

李一笑无奈了，这个人，注定孤独一生。

大家给这首歌一致的高度评价，特别是韩麦，把这首歌的作者吹上了天，夸她非常专业，而且情感真挚，感人肺腑。结论——这是一位旷世奇才！

李一笑更加纳闷了，韩麦怎么这么激动？

秋宁说道："大家要是一致觉得很好的话，我就要专心准备这首歌曲了，说不定能受到欢迎呢。"

"受欢迎是肯定的，这么好的歌……"夏甜雨感动的劲儿过去了，酸溜溜的感觉又上来了，她小声嘟哝道，"我怎么就遇不到这样的音乐人呢？"

李师师冷酷地说："因为秋宁比你漂亮。"

夏甜雨一脸杀意。

"好了好了，我们不要跑题了，既然没有人要说好消息了，那我再宣布一件事情。再过一周，就是我们韩麦韩大哥的生日，大家要祝贺的准备好祝贺，要送礼物的准备好礼物，都通知到了哦。"李一笑说。

"收到！"大家一起说道。

"你知道我生日？"韩麦有些惊讶。

"当然了，我这么关心你们。好了，没有别的事情啦，那我们开始庆祝吧！聚会开始！"李一笑关了灯，开始拼命鼓掌起哄。

在他的带动下，气氛一下子热烈了起来，大家笑闹了一阵，开始聚众喝酒。夏甜雨猛灌李一笑，李一笑莫名其妙地喝了大半瓶，喝多了的李一笑开始灌韩麦，坚决不喝酒的养生社会大哥惊吓连连，最后喝了一瓶啤酒——其中一半是枸杞。

"啤酒里面加枸杞，健脾、养胃，又安神。"韩麦如是说。

金锋拿着一包维他柠檬茶，蹲在角落里默默喝着，低头又开了一局游戏，李一笑找他喝酒都不理。

"等下，等我再打一把。"金锋如是说道。

李师师喝多了，跳上桌子要给大家跳脱衣舞，已经喝醉的李一笑给他疯狂加油，最后被理智尚存的秋宁拽了下来。

"我要干一件，嗝，非常疯狂的事情！"已经喝高了的夏甜雨打着酒嗝，对同样喝高了双目呆滞的李一笑说。

“啥事啊？”李一笑醉醺醺地问道。

夏甜雨哈哈大笑，跌跌撞撞地扑向冰箱，掏出李一笑没有扔掉的黑暗料理。

“让你，嗝，用虫子吓唬我。我，今天，就要喂你，吃这个黑暗料理！！！”夏甜雨狂笑了起来，抄起虫子大餐冲向李一笑。

李一笑顿时吓得酒都醒了，一边满屋子逃窜一边惨叫：“别啊！你醒醒啊！夏甜雨，别发疯！！！”

“哈哈哈哈，我没有疯，我只是喝醉了哈哈哈哈哈哈哈！”夏甜雨追得李一笑上蹿下跳。

李一笑大叫：“虫子大餐我早扔了，你看清楚了！你刚才打开的不是冰箱，是厨房的柜子啊，你拿的不是那个虫子大餐，是一盒活的虫子啊，我忘了扔的！！！”

夏甜雨朦胧之中看向自己的手。

那是一个透明的塑料盒，里面扭动着一群欢乐的小虫虫。

“啊啊啊啊啊啊啊啊啊啊啊啊啊啊啊啊啊啊！！！”

一声惨叫，盒子被夏甜雨扔了出去，砸在了李一笑的身上。

盒盖飞了出去，一只蝎子正好趴在李一笑的脸上。

李一笑，两眼一翻，卒。

第七章

我觉得，
我室友，喜欢我

深夜，电脑屏幕的光照亮了一张青白菜色的脸，仿佛是某部电影恐怖片。

李一笑在电脑椅上正襟危坐，严肃地在论坛里发了这样一个帖子：《我觉得，我室友，喜欢我》。

楼主：我是一个不知名主播，刚开播的时候根本没有几个粉丝。第一个给我打赏了礼物的人，姑且叫他路人甲。路人甲不但打赏了我，还加了我的QQ群，虽然他从来也不说话，但是每天都在群里签到，我的直播他一场不落。

1楼：前排围观，坐等楼主讲故事。

2楼：标题已经出卖了你，路人甲兄弟就是你的室友吧？

3楼：路人甲暗恋你？

4楼：楼主男的女的？

5楼：我是楼主，男的，我接着说。后来我直播发展得还不错，阴差阳错小火了一把，结果有一天，我室友上厕所手机放桌子上了，还没锁屏，我路过时看了一眼，发现我室友在我的QQ群里，一看他的名字，他就是路人甲。我顿时“菊花”一紧，想起了一件事情。

我室友长得很帅，是个不折不扣的大帅哥，除了话少有网瘾之外没有别的毛病。他高中的时候玩了一个网游叫《刀剑启缘》，里面有个“情缘”，他以为我就是他的“情缘”，知道我是男的后大失所望，觉得初恋被“人妖”骗走了，还不如喂狗，非常生气。而我因为某个原因替他真正的“情缘”背了这个黑锅，没法辩解，只好装傻充愣背了这锅。

后来虽然误会解开了，但是他好像一直惦记着这件事，经常用奇怪的眼神看着我，问他有没有事他又说没有。他偷看我的直播，偷偷给我打赏，还开了小号加了我的QQ群，你们说，他是不是暗恋我？如果是，我要怎么办呢？

6楼：绝对是暗恋你没错了！注意安全！

7楼：楼主都说室友很帅了，那你也不亏，赶紧从了吧。

8楼：接受他啊！

9楼：所以楼主你动心了吗？你都说人家长得帅了，外貌协会没有性取向，我们都是“颜性恋”！

李一笑一直看到了一百多楼，不是说他瞎编故事骗人的，就是让他赶紧从了帅哥的，半点能够帮助他的内容都没有，完全是浪费时间浪费感情。

李一笑气结，关了电脑躺到了床上，辗转反侧了起来。

最近他的事业蒸蒸日上，还接到了广告，对完成和父母的约定信心满满。

但是，在感情上，他遭遇了一点问题。

一开始他也怀疑是自己多心，但是这些日子下来，李一笑越发觉得不对劲。

金锋到底为什么老是偷看他，一副欲言又止的样子。明明误会已经解开了啊，他已经知道秋宁才是那个甩了他的“情缘”，自己只是一个单纯无害的背锅侠。

难道，金锋因为这件事情，发现了自己对他有某种异样的情愫，从一个纯情男孩变成了一个同性恋？嘶……有点吓人啊。

李一笑越想越害怕，迅速进入了疑邻盗斧的状态中，不禁毛骨悚然。

他决定找个靠谱的人问一问。

韩麦不行，这老哥一看就是个“直男”，笔笔直的那种，沉迷健身与喊麦，对这种事情一无所知。夏甜雨不行，这老妹嘴巴不严，她一知道肯定到处嚷嚷，再说她还暗恋金锋呢，要是知道男神是个同性恋，这打击多大啊，万一把人也吓“弯”了就不好了。秋宁，秋宁也不行，她实在不像是知心姐姐这样的人物，对别人的事情兴趣也不大。

思来想去，李一笑的脑中浮现出了一个人名。

李师师。

可他俩关系不怎么好，万一李师师嘲笑他怎么办？

可也没其他靠谱的人可以问一问了，李师师一个女装大佬好歹见多识广，具备了丰富的把人“掰弯”的经验。

纠结了半天，李一笑发了一条微信给李师师，把锅甩给了别人。

李一笑：“我一个朋友，男的，最近发现自己的男性朋友表现古怪，经常用奇怪的眼神看着他，问他又不说，还偷偷关注他的情况，你说这是怎么回事？”

大半夜的，李师师秒回：“要么‘绿’了，要么爱了，二选一吧。”

李一笑：“……”

李师师：“你朋友就是你吧。”

李一笑吓得手机掉在地上，赶紧捡回来回道：“不是我！是我的一个朋友！”

李师师：“呵呵。这种求助里的‘我朋友’，都是自己，知道这叫什么？这叫‘无中生友’！你知道我一天要听多少个宅男跟我倾诉‘我朋友最近有点毛茸茸的小问题’吗？顶尖的主播都是心理学大师，每一个都很懂怎么撩拨粉丝，怎么吊着粉丝，又让粉丝给他们使劲花钱，就你那点水平，瞒不过我的眼睛。”

李一笑难以反驳。

李师师：“那个朋友是谁？”

李一笑：“没谁，你不认识。”

李师师好像没看见他的回复一样：“韩麦还是金锋？”

李一笑：“都说了不是！”

李师师：“金锋是吧。”

李一笑的手机再一次掉到了床下，这人有毒吧！

李师师：“明天中午我来找你‘好好聊聊’，提前把饭做好，我要吃油焖大虾，把泥筋挑干净。”

李一笑气结：“恕不招待！”

李师师：“那我现在就给金锋打电话，告诉他，你怀疑他暗恋你。”

李一笑：“别啊，兄弟！我给你做还不行吗？！”

李师师：“呵呵，早乖乖听话不就好了吗？非要蹦跶，逼我一个指头摁死你。”

李一笑扔开手机愤怒地捶着床板，混蛋李师师！骗吃骗喝还要嘲讽他，他还算是个人吗？根本是个畜生啊！

他这个混蛋，没有良心！

次日中午，李一笑心情抑郁地做起了饭，本想着招呼大家一起吃吧，没想到宿舍就金锋一个人在，他闻到了厨房传来的香味，迅速取消了自己的外卖订单，自觉地坐到了餐桌旁打起了手游。

李一笑现在哪里敢见金锋，委婉地问道：“今天不吃外卖了？”

金锋抬起头，默默看着他，也不说话，好像在用眼神谴责他背信弃义。

“行行行，答应过你，是好兄弟就给你做饭，我做，我做。你接着玩吧，我继续忙活。”李一笑认怂，不敢在餐厅久留，赶紧回厨房做菜去。

电饭煲里的饭好了，李一笑把饭菜都端了出去，刚一落座，门铃就响了。

门一开，一个高挑的美少女站在门外：“哟，油焖大虾的味道。”

说着，李师师自来熟地走了进来，看到餐桌上只有金锋一个人，挑眉问道：“秋宁他们人呢？我还想下午找秋宁逛个街。”

“你为什么老找秋宁？人家对你没意思的。”李一笑不客气地说。

“我对她也没意思啊。”李师师说。

“那你找她做什么？”李一笑纳闷。

“逛街啊，我就喜欢跟有品味的女人一起逛街，挑出来的衣服特别好看，她高中的时候就是这样了。”李师师说。

“啊？”李一笑不信。

“真的，秋宁这妞性格是冷了点，人不错，衣品也好，审美过硬，她应该去做个教服装穿搭的博主，肯定能火。”李师师说。

李一笑赞同地点了点头，他之前陪秋宁和夏甜雨一起逛过街，夏甜雨的衣品糟糕到他这个“直男”都觉得不对劲，但是秋宁就不一样了，她的审美品位很不错，包还很贵，他认得出其中几个基础款，毕竟他是个有过女朋友的人。

“夏甜雨就不行了，这老妹土得一批，不知道哪个村里出来的，什么雪纺、蕾丝、蝴蝶结，一个劲儿往身上堆，完全厂妹品味，搭配得一塌糊涂，还特别喜欢显摆。我早就想吐槽她那些个假包了，仿也不仿得走心一点，真是看不下去。”李师师吐槽起了夏甜雨。

“呃……”李一笑不知道该说什么，他也觉得夏甜雨有点爱装。

“哎，金锋，你最近怎么样？结巴治好了吗？”李师师问道，专门戳人痛处，可以说是很婊了。

“……”金锋埋头吃饭，不予理会。

“你别紧张啊，我有一次见到你和你前队友聊天聊得贼溜，根本没有结巴，你是不是紧张了才会结巴？你这种情况多练练能治好的，信我。”李师师又说。

“……”金锋继续吃饭，假装没听见。

“我说你倒是理理人家，有你这样无视人家的吗？”李师师不高兴了，露出一副少女撒娇的作态。

要不是知道这人其实是个大老爷们，李一笑还真觉得挺可爱的。

但是想一想这个人平时的恶劣行径，可爱两个字变成了可憎。

金锋终于抬起头，看了他一眼，说道：“闭嘴，吃饭。”

李一笑没忍住，“扑哧”一下笑出了声：“得了，你就好好吃饭吧，有什么事儿吃完再说。”

李师师毫不犹豫地翻了个白眼，开始扒饭。

一顿饭吃完了，李一笑把洗碗工作丢给了李师师和金锋："饭是我做的，碗总得你们洗吧，你们洗，我监工。"

李师师也没推脱，挽起袖子就和金锋一起洗碗去了，好在厨房够大，两个人一块洗也没什么问题。

只是看着这俊男"美女"在厨房一起洗碗的样子，李一笑还是觉得有点微妙，他决定试探一下金锋。

"金锋啊，你有女朋友吗？"李一笑问道。

金锋冷漠地回道："没有。"

李一笑心里"咯噔"了一下，又安慰自己：没有女朋友很正常嘛！他现在也没有女朋友了！没有女朋友又不一定是同性恋！

李一笑又问："那你以前谈过几个呀？你长得这么帅，游戏打得又好，肯定有很多妹子喜欢你吧？"

金锋停下了洗碗的动作，默默回头看着他："没有，还好。"

坏了！这家伙没谈过？这不科学啊！而且这明显是有妹子喜欢他的啊！

那他还不下手？太可怕了，一定是个同性恋！

不不不，不能这么妄下定论，他至少高中的时候还知道和秋宁网恋啊！那时候他可是个正常的小男生，说明他还是对女生有兴趣的，只不过现在没有遇到合适的。也有可能他对秋宁余情未了……呃，那一心暗恋女神的韩麦怎么办？

"金锋啊，你觉得夏甜雨和秋宁谁更好看？"李一笑疯狂暗示，希望金锋能回想起未遂的初恋。

莫名其妙听到现在的李师师忍无可忍地回过头，用"你瞎吗"的眼神看着他："你有审美吗？当然是秋宁好看了，夏甜雨这老妹也太砢碜了吧！放在一起比较，辱秋了。"

"我问金锋呢，没在问你！"李一笑很想把他赶出去。

金锋再次停下了洗碗的动作，这才流利地吐出两个字：“秋宁。”

李师师冲他挤眼睛：“看吧，我就说，只要审美正常，都觉得秋宁比较好看。”

李一笑也不恼，一脸八卦地问道：“那你对秋宁，还有没有那种感觉？毕竟你们高中的时候可是网游里的‘情缘’呢，你肯定喜欢过她的吧？”

李师师笑出了声，这件事还是他戳穿的呢。

金锋面无表情地说：“不喜欢了。”

怎么能不喜欢了呢？你一个好好的性取向正常的男人，不喜欢大美女，天天盯着我一个大老爷们做什么？

李一笑心里急得要死：“那夏甜雨呢？人家姑娘长得还是挺可爱的，对你也热情，这年头主动的姑娘很难找了，你有没有感觉？那种心脏扑通扑通的感觉？”

金锋冷漠道：“没有，她打游戏太菜了。”

李一笑一口老血都要吐出来了：你选对象还看游戏打得好不好吗？那完了，这个宿舍除了你，游戏打得最好的人是我了！

其实金锋对夏甜雨没感觉这个他早就知道了，夏甜雨几次三番想要金锋教她打游戏，金锋都没理会，显然是没这个意思了。但秋宁那里，他们相隔多年意外重逢，发现对方是自己昔日“情缘”，竟然半点再续前缘的意思都没有……这……这……这……这……这不是性取向正常的男人！

李一笑三成把握变成了七成，这个金锋，绝对是性取向出现了重大问题！

明明有这么帅的一张脸，人生的道路一片平坦，他怎么会突然驶上了一条崎岖弯道啊？最可怕的是，这条弯道好像还通向他这个无辜的性取向正常的男人？

怎么办，更害怕了！

洗完了碗，金锋回房间去了，大厅里就只剩下了赖着不走的李师师和愁肠百结的李一笑。

李师师往沙发上一躺，哪怕穿着短裙也毫无形象地岔开腿，抱着手臂问道：“说吧。”

李一笑忧郁地说：“还有什么好说的，你看看金锋，他还像是个性取向正常的男人吗？”

李师师嗤笑了一声：“像啊，特别像。”

李一笑顿时坐直了身体，惊喜地问道：“真的？”

李师师摸了摸下巴：“目前看来。不过你还是先说说吧，为什么你觉得金锋暗恋你。”

李一笑如此这般地把事情说了一遍，越说越害怕，抱着手臂瑟瑟发抖：“你说，金锋要是今晚来敲我的门，对我发出那种邀请，我要怎么办啊？”

李师师捏着嗓子贱贱地叫了一声：“金哥不要啊。”

“严肃点，说正事呢！”李一笑怒道。

李师师终于严肃了一点：“行吧，我刚才梳理了一下，总体来说，金锋没有给你任何语言和行动上的暗示，他只是看你的眼神有点奇怪，好像有事要跟你说。”

李一笑点头。

李师师：“所以据我推测，你只是陷入了人生三大错觉之中。”

“什么？”李一笑问道。

“那就是：手机在振动，有人在敲门，以及他喜欢你。”李师师语重心长地说道，“现在你犯了最后，也是最严重的一条，回去睡一觉反省一下吧，自恋是个毛病，得治。”

“这不是错觉啊！金锋他真的对我有意思，我还特地去论坛发了个帖子，叫《我觉得，我室友，喜欢我》，下面留言的网友全都说他是喜欢我的！”

李师师比他还严肃："我觉得你这毛病太严重了，我这个人最多老是幻听楼上有人在走路，但从来没有错误地怀疑人家暗恋我过，你这错觉比我严重十倍不止啊。"

"哦，楼上有人在走路这个我也老幻听，比如现在，我就听到有人在走楼梯。"李一笑说。

"我也是啊，我们集体幻听了吗？"李师师也说。

两人对视了一眼，突然惊恐地一起转头看向楼梯。

金锋端着水杯站在楼梯上，目光比他俩还惊恐。

糟……糟糕！

金锋这是都听见了？！

这是李一笑人生中最尴尬的一幕之一。

他，一个怀疑自己室友是同性恋的男人，伙同一个女装毫无违和感的大佬，两人一起商量着那位疑似同性恋的室友到底是不是同性恋，有没有暗恋他。

然后，被嫌疑人当场抓包。

如果现在地上有个洞，李一笑肯定毫不犹豫地跳下去了。

当场脸色爆红的李一笑别过脸，开始若无其事地对着天花板吹口哨，假装什么都没有发生，一切都是金锋游戏打多了的错觉。

但是李师师没有。

李师师，他是一个名字很娘，长相很娘，打扮更娘，但骨子里是纯爷们的铁血真汉子。

他勇敢地面对了这尴尬的一幕——当然，可能因为最尴尬的人并不是他——然后恬不知耻地反问金锋："金锋啊，李一笑怀疑你暗恋他，所以你有吗？"

金锋拿着杯子的手抽搐了一下，李一笑相信，如果不是他"面瘫"十级，可能连脸都会抽搐起来。

“我……我……我不是，我……我……我没有！”金锋在极度紧张的状态下，一开口就结巴了。

“哦，既然没有，那就一起坐在沙发上好好谈谈这个问题吧，免得某人今天晚上因为怀疑隔壁睡了个同性恋而睡不着觉，半夜给我发微信求助。”李师师拍了拍自己身边的座位，示意金锋也坐过来。

金锋犹豫了一下，乖乖走了过去，在李师师身边坐下。

李一笑和金锋两人中间隔了一个李师师，李师师左看看金锋，右看看李一笑，两人俱是面色赤红，不敢直视对方。

李师师翻了个白眼：“你们两个在相亲吗？脸红个屁啊！”

两人疯狂摇头。

李师师挑了挑眉，他还在思考是要再捉弄一下这两个傻乎乎的男人呢，还是今天日行一善帮他们解开误会。

前者让他的良心有那么一点点痛，大概相当于被针刺一下，后者让他在良心上美滋滋，但是没有乐趣，真是让人举棋不定。

就在他犹豫之际，大门被打开了，夏甜雨和秋宁回来了。

“哎哟，累死我了，今天不是说好了声乐训练的吗？突然改成了舞蹈训练，我跳舞又不好，累得上气不接下气。”夏甜雨一走进来就开始抱怨公司今天的安排。

秋宁见到李师师、李一笑和金锋三人坐在同一张长沙发上，纳闷地问道：“你们这是做什么呢？”

李师师笑了，他决定了，日行一善这是李一笑的作风，他这样的小人，当然是要日行一恶了。

因为他没有良心这种东西！

“哦，我们在讨论性取向的问题，告诉你们哦，金锋和李一笑……”李师师的笑容里透着一股狡黠的恶意。

金锋和李一笑同时暴起，两人一起去捂李师师的嘴。万万没想到，李师师身手灵活，好似早就知道这两人的打算，灵巧地蹲了下去，从两人的包夹中钻了出来，大声说道：“他们相爱了！！！朋友们，让我们祝福这对新人，祝他们百年好合，白头偕老！啊，这是爱情，不在乎性别的爱情！多么伟大，多么真挚，来，让我李师师给你们送上一曲《今天你要嫁给我》！”

秋宁惊呆了，夏甜雨吓懵了，两个姑娘呆呆地站在门口看着鸡飞狗跳的沙发三人组。

“甜甜，你冷静一下，也许李师师在开玩笑。”缓过神来的秋宁立刻对夏甜雨说道。

面无表情的夏甜雨径直走进了厨房里。

几秒钟后，拿着一把菜刀的夏甜雨语气森然地说：“李一笑！”

李一笑正在抓捕李师师，冷不防听到夏甜雨幽幽地叫了他一声，一回头……

“你受死吧！！！！”抡着菜刀的夏甜雨一声怒吼，朝着李一笑冲了过去。

“别啊，妹啊！你醒醒啊！都是个误会，我和金锋什么都没有，我们没有搞同性恋，没有！！！”李一笑被吓傻了，抱着头疯狂逃窜，一口气逃出了别墅，冲向小区马路。

屋子里，金锋、李师师和秋宁三人一起上阵，好歹把夏甜雨手上的菜刀抢了下来。

“哎呀妈欸，小姑娘，你心态不要这么爆炸啊，我看你月月绩效往下掉都没疯，怎么为了一个男人要死要活还要杀人的？”李师师“婊里婊气”地劝了起来，只是这劝人的话怎么听怎么像煽风点火。

夏甜雨坐在地上号啕大哭：“啊啊啊啊，怎么这样啊！我已经这么惨了，为什么连男人都要和我抢男人！我不服！呜呜呜呜……”

情绪崩溃中的夏甜雨一边哭，一边熟练地伸出手，对秋宁瓮声瓮气地说道：“给我纸巾！”

秋宁叹了口气，也同样熟练地打开包拿出一包纸巾递给她。

夏甜雨抽了一张，狠狠地搓了一下鼻子，然后把纸巾往地上一丢，委屈地问金锋：“李一笑哪里好啊？”

“我……不……没……那个……不……他……”紧张感超过阈值之后，金锋已经彻底语言破碎了，支支吾吾了半天都没有拼凑出一句话来。

夏甜雨似乎终于死心了，她露出了一个心如死灰的笑容：“我不会祝你们幸福的！我祝你们生儿子没屁眼！”

李师师凉凉道：“两个男人生不出来的。”

夏甜雨使劲捶地，号啕大哭了起来。

因为唯一能说会道而且有良心的李一笑已经跑了，金锋越急越说不出话来，屋子里知道内情的人就剩下一个看热闹不嫌事大，心眼“大大的坏”的李师师，他断然不会帮他们澄清问题的，此时正在一旁开心地看戏，就差在旁边嗑瓜子了。

再说李一笑。

他因为被室友持刀威胁，吓得仓皇逃离现场，在小区里徘徊了一阵后，寻思着得回去。

刚才撤退得太匆忙，他没带手机，也没法打个电话问问夏甜雨是否情绪稳定，生怕直接回去会被一菜刀剁了脑袋。

嘶，现在的小姑娘怎么动不动要打要杀的，这么可怕！

“笑笑，你在这里做什么？”韩麦问道。

李一笑猛地转过身，一看是韩麦，顿时有了安全感，他激动地握住了韩麦的手：“大哥，你可回来了，我差点被人杀了！”

韩麦大惊：“谁？谁要杀你？”

“夏甜雨啊！她怀疑我和金锋有一腿，气得拿菜刀要剁了我，还好我跑得快，不然现在你只能见到一个没头的我，然后打报警电话了。”李一笑委屈巴巴地说。

“你和金锋？”韩麦震惊了，“你们真的是……？”

“我不是，我没有啊！是金锋，金锋他暗恋我！”李一笑一慌，把锅甩给了金锋。

“金锋？不会吧？”韩麦表情严肃，越想越多，“你说得有道理，我从前从来没有往这个方面想过，但是现在仔细一想，这不对劲。金锋他从来没有和哪个女人走得近过，连网友都是清一色的男人，这不科学啊，这个年纪，是谁都会想和妹子多亲近亲近吧。”

李一笑在一旁连连点头：“对啊对啊，他很可疑是吧？他还用小号卧底在我的QQ群里，他一直都有在看我的直播！”

“怪不得有天我说起你的直播，金锋一下子就插了一句话，他平常都不说话的！”韩麦恍然大悟。

李一笑也恍然大悟：“他果然暗恋我！”

“兄弟，那你是怎么想的呢？”韩麦认真地问道，“先说好，我这个人绝对没有歧视同性恋，我以前在国外……看外国片的时候，里面有很多男人和男人在一起的。我觉得不管是喜欢男人还是女人，都应该被尊重，我们要用开放包容的眼光来看待LGBT群体。”

“什么是LGBT？”李一笑问道。

“就是小众性取向。”韩麦说。

“大哥你懂得真多！”李一笑再次对韩麦肃然起敬，这位大哥不抽烟、不喝酒，还有文化，除了喜欢直播喊麦之外，实在是没什么好挑剔的好男人。

“哈哈哈哈哈哈，我就是喜欢，瞎看看微博什么的，其实不太懂，我没有文化的！根本没有文化，书都没怎么念！”韩麦尴尬地笑了起来，生怕被李一笑看穿。

“大哥，那要么你先帮我去看看屋子里的情况？我现在不敢进去，怕被夏甜雨砍死。”李一笑说。

“包在我身上！”韩麦走出两步，又折了回来，握着李一笑的手使劲摇晃，“兄弟啊，我说过了，我绝对不歧视你们的。”

“等等，我不是，我没有啊！”李一笑惊慌道。

韩麦将信将疑，宽慰道：“不管是不是，大哥都支持你！勇敢地去追求你的幸福吧。我永远是你最坚强的后盾！”

李一笑感动极了，反握住韩麦的手：“大哥……”

韩麦也很动容，鼓励又深情地看着好兄弟：“笑笑……”

出来找人的李师师：“噫，好肉麻，你们这是在互诉衷情吗？”

刚刚被教训了一顿的夏甜雨：“天哪，你不但勾搭金锋，你还勾搭韩麦大哥！你这个男人怎么这么不检点！有没有受过点‘男德’教育啦？！”

陪同夏甜雨出来找人的秋宁：“你们男人表达感情的方式，有时候可以含蓄一点。”

一起出来的金锋：“……”

李一笑再度惨叫起来，挣开了大哥的手：“我不是，我没有！！！”

再度回到别墅客厅的时候，大家都冷静了一点，起码夏甜雨不会拿出菜刀想从物理上消灭情敌了。

李一笑认真地解释道：“这件事完全是个误会啊！是我不对，我误会金锋暗恋我……”

金锋用难以置信的眼神看着他，仿佛自己受了天大的委屈。

李一笑举手投降：“兄弟，这事是我错了，我自己有毛病，可你最好还是告诉我一下，为什么我开播第一天你就在直播间打赏了我，还加了我的QQ群？然后这几天，你一直都在偷偷看我，我发现好几次了，感觉毛毛的。”

众人把“你可以啊”的眼神投向了金锋。

金锋急得冒汗，说话又跟不上，干脆用手机噼里啪啦一通打字，然后把手机拿给众人看。

——不是的！我是觉得你特别能说，所以想学习一下。

李一笑呆住了："就这样？"

金锋用力点头，又想到了什么，低头又是一通打字：

——你的节目做得很好，很有策划的天赋，我想请你帮我规划一下直播。

"那你完全可以直接跟我说啊！"

金锋突然脸红，又用手机打字：

——我不太好意思。

"这有什么好不好意思的！"李一笑被游戏宅男的脑回路打败了，直接开口说不好吗？

哦，忘了金锋他结巴，说不清楚，而且是越着急越说不清楚。

——我现在的直播不行，我想做改变。

金锋举着手机给李一笑看。

李一笑长长地出了一口气。

太好了，终于明白了，原来是这么回事。

"人和人之间最重要的就是沟通，有话直说，不就什么误会都没有了。"韩麦一本正经地说道，"非要瞎纠结，容易秃头知道吗？多喝点枸杞菊花茶，健脾、养胃、安神、降火、美容、生发，还刮油燃脂、养生润体，男人喝了养肾，女人喝了养颜，谁喝谁知道啊……"

发现自己的"菊花"并没有被惦记的李一笑灿烂地笑了起来，拍着胸脯保证："哎呀，好说嘛！我们来好好研究一下你的问题！就交给我了！"

发现男神并不是同性恋的夏甜雨终于恢复了活力："我我我我，我也可以帮忙！"

"边儿去，就你刚才那拿菜刀砍我的德行，我才不放心你呢，你叫我爸爸我也不会原谅你的，走开走开！"李一笑挥挥手，要把这个惹事精赶走。

夏甜雨气呼呼地在一旁瞪着他："哼，我看你能想出什么好办法来。要是没招了，可别跪着求姐姐我帮忙。”

李一笑不理他，转而看向在一旁的李师师。

李师师冲他抛了个媚眼，眨巴眨巴大眼睛，一脸无辜。

李一笑不为所动：“李师师，你准备好受死了吗？”

李师师摊了摊手：“关我什么事？我不过是吃个瓜啊。哎呀，我得回去准备直播了，拜拜，帅哥们、美女们，祝你们有美好的一天，拜拜！”

说完，李师师撒腿就跑，迅速从肇事地点消失。

“祸害啊，这人真是个祸害！”李一笑已经看清了他的本质。

“他是比较喜欢恶作剧。”秋宁说。

“要不是他长得漂亮，早被人打死了。”李一笑愤愤地说。

夏甜雨也愤愤道：“他迟早会头顶生疮，脚底化脓，天天破财！”

“没错，没错！”李一笑附和道。

兴高采烈逃窜回宿舍的李师师掏出手机：“哎呀，今天有十七个粉丝宝宝给我发了微信红包，好高兴啊。”

李师师迅速截了微信钱包的图发到群里，给粉丝们来了个爱的么么哒，然后收到了更多的红包。

“师师，怎么这么高兴啊？”坐在轮椅上晒太阳的老太太笑眯眯地问道。

李师师喜笑颜开：“今天看了热闹，特别开心。”

老太太咧开了缺牙的嘴：“开心就好。”

美好的一天，有钱，有乐子，太开心了。李师师照顾完了老太太，躺在床上，幸福地想。

这人与人啊，就是不一样。

“所以你现在最大的苦恼是直播人气上不去，而不是日常交流有问题？”和金锋一番谈话后，李一笑被这个游戏宅男的脑回路惊呆了。

金锋点了点头，不紧张的时候他说话其实不怎么结巴，比如现在，他就挺流利地说：“我日常交流，没问题啊。”

大兄弟，你这莫名其妙的自信哪里来的？和四个同事同住一个屋檐下，你三天说了不到十句话，还觉得自己日常交流没有问题？李一笑内心疯狂吐槽。

“算了算了，我们先不要纠结日常交流问题了，你既然是想把直播人气提上去，我可以帮你想想办法。”李一笑自信满满地说道。

不就是帮人做策划？他可是捧红过圆圆这个当红美食主播的！

“话说回来，你是怎么想的，退役后来做主播了？”李一笑好奇地问道。虽然韩麦跟他说过一些金锋的事情，但说得不多。

金锋这种个性，怎么看怎么不适合当游戏主播。

金锋的右手搭在左手上，久久没有说话。

李一笑注意到了他的手，特别修长漂亮的手指，看起来跟个大姑娘的手似的。

“你不想说也没关系的，我就随口一问。”李一笑以为他不想回答，赶紧打个圆场，还说起了自己，“我干这行也是机缘巧合。我以前送过外卖，可是个金牌配送员，每月业绩前三。后来因为老送外卖到同一户人家，就和屋主认识了，她是个没人气的美食主播，做吃播，不做的时候就吃外卖。一来二去我们就认识了，我帮她拍过视频，做过后期，搞过策划，后来就成了合作伙伴……我们分开之后，我就出来单干了。”

金锋看着他说：“你很优秀，会成功的。”

被人这么认真地夸奖，李一笑都不好意思了：“但愿吧！”

金锋思忖了片刻，也说起了自己：“我手伤退役了。”

李一笑盯着他的手，仔细看，才发现他的右手上有一些旧伤的痕迹，疤痕已经很淡了。

“你这手可是吃饭的家伙，怎么伤的？”李一笑问道。

金锋低头看着自己的右手，轻轻动弹了几下，手指非常灵活，可是他很清楚，这只手不可能像从前那样高强度地练习和比赛了，自从那一天之后……

“自己不小心。”金锋落寞地说。

李一笑将信将疑，可他也不好在这时候挑开金锋的伤疤，他们还没有熟到那个份上。

“后来你就来当主播了？”李一笑问道。

“没，我回家……卖红薯去了，我爸病了，我要养弟弟。”金锋面无表情地说。

“啊？电竞选手退役不都是去当主播，卖卖牛肉干月入百万吗？新闻上都是这么说的！”李一笑以自己浅薄的常识质疑道。

“……”

“哦，好吧好吧，我不该信那些瞎说的新闻，但你这么帅，怎么也不至于去卖红薯啊……哎，我没有看不起卖红薯的意思，正所谓，只要生活过得好，哪里需要干哪里。我念职高的时候天天路边摆摊卖小饰品赚学费的，不偷不抢的没什么不行。”李一笑说。

“后来，我的老队长，签了这个公司，把我也介绍了过来。”金锋说。

“嗯嗯，你老队友现在怎么样？哪个经纪人手下呀？”李一笑问。

“跳槽了。”金锋说。

“哦……”

场面一度有些尴尬。

李一笑干咳了两声，热情道：“总之，我现在有了几个主意，一定能让你的人气上升，但是你得答应我，全程配合我。”李一笑对他说道。

金锋怀疑地看着他，最后还是想做好直播的事业心战胜了他的疑虑之心，点头同意了。

李一笑一拍桌子：“好，那你现在就可以去发微博了，说新买的摄像头和声卡都到了，今晚就正常直播，露脸的那种！”

金锋惊恐地看着李一笑。

李一笑“邪魅一笑”：“我们来一起直播！你打游戏，我解说，两人都入镜，保准效果惊人！”

“我我我我不入镜！”金锋一紧张，又开始结巴了。

“不入也得入，大兄弟，你这么一张貌比潘安的脸，整天缩在电脑后面抠脚打游戏，图个啥？你知不知道这样对你的颜值造成了惨无人道的浪费！就这么决定了！我去找陈阳申请一套红外线自动美颜摄像头，再搞几个补光灯，保准让你帅破苍穹！”

金锋深深地觉得自己做了个错误的选择。

怎么办？社恐，害怕。

晚上一吃完晚饭，李一笑就霸占了金锋的房间，开始吭哧吭哧安装自己从陈阳那里坑蒙拐骗来的设备，把金锋的整个房间搞成了一个小型摄影棚。电容麦克风配声卡，摄像头是红外线美白的，高清美颜、输出流畅，还领来两个柔光灯箱，直播时给室内房间补光，金锋走进自己房间的时候整个人都惊呆了，李一笑这是把他当女主播来招呼啊。

“不、不需要吧？”金锋迟疑地说。

“兄弟，相信我，就是要这么搞！哎，要不是时间不够来不及淘宝了，我还想给你布置个直播背景布，就是夏甜雨和秋宁常用的那种，你以为她们直播间背景时不时换一换都是自己重新布置房间的吗？不！那些窗帘啊、小熊玩偶啊、桌椅板凳啊，都是印在一张画布上挂在墙上的！”李一笑叹了口气，“万万没想到现在直播的人，声音是假的，长相是假的，连背景都是假的，哎，世风日下、人心不古啊。”

金锋还能说什么，当然是乖乖听他摆布了。

于是这一天，看到金锋微博的粉丝们纷纷涌入他的直播间，特别是女友粉们，她们迫切想要围观一下“哑巴老公露面说话”是什么感觉。

然而，她们看到的直播间，并不是她们想象中金锋一个人面对镜头一边玩游戏一边解说。

而是一个陌生的男人坐在金锋旁边，叨叨地指挥她们的老公。

“哎呀，你怎么这里就跳了啊？晚点再跳好，我‘吃鸡’玩得少你可别骗我。哎哟！你会不会玩啊，差点没被人干死！”一个长相和她们老公比平平无奇的男人，竟然敢这样对她们老公说话，简直是大逆不道！

面对越来越汹涌的弹幕，李一笑挺得意地对大家自我介绍了起来：“哟，小朋友、大朋友、男朋友、女朋友，卖片儿、打广告的朋友，大家晚上好啊，我是你们老公金锋的瞎几把解说员李十三笑，本职工作是一个美食主播，从来没‘吃过鸡’，可是我有自信可以帮你们老公解说‘吃鸡’。毕竟大家都知道，英俊潇洒、貌比潘安的金锋同志很不幸，是个哑巴，哑巴怎么能做游戏主播呢？为了帮助哑巴金锋同志再就业，我义无反顾地站出来帮他解说。”

专心跑图找物资的金锋忍不住把视线从电脑屏幕上移开，狠狠瞪了他一眼。

“我和金锋同志，那是‘大大的般配’，他哑巴，我瘸子，两个身残志坚的残疾人，在网络的世界里实现了再就业，真是励志传奇，我们组合出道吧……”

李一笑说着，被金锋打断了：“你瘸？”

这不是李一笑骗他妈的说辞吗？

李一笑说："治好了。说起那段辛酸事，我至今都泪流满面。那个撞断了我腿的人是个送外卖的大叔，姓吕，特别不容易，我第一次见到有人生了四个孩子，四个孩子都不是自己的，而且每一个的爸爸，都不一样！服不服？"李一笑说。

弹幕里一片问号。

"他的制服，是鲜艳的蓝色，但是在我知道他的过去的那一刻，他的帽子，他的衣服，他的车子，都变成了一片惨绿……虽然他人是绿的，但是他的心是善良的，他养活了四个不是他的孩子，兢兢业业地工作……"李一笑说起了吕平安大叔的悲惨往事，说着说着，冷不防耳机里响起了枪声，吓得他一下子精神了，"金锋，小心啊！有人偷袭！有人，有人，有人偷袭！"

说着还掐住了金锋的胳膊！

金锋万万没想到自己会面临这等危机，不但屏幕里被人追着打，屏幕外还被人掐骆膊，这让人怎么打？！

还好金锋反应够快、操作过硬，硬是顶着李一笑的物理伤害，成功反杀了。

"你干什么？"金锋使劲抽动自己的胳膊。

"啊，大兄弟，不好意思啊，一时情急！"李一笑赶紧道歉。

说完，他觉得这样直播效果不足，立刻对观众说道："大家学到了吗？这是一招线下攻击的手段，但是一时情急，找错了对手。如果你的对手干掉了你，你有很多种方法可以报复他，比如偷偷跑去他家剪他的网线，千万不要像我一样，保护我的敌人，痛击我的队友。哎，但是这一招绝世神功也是有局限的，毕竟一般来说我们并不能穿过网线去掐对手的胳膊。"

李一笑这个人，特别能说，特别皮，从金锋开播起他的嘴皮子就没有一秒钟是停歇的。

金锋这个人，特别不能说，从他开播起他的嘴皮子就是静止的——除了呛李一笑的时候。

李一笑此人，欠骂，他不但和观众叨叨，还和专心操作的金锋叨叨。要知道，当有个人在你耳边叨叨的时候，要专心致志是很难的。

“哎哟，你这是干啥子呢？打打打打打他！你会不会瞄准啊，拿着八倍镜都没打中，不会打你就去买个‘外挂’呗，粉丝给你开众筹啊，不要施展你的盲人枪法了……”看到金锋刚才偷袭失败，李一笑比观众还急，顿时嘴巴像连珠炮一样吐槽起了金锋。

不过这次他好歹没有用手掐金锋胳膊了。

“没打中，主要是因为你。”金锋忍不住说。

“这关我什么事？”李一笑不服，这锅他觉得冤。

“你踩我的脚。”金锋委屈地说。

“啊？”李一笑一听，低头看向桌子下。

果然，他的脚牢牢地踩在金锋的脚上，刚才情绪激动的时候，他连着跺了好几下脚，而随着他的跺脚，金锋每一下开枪射击的动作都微妙地偏移了一点。

“别、别踩，别掐，坐远点。”被百般骚扰的金锋对李一笑说。

李一笑用力摇头：“不不不，我要解说，说好的我来解说。”

“你太吵了。”

“哪个游戏主播不吵的？我这是帮你补齐短板，信我，没看到今天大家非常热情吗？”李一笑指着消息栏里汹涌的弹幕和礼物浪潮说道。

两人就这么在直播间吵起来了！

惊人的是，金锋他吵架的时候，口齿清晰，异常流利！竟然能和李一笑你来我往了！

李一笑也惊呆了：“金锋啊，你今天话特别多啊。”

金锋的手已经离开了鼠标和键盘：“比起你，算少的。”

粉丝们流下了激动的泪水，弹幕里一片喜气洋洋：“金锋我老公，他的结巴治好了！！！老中医笑笑，谢谢你！！！”“我老公说话真好听，嗓音倍儿棒，萌得我腿软，就是话少了点。”“第一次看到金锋说这么多话……他夺冠都只说了四个字，四个字还是分开来说的，谢谢……大家。”

还有奇怪的弹幕跑了出来：“金锋这是被气到打通任督二脉了啊，你们结婚吧。”“民政局了解一下？”

耳机里突然响起一串爆炸一般的枪声，专注和李一笑吵架的金锋这才回过头，发现自己已经死了。

“跟你说了要专心，专心，你看，现在死了吧。”李一笑率先把锅扔给了金锋。

金锋幽怨地看着他。

弹幕飘过：“闭嘴游戏惊艳，张嘴游戏崩盘。”

新开一局，这一次李一笑吸取了经验：“金锋啊，我觉得，我们得来点奖惩措施。”

金锋：又搞什么？？？

李一笑说：“要是你这一把输了，我就去问隔壁大佬借一件女装过来，你穿吧。”

金锋：不！！！

那惊恐的小眼神，让弹幕里一片欢腾。

这个提议得到了看热闹不嫌事大的观众的一致好评。

金锋被逼上梁山，这一把无论李一笑在一旁怎么大喊大叫疯狂骚扰，他都不为所动，精神高度集中。幸运女神大概也不忍心看这位帅哥穿女装，稍稍给了他一点垂青，二十分钟后，金锋成功“吃鸡”。

“大佬大佬，佩服佩服，为了不穿女装你也是拼了。”李一笑在一旁鼓掌，又遗憾地说道，“太可惜了，实在是太可惜了，多好的一个打开新世界大门的机会，你长得这么帅，女装一下说不定有新发展。而且俗话说，女装只有零次和无数次，只要开了这个头，你就会爱上这种感觉。”

金锋瘫在椅子上，长长地松了口气。他心想：不行，这样下去迟早要穿女装，必须把李一笑这个搞事主播开除。

“你被解雇了。”金锋面无表情地对李一笑说。

这五个字他说得特别流畅，而且说出来的时候，有一种别样的畅快感。

李一笑：什么？？？

这是卸磨杀驴呢？！

这一次的直播尝试大获成功，虽然被不少粉丝狂喷李一笑根本不懂“吃鸡”，还在一旁瞎指挥，但是架不住娱乐效果惊人，这一晚收到的礼物比金锋平常一个月的直播收入都多。下播后李一笑把录下来的直播剪辑了一下，保留搞笑场面，帮他投给了Z站——一个动漫和游戏爱好者聚集的弹幕网站，结果点击还不错，这对一个新账号来说太不容易了。

“金锋，我有个新主意。”这天吃饭的时候，李一笑对金锋说道。

金锋怕了他的主意了，李一笑此人，搞事能力一流，这阵子给他出了各种千奇百怪的主意，搞得他一听就怕。

“你就别祸害金锋了。”夏甜雨看不下去李一笑又折腾她男神。

她男神好可怜，天天被人欺负。

“别瞎说！我这次的主意很棒棒的，是综合了金锋的个人实力的，帮他扬长避短。”李一笑振振有词。

“说来大家听一听？”韩麦说。

“咳咳，是这样的，其实你会打游戏，不一定要做主播……啊，我不是帮公司劝退员工啊，我是建议你，可以做高难度游戏的解说。”李一笑说。

“……解说？”金锋愣了一下。

“对啊，我把我们上次直播的剪辑发到了 Z 站，反响还不错，所以我突然想到，你除了直播之外，完全可以做一下其他的游戏解说视频。你的强项是技术，短处是表达，但是游戏解说视频不像是直播，你无须一边玩一边说，完全可以先把游戏画面录下来，后期配音。你要是没法直接说出来的话，甚至还可以先写个文案稿子，把有趣的点和句子想清楚了，这样录对你没有太大压力，没有压力的时候，你的表达挺正常的。”李一笑说。

“这个主意很有建设性，金锋你可以考虑一下。”秋宁听完，赞赏了一下李一笑的思路。

“我也觉得不错。”韩麦也说。

夏甜雨茫然地问道：“什么是 Z 站啊？”

“有名的做弹幕视频的网站，动漫和游戏视频居多。”李一笑解释道。

夏甜雨似懂非懂：“像哔酷和哔讯那种视频上有弹幕的？”

“差不多吧。”李一笑敷衍了一下，又对若有所思的金锋说，“怎么样？你完全可以尝试一下啊。”

“我……不会剪视频。”金锋对这个提议很心动，但是技术不够。

“我教你！我会！我以前就帮人家剪视频，文案和策划也是我写，很简单的！我上次不还出了一期《美食主播教你怎么剪视频》吗？韩麦大哥都学会了！”李一笑立刻拍着胸脯保证了起来，“我当初一天就学会了，就算你笨一点，保证你三天出师！”

金锋怀疑地看着他。

“金锋，试试吧，现在兼职做视频的主播挺多的，有不少是从游戏实况解说转型成游戏主播的，你大可以试试。”秋宁对金锋说道。

“笑笑这个主意很好，勇敢尝试一下吧。”韩麦说。

“虽然不太清楚你们到底在说什么，但是既然对金锋好，我赞同！”夏甜雨也举手。

“看吧，现在大家都站在我这边，你还不赶紧试试？”李一笑说。

金锋看着大家鼓励的目光，心中压抑已久的热情再次涌了上来。

他已经失败过了，一退再退，直到退无可退。

可也许，上天已经给他准备好了新的机会，还有，新的朋友。

他不应该再抱着过去顾影自怜了，他应该做一次新的尝试。不单是为了自己，也是为了他的朋友和家人。

“好，我试试。”金锋郑重地说道。

李一笑欢呼了一声，然后正色坐好：“那下一个议题，做哪款游戏的解说视频？先问问你，你玩过哪些游戏？”

“热门的都玩过。”金锋说。

“好家伙，不愧是游戏宅。我再问问大家啊，你们觉得金锋要是做高难度游戏的解说视频的话，哪款游戏比较合适？”李一笑问道。

韩麦想了想说：“我游戏玩的不多，听说《魂》系列很难，金锋可以试试。”

金锋面无表情地说：“早就通关了。”

秋宁说：“《鬼泣》系列呢？”

金锋依旧面无表情：“太简单了。”

李一笑也提议了一个：“我觉得*LOLO*很难。”

金锋笑了一笑，脸上有一种别样的光彩：“我是打职业的。”

李一笑第一次见到金锋这样笑，呆呆地看了他一会儿，这才移开视线，看着夏甜雨说：“你有什么意见发表的吗？就差你了。”

夏甜雨在一旁咬手指，李一笑这是故意的吗？他们明知道她除了电脑上自带的扫雷还有手机里的消消乐，根本没玩过几个游戏啊，怎么办？如果说不知道，会不会显得她很土？不行，一定要说一个出来！

夏甜雨绞尽脑汁，最后毅然说出了曾经一个下午没有打过第一关的游戏：“《超级玛丽》！”

几人齐齐愣住了。

“你是说哪一款马里奥？”李一笑问她。

“就是一堆像素，跳来跳去的那个，超级难的，我玩过，第一关都过不去！金锋，你上次教了我一下午，我都没通过第一关！”夏甜雨说。

大家面面相觑，默契地跳过了画风不一样的夏甜雨：“继续想想应该选哪个游戏吧。”

夏甜雨：喂？喂？喂？接收得到我的频道吗？为什么你们好像都看不见我了？我突然在线对你们隐身了吗？

最后在一番讨论后，金锋自己选定了近期即将发行的高难度游戏《死魂灵 3》。

“这是一个，我都觉得难的游戏。”金锋这样介绍，“受苦，死去活来，真的很受苦。”

大家露出了敬畏的表情，金锋都觉得难！那他们还是不要去受苦了。

“怎么样？这几天直播人气有上涨吗？”李一笑问道。

金锋点点头，面露苦恼之色：“还不错。”

“那你还愁什么？”李一笑见他没有很高兴的样子，奇怪地问道。

“……我不知道，直播……说什么。”金锋为难地说。

李一笑一听，笑了。

金锋这人也是很奇葩了，让他给游戏视频加后期配音的时候，基本上表达流畅，根本听不出结巴，但是一让他一边打游戏一边说话，简直要了他的老命。可奇妙的是，金锋这个人，说话声音特别好听。

是那种女生一听就想嫁的男神音，再一看脸，哇，男神啊！

恨不得和他当场结婚。

可惜男神是个结巴，紧张的时候特别结巴。

热心室友李一笑立刻给他出主意：“这样吧，我教你一个办法，保证解决你的问题。”

屡次被坑的金锋，不禁用怀疑的眼神看着李一笑。

“喂，你这是什么眼神啊，相信我，没错的。我教你一招，直播打游戏的时候，你别的不要说，中途休息或者打完一局的时候，你像是复读机一样把这几句话背熟了就可以。”李一笑信心十足地说。

“什么话？”金锋好奇地问道。

“第一句：欢迎 ×× 来到直播间。第二句：感谢 ×× 大哥 / 姑娘送的礼物。第三句：感谢感谢，感谢 ×× 大哥 / 姑娘开的守护，爱你么么哒。这三句背到滚瓜烂熟不会结巴就可以了！”李一笑说。

金锋被惊呆了。

李一笑振振有词：“我看很多才艺主播一点才艺都没有，翻来覆去也就这么几句话嘛，不也赚得盆满钵满的，你长得帅、声音好，这么干肯定没问题！来吧，现在就练习一下！”

金锋硬着头皮背了一串，感觉自己回到了高中背英语的时候。

一下午下来，金锋感觉自己做梦都会背这几句话了。

李一笑感觉自己今天又做了件好事，日行一善了，非常满意。

在等待《死魂灵 3》发售的时间，金锋在向李一笑学习怎么写文案，怎么剪视频，怎么搞后期，怎么制造笑点和亮点。

“这款游戏还没有发行，而且是主机游戏，很多玩家是不会去买的，但是他们会好奇，很可能跑来 Z 站看人家怎么玩，所以你要么做攻略向的，给买了但是玩不下去的倒霉玩家看，要么做体验向的，各种受苦受虐给大家娱乐一下，你想做哪种类型的？”李一笑问金锋。

“……试试攻略向吧。”金锋说。他对自己去搞笑没有信心，他做不来特别的“节目效果”。

“行，攻略向对剪辑的要求没那么高，我先来教你怎么把游戏视频录下来，上传视频怎么避免画质被压缩。”李一笑化身李老师，热心教导游戏宅男怎么学一门手艺。

在学手艺上，李一笑有着一般人没有的经验，学什么都快，所以他什么都会一点。但是这不代表他教别人也很擅长，教金锋的时候他就好几次快被这个笨学生气死了。

金锋勤学，但不好问，对付这样的学生，就得时不时逼他提问，几天下来李一笑颇有心得了。

剪视频方面搞定了，但是练习文案，这可就太难为金锋这个不善言辞的人了，李一笑简直恨不得帮他代写。还好金锋做的是攻略向，不需要什么笑点和娱乐效果，只求他把必要的步骤写清楚就行。

就这样，在等待游戏发售的过程中，李老师成功教出了一个学生。

《死魂灵 3》发售了，金锋第一时间就开始闭门通关，最近的直播内容都从吃鸡换成了《死魂灵 3》，围观直播的粉丝天天看金锋受苦受虐，真是惨不忍睹，纷纷给他打钱。而这款游戏因为黑暗哥特式的建筑风格，神秘诡异的克苏鲁世界观，以及超级变态的难度，一代更比一代难，在游戏圈出了名。

金锋没日没夜地通关了这款游戏，把所有结局都摸透了，这才开始做攻略视频。李一笑一起帮忙，把特效、字幕之类的后期都包了，为此他在金锋房间里连夜干活。两人一起忙到深夜，困得不行，连脸都不洗就倒头睡了。

金锋实在太困了，都没力气把人赶出去，竟然容忍了李一笑对他床位的霸占。

第二天一早，李一笑从金锋的床上起来，金锋还在睡觉，蜷在角落里，被他挤得很委屈。

金锋前三期的视频都做好了，今天可以休息一下了，为了做这个，李一笑最近的直播都变成了《美食主播教你怎么当后期（第二部）》。

李一笑一边思考着自己是不是也得搞点新操作涨涨人气，一边打开了金锋房间的门，准备回房洗漱一下。

一开门，正趴在门外的夏甜雨一头栽在了地上，旁边的韩麦连忙收起脸上的八卦的表情，又恢复到了那个一本正经的大哥形象："都说了不要偷听，你偏不听。"

夏甜雨狼狈地从地上挣扎着起来，愤怒地用手指着李一笑的鼻子："说！你在金锋的房间里做什么？！"

李一笑吓得后退一步，举手投降道："没什么，我们在做游戏视频啊！"

"做游戏视频为什么要在金锋的房间里，一做做到大天亮？夜不归宿，你有没有点'男德'素质了？说，你对他是不是有什么企图？！"夏甜雨不依不饶。

"我不是，我没有！"李一笑百口莫辩，但还要挣扎一下，"你听我解释。"

"你有什么好解释的，我问，你答！"夏甜雨怒道。

"好的好的，您请问。"李一笑都用上"您"了。

"你和金锋是不是一块睡了？！"夏甜雨那表情，只要李一笑说出一个"是"字，她就能立刻去厨房找菜刀。

李一笑当即撒谎："没有！我睡地上！"

夏甜雨凶狠的表情稍微柔和了一点，她又问道："你们这几天为什么老在一起，跟谈朋友似的？"

"不不不，没有的事，我就是在教金锋怎么做游戏视频，哈哈哈，就是这样的哈哈哈哈，我对他没有兴趣。"李一笑干笑着，为自己的性取向做辩解。

夏甜雨似乎是信了，态度越发平和，开始为自己刚才的失态感到羞愧，娇嗔地怪罪道："'孤男寡男'的，你们要注意避嫌呀。"

哈？避嫌？两个大男人避什么嫌？

李一笑无语地看着夏甜雨，不知道这姑娘想什么呢。

就在这时，金锋的房间门又开了，他打着哈欠走了出来，脱口抱怨道："你昨晚，把我踢下床了。"

李一笑：……完了。

韩麦：你们果然……我真的不歧视同性恋的。

"李一笑，你给我等着。"夏甜雨脸上的表情趋于冷漠，她转身，头也不回地往楼下厨房走去，寻找干掉情敌李一笑的菜刀。

"冷静，大妹子，冷静啊！你听我解释！！！"李一笑惨叫着去拉夏甜雨。

夏甜雨甩开他的手："没什么好解释的了，你睡了我男神，你赢了，但我是不会认输的，我要让你知道，得罪了女人，你从此就要断子绝孙！早知道有今天，我第一次遇见你的时候就该踹爆你的'蛋蛋'，让你做个太监！"

李一笑：你要做什么？！！

韩麦也吓了一跳："甜甜啊，你冷静一下。"

韩麦开口劝人了，李一笑小小地松了口气，韩大哥人还是靠谱的，就是长得凶了点。

不料，韩麦是这样说的："我知道这件事情给你的打击很大，但是你要想啊，强扭的瓜不甜，强掰的男人'不直'，性取向这个东西也不是他能决定的啊，你要宽容，要谅解，要……要……那个……要原谅！"

李一笑默默捂住了脸：大哥，求求你别说了，越描越黑。

"呜哇哇哇，我不能，我不能原谅他！哇哇哇哇哇，我不能接受啊！我的爱情，我的爱情变成绿色的了呜哇哇哇！"夏甜雨开始号啕了起来。

"等等，严格来说，你们从来没有在一起过，就算我确实和他有了一腿，你也不是绿色的，你最多是……是个无人在意的透明色。”李一笑说着，眼看着夏甜雨的脸色越来越可怕了。

刚起床还在低血糖状态的金锋，茫然地看着眼前的一幕，脸上简直能具象化出几个大大的问号。

他忍不住问道：“你们……在说什么？”

悲痛欲绝的夏甜雨终于对男神忍无可忍：“闭嘴，我们在讨论爱情！”

金锋还是呆呆的：“啊？”

夏甜雨第一次骂他欸！

“我不是 GAY[①]”——李一笑新买了一件 T 恤，上面写着这样的大字。

这一行径让室友们露出了欲言又止的表情。

“我觉得也没什么，我在英国留学的时候，认识一对同性恋，人都挺好的。”秋宁在大家一起吃饭的时候，假装无意地说了起来。

李一笑抖了抖 T 恤上不存在的饭粒，干咳了几声。

哈？去英国留学的人设还在用？你咋不上天呢？夏甜雨听到秋宁在吹牛，心中发出了冷笑声。哼，我要继续问下去，问到你穿帮！

“后来呢，他们结婚了吗？”夏甜雨故作好奇地问道。

现在她已经初步接受了男神另有所爱这个“事实”，但是心态还没有调整好。

“没有，后来他们两个都不幸得了艾滋。”秋宁说。

夏甜雨没吱声，默默把餐椅搬得离李一笑更远了一点。

李一笑咳嗽得更厉害了，抖动衣服也更厉害了，恨不得把 T 恤上的字写在脑门上。

“需要我给你科普一下艾滋病的三种传播途径吗？”李一笑问夏甜雨。

---

① 同性恋。

夏甜雨使劲摇头，把椅子搬得更远了。

“我没有啊！我是个‘直男’！”李一笑欲哭无泪。

“从科学的角度来说，性取向和艾滋没有必然关系，‘直男’也会得艾滋。”韩麦说，不经意地给李一笑补了一刀。

夏甜雨已经把自己坐的椅子搬到门口去了，眼神非常警惕。

李一笑默默转头对金锋说：“你没有什么要说的吗？”

比如澄清一下什么的？

金锋想了想说：“是有一件事。”

“你们要结婚了？恭喜恭喜。”韩麦率先鼓掌。

秋宁一边鼓掌一边说：“我觉得有点太快了，可以再互相了解一下，不要因为一时的热情就走进婚姻的殿堂，这样对未来的婚姻生活是很不利的。顺便，国内没法注册登记，我这里有一份允许同性恋结婚的国家清单，你们要了解一下吗？蜜月方面，我不是很推荐马尔代夫，我可以给你们推荐一些价廉物美的蜜月圣地……”

秋宁第一次一口气说这么多话，这对不爱管别人闲事的她来说简直感人。

哦，不排除她早就看出来了这是个误会，所以心里的小恶魔又跑出来了。

已经坐到餐厅门外的夏甜雨哭着说：“我不甘心，休想我祝你们幸福！我诅咒这世间所有的同性恋！他们都生不出儿子！！！”

李一笑心想：谢谢，男人根本生不了孩子。

金锋莫名其妙：“我只是想说，我的前三期《死魂灵 3》，点击破十万了，上了本周推荐。”

李一笑眼睛一亮：“最近唯一的好消息，恭喜恭喜，恭喜金锋同志迈出游戏 up 主[①]的第一步！”

啪啪啪的掌声中，李一笑悄悄松了口气：呼，不管怎么样，别再纠结他的性取向问题了。

① 网络词汇，指在视频网站、论坛等网站上传视频和音频文件的人。

第八章

惊爆，社会大哥的真实身份竟然是……

网络经济高度发达的时代，一夜爆红成了一件司空见惯的事情。

秋宁火了。

她的新歌《我在喜欢你》在网上发布后突然走红，不到一周的时间，李一笑在街上都能听到这首歌了。因为新歌的成功，秋宁忙碌了起来，陈阳给她安排了很多商演活动，她开始早出晚归到处赶场。

显然，公司打算力捧秋宁接一姐陆霏霏的班了。

夏甜雨每天都蹲在花园草坪里揪花瓣，嘴里碎碎念："秋宁会红，秋宁不会红，秋宁会红，秋宁不会红……秋宁会红？！！"

夏甜雨摔了被揪光花瓣的花，结果正是"秋宁会红"，她气得跳脚："啊啊啊啊啊啊，我也想红啊！我想红啊！想红啊！！！"

秋宁回来了，晚上十二点，她疲惫地脱下鞋子坐在沙发上，长长地舒了一口气。

"哎哟，大忙人回来了？"刚刚下播的夏甜雨下楼倒水，"今天的活动怎么样？"

"还行吧。"秋宁淡淡地说道。

"说说，都搞了些什么活动呀，让我提前学习一下。"夏甜雨心里酸溜溜的，心里第一万次发怨言，为什么自己就没有那个运气遇到一个这么好的音乐人给她写歌。

她还偷偷在自己的房间里翻唱了秋宁的这首《我在喜欢你》，唱到动情处，想到楼下那个油盐不进、迟钝到外星系的游戏宅男金锋，眼泪都下来了。

秋宁的手机响了，她看了一眼来电显示，是她母亲，她按掉了电话，说道："等公司给你安排活动了，你自然就知道了，我先上去睡了，你也早点睡。"

秋宁说着，从沙发上站了起来，上楼去了。

夏甜雨一屁股坐在沙发上，看着秋宁离去的背影，越看越觉得她是在炫耀。

可恶、可恶、可恶，不就是有了一首歌吗！

夏甜雨气愤地打开手机，翻到她悄悄关注的秋宁的微博，这阵子秋宁的微博粉丝数量暴涨，无数听过她歌曲的人慕名加了她的微博，原本两人的微博粉丝数量一直差不多，都在三万以下，现在秋宁一下子有了十万粉！这个数字还在疯狂上涨！夏甜雨每天记录她和秋宁在微博粉丝、直播间订阅、礼物的数量上的差距，绝望地发现两人越差越多了！

秋宁在微博上发了自己今天的活动现场照片，她人高身材好，颜值过硬，站在台上自然而然地就有一种气场。今天秋宁的衣服不知道是什么牌子的，穿在她身上特别好看。

夏甜雨点进评论偷窥了一圈，下面一溜地称赞秋宁女神多么多么美，竟然还有不少女粉丝在八卦她的衣服是国外哪个知名奢侈品品牌的，非常合适秋宁之类的。

夏甜雨气炸了，假的，这一定是假的！一定是微商那里买的！

其实这些衣服饰品都是真的。

公司当然不会那么大方，虽然经纪公司确实有个服装库，日常会提供一些直播时穿的衣服给女主播，还购买了一些高仿的大牌服装，但是秋宁一看那些衣服就感觉到了不对。

她没有用公司提供的服装，而是从自己的衣橱里挑了些衣服。

现在，秋宁正在整理自己的衣服。

她离开家的时候带了很多衣服，整整三大箱，不乏名牌的服装，还有很多包，没有一个是便宜的。

秋宁从小家境优越，父母不怎么限制她的开销，她也没意识到花父母的钱有什么不对，她一直都是那种不让人操心的好孩子，长得好，学习好，还很听话，有什么想法都憋在心里。

直到父母强硬地给她决定了大学的专业，出国留学的地方，回国后的工作安排，甚至是未来的结婚对象。

她突然间意识到，自己拥有多少别人无法拥有的财富，就要付出多少代价。

没有人可以不劳而获。

电话又响了。

这一次秋宁接起了电话。

电话那头只有轻微的呼吸声，两人谁都没有开口说话。

直到对面的人无法再忍受这份沉默，生硬地问道："你打算什么时候回来？"

"我现在挺好的，没打算回来。"秋宁说。

"好？呵，当主播打打游戏、唱唱歌有什么出息？"女人反问道。

"没什么不好的。妈，我刚出了一首新歌，你听了吗？"秋宁问道。

"听了，就那样吧，你要是喜欢唱歌，我可以找最有名的制作人给你写歌编曲，保证比你现在强多了。只要有钱，什么东西买不到？"母亲说道。

秋宁感觉无法再和她谈下去，从来都是这样。

"很晚了，妈，你早点睡吧，我也睡了。"秋宁冷淡地说着，不等对面出声就挂了电话。

把手机丢到沙发上，秋宁慢慢地在床上躺了下来，浑身紧绷的神经这才逐渐放松。

很累，真的很累，每一次对话都是这么累。

秋宁看着刚才整理时一口气丢在床上的衣服，以后她也许再也穿不起这些衣服，买不起这些包了吧。

秋宁静静地看着这些她曾经拥有的东西，有些感伤，却又有些释然。

这样也好，她浑浑噩噩的人生，应该有新的开始了。

“哎……”秋宁放下筷子轻轻叹了口气。

今天很难得秋宁有空，大家聚在一起吃个饭，冷不防的，秋宁就叹了口气。

“怎么了？最近太忙了吗？”韩麦主动问道，对女神可以说非常关心了。

秋宁摇了摇头，有些烦恼地问道：“我想问大家一个问题。如果你很想约一个人，但是她就是不答应，一般是什么情况呢？”

几人面面相觑，这是谁，竟然拒绝了秋宁的邀约？！

李一笑下意识地看向韩麦，发现这厮竟然面露尴尬之色，怎么回事？难道不该是嫉恨交加吗？

夏甜雨听到有人拒绝了秋宁，心里有些得意和兴奋，完全写在了脸上：“那还用说，当然是讨厌你啦！”

几人斜了她一眼，醒醒，女人，你的嫉妒之心已经写在脸上了！

“男人女人？男人的话，他一定是个瞎子，女人的话，那十有八九是对你有点看法。”李一笑中规中矩地分析了起来。

秋宁托着腮，又是一声轻叹：“是个女孩子，就是给我写歌的那个网友程羽，她应该不会讨厌我吧？难道是觉得我唱得不够好？”

“不可能，你唱得太棒了！”韩麦第一个出声反对，义愤填膺。

那种奇怪的感觉又来了，李一笑狐疑地看了看韩麦，摸不准他到底是怎么回事，每次扯到程羽的时候他的态度就很奇怪。

“那到底是为什么呢，每次我邀请她见个面，她总是回绝我……”

“一定是她有苦衷！”韩麦说。

夏甜雨在一旁插了句嘴：“也许是病了呢？我感冒了谁约我都不理的。”

“是吗？不知道她身体怎么样，会不会是生病了没法出来？”秋宁思忖了起来。

“也许是绝症。”金锋突然插了一句，见大家都莫名其妙地看着他，他不太好意思地说，“以前……认识一个网友……就是得了绝症。大家，给，给，给她打钱。”

李一笑：……这傻孩子，该不会是遇上骗子了吧？

再一看其他人的眼神，也是一模一样。

金锋语气里都透着难过：“我……给了她十万块。她不见了，后来，她爸爸上线，说她死了。她游戏打得很好。我捐了点……丧葬费。”

……这老实孩子十有八九是遇上了骗子。

“后来呢？”夏甜雨又问。

金锋的语气更加凝重了：“后来，她爸爸也得了绝症。”

“你不会又给钱了吧？！”夏甜雨听得都快崩溃了。

“嗯，太可怜了，我又给了十万。”金锋说。

……天哪，谁来救救这个老实人，他也太好骗了！！！

“下次千万不要给了！”李一笑语重心长地说道。

金锋坚定地摇了摇头。

几人抱住头，痛苦地思考起了要怎么告诉一个老实人，他是被骗了！

“咳咳，总之，你下次要给钱，一定要先跟我们说一下，我们……我们……我们一起给！”李一笑说。

金锋点了点头，感激地看着他，好像他才是这里唯一的好人。

李一笑非常惭愧。

“那我要不要去问问程羽她是不是身体不好？”秋宁咨询起了大家的意见。

“问吧问吧，说不定真的是绝症才不跟你见面呢。”夏甜雨说。

秋宁于是点点头：“好，那我问问。”

“你再问问她死之前能不能写首歌给我？”夏甜雨急切地补了一句。

韩麦猛地咳嗽了几声，表情纠结了起来，最后闷头吃饭，一口气扒完了一碗米饭，连口菜都不吃。

嗯……总觉得韩麦好像知道些什么。

李一笑托着腮，琢磨着什么时候好好跟韩麦打听打听。

说干就干，晚餐后，李一笑敲门进了韩麦的房间，开门见山地问道："大哥，我什么都知道了，你老实交代吧，程羽怎么回事？"

"什……什……什……什么怎么回事？"韩麦结结巴巴地问道。

"你都结巴成金锋了，还说不知道？老实交代吧，我保证不说出去。"李一笑叉着腰，一副逼问到底的姿态。

"我……那个……这个……我……不好说。"韩麦为难地说道。

"有什么不好说的，咱们不是兄弟吗？"李一笑瞪着眼质问道。

虽然一开始李一笑有点害怕这位社会大哥，但是这段时间相处下来，他感觉到了韩麦真的是个好男人，有道德、讲情义、做事靠谱，他已经完全把这位大哥当好兄弟了。

一顶兄弟大帽扣下来，韩麦使劲捋着头发，在房间里转了三圈，最后一狠心，低声道："好吧，我说，你可别说出去。"

"我怎么会到处乱说，我是那种人吗？"李一笑故作生气地说道。

韩麦攥了攥拳头，低声道："行，既然你都知道了，那我也承认吧，那个程羽，的确是我的小号！"

"……"

这消息太劲爆了，李一笑惊呆了。

妈呀，这比母猪上树还吓人啊！

"这么说，那首《我在喜欢你》是你写的？"李一笑震惊了。

"是，我写的，我写给秋宁的。"韩麦一屁股坐在椅子上，抱着手臂，老脸一红，充分展现了一个社会大哥的娇羞。

"大哥，你这写歌水平很牛啊！"李一笑夸奖道。

韩麦脸更红了："就这样吧，能火也是运气好。但是现在问题大发了，秋宁想见我！我怎么可能跟她见面去啊，这不都穿帮了吗！”

李一笑回想起今天吃饭时的对话，小声道：“要么，假装绝症？”

韩麦绝望地说：“实在不行，只好这样了。”

“你为什么假装女生啊？”李一笑想不通这一点，问道。

韩麦振振有词道：“不然秋宁以为程羽对她有那种意思了怎么办？秋宁喜欢有文化的人，她万一喜欢上程羽，那我岂不是被自己‘绿’了？我才不要‘我绿我自己’呢！”

“……呃。”李一笑感觉难以反驳，但又忍不住问道，“那你为什么不直接告诉秋宁，你就是程羽，或者一开始你就直接用韩麦的身份给她写歌？”

韩麦一脸恨铁不成钢地看着李一笑，指了指自己的肌肉问道：“这是什么？”

“肌肉！”李一笑不假思索地说。

“我站在这里像什么？”韩麦又问。

“‘大肌霸’！”

“这又是什么？”韩麦又指了指自己的大金链。

“大金链！”

“一个戴着大金链的‘大肌霸’，像什么？”

“像大哥！”

“没错，我给自己定位的人设是社会大哥！专业喊麦一百年，怎么能随便崩掉自己的人设呢？那太不专业了。要是让我的粉丝知道我其实是个海归音乐系高才生，会三国外语，根本没有混过社会，既没有撕心裂肺的爱情，也没有恩断义绝的背叛，更没有带着小弟闯江湖的过去，那我写的歌不都是瞎吹了吗？你看看现在的明星，一个个死于人设崩塌，人设崩塌是多么严重的事情！现代社会，网络时代，一个网红，你要懂得立人设的重要性，头可断血可流，人设不能崩！”韩麦越说越激动。

李一笑呆呆地看着他。

“大……大……大哥，你……你……你还留过学啊。”李一笑差点吓尿了。

“伯克利音乐学院毕业的。”韩麦说着，也思考起了自己是怎么沦落到这一步的。

“那你咋想不开来喊麦啊！”李一笑崩溃地问道。

“我也不知道啊！我来红星面试的时候是想做点音乐类型的直播的，谁知道陈阳一见到我就拉着我的手说‘大哥你可算来了，喊麦不？我们就缺这样的人才，包你能红！’然后我就去喊麦了！”

“……”陈阳你害人不浅啊！

两人正说着，韩麦的QQ提示音响了，他赶紧打开手机QQ一看，表情一下子绝望了：“怎么办？秋宁问我是不是身体不好，我身体可好了！”

“哎，甭管好不好了你赶紧说你现在绝症吧！”李一笑瞎指挥了起来。

“好，我绝症！”韩麦沉痛道，那表情悲痛得他好像真的得了绝症似的。

李一笑捂住了脸。

韩麦下定决心，忍着诅咒自己的悲痛，在QQ里对秋宁说：“对不起啊，阿宁，有一件事我一直没有告诉你。我不肯跟你见面，不是因为我不喜欢你，我特别喜欢……欣赏你。我不见你，是因为我得了绝症。”

对面发回来三个感叹号。

楼上的秋宁惊恐地对正在她房间的夏甜雨说：“程羽果然是得了绝症！”

夏甜雨也懵了：“绝症啊，什么绝症，你赶紧问问啊！说不定能治呢！”

秋宁心慌意乱地点头，在QQ里问道：“是什么绝症？还能治吗？”

楼下房间里，韩麦立刻拉着李一笑逼问：“我得了什么绝症？！”

李一笑也慌了：“我……我……我不知道啊……那个……癌症？”

韩麦赶紧打上两个字：“癌症。”

“是癌症啊！”秋宁惊呼了一声。

夏甜雨震惊地问：“哪种癌症啊？！”

秋宁立刻打了三个感叹号并问：“哪种癌症？？？”

“哪种癌症啊！我得了哪种癌症啊！”韩麦又逼问起了李一笑。

李一笑面上稳如泰山，心中慌得六神无主，颤抖着说：“要么，那个……前列腺癌！”

“对对对，前列腺癌！”韩麦也慌。

他手抖着打了四个字：“前列腺癌。”

发送。

“不对啊，女人没有前列腺！我现在的身份是姑娘，不是‘人妖’啊！”韩麦吼道。

“赶紧撤回！”李一笑咆哮道。

韩麦立刻点了撤回，可是秋宁已经看到了。

秋宁惊恐地对夏甜雨说：“她得了前列腺癌！”

夏甜雨傻傻地眨了眨眼：“前列腺在哪里啊？”

秋宁愣了一下，这才想起自己的医学常识：“前列腺癌……好像……是男的才会得吧？”

没学过生理常识的夏甜雨还没明白：“到底哪里啊？”

秋宁不知道如何解释，两人大眼瞪小眼。

“快，快改正，说你是乳腺癌！”楼下房间里，李一笑急得跳脚。

“对对对，乳腺，乳腺癌！”韩麦赶紧打上了“乳腺癌”三个字。

秋宁看到了，更正道：“不对，程羽刚才说错了，她得的是乳腺癌！”

夏甜雨感觉胸口一痛，赶紧捂住了自己的胸部："乳腺癌啊！会不会要割掉……'咪咪'？"

秋宁也觉得胸口一痛，担心地问道："要切除乳腺吗？"

楼下房间里，韩麦已经快疯了，他抓着李一笑问道："乳腺癌要切掉乳腺吗？！"

"啊，我不知道啊！要切吗？肯定要切的吧！癌症不就是，哪里变异切哪里吗？"李一笑傻眼了，开始胡说八道。

韩麦一看指望不上他了，赶紧在手机里瞎编："医生说要切。"

"要切的！她说要切的！"秋宁觉得胸更痛了。

夏甜雨已经瑟瑟发抖了："天哪，竟然要切'咪咪'，太惨了！我们给她打钱吧！"

秋宁悲痛地说："对，我们给她打钱吧！先打十万怎么样？"

"打打打，你赚的收益都给她吧，人家这么不容易，还给你写歌，呜呜呜呜，我都要哭了。"夏甜雨脑补起了程羽是怎样在绝症中写着那首《我在喜欢你》，将自己求不得的暗恋情绪全部倾注在了歌曲中，她被深深地感动了，不禁潸然泪下。

秋宁立刻转账过去。

韩麦一看手机上的转账提示，惊呆了："秋宁给我打钱，十万！"

李一笑吓得"垂死病中惊坐起"，一下子抢过韩麦的手机，对着上面的金额瞠目结舌："十万啊！十万啊！！"

"我不能收！"韩麦立刻跟秋宁说，"我有钱的，谢谢你的关心。"

秋宁急了，抓着夏甜雨问："程羽不肯收钱怎么办？"

夏甜雨也着急："她肯定是自尊心太强了，不想接受别人的施舍。这样吧，你逼问出她的地址，我们杀上门去送钱！"

秋宁用力点头："好！我们杀上门去！"

"先给她打个视频电话！逼问地址！"夏甜雨说。

秋宁使劲点头，找起了 QQ 上的视频通话在哪里。

夏甜雨看得着急，抢过她的手机帮她按下了视频通话。

看到视频电话的韩麦急了，惊呼道：“秋宁给我打视频电话了！怎么办啊！兄弟！快帮我想想办法啊！！”

“快挂了、挂了！”李一笑急得要命，生怕穿帮。

韩麦比他还着急，两人谁都不敢碰手机，把手机丢在地毯上，像是绕着篝火跳舞的兔子一样转来转去。

这时，金锋敲门走了进来，见到热锅上的蚂蚁一般的两人：“怎么了？”

“没事没事，我们俩开玩笑呢！！”李一笑一看大事不妙，想要赶紧把金锋忽悠出去。

地毯上的手机还在振动，金锋好奇地捡起手机，看到上面的 QQ 视频通话请求是秋宁发起的。

两人疯了，赶紧要从金锋手里抢夺手机。

“秋宁的。”金锋顺手按下了接听。

夏甜雨的脸出现在手机屏幕里，金锋的脸出现在了手机屏幕里。

“怎么是你？！”两人异口同声地喊道。

韩麦心如死灰地瘫软在地上，完了，这下全完了。

李一笑捂住脸，蜷缩在沙发上装死。

金锋说：“这是韩麦的手机。”

夏甜雨说：“这是秋宁的手机。”

两人又是面面相觑。

“到底怎么回事啊？！”夏甜雨疯了。

金锋迷茫地看着瘫在一边心力交瘁的两人：“不知道啊。”

七号别墅的全体大会再一次召开了，这次大会的主题是：程羽到底是谁？

秋宁已经把事情想明白了，抱着手臂坐在沙发上，对着蜷缩在对面沙发里活像个两百斤孩子的韩麦微微一笑。

这笑容，有一股温柔的杀气。

韩麦萎靡不振，健硕的身材硬是蜷缩在沙发里，一副“宝宝害怕、宝宝什么都不敢说”的样子。

共犯李一笑抱着头坐在沙发上，活像一个刚刚进了警局正在忏悔自己走上人生岔路的嫌疑犯。

金锋坐在一旁，开了一局“吃鸡”，一声不吭地玩着。

夏甜雨绕着沙发走来走去，一边走一边喋喋不休：“好你个韩麦，把我们骗得好惨啊！差点十万块钱就让你到手了！你说，你是不是故意的！”

韩麦委屈地说：“我没有骗钱的意思。”

“我知道你没有，这首歌还是你主动送给我的，一分授权费也没有要。我就是想不通，为什么你要用程羽的身份骗我呢？”秋宁面露哀伤之色，仿佛一个被欺骗的可怜女人，幽幽地控诉道。

韩麦慌了。

“我绝对不是有意骗你的！我就是……就是……解释不清楚啊！秋宁，我现在告诉你这首歌是我写的，你难道不会觉得奇怪吗？”韩麦问道。

秋宁想了想，耿直道：“是挺奇怪的。”

夏甜雨翻了个白眼：“何止是奇怪，简直是匪夷所思，你的歌不是土得掉渣吗？怎么一下子这么时髦了？”

韩麦长叹一声，感到一切难以解释。

李一笑自告奋勇地举起手：“要么我帮韩麦解释一下？”

“成，兄弟，你来说吧，大哥我累了，老了，想退隐江湖了，喝喝茶、遛遛鸟，挺好的。”韩麦幽幽地说。

李一笑斜了他一眼："大哥，你从来就没有混过江湖。你特别有文化，念的大学我名字都记不住。"

"……"韩麦，被无情拆穿。

"这样说吧，韩麦其实是个文化人。"李一笑投下了这颗重磅炸弹。

正在"突突突"地"吃鸡"的金锋手一抖，被人干掉了。几人长长地"啊"了一声，每一个人脸上都写着浓浓的不信。

"别不信了，韩麦大哥是那个……呃，名字太长了我没记住，叫啥？"李一笑尴尬地问韩麦。

韩麦别过脸，不好意思地说："伯克利音乐学院。"

"对对对！伯克利音乐学院毕业的，你们可以'百度'一下这个学校。"李一笑说。

几人纷纷掏出手机，一通"百度"后，脸上露出了三观崩裂的表情。

"你为什么要来喊麦啊！！！"夏甜雨喊道，难以形容地崩溃。

其他几人也是一模一样的心情。

韩麦抱着手臂，看着天花板，幽幽道："我老了，累了，不想混流行乐坛了，让我激情喊麦吧。"

"你根本就没混过流行乐坛。"李一笑再度拆穿了韩麦，说道，"韩大哥对主播这个行业有点兴趣，来红星应聘的时候，被陈阳一通忽悠，建议他去喊麦，他就真的去了。"

"……陈阳这个祸害啊。"夏甜雨喃喃道。

"是啊，大祸害。"李一笑郑重点头。

"那你有没有考虑换个直播类型？"秋宁问道。

韩麦摇了摇头。

"我放不下我的粉丝。他们是真心喜欢我，我要是突然跑了，去唱他们不喜欢的歌了，他们肯定会很失落的，觉得我这个大哥背叛了他们，我不能丢下我的兄弟不管。"韩麦凝重地说道。

几人有些困惑，觉得不太能理解，但是李一笑有些明白了："你觉得他们既然'粉'了你，就像是小弟跟了大哥，你这个大哥就对他们有责任了，是吗？"

"没错！平时他们累死累活一个月赚个两三千，省吃俭用还要打赏我，我现在赚了钱，拍拍屁股就走了，这像什么话，这是一个大哥应该做的事情吗？"韩麦说道，"我虽然是个网红，但也是有理想、有追求、有节操的啊！一日是大哥，终生是大哥。一个大哥，要是不能给小弟们带来正确的引导，不能让小弟们感觉自己跟对了人，那这个大哥就是个垃圾！"

"大哥，我就服你这样的大哥！"李一笑伸出了大拇指。

韩麦摆了摆手，继续说道："哎，一直以来瞒着大家是我不对，但是我这个直播类型，和其他直播有点不一样。其他粉丝恨不得主播学历高，长得帅，有文化，这样倍儿有面子，可是我要是告诉粉丝们我在美国留学，会三国外语，学历很高，他们会怎么看我？他们会觉得我这个人一点都不接地气，根本不可能懂他们在想什么。这叫啥，这叫形象崩塌！形象崩塌是多么惨烈的一件事，你们经常看娱乐新闻的不会不知道吧？"

几人凝重地点头。

"所以我就是断了这个脑袋，流干了血，也坚决不能让大哥人设崩了！"韩麦用力捶着自己的大腿，义正词严地说道。

这个决心，可以说非常强烈了！

秋宁心情复杂地看着他，一时间不知道说什么。

"总之，谢谢你给我写了歌。"秋宁笑着说。

"这不公平！！凭什么你给秋宁写不给我写！！我也要唱歌！！！"夏甜雨不服气地说。

韩麦尴尬地笑着，打着哈哈想把这件事敷衍过去："以后写，以后一定写，哈哈哈哈……"

夏甜雨不依不饶，恨不得韩麦当场写歌给她。

这时候，韩麦的手机突然响了。

韩麦看着手机上的视频通话请求，紧张得从沙发上跳了起来，拼命给大家做噤声的手势，就连金锋都关了游戏音乐。他这才拿起手机，疯狂把自己的头发撸顺，然后一把扯掉自己八块八包邮买的“大金链”，脸上挤出一个和善的笑容。

这变脸，把大家伙都惊呆了。

只见韩麦像是拿着一颗随时都会爆炸的炸弹一样，小心翼翼地按下接听，摆正姿势，用男人罕见的甜嗓问道：“喂，妈咪？”

李一笑看不见手机屏幕，就竖起了耳朵。

“亲爱的，明天就是你生日了，我们要给你一个惊喜！”李一笑听到手机里有一个女人的声音传来，听起来是韩麦的母亲。

“啊？什么惊喜啊？不用给我送生日礼物了，我都这么大的人了。”韩麦说，对屏幕里的母亲露出了僵硬的假笑。

“哈哈哈哈，我们有一个大礼物要送你！我和你爸爸，请了年假，现在已经在机场了，明天就到W市来看你！”韩麦的母亲一脸开心地说道，身后还站在韩麦的父亲，一起看着屏幕里的儿子。

韩麦，高大健硕的身体抽搐了一下，软倒在沙发里。

手机里传来他母亲愉快的声音，所有人都听见了：“听说你在当音乐老师，和不少同事成了朋友，还交上了女朋友，那可太好了，明天过生日把朋友们都叫来吧，我们一起给你过个生日，也让我们见见你女朋友！”

韩麦绝望之中还强颜欢笑地回复母亲：“好啊，妈咪，你们把航班发给我，我去接你们，我……我……我太高兴了，呜呜呜……”

挂了电话之后，韩麦有如行尸走肉一般在客厅里徘徊了三圈。

“韩大哥，你爸妈这是在国外吗？好厉害啊。”夏甜雨崇拜地说。

韩麦笑得比哭还难看：“都是大学教授，一个是音乐系的，一个是搞社会学的……我……我要完了！”

李一笑心有戚戚然，又是一个要应付父母的可怜人。韩麦爸妈都是文化人，肯定不答应儿子当主播，没看到韩麦都假装自己是老师了吗？这下难办了。

“那你明天怎么跟父母解释？”秋宁问道。

韩麦心如死灰，幽幽道：“我现在就去撞个车，最好撞断腿进医院，这样生日就取消了，让爸妈去医院看我吧。”

“使不得啊！”李一笑见韩麦的理智已经在崩溃边缘，赶紧劝道，“别这么想不开折腾自己的身体。这样吧，我们来假扮你的同事，先把你父母那里瞒过去？”

韩麦呆呆地看着他，似乎还没意识到李一笑说了什么。

“这个可行！”夏甜雨眼睛一亮，“我们假装你同事，在外面和你一起过生日，这样就不用去你‘工作的地方’看了，你爸妈只要住得不久，肯定可以瞒过去的！”

韩麦终于听懂了，缓缓从沙发上坐了起来，满怀期待地说：“我还需要一个女朋友。”

说着，韩麦把期待的眼神投向了秋宁。

“哎，谁说需要一个女朋友啊？”突然，窗外传来了一个熟悉的声音，女装大佬李师师闪亮登场，又是从窗户外面爬进来的。

“你怎么进来都不走大门的呢？！”李一笑质问道。

李师师理直气壮：“我来十次，八次你们都在上面直播，让谁来给我开门啊，我还是走窗户吧。欸，刚才谁说需要一个女朋友？”

韩麦两眼一翻，开始装死。

他绝对不要一个女装大佬来假扮他女朋友。

李一笑觉得还是把李师师忽悠过去比较好，不然韩麦的事情可就曝光了。

然而夏甜雨看热闹不嫌事大，把事情抖了出来：“韩麦爸妈要回国看他，他假装自己是个音乐老师，还有女朋友了，现在人马上就要到了，我们琢磨着找个人假扮女友。”

李师师“哦”了一声：“那你加油。”

丝毫没有帮忙的意思，见几人用不可思议的眼神看着他，他纳闷了起来：“你们以为我会主动帮忙吗？我看起来这么闲的吗？告诉你们，我作为红星一哥，出场费可是很贵的哦。”

韩麦明显松了口气。

李师师一脸好奇地问道：“你爸妈在国外？干什么的？”

夏甜雨骄傲地抢答：“大学教授！可有文化了！”

李师师怀疑地看着韩麦：“你们家到你这一代基因突变了吗？”

韩麦不想解释，他觉得没必要解释。可是夏甜雨却像是被踩了尾巴的猫一样，气愤地跳了出来：“韩大哥可是很有文化的，会三国外语，还是那个什么……什么……什么大学毕业的？”

夏甜雨也记不住那个大学的名字，小声问秋宁。

“伯克利音乐学院。”秋宁说。

“对对对！伯克利音乐学院！海归学霸呢！”夏甜雨骄傲地说，为自己有了个学霸室友感到无上荣耀。

李师师愣了一下，上前握住了韩麦的手，激动道：“兄弟，我是隔壁麻省理工的，专业是计算机工程。你们学校创始人以前是我们学校的教授，真巧啊。”

韩麦惊讶地看着李师师：“学霸啊。可你怎么会回来当主播？还男扮女装？”

李师师表情僵硬了一下，眼珠一转，一副不堪回首的神情：“兄弟，实在是太苦了，干不下去了。周围都是死宅男，一个女人都没有，我因为长得最好看，还有人帮我做作业，只要我肯穿女装和他们一起写代码，偶尔假扮他们女朋友去跟人炫耀，让他们这群单身汉有一丝丝心理慰藉。好不容易混到毕业，我麻溜地就回国了。看在大家都是海归的分上，你这个忙，我帮定了！我来假扮你的女朋友！”

李一笑呆呆地看着李师师，这位大佬原来有这样的时光，难道女装癖是从那个时候……

IT[①]宅男真是不容易。

李师师的高中同学秋宁干咳了几声，转移了话题：“我们这是留美海归聚会吗？”

李师师疑惑地看着她：“你又不是从美国回来的。”

夏甜雨明显松了口气，哼，让秋宁吹牛，这下被拆穿了吧！

“你大学是去了英国啊，英国伦敦政治经济学院，专业是金融吧。”李师师记性很好，自信不会记错老同学的求学经历。

“英美不分家嘛。”秋宁说道。

夏甜雨脸上得意的表情瞬间坏死。

一定是秋宁和李师师串通好的！她恨恨地心想。

李一笑好奇地问道：“说起来，那你怎么也来当主播了？”

秋宁笑了笑，随口找了个理由：“海归也要就业的，现在就业形势多严峻啊。”

李师师感同身受：“是啊，不如当主播！”

韩麦冷酷地打断了两人拉家常，他还想挣扎一下：“师师，我觉得……你声音不太行……瞒不过去啊，要么还是请秋……”

“胡说八道！我声音没有问题，我会用伪声的！”李师师说着，干咳了几声，用甜美的女声说道，“怎么样？现在听起来像是女孩子的声音了吧？”

韩麦眼泪都要下来了，差点当场表演一个“猛男落泪”，怎么办，没有借口了！

李师师得意地娇笑了几声：“我去假扮你女朋友，比真的姑娘还像呢！咱爸妈喜欢什么？我们赶紧买点东西孝敬咱爸妈呀？”

这一下子就进入角色了！

---

① 指与信息相关的技术。

秋宁在一旁鼓掌，欣喜地说道："你演得太棒了，一定没有问题的。"

其他几人也纷纷点头，赞扬李师师演技一流。

韩麦老泪纵横，他的女神啊，他的秋宁啊，为什么是这家伙来演他的女朋友啊！

女神还在一旁给他鼓掌！

心酸，流泪。

"来来来，分配一下你们的角色。"韩麦敲了敲黑板，给几个人上起了课，"我跟爸妈说的是，我在高中教音乐，和不少同事都成了好朋友，平常会一起玩玩。还有了个女朋友，是教语文的老师，名字我都没说，所以大家就用本名好了。"

"我有个问题，你是怎么来做喊麦直播的？"李师师举手问道。

果然，每个人都会问一下韩麦这个问题。

韩麦长叹一声："当时年少不懂事，被陈阳一忽悠，说国内流行音乐已经死了，喊麦最火热，从此就走上了不归路。"

李师师又是一阵感同身受："兄弟，我也是啊！我去面试的时候，陈阳说，现在男主播只有打游戏的才能火。做秀场直播的，男主播火不过女主播，但是现在奇缺女装大佬。他一见到我，连连夸我天赋异禀，保准能火。我一时没想开，走上了不归路。"

两人长吁短叹了一阵，都觉得对方是知己。

李一笑在一旁略感不适。

"继续说，明天我爸妈到了，我会先去接人，你们直接去餐厅包厢好了。我给大家安排一下课程，李一笑，你是个体育老师。"韩麦开始给几个人分配人物形象。

李一笑"啊"了一声："为什么我教体育？"

韩麦叹气道："你看起来也不像是教文化课程的啊。"

秋宁和李师师在一旁点头。

李一笑郁闷极了：你们这群海归看不起我职高毕业吗？虽然我职高毕业，可是我技能点多啊。

“行行行，只要生活能过好，哪里需要干哪里嘛，我干了！”李一笑咬牙道。

“秋宁，夏甜雨，你们两个是音乐老师。”韩麦说。

两人没有意见，一起点头。

“金锋，你……计算机老师。”韩麦看着手机不离身，现在还在专心打游戏的金锋，给他安排了人设。

金锋点了点头，没有意见。

“李师师，你教语文，记好了。”韩麦对李师师说道。

“啊？我理科生，语文不太好，英语倒是不错，能不能换一换？”李师师问道。

“不行，我跟爸妈说的是你教语文。”韩麦冷酷地拒绝了。

“好吧，语文就语文，反正也不用让我当场背古诗。”李师师勉强接受了这个设定。

“我来说一下我们是怎么认识的。李师师，我们认识在一个阳光明媚的深秋下午，你刚刚下了课，走在校园落满梧桐叶的小径上，我和你不期然地对上了一个眼神，你害羞地对我笑了……”韩麦开始即兴发挥。

李师师做了个呕吐的表情：“不行了、不行了，太他妈肉麻了你，你还不如说我们两个是在打*LOLO*时认识的呢。”

金锋听到熟悉的游戏名字，耳朵竖了起来：“谁要打*LOLO*？”

“不行，你的人设是个文艺女青年，善良敏感，会说‘兔兔那么可爱你为什么要吃兔兔’的那种，根本不懂游戏，不要随便改人设。”韩麦说道。

李师师这下真的要被他恶心吐了：“兔肉很好吃的！”

“我不管好不好吃，总之你记着你的人设，造作、矫情，文艺女青年！分分钟能为了洗涤心灵丢下工作，辞职去西藏流浪的那种。”韩麦总结道。

李师师一副“这真的很恶心”的样子：“行行行，听你安排了，谁让我答应你了呢。”

韩麦这才满意，如此这般地把事情交代了一遍，然后道：“相信我，我这个安排是天衣无缝的，我爸妈肯定不会发现，这事儿妥了！”

李一笑莫名背后一凉，按照惯例，事前下定论最终都是要被打脸的。

不祥的预感啊。

李一笑呼叫韩麦：“一号一号，汇报你现在的坐标。”

韩麦呼叫李一笑：“报告二号，一号目前位于 TH 国际机场，因航班延误，目前飞机刚刚降落，汇报完毕。”

李一笑呼叫韩麦：“随时保持联络。一号目前位于白云商墅七号别墅，随时准备出发前往预定餐厅。”

半小时后。

韩麦呼叫李一笑：“报告二号，接到目标，作战开始！”

发完微信，韩麦冲着爸妈露出一个灿烂的笑容：“爸妈！我在这里！”

“我的小麦子！”韩麦的母亲陈琴琴激动地抱住了许久不见的儿子，“妈想死你了！”

韩麦一边安慰母亲，一边对父亲韩城点了点头：“爸，一路还顺利吗？”

韩城打量着儿子：他瘦了些，看起来身体结实，只是打扮有些……算了，见惯了造型千奇百怪的美国青少年，韩城对儿子的造型没什么意见，他可是个开明家长。

“先去拿行李，然后我们去吃个午饭，我最近租房到期，住学校宿舍，地方太小了，吃完我送你们去订好的酒店休息。”韩麦说道。

陈琴琴五十几岁的人，保养得很好，看起来年轻有活力，和韩麦站在一起，浑然不像他的母亲，倒像是他的姐姐。

七八年没有回国了，陈琴琴一路上都像个小姑娘一样好奇，一会儿赞叹国内的基础建设，一会儿询问韩麦在国内的生活状况。韩麦准备充足，瞎说起来头头是道，父母浑然没有发觉他现在的职业并不是他们以为的老师。

车子向餐厅驶去，这一路足足得开一个小时。另一边，已经接到了韩麦消息的李一笑，赶紧招呼着今天的群众演员们上车，一起前去餐厅，为即将上演的节目做好准备。

“都记住自己的角色了吗？”到达餐厅之后，李一笑询问几人。

夏甜雨举手：“我音乐老师，教高二。”

秋宁说：“我也是音乐老师，教高三。”

李师师纳闷道：“为什么还要错开年级呢？”

李一笑冷酷地说：“我没上过都知道，一所重点中学的高三，不需要那么多音乐老师。你的人设和科目呢，都记住了没？”

李师师懒洋洋地坐在椅子上，坐没坐相：“放心吧，记得清清楚楚，我不就是个英语老师吗？”

“嗯？”李一笑发出了不认同的声音。

“嗨，开玩笑的，我语文老师，文艺女青年人设，爱动物、爱植物，关心全球变暖，说话轻声细语，完全是男人意淫出来的好女人典型。啧，一点创意都没有。”李师师嫌弃起了韩麦给他安排的人设。

“今天认真点，可别搞事情，这可关乎韩麦大哥的人生大事呢，可不许搞什么‘日行一恶’了。”李一笑告诫道。

“知道了，知道了。”李师师有气无力地说。

李一笑又看向金锋，金锋刚打完一局游戏，抬起头来说道：“计算机老师。”

“你这计算机水平跟我肯定没法比，我可是专业的，别说编程了，黑别人的电脑分分钟的事情。”李师师得意地说道。

“法治社会，不要乱来哦，咱们不能做这种事！”李一笑义正词严道。

李师师耸了耸肩。

为了应付韩麦的父母，他今天的穿着打扮都是一副“好嫁风”，非常贤淑得体，一看就是个良家妇女。

李一笑再三确认大家是否把自己的人设记清楚了。

“一会儿不要慌，虽然我这辈子都还没见过在美国教书的大学教授，但是一定不能慌。韩麦说过他父母都是文化人，通情达理，思想开放……欸，真这样的话他为什么不干脆把自己在做的事情老实交代算了？”李一笑纳闷。

“他家从父母到祖父母辈都是教书育人的老师，他突然去喊麦，家里恐怕不太好接受。韩麦也是考虑到父母的心情，觉得几年才见一面，还是不要让父母担心了。”秋宁分析道。

李一笑一想，也对，自己家祖辈种地，父母搬砖，两人都对儿子去做主播难以接受呢，别说韩麦那种家庭了。

韩麦呼叫李一笑：“一号，车已在餐厅楼下，一级警报！”

“来了来了！车到了！”李一笑看到韩麦发来的微信，神经一下子紧绷了起来，“金锋，把你的游戏关了！”

金锋已经打到关键阶段，头也不抬地说：“三分钟。”

三分钟足够他把剩下的几人都“突突突”了。

李一笑急得恨不得去抢金锋的手机：“你别打了，让韩麦爸妈看到多不好？人家可是老师！要打你出去！”

金锋“哦”了一声，头也不抬地朝着门移动。

走到门边的时候，大门突然打开了。

韩麦带着他的父母，和手持手机专心“吃鸡”的金锋打了个照面。

这一刻，几人面面相觑，而金锋的手机里传来一阵暴躁的枪响，金锋的角色“扑街”了。

“这是……你同事吗？”陈琴琴好奇地看着这个帅哥问道。

韩麦的表情简直在说他想抱起金锋一个百米冲刺丢进河里。

“不……不……不……不是，我是……是……是……是那……那……那……那个服……服务员。”金锋像是被老师抓住偷玩游戏的小学生，把手机往身后一藏，大步走出了包厢。

群演一号金锋演出结束。

还没开局就减员了啊！李一笑抓狂，恨不得也跟着金锋冲出去，暴打他一顿，这也太不靠谱了！

房间里还剩下七人，预感不妙的韩麦、严肃的韩城、好奇的陈琴琴、蒙了的夏甜雨、镇定的秋宁、暗中抓狂的李一笑，还有笑得人比花娇的李师师。

“爸、妈，我给你们介绍一下，这几位都是我的同事，这个小伙子是李一笑，教体育的，跑步很快。”韩麦先介绍起了几位“假老师”中唯一看起来是男生的李一笑。

“叔叔阿姨好，呵呵呵呵呵。”李一笑笑容僵硬。

“你这孩子看起来好面熟，我们是不是哪里见过？”陈琴琴问道。

李一笑的头摇得比拨浪鼓还快，绝对不可能，他家三代种地，怎么可能认识陈琴琴？

“肯定是因为我大众脸！”李一笑斩钉截铁地说道。

陈琴琴一想，这也不无可能，怀疑自己是记错了。

“你看起来瘦瘦的，竟然教体育啊？”陈琴琴温和地问道，“我一直对国内体育课程是否应该使用相关配乐有一些想法，我们以后可以深入交流一下，做一些实验，尝试一下不同的配乐是否有助于提高学生参与体育活动的积极性。来，我们加个微信吧！”

李一笑笑容不但僵硬，而且消失。

阿姨，你不按套路来啊！

不对！不能加微信！他的微信朋友圈会暴露他的职业！

李一笑使劲给韩麦使眼色，韩麦突然意识到了什么，大声道：“妈，李一笑他平常，不用微信！”

“叮”的一声，李一笑放在桌子上的手机收到了一条微信，系统通知出现在了锁屏的屏幕上。

现场一片静默，气氛是肉眼可见的尴尬。

“呃，妈，我的意思是，你加李一笑的微信，不合适。人家年轻人，你加了人家，你们谈不拢啊，有啥事我来联系好了！”韩麦说着，强硬地转移了话题，“我来给你们介绍一下，这两位美女，是音乐老师，夏甜雨教高二，秋宁教高三。”

“阿姨好！”两个妹子说。

陈琴琴看着两个姑娘，兴奋地问道：“你们都是教音乐的啊？那我们是同行了。你们平常教学生哪些曲目啊？文艺会演有安排指导节目吗？平时喜欢哪些音乐啊？”

夏甜雨的笑容，和李一笑一样僵硬。

秋宁从容不迫地回道：“我们平常也就按照课本，照本宣科地教，特别是我，现在都高三了，时不时主课的老师就要挪用一下音乐课的时间，考考试，讲讲题，我也尽量不给学生太大的压力。一般还是以欣赏各国音乐为主，如果文艺会演有要求，我也会让社团的学生一起排练一个节目之类的。”

头头是道啊！李一笑简直要给秋宁女神鼓掌了，女神就是女神，一出手不同凡响！

再看夏甜雨那个菜鸡，平时那叫一个嚣张，现在跟只待宰的鹌鹑似的。

“那这位姑娘就是……李师师了？”陈琴琴看向最后一个在座的“姑娘”。

李师师抿着嘴微微一笑，把姑娘第一次见到未来公婆的温婉羞涩展现得淋漓尽致，不胜娇羞地问候道：“叔叔阿姨好，大老远地过来，舟车劳顿，真是辛苦了。”

这演技啊，几个深知他底细的人都惊呆了，这神情，这声音，这语气，一点破绽都没有。大佬就是大佬，怪不得哄得宅男们疯狂给他打钱，都不在乎他胯下有“大鸟”了。

“我记得，师师是教语文的吧？”陈琴琴问道。

“是的。”李师师说。

“一看就是个有学问的姑娘，我家那傻儿子是怎么把你追到手的？你配他，亏大了！”陈琴琴对儿子的女朋友满意得不得了。

“韩麦他人很好，对我特别好，我就喜欢他这样踏实稳重的男人，靠谱。”李师师娇羞地说道。

韩麦在一旁不忍直视，瞎了，他已经瞎了。他是造了什么孽才会让李师师来假扮他女朋友啊？

陈琴琴又问了一些两人日常相处的事情，对这个姑娘越看越喜欢，勒令韩麦好好对人家姑娘。

“你也别光顾着说话了，大家都饿了，赶紧上菜吧，今天是儿子生日呢。”韩麦的父亲韩城拉住了握着李师师的手说个不停的陈琴琴，她都恨不得让两人当场结婚了。

“对对，上菜上菜！”韩麦赶紧喊来了服务员，还把生日蛋糕摆了出来。

点菜的服务员是个年轻的小伙子，拿菜单的时候莫名多看了韩麦几眼，又看了几眼，再看了几眼，把韩麦看得毛骨悚然。

这服务员怎么回事？

点完菜，服务员出去了，大家伙又聊了起来。

“我最近会玩微博了，特地关注了你的微博，是叫‘金门大桥倒下来’吧？”母亲陈琴琴问道。

金门大桥倒下来？

李一笑惊得从椅子上跳了起来：“你是‘金门大桥倒下来’？！给我转发了不正经美食视频的微博‘大V’？”

韩麦双手捂住额头，恨不得当场消失。

“妈，亲妈，有你这么当众扒我‘马甲[①]’的吗？”韩麦痛苦地呻吟道。

“啊，这是个秘密吗？对不起啊，妈咪不知道啊。”陈琴琴惊讶地说。

“你说吧，你还有几个马甲？”李一笑觉得韩麦再来几个马甲他都不会惊讶了。

先是音乐人程羽，再是微博“大V”金门大桥倒下来，现在就算韩麦告诉他，自己其实还是知名电竞选手，他都信了。

面对众人谴责的眼神，韩麦使劲摇头，没有了、没有了，这下真的没有了。

“那个账号，是我在美国留学的时候闹着玩建起来的，没想到红了。”韩麦解释说。

“你刚才说不正经美食视频，是不是那个主播做菜做到一半，突然跑去剪视频的那个？哦，我想起来了，你就是里面那个美食主播啊！怪不得我觉得你眼熟呢！”陈琴琴突然想起来，她一直觉得李一笑长得很面熟，原来是在那条微博里看到的。

李一笑悚然一惊，完了，这是要穿帮的节奏啊！他立刻抢答：“阿姨！我……我……我业余爱好就是做……做点小视频！跟韩麦提过这件事，所以他偷偷用自己的微博账号给我转发了！我都不知道他是个‘大V’呢，他平时可低调了！”

陈琴琴释然地笑了：“原来是这样啊。韩麦，这就是你不对了，

---

① 指除常用的账号外另外注册的其他账号。

怎么能瞒着好朋友呢？师师知道这事吗？”

李师师大脑转得飞快，觉得自己应该帮韩麦圆过去，于是羞涩地笑了笑：“阿姨，韩麦他倒是没瞒着我，就是不让我跟别人说……是我不好，帮他一起瞒着朋友们。阿姨你放心吧，以后我会监督韩麦的，让他对朋友们一定要坦诚。”

看看这话说得多妥帖，大佬就是大佬。李一笑在一旁频频点头，李师师主动背锅，可是有谁会责怪他呢？

“多好的姑娘啊。”陈琴琴对韩城说道。

韩城在一旁点头，显然对这位未来的儿媳妇万分满意。

总算把这一出圆过去了，演员们早已汗流浃背。

此时开始上菜了，服务员们陆续走进来，只是每一个进来的服务员都会盯着几人使劲看，先是看韩麦，再是看李师师，又看秋宁，看来看去，脸上挂着奇怪的笑容。

这家店的服务员怎么回事啊？

几人莫名其妙了好一会儿，好奇心重的陈琴琴忍不住了，她拉住一个小伙问道：“你们一直盯着我儿子看，看什么呢？”

小伙子已经忍耐了很久，此时终于忍不住了，他上前几步拉住韩麦的手，深情地喊道：“韩大哥！大哥是你吗！我每天都看你的直播啊！没想到你会来我们餐厅吃饭，我告诉了我的同事们，大家可激动了，都想问你要签名！我……我……我们……我们都觉得你喊的麦是最棒的！！！”

另一个女服务员也忍不住了：“啊啊啊啊啊，我看到偶像了，秋宁，是你没错吧！你的新歌《我在喜欢你》真的太好听了！我下载到手机里当闹钟铃声了。还有你，你是李师师吧！你……你……你男扮女装真的一点都看不出来！呜呜呜，一个大男人比女人还好看，我……我不做女人啦！”

完了。

全完了。

一片静默中，夏甜雨幽幽地吐槽了一句：“没有人认识我吗？”

李一笑也幽幽地劝慰了一句：“这不也没人认识我吗？”

两位不知名主播对视了一眼，忧伤地叹了口气。

“要签名的话，可以等我们吃完吗？”秋宁站了起来，礼貌地对几位服务员说道。

虽然礼貌，却有种不容置喙的态度，气场惊人。

服务员们面面相觑，不好意思地说：“对不起，打扰几位用餐了，我们马上上菜！”

说着，他们退了出去，关上了门。

秋宁这才坐了下来，眼看这事儿是瞒不过去了，她对陈琴琴和韩城歉然地笑了笑：“这些事情，还是让韩麦自己来解释吧。”

陈琴琴茫然地看着韩麦。

韩麦捂住脸抽噎了起来：“妈、爸，对不起啊，瞒了你们这么久……我其实根本没在当老师，我在当主播，喊麦的那种……”

夫妻两人呆呆地看着儿子，好像没听懂他在说什么。

糟糕，这对夫妻俩打击太大了。李一笑痛苦地心想，这下韩麦要被批斗了！说不定韩麦的妈妈还会祭出家法，抽他的屁股，把他打得哭爹喊妈，跪地认错！然后勒令他赶紧去学修车！

夏甜雨也是一脸惶恐：完了，这下全完了，韩麦一定会被他爸爸痛打一顿，打得他三天下不了床！然后给他指派一个嫁妆丰厚的傻子老婆，勒令他立刻完婚！

秋宁脸上十分镇定，心中却十分忧郁：糟糕了，韩麦肯定会被家里带回去继承家业，从此和门当户对的女人结婚，忍受压抑窒息的家庭气氛，再也没有自由和梦想！

李师师露出了他那标志性的搞事的笑容：啊，兴奋、兴奋，吃瓜、吃瓜！我好快乐啊！

“儿子，你说你在当主播？”陈琴琴难以置信地看着他。

韩麦低着头，做好了挨批的心理准备。

“啊，太有趣了！我和你爸爸经常在 Twitch[①]上看直播呢！”陈琴琴激动地说。

但是这个激动，好像和大家想象的那种不太一样啊。

几人还没回过神来，茫然地看着陈琴琴，好像没听懂她在说什么。

韩城干咳了几声，严肃地说“韩麦，你知道自己错在哪里了吗？”

韩麦惭愧地低下头：“我错了，我不该去当主播的……”

韩城的表情更加严肃了：“错了！你错在不应该欺骗你的父母。”

韩麦呆愣愣地“啊”了一声。

韩麦的母亲陈琴琴，她脸上有着藏不住的兴奋之色：“儿子，喊麦是什么，唱歌的吗？那很好啊，和你的特长很一致，妈咪很支持你！你早该告诉我们的！我们没有意见啊！来，告诉妈妈你在哪个网站直播，妈咪会去看的！一定支持你！”

等等，这好像和剧本的走向不太一样，不是应该强烈反对，寻死觅活让儿子赶紧转行吗？

为什么这个妈妈好像很高兴的样子！

“我……你们……真的没意见？”韩麦迷茫地问道。

陈琴琴又好气又好笑地说：“你为什么觉得我们会反对？你从小到大，除了你不懂事的时候，我哪一次粗暴地干涉过你的想法？我的孩子，去做你喜欢的事情，无论你能不能做出一番事业，我这个当母亲的，当然会支持你啊。只要你在做有意义的事情，给别人带来优秀的作品，我们为什么要反对？”

“你们不觉得……这不是正经职业吗？”韩麦问道。

韩城教授推了推脸上的眼镜：“什么是正经职业？这个世界上只有合法职业和非法职业之分，没有正经职业和不正经的职业之分。主播是个新兴行业，不偷、不抢、不违法，也不破坏公序良俗，没

---

① 一个主要推送游戏视频的实时流媒体视频平台。

什么不正经的。”

“这个职业淘汰起来很快。”韩麦小声说。

身为社会学教授的韩城看起来更认真了，他肃然道：“没有一个职业是永远不会被淘汰的。现在是二十一世纪了，人工智能的时代已经来了，人类的社会结构会发生巨大的变化。你们以为高端稳定的职业——公务员、老师、医生、翻译……这些都会逐步被人工智能取代。你们生活在一个剧变的时代，没有一种职业可以让你从事终身了。从前的人，学一门木匠、铁匠的手艺就可以一辈子以此为生，但是未来的人类再也不会有这样的光景了。随着生产力以指数形式提升，社会上会产生很多‘无用阶级’，他们不从事生产，因为他们能做的生产工作全部被机器取代，他们的时间被娱乐填满消磨，所以我们要提供足够的娱乐活动来丰富他们的生活。我希望你能提供一些高质量的节目，这就是一件很有意义的事情。”

李一笑听得一愣一愣的，感觉自己突然来到了从没去过的大学校园。

陈琴琴温柔地看着儿子韩麦，说道：“我的小麦子，比起一个乖巧听话，从不违抗父母的孩子，妈咪更希望你能成为一个能为自己的人生负责的男子汉。无论你到了哪里，多大年纪，也无论你从事什么职业，妈咪都希望，你能做一个对社会有意义的人。当然，最重要的是，你要快乐。”

韩麦根本没有想到，他的父母竟然会对他说这样的话。

他们一直都不是那种对孩子事事关心的父母，他们各自有各自的事业和追求。从小到大，韩麦一大半时间都在国内，和爷爷奶奶、外公外婆一起生活，只有寒暑假的时候才会去美国，和父母短暂相聚。

他的父母坚信，国内的基础教育更合适自己的孩子，所以直到大学，韩麦才去美国留学。

因为相处时间短暂，他一度觉得父母并不爱他，也不了解他。

他以为他们和绝大部分父母一样，会让孩子做他们认为“正确”的选择。

可他们并不是，他们是世界上最开明的父母，鼓励自己的孩子去从事自己喜欢的职业，不在乎别人对这个职业的偏见，他们在乎的是他的工作有没有意义，以及，他是否快乐。

韩麦的眼眶湿润了，他低下头，努力忍着流泪的冲动，只因为父母的一席话。

“从小你就是个和别人不一样的孩子。你很早就表现出了音乐天赋，随我。你还在妈咪肚子里的时候，就会随着音乐踢我的肚子，那时候我就说，你会成为一个音乐家。你爸爸不相信，说你以后肯定和他一样，搞社会学。哦，你爸爸总是对各种社会边缘人士的生存现状很有兴趣，还总是做一些危险的事情，他管这个叫体验生活。我年轻时很受不了他，可现在，我慢慢懂他了。”陈琴琴看着丈夫，眼神温柔。

韩城无奈地对妻子说道：“我可没有让儿子一定要研究社会学哦，他小时候说喜欢音乐，我也很支持的！”

陈琴琴的手放在了韩城的手上，笑着说道：“那还不是因为儿子喜欢音乐？你又拗不过他。你还记不记得他七岁的时候，暑假来美国参加音乐夏令营，当时住宿的管理员是个非裔的单身母亲，有个儿子，很喜欢钢琴，但是家里买不起钢琴，只好偷偷去教室里弹琴，被管理人员发现了赶出去。小麦子看到了，坚持说那是他的朋友，自己要教他弹琴。然后小麦子就真的，手把手地教他弹琴，央求老师带着他一起学，还说要把自己家里的钢琴送给人家，后来我就让人把钢琴送过去了。”

韩麦震惊地说道：“小时候我家的钢琴就是这样没的吗？”

陈琴琴笑弯了眉眼：“是啊，你忘了吗？你还说送就送了吧，你可以去学小提琴，但是你一定要把钢琴送给真正需要它的人。那时候我就想啊，我的孩子将来一定会成为一个优秀的人，无论未来他从事什么职业，只要他的心不改变，我就一定会为他感到骄傲。因为你是一个这么好的孩子啊。”

韩麦的再也忍不住眼泪，把头靠在母亲的肩膀上，像孩提时代一样，偎依在母亲的怀中，眼泪打湿了陈琴琴的肩膀：“谢谢……谢谢你们，能理解我。”

陈琴琴揽着韩麦，拉着韩城，欣慰道：“理解自己的孩子，引导自己的孩子，这不是为人父母应该做的吗？”

李一笑不禁露出了羡慕的眼神，韩麦的父母，真的很了不起。

温馨的家庭时间之后，三人终于恢复了正常，相处模式也进入到“拷问模式”。

“我有个问题，师师是男孩子吗？我不太相信，但刚才那个服务员是这么说的。”陈琴琴看着李师师，犹豫地问道。

李师师见已经被拆穿，韩麦父母也是开明的人，痛快地用男声坦白了：“是的，叔叔阿姨，对不起，刚才是我骗了你们。我其实是个男孩子。”

陈琴琴倒吸了一口凉气，和韩城交换了一个视线，两人痛苦地闭上了眼。

“儿子，你是同性恋这件事，我和你爸爸的确没有想到过……但我们都不是古板的人，只要你们真心相爱……我们……我们不反对！”陈琴琴尽量用不伤害儿子的语气说道。

“我反对！”韩城冷哼了一声说道。

终于有个人表现出正常的反应了！李一笑竟有一丝丝激动。

只听韩城说道：“韩麦和穿女装的男人交往，意味着他很可能还是喜欢异性，所以他并不一定是同性恋。你要先搞清楚自己的性取向，不要等到哪天你发现自己并不喜欢男人，只是喜欢看起来像女人的男人，这对别人会造成很大的伤害。”

太正直了啊！这种时候不忙着打断儿子的腿，还要关心儿子是不是伤害了一个异装癖，这样的开明父母哪里去找啊！

韩麦终于反应过来了，惊吓万分地说道：“不是啊！我不是啊！李师师只是假扮了一下我的女朋友！我们没有在约会！”

李师师也赶忙道：“不是啊！我不是啊！我虽然穿女装但是我真的不是GAY啊！”

李一笑发出了幸灾乐祸的笑声：这一幕真的好熟悉哦，好像不久前还在他身上发生过。

发生在别人身上的时候，真的好好玩哦！

混蛋李师师，你也有今天！

在韩麦和李师师两人极力澄清之下，误会得到了解除，韩城和陈琴琴终于把注意力转向了别的地方。

“这么说，在座的几位都是主播了？”陈琴琴笑眯眯问道，好奇地看着大家。

“是啊。”韩麦说道。

刚才还有一个假装服务员跑掉的……也是主播。不知道跑到哪里去了。

“你的艺名叫什么？妈咪看一下你在直播些什么。”陈琴琴说。

韩麦极力反对，坚决不让父母知道，但是挡不住身后有坏心的猪队友，当场把他卖了。

“叔叔阿姨，韩麦在虎鱼直播，账号名称叫老韩不做大哥好多年。”专业卖队友的李师师大声说道。

韩麦杀人一般的眼神投向了他，恨不得把这个人当庭处决。

这一刻，李一笑仿佛看到韩麦头上落下四个硕大的字——公开处刑！

一切都已来不及，陈琴琴已经搜到了韩麦的虎鱼直播间，津津有味地看起了他以前的直播内容。

手机是公放的，所以这一首《沙场饮酒恨太醉》的歌声，就这样飘进了众人的耳中。

啊，当年不知道韩麦是个文化人的时候，李一笑只觉得这个歌词真是尴尬，现在，他知道了韩麦是个伯克利音乐学院毕业的海归高才生，这个歌词就不仅仅是尴尬了。

是尴尬到天际。

伯克利听了想开除这位校友。

“韩大哥，你做什么呢？”李一笑惊讶地看到韩麦蹲在椅子下用手猛戳地板。

“别拦着我了，挖个地洞。”韩麦闷闷地说道。

李师师在一旁咯咯地笑个不停，好像这辈子都没见过这么好玩的事情。

喊麦喊完了，韩麦的父母默默地看着手机里那个打扮得像是刚被放出来的劳改犯的儿子——他的审美仿佛走上了歧路，发型奇特，胡子拉碴，胸口还挂着条八块八包邮的大金链，看起来就是个社会青年。

我们的教育到底是出了什么问题啊——韩麦父母的脸上是这样写着的。

最后还是韩麦自己打破了沉默：“你们说点什么吧，说什么都行，我接受，我反省，我忏悔。就算你们现在表示反对我的职业，我也能理解。”

陈琴琴忧伤地看着儿子，轻轻地叹了口气：“哎，我没想到你，你退步到这个地步。”

“啊？”韩麦没反应过来。

陈琴琴捂住嘴，悲痛地说道：“你写的歌，竟然退步到这个地步！

旋律什么的我姑且不论，你写得歌词，空洞无味，根本是为喊而喊。你的受众是谁？你有为他们唱歌吗？这种歌曲，我不承认这是音乐！这充其量不过是听起来有旋律的噪音！”

“阿姨很严厉啊。”夏甜雨小声对李一笑说。

李一笑心有戚戚然：“音乐家的操守吧。”

“韩麦，我和你爸爸不在乎你写什么歌，也不在乎你为谁写歌，阳春白雪也好，下里巴人也好，音乐都有它存在的意义。可是从你的喊麦里，我听不出你真正的情感，你想为谁唱歌，想为谁发出声音，你没有在你的音乐里告诉我，你只是敷衍地唱了一首歌，还不如你三岁的时候唱着歌说你想要买个玩具时真诚。”陈琴琴脸上再没有一丝笑容。

韩麦也是一样，这一刻，他像是考试不及格的学生，在老师面前抬不起头来。

韩麦的父亲韩城也开口道：“我大致猜得到，你的音乐的受众是底层的群体。可受众层次并不决定音乐是否伟大，黑人说唱的 RAP 一样是美国青少年追逐的潮流，一样有它独特的魅力。这种魅力，我在你的音乐里感受不到。”

韩麦沉默了，长久地沉默。

“你了解听你的歌的那些人，过着什么样的生活吗？”陈琴琴问道。

韩麦摇了摇头。

陈琴琴和韩城对视了一眼，两人眼中都有了然。

“那就去了解他们吧。去打工，去和他们交朋友，去感受他们的生活，倾听他们的心声，他们和你一样为了生活烦恼，一样会有喜怒哀乐，只是那是你不知道的生活。”陈琴琴说着，歪头看着丈夫韩城，“你爸爸年轻的时候，为了做社会调查，在毒贩那里卧底，接触了大量的边缘群体。也正是那段经历让他写完了毕业论文。”

韩城干咳了几声："要不是那篇论文，我现在都博士毕业不了。"

陈琴琴温柔地看着他，笑得像个十八岁的姑娘。

韩麦豁然开朗。

长久以来蒙在他眼前的那一层迷雾，忽然间被拨开了，他突然看清了前方那条道路。

"你喜欢做一个喊麦主播吗？"陈琴琴问道。

韩麦点了点头。

"为什么呢？"陈琴琴又问。

"因为……他们喜欢我。我的粉丝们，都是我的兄弟，他们会像对待兄弟一样对待我。他们大多赚不了很多钱，还是努力给我送礼物，跟我诉说生活的点滴，因为他们觉得……我是他们的大哥。我作为一个大哥，应该将小弟往好的方向引导，就像小时候你们引导我一样。我有义务，去帮助他们，指引他们，不让他们走入歧途，我还要带给他们更好的音乐享受。我应该……唱出他们心里的声音！"随着韩麦的陈述，他眼前的道路越来越清晰，他已经看见了走在那条道路上的人，那些平凡而不平凡的人，过着平凡而不平凡的生活。

那是他从前不知道的生活。

"去试试吧，了解那些喜欢你的人，我相信你会唱出他们心里的那首歌。"陈琴琴微笑着，鼓励道。

韩麦重重地点了点头，眼中燃烧着信念的火焰。

一直徘徊在餐厅外挨饿受冻的金锋：他们到底什么时候结束？

算了，再开一局"吃鸡"吧。

这一场和韩麦父母的会面结束了，在把父母送到酒店后，韩麦瘫软在别墅客厅的沙发上，幽幽地说："这是我这辈子过得最累的一个生日。”

但也是他过得最有价值的一个生日。

李一笑安慰他：“好歹叔叔阿姨还是认可你了。”

“没有，我爸妈的意思是，我得至少写出一首他们满意的喊麦歌曲，他们才会认可我。现在他们还在观望。”韩麦说。

“那你想怎么做？”李一笑问道。

韩麦在沙发上瘫了一阵，最后直起身说道：“我决定了，我要去打工！”

夏甜雨一口热水喷了出来：“打工？你要去流水线组装手机吗？我跟你说，那个很无聊的！”

大妹子，你又暴露了！

“不是不是，我没打算干那个，我想去酒吧端端盘子，或者去送送外卖，总之做一些我以前没做过的事情。”韩麦说着，突然兴奋地从沙发上站了起来，“对哦，我早该这么做了！我妈说的没错，我一点都不了解我的粉丝，他们在做什么，我不知道，他们喜欢什么，我也一知半解，他们想要听什么，我全靠瞎编。这样下去我迟早是会被淘汰的！我应该去真正了解他们！这样吧，我晚上去酒吧打工，白天送外卖……”

“我有一个问题，你还记得自己是个主播吗？”李一笑举手问道，“这样你什么时候直播啊？”

韩麦一想，这样也是啊，他晚上固定时间都要直播的，如果没日没夜地打工，他怎么维持直播时长呢？

“这样吧，我建议你每周休息的晚上去酒吧打工，白天你可以送外卖。我以前送过外卖，非常擅长，我可以把一个金牌外卖员的全部技巧传授给你！当年台风天的时候，我划着皮划艇去送外卖还上过当地新闻呢！”李一笑得意地说道。

几人惊呆了：“还有这事儿？”

李一笑点头道："当然了，你们以为现在送外卖很容易吗？帮客户顺手带走垃圾，这是最基本的操作。订单要迟到了怎么和客户说，他才会答应让你提前点送达？客户的家定位不准确你找了半天没找到，怎样言简意赅地问清楚路线？客户要求你顺路给他捎带东西，你买还是不买？需要几部手机几个电瓶才能让你最大效率地接单？中午没有订单的那段时间里你要去哪里休息？遇上同行要怎么保持友好关系？你们以为送外卖很容易吗？我告诉你们，外卖是一个江湖，就连讨要五星好评都有很深的学问，一般的请求人家理都不理。"

几个人听得一愣一愣的，秋宁说道："只吃外卖，从来没想到这里面还有这么大的学问。"

"那是，这是个集社会学、心理学、统计学等等专业于一身的实践性岗位，没有一点钻研精神，是当不了金牌外卖员的。"李一笑严肃道。

"那……那我应该……怎么开始啊？"韩麦问道。

"首先，装一个外卖软件，注册为外卖员，填写个人信息，线上线下学习通过考核，买好电瓶车、保温箱之类的东西后就可以开始了。你边干边学吧，一口气灌输给你，你也记不住。"李一笑说道。

韩麦似懂非懂，感激地对李一笑说道："兄弟，谢谢你了！我一定会当一个合格的外卖员的！"

"加油，看好你哦！"李一笑挥手鼓励道。笑着目送一位大哥跳坑。外卖，可不好送啊。

韩麦，伯克利音乐学院毕业的海归音乐人，不好好搞音乐，跑去直播喊麦。

现在，他甚至要成一名外卖员。

正可谓不想当喊麦主播的海归音乐人不是好外卖员。

人生就是这样奇妙。

第九章

郑仙仙闪亮登场

“我最近打工的那家酒吧很不错。”韩麦说起自己打工经历的时候提到了一句。

夏甜雨竖起了耳朵：“酒吧？我们要不要去酒吧啊！我想去酒吧啊！”

这个提议迅速得到了所有人的认同——除了金锋，这家伙埋头游戏，对要出门的事情兴致缺缺。但拗不过其他室友，被强行拉出了门。

和朋友一起去酒吧是一件很有趣的事情。

W市一直很有酒吧文化，大街小巷到处都是各种各样的酒吧，夜幕降临之后，人们终于从繁忙的工作中解脱了出来，和朋友相约聚吧，一起喝喝酒、听听歌，享受人生中难得的惬意。一到有球赛的时期，酒吧几乎全部爆满，生意好得不得了。

韩麦带大家去的是一个音乐酒吧，规模挺大，还很热闹。

韩麦和老板打了个招呼，说要招待朋友，然后就回来和几人坐一块了。

“你们老板这么好说话吗？”李一笑有点惊讶。

“很好说话，因为我打工不要他工资。”韩麦说。

李一笑感叹道：“你这是日行一善啊。”

很好，很有他的风格。

“我只是来体验生活啊，又不是来干苦力，就当做好事吧。”韩麦说得振振有词，外面突然传来了服务员的一声呼唤：“老韩，忙不过来了，你来搭把手吧！”

“好！我这就来！”韩麦说着，麻溜地去帮忙了。

众人无语地看着他跑没影了。说好的不干苦力单纯体验生活呢？要不要这么认真啊！

韩麦走了，没有地头蛇的接待，几人无所事事，点了餐一起吃了一点。

这个酒吧有两层，一楼有一个巨大的舞台，上面有酒吧驻唱的歌手在唱歌。李一笑几人有一搭没一搭地聊天，一直聊到了晚上十点，酒吧突然热闹了起来。

“这是在做什么？”下面突然放起了劲爆的背景音乐，夏甜雨趴在二楼的栏杆上往下看，一大群人涌上了舞台，开始跳舞。

“今天有活动，上台跳舞的人，酒水八折！”韩麦端着盘子从旁边冒了出来，建议道，“你们有兴趣吗？可以去跳一跳。”

夏甜雨眼睛亮了：“酒水八折！”

李一笑眼睛也亮了：“酒水八折！”

两人对视了一眼，看到了彼此眼中的热情——酒水八折！

“走，我们去跳舞！”两人异口同声道。

李一笑拉走了金锋，夏甜雨拉走了秋宁，韩麦端着盘子自己走，几人一起来到了舞台边缘，和服务员登记了桌号。

舞台上已经是人挤人，大家像磕了药似的疯狂扭动，劲爆的音乐和热闹的气氛让人暂时挣脱了理性的枷锁，不管会不会跳舞，都只想上去扭一扭。

李一笑第一个上去了，对台下的几人比了个风骚的手势，瞎扭了起来。李一笑使劲摆手，又把手举在嘴边，大声呼喊道：“上来跳舞啊！”

夏甜雨按捺不住了，蹦上去跳了起来，她是才艺主播，唱歌跳舞都是基本功，虽然比起拔尖的唱功，她的舞蹈只是很一般的水平，但是在群魔乱舞瞎扭腰的场合里，她绝对是耀眼的那个。

“我喜欢这里，这里热闹！”夏甜雨在李一笑耳边大声喊道。

李一笑回给她一个大大的笑容：“我也是！”

夏甜雨哈哈大笑：“我最喜欢热闹了！！！”

这一刻，李一笑终于短暂地把工作中的烦恼丢到了一边，专心致志地把热情投入到舞台上。

汹涌的人潮中，李一笑回过头，看到了舞台下，只有金锋还在那里，安静地看着，没有上台，也没有走开。有几个姑娘上前和他搭讪，他腼腆地笑了笑，红着脸摇头拒绝了。

“你小子胆子发育了啊？！”突然耳边传来一个女人愤怒的咆哮声。

李一笑被推搡了一下，后退了几步，莫名其妙地看着眼前浓妆艳抹，大腿上还有文身的女人。

好家伙，这姑娘的烟熏妆在酒吧舞台的灯光下都如此显眼，穿着一身暴露的皮衣，胸口有个巨大的骷髅文身，上来就给了李一笑一巴掌，怒道：“谁给你的熊心豹子胆，敢摸姑奶奶朋友的屁股？”

啊？他没有啊！他是冤枉的啊！

惊天一锅背在身上，李一笑捂着脸委屈道：“我没有啊！”

“还敢抵赖？刚才在她身边的不就是你吗？！”女人一把拉过身边的小姐妹，指着李一笑的鼻子骂道，“有胆子摸没胆子认？呵呵，姑奶奶今天就告诉你，花儿为什么这么红！”

说着上来一拳正中李一笑的鼻子。

李一笑鼻血狂喷倒下了。

金锋发现了舞台上的纠纷，赶忙跳上来扶起倒地不起、鼻血直流的李一笑。李一笑捂着鼻子哀号道：“姑奶奶，我真的没有摸啊！这是个误会啊！”

金锋扶着李一笑，认真道：“我相信你！”

“好兄弟！”李一笑感动极了。

“你说没摸就没摸？我还说我刚才没打你呢。”女人双手叉腰，一副今天一定要给李一笑一点颜色看看的架势。

她身边的黑色长直发姑娘——也就是被人摸了屁股的那位苦主——拉着女人小声道：“算了吧，也许是个误会呢，我刚才也没看清楚是谁啊，就是觉得有人摸了我一把。”

“误会？没有误会。文怡，你什么都好，就是这性格得改改了。就像老娘我，有仇当场就报，谁敢摸我屁股，看我不打得他生活不能自理！”女人气愤地说道。

文怡姑娘愁得直皱眉，不知道如何劝说闺密不要在这里闹事。

就在此时，夏甜雨发现了这边的动静，拨开人群走了过来，看到倒在地上的李一笑和半搂着他的金锋，惊讶地问道：“怎么了？”

“夏甜雨？！”女人惊讶地叫出了夏甜雨的名字。

“郑仙仙！”夏甜雨抬头，看到了站在不远处浓妆艳抹的女人，同样惊呼出她的名字。

“你怎么在这里？”两人异口同声道。

“你们认识啊，快，快解释一下，我真的没有摸人家屁股啊！”李一笑还在喊冤。

夏甜雨嫌恶地看着郑仙仙，撇撇嘴说道：“谁摸的我是不知道，但肯定不是李一笑！”

李一笑感激地对夏甜雨笑了笑，这妹子平时是不靠谱了点，关键时刻还是很有同伴爱的。

可是笑容还没有绽放完全，就听到夏甜雨继续说道：“他是个同性恋，对女人没有兴趣！怎么会摸人家屁股？”

李一笑，当场失去了笑容。

郑仙仙和她的闺密范文怡愣了一下，一起看向还坐在地上捂着鼻子的李一笑，还有旁边“殷勤”扶着他的帅哥，两人交换了一个意味深长的眼神。

“哦……”两人异口同声道。

“不是的！你别误会！我不是啊！”李一笑觉得这一刻，他已经冤过窦娥了。

“你到底是摸了人家的屁股，还是是一个同性恋？！”夏甜雨咬牙切齿地问道，逼着李一笑做出选择。

李一笑看着正在掰指节随时都打算上来暴揍他的郑仙仙，含泪委屈道："我……我……我是个同性恋……"

金锋默默松开了搂着他的手，站到一边去了。

李一笑内心泪流满面。

这辈子都洗不清这个冤屈了。

郑仙仙，这个名字很耳熟，李一笑已经听过无数次了，特别是从陈阳那里，这位他的发小兼经纪人，简直三句不离郑仙仙。

但是这个仙气飘飘的名字，和郑仙仙本人的言行举止，有着巨大的差异，简直可以说是虚假宣传了。

郑仙仙，陈阳口中他亲自挖掘、栽培、包装、做人设的古风田园小仙女。陈阳说，在成为网红之前，郑仙仙是一个都市女白领，受过高等教育，性格温柔娴静、与世无争。在厌倦了无休止的加班、永远请不出的年假，以及怎么也不涨的薪水之后，她终于递上了辞呈，去追逐她的诗与远方。

她的成名作品叫做《仙岛奇缘》系列，又叫《仙仙漂流记》，由几十个短视频组成。短视频里，郑仙仙是个来自古代的女子，落海之后漂流到了现代的一座岛上。她在这个岛屿上建设起了自己的家园，从能遮蔽风雨的小茅屋，到生活必需的桌椅床榻，再到改善生活的庭院花园，她一样样为自己添置了起来，把生活过得有滋有味。

视频的主要卖点倒不是古风小仙女手工制作一切，视频里经常出现郑仙仙随便敲打两下，然后画面一切，东西已经做好了的情况。郑仙仙主打的是建设和生活，随着视频的增加，整个岛屿已经从一片荒芜变成了一个古色古香的小镇——对，连镇子都出来了，跟模拟城市似的，现在这个古镇已经是一个知名网红景点了。

在这个古风小镇里，郑仙仙过着与世隔绝、逍遥自在的生活，她下厨、做女红、学绘画、练古琴，就是不工作……郑仙仙的生活是广大文艺女青年心目中的完美生活，更是满足了观众的一个童年幻想——建设一个完美的、与世隔绝的秘密基地。

她的《仙岛奇缘》系列视频一经推出就走红了。广大都市上班族被老板压榨到深夜，一看她的视频就能感到身心被治愈，然后睡一觉就有动力继续打工维持生活。

郑仙仙隔三岔五就在镜头前温柔地展示自己的生活，今天打造了一叶竹筏，在古镇的水上泛舟弹琴，明天背上包袱跋山涉水来到山泉边练剑，姿态翩跹，后天从林子里捡了一只小狗，加上家中的胖橘，凑了个猫狗双全。

因为从一开始就是专人策划，专人制作，专人运营，郑仙仙和那群半路出家的网红不一样，她公关给力，人设稳定，少有黑料，被认为是网红中少有的清流，红到就连她的猫狗都接了广告——听说一般的小网红，收入还不如她的狗。

李一笑还问过陈阳："郑仙仙的视频投入很大吧，你们还专门给她建了一个古镇啊，这得多少钱啊！"

陈阳哈哈大笑："傻了吧，兄弟，我们做这个项目前期投入一分都没花，从一开始就稳赚不赔！"

李一笑惊讶道："你们找了个冤大头？"

只有这个解释了，陈阳他们拉到了赞助，而且额度不小。

陈阳用谴责的眼神看着李一笑："怎么能叫冤大头呢？对于给钱积极的，我们要尊称人家为甲方爸爸！"

"只要给钱积极，不多事，叫爷爷都行！"李一笑说。

陈阳继续说道："仙仙这个项目从一开始就是当地政府牵的线。她的那个古镇在湖心岛上，政府有意开发成一个旅游景点，找了公司来投资。公司怕宣传不给力，投资亏本，到处找宣传，刚好我一个老朋友在县委里，就把人家介绍过来了。我一合计，这是个好项目啊，谈妥了钱，赶紧找了个合适的人，策划做了这个系列。你看现在这个湖心岛多火啊，来旅游的人十个里面有八个要去岛上看看，这收入，啧啧……我捧红了郑仙仙，他们捧红了旅游景点，双赢啊。”

此话不假，郑仙仙如今已经是公司标杆名片，也是公司最大的一棵摇钱树，她红得没有局限性，哪怕不看直播，不关心网红的中老年人，也会从各个渠道听说她的名字。

但是，这棵摇钱树可不是听话的摇钱树。

她本人一点儿也不娴静优雅，她，是个抽烟、喝酒、烫头、文身，还泡吧，一言不合抡起啤酒瓶打破人家脑袋的暴躁老姐。她也没有厌倦过都市女白领的职场生活——她压根儿没有正儿八经的职场经历，大学毕业后她纠集了一帮小姐妹摩拳擦掌、跃跃欲试……开起了美甲店。

然后因为经营不善倒闭回了老家。

在被陈阳发掘之前，这个姑娘过着和童年时相似的暴躁乡村生活，和野狗打架，和村民骂战，骂天骂地骂社会，在筷手软件上狂发非主流土味乡村视频，简直是一股泥石流。要不是陈阳睡前看了一下筷手，意外发现了这块未经雕琢的璞玉，她现在还在村里当她的女村霸呢。

李一笑听陈阳提过郑仙仙好多次，几乎都因为郑仙仙又打架了。

可仙女怎么会打架呢？憋屈的经纪人只好一次又一次地给她收拾烂摊子，抹去仙女打架的黑历史。

毕竟只有凡间的彪悍女人，才会在大庭广众之下暴打男人。

就在今天，这个夜晚，这个酒吧，李一笑终于直面了这位久闻其名的社会姐——在被她甩了一个巴掌又一拳打到鼻血狂喷之后。

果真是名不虚传。

郑仙仙和她的闺密范文怡坐在桌子的一边，李一笑、金锋、秋宁和夏甜雨坐在另一边，六个人面面相觑。

最后，郑仙仙率先开口了。

“你真的没摸？”郑仙仙还是不太相信，用怀疑的眼神打量着李一笑。

“没有，我真的没有！我用我的人格保证！”李一笑举手道。

“谁知道你有没有人格这种玩意儿啊！男人都是大猪蹄子，畜生！”郑仙仙冷哼了一声说道。

啊？这都上升到“地图炮[①]”了！李一笑惊恐地看着这位大姐头。

大概是李一笑的表情太写实，郑仙仙勉强相信了他，这位大姐头开了两瓶啤酒，“咚”的一声放了一瓶在李一笑的面前：“得了，姑且算你无罪吧，打了你是我不对，咱们每人吹一瓶，这事儿就这么了结了！”

李一笑更加惊恐了：“我……我……我……我喝不了那么多！”

郑仙仙画了烟熏妆的眼睛一眯，用怀疑的口吻问道：“那你是还记恨我，想要打回来了？”

“不……不……不，我不是，我没有，我……我……我……我喝酒！”李一笑慌慌张张地说着，拎起大姐头开好的酒瓶，“咕噜噜”地喝了个底朝天。

因为喝得太急，他一时间胃胀了。

郑仙仙拍了拍手，哈哈大笑：“还真喝了，你也太实诚了吧！文怡，你看看这个老实瓜娃子，哈哈哈哈哈哈！”

吹完一瓶啤酒拎着酒瓶的李一笑傻眼了，还能不喝？

“我现在信了，这是个老实人，摸你屁股的八成不是这崽子。”郑仙仙对坐在她身边的闺密范文怡说道。

范文怡闻言红了脸，不好意思地对李一笑说道：“对不起啊，李哥，刚才冤枉了你。我……我……对不起！”

刚喝完一瓶啤酒胃胀得不行的李一笑，面对范文怡的道歉，打出了一个响亮的酒嗝：“嗝……”

众人：“……”

---

① 引申含义为对某个群体进行语言攻击的行为，通常指因为某群体内极少数的个例而对该群体所有成员进行全盘否定的言论或行径。

喝完了酒，这事儿就算这么过去了，秋宁把几人互相介绍了一遍。李一笑算是正式认识了这棵红星经纪公司的摇钱树，还有她那位闺密，长相美艳的美妆博主范文怡。

代价是李一笑对仙女彻底失去了幻想——这位老姐，真是个社会人。

“来来来，喝酒喝酒，快活快活！喝到头晕，下去蹦迪，这才他娘的算人生啊！”郑仙仙灌完李一笑开始灌金锋，吓得金锋想跑路。

“有你这么灌人酒的吗？”夏甜雨语气很冲地问道。

“我和帅哥喝酒，关你什么事？”郑仙仙挑衅地反问，“难不成帅哥是你家的啊？”

“你……我关心朋友怎么了？”夏甜雨又羞又气。

“哟哟哟，夏小姐有空关心朋友，还不如关心关心自己。老也不红，公司也很着急啊，上次说想参加唱歌选秀节目，好像也没什么消息嘛。哎，事业爱情都不顺利，可怜，真是可怜。”郑仙仙斜着眼睛看着她，一脸挑衅。

夏甜雨气疯了，一跃而起要扑过去挠花她的脸，被秋宁和金锋一左一右地拉住了。

“小心点，姐姐的脸蛋很值钱，上了保险的。不像你，咱们村穷乡僻壤，鸡不生蛋鸟不拉屎的，里头村花的脸蛋，不值几个钱。”郑仙仙假装在给自己扇扇子，语气不怀好意。

“谁村花啊！”夏甜雨怒道。

“你不是自夸是咱们村第一漂亮吗？那不就是村花吗？”郑仙仙说。

“我才不是村花呢！”夏甜雨气得眼泪汪汪。

“什么，你连村花都不是？”郑仙仙取笑道。

“我不是村里的！我已经是城里人了！”夏甜雨气急败坏道。

郑仙仙又给自己开了瓶啤酒，用酒瓶戳了戳夏甜雨气鼓鼓的脸蛋：“村里出来的又不丢人，我郑仙仙家里三代种地，穷得裤子都买不起，不也混出头了吗？我们一个村里出来，光屁股一起长大，谁家什么样谁还不知道啊？裤腿上的泥点子都没甩干净装什么白富美，姑奶奶我看着替你臊得慌。”

夏甜雨和郑仙仙是老乡？一瞬间李一笑有些诧异。

夏甜雨终于忍不住，“哇”的一声哭了出来，大喊了一声“你混蛋”，然后就跑掉了。

范文怡一下子站了起来，紧张道：“我去跟她道个歉吧！”

“道什么歉啊，让她自己醒醒脑子，她现在脑子里都是些什么玩意儿啊，早该洗洗了。”郑仙仙一把拉住了范文怡。

范文怡着急，又不好拂了郑仙仙的面子，像是被火烧了屁股似的，坐立不安。

反观郑仙仙，优哉游哉地对瓶喝了一口啤酒，美滋滋地点了根烟：“怎么了？都看着我干吗？”

秋宁语气冷淡地问道：“每次来你都要这么把她气跑一次，很有趣吗？”

“有趣啊，太有趣了，我就喜欢打她的脸，看她气急败坏的别提多好玩了。”郑仙仙乐不可支，一脸挑衅，“怎么了，你心疼了？”

秋宁冷冰冰地看着她。

“你又何必假装关心，好像你有多看得起她似的。别告诉我你真把她当朋友，你这样的有钱人我见多了，一个个表现得平易近人，实际上嘛……你谁也看不起。”郑仙仙凉凉地说道。

秋宁没有再理会她，对李一笑说道：“我去找夏甜雨。”

说完头也不回地出去了。

“仙仙，这样不好……”范文怡小声劝道。

“别理她，小村花我得罪得起，大小姐我也不怕，既然从凤凰窝里出来了，那就别端着那副臭架子，我看不惯。”郑仙仙冷笑了一声说道。

李一笑有些莫名其妙，这郑仙仙好似和夏甜雨、秋宁两人都不对付。

“不过她的品味还是可以的，有机会找她一起合作怎么样？”郑仙仙转头问范文怡。

范文怡苦笑了一下：“你还记得刚才怎么吐槽人家的吗？秋宁不记仇就不错了。”

郑仙仙大惊：“什么，她这么记仇的吗？我还挺看好她呢！”

郑仙仙的闺密还算有点情商，李一笑心想。只是范文怡这个姑娘，长了一张非常网红式的、非常妖艳的脸，客观来说，正常人见到她都会怀疑她这个人心术不正、“婊里婊气”，爱好就是勾引朋友的男朋友。今天她来酒吧，明明只是画了个淡妆，看起来都很妩媚有风情。

可是人不可貌相，就这么短短半小时里，李一笑已经感觉到这个姑娘性格非常温柔甚至软弱。被骚扰了也不敢大声说出来，全靠闺密郑仙仙给她出头。遇事总是怀疑是不是自己哪里做错了，郑仙仙气跑了夏甜雨她都想追上去道歉，被郑仙仙一拦，又怕让朋友没了面子，整个人都在纠结的状态里。

再看郑仙仙，简直是范文怡的反义词，平时视频里笑容优雅温和，自带一股仙气，活脱脱就是那种每天侍弄花草，吟诗作曲，爱护猫猫狗狗，对谁都会微笑的小仙女，万万没想到，是个暴躁老姐，比韩麦都“社会”！

哦，冤枉韩麦了，人家一点都不“社会”。

“你们就别惯着她了，她那样子，我看不惯，造作。”郑仙仙评价起了夏甜雨。

李一笑出于同事情谊，小声嘀咕：“你不也线上线下两个人吗？”

郑仙仙一愣，笑了起来：“对啊，我装、我作，是因为这是我的工作。就像演员演戏，他得演得不像他自己，而是像他的那个角色。要是演谁都是自己，那叫明星。我的工作就是演员，可夏甜雨呢，她连生活里都是个演员，还演得真他娘的蹩脚，我都看笑了。把工作和生活混在一起，这生活还是生活吗？那他娘的是一坨狗屎啊！”

“这个……甜甜……是有点爱装，但……这也不是什么大问题。”李一笑帮夏甜雨说了一句。

郑仙仙一摊手：“的确不是大问题，但问题在于……姑奶奶我看不惯，不服来打我啊！”

范文怡扯了扯郑仙仙的衣服：“你少说两句。”

又对几人歉意地笑了笑：“不好意思啊，仙仙她喝多了。”

“谁喝多了！姑奶奶我别的不行，特别能喝！”郑仙仙不服气，当众再开一瓶啤酒，“咕噜噜”地一饮而尽，喝完把瓶子往桌上一放，“喝完了！再来！”

说着又要去开酒瓶，被范文怡拦住了。

看来是真喝多了。

“你和夏甜雨小时候就认识啊？”李一笑明知故问。

“算是吧，一个住村头一个住村尾，也不怎么熟。”兴许是喝多了，郑仙仙说起话来倒是平和了一些，没有那么痞里痞气了，“哦，我们村花这人啊……”

李一笑等着郑仙仙说呢，郑仙仙突然笑了笑：“命苦吧。”

啊？还以为郑仙仙要继续说夏甜雨虚荣、造作、矫情，没想到突然开始同情模式，李一笑都懵了。刚才也是，先把秋宁刺了一顿，回头就说想和人家合作，真不知道她这个人脑回路怎么长的。

“哎哟，我还同情她，喝酒喝酒！”郑仙仙说着，顶着范文怡的抗议又给自己开了一瓶，一副“我就是喝多了你能把我怎么样”的样子。

可就算喝多了，也不能阻止一个暴躁的经纪人打爆醉鬼的电话。

郑仙仙这一闹，可出大事了！

郑仙仙晕乎乎地接起了电话："喂？"

"郑仙仙！！！"陈阳歇斯底里的声音从电话里传来，全桌的人都听得瑟缩了一下。

郑仙仙被吼得耳朵疼，一边掏耳朵一边问道："大经纪人，又怎么了？"

"你还有脸问我！知道自己干了什么吗？！"陈阳崩溃地问道。

"老娘怎么了？嗝，我怎么不知道？"郑仙仙打了个响亮的酒嗝。

陈阳气疯了："你在酒吧蹦迪！蹦迪！蹦迪！！！！这是仙女应该干的事情吗？"

郑仙仙哈哈大笑："我什么鬼德行你还不知道吗？蹦迪怎么了？我还打架了！"

陈阳气到哽咽："你还知道自己打架了啊！你刚才在酒吧打人被拍了视频传到了网上！删也删不干净了！现在你人设崩塌，多严重的公关危机啊，你还在喝酒鬼混！"

李一笑闻言，赶紧打开手机搜起了新闻，果然搜到了网红小仙女郑仙仙酒吧蹦迪打人的视频，点开一看，正是这家酒店。因为这里太黑，拍得有些模糊，画面里拍到郑仙仙打了一个男人一巴掌，还在他的鼻子上来了一拳，声音却有些模糊，只听到了爆粗的那几句。

画面这么黑，按道理是认不出郑仙仙的，毕竟她的造型和平常视频里的样子完全不一样。但是坏就坏在拍视频的人拍到了范文怡。

范文怡，一个网红美妆博主，众所周知，她是郑仙仙的好朋友。她的脸在年轻人中的辨识度还是很高的，在视频中一眼就被人看出来了。

再顺藤摸瓜，仔细对比打人的那个女人，吃瓜网友立刻就发现了此人是郑仙仙。

这可是个大料啊，知名网红小仙女，浓妆艳抹酒吧蹦迪还打人，立刻就上了微博热搜，粉丝纷纷喊着人设崩塌要“脱粉”，把陈阳急得打电话狂骂郑仙仙。

“你到底打了谁？让他出来给你辟谣！”陈阳吼道。

郑仙仙被吼得酒醒了，把电话递给了李一笑：“喏，找你的。”

李一笑尴尬地接过电话，“喂”了一声：“陈阳，是我，李一笑。”

陈阳在电话里足足沉默了十秒钟：“怎么是你接电话？”

“这件事说来话长，我长话短说了。我和金锋几人一起来酒吧，刚好遇上了郑仙仙，我们之间有点误会，她以为我摸了她朋友的屁股，打了我，现在搞清楚了，只是个误会，我绝对不是那种人啊，你要相信我！”李一笑说。

陈阳又沉默了半天，骂了一声：“就这么点事儿，搞成这样！”

“对啊，就这么点事儿！”李一笑也很郁闷。他可生怕又是一个黑锅，背在他身上。

郑仙仙抢回电话，懒洋洋地说：“屁大点事，看把你急得。”

“姑奶奶，我能不急吗？你这事儿闹大了多严重啊！你一开始就是卖仙女人设的，现在人设崩了，你还能卖什么？卖你的农村土特产吗？”陈阳又气又急。

“我知道你就是看不起我，觉得我没了仙女人设啥都不行。我呸！当初谁说的，合同就签二十条，拍完走人，二十条拍完又是二十条，现在我他妈都拍了一万条了！一天不拍完，我一天就得端着过日子！天天逼着我做仙女，不能喝酒、不能蹦迪、不能夜不归宿，搞得我清心寡欲跟个尼姑似的。谁他娘的要做仙女啊，姑奶奶我就不做仙女了！”郑仙仙酒劲未过，被陈阳数落了，暴躁的逆反之心就上来了，一顿咆哮后当即挂了。

陈阳又打了几次，她干脆关机。

“来，喝酒！”郑仙仙丢开手机，要和几人喝酒。

李一笑劝道：“先把事情解决了再喝吧。这件事说大不大说小不小，应对不当就翻车了啊。”

范文怡看完视频又看下面的评论，里面除了几个真爱粉还在给郑仙仙苦撑，其余人都是看热闹不嫌事大，各种黑子都跑出来狂欢了，热搜里更是没法看。

范文怡鼻头一酸，眼眶泛红：“怎么办？都是我不好，仙仙都是为了给我出头……”

说着就哭了起来，把郑仙仙吓了一跳。

“你哭什么哭，我都没哭呢！”郑仙仙拿纸巾给她擦眼泪。

“万一这次害你完蛋了，我这辈子都不能原谅我自己。你对我那么好，我却把你害成这样。”范文怡哭得更伤心了。

“你哪里害我了？这是你的错吗？退一万步说，我这人就是这个狗屎一样的脾气，一言不合和人打架的事情还少吗？要不是陈阳一直给我擦屁股，这一天来得还要早呢。就算今天不出事，我迟早也要出事。行吧，就这样吧，大不了姑奶奶我回老家种地去，反正钱也赚够了，够本了！”郑仙仙安慰着范文怡，语气非常豁达。

“呜呜呜呜，如果过不去这一关，我会努力接广告养活你的！”范文怡哭着说。

“好好好，靠你了，以后你赚钱养家，我貌美如花，谁敢骚扰你，我可是一点偶像包袱都没有了，上去就打爆他的狗头！”郑仙仙做了个打架的手势，一副凶神恶煞的样子。

“我又不是要保镖，你要哄我高兴，还不如给我做顿好吃的。”范文怡被逗笑了。

“做饭，这个我擅长啊！我可是田园美食家，偷鸡摸狗非常顺手，做农家菜一把好手！保证把你喂得白白胖胖！”郑仙仙说。

“谁要发胖啊！你见过美妆博主很胖的吗？我现在就是太胖了，要减肥！”

“减什么肥啊，你现在一把骨头的，摸起来都没肉了，胖点好！”

郑仙仙搂着闺密，两人说着肉麻的话，李一笑听得一愣一愣的，现在的女孩子真是不得了啊，简直没男人什么事儿了。

就在李一笑欣赏这一幕时，他的手机响了，一看来电显示，是陈阳。

“喂，陈阳，怎么样了？”李一笑接了电话问道。

“不怎么样！现在删视频是删不过来了，我找了‘水军’控评。当务之急是让郑仙仙配合公关，还有你！笑笑，我们可是老朋友了，你一定要帮我啊！”陈阳说。

李一笑感觉不妙：“你要做什么？”

“你站出来承认一下，是你引起了郑仙仙误会，所以她打了你。”

李一笑呼吸一滞，一时间好像什么都没听见。

背锅，他是习惯了，事故体质没有办法。

但大部分时候，他都是自愿帮人家背锅，他心甘情愿，背着心里也舒坦，权当日行一善了。

可是他的老同学、老朋友、经纪人，为了别人要求他背锅的时候，他却说不出话来了。

不是委屈，也不是无奈，只是淡淡的伤感和惆怅。

“笑笑？你在听吗？喂？”

李一笑呆呆地看了一会儿手机上的来电显示，突然也像郑仙仙一样挂了电话，把手机丢到了一边。

两人你看我，我看你，突然不约而同地笑了起来。

“我猜猜，陈阳是想让你给我顶锅吧？”郑仙仙说。

“猜对了！”李一笑开了一瓶啤酒，一口气喝完，用力抹了抹嘴，大声道，“你他娘的猜对了！！！”

郑仙仙咯咯地笑个不停，搂着目露关心之色的范文怡，对李一笑说：“他是个傻子！”

肚子里的酒精好似被这句话点成了火焰，李一笑一拍桌子：“对，他是个大傻子！”

拍完桌子，李一笑觉得手疼，捂着手愣愣地在椅子上坐了一会儿，突然说道：“我和陈阳打小就是光屁股一起长大的。”

郑仙仙好奇地哼了一声。

“他以前……不是这样的。”李一笑越说越郁闷，“他以前真的不是这样的！”

“谁以前都不是这样的。”郑仙仙说，“我以前也不是。那时候我想做什么就做什么，没有人认识我，也没有人在乎我……”

“我在乎。”范文怡说着，握了握郑仙仙的手。

“我知道，你在乎，也只有你在乎。”郑仙仙把头靠在了她身上，轻声说道，“所以我不在乎他们怎么看我，我只在乎你怎么看我。”

范文怡温柔地看着她：“你是我最好的朋友，永远。”

郑仙仙忽地笑了。

“当仙女真的挺累的。”她说。

郑仙仙起身，从沙发上捡起了自己的手机，重新开机，里面跳出了无数个陈阳的来电提醒。

她根本不理会，直接打开微博写道：

“打了，是个误会，道歉了，现在成了朋友。我只说一件事，老娘不做仙女啦！”郑仙仙写完，点了发送。

“陈阳大概气疯了吧。”郑仙仙笑了起来，把手机递给李一笑看。

李一笑看完，突然有了个主意。

“我们拍张合照吧。”李一笑说。

“你要做什么？”郑仙仙问道。

“帮你抢救一下。”李一笑说。

郑仙仙看着他，冷静问道：“我和你没什么交情，一见面就误会了你，我瞅着你也不像是对我一见钟情了，你为什么要帮我？”

李一笑挠了挠头：“其实你人也不坏，我们误会都解开了，当然能帮一把是一把，日行一善嘛。”

郑仙仙深深地看了他一眼：“好，那我也不矫情了，不管成不成，这个人情我记下了。”

两人把桌子收拾了一下，把酒瓶都堆在了一起，然后让坐在一旁一脸茫然的金锋帮忙拍了个三人合照，这老实孩子一开始还在打游戏，打着打着剧情急转直下，他听傻了，游戏音效都不敢开了！

李一笑转发了郑仙仙的微博，写道：“今天很有幸认识了郑仙仙，她和我想象中不一样，但却是一个非常有正义感的姑娘。视频里的事情是因为她误以为我骚扰了她的闺密范文怡，为了帮闺密讨回公道，所以出手打了我，现在我们解开了这个误会。每个姑娘都应该有一个她这样的闺密，她甚至会不要形象地保护你，真的太幸福了。”配了一张他、郑仙仙和范文怡的三人合照。

“让陈阳往反对性骚扰，保护闺密的方向引导一下，说不定还有救。”李一笑说。

范文怡受到了启发，也发起了微博。

“我倒是突然希望公关不要成功了。”郑仙仙突然说道。

“为什么？”李一笑刚问出口，却突然有了些感悟，“是因为太累了吗？”

“算是吧。我红了，有了人气，有了粉丝，也有了钱。可是渐渐地，我却再也不是那个天不怕地不怕，随心所欲、任性妄为的坏女人了，我有了顾虑，担心起了过气那一天的到来，可其实我早就赚够了这辈子的钱，过不过气对我来说又怎么样呢？现在有很多人喜欢我，可他们喜欢的是公司给我包装出来的假象，他们并不了解真正的我。越是有人喜欢那个虚假的你，你就会觉越得孤单，因为你知道，那不是真的你。我所做的事情，也不是我真正喜欢的事情。”郑仙仙突然深沉伤感了起来。

在这个网络时代的浪潮中，她作为一个幸运儿，摆脱了自己贫穷的出身，成为一个耀眼的网络红人，她拍视频，上节目，接广告，做代言，她上蹿下跳，她功成名就。对少年时的郑仙仙而言，哪怕是在她最狂妄的幻想里，她也没有想过自己会有这样的一天。

从今往前数，再没有一个女人像她这样幸运，用这种方式一炮而红。从今往后数，也许会有，也许不会再有。

她是被时代造就的一个符号，代表着这个浮躁的、功利的、虚伪的社会里，无数年轻人最美好的一个田园梦。

她已然站在了万众瞩目的舞台上，却戴着一张虚假的面具，她竭尽全力地表演，去展示一个不真实的自己，只为了博取观众的欢呼和掌声。

然而无论有多少欢呼和掌声，都只会让她感到孤独。

因为她知道，这些掌声只是送给那个过着小仙女一样生活的郑仙仙，而不是那个惶恐、暴躁、一身反骨的村姑。

一切都是假的。

她越是耀眼，就越是恐惧，她越是恐惧，就越是孤独。

这就是谎言的代价。

这一次，也许郑仙仙真的撑不下去了吧。

李一笑是这么想的，网友们是这么想的，就连经纪人陈阳都快认命了。

但是这个世界上就是有这么多不可思议的事情发生，网红会变“网黑”，“网黑”却也会变成网红。

老娘不做仙女啦

郑仙仙在微博上发的这句话，居然成了最新的网络流行语，无数姑娘好像找到了一个情绪宣泄口，兴奋地在自己的微博、QQ、微信里用上了这句话，还把郑仙仙做成表情包。

端着太累了，这种感觉不仅仅是郑仙仙这样的网红会有，无数为了生活包装自己的男男女女们一样有。

在这个通讯和互动变得无比便捷的时代，网红餐厅打卡，星巴克拍照，化妆、买包、搭衣服，每个人都努力展示自己高端洋气的生活，信用卡和内心却疲惫不堪。这种被消费主义把持着的人生，像是坐在一辆超速的火车上，每个人都害怕终有一天脱轨。

在这种恐惧下，郑仙仙的这一句不做仙女宣言，突然间就红了。

谁都没有想到，公司精心策划的“洗白”方案没有用，反倒是郑仙仙真性情的一句话，让她多了许多理性的粉丝。

有人为她辩解，郑仙仙不过是在为大家展示一种美好的生活，这和她本人是不是像视频中展现出来的那样温柔娴静、与世无争毫无关系，谁能做到在老板、客户面前和在朋友面前是同一副面孔的？大家应该多关注她的作品，不要去关注她本人的性格。

也有人为她辩解，郑仙仙为了保护自己的闺密动了手，这样的好姐妹哪里去找啊？有她这样的闺密，简直是一辈子最幸福的事情。

就在这个时候，范文怡发了一篇非常动人的长微博。

她讲述了一个小女孩从小到大遭遇的痛苦。父母因为她是女孩子不喜欢她；初中她发育得早，被男生女生嘲笑排挤，偷偷束胸，走路弯腰驼背，从来不敢直视别人；大学里还因为长得妖艳被传做“小三”、被包养，室友把她所有东西都扔到了走廊里，逼她去外面租房子。她胆小、自卑，不敢与人争辩，只能一个人默默忍受，因此患上了抑郁症，在退学边缘挣扎。

是郑仙仙拯救了她，就像一个货真价实的仙女，突然从天而降，将她从一团糟的生活里拉了出来。

郑仙仙像是护崽的老母鸡一样。那个说她是小三的同学，被郑仙仙推进厕所一顿好打，最后澄清事实承认造谣，郑仙仙自己却差点被学校记过。而把她赶出寝室的那些人被郑仙仙一一约出“谈心谈话”，郑仙仙又光明正大地将她的行李放回了寝室里，谁敢扔出去，郑仙仙就敢把谁的东西从楼上扔下去。

郑仙仙是第一个夸她长得漂亮的人。郑仙仙说她漂亮得像个狐狸精，所以别人嫉妒她，害怕她会抢走其他人对她们的关注。郑仙仙还说，狐狸精就要有狐狸精的样子，哪有被人欺负得畏畏缩缩的狐狸精，简直丢了狐狸精的脸。

在郑仙仙的鼓励下，范文怡终于敢正视镜子里的自己：巴掌大的瓜子脸，桃花一样的眼睛，挺翘的鼻子，不点自红的樱桃小嘴……她确实是美丽的。她在郑仙仙的引导下开始打扮自己，学习化妆，并分享自己的化妆心得，成了一个美妆博主。

“如果没有仙仙，我直到现在还是那个自卑怯懦的范文怡，也许到死都不知道自己还能有不一样的人生。我不能选择我的父母、我的相貌，可我可以选择我的朋友。她说她再也不想做仙女了，可在我眼中，她是我永远的小仙女。谢谢你，我最好的朋友，我愿意一辈子养着你，我永远爱你。”范文怡在最后这样写道。

范文怡娓娓道来的故事，让人看到了郑仙仙仙女外表下那个真实的她，性格火暴冲动，护短讲义气，她不是完美的仙女，她只是她自己。

“年度最佳闺密”的头衔就这么内定在了郑仙仙的脑袋上，她身在漩涡中央，却半点都不着急，每天好吃好喝，还拍了个《没有剧本的时候郑仙仙在家做什么》的视频——李一笑策划的，说是要转移网友的注意力，顺便给她“洗白”一下，要拍得既搞笑又真实。

郑仙仙听到李一笑连夜给她搞的策划方案后，满脸震惊地问道：“你是什么无敌烂好人啊，你上辈子是不是欠了我一个亿？”

顶着一对黑眼圈的李一笑打着哈欠说道：“是是是，现在我还债来了，还不赶紧跪下叫爸爸！”

郑仙仙嘻嘻笑着，胳膊勾着李一笑的脖子说道：“好兄弟，你以后就是我兄弟了，亲生的那种！你不是要拍视频，要借场地吗？整个镇子借给你啊！要人？我自己亲身上阵给你当演员！缺钱？卡给你，随便刷！”

“得嘞，大兄弟，现在当务之急是把你的事情搞定！你赶紧拾掇拾掇，我今天就给你布景、拍摄、后期一条龙服务搞定！赶紧的，我再不睡要猝死了！给我黑卡也没命刷了！”李一笑进入了工作状态。

他原本也没打算这么尽心尽力，在微博上帮她澄清是应有之义，但是帮郑仙仙做应急方案就不是他的义务了。

然而范文怡的故事打动了他，他觉得自己应该为她们做些什么。

郑仙仙确实有这样那样的缺点，性格也不讨人喜欢，得罪人的时候倒是不少，可尽管如此，李一笑仍然相信她是一个好人——在所有人都孤立范文怡、肆无忌惮地伤害范文怡的时候，只有她站了出来，为这个她原本不熟悉的姑娘奋起反抗。

这原本是没有回报的善良，甚至连她自己都会被一起孤立，但她还是得到了回报，她们成为了彼此最好的朋友，而且会是一辈子的朋友。

李一笑觉得，她们都值得更好的未来。

就当日行一善嘛，李一笑自己嘀咕了一声，利索地把拍摄现场的人指挥得团团转。

很快，这条视频就制作完成。视频里的郑仙仙放弃了她那些复杂花哨的仙女发型，扎了一个女生偷懒必备丸子头，早上起来给自己做早餐，因为一边刷手机，炒蛋炒焦了，她皱着眉头吃。出去逛逛，她住的地方距离镇子还有一段路，附近一片荒草，放养着几条野狗，她一脚踩到了狗屎，气得打嗝。

下午遛狗，拴着狗绳的公狗见到隔壁的母狗，疯狂摇尾巴冲上去求交往，她拉都拉不住，使劲跟母狗道歉说要补偿她奶粉钱，回头捎了几块肉给它，然后疯狂吐槽要阉了这条色狗。都已经有几十只狗崽子了，现在还要勾三搭四，这周就约医生让它当太监！狗子委屈巴巴地垂着尾巴听她训斥，自家的橘猫还晃晃悠悠地路过，“喵”了一声，好像在赞同。

晚上，郑仙仙穿着一身肥大的居家服，一边看球赛一边打游戏，时不时抓起茶几上的零食吃上几口，游戏输了还要骂娘。橘猫在她肚皮上趴窝，把她压得喘不过气，狗在她身边转来转去，还要偷零食。

郑仙仙脱下了那层仙女的外衣，像是个再普通不过的姑娘，过着再普通不过的生活。

最后还有个采访环节，范文怡充当采访人员向她提问网友的问题：“你喜欢种地吗？”

郑仙仙对着视频鄙视道：“谁喜欢种地谁来啊！这么大一片地，你们以为我闲着没事就种地吗？告诉你们，都是雇了这里的农民种的，我出钱！垃圾公司，这都不给报销！”

“那些自酿酒、自制干货、自制家具，你都是怎么学会的？”范文怡又提问。

“一靠百度，二靠老师傅，我又不是天生会这个，当然是拍视频前学习的啦！实在做不下去，画面切掉，让工作人员上！难道还真有人要看我的视频学习怎么打家具吗？那我给你推荐我们村里老木匠的筷手视频，人家三十年木匠，做得那是真的好，没人看也是真的。坦诚一点吧，你们就是想看美女这个噱头，就是看我长得漂亮！”郑仙仙理直气壮。

“你平时喜欢干点什么呢？”范文怡问道。

郑仙仙终于精神了起来，坐直了身体说：“我最喜欢打游戏！我的梦想就是能一辈子在家抠脚打游戏！”

“你不上班就靠拍拍视频混日子，你觉得这样好吗？你就没有什么梦想吗？”范文怡又念了一个比较尖锐的提问。

郑仙仙冷笑道:“上班?我的梦想就是不上班!谁的梦想是上班,自己站出来上班去!”

范文怡也解释道:“我觉得上班只是工作的一种形式吧。比如我,我的工作就是测评各种化妆护肤产品,不用去上班不代表没有在工作,我是这样想的,大家有什么异议的话欢迎在评论区指正哦。”

“上班就是工作了?上班了去磨洋工的人多着呢!有些不知道怎么混进去的垃圾同事,说起来一天上班八小时,其实就工作了十分钟。”郑仙仙说道。

范文怡笑了:“还有个问题,比较奇怪……你看看要不要回答吧。”

郑仙仙摆了摆手说:“问吧!”

范文怡脸上一红,不太好意思地念了问题:“这个提问,想问,我们会不会结婚?”

郑仙仙哈哈大笑,拉着范文怡的手说:“走走走,马上去结婚!只要国家批准,我们当场结婚!”

范文怡也笑个不停,对观众解释道:“要是能和好闺密结婚,我肯定很高兴的!但我们不是那种关系啦!”

郑仙仙佯装恼怒:“谁说我们不是那种关系,我们是什么关系?”

范文怡笑了:“纯洁的女女关系!你是我的小仙女呀。”

两人都笑得停不下来。

视频到这里就结束了,这一期视频没有专业团队制作,是李一笑拉着室友们去给郑仙仙拍的,策划也是他写的。

李一笑是这么说的:“我觉得既然人设崩了,就崩得彻底一点,你人设崩了后的第一期视频一定要拍得好,因为大家会很有兴趣看一看。这种时候,你再去拍以前的那种视频就很假了,大家会觉得你这个人虚伪。还不如干脆拍一个真实的你,下一期就拍真实田园生活,往搞笑方向拍一拍。你现在仙女人设是没了,但是贵在真实啊!”

郑仙仙采纳了他的意见,李一笑又去努力说服了陈阳,最后拍了这一期《没有剧本的时候郑仙仙在家做什么》，效果出奇地好，播放量超过了郑仙仙从前任何一期视频，不少网友表示被这个全新的不做作的郑仙仙迷倒了。

虽然郑仙仙身上还是充满了争议，但黑红也是红，总比从此一蹶不振要好。

最奇妙的是，这一出闹剧之后，郑仙仙竟然接到一个电影试镜。

“啊？找我试镜？”郑仙仙非常吃惊，迅速和李一笑几人分享了这件事。

“我现在知道中国电影是怎么完蛋的了，竟然找你试镜。”夏甜雨酸溜溜地说。

“是什么样的试镜？”李一笑问道。

“是一个关于青春成长的电影，大致是讲一个被欺负的小姑娘在闺密和朋友的帮助下，最后走出了校园暴力的阴影，有了新人生。我演她闺密，据说是本色演出。”郑仙仙说。

夏甜雨已经酸到醋海翻腾，好歹没说出什么过激的话来，气呼呼地走了。

同样是村里来的，凭什么郑仙仙就是比她红啊？好气啊！

她也想红啊！

第十章

我的粉丝是真的恨我啊
我早该知道

“老妹儿，我现在，多少也算是个网红了吧？”李一笑认真地问夏甜雨。

夏甜雨直接给了他一个白眼：“网红？哦，你的短视频热度还可以，可你直播人气怎么样了？有没有火爆起来啊？”

李一笑一下子从沙发上栽了下去，扑在地毯上号啕大哭：“别提了，我的引流计划失败了！那么多粉丝，都不去看我直播，他们只想看短视频看完就跑，畜生啊！”

夏甜雨咯咯地笑个不停：“你以为引流这么容易啊，先‘固粉’好不好？”

秋宁在一旁建议道：“你还是先去学习一下其他主播是怎么经营微博的吧，我看你的微博就只更新美食系列内容，这样不利于形成粉丝群，平时可以多搞点其他活动，发一发自己的日常。”

李一笑想了想，是啊，他以前就只会做内容，经营微博就做得不太好，都是圆圆自己打理的，是应该学习一下了。

说干就干，李一笑行动力十足地关注了一批美食主播的微博账号，研究了起来。

此时，一个熟悉的账号名称又再次映入了眼帘：红烧大叔。

咦，这不是那个和他撞哏黑暗料理题材的新人美食主播吗？明明李一笑“扑街”扑到查无此人，这个红烧大叔却大红大紫一跃成为美食主播中的一股泥石流，事业红红火火，成了新晋网红美食主播。

这人怎么关注他了？

李一笑像是个偷窥狂一样，把红烧大叔的所有微博都翻了个遍，发现他把微博经营得有声有色，时不时搞点抽奖小福利什么的。于是李一笑也回关了，还用私信和红烧大叔打了个招呼。

这一次红烧大叔迅速回了他的私信，两人还交换了微信号。

和红烧大叔勾搭上了之后，李一笑请教了他一些微博经营方面的问题，红烧大叔一一回答，态度很好，确实让李一笑获益良多。

两人迅速成了关系不错的网友，直播的时候还会顺口提一下对方。

交上了第一个不是同个经纪公司的美食主播朋友，李一笑还是挺高兴的。

在红烧大叔的建议下，李一笑决定搞一次抽奖活动。

庆祝他粉丝突破十万。

至于抽奖奖品，李一笑选择了自己亲手制作的熟牛肉，为此他还买了个小型的真空封口机。

剩下的熟牛肉，李一笑就分给室友吃了，得到了一致好评。

但万万没想到，好心搞的抽奖活动，闹出了一个大乱子。

没几天，中奖的粉丝发了一条长微博：《美食博主抽奖送黑暗料理，导致我食物中毒住院》。

长微博里附上了他的病历本和缴费清单。

李一笑新人生的第一场事业危机来临了。

“不可能！你们都吃过我的牛肉的，现在有谁食物中毒了吗？”李一笑焦虑地在客厅里转来转去。

韩麦出去打工了不在，金锋在剪游戏视频，客厅里只剩下秋宁和夏甜雨两个姑娘，两人都摇了摇头。

“会不会是密封没做好，食物漏气了？”秋宁冷静地分析了一下，觉得这是最有可能的。

“不可能，那个粉丝刚收到东西的时候我就跟人家确认过了，他说没有问题，是密封好的，还拍过照片给我看。”李一笑说。

“那你问问陈阳，他经验丰富，赶紧做一下危机公关吧。”秋宁说。

“快快快，赶紧让陈阳花钱去删帖，赶紧删了！”夏甜雨说。

李一笑一屁股坐在沙发上，无奈道：“这哪能删帖啊，信息时代了知道吗？信息时代，你在网上说过的所有话，都会留下证据，如果处理不好，我以后就完了。”

“那怎么办啊？”夏甜雨也有点着急。

“我问了陈阳，陈阳说先让我想一想食物是不是有问题，如果没有，那一定是有人在整我。”李一笑胡乱抓起了头发，“啊啊啊啊，到底是谁在整我啊！那个粉丝一开始还好好的，还私信感谢了我，第二天就写了长微博‘挂’我！一晚上的时间，他到底遭遇了什么啊！被外星人绑架洗脑了吗？”

秋宁安慰道：“现在网上的人忘事很快的。往安全角度考虑，你还不如背了这个锅，道个歉，赔偿一下那个粉丝，花钱消灾，还能落个知错能改的名声，毕竟你是好心搞的抽奖，粉丝中毒也是意外。”

“不行！这本来就不是我的问题，凭什么要我给他道歉！这锅我不背！我背一万个锅，也不背这种锅！这事儿十有八九是有人在整我，他们嫉妒我长得帅，又红了，就想弄死我，可恶，别让我知道那是谁……”李一笑越想越气。

粉丝不可能故意搞他，那个粉丝甚至一开始还发私信感谢过他，李一笑和他交流的时候也很正常，只是第二天他突然转变了态度。

难道有人联系了他，让他故意站出来黑他？

嘶，什么样的深仇大恨啊？

“会不会是你同行？看到你最近火了，想搞你一把。这事儿不难，出点钱买通那个粉丝，再弄几张伪造的医院病历和单据，从技术上来说，可操作性很强。”秋宁想了一会儿后说道。

“你赶紧想想自己最近都得罪了什么人。”夏甜雨也说。

“主播界竞争这么畸形的吗？”李一笑感到害怕。

“可不是吗？老有人黑我整容，我哪有整！虽然是很想整容没错了……每次连续两天不直播，就会有人阴阳怪气地说我肯定是整容去了，好气啊！干脆一不做二不休，去整了吧！”夏甜雨怒道。

“别别别，你千万别想不开，整容一时爽，返工火葬场。我可不想你变成个整容怪，我见过几个整过头的蛇精网红，没了美颜镜头，现实里见到怪瘆人的。”李一笑说。

这话说得夏甜雨不高兴：“万一整得很好呢！你看电视上那个谁谁谁，那个谁谁谁，不都是整的吗？”

眼看李一笑说错话，秋宁站出来补救了：“你没必要整容，你现在就很漂亮了。”

夏甜雨怔忪了一下，怀疑地看着秋宁。

要是别人说这话，她说不定还真信了，还很感动。但是秋宁……呵呵，秋宁自己纯天然还长得这么好看，这么说莫非是在嘲讽她？

可恶，秋宁太可恶了！她最讨厌秋宁了！

夏甜雨暗暗生气，又不好说出来，一个人蜷缩在沙发上生闷气。

气氛一时间有些沉默。

大门突然被敲响了，来人是李师师。

“怎么了，一个个都躺在沙发上跟晾咸鱼似的？”李师师见到一群瘫着的人，纳闷地问道。

李一笑逮住机会，抱怨起了自己最近的遭遇：“大兄弟，我被人黑了。”

李师师挑了挑眉：“哟，这是倒霉了呀？快说来听听，让我高兴高兴。”

李一笑知道李师师这人嘴巴坏，也不和他计较，把事情如此这般地说了一遍：“……总之，就是这么一回事，估摸着是有人陷害我，但到底是怎么来的，我也搞不清楚。”

李师师经验丰富，他略略一想就说：“你的粉丝十有八九是被你的竞争对手收买了。你现在势头不错，眼看着就要火起来了，打压你一下也算‘防爆’了。你现在该想想，怎么从那个挂你的人那里找到突破口。”

“那可怎么办？我又没有证据。”李一笑非常苦恼。

李师师眼珠一转，问道：“那个挂你的粉丝，男的女的？”

“男的啊，怎么了？”李一笑说道。

“搞个女号勾搭一下啊，钓鱼会不会啊？”李师师挤眉弄眼地看着李一笑。

“啊？钓鱼？你让我当‘人妖’？”李一笑惊了。

从房间出来倒水的金锋，在楼梯上听到了“人妖”两个字，瞬间警觉，神经过敏地问道：“什么‘人妖’？谁要当‘人妖’？”

李一笑赶紧把人打发了：“没事，剪你的视频去！”

赶走了金锋，李一笑又问：“要不我搞个女号，去跟这个粉丝套套近乎？”

李师师闻言笑了，嘲讽道：“你以为勾搭男人这种事情很简单吗？你要是能成功，我这个虎鱼第一女装大佬的名号就归你了！”

李一笑愁眉苦脸：“我是不会啊，要么找个姑娘帮帮忙……”

说着，他把眼神投向夏甜雨和秋宁，满脸都写着暗示。

夏甜雨翻了个白眼：“我不帮！”

秋宁气定神闲、笑而不语。

“哪有这么简单，你得找个懂男人心，又懂一点小技巧的，熟了之后约人家见面不能‘见光死’，最好把他迷得七荤八素的，方便搞到证据。”李师师给李一笑传授起了经验。

李一笑听得一愣一愣的：“这样的人才有点难找啊，我就算穿上女装去骗人，也会被识破啊。”

李师师发出一声冷笑：“就凭你，那是没希望了。”

李一笑忧郁地看着李师师，这人，是个学霸，长得雌雄莫辨，性格恶劣，但是双商不差，还是平台第一女装大佬，非常懂人心……

等等，李师师不就是个绝佳的人选吗？

要是李师师出手，那还不是手到擒来？

“师师，师师？”李一笑突然满脸堆笑，谄媚地看着李师师。

李师师已经看穿了他谄媚的原因，冷酷道：“你再叫我也不会答应，我什么身价啊，出场费很贵的！”

“哎呀，谈钱多伤感情啊。咱俩谁跟谁啊，你看，你叫李师师，我叫李一笑，咱们都是李家的人啊。”李一笑声音越发谄媚。

李师师翻了个白眼：“呸，我是李世民的李，你是李莲英的李，格调差太多，一边儿去。”

李一笑一把拉住李师师手：“大佬，我求你了！这事儿别人都办不成，就你行，你最行！”

李师师嫌恶地想甩开他，两人你拉我我拽你，在沙发上推搡了起来。

李一笑仗着不要脸，揪住李师师的衣服：“你要是不帮我，我今天就扒光你！曝光你这个死‘人妖’的真实身材！让你的男粉都‘脱粉’！”

“谁扒光谁还说不定呢！来啊，互相伤害啊！”李师师说着，反手就把李一笑按在了沙发上。

“大佬、大佬、大佬，饶命、饶命、饶命，我认㞞，认㞞啊！”李一笑见势不妙，赶紧讨饶。他怎么能忘了呢，李师师这家伙可是第一次见面能把他扔到水里去的那种禽兽啊，力气特别大的那种！

一旁的秋宁干咳了几声，夏甜雨一脸不忍直视。

以为一切风平浪静，下楼来扔个垃圾袋的金锋，见到沙发上激烈的扒衣斗争，吓得没敢出声，双手捂着耳朵，蹑手蹑脚地回房间去了。

“大佬，大佬，大佬啊！我认㞞，今天起我就喊你爸爸了！爸爸！饶命啊！”李一笑可不管脸面了，当着两个姑娘的面被一个女装大佬扒光吊起来打，这也太丢人了。

“再叫一声。”李师师得意地按着李一笑说道。

“爸爸！”李一笑这一声“爸爸”，情真意切。

“欸，乖儿子。”李师师恬不知耻地应了下来，这才放开了李一笑，坐在沙发上整理起了衣服，不屑道，“傻了吧，我高中的时候打遍全校无敌手，校里校外都喊我大哥。我还收拾不了你？一个指头的事情，呵呵。”

秋宁同情地看着李一笑，给高中同学李师师做证：“他确实打架很厉害。”

李一笑郁闷地看着李师师，在心里嘀咕：那你怎么想不开来当女装大佬了？

当然，这话他不敢问就是了，只能藏在心里。

“爸爸，这个，你儿子都已经打了，要不，还是帮乖儿子擦一下屁股吧？”李一笑可怜巴巴地看着李师师。

李师师整理好衣服，心情大好：“行啊，但我有个要求。”

“爸爸尽管吩咐。”

“这个月我的三餐你包了，我给你菜单，你给我一日三餐按时送过来，成不？”

“成成成，就这么点小事，爸爸您早说啊！”

“哼，放平时你会答应？你这兔崽子就是欠教训。”

两人上演了一通男生之间常见的“爸爸儿子”戏码，两个姑娘一脸无奈。

李一笑小声问道：“那……我们接下来……要干啥？”

李师师朝他抛了个媚眼，把李一笑雷得浑身一激灵：“你等着吧，等我的好消息。”

李师师走了，夏甜雨鄙视地对李一笑说道：“不要脸，你都好意思叫李师师爸爸。”

“只要他能帮我解决问题，别说叫爸爸，叫爷爷都行。”李一笑露出了一个得意的笑容。

夏甜雨觉得辣眼睛：“咦，真恶心。”

“你要是能帮我解决这个麻烦，我就叫你宝宝！”李一笑说。

夏甜雨被恶心到了：“滚蛋！谁要你叫宝宝，恶心死了！”

李一笑偏要这么叫：“宝宝，夏宝宝，甜甜宝宝，宝宝、宝宝！”

夏甜雨气得跺脚，拿起抱枕就往李一笑身上扔："闭嘴！李一笑你不要脸！"

"略略略[1]！"李一笑心情大好，做了个鬼脸就跑了。

秋宁在一旁摇头叹气，哎，他们别墅这两个活宝。

"有进展，速来。"

大半夜的，刚睡下的李一笑收到了来自李师师的微信，一下子精神了起来，从床上爬起来到隔壁别墅楼去砸门。

"什么进展？"李一笑按捺着激动的心情问道。

李师师努了努嘴："跟我去房间。"

要是平时，李一笑大概会双手捂住胸口和李师师开个玩笑，但是现在他实在没有这个心情。迫切想证明自己清白的他跟着李师师进了房间。

这还是李一笑第一次来李师师房间，一走进去，扑面而来的粉色让他这个"直男"感到窒息。

粉色的墙纸，粉色的床单，粉色的窗帘，甚至还有粉色的玩偶，整个房间弥漫着那种浮夸的公主调调。

李一笑忍不住感叹道："你这也太敬业了，比妹子还要妹子啊！"

李师师冷笑了一声："纯爷们，不信我们脱裤子比一比。"

"不了不了，我就想看看你有了什么进展。"李一笑赶紧道。

"你那个叫'犹大鹿'的粉丝，我跟你要了他的电话和收货地址之后，就去人肉搜索了一下，把他的资料摸了个底，心里大致有数了，发现了不少疑点。这个'犹大鹿'真名叫路尤，今年二十六岁，结婚一年，有一个女儿。现在在企业里当出纳，收入不高，平时爱好就是看看直播，打赏打赏女主播。我找到了他在直播平台的账号，奇怪的是，这个账号是个'高V'账号，从会员等级来看，他至少在平台里打赏了一百万人民币。"李师师把事情娓娓道来。

---

① 网络流行词，模拟吐舌头发出的声音。

“一百万，土豪啊！”李一笑感叹道，“难道他是一个富二代？”

李师师摇了摇头：“我查了他父母的信息，都是普通的农民。”

“那他哪来的钱？”李一笑纳闷地问道。

李师师没有回答，继续说道：“我查到了他的学校，也查到了他高中时在贴吧和QQ空间里留下的信息，发现他暗恋他的一个女同学。我就去借了个微信账号，自称是他暗恋的女同学，加了他的微信，我运气不错，他信以为真，通过了我的好友申请。”

“你就不怕被他发现吗？万一他提出要见面怎么办？”李一笑有些紧张地问道。

“巧合的地方就在这里了，你知道他暗恋的高中同学是谁吗？”李师师问道。

李一笑摇了摇头：“谁？”

“你认识的，范文怡。郑仙仙的闺密。你和她微博还互关呢。”李师师说道。

李一笑倒吸了一口气：“这也太巧了吧。”

他对范文怡这个姑娘印象很好。这个姑娘长着一张美艳的脸蛋，性格却内向腼腆，非常害羞，会为别人着想，唯一的缺点是她因为过去的经历，形成了太过于讨好别人的处世方式，几乎不懂得拒绝。

“我就是跟范文怡借的微信号，她人不错，很爽快地借给我了。”李师师打开手机里的微信账号，把朋友圈展示给李一笑看，里面都是范文怡的照片。

“怪不得他这么相信你……”李一笑说道。

“我本来的计划是买个微信女号，加人之后表示加错了，然后和他套个近乎，再慢慢熟悉起来。”李师师说起了自己原来的计划。

“你怎么知道人家一定会通过你的申请？”李一笑好奇地问道。

李师师发出了一声嘲讽的笑声：“我本来要买的那个微信号，头像胸很大，朋友圈所有人可见，全是美女自拍照，配词‘空虚、寂寞、冷，想找男朋友’。一个和老婆感情不和天天打赏女主播的男人，哪怕我是个微商都会加我，不加不是人。”

李一笑沉默了。

高，还是女装大佬高！瞅准了人性的弱点，钓鱼钓得飞起。

不过你确定人家不会怀疑你是搞诈骗的？

“现在他相信我是范文怡，跟我炫耀他现在有钱，年入百万，还给我看银行存款记录，我就奇怪了，他一个和老婆挤四十平方米老公房的油腻男人，有钱不改善一下居住环境，天天泡女主播是几个意思？”李师师鄙视道。

“所以你怀疑……”

“我怀疑他这个钱来路不正。”李师师说道。

两人交换了一个诡异的眼神，突然有了一种挖到大新闻的兴奋。

“这钱应该不是彩票，如果是彩票，要么跟老婆坦白，赶紧先换套房子，要么瞒着家里和老婆离婚，一个人独占这笔钱。他一不告诉老婆，二不急着离婚，而是偷偷拿去打赏主播，这笔钱的来历就很可疑了。还记得他的工作吗？他是一个公司的出纳……”李师师挑了挑眉，“怕不是挪用公款了吧？”

李一笑觉得很有道理：“但是这和他陷害我有什么关系？”

“我猜测，应该是有人看到你抽奖抽到了路尤，联系上了他，给他钱，让他诬陷你。”李师师说。

“他都这么有钱了，打赏了女主播一百万，还差这点收买费？”李一笑不解。

“差，怎么不差？他原本不富裕，在现实生活中也没多大出息，老婆和他感情不好，事业也没有多大成就，所以就把一切寄托在了网络上。他用来路不正的钱打赏主播，换来别人的热情和追捧，他摇身一变成了一个土豪，这种感觉就像是吸毒一样，只会让人欲罢不能。但是他真的不知道自己是个什么样的人吗？每天下班回家，回到那个老旧的破房子里，见到嫌弃他没出息的老婆，他就被打回了原形。他有钱，拿去拼命挥霍，又缺钱，不放过每一个赚钱的机会，两个极端矛盾的他一直在打架，他已经迷失了自己。”李师师说着，脸上流露出淡淡的嘲讽，意有所指地说道，“这样的人又何止他一个呢。”

“那我们现在……该做些什么呢？”李一笑问道。

“和他见上一面吧。”李师师说道。

李一笑为难地说道：“谁去见？总不能让范文怡帮忙吧？”

“有什么不可以？你不是恬不知耻地拉了我帮忙吗？怎么轮到范文怡就不好意思了？你暗恋人家啊？”李师师说。

“这不一样啊。”李一笑对拉李师师帮忙毫无愧怍之心，但是对性格内向的范文怡，他还是有点良知的。

“我已经跟范文怡说了，她答应了。”李师师说。

“啊，她真是个好人。”李一笑给范文怡发了一张好人卡。

“但是……”

“但是？”

“但是郑仙仙知道了。”李师师对李一笑露出了一个不怀好意的笑容，“她说，她也要来凑热闹。”

“你和郑仙仙的关系不是挺好的吗？紧张个什么劲啊？”李师师鄙视地看着在路口徘徊跺脚的李一笑，异常嫌弃。

两人正在路边等待范文怡和郑仙仙的到来，然后一起去和路尤约好的餐厅。

“哎，你不知道啊，郑仙仙太喜欢喝酒了。上次我帮她拍短视频，她一天就灌了我三次！”李一笑一脸害怕。

“她为什么灌你？”

“她说开工前，要图个吉利，喝点酒，然后我就被灌了一瓶。拍到一半她说中午不睡下午崩溃，既然不睡得来一杯，于是又灌了我一瓶。拍完了视频，我以为总算结束了，可以回家了，她又给我一瓶酒，说拍摄顺利要庆祝一下，不喝不当她是好兄弟，于是我又被灌了一瓶。回家的时候我走路都是飘的。”李一笑一脸不堪回首。

“不喝不是她兄弟，这话她也对我说过。”李师师说。

“那你怎么回的？”李一笑问。

李师师一脸冷漠：“我说，我不是你的好兄弟，我是你的好姐妹。”

虽然早就对李师师的不要脸程度有了了解，但是李一笑万万没想到这家伙连性别都否认了。

怪不得今天穿了一身女装。

“她这就放过你了？”李一笑不相信。

“当然没有，我们还是喝了酒，但是自打那一次之后她再也没找我喝酒了。”李师师说。

“你干了什么？”李一笑好奇地问道。

李师师高贵冷艳地笑了笑：“我把她喝吐了，她抱着马桶度过了一个终生难忘的夜晚。”

“……”

高，还是大佬高。这操作，服气。

前方传来摩托车“突突突”的声音，一辆拉风的车子在两人身边停了下来，一身黑色皮衣的郑仙仙摘下头盔，吹了声口哨：“帅哥、美女，约吗？”

李师师送了个白眼给她：“你后座上都带了个美女了，还想怎么样？竞争上岗吗？”

范文怡也摘下了头盔，笑着跟两人打招呼：“李一笑、李师师，你们好啊。”

“你好你好。”李一笑说。

李师师又是一阵嫌弃：“你们这么客气做什么？赶紧过来，我们把事情商量一下，时间快到了。”

几人于是在街头进行了一番商议大计。

“文怡，我发你的聊天记录看完了吧？我和路尤的聊天内容你都记住了吧？”李师师问范文怡。

范文怡脸上有点泛红：“我记住了，可是……你们……聊天……我平时不跟别人这么聊天的。”

李师师冷笑了一声：“这就是技巧，要撩，要说骚话。知道你为什么没有男朋友了吗？学着点。”

“什么聊天记录，文怡，给我看看！”郑仙仙一听就觉得不太对头，强行要了闺密的手机翻看了一下，然后暴怒，“好你个死‘人妖’，你这是破坏文怡名誉知道吗？我们文怡好好的一个淑女，你以为人家像你这么骚啊！”

李师师没好气地说：“钓鱼执法懂吗？谁钓鱼不放鱼饵的？”

“你拿文怡当鱼饵你还好意思在这里跟我乱说，信不信当场打爆你的狗头！”郑仙仙没好气地说。

“信信信，怎么不信？认真点，今天的事情办妥了，这个聊天记录就绝对不会流出去。好了我继续说，路尤今天邀请了文怡一起吃饭，我说了要带上几个朋友，他答应了，所以待会儿，李一笑在外面等消息，我们三个人一起进去。文怡，你先和他套套近乎，聊聊高中的事情……你们高中关系怎么样？”李师师问道。

范文怡情绪低落地说：“他高中老是欺负我，带头起哄，给我起那种绰号……我不喜欢他。”

“幼儿园小朋友吗？对喜欢的女生还用这招。”李师师又是一顿嫌弃。

“就是那个说你‘大胸婆’的？”郑仙仙问。

范文怡点了点头。

“待会儿看我不弄死他！”郑仙仙怒道。

“冷静，先冷静，听师师把话说完。”李一笑见郑仙仙火气又上来了，赶紧先把人劝住。

“师师？这是什么鬼称呼，好恶心啊！”郑仙仙吐槽道。

“感情深，不叫姓，要是他帮我把这件事办妥了，我叫他宝宝都行！”李一笑正色道。

李师师扭曲地笑了一声，郑仙仙撇撇嘴，一副被恶心到了的样子。

李师师如此这般地把事情交代了清楚，最后问道：“都听明白了吗？一进去先不要拆穿他，摸一下这人的脾气，见机行事。”

“明白！”

“好，那行动开始！”

为了见高中时期的女神，路尤预定的是高端餐厅，还要了个包间，准备宴请女神和她的小伙伴。现在女神还没来，路尤已经在包间里来回踱步搓手，幻想着和范文怡进一步发展的可能性了。这可是他高中时暗恋的妹子，现在人变得更漂亮、更洋气了，还是个网红，嘿嘿，这不比家里的黄脸婆强多了？

李一笑在外面候命，服务员领着三个“姑娘”来到了包间，门一开，路尤猛然抬头，惊喜地叫道：“文怡！！！”

这一声男高音把范文怡吓了一跳，半天才反应过来，挤出了一个不自在的微笑：“路尤，好久不见了。”

路尤殷勤地把几人引了进来：“来来来，都坐，不要客气。随便点菜啊，这家店我常来，东西还不错。你朋友也一起点吧。”

落座点完菜，互相介绍了一下，路尤彻底开启了拍马屁模式：“文怡，你变漂亮了很多。”

范文怡腼腆地笑了笑：“谢谢。”

“身材也更好了。”路尤说。

范文怡不安地往后仰了仰，下意识地想到了自己念书时因为发育太好被同学排挤欺负的往事。

“咳咳。”郑仙仙干咳了几声，怒气值上涨。

李师师生怕这姑奶奶暴脾气一上来，当场打得人家脑袋开花，使劲使眼色给郑仙仙看，没想到郑仙仙竟然忍住了，只是在路尤看不到的角度，那眼神叫一个凶残。

路尤开始吹牛：“毕业之后，我出来创业，进了个风口行业，现在发展得还算不错，一年百来万收入吧。你们说，一年一百来万能干啥呢？现在物价这么高，竞争这么激烈，一百万也就勉强够中产家庭一年的开销吧。”

包厢里鸦雀无声，只有路尤一个人吹牛的声音，简直是大写的尴尬。

李师师看不惯这种装阔犯，微笑道：“是啊，一年一百万确实太穷了。我这个月提成、代言、商演的收入，加起来也就一百八十万吧，都觉得够呛呢，要是一年才一百万，那我肯定活不下去了。”

路尤脸上的笑容开始僵硬。

“我没有你那么厉害，去年总共也就赚了两百万，付个首付都够呛，还是仙仙好心借了我钱。”范文怡看着郑仙仙，温柔地笑了笑。

路尤脸上的笑容开始凝滞。

郑仙仙大方道：“别客气，我去年行情也只是凑合，也就在你的收入后面加了个零吧。”

路尤的脸上彻底失去了笑容。

敢情这个包厢里最穷的人是他？

路尤干笑了几声，努力缓解自己此刻的尴尬之情，内心却充满了愤怒：老子冒着进监狱的风险，辛辛苦苦挪用公款，竟然还不如几个主播赚得多！我到底为什么打赏主播啊！

路尤赶紧换了个话题：“哎，听说你们主播这行挺不容易的，经常有人猝死。其实我们创业也很辛苦啊，我那阵子一天都睡不到三个小时，整个人都亚健康了。”

李师师抬杠上瘾，冷酷道：“一天就睡三小时？这可不行，我现在一天工作三小时都觉得自己很辛苦了。”

郑仙仙点头道：“是啊，我最近工作一天休息六天，一周录一期视频，勉强凑合吧，再忙我可不干了。”

范文怡温柔道：“仙仙很努力呢，我做美妆视频的，半个月加起来就录了一小时吧，但也已经很累人了呢。”

路尤脸上笑嘻嘻，内心似雷劈，这群主播有毒吧？！

范文怡说完，觉得这样好像有点过分，开口挽救了一下气氛：“路尤，你对未来有什么打算吗？”

还是文怡好啊！终于有一个上道的了！路尤的心情好了一些。

“扩大一下生意吧，现在行情不错，明年应该能翻几番，希望公司早日上市，那我就可以提前退休，去享受生活了。”路尤脸上又重新有了笑容。

“有空还可以看看直播，您可是土豪观众，多来我们平台转转啊。”李师师皮笑肉不笑地说道。

“哪里哪里，我也就偶尔看看，算不上什么土豪。”路尤说。

确实看得不多，而且他大多也不在虎鱼上看，不然他应该认得出李师师这个著名女装大佬。

路尤见气氛正好，又开始吹嘘起了自己创业的经历——一听就是瞎编的。

半个小时下来，李师师已经完全摸清了这个人是个什么路数，他的判断完全正确，这个路尤是靠挪用公款打赏主播的！他顿时觉得没必要再兜圈子了，干脆打开天窗说亮话吧。

于是李师师冷冷一笑，对路尤说道：“路会计。”

在听到这个称呼的一瞬间，路尤的脸色变了。

李师师笑眯眯地问道："公款花得还开心吗？"

路尤惊慌中打翻了自己的碗，惨白着脸叫道："你在瞎说什么？文怡，你的朋友怎么这么没有礼貌？"

李师师呵呵笑道："礼貌？呵呵，我倒是不知道，一个恶意陷害别人的家伙也懂什么叫礼貌？"

"陷害，什么陷害？"路尤还真没反应过来。

李师师拉开包厢门喊了声："滚进来！"

李一笑麻溜地进来了，对路尤嘿嘿一笑："犹大鹿，还记得我吗？"

"李十三笑！"路尤脸色大变，终于明白今天这一出到底是怎么回事了。

李师师抱着手臂，冷冷道："今天找你来，是给你两条路，一条是活路，一条是死路。"

路尤面色阴沉，眼神飘忽。

"我对你监守自盗的事情没有兴趣。但是你千不该，万不该，不该对我朋友下手。你选吧，要么交代清楚事情前因后果，还李一笑一个清白，那我就当不知道你做的那些事，要么我们就只好去监狱看你了。"

"你威胁我？你凭什么威胁我！"路尤色厉内荏地质问道。

"对，我威胁你。得罪了我朋友还想跑，当我是个死人吗？"李师师鄙夷地看着路尤，一脸挑衅。

李一笑惊讶于李师师竟然如此维护他，不由得反省起了自己平时对李师师的态度是不是太恶劣了，虽然这家伙脾气不好，看谁都是一脸嘲讽，但是心地还真不坏。

路尤尿了，被人说破了挪用公款的事情后，他本来就心虚，此时更是不敢和李师师对着干，只敢小声问道："我说了，你真的不告发我？"

李师师撇了撇嘴，随口起誓："我要是告发你，这辈子都嫁不出去。”

李一笑的嘴角一抽，用惊疑不定的眼神看着李师师——大佬，不要欺负人家“直男”了，你一个大男人嫁什么人啊？

郑仙仙更是差点笑出声，幸灾乐祸地看着路尤往坑里跳。

路尤根本没想到今天和他交谈的这个大美女竟然是个货真价实的纯爷们，根本没一点点防备。在他眼里，女人不都是急着嫁人的吗？一个女主播，不想着找个大款赶紧嫁了好当富太太，难道还想自己奋斗吗？于是此时听李师师这样发誓，他信了。

“行，我交代，你千万别告诉警察！”路尤心理防线一破，倒豆子一般把事情交代了。

和李师师查到的资料一样，路尤在一家公司当会计，还兼了出纳，公司管理不规范，另一个财务是老板的亲戚，常年不上班，所以财务工作完全是路尤一个人在负责。起初他胆子不大，只敢少量挪用，但是在尝到了打赏主播被人追捧的甜头之后，他的胆子渐渐大了起来，从此一发不可收拾……

“我知道错了，这事儿迟早是要被知道的，我就是心存侥幸……”路尤说着，一把鼻涕一把泪地交代了起来。

“我给你寄的礼物，到底有没有问题？”李一笑问道。

他仍然心存侥幸，希望真的是自己的食物出了问题，因为他实在不愿意相信会有人这样恶意陷害他。

但是路尤的回答击碎了他的幻想：“我收到你的礼物之后，一个博主找到了我。他给了我一点钱，让我按照他说的做。他叫……红烧大叔，对，红烧大叔。”

“不可能！”李一笑当即道。

李师师反问：“怎么不可能？”

“我们认识啊。”李一笑说完，突然感觉到自己这个理由是如此幼稚可笑。

认识？他们不过是在网上加过好友的关系，哪怕是现实中相交多年的朋友，在利益面前分道扬镳的都比比皆是，一个才认识不久，甚至和自己还是竞争关系的网友，自己哪来的信心认为不是他陷害自己呢？

强烈的失落感击中了李一笑，他颓废地坐在座位上，半天没吱声。

“好吧，我跟他也不是很熟……”李一笑低声说道，情绪低落。

李师师让路尤把手机交出来，他飞快地用自己的手机拍下了他们联络的记录，一边拍一边问道：“他给了你多少钱？”

“……五千块。”路尤觉得挺丢人，为了五千块，一个“土豪”就干起了栽赃陷害的勾当，确实有够丢人的。

李师师冷笑了一声，没说话，但光是这声冷笑就有了惊人的嘲讽效果。

郑仙仙更是嘴上都不给人留点面子：“小时候是个渣滓，长大了也没好，真是活着浪费空气，死了浪费土地，直接扔河里喂鱼算了。”

路尤没敢吱声，低着头不说话。

“好了，都坦白完了？还有什么要补充的吗？”李师师问道。

路尤摇了摇头，一副老实巴交的样子：“我可以走了吗？”

“慢着，先发微博，把你怎么陷害李十三笑的事情说清楚。”李师师说。

李一笑在一旁补充道：“写上是红烧大叔指使你的。”

李师师瞥了他一眼：“这个别写了。”

李一笑正在气头上，气愤道：“为什么？他敢做还不敢认吗？”

“你最好给陈阳打个电话，问问他行不行，虽然不是我们公司的主播，但人家背后也有人的，打狗也要看主人。”李师师淡淡道。

李一笑深吸了一口气，出去给陈阳打了个电话。

他觉得陈阳肯定会同意他的做法，但没想到，陈阳给他泼了一瓢冷水：“不行啊，兄弟，这万万不行！不是兄弟不帮你出头，这件事只能到你的那个粉丝为止。幕后是谁，你不能说出来，至少今天不能。”

“为什么？”

“红烧大叔是北川经纪公司的主播，如果这一下能让北川伤筋动骨，我说什么也要给你出这个头，但是没用，这件事不会让它付出太大的代价。就算你去打官司，也不过是赔钱道歉的事，所以公司不可能为了这件事和北川闹翻。大家抬头不见低头见，平日里主播之间的合作太多了。要是伤了和气，对我们两家公司都不是好事，反而会让其他公司有更多的机会。”陈阳说着，停顿了一下，打一棒子后又给了一颗甜枣，“但是这件事，公司保证会处理妥当，会帮你挽回名誉，你放心好了。”

李一笑很轻地应了一声，心不在焉地看向走廊窗外，最后决定暂时咽下这口气。但他心里暗暗发誓，此仇不报非君子，迟早要连本带利清算回来！

“仙仙的事情要谢谢你啦，她过几天就要去试镜了，这个电影是个新锐导演拍的，说不定能大火，仙仙指不准就进军大屏幕了！”陈阳说起仙仙，心情一下子飞扬了起来。

李一笑强笑道：“你这人见色忘友啊。”

陈阳不好意思地笑了笑：“没有的事，我就是挺欣赏她的，她这个人虽然脾气暴了点，但很真实，真性情。”

陈阳不否认还好，他一否认，李一笑还真觉得有问题了。

不过这样一来，李一笑的心情反而好了一点，兄弟偏袒自己喜欢的人，他还能说什么呢？没啥好说的了，认了吧。

“行了，早点给我把事情澄清了哦，我这几天都没好意思开直播，得赶紧复工，再做新的短视频节目了。”李一笑说。

“交给我你就放心吧，包在我身上了！”陈阳拍着胸脯保证道。

回到包厢，李一笑对李师师说道：“这件事就到路尤澄清为止吧，至于指使的人是谁，算了。”

“哟，做通你的工作了？”李师师问道。

“嗯。”李一笑闷闷地点头。

范文怡轻声道：“其实这么做才是最好的。对你来说，一旦揭穿了红烧大叔，你就多了个死敌。那个人的粉丝以后一定会逮着机会就黑你，对你没什么好处。”

李一笑理智上知道，但是感情上，他还是倍感郁闷，一直看着路尤乖乖发完了澄清微博之后，他的心情才好了一点。

“行了。那今天的事情就这样解决了。”李师师伸了个懒腰，开始疏松筋骨。

“我可以回去了？”路尤的眼中泛起希冀的光芒。

李师师把关节掰得咔咔作响，扭头对郑仙仙说道：“来吧，开工了。”

郑仙仙一下子从座位上跳了起来，抬手就是一个肘击，打在了路尤的肚子上：“你敢欺负我闺密，姑奶奶今天就教教你花儿为什么会这样红！”

李一笑直愣愣地看着李师师和郑仙仙把路尤按在地上一顿好打，范文怡在一旁递水喊加油。

李师师神清气爽地掏出包里的录音笔拍在桌子上，试放了一下录音，声音清晰，没有任何问题。

然后他用手机拨了110：“喂，公安吗？我要举报一个挪用公款的案子。”

路尤在地上发出了惨烈的“呜呜”声：你骗人！你混蛋！你不想嫁人了吗？！

李师师打完电话，清了清嗓子，温柔的女声顿时变成了粗重的男声：“傻眼了吧，老子是男人！”

路尤呆呆地看着李师师的脸，突然，脸上流下了两行清泪。

人间不值得。

路尤的澄清微博发布之后，李一笑立刻转发了，这件事又引起了轩然大波。

万万没想到这个反转剧情的吃瓜路人们都惊呆了：你们主播圈竞争这么可怕的？竟然还有买通粉丝黑人这种套路，可怕，实在可怕。

更可怕的事情是路尤挪用公款的事情也被一并爆料出来。原本只是一个美食主播追查自己被黑始末，结果牵出了一个挪用公款的案子，加上陈阳的推波助澜，李一笑以一种诡异的方式红了。别人一提起他，反应都是：哦，那个粉丝被人买通，他去查怎么回事，结果把人送到监狱里去的主播啊，真牛、真牛，“社会、社会”。

李一笑还喜提外号——名侦探李十三笑。

“明明是你查的！”李一笑对李师师说，“为什么是我得了个外号？”

李师师吹了声口哨，深藏功与名。

第十一章

一个王牌外卖小哥的一天

“也就是说，我们今天谁也不肯做饭。”李一笑环顾着餐桌上的几人，严肃地问道。

“嗯哼，像我这样十指不沾阳春水的美少女是不可能做饭的，这辈子都不可能会做饭。”夏甜雨造作地哼了一声，坚决不下厨房。

开玩笑啊，小时候给一家几口人累死累活做饭，还是烧柴做饭，那种日子她可过够了，现在都有钱能吃外卖了还做什么饭！再说了，会做饭多没格调啊！看看秋宁这个爱装鬼，她就一口咬定自己不会做饭！秋宁都不会，自己怎么能暴露自己会呢！

“金锋，你也不做吗？”李一笑谴责地看着他。

金锋沉迷游戏，勉强从手机前抬起头：“……我做饭……不好吃，泡面吧。”

“泡面对身体不好，有防腐剂的！”夏甜雨殷勤关心男神身体健康，“我给你做爱心午餐吧！哦……不对，我不会做饭，呵呵，我不会。”

“……哦。”金锋权衡了一下防腐剂和做饭，认真道，“不用客气，我选防腐剂。”

李一笑放弃了这个游戏宅男，转头问秋宁：“秋宁，你怎么看？”

秋宁温柔大方地微笑道：“要么我试试吧，我从来都没做过饭呢。”

李一笑的眼神一下子警惕了起来：“不了不了，既然你都没有做过饭，怎么好意思让你下厨呢！万一做出一堆黑暗……”

李一笑的声音在秋宁温柔的笑容中逐渐低了下去。

秋宁问道：“嗯？黑暗什么？”

李一笑“咕咚”一声咽了咽口水：“没有，什么都没有，我没有怀疑你会像我妈那样做出黑暗料理，也没有怀疑你会炸掉厨房！绝对没有！”

“谢谢你的信任，你真是个好人。”秋宁笑得格外温柔。

被派了一张好人卡的李一笑哆嗦了一下，这威压，令人害怕，不愧是站在食物链顶端的女人。

只有夏甜雨不悦地扁扁嘴，哼，秋宁这个爱装鬼！

“咳咳，同志们，今天韩麦出去打工体验生活了，我们没有办法欺负老实人，而我这个老实人今天也罢工不干了，我决定，我们点外卖吧！”李一笑毅然道。

“早该这样了。”夏甜雨翻了个白眼，“我已经点好了！蔬菜沙拉！我这样的仙女，每天只吃草的。”

李一笑斜了她一眼，谁每天晚上抢他的消夜最欢？这个假仙女迟早变成胖仙女。

“你点了什么？”李一笑问金锋。

“面……”金锋老实说。

李一笑再次谴责地看着他：“吃什么面啊，你知不知道健康两个字怎么写？天天泡面你腻不腻啊，赶紧退掉点别的！”

金锋默默道：“已经点好了，特快急送。”

“这不还没送到嘛。”李一笑刚说着，只听“叮咚”一声，门铃响了。

“不会吧？这么快？”李一笑惊呆了。

秋宁施施然从座位上站了起来，对几人微微一笑：“不好意思，是我的外卖。”

李一笑捂住胸口：“我们在这里讨论谁做饭，你却偷偷点好了外卖！原来你是这样的秋宁！”

秋宁眨了眨眼：“讨论的结果不是大家都点外卖吗？”

李一笑：“是……是哦。”

秋宁打开了门，门外的外卖小哥……啊不，外卖大叔，把外卖往秋宁怀里一塞，机械地说道：“您的外卖已经送达，有问题请随时打我电话，如果您对我的服务满意请给我五星好评！谢谢您的支持！”

这声音好熟悉……莫非是……李一笑抬起头往门口看去。

门外的大叔双目无神直勾勾地看着前方，汗水已经浸透了制服。

“你是吕平安大哥，对吧？我们之前见过一面，你出了好多汗啊，进来休息一下吧。”秋宁想起了这位外卖大叔是谁，他曾经也有一次送外卖到这里，是李一笑的旧识。

“啊……哦……不了……我还有一万个外卖要送。”吕平安眼神呆滞，有气无力地说道。

“吕大哥，哎呀，你这脸色怎么这么苍白啊？”李一笑从椅子上坐了起来。

吕平安看到熟悉的人，勉强笑了笑，气若游丝地说：“是笑笑啊，你好，我很好，我就是，挺好，你也好，大家都好，特别好……”

李一笑惊恐地看着他：“完了，他都语言错乱了！”

吕平安像个机器人一样，直挺挺地站着，面色苍白如鬼，脸上的汗珠一串串地往下滑落。外面一阵热风吹来，他突然哆嗦了一下，直挺挺倒在了地上。

“吕大哥！”

“你没事吧？”

“他怎么了？”

几人慌了，手忙脚乱地把他扶到了客厅的沙发上。

“他怎么了？”秋宁问道，“要不要打个 120？”

“他脖子上挂着个牌子！”夏甜雨眼尖地看到了吕平安身上的挂牌。

李一笑翻过挂牌，只见上面写着：我晕倒是因为天气太热中暑，药在我口袋里喂我一瓶，大恩不言谢！

“他……准备挺充分啊。”夏甜雨懵懂地说道。

“看来是有丰富的经验了。”秋宁也道。

“这是基本操作，我们送外卖的，真的很辛苦。”李一笑严肃道，赶紧掏起了吕平安的口袋，摸出一瓶藿香正气水，给吕平安灌了进去。

吕平安浑身抽搐了一阵，豁然睁开眼，直挺挺地坐了起来。

“吕大哥，你醒啦？感觉怎么样？还好吗？”李一笑关心地问道。

“很好，我要去送外卖，特别好，现在就可以送外卖！”吕平安像个机器人一样从沙发上站了起来，往门外走去。

“你都病了别送了！回家好好休息去！”李一笑拉住了他劝道。

“不行，后台发了一万个订单给我，我必须送完，不然要扣钱！”吕平安白着脸掏出手机严肃地说道。

李一笑瞅了一眼他的订单后台，好家伙，一口气发来这么多！

“行了行了，你今天就好好躺着吧，我去帮你送！”李一笑一把夺过他手机，问来了密码，自信道，“我从前好歹也是‘王牌膘师’——贴膘的膘，别说刮风下雨太阳晒，就是刀山火海强盗窝，这个外卖也给你送到家！”

夏甜雨在一旁鼓起了掌，假模假样地夸奖道：“看不出来，你还挺专业啊。”

“天气很热，你真的要去吗？”秋宁问道。

“那必须啊，我兄弟就躺在这里，我能不帮这个忙吗？”李一笑拍了拍胸脯，凛然道，“兄弟的困难就是我的困难，我的人生信条就是——日行一善，这个忙，我帮了！”

吕平安感动地握住了他的手：“笑笑，我的好兄弟，我真不知道该怎么谢你！”

“吕大哥，是兄弟就别说这话！”李一笑也握住了他的手。

夏甜雨在一旁小声问秋宁：“李一笑这是被韩麦传染了吧，开口‘兄弟’闭口‘兄弟’的。”

秋宁无奈地笑了笑。

“你别担心，外卖我一定给你准时送到，这么多订单一个不漏！”李一笑大义凛然地说道。

“带上这个！”吕平安从口袋里掏出剩下的那瓶藿香正气水，“天气热，不要中暑，身体要紧啊！”

“吕大哥，你就放心吧，我当主播前，可是个王牌外卖员，我知道怎么保护好自己。”李一笑说道。

两人好像是战壕里生离死别的战士，而没了空调的户外好像是炮火连天的战场，就连周围的背景音乐都变成了激昂的战曲。

“吕大哥，我去了！”李一笑肃然道。

“去吧，笑笑，要保重你自己，平安地回来！”吕平安含泪道，“送货上门的时候，切记电瓶车随时要锁，不然会被偷，我已经丢了两辆了。”

“世风日下、人心不古，连电瓶车都要偷，简直不是人！”李一笑气愤道，“放心吧，我会记得的！”

李一笑毅然走出了大门，回头道：“这一趟外卖之旅，等我胜利归来！我可是王牌外卖员！订单一接，使命必达！”

“加油！”秋宁对他微笑说道。

夏甜雨不耐烦地挥了挥手：“活着回来哦。”

金锋莫名其妙地从手机屏幕前抬起头，不知道李一笑临走前为什么要这么说，是嫌自己的事故体质不够可怕吗？

换上了制服的李一笑拿着吕平安的电瓶车钥匙，打开吕平安的手机，开始规划路线。太阳晒得他眼睛都睁不开，李一笑摸了摸电瓶车的车兜，果然有墨镜。

戴上墨镜，整理好制服，跨上小电驴，激情四射的背景音乐响起，“王牌膘师”李一笑，重出江湖！

“是时候展现真正的技术了！”李一笑喊了一声，小电驴绝尘而去。

外卖的江湖，是一个复杂的江湖。

每一个订单，都是薛定谔的订单，在你把东西送到人家面前之前，你永远不知道这个订单会不会被取消。不但如此，你送的地点可能是任何一个地方：客户家里，这是最基本的；某某公司，实在是太普遍了；某个网吧，太常见了顺路还能带两单呢！

但是今天，退隐江湖已久的李一笑，一出马就遇到了一个顶级难度的订单。

李一笑拿着刚从店里取货的外卖，一路风驰电掣，把东西送到了目的地，他看着详细地址：某路某号某大厦38楼，电梯故障维修中。像当头挨了一棒。

李一笑拨了电话过去：“您好，我是××外卖，您的外卖我已经送到了，在楼下，您方便下来拿一下吗？”

对面的男人气喘吁吁道：“楼下？不行啊，给我送上来吧，我忙着干活呢，没空下来！”

李一笑惊恐道：“可是这楼电梯写着维修中啊！哪个傻子电梯坏了也不修修？”

对面沉默了一下：“我就是修电梯的。”

夭寿啦！这怕是要拿不到好评了！

“……先生您稍等，我马上送到38楼！”李一笑飞快地挂了电话，摸了摸还饿着的肚子，认命地深吸了几口气，谋划了一番怎样从这位正在积攒怒气值的客户身上拿到五星好评，如此这般，应当没有问题。

计划完毕，李一笑提着外卖盒开始攀楼大业。

为了五星好评，拼了！

一万年以后，李一笑终于爬上了38楼，此时他已经气喘如牛、汗如雨下，少喘一口气都能当场厥过去。

“先……先……先……先……生……您……您……您……的……外……外……卖……对……对……对不起……送……送……送晚了……请……请……请给我……五星好评！”李一笑比金锋还结巴地说完了整句话，一下倒在了地上。

客户慌了，忙把他扶起来，还给他递水：“兄弟，不好意思啊，让你爬这么高的楼！我给你好评！特别好评！”

假装晕厥的李一笑这才悠悠醒转，满脸希冀地问道：“真的吗？”

“真的、真的！”客户连忙给他打了五星好评。

好评发送的一瞬间，李一笑一个鲤鱼打挺从地上爬了起来：“谢谢您的好评，我走了，再见！”

说完，苦肉计搞定难缠客户，骗到五星好评的李一笑，撒腿就跑，奔赴下一个订单。

哼，不要小看“王牌膘师”，卖惨骗好评时的演技，那是专业的！

“师傅，好了没？”李一笑靠在厨房门边，一边啃干面包充饥，一边问道。

“年轻人，不要这么心急，心急吃不了热豆腐，心急还会生女儿，我不信偏方，不看中医，生了三个儿子，为什么呢？因为我心不急。小兄弟，你再等等，这个菜马上就炒完了。”炒菜师傅一边往锅里加料一边不慌不忙地用带着方言口音的普通话应付道。

配合热火朝天的厨房里响亮的《心经》音乐，画风非常佛系。

可是炒菜厨师“佛”得起来，他李一笑“佛”不起来啊！

李一笑绝望地看着油烟滚滚的厨房，浑身上下都被汗水浸透了，越急越出汗，越出汗越心急。

旁边还有几个外卖小哥，和他一样在这家店取外卖，熟悉这家店的风格，淡定道：“这家店炒菜特别慢的，我迟到扣钱不是一次两次了。”

“啊？真的啊？”李一笑一听，顿时心中一突。

这情况他还真遇见过不少，明明是店家出餐慢，但是最后没送到，还是扣外卖小哥的钱，伤心，难过，委屈，无处诉说，只好蹲在厨房门口哭着求厨师快一点。

“小兄弟，这盆肉丝炒年糕已经炒好咯，我给你打包一下！”厨师把炒好的菜递了出来，慢吞吞地要去装盒。

“别别别！我来！”李一笑哪里受得了这么磨蹭的速度，马上抢过餐盒熟练地开始打包。

打包完毕之后，李一笑松了一口气，还有十分钟，来得及！

不料，他刚一回头，就发现他打包好的菜被人截和了！

一旁目睹他打包全过程的外卖小哥笑嘻嘻地拎走了这一盒外卖："谢谢你帮我打包啊，兄弟，这份肉丝炒年糕是我的！"

李一笑目瞪口呆，一看自己的外卖——还真的不是肉丝炒年糕！

再一看手机上的时间，外卖还剩不到十分钟了！

"师傅啊！下一单总是我的了吧？！"李一笑看着不慌不忙的炒菜师傅，哀号道。

旁边一个玩手机的外卖小哥幽幽地抬头道："是我的。"

"啊？还没轮到我啊？夭寿啦，我要迟到了！"李一笑抓狂了。

"小兄弟，你心太急，我年轻的时候也这么心急。后来我去了西藏，在一个深山的庙里，遇到了一群喇嘛。喇嘛天天给我念经，还教我打坐冥想，我在庙里住了三个月，差点剃了头发就地出家……"炒菜的大厨慢条斯理地炒菜，一边说起了自己年轻时浪迹西藏寻找自我的佛系之旅。

"师傅，借个锅铲，我自己来！"李一笑等不及了，冲进了厨房，抄起一口闲置的锅，开火热油，自己上阵炒菜。

旁边的炒菜师傅心态依旧佛系："年轻人啊，你这颠锅的姿势不对，这菜要宽油的，宽油会吗？我来教教你……"

"谢谢大师，下次吧，我还剩八分钟了！"李一笑尖叫了起来，管他什么颠锅姿势呢，赶紧把食材炒熟了打包送去啊！迟到一分钟，罚十块钱啊！

一点也不佛系的李一笑摧枯拉朽、势如破竹地做完了自己的订单，风一样地打包冲向门口的电瓶车："师傅我先走啦！"

还在慢吞吞炒菜的师傅淡定道："好的、好的，小兄弟，你去吧，路上要小心，年轻人开车不要东张西望，也不要玩手机。现在电瓶车太多，还有人一边开车一边玩手机，这样就很不安全，容易发生交通事故，就算不发生交通事故，也容易头晕眼花两眼近视，对个人健康是很不利的……”

还在厨房门口等待自己订单的外卖小哥幽幽道：“师傅，我的单好了吗？要迟到了。”

“快了，年轻人，我跟你说，做人不要太着急，心急容易生女儿，虽然现在男女平等，生男生女都一样，但是生了女儿，你就会很为她操心……”

外卖小哥默默抱住头：“师傅，别念了，这紧箍咒我承受不来了。”

炒菜师傅放下锅铲：“悟空，是你吗？”

“甭管是不是了，再不把菜给我，白骨精就要上门吃唐僧肉了。赶紧的啊师傅！！！”

李一笑的这个订单遭遇了一点困难。

不是送外卖要爬38楼，也不是店家画风佛系迟迟不出餐，而是遭遇了一个狂热粉丝。

“你是李十三笑吧！是李十三笑吧？我看过你的视频，是你的粉丝啊！我叫小高！你怎么在送外卖啊？给我签个名吧！我好崇拜你啊！”一个年轻的瘦高小伙儿激动地拦住了刚送完一单外卖的李一笑，问他要签名。

“不是，你认错人了。”李一笑面无表情地假装不认识。

开什么玩笑，他美食界冉冉升起的一颗新星，被人发现三伏天在送外卖！这是混得有多惨啊！

“如果一个东西长得像鸭子，叫声像鸭子，走路也像鸭子，那它就是一只鸭子！你长得像李十三笑，声音也像李十三笑，走路也像李十三笑，那就说明，你就是李十三笑！你的‘音容笑貌’我这辈子也不会忘记，给我签个名吧！！！”热情的粉丝小高把纸和笔递到了李一笑面前，一副他不签名他就不肯走的样子。

音容笑貌是这么用的？李一笑总觉得有点怪，日常怀疑是不是自己上课不认真，成语学得不好。

“我……哎……好吧！我是！”被认出的李一笑无奈，拿起纸和笔在上面一番鬼画符，“好了，我要去送外卖了，再见！”

“欸，等等、等等、等……”粉丝小高一路追他，李一笑却已经跨上了小电驴，飞一样地奔赴下一个订单。

呼，真是人怕出名猪怕壮，这下都有私生饭[①]了！李一笑一边苦恼，一边又有点美滋滋的，这就是成名的烦恼啊！

李一笑心里一美，人就开始荡漾，送完一单后，忍不住在等红灯的时候给金锋打了个电话：“喂，金锋啊，你知道吗？刚才我遇到了一个粉丝哦！”

“哦。”

“那个粉丝一眼就认出了我，我不承认他还不相信，一定跟我要了签名，嘿嘿，我这是要红了啊！”

“嗯。”

“你怎么反应这么平淡？”李一笑有点不悦。

“没。”

李一笑正要跟金锋好好讲一讲被粉丝盯梢是什么样的感受，冷不防地听到身侧传来一个欢快的声音：“嗨，李十三笑我们又见面了！你去哪里送餐啊？”

这个私生饭有完没完！阴魂不散啊！

李一笑赶紧挂了电话，又惊又惧地问道：“你跟着我做什么？”

“反正我也没事干，看你送外卖啊，我第一次在现实生活里遇到明星呢，看到你，我都觉得自己‘蓬荜生辉’！我有无数的‘溢美之词’要来赞美你！”粉丝小高一脸天真地说道。

啊，他都是明星了？李一笑心中暗喜，只不过，他总觉得这小粉丝的用词有点怪怪的。

---

① 私生饭指明星的粉丝里行为极端、作风疯狂的一种粉丝。

李一笑故作高傲冷漠地说道："你别跟着我，我很忙的，没空接受采访。"

"我不会打扰你的，我就是跟拍一下你，把你的'音容笑貌'发到微博、贴吧、朋友圈！让其他粉丝也见一见你！他们一定会羡慕我的！"小高兴奋道。

"……"自己送外卖的事情要暴露了吗？

等等，他又说音容笑貌，怎么觉得更奇怪了，真的不是用错了吗？

李一笑一抹脸上的汗。怎么办？这个粉丝甩也甩不掉，粗暴对待的话还会给自己招黑，得想个办法解决一下，不然就要暴露自己这个新晋网红美食主播在大街上送外卖了！

不管了，暴露就暴露，这有什么好丢人的！再说了他这是帮朋友送外卖。多么伟大的友情，支撑着他在盛夏的烈日下送外卖！这简直是过命的交情啊！完全突显了他伟大的人格！

再说了，他这个史上最不务正业的美食主播，不好好做饭而是在送外卖有什么奇怪的啊！

李一笑呵呵假笑了几声，问道："你打算跟多久啊？"

"这一整天，我都空出来了！全程跟拍你！保准把你拍得'美轮美奂'！"小高高兴地说道。

美轮美奂用错了吧？李一笑化身语文老师，在心里嘀咕了起来。

"行吧，既然你有空……喏，手机拿好，打开我的直播间，我今天就直播送外卖了！"李一笑干脆"放弃治疗"了。既然甩不掉这个私生饭，就让他当一天免费的摄影师吧！不给工资的那种！

反正他的粉丝都习惯他不务正业了——他这个美食主播，除了做菜，什么都直播。

"啊，我……我……我来拍？我的天哪！我要当摄影师啦！还是你的私人摄影师！我的天哪，我……我……我……我太激动了！我一定对你'鼎力相助'，好好跟拍你的！"小高兴奋得不能自已，一迭声地感谢李一笑给他机会。

鼎力相助，是这么用的吗？李一笑已经无力去思考这个小粉丝的语文水平了，他还有订单等着要送呢。

“你就在旁边拍我送外卖吧，偶尔和直播间的观众互动一下。路上小心，注意车辆，安全第一，清楚明白？”李一笑叮嘱道。

“明白、明白！”

送餐继续进行，李一笑一边骑着小电驴一边和粉丝小高聊天，直播间的人数上来了，观众对主播送外卖深感好奇。

李一笑开始发挥自己瞎说胡扯的天赋技能，对着直播间的观众一通忽悠。

“实不相瞒，我当主播之前就混过外卖江湖，是个‘王牌膘师’，江湖人称‘准时快送李十三笑’，小李飞刀李寻欢是我表弟，他的小李飞刀快吧？可是他一个飞刀出去，刀还没有落地，我就已经把外卖送到了，可见我有多快了。只是人在江湖，漂泊日久，身心俱疲，于是乎，我金盆洗手，告别一众江湖兄弟，携美归隐，做起了美食主播，现在和两个漂亮妹子‘同居’，服不服我？”李一笑一通胡吹胡侃，硬是把自己吹成了小李飞刀的表哥，一代归隐大侠，还有妹子，把小高给逗乐了。

“那李大侠今天是怎么想的，又重出江湖了？”小高问道。

“哎，实不相瞒，今日之举，全然是为了一位兄弟。虽然我已经退隐江湖多年，不问世事，过着风流潇洒、闲云野鹤的神仙日子。不料，今日有一位兄弟为我送来一份午餐，自己却身中苗疆奇毒，力不可支，倒地不起，我虽然为他解毒，却不能让他立刻生龙活虎。我劝他今日休息，他却道，身负重任，必须今日完成，不然，扣钱！”李一笑模仿着说书人的口气，讲起了吕平安和他的过去。

“这位兄弟，曾经与我有一段龃龉，后来一笑泯恩仇，结为兄弟。他今日有难，我如何能冷眼旁观。只好披上战袍，跨上宝马，重出江湖，送起了外卖！”李一笑郑重道。

直播间的观众被他逗乐了，负责直播的小高更是笑得手抖。

李一笑却一本正经："我曾经也是'王牌膘师'，今日重出江湖，必然让诸位见识一番，什么叫真正的技术！"

李一笑吹下了这番牛，必然是要兑现的。今天他还真的就给观众展现了什么叫王牌外卖小哥的素养！

且说这回，李一笑提着一份外卖冲进网吧，一声怒吼："谁订的番茄牛肉面？"

一个沉迷网游不能自拔的年轻人喊道："我的！我的！"

李一笑把外卖送到人家桌前："您的外卖已经送到了，有任何问题请拨打我的电话，请给我五星好评哦亲。"

年轻人正在和朋友打游戏，眼前局势不妙，他头也不抬地说道："放这里吧，我忙着呢，回头给你好评……"

得嘞，这是妥妥会忘的托词啊！

"啊，溜了、溜了、溜了，大哥你别追啊，饶兄弟一命，叫你爸爸了！饶命啊！啊，死了。"年轻人惨叫了起来，还是被无情击杀。

李一笑看他操作是真的菜，这个走位，别说和金锋比了，和自己比都不配。

于是李一笑眼珠一转，说道："兄弟，需要代打吗？这把我帮你通关啊！"

年轻人正在等待复活，愣愣地看着他："啊？"

李一笑满脸堆笑："这样吧，我看你也饿了，要不你先吃饭，我帮你代打这把。要是我技术可以，给我个五星好评啊。"

年轻人还是第一次见到这个操作，呆呆地点了点头："哦……好……行吧。"

于是李一笑鸠占鹊巢，坐在了网吧椅上，一手握住鼠标，一手放在键盘上，一通操作猛如虎，看得旁边吃面的年轻人一愣一愣的，面条都忘了吸，挂在嘴边像是一条长胡子。

李一笑毕竟是被金锋调教过的，技术和意识比从前瞎玩的时候不知道高到哪里去了，竟然使这把逆风局翻盘了，他的队友都惊呆了，在他耳机里一通大呼小叫。

“朋友，给个好评吧！”李一笑搓着双手，谄笑道。

年轻人嘴里的面条一吸溜，用力点头：“必须给！”

旁边直播了全过程的小高对着直播间说道：“看到了吗？这就是李十三笑，一个重出江湖的‘王牌膘师’！一如他自己常说的，只要生活过得好，哪里需要干哪里。大家有钱的捧个钱场，没钱的捧个人场，我们给他‘66666666666666’。”

“我这样的‘王牌膘师’，打个游戏通个关，那是轻轻松松，不值一提，这根本不是我真正的技术！”李一笑对着镜头郑重道。

收获一个好评的李一笑得意地扬长而去，深藏功与名。

这一单时间紧迫——送外卖就没有时间不紧迫的单子。

李一笑正骑着小电驴送外卖，旁边的小高买了个支架把手机架在了电瓶车上，自己开着车一路跟拍，两人朝着目的地进发。

“前面这条路总是堵车，我们走小路！”李一笑笃定道。

然后——前面的小路也堵车了。

一个白发苍苍的老大爷正在停车，但是不知道怎么停的，总是停不到车位里，好几次差点撞墙，硬是把这条小路给堵上了，看得人心惊肉跳。

时间还剩十分钟，耽误不起了！

李一笑翻身下车，敲了车门：“大爷，我帮您停车！”

大老爷推了推老花镜：“啊？”

“大爷，你下来一下，我帮你把车停到车位里！”李一笑以为他没听清，又重复了一遍。

“啊？你说啥？”大爷好像耳背。

“我帮您停车！”李一笑大声道。

“哦，开车啊，我不会开车，车是我女儿的。”

“我说，大爷，我帮您停车！”李一笑把嗓门开到了最大，在大爷耳边吼道。

“啊？停车？怎么停车啊？我不会停车啊。”

大爷说着，呆滞地张开嘴，口水都流下来了，和李师师的“妈”一个样儿，一看就是老年痴呆啊！

李一笑抓狂了，他干脆把手伸进车门里打开了车门，把老人扶了出来，对小高说：“看好大爷！”

自己又进车里，把车停到了车位里，一杆进洞，教科书一般的车技。

“实不相瞒，我这个人在当主播之前，是个驾校教练。无论多扶不上墙的重修学员，在我这里都能轻松过路考，从不补考！”李一笑对小高和直播间说道。

小高在一旁无脑加油：“太厉害了！”

这时，一个中年女人急匆匆地从楼道里跑了下来：“爸！我就上楼拿个东西，你怎么下车了？”

“这是你爸爸啊？他是不是有点老年痴呆了？”李一笑问道。

“是啊，我正要带他去医院复诊。”女人疑惑地看着他，“你……有事吗？”

“你可得把人看好了，他刚才坐到驾驶座开车去了。”李一笑把车钥匙往女人手里一塞，严肃道，“差点用你这车头撞人家的围墙上了！”

“啊？爸？！你这是要吓死我啊！你这辈子都没摸过方向盘呢！”女人惊恐道。

“啊？哦，嗯，没有摸过。”痴呆的老人呆愣愣地说道。

“还剩五分钟，我走了！看好你爹！”李一笑一声呐喊，跨上小电驴，风驰电掣一般走了。

留下直播间满屏弹幕“666”，深藏功与名。

送餐高峰期过去了，外卖单子少了，李一笑找了个休息点和小高一起坐下来休息了一番。

“我本来以为你是开玩笑的，没想到你还真的送过外卖啊，怪不得这么熟练。”小高崇拜地看着李一笑。

“你以为我开玩笑的啊？我送外卖的时候业绩很好的，好评特别多，可能是因为我不但长得帅，嘴巴还很甜，最关键的是，我什么都会一点，技多不压身。”李一笑得意道。

“技术？什么技术？今天打游戏的那个技术吗？”小高问道。

“天真！这只是基本操作，你现在送餐到网吧不帮客户翻盘赢两把*LOLO*你好意思要个五星好评吗？我说的技术，那是真正的专业技术！”

“比如？”

李一笑喝了一口水，义正词严道：“比如开挖掘机！”

“啊？”小高呆住了，送外卖还要会开挖掘机？

“有一次我接了个大订单，送了好些外卖过去，是在一个不包吃的工地。刚好有个大哥在开挖掘机，我俩开玩笑，我说我会开挖掘机，他不信，我就上去开了，吓得他餐盒都掉了，哭着喊着要给我五星好评。”李一笑想起这一段还觉得意犹未尽。

小高张着嘴半天合不上：“你还会什么？”

李一笑得意地笑道：“我会的，可多了。我送外卖上门时给人家修过水管，通过马桶，带过卫生巾。送餐途中给饭店救火，跳江抢救落水儿童，车辆追尾有人受伤帮忙打120，我什么没干过啊。我这还不算最厉害的，最牛的一个同行，你知道他干过什么吗？”

小高茫然地摇头：“什么？”

“他送外卖识破了一起出租屋内秘密制造冰毒案，给警方提供了犯罪线索，成功抓获了这群犯罪分子！”

小高已经听呆了：“这么厉害？”

“是啊，就是这么厉害。我们外卖江湖，是卧虎藏龙的江湖，个个都是人才，说话又好听，路见不平一声吼，精忠报国的那种。”李一笑肃然道。

小高已经只会感叹了，激动得涕泗横流：“我没有看错你，你太牛了！”

李一笑一撸头发，潇洒道：“得了、得了，别吹捧我了，你以为我会膨胀吗？”

没错，他会，他已经膨胀成热气球飞到空中去了。

“哎哟，下午茶时间，我们接着送吧。”李一笑又开始接单了。

忠实的粉丝小高同志，快乐地跟着自己的偶像走街串巷，到处送外卖，感到这一天是如此充实。

可惜天公不作美，外面下起了暴雨，送餐效率一下子降低了不少。

“哎，怎么下雨了呢？这天气真是的，这群人还点外卖，都不带消停的。”小高抱怨了起来。

“下雨好啊，我们送外卖的就喜欢下雨天。一下雨，大家都懒得出门吃东西，都叫起了外卖，我们的生意就好了呀，再说下雨天单子会涨价啊，原本四五块一单，现在配送费翻倍，一天多赚个两百块那是轻轻松松。我就喜欢下雨天！”李一笑美滋滋地说。

“啊，这样啊，你好厉害啊。”小高一个外行人，不知道外卖江湖的秘密，听什么都觉得新鲜。

李一笑被吹捧得飘飘然，又在一旁撸头发，一边撸一边意气风发道：“那肯定的啊，我当年可是一天跑过 80 单，站内排名第一的王牌外卖员啊。”

有小粉丝给他疯狂加油，李一笑十分膨胀，又吹嘘起了自己当年的经历：“话说我还在江湖那年，某次天降暴雨，城内积涝，宝马寸步难行，被迫弃马而走。眼看送餐时间将至，我灵机一动，计上心来。”

李一笑见小高和粉丝们被吊起了兴趣，得意道：“说时迟，那时快，我以理服人，从旁边小店铺借来一艘皮划艇，在街上横冲直撞，携外卖奔赴现场。把旁边熄火的车主看得那是一愣一愣，问我，‘哥们，皮划艇卖吗？我急着回家。’我说，‘不卖。但是兄弟，我看你相貌堂堂一表人才，可以免费送你一程。’于是，我载着车主扬长而去，在街上冲浪。我送餐到门口，车主问道，‘兄弟，你怎知我就住在此处？’我一愣，‘巧合，此乃巧合！’于是我步行上楼，立于二楼门前，敲门不应。车主在我身后，恍然大悟，‘兄弟，那是我的外卖。’于是我因为同时送客户和外卖抵达家门口的五星级服务，又有了一个好评。”

小高听得一愣一愣的，只觉得自己的偶像怎么这么牛。

李一笑披上雨衣，从容道：“走吧，这一单，我们使命必达！”

于是两人吭哧吭哧地冒着暴雨，把这一单外卖送到了目的地，因为下雨又堵车，路上意外连连，两人简直像是《西游记》里经历了九九八十一难的师徒一样，千辛万苦地才赶到了目的地。

“来不及了！迟到扣钱！我先点确认了！”李一笑已经到了楼下，车都来不及停好，先把订单确认送达了，这才狂奔着上楼去，吓得跟拍的小高也匆忙下车，车都来不及锁，一路跟着他冲上楼。

“您的外卖来了！”李一笑敲门道。

门开了，里面是个年轻姑娘，劈头盖脸地怒道：“你这外卖还没送到，怎么先点确认？你这是送外卖的态度吗？我要给你差评！”

李一笑知道，考验一个王牌外卖员的时候又到了！

他佯装恼怒地说：“你这个小姑娘，人长得这么漂亮，脾气怎么这么坏的？你这个脾气，配不上你的颜值！”

被夸了漂亮的姑娘一愣，心中暗喜，羞涩道：“我哪有脾气坏？”

李一笑正色道：“不过也在情理之中，漂亮的姑娘，脾气大一点也是正常的，被美女骂，我非但不生气，还觉得挺受用，毕竟这么漂亮的姑娘，一般不会跟我说话。”

姑娘娇羞了：“算了、算了，就这样吧，你大雨天的送外卖也不容易。”

嘿，这不就把问题解决了吗？

李一笑对楼梯边跟拍的小高抛了个媚眼，看到了吗？这就是王牌操作！

但是一个“王牌膘师”，怎么会满足于此呢？

发挥演技的时候又到了，他李一笑不但要让客户取消打差评，还要让她给个好评！

李一笑抹着脸上的雨水，认真道：“姑娘，我错怪你了，你真是人美心善。这件事情呢，你也听我解释一下。送晚了是我不对，外面下暴雨，我这一不小心，跟人家剐蹭了，那个车主不讲道理，拉着我狮子大开口，我好说歹说，他也不放我走，一定要等交警来。我这……哎，我急着送外卖，赔了他一千块。我……这……哎，都是我不好，开车不小心。”

说着，李一笑擦起了不存在的眼泪。

那姑娘一听，被唬住了，不好意思道：“这样啊……你人没事吧？”

“姑娘你人真好！这时候还关心我人有没有事。”李一笑一脸感动，“那姑娘，你能不能给我个好评。一个好评虽然只能多奖励我一块钱，但蚊子再小也是肉，我要是要到一千个好评，这不就回本了吗？”

姑娘一听，非但给了他一个好评，还打赏了他五十块钱。

李一笑千恩万谢地走了。

“看到没，这就是真正的技术！”李一笑骄傲道。

小高看呆了：“太厉害了，太厉害了！简直是……‘巧舌如簧’！”

李一笑愣了一下，巧舌如簧是这个意思吗？

小高觉得夸一个成语还不够，应该多夸一点：“不但‘巧舌如簧’，还‘花言巧语’‘巧言令色’！”

算了，反正是夸他的意思，李一笑决定不去多想，一撩头发，得意扬扬道：“有时候，人生就是要说点善意的谎言，这样，客户听了能理解你，你又拿到了好评，这不是很棒棒的双赢吗？”

小高在一旁使劲鼓掌：“说得对。”

李一笑说道：“此番虽然浪费了一些时间，但是我们拿到了好评。”

“对对对，好评最重要！”

“虽然说了点小谎，但是客户很满意！”

“对对对，客户满意最重要！”

“当一个王牌外卖小哥，‘巧言令色’是很重要的。”

“对对对，很重要！”

两人一唱一和下了楼，径直来到楼下停车的地方，原本停着两人电瓶车的位置上，两辆来不及上锁的电瓶车，早已杳无踪迹。

李一笑和小高双双蒙了，惊呼道：“我的车呢？！”

“我总结一下，你今天送了二十单外卖，一共赚了一百四十块钱，收到打赏一次，五十块。但是弄丢电瓶车一辆，外带配送箱，损失金额两千七百三十块。经过一天忙碌，你净损失两千五百四十块。”秋宁忍着笑，给李一笑做了一遍算术题。

李一笑抱着头蜷缩在沙发上：“别说了，那车是吕大哥的，我赔了他一辆新的。小高那边我也补偿了他两千块，今天一天的直播打赏都不够，还要我倒贴，我怎么这么造孽呢？”

跟爸妈约定的三十万简直遥遥无期。

“谁让你不锁车呢？”夏甜雨嘲讽道，“丢了活该。”

“呜呜呜呜呜呜呜……我‘王牌膘师’，再也不是王牌了。早知道不要骗人家的打赏了，不浪费那么多时间，说不定这车就不会丢了，撒谎害人啊。”李一笑“嘤嘤嘤”了起来。

两个姑娘斜了他一眼。

活该咯。

第十二章

小甜甜要奋斗！

“嘿，小老弟，我的电影试镜通过了。”郑仙仙神清气爽地对李一笑说道。

“哟，好事啊，恭喜恭喜。”李一笑说道。

“通过了，我请你吃饭啊。”郑仙仙说道。

“一定来、一定来，必须得来！”李一笑说。

一旁的夏甜雨轻哼了一声，别开了脸。不就是一个试镜吗？她上她也行！可恶，为什么就不是她呢？！

“那我们差不多可以开始准备直播了？”李一笑说。

李一笑是一个挺有上进心的主播，不满足于自己目前的名气，一直琢磨着要改变直播的路数，在郑仙仙人设崩塌危机的时候，他主动提出帮她做一期视频，因此来到了郑仙仙所在的湖心岛古镇，对这个地方一见钟情。

跟郑仙仙混熟了之后，李一笑问郑仙仙借她平时拍摄短视频用的场地，准备在这个充满了古韵的地方搞一下户外烧烤直播，准备邀请一群相熟的主播一起吃吃喝喝，聊聊天，可以吸一拨粉。

郑仙仙是个爽快人，听到李一笑的请求后二话不说就借给他了，还帮他包圆了租借器材之类的开支，让他随便用，别客气，她还主动提出作为特邀嘉宾来客串一下。

因为是第一期节目，受邀来的就是李一笑的四个室友，加起来“咖位”也不如郑仙仙一个人，郑仙仙的客串着实帮了李一笑不少忙。

直播进行了三个小时，观众人数比平时多了不少，订阅量也涨了一拨，李一笑很满意，准备回去就策划第二期户外直播。

直播结束后，秋宁和郑仙仙在一旁聊了起来，夏甜雨在一旁绕着两人转来转去，假装不在意，其实耳朵都竖起来了——这两人怎么回事？她们是什么时候好上的？我怎么不知道？不行，我一定要听听看她们有没有在说我的坏话！

郑仙仙说：“……我在考虑转型的问题了，现在直播最好的时候已经过去了，流量转到了短视频这里，像筷手啊，斗音啊，这种短视频软件已经把直播很大一部分人气拉走了。短视频可以一夜之间捧出一个网红，但是直播却得靠长时间高强度的直播工作累积粉丝。可以说，在造星这一点上，直播已经输了一筹。”

秋宁点了点头：“我的那首《我在喜欢你》，会红起来主要也是因为海量女主播翻唱，作为短视频发布。”

“所以我觉得，这种红利吃不了一辈子，到最后总是得转型的，提前转型，总比这条路混不下去被迫转型更有主动权。”郑仙仙说道。

秋宁表示了赞同：“你有什么想法吗？”

“不算什么成熟的想法，就是一个小尝试吧。你知道我平时喜欢设计服装吧？大学也是这个专业的，虽然没混出个名堂来，但我还是想试一试。”

“不错，以你的人气，确实可以尝试建立自己的品牌。”秋宁说，“你想做什么类型？古风服装吗？”

“不不不，我已经受够了古风，我想做点流行的。你衣品不错，来帮我做个顾问吧。”郑仙仙邀请道。她看中秋宁的审美和衣品已经很久了。

秋宁微微一笑：“我考虑一下。其实比起做产品，我更合适做经营……二十多年的熏陶还是有些用处的。另外，我也认识不少这一行的朋友，我可以帮你引荐……”

“行，你擅长什么就做什么，我们一起创业吧。”郑仙仙说道。

偷听中的夏甜雨憋不住了，假装若无其事地走了上来：“你们在说什么啊？什么服装？什么品牌？”

郑仙仙斜睨了她一眼：“对，我要做自己的服装品牌，怎么，你要来当模特啊？”

模特！这个可以有！

夏甜雨不是没干过模特，她一个女主播，除了直播之外，公司也会给她接一下能赚钱的兼职工作，淘宝模特就是其中一种，因为夏甜雨本身就小有名气，公司给她接的单子价格都还不错，拍一件衣服三百起，公司提成一半，她自己能拿一半，一天拍个三五十件没问题。

但辛苦也是真辛苦，她摆姿势水平很一般，要不断调整，一天十五个小时下来整个人都是虚脱的。

虽然干一天顶一周的收入了，但问题是这工作的“求职人员”已经供大于求，想赚个快钱的姑娘多得是，夏甜雨经常几个月才会被分配到一次。

所以如今听到可以蹭个兼职，夏甜雨也顾不上郑仙仙和她不对盘了，积极主动地说道：“模特我可以啊，我经常兼职做淘宝模特的！”

郑仙仙瞅了她一眼：“你？拍过这个？”

夏甜雨一顿点头：“对啊对啊，我经常拍的，很熟练了！”

“哦，行，知道了，简历交上来，回家等消息吧。”郑仙仙敷衍道。

“要是风格合适，可以考虑一下甜甜，甜甜工作态度还是没问题的。”秋宁说。

秋宁竟然帮她说话了！夏甜雨感激地看着秋宁，好人啊！

郑仙仙想了想，倒也没反驳：“行，等衣服打版出来了，我看看合不合适。”

“啊……啊……啊……啊啾！”正在吃饭的夏甜雨打出了一个惊天大喷嚏，坐在她对面的秋宁清晰地看到明亮的灯光下，她的口水化为漫天的唾沫星子洋洋洒洒地落在了满桌的菜肴上。

正准备大快朵颐的金锋一瞬间就失去了胃口，一脸委屈。

“你感冒了？”李一笑问道。

夏甜雨搓了搓鼻子：“对，感冒停播了！”

“怎么感冒了？”韩麦问了一句。

夏甜雨气鼓鼓地瞪着秋宁："你问她！都是秋宁的错！"

秋宁一脸无辜："是这样的，我和仙仙不是要一起做服装吗？刚打版了一批衣服，甜甜主动要求当模特，就拍了一天的照片。"

这和感冒有什么关系？几个"直男"面面相觑。

"大夏天的，你们让我拍冬装，一拍就是一整天，我浑身冒汗啊，妆都不知道花了几次！穿了脱，脱了穿，能不感冒吗？"夏甜雨委屈地说道，"一感冒我就得停播，停播我就要被黑，被黑我就掉粉，掉粉我这个月又没钱了！"

"首先，夏天拍冬装，冬天拍夏装都是很常见的情况。其次，甜甜，你也得反省一下，人家主播停播都很正常，为什么你一停播，就有人黑你整容。"秋宁微笑道。

李一笑一开始不知道，现在却隐约有点数了。

因为夏甜雨实在不是个情商很高的姑娘，甚至可以说，她情商很低。她自恃唱功过人，很是看不起那群靠旁门左道博关注的女主播，特别是本身唱功不行的那些，她几乎都在直播间吐槽过。

大部分也不是只看夏甜雨一个人，甚至有些粉丝本质上是别人家的粉丝，只是偶尔来她直播间看看，一见她"诋毁"他们心爱的女主播，立刻就"路人转黑"，时间一长，夏甜雨的粉丝没怎么涨上去，黑粉倒是多了不少。

她也知道这样不好，但是每每看见那些靠唱《喵喵叫》这类口水歌大红大紫的女主播，她就气不打一处来，怎么也忍不住。

只要她一停播，黑粉们立刻就会在微博、贴吧等地方大肆宣传她去整容了，把暗戳戳搜索自己名字的夏甜雨气到一佛出世、二佛升天。

"我不就是说过几句整容也挺好嘛！我还没整呢，就被这么黑，我还不如去整了算了！"夏甜雨气到拍桌子。

"啊？你别想不开啊！"李一笑紧张地说道，"整容很容易失败的，千万别整啊。”

“他们老黑我整容，那我干脆整了吧！那他们以后再说我，也不算黑我了呀！”夏甜雨发表了神逻辑宣言。

一旁的秋宁皱了皱眉：“你的五官不合适整容，已经很漂亮了。”

又来了，秋宁又这么说！秋宁自己这么漂亮，还夸她，一定是在嘲讽她！

夏甜雨一听就来气，愤愤道：“我知道我丑！不用你告诉我！”

李一笑听得满脑子问号，秋宁不是夸她漂亮吗？夏甜雨怎么好像听到的不是同一句话。

不等李一笑再发言，夏甜雨掏出手机打开虎鱼，指着女主播们的直播封面，愤怒地说道：“看看！你们看看！她们一个个眼睛都比我大，下巴都比我尖！你们好意思说我长得漂亮吗？！都是在骗我！！！”

李一笑委屈道：“这个也不是眼睛越大，下巴越尖就越好看啊，过头了就变成蛇精脸了。”

“我不管！以前我是我们村里眼睛最大、下巴最尖的，现在到了这里，一个个都比我大比我尖，都是假的，假的！只有我的脸是真的，她们都整容！我是我们村第一漂亮的！”夏甜雨说着，突然意识到自己说漏了嘴，一时间被自己蠢哭了，一屁股坐在沙发上“嘤嘤嘤”了起来。

李一笑一脸茫然地看着秋宁，秋宁回给他一个无奈的眼神。

夏甜雨又钻牛角尖了。

她的出身大家早就知道了，她还拼命隐瞒，硬生生要把自己包装成一个白富美，但是这种事情哪里是她伪装就瞒得过去的。她那糟糕的品味，狭窄的知识面，还经常说着说着把自己家境说漏嘴，室友们哪里看不出来。加上和她同村的郑仙仙，早就把这个姑娘的老底都抖了一遍，夏甜雨完全没有秘密可言了。

但是照顾着她的自尊心，没有人提起这一点。

眼看着李一笑在一旁抓耳挠腮不知道怎么劝，秋宁对他点了点头，用口型说：交给我。

李一笑将信将疑地看着她，想来他也劝不了，还是让秋宁上吧，毕竟还是女孩子更懂女孩子嘛。

秋宁虽然平日里喜欢捉弄夏甜雨，喜欢看她气急败坏的样子，但在这种时候，她还是希望夏甜雨能够打消错误的念头。

秋宁在夏甜雨的身边坐了下来，夏甜雨嫌弃地看了她一眼，把屁股往旁边挪了挪。

秋宁没在意，轻声说道："我没有开玩笑的意思，甜甜，你真的很漂亮。"

夏甜雨还是不信，气呼呼地别过脸不去看她，还用鼻子哼了一声。

"你知道你什么时候最漂亮吗？"秋宁问道。

夏甜雨的耳朵一下子竖了起来，可又没脸去问，只好假装自己不在意，其实内心好奇得要死，像是一百只小猫在里面挠啊挠。

"什么时候啊？"一旁的李一笑捧哏了，递了个台阶过来。

问得好！李一笑！夏甜雨内心狂喜，给李一笑点了个赞。

"你专心致志唱歌的时候。"秋宁温柔地说，"我看过你直播，你闭着眼睛沉浸在音乐里，努力唱好一首歌的时候，最美丽。"

"可我就是不红，我再怎么努力唱，唱得再好，他们也只喜欢那些唱功一塌糊涂，只会唱口水歌卖萌的女主播！"夏甜雨不服气地说，越想越觉得委屈。

"至少你喜欢唱歌，唱歌让你觉得快乐。而我，我不喜欢。"秋宁轻柔地说。

"你不喜欢？"夏甜雨惊讶地看着她。

秋宁点了点头："是的，我不喜欢。我只是把它当作一件任务去完成，但其实，我并不爱音乐。"

夏甜雨一时怔忪，看啊，命运就是这么奇妙，让一个不爱的人得到了一切。

她从小就喜欢唱歌，只有一个人唱歌的时候，她才能从痛苦的现实世界中解脱出来。可是她唱得不好，没有人教她，也没有人告诉她应该怎样去唱歌。她只是傻傻地唱着，唱着，一直从小山村唱到了这片繁华世界里。

曾经差一点她就要签约经纪公司，去当一名歌手了，却又发现这是个“卖身契”，逃过一劫。签约红星经纪公司之后，她终于有了机会去学习唱歌的技巧，从呼吸到发音，一点点在老师的教导下改正自己根深蒂固的错误习惯，可就算这样，她还是红不起来。

最可笑的是，不爱音乐的秋宁一曲成名。

而她，默默无闻。

沉浸在委屈和不甘心里的夏甜雨，眼泪顿时涌上了眼眶，她一下子从沙发上跳了起来，大声对秋宁说道：“我最讨厌你了！！！”

说完就跑掉了。

秋宁呆呆地坐在沙发上，茫然地看着李一笑，完全不明白发生了什么，为什么好好的，夏甜雨突然爆发跑掉了。

就好像她好心投喂野猫，却被挠了一爪子。

李一笑在一旁听完了全程，深深地为秋宁的劝人功力感到着急：“秋宁，你说实话，你平时没怎么跟人说过好话吧？”

秋宁无奈地笑了笑：“我觉得我说得不错，不知道又怎么惹到她了。”

“你吧，有时候其实不太能体谅人。”李一笑说。

夏甜雨正为了自己明明唱得很好却总是红不起来感到不平，秋宁却还要说自己不喜欢唱歌。她不喜欢唱歌却一曲成名，夏甜雨能不生气吗？

秋宁愕然：“是吗？”

“嗯，你自己好像感觉不到，但你其实挺……怎么形容呢？傲慢？或者说，有种距离感吧。”李一笑想了半天，觉得只好这么说。

“抱歉……我……我不是故意的。”秋宁很礼貌地道歉。

“不，不是你主观上的。就是很多时候，你有一种很理所应当的感觉，那种很‘贵族’的气质，对，就是那种气质。大家会心甘情愿地帮你做很多事情，你会感谢我们，但这和你感谢帮你送外卖的小哥没什么不同。就是……哎……我说不清楚……就是觉得，我们都没有走到你的心里去。”李一笑抓了抓头发，觉得自己越说越糟糕了。可明明秋宁是个很好的姑娘。

可是秋宁和他们不一样，李一笑能很清晰地感觉到。

这是一种与生俱来的差距，大到也许他们穷尽一生都无法跨越。

“你们都是我的朋友，我把你们当朋友的。”秋宁皱了皱眉，开始反省自己平时的言行到底有哪里不对。

“我知道、我知道，大家都是好朋友，可是……”李一笑纠结了半天，想说韩麦的事情，但又憋了回去，只说道，“我知道，你和我们不太一样。不只是我，韩麦也知道。我虽然是个‘直男’，但是奢侈品的牌子还是认识的。甜甜会觉得这是假包，我可不觉得，你的气质，你的谈吐，你的见识，你的学历，都证明你有一个很好的家庭，和甜甜不一样。你看，郑仙仙想做自己的服装品牌，她第一时间想到的人是你，而不是甜甜，因为她知道甜甜帮不上什么忙。甜甜虽然不愿意承认，但我想她潜意识里，其实是知道的。她知道她努力一辈子，也赢不过刚在起跑线上的你，所以她才对你特别有敌意。”

秋宁静静地听着，眼中流露出淡淡的悲哀：“原来我一直以来，都这么差劲吗？”

“不是差劲，你很好，我知道你真心想把我们当朋友，只是你还没有学会，我们也没有学会怎么和你做朋友。这么说吧，我们都是凡人，可你是仙女啊。仙女就算下凡来了，也不能和凡人一样吃糠咽菜啊，你总是要回到天上去的。哎，我在说什么啊，秋宁你别管我了，我书没念好语文不行。我去看看夏甜雨哈，你早点休息！”

说完，李一笑一溜烟地跑了。

秋宁在沙发上坐了很久。

——你是仙女啊。

这句话，并不是一句夸奖呢。

连郑仙仙都说不做仙女了，她却还在云端上。

“哪来的大小姐啊？”秋宁喃喃地说了一声，自嘲地笑了笑。

哪有什么大小姐，不过是一个滚出家门还放不下架子的假小姐。

手机响了。

秋宁看着来电显示上的“母亲”二字良久，最后还是接起了电话。

电话的两头，谁都没有说话，只有轻轻的呼吸声。

“什么时候回来？”许久，母亲问道。

什么时候回去呢？秋宁靠在沙发上，看着头顶的吊灯，久久无法回答。

“也许，等我混不下去的那天吧。”秋宁说。

“你会有那一天的。”母亲说。

“那我拭目以待咯。”秋宁说。

两人默契地挂断了电话。

秋宁扔开了手机，抱着腿坐在客厅的沙发上，看着落地窗外的草丛，夏甜雨坐在秋千上，李一笑在和她说话。

说着说着，李一笑竟然变起了魔术，把夏甜雨看得一愣一愣的。

夏甜雨被哄高兴了，李一笑给她推秋千，颇有伺候娘娘的太监的风范。

秋宁静静地看着窗外，岁月静好的表象之下，是那种挥之不去的孤独感。她的朋友很多，她的朋友也很少。

她还是一个人。

夏甜雨被秋宁气跑了。

大概是被气跑的次数太多，夏甜雨干脆都不跑远了，就跑到了草坪上，气呼呼地坐在秋千上发呆。

夏天蚊子多，还没坐一分钟，她腿上就多了三个包，恨不得现在就回去。

不行，不能起来！身后就是落地窗，秋宁看得到她，不能在秋宁面前丢脸！夏甜雨恨恨地想。

怎么会有秋宁这么可恶的人！

太讨厌了！

她清高、造作、虚伪，看不起人，简直是这个世界上最讨厌的人了！

讨厌死了！

“甜甜？甜宝？小甜心？”李一笑的声音响起，特别像哄小孩的语气。

夏甜雨冷哼了一声：“我不叫甜甜，也不叫甜宝，更不叫小甜心，你喊谁呢？”

“不知道啊，谁应了就是叫谁吧。”李一笑说着，在秋千旁边蹲了下来，“哎呀，刚才谁应了来着？”

夏甜雨发觉自己被“套路”了，气呼呼地哼了一声。

“我最近学魔术了，要不要看啊？”李一笑嬉皮笑脸地问道。

“不要！”夏甜雨一口回绝。

“哎呀，我这魔术技术很好的，要是谁看破了，我必须得给钱问问怎么看破的。这样吧，看出来了我自罚一百！”李一笑说着，摸出一张一百块，晃来晃去，心里暗暗祈祷夏甜雨看不出来，毕竟他现在是一个除非攒够钱不然就要回老家修车的倒霉蛋。

夏甜雨瞅着他，瞅来瞅去，闷闷道：“那你变吧，我勉为其难地给你看看。”

李一笑嘻嘻笑道：“好嘞，这就给甜甜大宝贝表演魔术！”

说着，李一笑把手伸进裤袋里，摸了一会儿，摸出一块红布。

夏甜雨好奇地看着红布，不知道他要变什么魔术。

“看好了，这里有一块红布，这可不是一块普通的红布，这块红布啊，又叫隐形布，只要我念一个咒语，它呢立刻就会变成隐形的啦！”李一笑一本正经地说。

夏甜雨鄙视地看着他：“你当我三岁小孩吗？”

“哪敢啊！甜宝这么聪明，起码也是六岁的大宝贝了！”李一笑正色道。

夏甜雨气得瞪起了眼。

“看好咯，我呢，要把这块布塞进我的拳头里……”李一笑一手攥拳，另一手把红布一点点往拳头里塞，塞啊塞，整块布都塞进去了。

“见证奇迹的时刻来了！听我念咒语啊，甜甜大宝贝，天天是宝贝！”李一笑高呼一声，松开手，被他握在拳头里的红布竟然不见了！

夏甜雨愣愣地看着他的手：“哪去了？”

李一笑摊摊手：“是啊，哪去了呢？”

“欸，这是怎么变没的啊！”夏甜雨上去扒他的手，李一笑后退两步高喊：“男女授受不亲啊！只许看不许摸！”

夏甜雨没看过多少魔术表演，周围灯光又昏暗，一时间是真的想不出李一笑到底是怎么变的魔术，好奇得不行：“你倒是说啊。”

“那不行，这是看家本领，告诉你了还怎么玩？”李一笑坚决不从。

夏甜雨恶狠狠地瞪着他。

“不过嘛……要是有个漂亮姑娘愿意给我唱首歌，我就可以考虑考虑了。”李一笑笑嘻嘻地说。

夏甜雨噘着嘴，在秋千上犹豫了半天：“好吧，那我给你唱一首我新学的歌，你得告诉我你是怎么变的魔术，先说好，我感冒了，唱得不好不要怪我。”

“哎哟，那可太好了！我相信你感冒也能唱到 99 分，扣了一分怪感冒！”李一笑双手合十，做感谢状。

夏甜雨张开嘴，轻轻地唱了起来，翻唱的是一首旋律活泼的小情歌。一开始她的情绪还没有调整过来，声音也带着一点感冒的鼻音，但随着歌唱，她慢慢从刚才的气愤和郁闷中解脱了出来。逐渐地，她脸上浮现出甜蜜的微笑，声音也越来越响亮，手上还做起了动作，一边摇摆身体一边唱着歌。

李一笑专心致志地听着，一边微笑一边点头，等到夏甜雨唱完，他在一旁给她使劲打拍子。

“棒棒棒！这首歌真好听，你唱得也好，原唱都没你唱得好！”李一笑说。

“公司培训课程换了个很厉害的老师，他说我声音条件很好，又教了我一套换气方法，我现在唱起来气息很稳了！”夏甜雨骄傲地说。

“怪不得前阵子我老听到你在院子里吊嗓子，最近怎么不吊了？”李一笑说。

“金锋嫌我大清早把他吵醒了，我就去附近的林子里练习了。”夏甜雨闷闷地说。

李一笑不知道说什么好，一时间有点心疼这个一直被男神无视的傻姑娘。金锋跟她根本不是一个世界的人，游戏宅男对美女不假辞色，真是搞不懂啊。

别说夏甜雨了，李一笑都有点搞不懂。

“你的魔术技巧呢，快告诉我啊！”夏甜雨催促道。

“说了你别打我啊。”李一笑先要个免死金牌。

“不打你，你说吧。”夏甜雨抱着手臂，一心想要听个答案。

李一笑默默从手指上拔了一个假手指指套下来丢给夏甜雨：“喏，刚才把红布塞进拳头的时候，其实是偷偷塞到了指套里，所以你看起来好像红布变没了。”

捧着指套的夏甜雨一脸难以置信：“就这样？”

李一笑认真点头：“对啊，就这样，魔术就这样，拆穿了一文不值。”

“你骗我！”夏甜雨的脸上露出了杀气。

“哎呀，生活就是上当嘛，别想了，来来来，给你推推秋千哦。”李一笑跑到夏甜雨身后给她推起了秋千。

夏甜雨勉强接受了这份服务，坐着秋千荡了起来。

“你小时候玩秋千吗？”李一笑问道。

“啊，秋千啊？不玩的。小时候我看到郑仙仙家有个秋千，可羡慕了，回家央求爸爸给我扎一个……”夏甜雨说着，声音低了下去。

“然后呢？”李一笑问道。

夏甜雨沉默了一会儿，就在李一笑以为她不会回答的时候，她喃喃道：“他把我打了一顿，骂我是个赔钱货，我脑袋磕在了柜子上，现在头发里还有一道疤。”

李一笑也沉默了。他知道夏甜雨的童年并不快乐，但听她真的说出来的时候，他还是感到沉重。

他小时候是个猴儿，父母外出务工，爷爷奶奶看不住他，他从小漫山遍野跑，到处抓野鸡、野兔和朋友一起烤了吃，偷人家种的番薯烤了吃，还和朋友一起下河捉鱼烤了吃。也许正是这样的经历，才奠定了他对美食的执着。爷爷奶奶喜欢这个孙子，处处宠着他，他虽然没有长成一个小霸王，但童年却也没缺少过关爱。

“我小时候也被人打。”李一笑说，岔开了话题，吸引了夏甜雨的注意力。

“谁打你？”夏甜雨关心地问道。

“谁都打，谁抓到谁打。我小时候可混蛋了，挖人家田里的番薯，欺负邻居家的黄狗，偷了人家的渔网去河里捞鱼，以搞破坏和搞吃的为核心目的，在村里为非作歹，成了一代村霸，村民们敢怒不敢言。听说我要出去打工的时候，全村人民欢送村霸李一笑，生怕我回乡再就业。”李一笑一本正经地瞎说了起来，适当丑化了一下自己。

夏甜雨听得笑出了声：“你爸爸妈妈不管管你吗？”

“我爸妈啊，你见过的，我很小的时候他们就出去务工了，一年都见不了几次面，我也没有兄弟，家里就我一个崽，所以爷爷奶奶都惯着我，要不是我根正苗红，早就被养坏了。”李一笑说。

“没有兄弟姐妹真好啊……”夏甜雨喃喃道。

“你好像有个弟弟？”李一笑问道。

“嗯，我有个姐姐，有个弟弟。姐姐已经嫁人了，嫁给了隔壁村的老鳏夫，弟弟还没娶上媳妇……反正我是不想回去了，没什么意思。”夏甜雨冷漠地说道。

这还是夏甜雨第一次说起家里的事，听起来并不是什么快乐的回忆。她从来都小心隐藏，可也许是因为夜深人静，她突然间强烈地想要倾诉，竟然说了出来。

关于她不快乐的童年，关于不快乐的童年中，她唯一快乐的回忆。

“那时候我就喜欢唱歌，但是不敢在家里唱，要是吵醒了我爸，他会拿着啤酒瓶撵我。我就跑到山里去，一个人唱，唱给我自己听。山里很安静，还有泉水的声音，鸟叫的声音，虫子叫的声音，安静又热闹，整个世界都在听我唱歌。”夏甜雨轻声说道。

“哇，你这是迪士尼的公主啊，在山林里给小动物唱歌，多浪漫。说不定它们现在还在想，咦，那个唱歌很好听的小美女去哪里了？怎么不来唱歌了？”李一笑用夸张的语气说道。

夏甜雨被逗笑了：“我那时候唱得又不好。再说了，就算它们真的想我，我也不会回去啦。我第一次来到这里的时候，就觉得城里好热闹，我喜欢热闹，所以我再也不要回去了。”

“你喜欢这里吗？喜欢当主播吗？”李一笑问道。

夏甜雨露出了一个美丽的笑容，她用力点头，自信满满地说道：“嗯，我喜欢！我想唱歌，想一直唱下去。我会一直唱下去，让所有人都知道，我唱得真好。”

万家灯火之中，李一笑突然感受到了这个姑娘身上那勃勃的生命力，她是真的喜欢唱歌。

她会成功的，李一笑心想。

这样的夏甜雨，一定会成功的。

魅丽文化 花火工作室

主播们

下册

薄暮冰轮 著

百花洲文艺出版社
BAIHUAZHOU LITERATURE AND ART PRESS

第十三章

我的同事遭遇土豪

夏甜雨特别烦恼。

她的烦恼很多，从应该买哪家微商的假包，到秋宁粉丝订阅又涨了，再到她怎么还不一夜爆红。脑袋瓜子里装满了各种不切实际的妄想。

但是这一次，她是特别烦恼。

因为，她今天随机选择PK对象的时候，竟然随机到了秋宁！！！

当秋宁出现在屏幕左半边的时候，夏甜雨整个人都不好了！！！

她怎么可能打得过秋宁？这点自知之明她还是有的。秋宁自从那首单曲爆红之后，正处于夏甜雨日思夜想的一夜爆红状态中，每天都有大量观众慕名前来她的直播间，围观唱这首歌的美女主播到底长什么样，一不小心就被“圈粉”了。

秋宁直播时还是我行我素，80%的时间在打游戏，剩下20%时间才勉强唱唱歌。

但就是这样随性直播，都比夏甜雨红！

夏甜雨每每看到两人越拉越大的差距，气到晕厥，只恨自己怎么就没有几个土豪粉，帮她掀翻秋宁！

说来也是奇怪，一般的女主播总有几个土豪粉，会固定地看她的直播，给她送大额礼物，常年霸占粉丝礼物榜单的前几位。但是夏甜雨，她莫名地就是不招土豪粉，看看她的礼物榜单，每周排名前几的粉丝都不一样。换言之，她留不住土豪粉。

这一点也是让夏甜雨耿耿于怀的地方。她甚至恶意地猜想一定是因为这些女主播和土豪有见不得人的勾当，她做不来这些勾当，所以才没有土豪粉。

哼，她才不做这样的事呢！没有土豪粉就没有吧，靠那些给她使劲加油的小粉丝，凑一凑也能混得不错的！她才不稀罕土豪粉呢！

但是今天，她终于知道……土豪粉，真香！

秋宁看到和她PK的人是夏甜雨，也有些诧异，但是她很快调整了过来，笑着和夏甜雨打了个招呼。

两人开始商业互吹，吹了一阵后开始表演才艺。

PK 进度条开始动了，秋宁先唱了一首歌，粉丝们踊跃送礼物，一下子就把 PK 条推了过去。夏甜雨脸色一下子不好了，这也差太多了吧！

轮到夏甜雨表演了，她推开椅子给大家跳舞，边唱边跳格外卖力，但是表演完毕，PK 条也没能推回去，她和秋宁还是差了一大半。

眼看 PK 时间一分一秒过去，她很快就要输给秋宁了，一股不甘的情绪一下子涌了上来。

凭什么啊？凭什么秋宁总是这么好运？长得漂亮，比她有钱，直播工作漫不经心，每个月业绩还吊打她，现在一曲成名，公司都准备把秋宁往上推，接班一姐陆霏霏了。

而她呢？她那么努力那么认真地唱歌，偏偏就是没有秋宁这样的运气。

她怎么就是这么背呢？

“大家尊重一下PK条啊，小礼物我们凑一凑嘛，凑一凑呗。×哥，你看人家这么惨，被隔壁美女按在地上摩擦了。×× 哥，你忍心看我被吊打吗？”夏甜雨强撑着脸上甜美的笑容，努力地给自己拉票。

PK 条还是没有大动静，她依旧被秋宁压着打。

其实这是再平常不过的情况了，大部分才艺主播根本不在乎输赢，PK 只不过是刺激粉丝送礼物的一种手段罢了，气氛一上来，看到对面砸礼物，粉丝自然而然地就会想送礼物帮自己这边的主播扳回一城。时不时就会有前半程被对面的礼物数量压着打，最后几秒钟土豪粉天降大额礼物翻盘的情况，一般管这种情况叫偷塔。

夏甜雨从未有过今天这样想要偷塔胜利的渴望。

谁都可以赢她，可偏偏对手是秋宁，可是偏偏她在乎，她不想输。

夏甜雨脸上甜美的笑容撑不住了，时间还有一分钟，她突然控制不住自己，鼻子一酸，说道：“大家可能不知道吧？秋宁是我的室友，我们住在一起。”

粉丝弹幕一片问号，还有人问这是在同居吗。

“大家没注意到吗？我们的账号名称前缀都是HX，我们是同一家公司的主播。”夏甜雨看着屏幕上永远美丽优雅的秋宁，脸上甜美的笑容再也撑不住了。

“我和秋宁是差不多时间到公司的，我稍早一些，秋宁签约不久，经纪人就对我说，他看好秋宁。秋宁漂亮，唱歌好听，学历很高，他把秋宁和我安排在了一处住宿，希望我们互相促进。我第一次看到秋宁的时候，像是丑小鸭见到了白天鹅一样，惊呆了。秋宁本人比镜头里还要好看，真的，非常非常漂亮。那时候我好胜，一门心思想赢她，我一直都想赢她。”

“可我从来都没有赢过秋宁，长相也好，成绩也好，家世也好，哪怕我最自豪的唱歌，也没有赢过。秋宁出了单曲《我在喜欢你》，我听到的时候简直是绝望，因为那首歌太好了，真的真的，太好了……我总是想赢你，可你越飞越高，我再也追不上你了。”夏甜雨突然哽咽了一下，“今天输了，一点也不奇怪，没什么好奇怪的，我就是有一点难过……就一点点。为什么我就是赢不了呢？可能我就是没有这个命吧。”

时间一分一秒过去，还剩十秒。

第一次听到夏甜雨这样真情流露的话语，秋宁呆呆地看着她。

那种奇异的烦闷感再次袭来。

一开始，她是讨厌夏甜雨的。

她第一次见到夏甜雨，是在去七号别墅的路上。那天下了雨，刚签完约的秋宁匆匆地拖着行李走过小区的亭子，因为不认识路绕到了偏僻的区域，见到了蹲在亭子边灌木丛里擦眼泪的夏甜雨。

她不知道这个姑娘为什么在哭，在一个下雨天，一个人蹲在无人的角落里偷偷抹眼泪。

事实上，她也不关心这个，她从来不是那种会走上去给陌生人递一张纸巾的人，她只会默默走过，不去打扰别人的悲伤。

那只不过是一个和她毫无联系的陌生人，她不关心陌生人。

这个世界上有七十亿陌生人，每个人身上的悲欢离合、喜怒哀乐都可以写成一个很长的故事，她无须去了解这么多故事。

那个姑娘似乎感觉到了有人在看她，抬起头看到下雨天撑着伞也依旧干净清爽，写意从容的秋宁。

“看什么看啊！”那个姑娘没好气地叫道，色厉内荏的样子。

这个样子，让秋宁想起了警惕的小野猫，不驯服的东西，她不喜欢，她也无意去驯养。

秋宁既没有道歉，也没有回嘴，只是走开了。

那时候她们不知道，彼此还会再见面。

第二次见面的时候就是在七号别墅了，这一次的见面有些尴尬，秋宁知道了这个在下雨天一个人抹眼泪的姑娘叫夏甜雨，也知道了她为什么哭——陈阳告诉她，夏甜雨最近的成绩一直起不来，如果再没有起色，公司就要和她解约了。

但是夏甜雨从来没有在秋宁面前表露过这种焦虑，她像是一只急于表现自己的小公鸡一样，雄赳赳气昂昂地跟秋宁斗天斗地。

她邀请秋宁去自己的房间，装作不经意，其实特别刻意地向她展示了自己的衣橱——满满一柜子的假包，还有各种仿得不高明的大牌衣服鞋子，特别大方地对秋宁表示，她要是直播需要衣服，可以问自己借。

显而易见的虚荣。

这对秋宁来说很有趣，她从小到大的圈子里，见过无数虚荣的人，应该说不虚荣的人才是绝对的少数派。但是几乎所有人都会把这份虚荣掩饰得很好，至少在和自己同一阶级的人面前，他们不会轻易地炫耀，至少不会如此简单粗暴地炫耀。

但是夏甜雨不一样，这个姑娘迫切地想要展示自己，似乎想要借此抹去秋宁印象里那个下雨天偷哭的女孩子。

在交谈中，秋宁很快看透了这位室友的学识——义务教育水平，绝对没上过大学。

可是夏甜雨却言之凿凿地说起了自己的大学经历，编得太假，让秋宁保持住脸上礼貌的微笑都很费力。她几乎花费了全部的自制力，才没有当面拆穿她漏洞百出的说辞。

她不喜欢这个室友，一点也不喜欢。

她有时候会故意捉弄她，带着一种居高临下逗弄小宠物的恶趣味，看着夏甜雨急得满头大汗地圆谎，她只觉得有趣。

是什么时候开始，她改变了看法呢？

还剩五秒。

夏甜雨已经死心了，她两眼无神地看着前方，好似在回想什么，又好似在渴望什么。

也许，是渴望一个不会发生的奇迹。

她一生都没有遇到过的奇迹。

四秒。

三秒。

两秒。

一秒。

屏幕上突然跳出了收到大额礼物时才会有的特效动画，夏甜雨愣了足足有五秒钟，这才意识到发生了什么——

有个土豪粉丝送了她平台礼物中最贵的一个礼物。她的PK条以一个绝对的优势压倒了秋宁。

她赢了。

夏甜雨尖叫出声，不顾形象地狂拍桌子站了起来："我赢了？我赢啦？我真的赢了？！！"

夏甜雨捂住脸，难以置信地盯着PK条，上面写着硕大的"胜利"二字。

她赢了？她赢了！她夏甜雨，赢了秋宁！！！

她竟然赢了秋宁！她可以吹一辈子！

“谢谢，谢谢‘江城子’大哥！谢谢你！我真的不知道该怎么感谢你。我以为我输定了，我都快认命了，谢谢你！谢谢你送了我礼物。谢谢，谢谢……”夏甜雨激动到语无伦次，不停地感谢这位账号名称叫作“江城子”的大哥。

不受控制的眼泪从她的眼眶里滑落，一瞬间将她压抑了太久的情绪宣泄了出来，她哽咽着一遍又一遍地道谢。

夏甜雨的直播间里已经充满了“大哥666”之类的弹幕，土豪“江城子”却什么都没有说，倒是主动加了夏甜雨的QQ群，房管立刻殷勤地把微信群号发给了他，他又加到了夏甜雨的微信群。

下播之后，夏甜雨欣喜若狂地在朋友圈里狂发了一通“啊啊啊啊啊”，又在微博里欢天喜地搞抽奖，发出去之后却又心疼起了奖金。

不管了，她赢了秋宁啊！这是一件天大的喜事！让她扬眉吐气！可以在秋宁面前炫耀一辈子！

发朋友圈的时候，夏甜雨赶紧从微信群里找出新加入的土豪“江城子”，第一时间就加了他的微信，热情地感谢了这位土豪粉丝。土豪粉丝回了她一个微信自带的微笑表情。

时间已经很晚了，夏甜雨和“江城子”道了晚安，决定明天再和他寒暄。

这位土豪粉应该不是她的粉丝，夏甜雨发现了，这位“江城子”大哥应该是第一次来她的直播间。不然这么高等级的贵宾会员，她不可能没有印象，她可是每天下播后都会把当天一些重要观众的账号名称背一遍，并记下他们喜好歌曲的敬业主播。

这次一定要留住土豪粉！沉浸在赢了秋宁的兴奋之情中的夏甜雨，默默做了这个决定。一定要维护好和土豪粉丝的关系！

钻进被窝里的夏甜雨打了两个滚，这一天太跌宕起伏，PK最后绝地反击的那一刻，她觉得一切都太值得了。赢了秋宁的感觉太好了！她恨不得向全世界炫耀她的胜利！

加油，夏甜雨，你一定会成功的！你一定能彻底打败秋宁！

怀着这样的梦想，夏甜雨沉入了美梦之中，在梦里发出了窃喜的笑声。

李一笑最近在尝试深夜直播，一边做菜一边接观众电话，像是深夜电台一样，效果很不错，只是熬夜让他有些疲惫。但是一想到和父母的约定，他就像打了鸡血一样干劲十足，毕竟他真的不想回老家学修车。

结束今天直播的时候，已经是半夜三点钟了，他哈欠连连地收拾东西，准备洗洗睡了。

刚走到楼梯上，上面传来了脚步声，秋宁走了下来，胳膊里挽着一个袋子。

“还不睡呢？”李一笑问道。

秋宁对他微笑点头：“睡不着，出去走走。”

“这么晚了还是别出去了，我们这里毕竟偏僻，不太安全。”李一笑说。

“没事，我就在小区里走走。”秋宁说。

“别别别，我陪你出去走吧，你一个姑娘家的大晚上毕竟不安全。”李一笑见劝不动秋宁，就主动提出陪她走走，就当日行一善吧。

秋宁略一思忖，点了点头说：“谢谢你。”

见秋宁没拒绝，李一笑迅速换上鞋子，陪秋宁出门去了。

凌晨三点，整个白云商墅都在睡梦中，零星的有几扇窗户里亮着灯，是那些做深夜时段的主播在为工作忙碌着。

“这么看来，大半夜直播的主播也不少啊。”李一笑看着附近几扇亮着的窗户，说道。

“是啊，我之前认识一个主播，尝试过连续直播 48 小时，不睡觉的。”秋宁说。

“啊？这也行？太拼了吧？后来他红了吗？”李一笑问道。

“直播时脑梗了，粉丝帮他打了急救电话，抢救过来了。”秋宁说。

“……”李一笑无语。

“你也调整一下时间吧，老是半夜直播，对身体也不好。”秋宁说。

“我知道，我也是最近才把直播时间调整到半夜的，毕竟现在刚起步嘛，苦一点也是正常的，等攒够人气我再杀回高峰时段去。”李一笑说。

两人走着走着，已经绕着白云商墅走了半圈。秋宁大部分时候都沉默着，似乎心事重重的样子。

她来到了小区的一个角落，打开了胳膊上的袋子，掏出了一袋猫粮。

李一笑看着她熟练地把猫粮洒在地上，几只等候已久的野猫钻了出来，开始急切地品尝消夜。

“你还喂猫啊？”李一笑惊讶地问道。

秋宁可实在不像是会干这种闲事的人。

“嗯，也不是每天，想起来了就来喂一下。”秋宁淡淡道。

这倒是很符合秋宁的个性，随性、自我、并不在乎……呃，猫的感受。

“你喜欢猫？”李一笑又问。

“算不上吧，我不喜欢野性难驯的动物……不过，有时候又挺可爱的，也许我应该驯养一只？”秋宁笑了笑，蹲下来试图去摸其中一只野猫的小脑袋。

那野猫警惕地躲到了一旁，用眼神评估了一下这个女人的风险，到远一点的位置继续吃猫粮，一边吃一边盯着秋宁，丝毫不因为秋宁投喂了它而感激涕零。

“野猫总是这样，真不讨人喜欢。”秋宁心情复杂地说道。

刚才你还夸人家可爱呢！李一笑在心中腹诽了一句，真是傲娇啊。

“有句话说，当你觉得这只猫可爱的时候，你已经被它驯养了。所以并不是你驯养了它，而是它驯养了你。”李一笑说道。

秋宁深深地看了他一眼，意有所指地说道：“也许吧。”

“今天的直播还顺利吗？”李一笑看得出她有些心事，又不好直接问，于是旁敲侧击了起来。

“还行吧。今天 PK 的时候遇到夏甜雨了。”

“哎哟，挺巧啊，你们谁赢了？”

“甜甜赢了。”

李一笑惊讶了一下，如果是发生在两个月前，他不会有什么惊讶，那时候两人人气差不多。但是现在，秋宁已经因为《我在喜欢你》这首歌红了，要不是她本人对娱乐圈没兴趣，拒绝了公司的安排，她现在说不定都已经进军娱乐圈了。可见她和夏甜雨现在人气差距有多大。

秋宁是因为这件事不高兴？不会吧，这不是秋宁的性格。

几位室友里，李一笑最不了解的就是秋宁了，但是饶是如此，他也觉得这么斤斤计较不是秋宁的个性。

她是个非常爽快大气的女孩子，教养很好，却给人一种疏离感。

“PK 的时候，夏甜雨说了不少心里话。她说，我已经越飞越高，她再也追不上我了……我也不知道怎么的，突然，有一点……难过吧。”秋宁喃喃说道，“我以为我不在乎她什么，可是听到她这么说的时候，我还是很为她难过。”

“怎么可能不在乎呢？你觉得你不在乎甜甜吗？她想整容的时候，你还劝她来着呢。”李一笑纳闷道。

“那只是普通朋友的在乎吧？”秋宁说，突然笑了一下，“现在我觉得，我比那样的在乎，还要更在乎。”

李一笑恍然大悟：“我知道了，你其实把她当特别好的朋友，闺密的那种！”

秋宁深深地看了李一笑一眼，突然笑出了声：“男生真的对女孩子之间的感情不太敏感啊。”

“难道不是吗？”李一笑抓了抓头发，反问道。

“是，没错，我真的……很在乎她。”秋宁抬头，看着夜幕中寂寥的点点星光，低喃着说道，“一开始我真的不喜欢她，她有些地方，真的让人喜欢不起来。后来了解深了，我反而有点同情她，觉得怎么会有人这么傻，傻到可笑，又傻到可怜。她过着一种我完全不了解的生活，她从小到大的生活环境、教育质量、物质条件，全然地，和我不一样。每次买了几百块的假包美滋滋到我面前炫耀的时候，我……又好笑，又可怜她。”

有这么一个人，把你当作假想敌，成天挖空心思地研究你，拼了老命想要追上你，却还是被越甩越远。她不懂什么是时尚，审美也糟糕透顶，买假包假大牌充门面，还搭配得一塌糊涂。

她一点也不讨人喜欢。

可偏偏她喜欢。

秋宁看着天幕中寥寥的星辰，轻叹了一口气。

有时候她也忍不住会去思考，她为什么会这么在意夏甜雨，明明她们从来都不是一个世界的人。

可是她的嫉妒，她的肤浅，她的爱慕虚荣，这一切真的是夏甜雨的错吗？如果人能够选择自己的父母，如果她可以出生在一个更幸福的家庭里，如果在她无助的童年里有人能够给她另一种人生，她当然会比现在更优秀。

可是她没有，上天只给了她一个机会——逃出去，去外面的世界唱歌吧。

就这样，一个本不应该出现在她面前的夏甜雨，出现在了她的眼前。

李一笑也不禁叹了口气，他也有些感慨，如果从小喜欢唱歌的人是秋宁，她大可以告诉父母，而不是在父亲的棍棒下一个人跑到深山老林里唱歌。她会得到父母的帮助，拥有最好的老师，获得最可贵的机会，只要她有那么一点点天赋，她就会得到一百分的支持，让她的才华大放光彩，哪怕这份才华的重量原本并不值得被如此珍视。

“甜甜没和你说过她小时候的事情吧。”李一笑问道。

秋宁摇了摇头：“她不可能跟我说。”

李一笑挠了挠头：“她肯定不想让你知道，那我也不好说太多。甜甜身上，确实有这样那样的缺点，有时候不太讨人喜欢，但是她很勇敢。”

“勇敢？”秋宁眨了眨眼，重复了李一笑的话。

李一笑点了点头：“对，她很勇敢，她不认命。”

所以她在对外面的世界知之甚少的情况下，还是毅然逃离了她的家庭，鼓起勇气奔向一个未知的未来。因为她想唱歌，因为她不认命。

秋宁的眼中泛起一丝神采，她微笑道：“我忽然想通了一件事。”

“什么事？”李一笑好奇地问道。

秋宁笑而不语。

到底是为什么，她会对她如此在意。

她突然间明白了。

“啊啾！”李一笑在饭桌上打了个响亮的喷嚏，响亮到整个桌子都抖了一下。

原本心事重重地扒着饭的夏甜雨嫌弃地端开碗：“别把感冒传染给我，我这才刚好呢！”

“别是吹风感冒了？”秋宁担忧地看着李一笑，有些歉然。

昨晚是她要半夜出去散心，走了一圈之后，她好好地睡了一觉，陪她散步的李一笑却打起了喷嚏，约莫是感冒了。

“没事，我能有啥事啊，就是刚才鼻子痒了一下。”李一笑若无其事地说道。

他的心态奇好，不管是概率多低的事情都有极大的可能发生在他身上，他已经习惯了。

今天大家在一起吃了个午饭，韩麦依旧在早出晚归地体验生活，其余几人都在。李一笑从早上起来就觉得有点不对劲，但心想着自己身强力壮的喝点热水就能好，没想到还是感冒了。

中午这一顿饭，不知道为什么特别沉默，大家默默地吃饭吃菜，一声不吭。李一笑因为有点头晕昏沉，话少了，可就连平时格外聒噪的夏甜雨，今天吃饭的时候也特别安静。

“甜甜，你今天怎么了？这么安静，这不像你啊！说，哪来的妖精，上了咱们甜甜的身？啊啊啊啊……啊啾！”李一笑刚贫嘴了两句，鼻子一痒，又是一个喷嚏。

夏甜雨做了一副被他恶心到的表情，白了他一眼，丢下碗筷跑了。

“不是吧，脾气这么大？”李一笑惊了。

金锋都有点茫然：“她怎么了？”

“不知道啊，心情不好，可能是女人每个月总有那么几天……”李一笑说着，看到夏甜雨“噔噔噔”地从三楼跑了下来，把几包吃剩下的感冒药丢给了李一笑。

“感冒了就吃药。”夏甜雨说着，觉得这样好像太关心他了，又加了一句，“可别传染给我了。我一天大几千上下，少播一天都是血亏！”

哦，最后这句很符合夏甜雨的人设了。

李一笑可不会被她气到，他嬉皮笑脸地接过感冒药，揶揄道：“哇，甜甜，你今天真的不对劲啊，这么体贴？果然不对劲！”

“不对劲你个大头鬼！”夏甜雨叉着腰怒道。

李一笑连连点头：“没错没错，我的头是挺大的，这都被你发现了。”

几人继续吃饭，吃完了饭金锋主动端着盘子去洗碗了，秋宁在擦桌子打扫卫生，李一笑坐在沙发上研究感冒药的说明书。夏甜雨走到了沙发旁，抱着手臂坐了下来，满脸都写着“我不高兴谁来哄哄我”。

“怎么了？谁惹你生气了？”李一笑问了一句。

“我没生气。”夏甜雨闷闷道。

以李一笑被前女友血虐的经验来看，女人说没生气，那必须是生气了啊！要是不刨根问底搞清楚，谁知道她会想哪里去！

赶紧哄好，不然没完没了！

“没生气？那就是有那么一点点心烦了？”李一笑换了个问法。

“嗯……”

“谁烦你？别的主播？陈阳那个傻子？还是哪个不长眼的粉丝？”李一笑问得更详细了。

“是个粉丝啦。”夏甜雨被他一问，终于说出来了，“昨天我直播间里来了个土豪，帮了我一把，我就加了他微信。”

“他怎么了？骚扰你了？”李一笑关切地问道。

这也是女主播经常遇到的问题，总会遇到些粉丝骚扰之类的麻烦。

“没有，他没骚扰我，就是很冷淡。好像没什么兴趣和我聊天，这就很奇怪了啊，一般粉丝加了主播微信都很兴奋地聊个不停，但是他很奇怪，朋友圈对我屏蔽，我跟他发微信他都回得很慢，回了也就几个字，跟金锋似的。”夏甜雨嘀咕道。

不，金锋并不是这样，他只是不想回你，和我发微信的时候一打一大段，手速贼快，回都回不过来，特别是骂我是个傻子又坑了他的时候，完全展现了一个电竞选手的手速。李一笑在心里吐槽道。

“你现在是担心什么？担心他不理你？”李一笑问。

“不是。我害怕，他对我的喜欢，不是那种肤浅的喜欢。”夏甜雨凝重地说道。

“啊？不肤浅，那不是很好吗？”李一笑不解地问道。

夏甜雨面露惊恐之色：“不，那意味着，他给我砸钱，不是因为看我漂亮，而是因为他想跟我睡觉！”

“……”李一笑被这逻辑打败了。

“有很多土豪，他们给女主播砸钱，就是想和女主播睡觉！”夏甜雨的表情越来越惊恐，“可我不想和他睡觉，我怎么办啊呜呜呜呜呜……”

对不起，我这个“直男”不是很懂这种烦恼。李一笑默默心道。

“怎么处理和粉丝的关系，这个公司应该教过的吧？”李一笑问道，“特别是你们才艺主播，这一块很看重。”

“教是教了很多，但是我太笨了，不会用啊！到现在一个土豪粉丝都没留住！”夏甜雨急得要哭了。

李一笑寻思着这个应该向谁请教，最好找那种人气很高，粉丝很多，情商又很高，能把粉丝遛得团团转的女主播。郑仙仙？算了，她不做直播，只做短视频，再说了她这暴脾气实在称不上情商高，不殴打粉丝就算不错了。秋宁？不行不行，秋宁压根儿不管粉丝，非常高冷，一般人没她这个颜值这么干就是找死。

还有哪个比较熟的女主播，擅长遛粉的那种？李一笑思来想去，脑中突然浮现出一张熟悉的脸。

这一位，一定没问题。

“我帮你请教一下高手啊。”李一笑对夏甜雨说道。

李一笑掏出手机，给李师师发了一条微信：“要维护好和土豪粉丝的关系，最关键的一点是什么？”

几秒钟后，李师师回了他一句：“不要和粉丝睡觉。”

李一笑目瞪口呆，连回了三个问号：“？？？”

又问：“你认真的吗？”

李师师懒得打字，直接语音回复了：“没开玩笑。和粉丝线下吃饭可以，绝对不能睡。你要想明白，大部分土豪都不是人傻钱多类型，打赏你的终极目的是什么？是和你睡觉。要是目的达成，人马上无情跑了。当然是要吊着他，让他持续不断给你打赏，懂吗？”

李一笑默默看向夏甜雨，夏甜雨的表情简直是恐慌：“那怎么办啊？我害怕呜呜呜呜呜。”

“那应该怎么吊着他？”李一笑又问。

李师师又回了他一段语音微信：“告诉他，我把你当兄弟你却想睡我，你还算是个人吗？我好委屈、好伤心、好难过，要你发十个红包才能好。”

李一笑嘴角一抽：“不是我，我没有这种土豪粉丝，是一个主播朋友。”

“夏甜雨是吧，只有那个傻妞会这么问。”李师师慧眼如炬。

李一笑回了他一串省略号。

夏甜雨已经抓狂了：“那我怎么办啊？我对他说，‘我把你当哥哥，你却想睡我吗？’”

“冷静，冷静一点，现在的问题是，我们要搞清楚你的这位土豪粉丝是不是有这种想法，说不定人家只是看你漂亮随便打赏了一点呢？这个世界上总是有那么多人傻钱多的人！”李一笑说。

正说着，夏甜雨的微信响了。她打开微信看了一眼，倒吸一口凉气！

“怎么了？”李一笑纳闷地问道。

“他……他……他……他给我打……打……打……打……打了好多钱！”夏甜雨尖叫了起来。

李一笑把脑袋伸了过去，卧槽，不是两百一个的红包，是直接转账过来的，一条一万连着好多条。

夏甜雨“啊”地捂住了胸口，尖叫了起来：“他一定是想睡我！啊啊啊啊啊！他一定是个四五十岁地中海、啤酒肚的油腻中年暴发户大叔！他打赏我一定是想和我睡觉！我不想和他睡觉！！！”

夏甜雨的尖叫引起了秋宁的注意，她走了过来：“怎么了？”

“呜呜呜呜我好害怕啊，从来没有粉丝给我打这么多钱，我好害怕啊呜呜呜呜呜。”夏甜雨“嘤嘤嘤”了起来。

李一笑强行安慰道：“他也没提出什么要求啊，也许就是看你顺眼给你打钱呢？”

“叮”的一声，夏甜雨的微信又响了，她几乎是手抖着解开了锁屏，然后两眼一翻，瘫软在了沙发上。

李一笑拿过她的手机看了起来，只见微信里写着："有空吗？我就住在W市，请你吃个饭。"

夏甜雨瘫在沙发上，"嘤嘤嘤"地哭了起来："我就说，他一定是想和我睡觉，呜呜呜呜呜呜……"

秋宁总算听明白了，她皱了皱眉问道："遇上变态的粉丝了？"

夏甜雨没回她，用行动表示自己不想看到秋宁。

"拉黑就行。"秋宁说，"我的黑名单里已经躺了不少人了。"

秋宁说得简单，夏甜雨却没法像她这么洒脱，况且这个粉丝可是昨晚帮她PK赢了秋宁的那个人。

咦，难道说秋宁知道这个粉丝就是那人？所以才劝她把人拉黑？好让她没了这个土豪粉？

好啊，好你个秋宁，阴险狡诈！差点就上了你的当了！

夏甜雨越想越气，抱紧自己的手机对秋宁冷冷道："我的事情不用你管！"

此时，微信又亮了起来，夏甜雨赶紧打开一看。

"可以带你朋友一起来，人多热闹。"土豪粉丝说。

夏甜雨松了口气："李一笑，你看，他让我带朋友一起去欸，你说我们是不是误会他了？"

李一笑也有点惊讶，难道真的是误会了？

缓过劲来的夏甜雨又恢复到了趾高气扬的状态，对秋宁说："我刚才误会人家了，人家只是请我吃个饭，还让我带上朋友一块呢。"

说着，夏甜雨转过头问道："李一笑，你去不去？"

李一笑苦笑，能不去吗？他要是不去，夏甜雨绝对和他绝交。再说了，他这个个性，实在不可能让一个姑娘去赴来路不明的粉丝饭局。哎，日行一善，日行一善啦。

"去，必须得去！"李一笑说。

夏甜雨满意地点点头，感觉倍儿有面子。

"那我也去吧。"秋宁主动说道。

夏甜雨挑了挑眉，要是她不让秋宁去，那就显得她太小气了，去就去吧，正好让秋宁看看她的粉丝多给力！

哼，又不是只有秋宁的粉丝给力，她的粉丝也很厉害的！

只是……还是有一点点害怕啊。

可别是什么奇怪的粉丝吧？

李一笑，夏甜雨，秋宁三人，根据土豪粉给的地址，来到了一家装修得非常雅致的日料店。

“就是这里？”夏甜雨核对了一下地址之后说道。

“我在大众点评上查到了这家店，人均八百呢！我可从来没来过这么贵的店！”李一笑现在有点儿尿。

夏甜雨也尿，她虽然是个小网红，收入比同龄姑娘们高，但从来也没来过这种店啊。

秋宁虽然没觉得价格有什么不对，但还是礼节性地说了个谎“人均八百是挺贵的。”

“也就人均八百嘛！有什么了不起的！走吧走吧，进去了。”夏甜雨深吸了一口气，装出一副气定神闲她常来的样子，然而行动却暴露了她的慌张，她拉了拉李一笑，“进去啊？”

“啊？你先进去啊。”李一笑也尿，总觉得今天穿得不够正式。

给他们拉开门的服务员脸上的笑容已经快僵硬了。

秋宁看了看门口拉扯个不停的两人，自己抬脚走进去了。

不好，秋宁进去了！她是不是又输了！夏甜雨一看，赶紧也跟了进去，硬是快走几步来到秋宁的前面，高冷地对服务员说出了包厢的名字。

服务员带着他们一行人来到了走廊尽头，前方只有一个房间，就是土豪预定的包厢。

“李……李……李一笑，我……我……我……我那个……有点紧张。”夏甜雨想到里面就是那位打赏了她的土豪粉，心里慌慌的。

李一笑已经尿完了，进来之后倒是放松了一点：“要么我给你先进去探探？”

“或者我先去吧？”秋宁说，“你别紧张。”

“谁紧张啊！我自己去！”夏甜雨不想输给秋宁，硬着头皮自己快步走了过去。

包厢很大，还有和式室内造景，夏甜雨一边走一边心脏狂跳，生怕里面坐了个肥头大耳的暴发户大叔，不怀好意地看着她。

但是哪怕是最可怕的想象里，夏甜雨也绝对想不到里面竟然坐着一个女人。

一个美丽端庄、穿戴华贵的中年贵妇坐在榻榻米上，脸上没什么笑容，淡淡地问道：“你就是‘小甜甜不下雨’？”

夏甜雨脸上僵硬的笑容终于在这一刻分崩离析：啊啊啊啊啊啊啊，这是土豪粉丝的老婆来捉奸了？！！

啊啊啊啊啊怎么办啊？她会不会高喊我是狐狸精挠花我的脸？

啊啊啊啊啊啊好害怕啊！！！

就在夏甜雨惊恐之际，秋宁和李一笑走了进来，看到这位中年女粉丝的时候都愣了一下。

特别是秋宁，她差一点就要脱口问出：你来做什么？

中年女粉丝打量着三人，给了秋宁一个挑衅的眼神，然后礼貌笑道：“都坐吧，甜甜坐到我身边来，今天只是想请你们吃顿饭，没什么别的意思。”

夏甜雨心慌得不行，使劲去瞟大门的方向，一副随时想跑掉的样子。

“自我介绍一下，我就是加了甜甜微信的‘江城子’，本名江婉，你们叫我江姨就好了。”江姨语气淡淡的，有一股清冷矜贵的气质。从她的打扮来看，确实也非富即贵。

“江……江……江……江姨好！”夏甜雨已经傻了。

眼前这个贵妇人真的是她的粉丝？她不但有女粉，还是个土豪女粉？

怎么回事？！她的直播路线出了什么问题了吗？！为什么会吸引中年女粉丝啊？！这就是她死活火不起来的原因吗？！

夏甜雨开始疯狂脑补。

眼看着夏甜雨傻了，李一笑总不好让场面尴尬，爽快地说道："怎么能叫江姨呢？您这么年轻，叫一声姐姐都怪不好意思的！"

江姨微微一笑，不着痕迹地瞥了旁边的秋宁一眼："我女儿的年纪和你们差不多，你们叫我一声江姨不过分。"

李一笑说道："您有女儿啊？还这么大了，真是看不出来。"

江姨笑得更淡了："是啊，死了。"

"……"全场静默。特别是秋宁，她漂亮的脸蛋已经扭曲了。

"这么说也不妥当，她人倒是活着，但离家出走从不主动打电话，这种不孝女，当她死了也没什么不对。"江姨说着，冷笑了一声。

秋宁："……"

"我在直播里看到甜甜，觉得这姑娘真不错，比我女儿强多了。甜甜，你愿不愿意当我的干女儿？"江姨亲切地问道。

夏甜雨呆呆地张着嘴，傻了。

这是什么走向？天降土豪干妈？她夏甜雨要发达了吗？！

难道这是老天对她的补偿？让她有一个愿意给她花钱的干妈？

"我……我……我……我愿意！我当然愿意了！！"夏甜雨惊呼了一声，激动地说道，"江姨，您……您以后就是我亲妈！"

说着，她竟然激动地哽咽了起来："我……我太激动了……我没想到……我还能有个干妈……还对我这么好……江姨，我……我好激动。"

江姨看到突然激动起来的夏甜雨，淡淡地笑了笑，眼神却直直地看着坐在她对面，沉默不语的秋宁。

秋宁冷冷地看着她，秀气的眉蹙了蹙，一句话也没说。

“好了，甜甜，别激动了，以后我们有的是联系的机会。我家就在这附近，吃完饭带你们去逛逛吧。”江姨微笑道。

“呜呜呜呜好的，干妈，你对我真好！从来没有人对我这么好……”夏甜雨“嘤嘤嘤”地呜咽了一阵。

“别哭了，先点菜吧，随便吃点什么，我请客。”江姨说道。

几人开始点菜。夏甜雨一打开菜单，脸上的笑容就瞬间僵硬了。

这……这也……这也太贵了！

一小碗芥末章鱼88，两只明虾天妇罗188，一份寿司定食388！

夏甜雨脸上僵硬的笑容都维持不住了，她默默把菜单放到了江婉面前：“干妈，你点，你点哈哈哈哈哈……”

江婉对她笑了笑，又看了秋宁一眼。

李一笑是个比较敏锐的人，时不时注意到这个名叫江婉的女人的古怪之处。

她真的不像是夏甜雨的粉丝，整个餐桌上，她并没有太注意夏甜雨，哪怕这是她刚认的干女儿。认真计较起来，她对李一笑都比对夏甜雨更关注。

江婉看起来出身很好，身上的服装首饰都不是平价的东西，再看她的保养水平，绝对不是普通人家。这样一个什么都不缺的贵妇人，为什么会成为夏甜雨的粉丝？

李一笑越想越觉得奇怪，难道这是什么新型诈骗手段吗？

吃到一半，江姨的电话响了，她对几人歉意地笑了笑，出去接电话了。

夏甜雨见人出去了，激动地狂掐李一笑的胳膊：“我干妈，我有干妈了！！！”

“知道了知道了，知道你有干妈了。”李一笑都被掐得生疼。

“干妈对我真好！她给我打钱，请我吃饭，还要请我去参观她家！我亲妈都没对我这么好！！！”夏甜雨激动得不行，恨不得跑出去向全世界宣布自己有了个超级棒的干妈。

“抱歉，我去一下洗手间。”秋宁站了起来，对两人点了点头，出去了。

包厢不是有洗手间吗？李一笑刚想提醒秋宁，秋宁已经出去了。

李一笑脑中恍惚地闪过一个念头：秋宁和江婉说话的神态语气好像啊，就连长相也有几分相似。

这个念头只是一闪而过，李一笑还没来得及深想，就被掐他胳膊的夏甜雨吸引了注意力。

秋宁出去了，夏甜雨呵呵笑着，得意道：“看到没，她一定是嫉妒我有亲妈粉了！亲妈粉还是个土豪，认了我做干女儿。哈哈哈哈哈，笑笑，我要发达了！我很快就能拳打秋宁，脚踢陆霏霏，成为红星一姐了！”

李一笑无语，这姑娘也膨胀得太快了吧？刚有三分颜色，立刻就开起了染坊。

包厢外，秋宁一路在找江婉，一直找到了洗手间。

江婉打完了电话，正在镜子前补口红，从镜子里看到站在门口的秋宁，两人的脸上都是一片冷漠。可就算是冷漠，她们也如此相似。

“你到底想做什么？”秋宁冷冷地问道。

“什么做什么？我就不能有看得顺眼的女主播吗？”江婉反问。

“只是看得顺眼？你捧她，明显是不怀好意。”秋宁说。

“谁说我不怀好意，我能把她怎么样？砸钱让她红，对她有什么坏处？最多是给你添添堵罢了。”江婉冷笑道，“你要是不想我做什么，你可以去告诉她啊，告诉她，打赏她的人是你叶秋宁的亲妈。”

秋宁皱着眉。她当然不可能告诉夏甜雨：她根本不是你的粉丝，只是想给我添堵，所以才打赏你，最好把你捧红了，打压打压我。

以夏甜雨的自尊心，当场和她绝交都说不定。

“你这样做，根本没有意义，我不会回去的。”秋宁说道。

“和这群书都没读过的盲流搅和在一起，你觉得很有趣吗？你知道我的牌友看到你在外面抛头露面打游戏唱歌是怎么笑话你的吗？”江婉问道，怒气上涌。

“你没资格评价我的朋友。”秋宁冷冷地说道，“他们就算没怎么读过书，照样自己养活自己，你的牌友？恕我直言，这群啃完父母啃老公，读书学艺只为往老公脸上贴金的人，没资格评价我。”

“你……你……”江婉被气得说不出话来。

秋宁的眼中流露出一丝淡淡的悲哀：“妈，你这辈子，有过一段健康平等的关系吗？你和外公外婆，你和我爸，你和我，你真的觉得这是正常的吗？你有能说得了真心话的朋友吗？爸在外面养了几个女人，你真的不知道吗？你都知道，可你又能怎么样呢？”

江婉哆嗦着发白的嘴唇，一个字也说不出来。

秋宁掏出一张剪了角的信用卡扔给江婉：“谢谢他的生日礼物，一分钱也没刷过，还给爸吧。再转告他，我对他的生意没兴趣，我也不可能和陈一路结婚的，二十一世纪了，不搞包办婚姻这一套了。”

说完，秋宁对脸色苍白的江婉笑了笑，轻松释然的笑容。

“妈，希望你早一点明白，你拥有那么多，可你一点都不快乐。而我现在很快乐。所以我绝对不会回到那种生活里，一辈子被畸形的感情左右。”

秋宁说完，大步走出了洗手间。

回到包厢，夏甜雨还在叽叽喳喳地和李一笑显摆，李一笑快被她烦死了，求救地把话题转移到了秋宁身上：“看到江姨了吗？”

秋宁点了点头：“她在打电话，可能还要一会儿吧。”

夏甜雨狐疑地看向她：“你怎么出去了这么久？该不会是想挖我干妈吧？”

秋宁微微一笑：“你猜？”

夏甜雨惊恐了：“你真的要挖我墙脚！秋宁，你是人吗？！不行，我要去看看干妈！”

李一笑把她拉住了：“别啦，没看出来秋宁跟你开玩笑吗？”

“秋宁也会开玩笑？”夏甜雨不信。

李一笑也愣了一下，对哦，秋宁也会开玩笑？

不料，秋宁脸上露出了一个狡黠的笑容："会啊。"

天哪，秋宁这是怎么了？

秋宁看到两人脸上的神情，笑得更开心了："我心情好的时候，也是会和朋友开玩笑的啊。"

她确信，她现在拥有的这种快乐，比从前更快乐。

这一顿饭，有的人吃得喜不自胜，有的人吃得食不知味。

李一笑注意到，江姨打完电话回到包厢之后，神情就有些怪怪的，时不时会偷偷看向秋宁。秋宁却好像什么都没感觉到，挑自己喜欢的东西吃了一点，没多久就放下了筷子。

这两人怎么回事？

李一笑迷惑不解，是刚才两人都出去的时候发生了什么吗？

吃完饭，江姨微笑着邀请一行人去她家看看，夏甜雨自然是答应了，欢天喜地地要拉上秋宁和李一笑一起去。

"我下午还有点事儿，先走一步了。"秋宁说道。

她当然不可能跟去，虽然和她关系亲近的人已经被江婉解雇了，因为没能阻拦她离家出走。但家里那么多用人还不至于不认识她，一下子就会叫破她的身份，这样的话夏甜雨肯定会觉得被羞辱，夏甜雨本来就性格敏感，自尊心又强，说不定会和她当众绝交。但如果完全不管，谁知道江婉到底想做什么，还是得找个人看着点。

"啊？你不去啊？"夏甜雨一脸遗憾的样子。

秋宁离开了，江婉也没有拦着她，对夏甜雨温柔道："我开车带你们去吧。"

"麻烦江姨了！"李一笑说道。

夏甜雨上了车就给秋宁发微信："到了干妈家，我会给你发照片的！"

收到微信的秋宁哭笑不得，发照片做什么？她自己家难道她还会不清楚什么样儿吗？

但秋宁毕竟是秋宁，她回道：“好的。”加了个感谢的表情包。

离开了日料店的秋宁没有走远，她在附近的咖啡店坐了下来，打开手机通讯录，拨通了一个电话号码。

“嘟嘟嘟……喂？宁姐，你竟然给我打电话了！天塌了吗？地陷了吗？还是外星人入侵了？”电话那头的年轻男人震惊地开起了玩笑。

“一路，今天是有事找你帮忙。”秋宁说道。

“帮忙不是一句话的事吗？咱俩谁和谁，未婚夫妻啊！只要不是你要我偷了户口本当场和你结婚，什么都好商量！”陈一路——秋宁的未婚夫玩笑道。

“放心吧，我和你站在一块。”秋宁说。

“哈哈哈，反对包办婚姻，人人有责！我已经和我们家老爷子挑明了，说我俩青梅竹马实在太熟，跟兄妹似的，下不去手。他给我施缓兵计呢，让我再等等，过几年想法自然就会变了，婚姻是婚姻，爱情是爱情。我蛇皮走位[①]呸他一口番茄炒蛋皮皮虾啊！没有爱情的婚姻，我怎么可能心甘情愿躺进坟墓里去啊！我一定要找个世界第一可爱的姑娘结婚，不然我宁可圣诞节、情人节、七夕节、所有节日都单身！第二份半价甜筒我自己吃！”陈一路越说越来劲。

秋宁无奈，陈一路是什么样的人，她三岁的时候就知道了，这老弟什么都不会，是个傻子，又特别逗，要不是真的家里有钱还很讲究，现在可能已经去德云社深造了。

“哎，宁姐，我跟你说，我最近闲得无聊也开直播去了！一周订阅就破一万了，直播真的好玩！以前我输了最多自己啃键盘，现在观众陪我一起啃键盘，真好玩！我理解你为什么要去当主播了！”陈一路兴奋地和秋宁说道。

“一周订阅破一万了？这么厉害？”秋宁诧异道。

“是啊，朋友给我支招了，抽奖送手机啊！我已经送掉四十台

---

① 游戏的一种走位操作方法。文中形容走位风骚。

手机了！”

“……”不用问了，这地主家的傻儿子一定是在做亏本直播了。

家里有矿就是任性。

“说正事呢，你现在有没有空去我家一趟？”秋宁问道。

“行啊，做什么？让我去退亲啊？”陈一路问道。

“不是。我妈带了个刚认的干闺女回去，那闺女其实是我闺密，但她不知道我妈是我妈，我妈知道那是我闺密，还认了她做闺女，现在不能让我闺密知道我妈是我妈，不然我闺密会因为她成了我妈的闺女和我闹，最好弄清楚我妈为什么要认我闺密当闺女。”秋宁说。

“宁姐……我这个人吧……真的是脑子不好使……你这绕口令能再跟我说一遍吗？”陈一路傻了。

“一句话。盯着我妈，看看她想做什么，别让我闺密知道我是叶家大小姐。”

“这话我听明白了！不过阿姨为什么要认个新闺女？这是想给我换个未婚妻吗？你闺密可爱吗？我就喜欢可爱的姑娘！”陈一路脑洞大开。

“呵呵，警告你，别对我闺密下手，不然后果自负。”

“嗨，宁姐，我不就开个玩笑嘛，我没那个意思，哈哈哈哈哈。那我赶紧去办事啦，保证给你办得妥妥帖帖！哎，宁姐，关注一下我的直播间啊！我把房间号发给你，我叫‘家里有矿皮皮虾’！性感男主播，在线播‘吃鸡’！”

挂了电话，秋宁点的咖啡也上来了，她啜了一口，搜索“家里有矿皮皮虾”，订阅了他。

陈一路这小子，但愿靠谱吧。

坐在车上的夏甜雨美滋滋地握住手机，努力和江婉搭话。

江婉话不多，但是很礼貌，这种矜持的距离感再一次让李一笑联想到了秋宁。这两人真的好像啊，特别是眼睛的部分。

车子开了约莫半小时，周围的绿色越来越多，拐过一个弯，前方赫然是一片绿意盎然的庄园。

江婉说道："到了，前面就是了。"

夏甜雨没忍住，倒吸了一口凉气："好大！"

李一笑也是一副土包子进城的样子，目瞪口呆地看着这个漂亮的花园。不只是花园，前方还有泳池，还有温室，完全是一座豪华庄园。

本来还觉得白云商墅已经是很不错的住宅了，现在一看，根本天上的仙宫和地上的茅屋的差距。

车子一直开到了地下车库，和十几辆豪车停在了一起。

夏甜雨下车的时候腿都软了，江姨家也太夸张了，她刚才在车里看到好几个女仆，真的是穿着女仆装的那种！

"江姨家有女仆欸，是不是还有管家？我的天呐。"夏甜雨小声地对李一笑表达自己的震惊之情。

李一笑木着脸，也小声道："说不定真的有。"

两个同样村子里出来的年轻人对视一眼，看到彼此眼中的震惊。

"我带你们到处走走，熟悉一下吧，以后常来玩呀？"江婉笑眯眯地对两人说道。

两人不好意思地笑着，跟着江姨坐电梯回到了一楼——两个穷人在电梯里对视了一眼，眼中都是同样的吐槽：你们有钱人住别墅还修电梯？电梯还是指纹的！

一出电梯，一个身穿燕尾服的中年男管家对江婉说道："夫人，陈一路少爷来探望您。"

江婉微微诧异："一路来了？"

门外传来一个年轻男人充满活力的声音："江姨！江姨我想死您啦！这才多久不见，您又年轻了，哎哟喂，现在我和您站在一块跟您哥哥似的，这多不好意思啊！"

哎哟，这谁啊，马屁拍得咣咣响！

两人看向富丽堂皇的挑高客厅，一个长得瘦高瘦高的男人快步走了过来，给了江婉一个大大的拥抱。

这人，长得有些奇妙，不丑，但是像一只猴！特别是笑起来的时候，让人活像见到了一只乐呵呵的猴精！特别喜感。

“哎呀，江姨，这两位是？”年轻男人好奇地看着夏甜雨和李一笑。

江婉心情很好地跟他介绍道：“这是我新认的干女儿，叫夏甜雨，这是她朋友……”

“李一笑。”李一笑接上了话。

“哦，你好你好，我是陈一路。”名叫陈一路的男人和两人握了手，嬉皮笑脸地转头问江婉，“哎呀，我跑了一个未婚妻，江姨这是要赔我一个吗？这妹妹长得可爱，我喜欢！”

夏甜雨一下子惊恐地瞪大了眼睛。什……什……什么？！

李一笑一样惊恐。什……什……什么？！

两人的脑中不由脑补起了某豪门大小姐逃婚出走，为继续婚约，夫人拐骗了一个无知美少女送去代嫁的狗血桥段！

现在言情剧都不带这么演的了！

“瞎说什么呢？看把人家小姑娘吓的。”江婉嗔怪道。

“哎呀我又说错话了，瞧我这嘴！该让胖丁来个连环巴掌！”陈一路作势抽了自己两下，明明没打到脸，却一副被扇了巴掌的夸张表情，非常搞笑。

夏甜雨没忍住，笑出声了，这个男生还挺逗的。

陈一路立刻蹬鼻子上脸：“美女，你叫甜甜？哎，这名字好，一听就是萌妹子，特别可爱，我就喜欢你这样可爱的姑娘！”

夏甜雨红了脸，小声说：“谢谢。”

“我女儿最近有和你联系吗？”江婉问道。

“怎么可能啊！她根本理都不理我，微信电话都被拉黑了，我俩玩完啦！”陈一路撒了个谎。

江婉刚要说什么，突然来了个电话，她歉意地点了点头，去旁边接电话。

陈一路趁机和夏甜雨搭上了话："甜甜，你大学毕业了吗？不会还在念书吧？"

夏甜雨低着头羞涩道："我在当主播。"

"哎哟，这可巧了，我也是个主播，我们加个好友吧，互相订阅一下？"陈一路兴奋地掏出了手机。

两人一人一部手机，对着加好友。李一笑无情地把手机插进了两人中间，面无表情道："我也是主播，加一个。"

绝对不能让这猴精随便撩妹！甜甜这傻妞万一被人渣高富帅骗身骗心了可咋整？秋宁还不得撕了他！必须看着点！

"哦吼，兄弟你直播什么？"陈一路问道。

"美食。"李一笑说。

"哎哟，你做吃播？我平时吃饭最喜欢看吃播了，你知道圆圆吗？我特别喜欢看她吃东西，她胃口可真大！长得也可爱啊！"陈一路兴奋地说起了自己喜欢的女主播。

"圆圆？"李一笑听到这个名字，愣了一下。

他当然知道。

这可是他前女友！

这猴精还看他前女友的视频？

"加好啦！通过一下吧！"夏甜雨打断了两人的对话。

几人加好了微信，还互相订阅了直播间。江婉回来了，不好意思地对几人说道："抱歉啊，我临时有急事，得出去一下。一路，如果你不急着走的话，能不能带他们附近走走？"

"小菜一碟，交给我啦！"陈一路拍着胸脯保证道。

江婉又交代了几句，就出去了。

江婉走后，陈一路当起了主人，给两人介绍起了这里。

“这里是叶家的老宅，是民国时期一个留洋回来的富商建的，建成时有六千平方米，到现在已经不知道翻修多少次了，但总体风格还是没有大变动。叶家的花园特别漂亮，比我家好看多了，我们陈家土包子，暴发户，你们知道我爹怎么装修的吗？他花大价钱从美国请了个拿了不知道多少奖的设计师回来，然后把我们家装修成了豪华酒店的风格！知道我看到装修效果图的时候有多崩溃吗？我在家做直播的时候，观众对我直播间的背景特别好奇啊！你猜他们怎么问的？猴，你们家怎么这么豪华啊，跟酒店似的！你以为他们会这么问吗？NO，NO，NO，他们是这么问的：猴，你这直播背景墙哪家淘宝店买的啊？看起来真的土鳖暴发户！”

夏甜雨被他逗得笑个不停，就连绷着脸的李一笑也没忍住，觉得这猴精还真合适当主播，骚话连篇，比他还能说！

“我爸审美爆炸，我妈就更可怕了，她是一个拒绝家里有管家用人的女人。你们感受一下，我妈每天起床就开始打扫卫生，亲自，打扫卫生，把地板从一楼擦到三楼，楼梯栏杆缝里都不许有灰尘！这就是她的工作！她的职业！她的信仰！什么扫地机器人她一概不信，她就信水桶和抹布！我小时候简直是灰姑娘，被后妈逼着擦地，跪着擦！她随机抽查，摸到一粒灰尘就抽我屁股！”陈一路说起自己的悲惨经历，眼泪都要下来了。

“我家在海南有几套度假的别墅，有一年，我们全家去度假，刚好台风过境，别墅地下室都是积水，我们全家飞机一落地，迅速奔赴现场打扫房子，从我爸，到我妈，到我，三人齐上阵，一人一只水桶，一只水瓢，清理地下室积水。我偷懒给宁……叶大小姐打电话抱怨，我妈一分钟没看见我，就开始喊我不要偷懒，不然抽我屁股。我只好回去用瓢舀水，一边舀水一边对大小姐呐喊：‘听到了吗？这大海的声音！听到了吗？这劳动人民的声音，不管你信不信，这就是我们富二代的生活啊！！！’我妈还在一旁喊话：‘快点干活，隔壁还有三栋房子要舀水呢！’”

说完，陈一路老泪纵横，长叹了一声："谁要是再说富二代无忧无虑，我蛇皮走位呸他一口辣椒翻炒皮皮虾！"

李一笑和夏甜雨已经快笑死在路边了。

万万没想到，陈一路是一个这样的富二代，浑身上下都是段子，特别是这一句"这就是我们富二代的生活啊"，简直灵魂呐喊。

"你和皮皮虾什么仇什么怨啊？"听他好几次说起皮皮虾，夏甜雨问道。

"嗨，能有什么仇什么怨啊，不就是爱吃嘛。哎，甜甜和李兄弟要不要一块儿，我们可以一起吃皮皮虾啊！"陈一路问道。

"我们刚吃完午饭，现在还吃不下，有机会一块吃消夜吧，小龙虾也不错。"李一笑说。

"也成啊，我也喜欢小龙虾。嘿哈嘿哈小龙虾，嘿哈嘿哈煎煮炸，龙虾啤酒烤肉串，比起神仙也不差！"陈一路当场来了段饶舌，竟然有模有样的，他又道，"我认识的人个个都喜欢吃小龙虾，也就叶大小姐不吃了，她是神仙，神仙姐姐和我们凡人是不一样的。"

秋宁也不吃。夏甜雨心想，说什么不健康不卫生，真是穷讲究。

"叶大小姐，就是我干妈的女儿吗？她是什么样的人啊？"夏甜雨好奇地问道。

李一笑也对此很好奇。

"她呀……哎呀，神仙，绝对的神仙。听说我爸竟然给我们订了个婚，简直没把我这猴给吓死！我去他个麻辣皮皮虾啊，你这么皮，是真皮沙发吗？我和叶大小姐结婚？我俩打小一块长大，这简直不要太熟哦！下不去手、下不去手！"陈一路好像想到了什么可怕的画面，连连摆手道，"不是我看不上她，是不敢高攀。她家世好，人聪明，从小完美得典型是别人家的孩子，最过分的是什么你们知道吗？她还漂亮！她真的是我见过最漂亮的姑娘了，但是，我不吃这套，我喜欢可爱的，像甜甜这样的！"

陈一路吐槽也不忘撩妹，强行夸一把夏甜雨，把夏甜雨羞得脸上绯红，心脏怦怦跳。

李一笑看不下去，疯狂干咳，终于把夏甜雨咳回神了："你感冒还没好啊？"

"好了好了，刚才被口水呛了一下。"李一笑解释道。

夏甜雨将信将疑，问陈一路："我听干妈说，她离家出走了，是为什么呀？"

陈一路摊了摊手："你问我，我问谁？反正不是因为和我订婚的关系，可能是别人家的孩子突如其来青春叛逆期吧，反正她现在也过得很好，滋润得很，不回来也罢，她开心就好啦。"

李一笑记得，陈一路刚才对江姨说他和叶大小姐没有联系，可是现在听他的话，他好像知道叶大小姐的近况。

李一笑试探地问道："她现在做什么呢？"

陈一路不假思索道："和你们一样，主播啊。"

"啊，她也是主播？"夏甜雨愕然。

他身边主播超标了吧？李一笑心想，这不对劲，离家出走的叶大小姐，叶大小姐的未婚夫竟然全都是主播，从概率上来说这也太不科学了！

陈一路懊恼地吸了一口凉气，打了个哈哈："她跟我提过一嘴，现在还有没有在做我就不知道了，可能早就改行了吧。对了，江姨交代我带你们逛一逛叶家庄园，我还没完成任务呢，我们走吧，别杵在这里了。"

更不对劲了，陈一路为什么要突然转移话题，叶大小姐当主播有什么不能说的吗？

李一笑越想越古怪，再往前推想，从夏甜雨遇到江婉开始，一切都好像变得奇怪了起来，说不上是哪里不对头，总之就是让人觉得处处诡异。

这个叶家大小姐到底是怎么一回事呢？

不等李一笑想明白，陈一路已经带着两人走了起来，一边走一边给他们介绍叶家庄园的历史，夏甜雨一路“啊，好大啊”“啊，好棒啊”“哇，好漂亮啊”，然后疯狂拍照，一路狂发微信给秋宁：“叶家的庄园好漂亮啊！超级大，好豪华，泳池、酒窖、温室花园全都有啊！真的好漂亮啊你不来太可惜了！”

秋宁看着照片里自家熟悉的风景——竟然还加了滤镜，一时间心情非常复杂。

“好好看啊，很棒的庄园呢！”秋宁强忍着尴尬，面无表情地在微信里回道。

又给陈一路发了一条微信：“情况怎么样？”

陈一路回道：“一切尽在掌握中！”

夏甜雨收到秋宁的回复，激动地跳了起来，得意扬扬地对李一笑说：“你看，秋宁回我了！她一定好羡慕！”

陈一路听到秋宁的名字，好奇不已地把视线黏在了夏甜雨的手机屏幕上。

——好好看啊，很棒的庄园呢！

“噗——”陈一路笑出了声。

高冷的叶秋宁大小姐也有今天，哈哈哈哈哈哈哈！

“你笑什么？”夏甜雨纳闷道。

“没……没……没什么，我就是突然想吃皮皮虾。”陈一路瞎说一气。

夏甜雨觉得这人真是有点怪怪的，但也没有太在意，只是兴高采烈地把叶家庄园的部分风景照发了朋友圈。发完朋友圈，夏甜雨顺便翻起了朋友圈。

除了熟悉的几个好友，她的朋友圈里又多出了一个人，家里有矿的逗趣主播陈一路。

夏甜雨点进了陈一路的朋友圈，随手往下一拉。

秋宁点赞了这条朋友圈。

秋宁？秋宁？秋宁？

秋宁怎么会点赞陈一路的朋友圈?

他们是好友吗?

啊?为什么?怎么回事?闹哪样啊?

瞠目结舌的夏甜雨呆呆地看着朋友圈，李一笑问道:“怎么了?”

夏甜雨愣愣地抬起头，问陈一路:“你认识秋宁?”

陈一路矢口否认:“不认识!我不认识!从没见过!”

“可秋宁在你的朋友圈里点赞了，我是她好友，我看得到的!”夏甜雨大声道。

“啊?你……啊?哎呀!妈耶，捉奸利器名不虚传啊!不不不，我们虽然订了婚但这是家长的主意，我们之间是没有奸情的!我……我都说了啥，宁姐要杀了我了!我去他个皮皮虾!”陈一路慌乱之下，把一切都给抖了出来。

李一笑已然目瞪口呆:什么?秋宁就是叶家大小姐?!

夏甜雨差点心肌梗死:什么?秋宁竟是叶家大小姐?!

“喂，甜甜，你振作一点啊!”李一笑眼见着夏甜雨脸上的笑容逐渐消失，腿一软倒在了地上，他赶紧把人扶稳了。

“秋宁……秋宁……叶秋宁……你骗得我好苦啊……”夏甜雨说着，哇哇大哭了起来，“我恨死秋宁了!!!”

陈一路战战兢兢地给秋宁发了一条微信:“怎么办，宁姐，我暴露了!夏甜雨知道你是叶家大小姐了!”

对面冷酷地回了他五个字，每个字都好像充满了杀气:“切腹谢罪吧。”

李一笑的电话响了，他一看是秋宁来电，走到一旁才接起电话:“喂，秋宁?你怎么回事呢?这么大的事情瞒着我们，我们是朋友吗?”

秋宁深深地叹了口气:“对不起，是我不好，心想着应该能瞒过去，不想给你们添麻烦，没想到闹到现在这个地步。甜甜怎么样，还好吗?”

“不好，她现在一副魂不守舍的样子，估计打击太大了。好不容易有了个土豪粉，还当了她干妈，结果发现人家亲女儿是你，你让她怎么接受这个打击。”李一笑现在才想明白了很多事情，他问道，“江姨打赏夏甜雨，是为了刺激你吧？”

“嗯。”

李一笑也叹气，可怜的夏甜雨，成了秋宁母女斗法的牺牲品，现在一定受了很大的打击。

“你把甜甜带回来吧，我来和她解释。”秋宁说道。

“陈一路那边呢？”李一笑问道。

秋宁冷笑了一声：“下次再收拾这只猴精，成事不足败事有余！”

在一旁偷听电话的陈一路打了个哆嗦，宁姐要发威了，害怕！

挂了电话，李一笑对陈一路说道：“今天实在是打扰了，你看情况都这样了，事情也揭穿了，我还是带夏甜雨回去吧，秋宁还有话要对她说呢。”

陈一路痛苦地狂撸头发，把好好的发型弄成了一团鸡窝：“行吧，我送你们回去，哎，兄弟，这事儿都赖我，我的妈呀，我死定了！”

夏甜雨不知何时已经站了起来，面无表情地看着陈一路：“是秋宁让你来骗我的？”

陈一路双手合十使劲讨饶：“甜妹妹啊，是哥哥不好。宁姐就是让我来盯一下江姨想做什么，结果闹成这样，都赖我，都赖我，你要打要骂都行，别跟宁姐生气，她瞒着你肯定有她的道理。”

夏甜雨冷笑了一声，幽幽道：“有什么道理，她就是想看我的笑话。”

“没有，不会的，宁姐不是那种人，她人真的很好的！”陈一路使劲为秋宁辩解。

“她是好啊，人漂亮，会打游戏，会唱歌，现在还红了。我呢？我总是不自量力，和她去比，可我哪一样比得过她呢？”夏甜雨想起刚才发给秋宁的庄园照片，还有秋宁回给她的话，一股强烈的羞耻之意让她眼眶一红。

为什么要这样对她呢？秋宁也好，江姨也好，她们明明什么都知道，却偏偏假装不知道，眼看着她在她们面前左支右绌，就像看一个笑话。

夏甜雨的眼泪掉了下来，她回顾自己的人生，懦弱贪婪的弟弟、弱智的母亲、家暴的父亲、重男轻女的爷爷奶奶……她拼命地逃离那里，可身上早已烙满了童年的痕迹。

可是秋宁呢？豪门、独女、名校，从小就自带光环。就连她引以为傲的脸蛋和歌喉，都比不过秋宁。

有的人生来就有一切，有的人再努力都像个笑话。

比不了的，她就不应该去比，乖乖认输就好了呀，承认自己这辈子都不可能赢过她。她为什么会有她们可以比较的错觉呢？

就连住在同一栋别墅里，都是秋宁纡尊降贵的结果。她从那么漂亮的庄园自降身份来到了那栋七号别墅里，带着满满几箱名牌的衣服鞋包，自信又从容。而自己呢？差一点为了彩礼嫁给隔壁村的傻子！她拼尽全力才逃出那个村子，从漏雨的破屋来到了这间别墅，恐慌地想用奢侈品填补自己可悲的自尊，却连正品都舍不得买。

她到底有什么资格和秋宁去比啊？！

夏甜雨绝望地控诉道："她什么都有，什么都好，可我偏偏不自量力，要和她去比。好不容易我赢了她一次，结果所有人都合在一起骗我！在她眼里，我就是个笑话！"

说着，夏甜雨抱着手臂蹲在了地上，号啕大哭起来。

为了自己终于泯灭的那颗不甘心。

"她真的生气了，哄也哄不好的那种。"客厅沙发上，李一笑严肃地对几位室友说道。

几人面面相觑。这可是他们七号宿舍楼的大事件，连沉迷送外卖无心喊麦的韩麦都赶回来了，金锋也不玩手机了，几人围坐在沙发旁，一脸严肃地讨论这件事情。

连日被晒后已经变成了小麦色皮肤的韩麦瞅了一眼秋宁，小声问道："所以你真的是……"

秋宁点了点头："一直瞒着你们真的很抱歉，我只是觉得，我的家世和我本人没有什么关系，我确实是离家出走的，但我已经是个成年人了，可以为自己的选择负责。我既然来到了这里，当主播自谋生路，就没有必要提起我的父母。"

李一笑长长地叹了口气："秋宁，这么想就是你错了。"

秋宁愣愣地看着他。

"你不谈起是可以，但是你认出江姨的时候，你再隐瞒下去，对甜甜来说就是一种伤害了。你明知道江姨打赏夏甜雨并不是因为她真的欣赏她，她只是想给你添点麻烦，甜甜知道的时候会是什么感受呢？她自尊心那么强，现在气得谁也不见也在情理之中了。"李一笑说。

"抱歉……"秋宁干脆地道了歉，"是我考虑不周。"

"也不能全怪秋宁吧？"韩麦为自己的女神辩解，"秋宁也有她的考虑，再说了，她贸然说出来，甜甜照样会气得半死。金锋，秋宁隐瞒自己家世的事情，你知道了会生气吗？"

突然被点名的金锋木然地摇头。

韩麦说道："看吧，金锋、我、你，其实对这件事都只是吃惊而已，没什么好生气的。甜甜会气成这样，主要还是自己的问题，她这性格不改不行。"

"不，主要是我的问题。甜甜生气也在情理之中。"秋宁为夏甜雨说话。

韩麦一脸恨铁不成钢，他女神什么都好，就是太为别人着想。

李一笑苦恼地抓了抓头发："那也得解决问题吧。现在她不吃不喝躲在房间里不开门，这也不行啊。要不我给陈阳打个电话说一下情况？"

“别别别，这点事情不要告诉经纪人，对甜甜没好处。”韩麦劝道。

李一笑一想，也是，说不定还会让陈阳觉得夏甜雨这姑娘太来事。

“还是我上去劝劝她吧。”秋宁站起身来。

“她不会给你开门的。”李一笑说。

“说不定还会骂你。”韩麦说。

“没关系，让她骂吧，能骂出来情绪上会好受很多，就怕她憋着憋出病来。”秋宁说道。

几人目送秋宁走上楼梯，用看烈士的眼神。

“你们说，姑娘之间的事情，真的这么复杂吗？”韩麦是真的不懂，“在我听来，不就那么点事儿吗，有什么好生气的？有人给她打赏了一大笔，这不好吗？要是我的话，大不了把钱一捐，拿别人的钱给自己做好事，心里也舒坦。”

“不是所有钱，拿着都舒坦。”金锋说了一句，似乎意有所指，又好像是想到了什么。

李一笑倒是稍微能理解夏甜雨的想法。因为童年的经历和她内心的自卑，夏甜雨没办法像秋宁一样有底气，一直以来她都没有安全感，生怕失去现在优越的生活，一下子重重地摔回到地上。她的起点太低太低了，低到她没有退路。

她一直拿自己和秋宁比较，观众也好，人气也好，礼物数量也好，她都不觉得自己会比秋宁差什么。直到秋宁一曲成名，曾经和她相差不大的同事一下子红了，还是不温不火的她立刻心态崩了。江姨的打赏让她扳回一城，可是还没高兴三天就被打脸，还是这么彻底的打脸。自卑又敏感的夏甜雨想得开才怪。

“哎，现在网上真是什么人都有，有的还真的挺神奇。”李一笑想起江姨，还是有点耿耿于怀。

“我昨天，也遇到一个……”金锋突然开口。

“什么人？很‘奇葩’的那种？”李一笑好奇地问道。

“开小号打双排，救了他，他说，要破例给我留个好友位。”

金锋表情非常复杂。

“谁啊？这么酷！你现在可是订阅过百万的新晋网红主播了欸，我把我们两人直播时吵架导致翻车的视频投稿给‘沙雕主播合集’了，一投就用，点击过百万，比你做游戏解说点击还高。以前大家一致认为你是游戏主播界唯一一个直播剪辑内容做不了鬼畜[①]视频的，因为你根本不说话，没有语音素材。幸好你开始做视频解说了，这下可有语音素材了，你的粉丝已经在Z站投了好多鬼畜视频了。”李一笑说。

“……”金锋一脸无语，怪不得最近又多了好多不明真相的粉丝来围观他。

“接着说啊，那个双排队友是谁啊？”李一笑问道。

“家里有矿皮皮虾。”金锋说，“一个新主播，刚一万订阅。”

李一笑觉得这账号名称好耳熟啊，猛然一回想，惊恐道：“这不是陈一路那猴吗？秋宁的未婚夫！”

“秋宁有未婚夫？”韩麦差点背过气去，简直像听说世界末日了。

不好！韩麦还不知道这件事啊！

“不不不不，大哥你听我说，他俩说是未婚夫妻，但其实根本是姐弟关系！”李一笑赶忙解释道。

“姐弟怎么会订婚？！”韩麦更惊恐了，思路一下子往不好的方向狂奔而去。

“不不不不，我说的是情同姐弟，其实他俩不来电，没有谈恋爱！都是被家里安排的！”李一笑慌乱道。

“真的吗？”韩麦像是抓住了一根救命稻草。

“真的真的，比皮皮虾的真皮沙发还真呢！我怎么也说起了骚话，肯定是陈一路给我洗的脑子。”李一笑抓狂地撸了两把头发，“总之，他俩其实没关系。陈一路这猴精还不错，是地主家的傻儿子，真的家里有矿的那种。”

韩麦呆呆地坐在沙发上，长长地松了口气，看起来是冷静下来了。

---

① 网站上较为常见的原创视频类型，该视频以高度同步、快速重复的素材配合背景音乐的节奏来达到洗脑或者喜感效果。

李一笑又问金锋："后来你们加了好友吗？"

金锋面无表情地说："加了，我的粉丝跑去他的直播间笑他，他终于知道我是谁了。"

"哈哈，然后呢？他成了你粉丝？"李一笑问道。

"不，他把我删了好友拉黑了。"金锋冷漠道。

李一笑万万没想到是这个走向："为什么啊？他是你的黑吗？"

"不，是粉。"

"粉丝怎么会拉黑你啊？买的假粉吧？"

金锋冷峻的表情上露出了一丝忧郁："我退役了，他粉转黑了。"

哦，敢情是成了黑粉。

李一笑哭笑不得，只好安慰道："没事的，以后有机会好好说清楚，退役就退役吧。他也挺不讲道理的，为了这事儿还要黑你一把。"

"那一年，我们一个新队伍，都拿到全球总决赛资格了。"金锋惆怅道。

李一笑从前根本不看游戏直播，对电竞也知之甚少，听到金锋这么一说，也觉得遗憾，他忍不住想多问几句，又担心戳到金锋的伤心事，最后只好宽慰道："有时候就是差那么一点运气，都过去了，别想了。"

金锋闷闷地看着窗外，好似没有听见他的话。

怎么可能不遗憾呢？

受过伤的手早已治好，可是还是隐隐感觉得到那种痛。

他被迫退出职业联赛，回到了老家，撑起家庭的重担。因为那一纸合同，他永远告别了职业赛场。

这是永远也弥补不了的遗憾。

秋宁来到了三楼，夏甜雨的房间外。

她在门外站了一会儿，几次抬手又放下，自己都觉得好笑。她从来都是果断的性格，今天却是这样畏葸不前。

也许真的是因为在乎，所以才会害怕。

秋宁敲响了门，轻声道："甜甜，是我，你开门，我们谈谈。"

屋里传来了抱枕砸到房门的声音，还有夏甜雨冷漠的声音："不开，滚，我不想见到你！"

"给我一个理由，为什么？"秋宁执拗地问道。

"你还好意思问我理由？！秋宁你不要脸！！"夏甜雨尖叫道。

"我当然要问。我是做错了，不该隐瞒你，可我的隐瞒并没有恶意，我只是不想伤害你。"

"你现在就是在伤害我！我最讨厌你了！"

"你讨厌我，是因为嫉妒我吗？"秋宁冷静地问道。

"……"夏甜雨简直要气到背过气去了，这人怎么这么不要脸？就算是实话，你也不能说出来啊！说出来了连表面姐妹都做不成了！

"我知道你一直都在嫉妒。我也早就看穿了你小心翼翼掩饰的东西，其实我根本不在乎，不在乎我的朋友贫穷还是富有，我只在乎她是一个什么样的人。你的身上有很多很多的缺点，可那又怎么样呢？我还是在乎你啊。你呢，你有没有一个瞬间，抛开我们的职业，我们的身份，单纯地像在乎一个朋友一样在乎我？"秋宁站在门外，一字一句地问道，"你怨恨我对你的隐瞒，那你呢？你有没有坦诚地告诉过我你的一切？就像今天，你关着这扇门，你从来都没有对我打开过心里的那扇门！"

门内久久地没有人回答。

秋宁疲惫地贴着门，慢慢地坐了下来，背靠着门板。

"甜甜，我已经离开了叶家，妈妈认了你做干女儿，所以现在我不是什么叶家大小姐了，你才是。关于那个庄园，有太多并不快乐的回忆，我其实从来也不自由，所以我逃走了。到现在我都不知道我到底在追求什么，我想要的是什么，可是我知道，如果我不踏出这一步，我永远都不会知道答案。有时候我很羡慕你，你一直都在一心一意地唱歌，我相信你总有一天会得到你应该得到的，你一直都是很优秀的女孩子，会有很多很多人喜欢你的。”

“我这样的人，也有人喜欢吗？”门里的人轻声问道，像是在自言自语。

夏甜雨知道，她不是个讨人喜欢的人，她浑身上下充满了缺点，除了一张还算可爱的脸和一把好嗓子，她什么都没有。她越是明白，就越是害怕，越是害怕，就越是不安。

哪怕现在的她已经拥有了童年时难以想象的一切，她还是止不住地恐惧。

现在的她正是一个女孩子最美好的年纪，但她会变老，会被观众厌倦，如果有一天，她没了人气，做不了主播，赚不了钱，她还能做什么呢？

家庭从来不会是她的避风港，家乡也不是可以回得去的家乡，她漂泊在不属于她的城市里，像是一片随波漂荡的浮萍。

她无路可退，无处可去。

因为她的来路是如此不堪回首。

这种恐惧与担忧，是那些被爱着的人不会明白的。

“会有的。”秋宁坚定地告诉她，“会有很多人喜欢你。甜甜，我也喜欢你。”

夏甜雨，一个平庸甚至是肤浅的女孩子，有着无数的缺点，一出生就输在了起跑线上，却偏偏有着被上天恩赐的才华，她挣脱了自己与生俱来的枷锁，勇敢地去追求梦想的样子，一瞬间让她有了几近圣洁的光芒，这一种耀眼，是秋宁永远不会拥有的，所以她被深深地吸引。

她后知后觉地发现，那真是个可爱的姑娘。

“……你让我想一想。”门内传来夏甜雨哽咽的声音。

“就这样想吧，我也想一想。我有太多事，应该好好想一想。”秋宁轻声道。

一门之隔的地方，夏甜雨也坐在门边，背靠着门板。

这块薄薄的门板里外，她们都在静静思考。

“我真的很讨厌你。”良久，夏甜雨说出了那句埋藏已久的心里话。

“我知道，我感觉得到。”秋宁说，脸上甚至有一丝笑意。

“可有时候，你又很好，你一直对我很好。”夏甜雨说。

秋宁无声地笑了笑：“我知道，你有时候又很喜欢我。”

“我没有喜欢你！只是……只是觉得你很好。”

“我知道，我都知道。”

“我很嫉妒你。”

“没关系，我不在乎。”

“但是我从来没有用阴险的手段去害过你。”

“我知道，你不会这么做，你是个好姑娘。”

夏甜雨眼眶一热，哽咽着说道：“我知道这样不好，我不应该嫉妒，我应该为你的成就高兴，可我控制不了我自己。我总是忍不住去想，为什么不是我呢？那么多好事，为什么偏偏不会发生在我的身上。谁都喜欢你，明明你既不热情也不上进，可大家就是喜欢你。”

“因为我运气好吧。”秋宁说。

“你让我想起我弟弟，我比讨厌你还要讨厌他。他比你还冷漠，还愚蠢，还不上进，可所有人都喜欢他。我再好再努力，他们也不喜欢我。”夏甜雨说着，委屈地鼻子一酸，压抑已久的眼泪终于掉了下来，她哽咽道，“十八岁那年，我差一点，差一点就要嫁人了。嫁给一个我根本不认识的人，就因为他家愿意出的彩礼最多。”

“……”秋宁怔住了。

“可我怎么甘心呢？我可是……我可是……我可是我们村里最漂亮的！人家都夸我可以去当大明星的！我凭什么要认命啊！”夏甜雨用哭破了音的嗓子大声道，“我死也不甘心！我一定要逃出去，我要去城里，我要过上那些网红的生活！我想要名牌包，想要漂亮的衣服，想要大房子，我什么都想要，那些东西我从来都没有过啊！可你全都有，所以你不会懂我心里有多么想要这些，因为你什么都有了。”

是的，这些我全都有，秋宁在心中问自己，可是拥有这些的她快乐吗？

“如果我会因为拥有这些而满足，我为什么要离开叶家？”秋宁温柔地问道。

“……”夏甜雨无法回答。

“房子我没有，那个漂亮的庄园不是我的，是我父母的，离开家之后，我连居住权都没有了。名牌的包我都寄回家了，现在背的是仙仙店里的包。至于衣服……你没发现吗？最近我的衣服都是平价的，从你带我去过的那个批发市场买的，我只是尽力把它们搭配得好看一些，再不然就是穿仙仙新出的衣服。你说的那些，我现在都没有了，可我还是比从前那个锦衣玉食的叶家大小姐快乐。”秋宁说着，脸上不知不觉露出了微笑，那种挣脱了枷锁的感觉，让她由衷地喜悦。

她不必再讨好任何人，不必为父母的期望把自己活成不自由的模样，她可以对他们说“不”了。

“你又在嘲笑我，嘲笑我物质。”夏甜雨幽幽地说。

“如果买包会让你快乐，那就去买，只要在你钱包可以承受的范围内，你可以去买一切带给你快乐的东西。但不要被消费主义蒙蔽双眼，简单粗暴地把买买买等价于快乐，这样你永远都不会得到真正的快乐，只会有无尽的空虚和无尽的欲望。”秋宁语重心长地说出了自己的感受，“甜甜，你觉得你最大的快乐是什么？”

夏甜雨怔怔地回想着，快乐吗？

她不快乐的童年里，难道还有一丝一毫明亮的颜色吗？

有的，在没有人的山里，她坐在溪边的石头上，把光着的脚伸进凉凉的泉水里。她幻想着自己是从天上掉到人间的小仙女，唱歌给风听，给树听，给她自己听。那种空灵的快乐给了她对抗残忍现实的勇气。她觉得，她总有一天要回到天上去。

她一定会回到天上去！

“我唱歌的时候，最快乐。”夏甜雨喃喃地说道。

“那就唱给我听。”秋宁说。

夏甜雨靠坐在门背后，仿佛回到了童年的山林间。

她小声唱起了那首《我在喜欢你》，这首让秋宁一曲成名的歌，她在房间里偷偷唱过很多次，早已练得很好了，可她从来也没有在直播间唱过这首歌，好像一旦唱出来，就意味着她承认自己输给了秋宁。

可是今天，她突然想唱出来。

她想证明给秋宁看，她唱得不比她差。

她只是差了一点点运气。

“隔着门我听不清，开门唱给我听好吗？”秋宁问道。

“不好，我现在不想见到你。”夏甜雨说，她刚哭过，脸上精心画好的妆容已经花了，她不想让秋宁看到这么狼狈的她。

“那你唱得大声一点，让我听得见。”

夏甜雨一句一句地唱了出来，声音还带着哭泣后的颤音，却好像在歌声里倾注了全部的感情，温柔而伤感。

歌里的那个女孩是那样小心翼翼，藏起了自己卑微的爱，踮着脚尖行走在尘世间。风吹过她的发梢，吹起她轻轻提起的裙摆，吹动一个女孩悄然萌发的爱情。茫茫人海中，无人窥见她的心事，那样单纯温柔的爱意，悄悄地在她捧着心的手心里开出了一朵纯白的小花。

就如同《小王子》里的狐狸，是那么、那么、那么渴望被驯养。她是如此、如此、如此地渴望被爱。

秋宁，她突然之间无法再对门后之人的那份渴望视而不见。

从前她是那么冷漠，对下雨天躲在角落里偷偷哭泣的少女熟视无睹，因为那只是一个陌生人。她们之间没有联系，她们并不彼此需要。

可现在，她们是世界上的唯一，是宇宙间的唯一，因为她已经渴望驯养这个姑娘了。

“怎么样？”唱完了歌，夏甜雨怯怯地问着门外的秋宁。

门外没有人回答。

夏甜雨轻轻敲了敲门，又问了一遍：“我唱得怎么样？”

她小心翼翼地，渴望着被她追赶的人的肯定。

秋宁依旧没有回答。

眼泪一下子涌了上来，她委屈地心想，难道她真的就这么差劲吗？秋宁连一个回应都不想给她？

“你唱得很好。”窗外突然传来了一个熟悉的声音。

夏甜雨猛然看向窗外。

那个永远优雅淑女的大小姐，突然疯狂地挽起了她的长发，丢下了她的修养，像为爱不顾一切的罗密欧一样来到了她的窗外——三楼的窗外，一脚不慎就会跌到地上摔断腿的窗外。

她从容地拉开窗户，从外面跳了进来，顾不上掸一掸身上的灰尘，给了还呆呆坐在地上的夏甜雨一个拥抱：“甜甜，你唱得真好，我好喜欢。”

被一个突如其来的拥抱击晕的夏甜雨傻傻地坐在原地。

“爬什么窗子啊，掉下去你死定了！摔断了腿我可不会管你！”夏甜雨用带着哭腔的声音骂道。

“你又不给我开门，我只好爬窗户啊。”秋宁无辜地说。

“你混蛋！我讨厌死你了！”夏甜雨捶了捶她的背，捶了两下又委屈上了，眼泪吧嗒吧嗒地往下掉，打湿了秋宁的肩膀。

秋宁抱着她，一手摸着她的头发，低声道：“还生我的气吗？”

“我都要气死了！”

“哦哦，不气了不气了，甜甜最好了，你以后可是要当大明星的，怎么能耍小脾气呢？”

“我哪里当得了大明星！”

“我说可以就可以啊，甜甜唱歌这么好听，以后肯定会红的。”

“要是不红呢？”

“不红我养你啊。”

“呸，不要脸，你都滚出家门了，怎么养我？我可是很会花钱的。”

秋宁无声地笑了笑：“那我只好努力工作，才能养活甜甜了啊。”

夏甜雨靠着她的肩膀，慢慢地，在她心中翻腾不休的那一股情绪终于平静了下来。

曾经初遇时，她见到了在角落抹眼泪的她，却只是打着伞匆忙路过，对她的悲伤不闻不问。

而现在，那个她一直追赶着的背影，突然回过了头，给了她一个拥抱。

她什么都知道，她的嫉妒，她的自卑，她的不甘心。

她对她说，她唱得真好。

这一瞬间，她突然被驯养了。

渴望被肯定也终于被肯定的夏甜雨泪如雨下，号啕大哭了起来。

她泣不成声地说出了埋藏已久的那句话：“谢谢……对不起。”

谢谢你，谢谢你包容我的小心眼和任性。对不起，对不起一直都辜负你的包容和好意。

“和好了？”李一笑诧异地问道。

“嗯，和好了。”秋宁点了点头，看起来心情不错。

“甜甜人呢？”李一笑又问。

“哭累了，睡着了。”秋宁微微一笑说道。

“她没打你吧？”韩麦担心地问道。

“没有啊，怎么会呢？她还唱歌给我听了。”秋宁笑笑道。

他们不会知道，一只被驯养的狐狸有多可爱。

厉害了啊，客厅里的三人都用敬佩的眼神看着秋宁，这么生气都能哄好，她到底是多会哄人啊。特别是李一笑，他深深记得上一次秋宁可是几句话就把夏甜雨气跑了，这次怎么回事？突然打通了任督二脉？

“你为什么对甜甜这么好？”韩麦忍不住问道。

在这段关系里，蛮不讲理耍脾气的人是夏甜雨。而秋宁这个白富美一直都是哄着夏甜雨的，这简直有些不可思议。

秋宁淡淡地笑了笑，意味深长地问道：“你养过猫吗？”

韩麦茫然地摇了摇头。

“没有一只猫咪天生驯服，所以你要用爱驯养它。”秋宁说完，对几人微微一笑，转身离去。

韩麦和金锋面面相觑。李一笑心中一动，想起秋宁深更半夜出去喂野猫的事儿。虽然她说她不喜欢野性难驯的动物，但从她喂野猫的行为来看，这是典型的嘴巴上很嫌弃但是身体很诚实。

李一笑看着秋宁的背影，突然间明白了什么。

“所以她是觉得，甜甜像猫？”韩麦问金锋。

金锋拼命摇头，表示自己不知道。

女人啊……真是搞不懂。

第十四章

金锋的过去

最近李一笑在做深夜直播。

深夜直播可是个苦差事，半夜三更做菜做饭，还要和粉丝们互动，饶是精力旺盛的李一笑都困意连连，全靠咖啡续命。

经过一段时间的深夜直播，他有了一批固定的粉丝，在这个时间段，他已经是虎鱼直播平台的美食栏目里人气最高的主播了。

人气一高，收入就上来了，李一笑已经完成了脱贫工作。要是再有点固定的广告植入，他很快就要走向小康，马上就可以完成父母给的任务了！

为此，李一笑每天都在掰着指头算钱，隔三岔五就要给陈阳打电话让他赶紧给自己接点广告，不然自己就要回老家去修车了。

主播也不好当，半夜三更还要集中精力和粉丝互动，更要创新节目形式。

最近李一笑有了个新主意——在线直播接电话。

有了想法之后，李一笑说干就干，立刻又搞了一台手机——跟陈阳死皮赖脸磨了半天，陈阳又给他拉了个手机广告。手机是厂商送的产品，还会付他一笔广告费，要求是在直播里展示这台手机，说明品牌和性能。

到了半夜直播的时候，李一笑把手机号码写在了直播间，对观众说道："今天我们来点不一样的，屏幕上的这串号码就是这台手机的号码啦，我们今天除了直播做菜吃饭，还跟大家电话互动一下。大家看我这台手机，欸，还可以吧？××手机，新上市的产品，性能怎么样呢？我还没试过，我们现场检验一下啊……"

弹幕里一片"广告鬼才，防不胜防"。

电话立刻就打了进来，李一笑接起电话："喂？兄弟你好，怎么称呼啊？"

"你是李十三笑？"对面的男观众有点紧张地问道。

"对啊对啊，我是李十三笑，没错了。兄弟你这手速可以啊，我才把号码打上来，你就打进电话了。"

“你真的是李十三笑啊？哎哟，我还是第一次跟主播说话！好激动啊，真的吗？我天，真的啊！我听到直播间里我的声音了！”

打进电话的粉丝心情十分激动。

“兄弟，你有什么想对大家说的吗？”李一笑问道。

“有啊有啊有啊，我有好多话想说。主播我每晚都看你的节目啊，现在都吃胖了！我很喜欢你的直播，你这个人特别逗，看得出来你人很实诚的，还老教我们一些奇奇怪怪的技能，电瓶车我都会修了，我就喜欢你这样的。这么说太不好意思了，我脸都红了。兄弟，好好做直播，我看好你！”热情的粉丝说，因为激动，有些语无伦次。

“谢谢！谢谢你啊！我脸也红了。”李一笑一手捂脸，怪不好意思地对着镜头说，“我提个小要求，下一位打来电话的观众就不要夸奖我了。我这脸皮三尺厚的人都不好意思了，害臊啊！”

直播间一片欢声笑语，更多人踊跃给他打电话，手机一直是忙音状态。

一晚上李一笑接了几十个电话，有单纯来表达自己激动心情的，有来倾诉自己感情生活的，竟然还有一个是来骂他的黑粉，吓得李一笑手忙脚乱挂了电话。

“这是最后一个电话了哦。”李一笑把手指按在关闭飞行模式的按钮上。因为有太多人打他电话，他不接的时候就直接开飞行模式了，“比拼手速的时候到了，三、二、一，关咯！”

不到三秒钟，电话就拨了进来，李一笑说：“让我看看，哎哟，这竟然还是个未知号码，可别是诈骗电话吧？我接电话了啊，喂，兄弟你好啊，我是李十三笑。”

对方沉默了几秒钟，发出了一个古怪的声音：“你好。”

这声音很奇怪，不像是普通人能发出来的，倒像是经过变声器的声音，分辨不出原音。

“兄弟，你这声音不对劲啊，变声器吗？”李一笑好奇地问道。

“可以和你聊天吗？”那人没有说是不是，只是问道。

“可以啊，你尽管说，我听着呢。”李一笑说道。

“我最近过得不太好。可能是遭了报应。”那人说道。

李一笑懵懂地看着镜头：“啊？”

“我也不知道可以跟谁说，晚上睡不着，看到你直播，就想着给你打电话说。”

“哦哦，可以啊，兄弟你尽管说，我给你开导开导。”李一笑爽快道。

看来是个心里有事的观众，李一笑遇到过不少，平时节目里还挺乐意开导人家的，所以接到这个电话心里也不觉得奇怪。唯一古怪的是，这个观众隐藏了自己的号码，还用了变声器，好像并不想让人知道他是谁。

说不定这人还有点名气呢，李一笑心想，要么就是他说的事情比较有料。

“我以前的工作……比较小众，竞争很激烈。我水平还可以，但是比不上同事，一直不是……那个，正式员工。我有个同事A，是个天才，长得还很帅，我们的……老板，和……组长，都打算捧他。”那人说道这里，停顿了一下，继续道，“我们组里有个富二代，是公司的股东，他挺看不惯天才的，我也看不惯。”

“然后呢？”李一笑有种这故事要悲剧的预感。

果不其然，那人说道：“然后我们联手坑了那个天才，他没法工作，必须走人了。这件事情闹出去对公司名声影响不好，富二代说动了老板，给了他一笔钱，当时他家里有事，急需钱，拿了这笔钱签了协议走了。”

“之后呢，你转正了？”李一笑问道。

“转正了。但是公司出了点事……我们都完了，公司倒闭了，我们都被解雇了，自谋生路去了。”

李一笑不动声色地问道：“你想说什么呢？表达一下你的后悔和歉意吗？”

“有点后悔，就是那种……机关算尽却没什么好结果吧。我现在病了，就在想，我这是不是自作自受。”那个观众叨叨絮絮地说起了自己的感受，有时候像是忏悔，有时候又像是抱怨，语无伦次的样子。

李一笑感觉得到，电话那头的人并不是真的为了自己的所作所为感到愧疚，而是因为他此刻的不得志，所以才想起那段往事。如果他如今事业顺利，那个倒霉的天才早就不知道被他忘到哪里去了。

李一笑气急反笑：“好事儿啊，看来老天还是长眼的。”

来电观众没反应过来：“什么？”

“你搞掉人家一份工作，老天也搞掉你一份工作，你就觉得简直受了天大的委屈，你咋不上天呢？我真诚地给你几个建议：一是先看看脑子，看看里面的洞是不是比马蜂窝还多；二是看看脸，是不是大到太平洋都装不下了；三是看看良心，哦，不好意思哦，我忘了你这个人没有良心。赶紧去医院治吧，但你可千万别治好了出来害人，拜拜了您！”李一笑把人好好损了一通，挂了电话后还是生气，对直播间的观众说道，“大家听到了吗？这世界上什么禽兽都会变成人，还装得人模狗样的，这种玩意儿就不是个东西！大家要擦亮眼睛，别把畜生当人了！”

骂完一通之后，李一笑突然想起自己现在是在直播，不应该对着观众发泄情绪，又不好意思地挠了挠头：“对不起啊，我不应该说脏话的，超管没在吧？下次我绝对不说了！但是今天我一定要告诉大家，做人要堂堂正正，绝对不要因为一时嫉妒或者贪心，走了捷径，用那些歪门邪道的手段。今天看了我的直播的朋友，我们一起好好做个人，OK？千万不要像刚才那个兄弟……我呸，我不想喊他兄弟。不要像刚才那家伙一样，用一些旁门左道的手段坑害别人，同学们，记住了吗？”

弹幕里一片：“老师，记住了。”

“好了，今天就到这里了，明天我们继续。每晚12点准时开播，我们一起吃消夜唠嗑，明天继续给我打电话哦！”李一笑说完，冲摄像头挥手，“走了走了，赶紧走吧，我关直播了！”

关掉直播，李一笑坐在椅子上长长出了一口气，刷起了微博。

这一刷就刷到了一个老朋友住院的消息。

老朋友叫车程，从前是个电竞选手，现在是个游戏主播，认识他是因为前女友圆圆，他和圆圆关系不错，两人经常一起打游戏，李一笑和圆圆交往之后，就变成了三人一块打游戏。后来他和圆圆分手了，和车程的联系就少了。今天看到他住院的消息，李一笑着实吃了一惊，赶忙在车程微博下留言询问情况。

没想到车程大半夜的没有睡觉，半小时后用微信回了他，两人就一来一去地聊了起来，只是车程一直情绪不高，似乎因为生病情绪消沉。李一笑问了他住院的医院和房间号，说好了明天就去看他。

李一笑又翻起了车程的微博，发现这家伙忒不要命，每天半夜三更直播，一播就是十二个小时以上，头发一把一把掉，防脱洗发水都在他微博下打起了广告。这么拼的结果就是某天他连续直播十二个小时之后突然晕厥，吓得观众联系上了平台管理员，打了急救电话把他送到了医院，现在还在医院里躺着呢。

明天去看他的时候一定要好好和他谈谈，身体健康永远是放在第一位的，李一笑心想。

懒汉总是很多的。

今天在家的李一笑和金锋谁都不想做饭，李一笑是每天做饭做烦了，金锋是厨艺不佳，于是两人合点了外卖，谁知道这一单恰好被韩麦接到了。连接了好几单外卖，浑身汗如雨下的韩麦，只把外卖送到小区门口就赶去送下一单了，还打电话告诉两人必须给好评。

在大哥的威胁下，李一笑委委屈屈地出去拿外卖，还给韩麦打了五星好评。

“你下午有事没？”李一笑一边吃外卖一边问金锋。

金锋摇了摇头。

“行啊，那你跟我出去走走吧，老闷在房间里都闷成蘑菇了。我下午要去看一个朋友，他也是主播，生病住院了，哦，他以前也是打电竞的，你们肯定有话题。”李一笑说。

金锋没反对，出去走走也好。

金锋的性格就不是个主动的人，甚至都没有问李一笑的朋友是谁。李一笑也没主动提及，只是说了一番那位老朋友平时直播多么努力，但是人气始终不高，多么辛苦之类的。

“哎，你和陈一路怎么样了啊？”李一笑问道，他还挺惦记这猴精呢。

“他把我拉黑了。”金锋说，表情有点委屈。

“还没把你放出来啊？我微信里跟他说过这件事，劝他把你加回来有话好好说，他都没回我。”李一笑说着，又打开了微信，再给陈一路发一条。

系统回他提示：“消息已发出，但被对方拒收了。”

李一笑蒙了：“他把我也拉黑了？！”

金锋：“……”

不知道为什么有点幸灾乐祸。

李一笑震惊地问道：“他和你到底什么仇什么怨，这可不是一般般的恨你了。”

金锋面无表情：“不知道。”

“你当年退役对他刺激这么大的？”李一笑问道。

金锋似乎并不想谈及此事：“不知道。”

李一笑挠了挠头，金锋从来也没跟他详细说过自己的职业选手生涯，也没有说过自己为什么退役，他寻思着应该是有些内幕。

上网查一下吧，李一笑心想，便打开手机查了起来。

金锋退役是在三年前了，新闻都是那个时候的，李一笑粗略地翻了翻，战队给出的公告里说因为家人重病需要照顾，紧急退役。评论里大量粉丝表示质疑，认为是战队内部矛盾激化，导致新加入战队的天才选手退役。当年金锋所在的ZBM战队是一匹黑马，原本被一路看好，结果金锋退役后，在世界赛里惨遭滑铁卢，成了业内巨大的笑柄。

之后ZBM战队解散，队员们各奔东西，有的当了教练，有的当了主播，还有的去做比赛解说。

李一笑翻到了好些粉丝对金锋退役一事的遗憾之情，金锋因为电竞选手中罕见的高颜值，虽然只当了一年的职业选手，但是人气不低，“电竞流川枫”的名号也是那时候留下来的。

可惜他退役了整整两年才复出当主播，直播一开始因为本身不爱说话的缘故，一直不温不火，直到今年改变了直播不露脸的习惯，加上游戏解说视频、稀奇古怪的主播短视频节目，甚至还有粉丝自制的鬼畜视频，这才回到了大众的视野中，直播人气有了飞跃提升。

算了，这些事情还是找个合适的时机问问金锋本人吧，还有谁比他自己更清楚呢？

下午，李一笑带着金锋来到W市第三人民医院，探望急病住院的车程。

“就是这间了。”李一笑看着病房号说道，“我们进去吧。”

因为是陪李一笑来到医院探望一个陌生人，不怎么喜欢社交的金锋有点紧张：“我就不进去了吧？”

“没事的啦，他很好说话的，再说你们不都是职业选手吗？说不定以前还认识呢，他也是打*LOLO*的。”李一笑说着，把金锋也拽了进去。

“车程，车程我来看你了！现在身体怎么样？好点了没？”李一笑大步走进病房，探望许久没见的熟人车程。

车程在玩手机，听到李一笑的声音赶忙放下了手机：“笑笑，你来了？”

“来了来了，必须得来啊，没有你带我潇洒带我飞，我天天得跪着喊对面爸爸，那还是喊你爸爸吧。”李一笑嘻嘻笑道。

车程也笑了，冷不防地，看到有个人站在病房门口，冷冷地看着他。

那个眼神，锐利得像剑，森冷得像冰，充满了杀气，好像随时会扑上来掐他脖子。

自从李一笑喊出“车程”这个名字的那一刻，金锋就呆住了，双腿里好像灌了铅一样，一步都走不动，手指不受控制地抽搐了起来。

“金……金……金……金锋？你怎么会在这里？”车程大惊失色，慌乱之下竟然不顾手背上还扎着针，连滚带爬地病床上滚了下来，重重地跌倒在地上。

“喂，你没事吧？”李一笑傻眼地看着车程像是见了鬼一样，忙把他从地上扶了起来，看向金锋，“金锋，你们认识？”

“不认识！”金锋矢口否认，声音竟然破音了。

怎么可能不认识？这怎么看都是深仇大恨啊！

李一笑万万没想到今天带金锋出来走走，一走竟然走到了老仇家病房，看车程这害怕的样子，两人没打起来算是金锋有修养了。

李一笑把车程扶到了病床上，朝金锋走去：“到底怎么回事？”

金锋没有回答他，只是冷冷地看着在病床上惊惧不安的车程，冷笑道：“你也有今天？”

“金锋，我……这……你……最近怎么样？”车程慌张地问道。

“活得比你好。”金锋抱着手臂站在门口，一步都不想靠近，“你那个秃头视频我看了，祝你早日掉光。”

啊？什么秃头视频？李一笑正纳闷，金锋冷淡地说道：“我出去走走。”

说完，金锋头也不回地走了。

李一笑摸不着头脑，茫然地问道：“你怎么得罪他了？是不是有什么误会？”

车程苦笑了一声："兄弟，我实在没脸跟你说，你就别问了吧，我不想让你觉得我是个小人……我还真是个小人，自作自受。"

这听起来过节还挺严重的。

"真的不能说吗？"李一笑问道。

"不说了，反正金锋会跟你说，我还有什么好说的呢。说后悔也是真后悔，说傻也是真傻，但当年的事情不是我一个人做的。"车程说着，捂住了额头，低声道，"你让他小心吴俊杰。"

吴俊杰，这又是谁？不关心电竞的李一笑听得一头雾水，抓了抓头发说道："行吧，我会告诉他的。"

两人面面相觑，原本好好的探病如今变成了"探案"，李一笑都不知道该说些什么好。

"你这病……累出来的吧？"李一笑满脑子都想着金锋，实在找不到话题应付，只好勉强关心起了病情。

车程疲惫地点了点头："你现在也在做深夜直播，我劝你早点换个时段吧。我就是贪图深夜直播竞争对手少，一做就是三年，做到现在，头发没了，身体垮了，见不得人了。我的心也凉了，知道自己没什么出息，有机会拿点钱就走人吧，不干了……"

李一笑心有戚戚然，他做深夜美食直播也是为了人气，虽然没做多久，但确实感觉到昼夜颠倒对身体的危害，如今再看过来人车程，不禁心有余悸。

是真的该换个时段了吧？李一笑心想。

"你这头发……还挺茂盛啊？"李一笑看着车程茂密的黑发，疑惑道，"刚才金锋说的什么秃头视频？"

车程又是一阵苦笑："你没看过是吧？你现在可以看看。"

李一笑纳闷地打开手机，搜索"车程"、"秃头"、"视频"等词汇，一下子就找到了一个热门短视频。

他犹豫地看了车程一眼，不知道该不该当场点开。

"你看吧，我已经无所谓了。"车程两眼放空，一副过尽千帆的架势，“还真得谢谢这个视频，不然我连现在的人气都没有。”

李一笑好奇极了，立刻点开了视频。

视频里，车程正在直播“吃鸡”，弹幕里一片“00:48 正片”，李一笑没快进，看着视频一分一秒过去，左下角的车程头发浓密，看起来浑然没有要脱发的前兆。

画面中央，已经跑进安全区的车程操纵的角色和另一个玩家斗智斗勇互相射击，靠着过硬的操作将对方干掉了，兴奋地跑了过去，还没碰到尸体呢，冷不防被人一枪爆头。

车程不可置信地看着屏幕，嗷嗷大叫，气到狂撸自己的头发。

这一撸，就撸出了问题。

屏幕上出现了一片反光，车程呆呆地看着被自己揪下来的假发，另一只手摸了摸稀疏的脑壳。

突然，他意识到了什么，尖叫了一声，飞一样地起身冲出房门。

弹幕里乐晕了！

“直播事故，重大事故！”“有的人看起来人模狗样，其实连头发都没有。”“直播使人秃头。”“这顶假发不错，挺贵的吧？以前真没发现是假发，还以为他发际线坚挺。”“并不坚挺，看战队时期的照片，已经岌岌可危，还以为植发了，原来是戴了假发。”

李一笑心情复杂地关掉视频，看向一脸生无可恋的车程。

“现在你知道我是怎么红的了吧？”车程问道。

李一笑默默点头。

这种爆红方式，也是有点醉人。

“我直播了快三年，没什么名气。当年战队解散的事情我有一大半责任……算了，还说这个干什么呢？我算是想明白了，这都是报应。”车程的脸上没了笑容，呆滞地看向前方，“昨天你直播里最后一个电话，是我打的。”

李一笑愣住了：“什么，是你？”

李一笑猛然想起昨晚那通电话里的爆料，还有金锋那气愤至极的反应，一下子把事情串联了起来："是你害金锋退役的？"

车程捂住了脸："我那时候猪油蒙了心，总以为只要他走了，我就能从替补上来，再被人一挑唆，我就……是我傻，我作死，我活该！"

李一笑的脑中一幕幕地闪过金锋的脸，高兴的、伤感的、冷漠的……最后定格在他问起金锋为什么退役时，金锋黯然神伤的落寞。

因为协议的要求，回老家谋生，还要一边照顾生病的父亲和弟弟的那两年里，金锋到底是什么样的心情呢？

"他是怎么答应退役的？"李一笑强忍着胸口那一股怒气，竭力平静地问道。

车程看了看自己的左手："他手……弄伤了。刚好他爸爸病了，治病需要钱……吴俊杰说服老板给了钱，让金锋拿钱签了协议，把这件事压了下去，吴俊杰看金锋不顺眼很久了，因为他女朋友总是骚扰金锋，金锋没理她，她就在吴俊杰那里说金锋坏话。那时候我们都不喜欢金锋，觉得这小子太傲，总不搭理人，也就秦时……我们队长喜欢他，觉得这小子是个天才……"

"他手怎么伤的？"李一笑敏锐地觉察到了问题的关键。

车程回答不了，他不敢回答，低着头一言不发。

他回不回答都已经没有意义。毫无疑问，是他弄伤了金锋的手。

"车程，我到今天才真正认识了你。"李一笑居高临下地看着垂头不语的车程，气愤、失望、悲痛，"我知道这些年你变了很多，但是你再忏悔，也挽回不了金锋所受的苦。要不是有人拉了他一把，把他带到了我们公司说服他做直播，他现在还在老家卖红薯！你现在受挫了，生病了，才想起来自己的所作所为，你要是一帆风顺事业有成，你会想起金锋吗？你早就忘了还有这么一个人！"

车程双手捂住了脸，哀求道："别说了……你别说了……"

"好，我不说。"李一笑说，"今天不打你，是看在你住院了的分上，再打你，要是你死了我还真赔不起这个医药费。以后也不用再联系了，就当没认识过！”

说完，李一笑头也不回地离开了病房，拨通了金锋的电话。

“喂，金锋，你在哪里？”李一笑问道。

“门诊部，一楼大厅。”

“我马上过来，待会儿一块回去。”李一笑说。

“嗯。”

李一笑快步走出了住院部，来到门诊部，寻找金锋。

不期然地，他遇到了一个熟人。

圆圆坐在走廊的座椅上，怀里抱着一个漂亮的手提包，呆呆地看着走廊的灯，好像陷入了沉思。

她瘦了很多，也许是卸了妆的缘故，比李一笑上一次见到她时还要憔悴，消瘦到让人心疼。

“圆圆？”李一笑不太确定地叫了她一声。

圆圆如梦初醒，一下子从椅子上站了起来，那股平日里的生机活力一下子又回到了她的身体里：“李一笑！你还没死啊？我的天，老天怎么还没把你收了，真是瞎了眼。”

看到战斗欲爆棚的前女友，李一笑也瞬间打了鸡血：“让你失望了，我不但活着，还活得好好的。现在美食博主C位[①]出道，事业风生水起，比你可强多了。你，呵呵，过气了吧？”

圆圆被戳到了痛处，气急败坏道：“就凭你那几个视频，也敢自称美食博主？你看看你那些视频，有一个做完了一道菜吗？”

“哦吼，你很了解嘛。怎么？自己人气做不上去，不忙着好好努力，天天偷窥前男友微博，你这偷窥癖什么时候能好？”李一笑不甘示弱，开启嘲讽模式。

“呵呵，谁要偷窥你啊，要不是你营销买得飞起，热门天天甩在我脸上，我哪有那个闲情关注你一个三十八线美食主播，哦，不好意思，你还真不配叫美食主播。”圆圆反唇相讥。

① 网络流行词语，指核心位置。

“你也配叫美食主播？你看看你做的那些大胃王吃播，到底怎么做的你自己心里清楚？你饭量几斤几两，我会不知道？七盆八盆一口气往嘴里塞，你还真当自己的胃是无底洞啊！”李一笑火气也上来了，指着圆圆身后的医院科室名字怒道，“第二次了，我第二次看到你来消化内科了，我警告过你，再催吐做吃播，我就去爆料你，你能不能学乖一点？”

圆圆的脸一下子苍白了，哆嗦着嘴唇说不出话来。

她下意识地藏起自己的手指，上面有隐约可见的伤疤，那是催吐时为了打开口腔，牙齿一次次咬破手指皮肤留下的痕迹。也许后来她学聪明了，不再粗暴地抠喉咙催吐，换上了专用的导管，一次次吃下几倍于常人的食物，一次次把导管插进胃里吐出来。

她不敢让任何人知道，哪怕是她最亲密的人。因为催吐永远是大胃王吃播最大的禁忌，也是最大的秘密。

哪有那么多天赋异禀的大胃王，除了屈指可数的那几个，其余人不是在各种拍摄技巧上下功夫，就是在折磨自己身体上下功夫。

她也不例外。

李一笑深吸了一口气，缓缓道：“我刚认识你的时候，我还在送外卖，你的声音很甜，兴高采烈地跟我炫耀一个吃播视频能赚多少钱。我和你，还有……那个车程，三个人一起打游戏，那时候多开心。后来我当了你的摄影师，当了你的策划，当了你的后期，能帮你做的一切，我都愿意，我们一起努力一起成长，我觉得这样就很好了，哪怕赚不了多少钱，我也高兴。”

那真的是一段很快乐的回忆，他第一次那么喜欢一个女孩子，看着她元气满满地朝着自己的理想奋斗，他深深地被吸引了。他愿意倾尽全力去帮助她，帮助她实现梦想。

从什么时候起，她变了呢？

李一笑也记不清楚了，他们曾经朝夕相处、亲密无间，哪怕成天都在吵架，到最后他们总是会和好。以至于他们以为，每一次吵架不过是在湖面上吹过的风，风吹完了，湖面就会恢复从前那样的平静。可其实，争吵是一次又一次在镜子上击打，留下一道又一道伤痕，直到分崩离析。

“后来你红了，我为你感到高兴，你越来越忙了，我完全能理解。但是你不该，忘记你的初心。你说过你做吃播，是因为你喜欢美食，享受美食，你想把你的快乐分享给观众。现在我问你，圆圆，你还享受美食吗？还是说，你在吃进去第一口的时候，就已经在想着待会儿要怎么把它吐出来？”

圆圆还是没有回答，呼吸却急促了起来。

李一笑看着她低垂着头，头发挡住了她的侧脸，可是一滴又一滴的水渍却落在了她的包上，滑落了下来，洇湿了她的外衣。

李一笑不禁为她感到难过。她从前是那样阳光开朗的一个姑娘。

当她开始欺骗观众的那一刻起，她就已经忘掉了自己的初心。

“圆圆，改行吧，趁现在还年轻，你还来得及。”李一笑语重心长地说道，“别做大胃王了，我从前给你策划的那些创意类吃播成绩也很好，你没必要折磨自己去博眼球。”

“那是以前了。”圆圆用沙哑的嗓音说着，脸上一丝笑容也没有，“你已经走了，不会再回来了。你给我做的策划很好，可我再也找不到这样的人了。”

李一笑胸口一滞，呼吸都屏住了。

心中的防线一旦开始崩溃，一直以来用坚强掩饰自己的人就会突然间倒下。

圆圆再也无法故作坚强，她颤抖地说道：“我不知道我能做什么。我不像你，我什么都不会……我知道我不可能一直这样下去，我只是想再赚一点钱，等合同到期我就走，我又付不起违约金……然后开一家店什么的，总得养活自己。一旦我停下来，人气掉下去，就很难再回升了。我怕，我怕我……变得像从前一样，默默无闻。”

李一笑明白这种恐惧。

这个时代，有太多普普通通的人像是流星一样划过夜空，绚烂，却也不过是一瞬间的耀眼。他们亮起得太快，根本没有积攒足够的燃料，转眼间就燃烧殆尽。

为了足够耀眼，他们可以做一切疯狂的事情，整容、催吐、自我炒作，他们等不及一点点提升自己，让自己变得更优秀，只想着趁着自己在燃烧的这一刻，攫取足够的财富。

在残酷的激烈竞争中，有太多昙花一现的人，为了不被淘汰挖空心思，让原本就残酷的竞争滑向了扭曲畸形。

“你觉得赚多少算够了？没有钱的时候，觉得十万一百万是一大笔钱，有了之后，又觉得几百万也不够生活，几千万才好，真的有了几千万，总想着再做一年岂不是又有几百几千万？人总也不会满足，钱总也赚不够。圆圆，你停不下来的。”李一笑明白地说道。

圆圆早已泪流满面，她总想着再做一次，再做一次，就这样，一次又一次。她以为自己可以停下来，可其实她早已停不下来。

“你说得对，我早就停不下来了。我的合同还有两年才到期，解约换公司要一大笔钱……我什么都做不了……”圆圆泣不成声，无助地问道，“我又能怎么样呢？只能祈祷自己还能撑下去，我知道这样不行，我知道的啊！可我没有办法……我已经没有退路了！”

李一笑沉默了。

他以为圆圆依旧执迷不悟，试图获得更高的人气，却不知道这个姑娘已经想要退出了。

可是就连退出她都做不到。

违约金两百万，这是悬在她头顶的一把刀，她红起来的日子不长，大手大脚花钱的习惯却养成了，以至于两百万的违约金她根本出不起。哪怕支付了这两百万，她总要为以后的生活考虑吧。如果她找不到合适的工作，就只能靠自己攒下来的钱度日，她维持不了多久。

“钱的事，我会帮你想办法。”李一笑说。

如今他发展顺利，小有名气，和父母约定的三十万已经快攒够了，可是要拿出两百万对他来说依旧是天方夜谭。

可如果能够帮到圆圆，让她脱离苦海，他还是愿意。

他决定了，他要给她一个挽救自己的可能——帮她凑够两百万离开公司，重新开始。

“我会努力赚钱，攒够钱帮你解约，你不要急着拒绝我，就当我借给你的。”李一笑对圆圆说道。

“如果，我说如果，如果我不再做大胃王，你愿意回来帮我吗？”圆圆直直地看着李一笑的眼睛问道。

我愿意。

如果是三个月以前，李一笑一定会毫不犹豫地说，他愿意。

他会回去，和她和好，支持她继续做创意吃播，他们可以一起努力攒钱，攒够违约金离开这家黑心公司。

可是现在，李一笑却突然说不出口了。

三个月的时间，他们突然变得疏远了。

原来，他早已走得很远了。

他已经有新的目标，新的未来，在短暂的停留和告别后，他已经重新开始自己的人生了。

“对不起……”李一笑喃喃道，“我可以帮你做一下类型策划，但不能全盘负责你的项目，其他的工作，我也没办法全兼，对不起。”

圆圆笑了，脸上的泪痕还没有被擦去，她露出了一个凄凉的笑容。

强烈的愧疚感让李一笑不知所措。他掏出手机，往圆圆账户上转钱，一直转到限额了为止。

“这些钱就算我借你的，等我有钱了会给你更多，你早点和公司解约重新开始吧。你的镜头感很好，人又幽默风趣，就算不做吃播，做别的也可以，比如开奶茶店，我记得你跟我说过，你想开一家奶茶店，我很支持。就是答应我，一定要好好爱护自己的身体，好吗？”

圆圆默默流着眼泪，摇了摇头：“我不要你的钱。你既然不回来，也别管我了。”

李一笑知道她又在赌气，跟她解释道："我不是不管，你有什么困难只管跟我说，我能解决的，一定帮你。"

"那你回来帮我。"圆圆说。

"我说了，可以帮你策划，但是现在我也要工作，不可能所有工作全包。"李一笑说。

"你就是不想帮我。"圆圆赌气地说道。

"我不是这个意思，只是我的精力有限，不可能像从前那样一个人干三个人的活……"

圆圆静静地看着他。曾经深深地吸引着李一笑的那种生机勃勃的生命力从她身上褪去了，她变得安静，不像她的安静。

隐隐地，她的眼眶里再一次泛起了泪光。

她用前所未有的轻柔的声音说道："我知道，你不会回来了。我一次次地把你推远，是因为我总是想看到你回来。可总有一天，你不会回来了。

"我只是，在做梦，一直在做梦。我确确实实，一直都在做梦，你看，梦里我遇到了你，你不计回报地帮助我、容忍我、保护我，可我总是控制不住我的脾气。我真的不是一个合格的女朋友，我们走到今天，是我的错，是我……我不配。"

"不，你很好，我……"李一笑的话被圆圆匆忙地打断了。

"我昨天梦到你了，我梦到我们结婚了，我穿着白色的婚纱，捧着花走向你。醒来之后，我躲在被子里哭了很久。我知道一切都不可能了，可我就是很想你，你知道吗？我特别特别想念你。"

他曾经爱过的姑娘，在他面前流着眼泪，诉说着自己的思念。

让他有那么一瞬间，想要回到她身边。

"现在你有了新的事业，新的朋友，你过得很好。我知道你是不会回来了。那我也不能再像个小孩子一样哭哭啼啼，哭闹解决不了任何问题。我会让你知道，我会过得更好，比从前更好。李一笑，再见了，这一次，我是认真的了。"圆圆对着李一笑挤出了一个骄傲的笑容，“我和医生约了时间，再见。”

李一笑目送她走进医生的办公室，关上了门。

没一会儿，圆圆把钱转回了李一笑的银行卡里，她不要这笔同情费。

他深深地叹了口气。

终究是回不去了。

他能做的，也只有帮圆圆凑够违约金。

两百万啊……

“不好意思，刚才碰到了一个朋友，等急了吧？”告别了圆圆，李一笑在门诊大楼一楼大厅找到了金锋，小心翼翼地观察他的脸色。

金锋已经恢复了平静，起身和李一笑一起走出了医院。

两人沿着马路朝前走，李一笑不知道该从何说起，思忖之际，金锋问道：“你……没什么……要问我吗？”

“有啊，好多好多问题。我也不知道从何问起，也许问了，还会让你回忆起不开心的往事。”李一笑反省着，刨根问底到底有没有必要，他不知道金锋从前的事情的时候，他们不也成了很好的朋友吗？

李一笑想了想，又说：“如果一定要问的话，我想先问问你，你爸身体怎么样了？”

“已经走了。”金锋说。

“……抱歉。”

“用了最好的药，少受了很多罪。”金锋喃喃地说，突然自嘲地笑了笑，“也算不坏了。”

“……”

“再重来一次，我，如果不退役，比赛没有赢，队伍一样会解散。我没拿到那笔……封口费，可能医药费都付不起。”金锋淡淡道，“那我可能还会选择，这样的结果。”

李一笑的嘴唇翕动了一下，想要劝慰，却又不知道该如何劝慰。

“当时我拿到一百万，签了保密合同，退役，永远不再打*LOLO*职业比赛，两年内不出镜，不从事相关职业。我可以接受，但不能，看我爸受罪。我爸走时，还剩下了二十几万，一个网友得了绝症，我都给她和她爸了。”金锋说道。

李一笑突然想起那一次，韩麦假装音乐人程羽的时候，大家讨论为什么程羽不肯见秋宁，金锋猜是得了绝症，还说起了自己给得了绝症的网友捐款的事情。

当时所有人都觉得那是个骗子，不明白为什么金锋这么傻。

现在他明白了。

因为他受过同样的苦，知道在疾病面前无能为力的痛，所以才选择去相信，去帮助别人，哪怕那可能是一场骗局。

“车程让我提醒你，说让你小心吴俊杰，这人是你队友吗？”李一笑问道。

金锋似乎并不意外，只是说道：“嗯，也是战队的大股东。”

“他现在还在打职业吗？”李一笑问道。

“没有，他在虎鱼直播，叫杰哥。”

“是他啊！”李一笑忍不住骂了一句，“天啊，我们平台一哥啊！”

这个人李一笑知道，和他们一个直播平台，主要直播*LOLO*和“吃鸡”，平时特别爱吹牛，搞粉丝福利很大方，颇有粉丝基础，嘴是脏了点，自称真性情，还真有不少粉丝吃这一套。

一想到这个人渣混得这么好，李一笑心态崩了。

金锋却好像没什么反应。

“你就不生气吗？”李一笑问道。

“人各有命，他迟早要翻车。”金锋笃定道。

“为什么？你怎么知道？”李一笑纳闷。

金锋瞥了他一眼，冷笑了一声：“我看过他直播游戏，绝对是开挂了。”

“啊？不会吧？”李一笑很惊讶，这要是被人找到证据，绝对是对主播名望的巨大打击。吴俊杰都混到这个水平了，不至于自寻死路吧？

“这点眼力我还是有的。”金锋说得很肯定，“他开挂开得很小心，可是任何事情，只要你做了，都会留下证据。有句话是这么说的，你可能在某些时候欺骗所有人，也可能在所有时候欺骗某些人，但你却不能在所有时候欺骗所有人。他瞒得了一时，瞒不了一世，总会有和我一样的人发现。”

“这话很有哲理啊，谁说的？”李一笑问道。

“林肯。”

“嗯，可以的，不愧是大学生。”

金锋自嘲地笑了笑：“就读了一年，那时候我爸身体已经不行了，我等不了毕业工作了，肄业签约了战队，好歹有一份收入。”

李一笑沉默了。

金锋的身上，有太多太多的遗憾，退学、手伤、退役、丧父……这些永远无法弥补的遗憾里，金锋一个人走了过来。他既没有自暴自弃，也没有愤世嫉俗，他只是一如既往地做着自己应该做的事。

李一笑的脑中闪过一些无端的话语，怪不得金锋的粉丝们夸他身上有一股高冷又忧郁的气质，一般人搁金锋这人生经历，可不只是忧郁，简直要抑郁了！

“你没想过，要举报吴俊杰吗？”李一笑问道。

“不用我出手，现在，也不是时候，盯着他位置的人太多了，总会有人，出手的。”金锋说道。

李一笑只好夸道：“你心态还挺好的。”

“……”

“我记得你说过，有个老队友把你介绍到了红星，后来自己跳槽了？”李一笑问道。

金锋点了点头："老秦，我的队长。报网名你应该认识。"

李一笑好奇了起来："谁啊？"

"秦时不见月。"

"我去！秦时不见月，我们平台那个刚起来的游戏主播！"李一笑叫了起来，"游戏主播里我最喜欢他了！说话干净从不带脏字，还很幽默，太好玩了！他竟然是你队长！帮我要个签名吧！"

金锋默默地看着他，幽幽道："你上次，还说最喜欢我的直播。"

怎么一下子就变心了呢？

李一笑窘迫道："那怎么能一样呢，我们是朋友，朋友之间这叫商业互吹，不要当真，不要当真哈。"

"……"金锋一脸郁闷。

"再说了，你心里都没点数吗？你那直播全靠脸，每天就会念感谢 ××× 送的礼物，我会去看你直播都是看在室友的面子上。"李一笑嫌弃道。

金锋更郁闷了："这不是你教我的吗？"

"那你也得与时俱进啊。知道现在为什么你的人气又到瓶颈期了吗？因为你没有突破！我都打算突破一下了，你也得抓紧了。"李一笑说道。

"嗯。"金锋乖乖地应了一声。

看到帅哥装乖，李一笑还是挺受用的，他打量着金锋的脸，心想，这样的颜值，哪怕直播不说话都会有大把粉丝来围观，长得帅就是占便宜啊。

"你手现在怎么样？"李一笑关心起了金锋的伤势问题。

金锋摊开左手，李一笑抓起他的手，仔细端详。

这一次，李一笑终于清楚地看见了他手心的伤疤。那是某种被锐器刺穿过的痕迹，三年了，这个痕迹还是清晰可见，可以想象那时候金锋的绝望，他甚至不知道自己能康复到什么水平，还能不能继续打游戏。

“基本上，恢复到退役前了。”金锋看着自己的手，“只是，不能高强度，打职业会很吃力。一般的直播，没有问题。”

“会疼吗？”李一笑酸楚地问道。

“已经不疼了。”

曾经疼过，但现在，已经不疼了。

所有的伤口都会愈合，他的也不例外。如果上天注定要用他被迫退役的遗憾，去换取父亲临终前的被照料，他也心甘情愿。

更何况，命运兜兜转转，最后又给他送来了李一笑。

金锋静静地看着李一笑，就是这个人，突然地闯进了七号别墅楼，告诉他：你这样直播不行，我来帮你。

“金锋，今晚你直播，我也出镜一下吧，我们打个双人游戏，就是最近很火的那个做菜游戏《我们的厨房干净又卫生》。这游戏刚出，我觉得会火，我们赶紧直播一下，然后我做剪辑和后期帮你投稿去，怎么样？”李一笑说。

“好。”金锋一口答应了。

“你可别嫌弃我拖你后腿。”李一笑说，“每次你都把我嫌弃得不要不要的，当着观众的面吵架也不是一次两次了。”

“不会。”金锋说。

李一笑将信将疑：“到时候谁先骂人谁是小狗。”

“哦。”

金锋答应得好好的，但是，李一笑就是知道这人靠不住。

当晚，李一笑和金锋一人一个手柄，在直播间打做菜双人小游戏，毫无默契可言的两人互相坑队友，一会儿李一笑撞翻金锋，一会儿金锋把李一笑踢下沟，李一笑高喊着“给我来个番茄”，金锋默默扔给他一个土豆，把他气得够呛。同样地，李一笑送菜翻车掉下去，连人带菜一起没了，也把金锋气得够呛，人可以死，但是菜不能丢啊！

又是一关没过，金锋放下手柄，默默看着李一笑。

正在抱头哀号的李一笑转过脸：“看我干什么？你想说啥？”

“你。”金锋面无表情，补上了后面两个字，“傻子。”

“金锋你胆子肥了啊！你以为这关没过是谁的错啊！明明是你刚才东西都不给我送来，厨房着火我让你去灭火，结果你去洗碗！这是洗碗的时候吗？赶紧灭火啊！”

两人激烈地呛了起来，直播间的弹幕非常热闹。

粉丝还就是想看他们吵嘴。

“金锋，你还记得不？下午的时候你答应我，谁先骂人谁是小狗。”李一笑突然想起了下午时他对金锋说的话，挑了挑眉问道。

金锋默然，几秒钟后。

金锋张开嘴：“汪。”

李一笑笑到差点撒手人寰：“哈哈哈哈哈哈哈哈哈哈哈哈！金锋你也有今天！！”

整个直播间都充满了“哈哈哈哈”的弹幕，一片欢声笑语。

金锋黑着脸拿起了手柄：“再来！”

李一笑笑得肚子痛，连连讨饶：“不了不了，再玩我要被你气死了，溜了溜了做消夜去了，你自己跟自己玩吧！”

于是留下金锋一个人拿着两个手柄生气。

一个人怎么玩哦？！

第十五章

甜甜
也要玩游戏

“我就知道我红不了，这辈子都红不了。”夏甜雨哭丧着一张脸，像是祥林嫂一样对李一笑喋喋不休，“小时候算命的对我说，我就是早早嫁人生一堆孩子的命，我不信，偏要跑，跑到这里来做主播，做到现在还是个十八线，嘤嘤嘤。”

“你这隔三岔五丧一顿，跟大姨妈似的，不就是被陆霏霏的粉丝嘲了吗？多大点事。”李一笑已经习惯了夏甜雨时不时这样丧一丧了，平时他还会安慰一下，但是今天他的心情也不好，“你看看我，个人贴吧被一群黑粉攻陷，现在我的贴吧里这都什么乱七八糟的玩意儿啊，我念给你听，让你高兴高兴。”

夏甜雨好奇地看着他，等他念。

李一笑打开手机贴吧，进入李十三笑的贴吧，挑着念了起来：“第一条，大大我觉得你有一种卓尔不群的傻×气质，像个神经病，你是不是真的有病，还能治吗？第二条，大大你的情感专线很不错，我有烦恼要倾诉，我朋友的老公带着小姨子跑了，欠下十个亿，请问我要怎么办？第三条，哦吼，更牛了，空口鉴抄袭！李十三笑，你的节目都是抄袭的，你不要脸，去死吧！”

李一笑念了几条，朝夏甜雨摊手：“看吧，我的贴吧里都是这种玩意儿。红了就是这样，都是黑粉，还是不红好，哎，我现在还不如没红的时候快乐，走在大街上都没人认识我。”

挖空心思想要红，但是始终红不起来的夏甜雨，气到不想说话。

“我不唱歌啦！我要学秋宁打游戏！说不定打游戏我就红了呢！”夏甜雨不信邪，叫嚣了起来，“快推荐我几款游戏，不要《超级玛丽》！”

“找你的粉丝推荐推荐呗，我们几个常玩的游戏，你刚入门不好上手。”李一笑说。

“哼，你就是不想给我推荐游戏！算了，我自己去找！我就不信了，谁说我不会玩游戏！”夏甜雨冷哼了一声，气鼓鼓打开了自己的微信粉丝群。

“我在粉丝群问问。”夏甜雨喃喃着，打开了微信群。

小甜甜不下雨：“大家好，我想偶尔直播一下玩游戏，你们有什么推荐的吗？”

群里反响热烈，粉丝群友们纷纷跳了出来，七嘴八舌地给夏甜雨推荐游戏。

夏甜雨也鉴别不了，只好咨询李一笑：“这个《死亡血源》怎么样？”

李一笑差点一口水喷出来：“别别别，忽悠你呢，金锋都觉得难，和他之前做过的《死魂灵 3》一个难度。”

“‘吃鸡’怎么样？说是很火。”

“可拉倒吧，就你这水平，落地成盒吧。”

“*LOLO*……呃，算了算了，这个我知道，金锋以前打职业的游戏呢。这个呢，《我们的厨房干净又卫生》？”

“这游戏我和金锋玩过，建议多人玩，你想找谁？秋宁？”

夏甜雨板着脸，斜睨着李一笑质问道：“我怎么觉得你今天特别针对我？”

“我没有啊，你多心了。”李一笑无辜地说。

“算了，找你参谋也没用，尽会给我泼冷水，我自己去问别人！”夏甜雨说着，气鼓鼓地抱着手机走了。

李一笑幽幽一叹：“哎，女人，真难哄。”

“男人都是大猪蹄子！”回到房间关上房门的夏甜雨一声怒吼，把李一笑打成了大猪蹄子的一伙。

亏她还一直觉得他和别的男人不一样呢！

现在暴露了吧，还不就是大猪蹄子吗！

她还是看看群里的粉丝有没有什么更好的推荐吧！

夏甜雨回到了群里，此时群里已经从七嘴八舌的状态变成了整齐划一，一个叫《和温妮一起攻克难关》的游戏映入夏甜雨的眼帘。

“甜甜，这是现在最热门最流行的小游戏，很简单，又很有趣，现在超级热门的，免费下载，你赶紧去玩玩吧！”群友如是说道。

下面一片“哈哈哈哈哈”“你说得对”“甜甜一定要去玩”的声音。

夏甜雨感觉群里的画风有点奇怪，但也没在意，开心地在群里说道：“谢谢大家的推荐，甜甜现在就去下载，今晚就直播玩这个！”

说完，夏甜雨就打开电脑找游戏去了。

《和温妮一起攻克难关》果然是一个热门游戏，她这个电脑白痴都很容易找到了，游戏介绍里说，这是一个骑着独轮车的小女孩要在一片陡峭的山地上前进并跳跃，有时候要手脚并用，是个非常励志也非常益智的游戏，很简单！

夏甜雨一看，非常满意，不就是独轮车版《超级玛丽》吗？虽然她至今连《超级玛丽》第一关都没有通过，但是既然介绍里都说这个游戏很简单了，她一定没有问题的！

夏甜雨一边下载游戏，一边畅想起了自己跨界直播游戏突然爆红的光明未来，不禁笑出了声。

她小甜甜不下雨，一定会一夜爆红、年入千万成为顶级主播的！

夏甜雨看游戏下载还要一会儿，干脆走出了房间，斗志昂扬地来到在沙发上瘫着的李一笑面前，趾高气扬地说道：“你晚上有空记得看我的直播，我一定会让你大开眼界的，让你知道，我肯定比秋宁强！”

正在和吧务研究怎么对付贴吧小广告和黑粉的李一笑，莫名其妙地抬起头：“啊？”

夏甜雨双手叉腰，信心十足地说道：“粉丝给我推荐了一个很棒的游戏，我今晚就要直播它！”

“什么游戏啊？”李一笑好奇地问道。

“《和温妮一起攻克难关》，听说过吗？这可是现在市面上最流行的游戏，你要是不知道，你就落伍了，我可是听说很久了，今天粉丝们一提起来，我就马上下载了！”夏甜雨开始瞎吹，她根本没听说过这个游戏。

李一笑心情非常复杂：“你……真的了解这个游戏吗？”

被质疑的夏甜雨有些下不了台，越发硬着头皮：“当然了！我已经充分了解过这个游戏了！”

“呃……行吧，你最好直播前先试玩一下。”李一笑友情建议道。

“不用你说我也知道，我已经了解过了！”夏甜雨一副专家的样子，说完就走了。

李一笑非常担心了。

夏甜雨这姑娘，连STEAM[①]是什么都不知道，这游戏还不知道哪里下载来的，说不定是什么木马网站上免费下载，连游戏带病毒一起搞到了电脑里……

至于她说她已经充分了解过了，李一笑一个字都不信！

因为，这个游戏，超级难，超级变态，堪称主播杀手啊！

玩到心态崩了开始砸鼠标吃键盘的主播不是一个两个！最狠的一个把电脑都砸了！

夏甜雨一个游戏小白，哪来的信心哦。这大概就是无知者无畏吧。

李一笑想了想，还是不放心，对已经走上楼梯的夏甜雨再次叮嘱道：“你直播之前先试玩一下！”

“我知道啦，就你啰唆！”楼梯上的夏甜雨喊道。

可惜，到最后夏甜雨还是没有来得及试玩。

原本她下午想留出两小时试玩的，结果经纪人陈阳来了个电话，告诉她一个好消息。

“甜甜，你上次不是说想参加素人[②]音乐选秀节目吗？我帮你留意了一下，最近有一款明星和素人合作的选秀节目不错，叫《天籁少女》，有点像选秀又有点像养成，我挺看好它的模式的，说不定可以爆。现在可以开始报名了，你有兴趣就报名吧。”

夏甜雨一听，激动万分：“好的好的好的，陈哥我马上去看！”

---

① 一个游戏平台。

② 这里指非娱乐圈人士。

于是整整一个下午，夏甜雨就泡在了官网填报名表和研究节目上，完全把游戏抛到了脑后。

游戏算什么，唱歌才是真好玩！她夏甜雨，总有一天会成为大明星！

吃晚饭的时候，就只有秋宁、夏甜雨和李一笑在，三人一起吃饭。

秋宁对夏甜雨说道：“甜甜，有一个《天籁少女》的选秀节目你听说了吗？”

夏甜雨一听，顿时紧张了起来：“你报名了？”

秋宁摇了摇头：“我没有呢。”

夏甜雨不惮以最大的恶意揣测自己的竞争对手，狐疑地看着秋宁。秋宁，漂亮，唱歌好听，名气大，已经一曲成名，她要是参加这个节目，有话题度不说，说不定还能拿个冠军、亚军、季军什么的……她说没报名，难道就真的没报名吗？她难道不想红吗？

就算她们现在是朋友了，她也不能输给秋宁！

夏甜雨怀疑地问道：“你真的不参加？那很可惜欸。”

秋宁笑了笑：“我对这个又没有兴趣，还是算了吧，就是觉得挺适合你的。”

夏甜雨将信将疑，但秋宁不参加是件好事啊！

夏甜雨顿时喜笑颜开：“嗯呵呵呵呵呵，你不参加太可惜啦！我觉得你一定能拿前几名的！”

哈哈哈哈秋宁不参加！不参加！我赢定了！夏甜雨迷之自信了起来。

秋宁看她笑得一脸阳光灿烂，就差在脸上写着“太好了秋宁不参加”，顿时心中的那个小恶魔又跳了出来。

她意味深长地笑了笑：“这样啊，要是甜甜这么看好我，要不我也去报个名吧？”

不好！秋宁果然是虚晃一枪，想要参加的！

夏甜雨心中警铃大作，顾不上掩饰，急忙道：“哎呀，你参加这个做什么啊，说不定人家节目都内定了，去了也是当炮灰，这种素人节目本来就很多不是素人的，说不定还有什么选秀黑幕。你……你……你干啥不好呢？”

夏甜雨急得满头大汗，简直把“你千万别参加”几个字写到脸上了。

“哦，这样啊，那还是算了吧，甜甜你也别参加了，多浪费时间啊。”秋宁促狭地说道。

“我……我……我这不是没事干吗！哈哈哈哈哈哈，我就随便试一试，说不定海选都过不了呢！”夏甜雨开始疯狂贬低自己，“你看我唱歌就这样，肯定过不了海选的！”

李一笑在一旁低头吃饭，对塑料姐妹花女主播们的日常不予置评。

女人，真复杂啊！明明现在那么要好，还在这里玩心眼，啧啧。

“咳咳，甜甜，晚上你就要直播了，游戏试玩了吗？”李一笑决定把气氛从危险中拯救出来。

糟糕，忘记了！夏甜雨的脸上直白地这么写着。

但是这姑娘有趣的地方就在于，她脸上什么都藏不住，却偏要苦苦隐瞒，好像她演技很好似的。

“当然啦，我一点问题都没有的！”夏甜雨顽强地说道，“不就是游戏吗？很简单的！”

“什么游戏？”秋宁问道。

“没什么没什么。”夏甜雨不想让秋宁知道，赶紧打岔了过去。

可惜，夏甜雨瞒得过一时，瞒不过一世，晚上直播的时候，她很快就知道什么叫“人间不值得”。

“游戏嘛，虽然我平常不太玩，但是这个游戏又不难，我决定今天给大家直播玩一下，大家一定要给我加油哦！”夏甜雨在镜头前笑得非常甜美。

游戏一打开，画面上是一个骑着独轮车的女孩，还有游戏制作者的英文旁白，汉化贴心地加上了中文翻译：“在一场事故中，我失去了一条腿，可我始终有一个梦想，我想成为独轮车骑手，我决定训练自己，无论多少次的挫折，都不能让我屈服。”

“好像是个很励志的游戏。”夏甜雨说着，点击了开始。

悲剧就从这一刻开始书写。

此时的夏甜雨还没有意识到，弹幕里满屏的“哈哈哈哈哈”和“甜甜保重”是什么意思。

但是很快，她就知道了。

“啊啊啊啊啊啊啊啊啊啊啊！滑下去啦啊啊啊啊啊啊啊啊！”夏甜雨伴随着游戏人物的动作，身体跟随着鼠标一起左右扭动，一会儿扭到左边，一会儿扭到右边，把身体拗成了一个奇怪的形状。可就算她已经这么努力了，她还是眼睁睁地看着自己操纵的人物从斜坡上滑下去，顿时抱头惨叫了起来。

“这游戏怎么这样啊！！！我好不容易过去了！！！我又回去了！！！！”好不容易过了斜坡这关，夏甜雨一个不慎又从山崖上掉回了游戏开始的地方，顿时气得捶桌跺脚“活蹦乱跳”，还把鼠标抡得“哐哐”响。

“我死了、我死了、我死了，我再也不要玩了呜呜呜呜呜！垃圾游戏！垃圾游戏！！垃圾游戏！！！”累死累活过了山崖这个小难点，在跳台上失手掉回了新手村的夏甜雨心态崩了，当场表演了什么叫海豚音花样惨叫合集。

但夏甜雨是个很不服输的人，骨子里有一股倔劲，她嘴上喊着“垃圾游戏当场卸载”，结果一口气玩了三个小时，今天的直播都快结束了，她还在和独轮车女孩较劲。

“这绝对是最后一次了，要是这一关我跳不过去，我当场卸载！”夏甜雨深吸一口气，一顿操作猛如虎！一会儿把身体扭成C型，一会儿把身体扭成S型。

电脑屏幕上的独轮车女孩在一个错误的弹跳之后，咕噜噜噜噜噜地滚了下去。

从高塔一直滚到山崖，从山崖一直滚到斜坡，从斜坡一直滚到了……梦开始的地方。

夏甜雨发出了一阵长达半分钟的尖叫，在重大的打击下，她身体往后一撅，坐着的椅子突然往后不受控制地往后一滑，竟然滑走了！

没了椅子的夏甜雨一屁股坐倒在了地上，看着镜头，又是茫然又是苦闷，混在一起竟然有一丝丝滑稽。

那神情，真的，非常夏甜雨了。

夏甜雨“嘤嘤嘤”地哭了起来，一边哭一边捶地，不顾形象把头发抓得一团糟，最后瘫在地上乱蹬一气：“我、不、玩、啦——！”

发疯了三分钟后，夏甜雨终于恢复了一点理智，想起自己还在直播这件事了。顿时不好意思地从地上起来，捡回了椅子，找了镜子梳头整理衣服，愤怒且决绝地删掉了游戏。

一边删，她还一边戏精地唱起了歌，对着镜头唱了一首《心凉凉》，一边唱一边哭，又好笑又可怜。

不知道为什么，看到女主播痛苦发疯，观众们竟然非常激动，纷纷给她投喂礼物，高喊着“甜甜不哭，再来一遍”“甜甜不哭，装回重来”，活生生表演了什么叫一群“大猪蹄子”。

在自己房间里看了一晚上夏甜雨花式吃瘪最后崩溃发疯的李一笑，已经笑得肚子都痛了。他万万没想到夏甜雨这姑娘平时牛烘烘的时候那么讨厌，但是吃瘪的时候却这么搞笑，因为太蠢反而让人觉得怜爱了。

李一笑心虚地关掉了电脑上的录像功能，他已经把夏甜雨今晚的惨状都录下来了，剪辑一下投给各家搞笑主播视频节目，说不定能火一把。

“甜甜，昨晚的直播感觉怎么样啊？”秋宁状似不经意地问道。

脸上挂了两个黑眼圈，一脸精神不振状态萎靡的夏甜雨，一听到秋宁的问话，立刻精神了起来，她对这个游戏破口大骂：“什么垃圾游戏啊！这游戏谁爱玩谁玩去！我看这个游戏制作人肯定精神不正常，是那个什么社会反人格分子！”

“你是想说反社会人格吗？”秋宁抽了抽嘴角，问道。

“啊……对对对，就是那个反社会人格！我刚才太生气了才说错了的。我看他肯定是个神经病！谁会做这种一点游戏性都没有的垃圾游戏啊！根本没有人能通关！我看他就是想折磨人！傻子！变态！有毛病！”夏甜雨气急败坏地来了个素质三连。

在一旁喝豆浆吃早饭的金锋默默说道：“我通关了。”

几人纷纷用震惊的眼神看着他。

偷偷尝试这个游戏但是被血虐的李一笑忍不住说出了几人的心声：“你还算是个人吗？”

被吐槽的金锋有些委屈，他说：“这游戏……不难。”

“哪里不难？”夏甜雨要疯了，她昨晚受苦受虐的三小时难道都是因为她太菜吗？

“这游戏……就是物理引擎没做好，本身，不难。只要掌握一点技巧，把握一下节奏，可以通关的。实在不会，可以卡 BUG[①]，这游戏有 BUG。”金锋认真道。

李一笑给他递上纸笔：“兄弟，出个教程吧，现在全网的玩家都需要你拯救。”

金锋眨了眨眼：“哦。”

大佬就是大佬，在游戏这项上天赋异禀，一般人被虐得惨兮兮的游戏，金锋玩起来就和喝水吃饭一样简单，这是羡慕也羡慕不来。

“我看我还是算了吧，打游戏不适合我，我还是唱歌去算了。”夏甜雨扁扁嘴，委委屈屈地说道。

“别别别，甜甜同志，我要告诉你一个好消息。我昨晚把你的直播内容录下来剪辑了精华部分拿去投稿了。那几个节目的主编已经和我很熟了，昨晚就看了你的内容，觉得很棒，这周就会放出来，你说不定还能火一把呢。”李一笑说道。

---

① 文中指漏洞、缺陷。

“啊啊啊啊啊啊？！你看我直播？！你还录下来！！！你还拿去投稿！！！你是魔鬼吗？！！”夏甜雨好像受了奇耻大辱，捂着脸尖叫了起来。

李一笑故作不知：“啊？不是你让我看你直播的吗？”

“啊啊啊啊啊啊啊啊啊啊我讨厌死你了！！！”深感丢人的夏甜雨羞愤难当。

偏偏此时，秋宁还要递出致命一击：“昨天是我休息日，我闲着无聊，也看了你的直播。”

夏甜雨难以置信地抬起头，死死盯着秋宁。

秋宁微微一笑，这笑容里竟然有说不出的阴险意味：“从头到尾。”

夏甜雨面如死灰，瘫软在沙发上，幽幽地说：“还有谁，没看过吗？”

金锋默默道：“我没有……”

夏甜雨勉强露出了一个虚弱的笑容：“还是你对我最好……”

金锋没等她说完，直接把话接了下去：“我不看菜鸟打游戏，生气。”

“噗。”三人笑出了声。

李一笑干脆把自己剪辑好的精彩部分放给金锋看，金锋在夏甜雨发出第一声尖叫的时候就捂上了耳朵。

夏甜雨一把夺走李一笑的手机关掉了视频，愤愤地把抱枕捂在头上，蜷缩在沙发上装死，一副“此人已死”的架势。

“别这么丧啊，这不是还有韩麦还没看过吗？放心吧，我们这里总是有人没看过的。”李一笑见她一副弱小无助又可怜的样子，安慰道。

此时，出去买东西的韩麦提着大包小包回来了，一进门就哈哈大笑道：“甜甜，我的粉丝群里有人发了你昨晚直播游戏的剪辑，太可乐了，听说现在都传疯了，你要火了啊！”

身心俱疲，无力再与这个世界抗争的夏甜雨，幽幽地在沙发上留下了自己的遗言：“垃圾游戏，毁我青春，坏我名誉，再也不玩了嘤嘤嘤。”

第十六章

韩麦打工记之王牌奶爸

这天气越发热了。

骑着配送外卖的小电驴等红绿灯的韩麦，感觉自己像是一条被挂在晾晒网上的咸鱼，汗水蒸发留下的盐分在他的皮肤上结出了一层白白的盐花，又被新涌出的汗水泡成了盐水。

这么热的天气，着实让人心浮气躁。

绿灯亮了，韩麦发动小电驴朝着配送目的地驶去，一路上都在构思自己的新歌，这首关于外卖配送员工作日常和吐槽的歌曲已经写得差不多了，他正在不断调整歌词。

前方的转弯口，韩麦看到了一个熟人——吕平安，他没有穿制服，也没有开电瓶车，抱着一袋西红柿站在马路边，也不躲到树荫下去，被太阳暴晒着，好像走了神。

说到吕平安这人，就不得不提到李一笑了。这两人的相识非常富有戏剧性，两个外卖配送员在马路上相撞，主责方是吕平安，最后却是受害者李一笑倒贴了钱给他。

据李一笑说，主要是因为吕平安实在太惨了。他从来没见过这么惨的人，不是每个倒霉的家伙都能让老婆给自己戴上四顶绿帽子，留下四个爹不同的孩子和别人私奔去的，他一个人照料着四个和自己毫无血缘关系的小孩。

为了养活四个不是自己的崽子，吕平安从早忙到晚，打了好几份工，又是送外卖又是值夜班，这才勉强养活了孩子们。

实在父爱如山，这胸襟，比大海……啊不，宇宙还要广阔，把他放到塔克拉玛干沙漠，整个沙漠都会变成绿色的海洋。李一笑如是总结道。

吕平安和韩麦不是同一家外卖配送公司的，说起来两家公司还是竞争对手呢。两人日常工作的时候并不常碰面，只是经常在W市的大街小巷上擦肩而过，维持着打个招呼的交情。

吕平安第一次见到韩麦送外卖时，整个人都惊呆了，连连问他是不是直播不顺利，怎么会跑来送外卖呢？

还不如回去当大哥呢。吕平安的眼神是这么对韩麦说的。

韩麦顺水推舟，表示自己直播不利只好转行送外卖，吕平安非常唏嘘，连声哀叹生活不易。

吕平安比上一次韩麦见到他的时候要瘦了很多，原本就黑瘦的脸上没了那股精气神，像个颓废的流浪汉，怀里还抱着一袋西红柿。韩麦乍一看过去，还以为自己认错了人。现在是送餐高峰期，吕平安不赶着去送外卖，站在路边干什么呢？

韩麦有些不解，他印象里吕平安工作起来可是比谁都积极的，毕竟家里还有四张嘴指望他一个人养活呢。

不等韩麦叫他一声，突然神色一凛的吕平安猛地冲出了马路，飞扑到了一辆黑色轿车前迎头撞了上去。车主紧急刹车，吕平安一个趔趄，以一个夸张的姿势翻滚了出去，配合着浮夸动作的是更加浮夸的惨叫声：“啊啊啊啊啊啊啊啊……撞死人了啊！！！”

吕平安怀里的西红柿掉了一地，有的被车轮胎碾过，有的掉在地上摔坏了，看起来满地都是血色，异常血腥惨烈。

吕平安半死不活地躺在地上，抱着自己的腿叫个不停。

韩麦从自己的这个角度看得很清楚——这车根本就没有碰到吕平安！

吕平安在碰瓷！！！

韩麦被吓了一跳，万万没想到吕平安还会干出碰瓷这样的事情来。这碰瓷水平还异常拙劣，过于蹩脚，一看就像碰瓷。

黑色轿车是一辆宝马，车主应当是有些小钱的，所以才会成为吕平安碰瓷的对象。

车门开了，一个花臂大汉从车里走了出来，满面怒容地来到吕平安面前，破口大骂：“你个龟孙，碰瓷碰到老子面前来，还不给我赶紧滚蛋！不然打得你叫爷爷！”

抱着腿在番茄酱汁里翻滚的吕平安没想到这车主看起来如此“社会”，不禁有些害怕。可事已至此，再收手也不可能了，吕平安眼一闭心一横，哀号道：“撞死人啦，我的腿断了！哎哟这个混球没有良心，撞了人还要打人！”

花臂大汉见他无赖至此，怒极反笑，转身打开了车子的后备箱，抄出一根撬棍来：“再给你这龟孙一个机会，乖乖道歉走人，饶你一条狗命！”

这是要上升为暴力事件啊！

周围人少，都没人出头，万一把人打死了可怎么办？

韩麦赶紧把电瓶车停到路边，摘下头盔脱下制服外套，用力搓了搓自己的头发，大步上前阻止道：“这位兄弟，且慢且慢！”

花臂大汉转头，见到一个身材魁梧的大汉一边喊着“且慢”一边朝他走来，眼中精光一闪，脑中拼命回忆，这是哪条道上的大哥？这身材，这神情，这气势，妥妥是哪位道上大哥没错了！

韩麦从口袋里掏出半包烟——他虽然不抽，但是有的客户会抽烟，递上一根换个好评岂不美哉——递了一根给花臂大汉。

花臂大汉乜了他一眼，见韩麦态度热情，不好拒绝，于是掏出打火机，给自己和韩麦都点了烟。

韩麦根本不抽烟，拿在手里说道：“兄弟，这碰瓷龟孙虽然可恶，但你也犯不着大庭广众之下动手，回头找几个兄弟套他麻袋就是，何必把自己搞进去见条子呢？”

花臂大汉余怒未消：“我就是气不过，这孙子碰瓷都碰到老子头上来了！”

韩麦安慰道：“总有不长眼的东西。这孙子干的好事我都看清楚了，我给你做证，你赶紧走吧，别耽误了正事。”

花臂大汉的手机响了，他一看信息，啐了一口，对吕平安恨恨道：“便宜你这龟孙了！”

说完，大汉发动了车，拉下窗户对韩麦说道：“兄弟，今个儿多谢你啦！差点就搞进局子里了。”

韩麦一副大哥做派：“是兄弟，说这个干啥，娘们唧唧的，走吧走吧。”

花臂大汉开车走了。韩麦走到不再哀号、满脸麻木的吕平安面前，将人从地上拽起来。

吕平安像是傻了一样，僵硬地想推开他自己走。

韩麦强硬地把人架到路边，按在了花坛边上。

“你说你干点啥不好？碰瓷？今天碰到硬茬子头上，万一那厮真是个几进宫的，把你打死了都没数！”韩麦气道。

吕平安没吱声，也不辩解，低着头一声不吭。

“到底怎么回事？我相信你不是那种人，是家里有困难吗？”韩麦关切地问道。

吕平安没有回答，只是低声感谢了他：“谢谢你了，我有事，得走了。”

说完，吕平安站了起来，一瘸一拐地走到自己停车的地方，跨上了电瓶车。

他果然是有预谋的，特地把电瓶车停在旁边不起眼的地方，自己去碰瓷，之所以不直接开着电瓶车去碰瓷，大概是怕撞坏了车还要付修理费。

韩麦刚想追，手机响了，客户打来电话催促订单，配送时间所剩无几，只好眼睁睁地看着吕平安骑着车走了。

下次吧，下次碰见了，一定好好说说他。韩麦心想。

谁也没想到，再见面来得这么快。

第二天中午，韩麦再次目睹了一起碰瓷事件，只是这一次他到现场的时候碰瓷已经结束了，满地西红柿酱汁里，吕平安数着车主给的几张钞票，一瘸一拐地走到路边。

韩麦看得气不打一处来，迅速停车来到吕平安面前，一把夺过他手里的钱举高，斥责道：“吕平安！你到底怎么回事？”

吕平安见刚赔来的钱被夺，又气又急，踮着脚去抓钱，可脚又在碰瓷中扭到了，或者说就一直没有好过，多走一下都是钻心地疼，疼得他龇牙咧嘴："你快把钱还我！"

"除非你答应我，再也不碰瓷了！"韩麦怒道。

吕平安不答应，单脚跳着去抢他手里的钱，可是无论怎么跳都比不过身材高大的韩麦，他好像感觉不到这个事实，越发拼命地蹦跶，直到身体失去平衡，一屁股坐倒在地上。

韩麦见他摔倒，赶紧问道："你没事吧？"

这一摔好像摔走了吕平安身上仅存的精神，他呆呆的，愣愣的，傻傻的，坐在地上，茫然地看着马路。

"没事吧？"韩麦把他扶了起来，让他在花坛边坐下。

吕平安一把抓过他手里的钱，警惕地揣进了衣服内侧自己缝制的兜里，死死地夹住衣服，生怕韩麦会抢走。

韩麦又好气又好笑："吕大哥，我叫你一声大哥，你实话跟我说，为什么要去碰瓷呢？你这样子，万一出了点什么事，家里的几个孩子可怎么办呢？"

吕平安突然像是被电到了一般，尖锐地质问道："你懂个屁！"

"是是是，我是不懂，可你有什么困难可以和我说啊。"韩麦是个大方的人，没缺过钱，对朋友从来也不吝啬，"就算是为了孩子，你也不要再做这种事情了。"

韩麦从口袋里掏出了钱包，要给吕平安钱。

吕平安一下子从椅子上站了起来，好像刚才有人刺了他一般，他硬邦邦地抛下"不用"两个字，扭头就走。

韩麦有些傻眼，不知道自己是不是做错了什么。

这时，已经一瘸一拐走出了老远的吕平安，突然踌躇着停下了脚步。他好像被什么东西压弯了脊梁，伛偻着，缓缓地转了回来，拖着他那条伤腿，一瘸一拐地走了回来。

他没有抬头，把脸压得低低的，背也弓着，好像怎么也挺不直。

他觍着脸，低三下四地问道："……能给我点钱吗？我跟你借，保准会还你的。"

这一瞬间，一股莫大的悲哀击中了韩麦的胸口，他听得到吕平安哀求中被无情碾碎的自尊，这个中年男人弯着腰，他不是向他韩麦弯腰，他只是向生活卑微地弯下了腰。

要是能站着活，谁又愿意卑躬屈膝呢？

“加个微信，我借你，你要多少钱？”韩麦问道。

吕平安偷偷抬头看了他一眼，似乎是在观察他的脸色，他反复掂量着，小心翼翼地说：“五千块，可以吗？”

对一个直播失败只好出来送外卖的人，开口借走一个月的工资，已经是吕平安最大的贪心了。

生怕韩麦拒绝，他又小心翼翼地说道：“没有的话，一两千也可以。”

“账号报给我。”韩麦二话没说，给他打了五万块。

看到转账的吕平安惊呆了，反复数着上面的零，又是狂喜又是忐忑地说：“太多了……这太多了……太多了啊！你也没钱，别……别借我了……”

吕平安一直以为韩麦是个很穷的小主播，因为直播不下去，只好出来送外卖，看到这样的人借了他五万块，说不定是他全部的积蓄了，顿时又是欣喜又是内疚。

韩麦趁势问道：“看到兄弟有困难我怎么能不帮呢？兄弟，你家里出了什么事吗？坦白跟我说吧，我能帮一点是一点。”

吕平安支支吾吾地说道：“孩子生病了……没钱，我也不想……搞这些。”

韩麦送餐快要迟到了，拍了拍吕平安的肩膀说道：“反正微信加了，等我晚上跟你联系，到时候一起去看孩子。你的脚也赶紧去看看，别落下病根了。”

吕平安满脸堆笑：“不了不麻烦了，你也挺忙的。”

韩麦走了，临走前回头看了吕平安一眼，他抱着手机，好像又是哭又是笑，见到韩麦回头，还使劲对他挥手，兴奋得不得了。

那家伙，是真的缺钱吧？韩麦心想，也不知道他孩子到底生了什么病，晚点找个时间去探望一下吧。

然而不等天黑结束工作，韩麦第三次见到了碰瓷的吕平安。

他熟练地躺在一辆豪车前，抱着腿在碾坏了的番茄酱汁里来回翻滚，叫声响亮，演技拙劣。

韩麦深深地感觉到一种智商被侮辱、好心被践踏的气愤。

都拿了五万块，还在这里碰瓷？！

都拿了五万块，还在这里碰瓷？！

不等他上前把吕平安拉走，轿车的副驾座门开了，一个戴着墨镜的时髦女人走了下来，气势汹汹地骂道："哪来的死鬼，敢碰瓷我，你长没长眼睛？知不知道我老公干什么的？"

在地上翻滚的吕平安突然僵住了。

他难以置信地抬起头，看着眼前这个居高临下、打扮入时的女人。

女人也愣了，她摘下墨镜，露出一张年轻姣好的脸庞，两眼死死盯着在番茄汁里蹭得一身血红的吕平安，好似不相信自己看到了什么。

"是你？燕妮？"吕平安一阵大喜大悲，顾不上假装腿伤，扑上去抱住女人的大腿，"燕妮，我一直在找你，打你电话也不接，我以为你跟人去外地了。你听我说，妞妞病了，白血病，需要钱，她是你的骨肉啊，你救救她吧！"

女人慌了，窘迫地回头看轿车，一脚踢开了吕平安，生怕引起车里的男人的注意。

坐在驾驶座上的男人走了出来，困惑地问道："燕妮，怎么了？"

"没事！一个神经病！"燕妮慌张地否认，刚说完，她意识到这件事没办法被她随口糊弄过去，于是不情不愿地走到男人身边低声道，"是我那个没出息的前夫，算了，我给他点钱走吧。"

男人疑惑地看着在地里打滚的中年男人，这是燕妮的前夫？

两人看起来根本不像是一个世界的人。

“这位先生，你这是……”男人礼貌地问道，被燕妮粗暴打断：“你别管！”

燕妮从包里掏出一个印着巨大标志的名牌钱包，把里面的现金都取了出来扔在地上，洋洋洒洒飘了一地：“钱给你，别来烦我了！”

说着她转身就走。

“燕妮，你等等，别走！”吕平安扑上去搂住她的大腿。

燕妮吓到了，一脚踢在吕平安的心口上，竟然把一个汉子踢得后退了几步捂着胸口摔倒在了地上。

男人被吓了一跳，回头想去扶吕平安，小声对燕妮说：“你把人家踢伤了是要负法律责任的。”

“能有什么事啊！你就是职业病！”燕妮不耐烦地挽过男人，忙不迭地上了车，车子扬长而去。

留下吕平安呆呆地坐在一片碾坏的番茄里，呆呆地看着弄脏了的那叠钱。

他像是突然想起了什么，捡起地上的钱，手指舔了舔唾沫，一张一张地数了起来。

他数得那么认真，生怕少数一张钱，旁边车来车往，他一点儿也不在乎，专心致志地数钱。韩麦在旁边看得分明，他已经数了三遍。

刚才的愤怒已经在这段惊世骇俗的巧合里悄然熄灭，留下的是一阵莫大的悲哀。

韩麦走上前去，将吕平安从地上扶了起来，架着他慢慢走到了路边。

他的腿是真的瘸了，一只脚使不上力，走起来很是滑稽，可是韩麦一点也笑不出来，他只是为这个又黑又瘦的中年男人难过。

两人再一次在路边坐了下来。

“那是你前妻？”韩麦明知故问。

吕平安点了点头。

韩麦递了根烟给他，吕平安用力吸了一口，自嘲地说：“我可好久没抽烟了。”

“和燕妮结婚的时候，她说不喜欢烟味，我就戒了。后来她走了，我也没敢抽，怕多花钱，一开始馋得看到有人抽烟就忍不住凑到旁边，闻一闻都觉得好。后来也无所谓了，抽了害怕熏着孩子，这都快十年了吧。”吕平安说道。

“燕妮和我，谁都说不般配。她上过大学，是个文化人，长得又漂亮，照理是看不上我的……那时候她刚上大学，军训期间我是她教官，我俩好了一阵，后来就散了，断断续续有联系。我退伍后自谋生路，开过滴滴，送过快递，开过五金店，生意好的时候也还混得人模狗样的。偶尔请燕妮吃吃饭，送送礼物，她一直都漂亮，性格外向，人人都喜欢……”吕平安回忆着往昔，突然自嘲地笑了笑，“算了，说这些又有什么用呢，都是过去的事情了，没什么好说的。”

前妻劈腿已经劈成了蜘蛛精，吕平安这个老实人非但不怨恨，听起来还挺怀念她的。韩麦实在是不能理解。

“那妞妞……”韩麦说出了刚才吕平安对燕妮说话时提起的名字。

吕平安的肩膀一下子垮了下来：“是我女儿，排老三。我有四个孩子，两个儿子，两个女儿。最大的九岁了，最小的才三岁……妞妞病了，急性淋巴细胞白血病。”

“能治吗？”

“能治！医生说，小孩子的白血病，80%能治好，都不用移植骨髓，只要有钱做化疗……”吕平安用手背抹了抹眼睛，擦掉了刚刚渗出来的眼泪，哽咽道，“妞妞才四岁啊，我看着她长大的，就算不是我的骨肉，总不能眼睁睁看着她去死。

“刚查出这个病的时候，医生就告诉我，至少要治两年，让我准备三十万块钱，我借遍了亲朋好友，借到三万块，连我妈的棺材本都借来了。还有人劝我把这孩子扔了，反正也不是我的种。可我养了她四年，看着她从一个小婴儿长成了会跑会跳的小姑娘，她叫我一声爸爸，我怎么能丢下她不管？最困难的时候，我半夜在医院楼顶上吹风，好几次想跳下去一死了之，可我舍不得啊。燕妮狠得下心，我狠不下心，他们已经没了妈妈，不能再没有爸爸了。”

韩麦，一个看似五大三粗，其实内心敏感容易共情的音乐人，蹲在路边当场听哭了，哭得比吕平安还伤心。

“兄弟你别说了，我借你钱，多少都借你……”韩麦一边哭一边说。

“不了，兄弟，你也不容易，你借了我五万块！这可是你全部的积蓄了。现在钱够撑一阵子，我会自己想办法的。”吕平安感动地说。

“不不不，不是的，兄弟，我有钱的，我借你！”

“不用不用！谢谢你的好意，你自己也省着点花，近期的医药费已经够了，我会努力挣钱的。”

两人推让来推让去，最后说好了一起去医院看妞妞。

“兄弟，你现在在外面打工，家里孩子谁照顾？”韩麦问道。

“全靠老大了。大姑娘九岁了，刚念小学三年级，老二一年级，放学后老大带上老二，一起去幼儿园接老四。回到家，老大踩着板凳做饭，晚上我回家带饭给老三。在医院里没人照顾妞妞，请了个护工白天看着她。”吕平安满脸苦涩地说道，“委屈孩子了，这么小的人，要照顾弟弟妹妹，现在都学会洗衣服做家务了。”

韩麦听呆了。

他小时候是爷爷奶奶带大，老年人宠爱孙辈，从来不让他进厨房，洗衣服做家务更是提都别提。假期去美国和父母住，父母的生活方式虽然很西化，但是也没有让一个小孩子做饭的道理。

一个孩子，要照顾几个更小的孩子，她才九岁啊。

他九岁的时候在做什么呢？韩麦想起自己三年级的那个暑假，父母带着他满世界旅游，品味世界各地不同的风土人情，小小年纪的他参加音乐会、听歌剧、学钢琴……他穿着定制的小西装，在台上表演，台下衣冠楚楚的男女们为他鼓掌。

他的童年，是吕平安一家想也不敢想的生活。

不是每个人都有他这样的好运气，韩麦一直都知道这个道理，可是直到今天，他才真正体会到了这有多残忍。

他跟着吕平安来到一处老旧的民宅里，房子是不知道多少年前的乡村自建房，院子里甚至不是水泥地，而是粗糙的黄泥地，黄泥从院子一直铺到门里。门是敞开着的，门厅中央摆着一张瘸腿的四方桌，一条桌腿下垫着砖块，几张椅子不成套，不知道从哪里捡来的稀奇古怪的破椅，都在这里被用上了。

一只公鸡趾高气扬地从气味难闻的鸡窝里走出来，昂首挺胸地踩着黄泥地，一直走到门厅里，扑棱着翅膀跳到了瘸腿的桌子上。

韩麦傻眼了。

他万万没想到W市竟然还有这样的地方。

“家里不太干净。”吕平安不好意思地对韩麦说道。他深深记得韩麦是住在一栋小别墅里的，如今让人家踏足自己这个破屋，他颇为不好意思。

“没事，没事。”韩麦本能地要礼节性地夸奖一下，但是面对这副样子的院落，实在没办法违心地夸奖，只好连声说没事。

“囡囡，爸回来了！”吕平安高声喊道。

“爸爸！爸爸回来了！”门内响起一个清脆的声音，一个瘦瘦小小的姑娘跑了出来，见到有陌生人，她好奇地打量着韩麦，应当就是吕平安说的九岁的大女儿，怎么看也只有六七岁。

“爸爸来了！”一个男孩子也跑了出来，看起来年纪要小几岁。

还有一个小男孩才三岁，和那些吃得胖乎乎的孩子不同，他看起来也很瘦，皮肤还黑得过分，怎么看都像是有非洲血统，他扒在门边看生人，见韩麦对他微笑，他不好意思地躲了起来。

“这是你们韩叔叔。爸爸和韩叔叔待会儿要去医院看妞妞，囡囡你要照顾好两个弟弟，知道吗？”吕平安说道。

囡囡乖乖地点头，邀功道：“爸爸，囡囡做好饭了，给妞妞带去吧。”

“囡囡真乖。”吕平安摸了摸小姑娘的头发，带韩麦进屋去了。

屋内一样是黄泥地，墙壁也是没有粉刷过的水泥墙，灶头脏兮兮的，前面还放着一个小板凳，是囡囡做饭时站的地方。她已经做好了饭，简单的两菜一汤，分量倒是挺大，够几个人吃了。

“一起吃点吧。”吕平安对韩麦说道。

韩麦看着吕平安期待的眼神，点了点头。

这对韩麦来说是一次新奇又心酸的体验，他在一个破旧的农家小屋里，被一台破破烂烂的电风扇吹着，坐在既不成套也不稳固的桌椅上，吃着简陋的两菜一汤，这饭菜的味道说不上好，实在是没什么油水，但几个孩子都吃得津津有味。囡囡是个懂事的小姑娘，她自己不吃，先给三岁的弟弟喂了饭。吕平安让她先吃，他来喂饭，囡囡却说他吃完饭还得把饭菜给妞妞带去，给弟弟喂饭的事情就交给她好了。

这么小的孩子说出这么懂事的话，不禁让韩麦感到心酸。

吃完饭，吕平安和韩麦带着打包好的饭盒，去医院给妞妞送饭。

全天的陪护要两百多一天，吕平安只叫了白天的陪护，这样一天只要一百块。下了班晚上他自己陪床，病房没地方睡，就租了个折叠床，十块钱一天。医院是个睡不着的地方，这些日子下来，白天要辛苦工作，晚上还要照顾女儿的吕平安瘦了十多斤。

到了医院，韩麦坚持要去楼下的小卖部给妞妞买点礼物，吕平安不答应了，两人僵持了一会，最后还是韩麦赢了。

韩麦了解吕平安的死穴，说道：“这不是什么客气，你想想妞妞，一个小姑娘现在生病，是不是得吃点好的？”

吕平安无话可说。

“你赶紧先上去让妞妞吃饭，你把病房号告诉我，我买好了自己上去。”韩麦说道。

吕平安着急让女儿吃饭，只好答应了。

医院里充满了消毒水的气味。吕平安独自一人走出电梯，来到妞妞所在的楼层。

迎面走来了一个慈眉善目的老太太，吕平安笑着跟她点头："陈奶奶。"

"哎，是小吕啊，来陪女儿啊？"老太太问道。

吕平安应了一声："给妞妞带饭吃。"

老太太突然面露犹豫之色，左右环顾了一圈，拽着吕平安的胳膊把他拉到了一边："小吕啊，我知道老太婆不该多管闲事，但实在是看不下去了。"

"什么啊？"吕平安莫名其妙。

"你请的那个护工啊，不好，你给换了吧。"老太太严肃道。

吕平安愣愣地说："什……什么不好？"

"你给人家五十块钱的伙食费，让她给你女儿带饭对吧？你知道她给你女儿买的什么吗？早饭一碗稀粥，连点咸菜都不配，中饭一碗粗面，五块钱打发了，我看不下去，想给你女儿吃点，她抬手就把东西丢进了垃圾桶，还说自己在医院里有人，谁敢告诉你，她就让人住不了院！你说这多气人，小姑娘还在化疗呢，本来胃口就不好，现在人瘦得一把骨头，看着怪心疼的。"

吕平安像是被人从背后狠狠捶了一下，蒙了。

老太太还在喋喋不休："小姑娘害怕，不敢告诉你，每天装着没事一样，背地里哭了好多次了，我实在不忍心，今天偷偷告诉你，你可别跟人说。"

吕平安像是没了魂，不知道自己是怎么告别了老太太，失魂落魄地来到病房门口。

病房里传来了妞妞的声音："我渴了……"

他请来的护工坐在椅子上，手机打麻将又打输了一局，冷冷道："渴了不会自己去倒水啊？你瘸了还是死了？"

妞妞被人一训斥，顿时不敢再提要求，自己慢慢爬下床，拿着杯子去床对面的桌子上倒水。她身上没劲，一个没站稳扑倒在了地上，玻璃杯刚好摔在了护工面前，一点玻璃碴溅在了她的手上，她手一抖，手机掉在了地上屏幕摔出一道裂痕。

护工跳了起来，劈头盖脸地骂道：“你这小兔崽子怎么回事？走路都不会吗？长没长眼睛！我手机新买的，你那个穷鬼老爹赔得起吗！”

邻床的病友看不下去：“人家小姑娘没力气，你也不帮一把，她又不是故意的。”

“关你屁事！我看她就是装的！摔了杯子给我添堵！害我手机都碎了！”护工一把将妞妞揪了起来，妞妞害怕，要哭不哭地说自己不是故意的。

吕平安见女儿被人这样欺负，再也忍不下去了，冲进去一把推开护工，把女儿抱到了床上。

妞妞高兴地喊了一声“爸爸”，刚才受欺负的时候她不敢哭，如今一看爸爸来了，顿时满腹委屈地号啕大哭了起来。

吕平安看着憔悴消瘦、哭个不停的女儿，心如刀绞，莫大的悲哀席卷了他，他恨自己为什么这么没用，连自己的女儿都保护不了。他拼死拼活赚钱不够医药费，省吃俭用请护工照顾女儿，却害女儿被欺负也不敢说。

他的女儿还这么小，生着重病，可她是那么懂事。别人家的孩子一看到护士就撒泼打滚，她明明害怕却从来不说，也从不抱怨父亲忙于工作对她的疏忽。

怎么会有人忍心对她那么残忍呢？吕平安不明白。

护工摔倒在地上，撒泼打滚地叫喊了起来：“打人啦！打人啦！打死人啦！”

“爸爸，她很坏很坏，总是不给我吃饭，还要骂我。”妞妞靠在父亲的怀里，小声地告状。

吕平安再也忍不住眼泪，他不怕苦不怕累，不怕受伤不怕要命，但他怕他的孩子受委屈。

谁要是伤害他的孩子，他就要谁的命！

吕平安把女儿藏进被子里，让她不要看，自己站起身，看着在地上翻滚不休的护工，通红的眼睛里凶光毕露："好啊，打死人，我现在就打死你！"

护工听到这话，傻眼了，呆呆地看着吕平安拿起柜子上的水果刀，一步步朝她走去。

"啊啊啊啊啊啊啊啊啊啊啊啊啊啊，杀人啦！"护工吓尿了，连滚带爬地朝病房外逃去。

吕平安已经起了杀心，握着刀追出了门。

住院部顿时鸡飞狗跳，沿途的病人、家属和医护工作者都惊呆了。韩麦提着礼物来到这一层楼，电梯一开，一名护工尖叫着冲了过来，一路高喊着"杀人啦"。

杀人？

医患矛盾这么激烈了吗？

韩麦大惊失色，不知道该退还是该躲，再一看，这提着刀的人竟然是吕平安！

这下韩麦是真的吓坏了，冲上去想夺他的刀："你干什么呢？！"

吕平安红着眼睛吼道："别拦我，我今天非砍死她不可！"

"别冲动啊，你要是砍死了人，你也得进去！你进去了，妞妞可怎么办？！"韩麦喊道。

吕平安听了这话，浑身的力气都好似被抽了个干净。他丢下了刀，缓缓地坐倒在地上号啕大哭了起来："我没用，是我没用啊！"

保安围了上来，没一会儿警察也来了，护工不依不饶地要求把他抓起来判刑，吕平安拉着韩麦的手哀求道："兄弟啊，我求你照看一下妞妞，她一个人在医院里，不知道有多害怕。"

警察要把吕平安带回去做笔录，韩麦没辙，决定打个电话给李一笑，让他来一趟医院照看妞妞，他陪吕平安去派出所。

接到电话的时候李一笑正在家里做直播，他最近把直播时间调整回白天了，一般在傍晚。今天他的运气很好，顺利地做完了三菜一汤，竟然没有发生任何意外！水管没有爆掉，煤气没有欠费，手机没有死机，一切都是顺顺利利的！

简直不可思议！

李一笑开心地笑了："我今天终于做出了三菜一汤！没有意外！朋友们，我要时来运转了啊！"

正说着，韩麦的电话打了进来，李一笑原本不想接，但是电话响了三次，肯定是有急事，他不得不跟观众告了个罪，去摄像头拍不到的地方接电话去了。

"喂，怎么回事啊？我在直播呢？"李一笑说。

"急事，兄弟，你现在赶紧去一趟医院。"

"怎么回事啊？"

"说来话长，吕平安的女儿妞妞得了病，现在住院呢，他在医院拿刀砍人被带到警察局去了，我去看着他，你去照顾妞妞。"

李一笑悚然一惊："不是吧，他砍了医生？"

"不是，他想砍护工！具体我还没搞清楚，反正大概就是这么一件事，你赶紧的，妞妞一个人在医院不行。"

把日行一善当作人生守则的李一笑立刻应下了："行行行，我就想，我今天直播怎么这么顺利呢，原来在这里等着我呢，害我提心吊胆的一晚上。我马上就去，你一有消息马上联系我。"

挂了电话，李一笑无奈地对观众说道："各位观众老爷们，实在不好意思，我有点急事要下播……"

弹幕里飘过一片"标准结局"。

还有粉丝嚷嚷了起来："你直播哪次不出事啊？继续直播，直播你的意外事故！""你以为我们真的要看你做菜吃饭吗？我们要看你出意外！""如果这真的不是节目效果，主播这运气也是没谁了……"

李一笑叹了口气："行吧，我去一趟医院帮朋友照顾一下病人，你们不嫌无聊就继续看吧。"

李一笑用令人心疼的熟练地给手机安上了一个自拍杆，拿着手机户外直播去医院了。

到医院的时候已经是晚上七点了，李一笑循着韩麦给的病房号，来到了妞妞的病房里：“妞妞？晚饭吃了吗？叔叔给你带了好吃的。”

病房里的小姑娘发出了欣喜的叫声：“李叔叔！”

李一笑见到妞妞此刻的样子，心里暗惊，上一次见到她的时候，小姑娘还好好的呢，现在竟然剃了光头，浑身上下瘦得没几两肉：“欸，妞妞啊，好久没见到你了，你都瘦了呢。”

妞妞小声道：“医生说我病了，要治一治才能好……”

虽然开着直播，李一笑不好把病床上的小姑娘一起拍进去，把镜头转到一旁，只拍他自己，要么就拍白墙。

妞妞见到李一笑，小声问道：“警察把我爸爸抓走了，他不会有事吧？”

李一笑也不知道，但他安慰道：“肯定不会有事的！你爸爸很快就会回来了。”

妞妞却丝毫没有被安慰到，眼泪汪汪地说道：“都是我不好，爸爸才会被抓走的。”

隔壁床的病人插了一句嘴：“不怪你爸，是那个护工太坏了。”

李一笑还没搞清楚到底是怎么回事，不由得问道：“怎么了？您给我说说呗？”

隔壁床的病人已经憋了很久了，倒豆子似的把事情给说了：“小姑娘可怜啊，她爸爸请了个护工白天照顾她，那护工不是个好人，嫌钱给得少，克扣小姑娘伙食，自己吃香的喝辣的，给小姑娘喝白粥，使唤也使唤不动，我们都看不下去了。”

另一床的病人也忍不住了：“是啊，今天欺负小姑娘被她爸爸撞见了，气得拿刀要砍她，现在被警察带走了，也不知道有没有事。”

几人你一言我一句，把事情都说完了，李一笑也知道了妞妞到底是得了什么病，白血病。

幸好能治，只是需要钱，三十万左右就可以治好。

坏就坏在吕平安没有钱，给医院的钱都已经拖了好几次了，再不交钱妞妞就要被迫出院了。

李一笑赶紧查了一下自己的存款，最近接了几个广告，还应邀参加了两次粉丝见面会，加上直播的收入，差不多凑够三十万了。他准备明天就和他妈吹一通，表示自己圆满完成目标任务，时间刚刚好卡在三个月内，他可以继续当主播，不用回老家学修车了！

接下来他要继续努力赚钱，希望能凑够给圆圆“赎身”的两百万……

可是现在，三十万都还差一点……

李一笑看了看妞妞，又看了看自己的存款。

把钱给妞妞治病，他就得滚回家修车。不把钱给妞妞治病，这可是一条命啊，他良心过不去。

要是他不帮忙，吕平安进了监狱，妞妞孤苦伶仃，只能在医院等死……

李一笑一咬牙一跺脚，帮了！

钱可以再赚，命没了可就没了！

想通了，李一笑的心情平复了下来，他给妞妞搭好了床上餐桌，让妞妞先吃饭。

妞妞看起来饿坏了，大口大口地吃着饭菜，吃得直打嗝。

李一笑终于有空理会一下直播间了，不看不知道，一看吓一跳，他的观众人数一下子冲上了十万！不断有礼物的特效出现在直播间，数量很多，数额也很大。

李一笑粗粗一看，这礼物加起来已经快三万了。

“这钱是给小姑娘看病的！你可别黑了！”一个粉丝送了礼物后说道。

李一笑赶忙道：“兄弟啊，你可别送了，平台和公司要抽成的！你们等等，等我去要个捐款账号啊！”

不等李一笑打电话问，韩麦的电话就打进来："兄弟，我这边做完笔录了，吕平安今天出不来，不过应该不会坐牢。"

"行行行，没事就好，赶紧跟吕平安要个收款账号，我在帮他解决医药费问题。"李一笑赶忙道。

"怎么解决？"韩麦不解。

"我现在正在直播，观众知道这件事，给我打赏了很多钱，我还是贴个收款账号吧，这笔钱都给妞妞看病。"李一笑说道。

韩麦大喜过望："行，我这就去问吕平安，也让他放宽心，千万别做傻事了。"

对吕平安来说，事情的发展一下子从纪实文学走向了玄幻文学。

他原本已经走投无路，豁出去碰瓷赚钱给女儿看病，这条歪路没走通。最后竟然是曾经被他撞了腿的李一笑帮助了他，还有韩麦，还有许许多多的好心人。

李一笑贴出捐款账号的那个晚上，里面就打进了十几万块钱，等李一笑把这一期节目做成短视频之后，又收到了三十几万元捐款，一下子就凑够了妞妞的医药费。

面对广大热心网友的帮助，吕平安感激涕零。李一笑还特地给他拍了一期视频感谢了好心人的帮助，并承诺把用剩下的钱捐给其他需要帮助的白血病患者。

韩麦参与了整个过程，他对李一笑说道："我突然觉得，自己做的事情很有意义。"

李一笑不明所以地看着他，忽地笑了一声："我一直觉得自己做的事情很棒，特别有意义，你加油喊麦啊，快把你妈妈想要的那首歌写出来。"

韩麦也笑了："很快，我很快就可以写出来了。"

因为他已经找到了自己的价值。

第十七章

韩麦打工记之特殊配送员

“同志们，我出发了啊。”韩麦在玄关处一边换鞋，一边对室友们说道。

“大哥你可以的，目前为止我已经把全部外卖经验都传授给你了！你很快就可以成为王牌外卖员！”李一笑鼓励道。

“路上小心，注意交通安全。”秋宁提醒道。

“韩大哥要不要搓点防晒？”夏甜雨问道。

“嗯，拜拜。”金锋在玩手游，头也没抬地说道。

韩麦打开门，突然想起了什么，回头严肃地对几人说道：“哦，差点忘了说。你们最近要小心啊，我们这个小区好像有小偷在踩点。”

“啥？不会吧？！”李一笑吓了一跳，“你什么时候看到的？报警了吗？”

“报警倒是没有，就是觉得有点可疑。我昨天晚上回来的时候，看到一个黑黑瘦瘦的男人，手上拿着一个本子，一边走一边在上面写写画画，好像是在记录这里的路径和楼号。我一上去拍他肩膀问他在做什么，他被吓得都跳起来了，撒腿就跑了，十有八九是个小偷！”韩麦严肃地说道，“总之大家都小心点，我先去上班了。”

“大哥走好！”几人和他挥手道别。

不料，门关上还没半分钟，韩麦又打开了门，尴尬地说：“不好意思，忘带杯子了。”

说着，他拿起自己放在玄关柜子上的保温杯，对几人说道：“夏天就是要多喝一点枸杞菊花茶，清热降火，防止中暑。”

李一笑捂住了额头：无论看多少次，见到这么养生的“社会大哥”，都让他觉得很违和。哪怕他已经知道这位是个海归学霸了。

韩麦出发了，骑着他的小电驴去配送站报到。

距离韩麦开始做外卖业务，已经过去了两个月，他比之前黑了不少，也瘦了一些，但精神了不少，还学会了业内打招呼专用开头语：“嗨，兄弟，今天几单啦？”

同事虽然普遍学历不高，但是人都很不错，有个别江湖老油条比较油滑，会欺生，然而韩麦可不是个愣头青，他是个外貌看起来异常“大哥”的男人，所以他们见到韩麦的第一反应是后退半步，㞞㞞地喊一声“大哥”。

还有人私下向韩麦打听，他以前是哪条道上混的。韩麦有苦难言，只好编造了一套自己为了喊麦梦想离家出走，最后迫于生计前来打工的过往，总算满足了同事的好奇心。

外卖工作说难不难，说容易却也不容易。工作第一天，韩麦因为弄洒汤水、堵车迟到、惨遭差评三连击，业绩惨烈，忙碌一天竟然倒贴了十块钱。韩麦回家的时候整个人都不好了，抓着李一笑一通抱怨，李一笑挠了挠头，本着日行一善的心态连夜给他补课，好歹把一些基本常识和技巧传授给了他。

韩麦逐渐上手了，学霸就是学霸，在短暂的不适应之后，他发挥了自己学习的劲头，迅速总结出一套外卖经验，每天在本站点的排名都在前五。

外卖是个人员流动性很大的职业，很多外卖小哥做不了两个月就会改行，韩麦所在的配送站人员来来去去，他对大部分人都不熟。但是他不认识别人，别人认识他啊，每个来站点的新人看到他都会萌生一股自然而然的敬意，人人尊称他一声大哥。韩麦哭笑不得。

今天，这位大哥遇到了一点怪事。

“大哥，你来啦！”来到配送站门口，一个脸熟的外卖小哥和韩麦打了个招呼。

韩麦摘下墨镜，对他咧嘴一笑：“嗨，兄弟，今天几单了？”

这听起来就很专业了。还特别像黑社会老大。

两人唠嗑了起来，外卖小哥说：“今天我们站点又来了个新人，人可酷了，问他都不搭理的。”

“这么酷的？”韩麦惊了。

进了配送站，韩麦一眼就看到了新人。

一个深色皮肤瘦高个的年轻男人坐在椅子上，一个人默默玩手机。韩麦当下就觉得这人有点眼熟，好像在哪里见过。

还不等他想起来，这人从口袋里掏出了一本笔记本。

啊，想起来了，这不是昨天晚上在白云商墅小区里踩点的那个人吗！

韩麦脑中警惕的天线一下子立起来了，甚至寻思起了要不要报警。这人说不定是个惯犯，加入配送员行列是为了更好地踩点行窃！这样的事情也不是没有发生过。

不对，现在不能报警，他根本没有证据证明人家是个小偷，万一是冤枉人家了呢？还是再观察观察吧。

韩麦这么想着，越发留意起了这个新来的。

“喂，兄弟，你新来的啊？”韩麦往这个新人身边一坐，装作自来熟地打了个招呼。

新人在笔记本上写写画画，理都不理会他。

韩麦觉得有些尴尬，偷偷看了一眼他的笔记本：路程约 20 分钟，×× 小区 × 栋 ×× 室，女，疑似独居，性格泼辣难缠、不讲道理，须要提前准备。

天！这都已经计划到入户抢劫了啊！

韩麦大惊失色，手指已经在手机上按了 110，差点就要按下去了。

不对，不能这么想，人家也许只是为了做好外卖工作，熟悉一下这个片区经常点外卖的客户，他一个报警电话过去，最后发现虚惊一场，也不好。

韩麦决定再观察观察。

“兄弟？兄弟？”韩麦又喊了几声，还用胳膊肘戳了戳新人。

新人这才如梦初醒，猛然合上笔记本，用警惕的眼神看了他一眼。

“兄弟，你看着眼生，新来的？”韩麦明知故问。

那小伙没吱声，胡乱点了点头，慌慌张张地起身出门去了。

有问题，这个人太有问题了！韩麦越想越不对劲，一看那人把笔记本落在了旁边的桌子上，他赶紧拿起来翻了翻——整整十多页的地图！全是手绘！把这个配送点附近的小区和商户都标出来了！

我的天呐，这……这……这犯罪分子还挺较真的！

还不等韩麦用手机拍下罪证，那个新来的外卖小哥已经发现自己忘带笔记本了，匆匆赶了回来，见韩麦在翻他的笔记本，他像是被火烫到了，一下子跳了起来，一把夺过笔记本，恶狠狠地看着韩麦，一副要杀人的凶狠表情。

可怕，实在可怕！

韩麦被夺了笔记本，不知道如何辩解，生怕被杀人灭口。可不等他说什么，新人已经扭头走了。

这人到底怎么回事啊？韩麦丈二和尚摸不着头脑，寻思着还得找人问问，这个新人到底什么情况。

可惜还不等他找人问清楚，时间已经是上午十一点了，一天的外卖高峰期到来，直到下午两点之前，韩麦都注定是没什么机会闲下来了。

整个 W 市的马路上，穿着黄衣服、蓝衣服的外卖小哥们，像是一群忙碌的工蜂，从这家店飞到那栋楼，辛勤地把午餐送到客户手中，还不忘讨要一个好评。要是能抢到一个一公里内的订单，外卖小哥就会露出一个开心的笑容，要是这个订单还能顺路捎上几份其他订单，那简直能把人乐坏。

韩麦开着电瓶车，等待红绿灯的时候，他就掏出自己的保温杯，美美地喝上一口自制养生饮料，顺便构思一下自己的新歌。

爸妈要求他了解底层人民的生活，写一首能够代表他们的歌曲，韩麦以自己现在的工作为基础，构思着一首外卖小哥的歌曲。韩麦自己小声哼出了前几句：

今年又是最热的一年，夏天气温四十度没商量。
这么热的夏天，不想出门怎么办，
打打打打打开手机，下下下下下个订单，
送送送送送你外卖，催催催催催也没用，
马马马马马上就到，别别别别别给差评……

绿灯亮起，韩麦的小电驴风驰电掣地驶向目的地。

这一单是送奶茶，韩麦顺利地把奶茶送到了目的地，上楼敲门。开门的是个年轻姑娘，烫着大波浪，眼神看起来有点凶巴巴的，刚一开门就劈头盖脸道：“总算来了！你挂我一万个电话是几个意思啊？我都快饿死了！当心给你差评……大……大……大……大……大哥你好，大哥辛苦了！大哥我给你好评！”

姑娘冷不防地，看清楚了韩麦——此人剃着大平头，像是刚从监狱里改造出来再就业，鼻梁上架着一副大黑墨镜，一看就是道上的人！她的态度立刻来了一百八十度大转弯，心惊胆战，满脸堆笑，生怕这大哥从口袋里掏出一把刀把她给捅了。

韩麦无奈极了。这样的情况可不是一次两次发生了。

“姑娘，我没有挂你电话，我也没接到电话。”韩麦解释说，把奶茶递了过去。

姑娘讪笑着，接过奶茶，小声道：“我搞错了，我还以为你送的是我的午饭，原来是奶茶啊。我晚点了半小时的奶茶都到了，结果午饭还没到，我能不着急吗？都快饿死了。那个送午饭的也不知道怎么回事，我给他打了好几个电话催他了，接起来一声不吭就挂了，把我气死了。”

韩麦宽慰道：“可能是路上堵车了吧，我刚才来的时候挺堵的。”

姑娘不敢不高兴，连声道：“行吧，我再等等，大哥，谢谢你了哦，路上小心！”

韩麦讨要了一个好评，下楼去了。

刚走到电梯口，电梯门开了，刚才还惦记着的那个新人配送员急三火四地冲了出来，来到韩麦刚刚敲开过的那扇门前，用力敲门。

怎么是他？

韩麦对这个嫌疑分子记忆深刻，担心此人图谋不轨，在电梯旁边等着他，看看他要耍什么花样。

姑娘开了门，见外卖小哥到了，又是一顿劈头盖脸：“你怎么回事啊？这都一万年过去了，你才把我的外卖送来，我急都急死了！打你一万个电话都不接，一声就挂掉，你好歹跟我说一下什么情况啊！你这样子还想不想要好评了！一万个差评！”

说完，姑娘也不听他解释，一把抢过自己的外卖，用力甩上了门。

小伙愣愣地在门口站着，低着头一声不吭的样子，竟有些可怜。

韩麦刚想上去安慰他，小伙又掏出了笔记本，在上面飞快地写着什么。

我的天哪，他想干什么？记下来伺机报仇吗？韩麦悚然一惊，生怕这人动起了坏脑筋。

小伙记完了笔记，转身走进了电梯里，依旧低着头，韩麦也看不清他的脸色。

电梯往一楼降了下去，密闭的空间里，只有韩麦和这个神秘又冷漠的新人配送员，气氛一时间有些凝滞。

“你……呃……别在意，被客户骂是常有的事。”韩麦安慰道。

小伙不吱声，没搭理韩麦。

韩麦有些自讨没趣，决心不再说话。突然间，电梯里响起平台软件跳出来的提示声，是振动的，振得嗡嗡响。那小伙打开手机，屏幕上跳出一条提示，告诉他被打了一个差评。

小伙呆呆地看着手机，半晌没有动静。

韩麦看见了，不禁有些同情，一个差评要扣一百块呢！要是客户过激一点，打了投诉电话，好家伙，一周白干，一千块钱就这么没了！送外卖刮风下雨、堵车撞车都是常有的事，有时候系统一口气派发了好些订单过来，根本来不及准时送达。可是客户又不听解释，一不小心就是一个差评。

怎么办？认了呗。较真一些的配送员还会打电话去求客户撤销差评，但是容易被拉黑，客户再去投诉一次的话，扣钱更多，大部分配送员也就自己认了。

电梯安静地往下驶去，韩麦听到身边传来“吸溜”一声，好像是有人吸了吸鼻涕。

啊？

韩麦转头看去，那小伙抬起手，胡乱在脸上擦了擦，又是响亮的“吸溜”一声。

不是吧？这还哭上了？

那小伙见韩麦在看他，恶狠狠地瞪了他一眼，用力擦了擦眼泪，可是刚刚擦去，又有更多的眼泪涌了出来，他的喉咙里发出了模糊的呜咽声，转过身捂住了脸，不想让别人看见。等到电梯抵达一楼，他一下子就冲了出去，飞一样地跑掉了。

“哎，兄弟，等等，兄弟，等等我啊！”韩麦赶紧追了上去。

最后韩麦是在楼下的一个小花坛边找到他的，小伙颓废地坐在花坛边上，把脸埋在了膝盖里不想让人看见，瘦削的肩胛骨一耸一耸地动着，还在抽泣。

这时候韩麦才看清楚，他的T恤是旧的，衣摆的地方已经破了洞，裤子是旧的，不知道洗过多少次才会褪色成这样，他的鞋子是旧的，脚尖的地方已经脱胶了。只有套在T恤外的工作马甲是崭新的，也许一次都还没来得及洗。

韩麦看着他痛哭的样子，心中有个角落被深深地刺痛了。

要是从前的话，他大概怎么也理解不了吧，韩麦心想，那时候的他一定会想，不就是一个差评吗？最多扣一百块钱，犯得着这么玻璃心吗？因为他不懂在烈日下一天奔走几百公里脱水中暑的苦，不懂千辛万苦送到外卖却被人一通痛骂的苦，不懂一天工作十几个小时一个月未必能赚到五千块钱的苦。

他命太好，不必去懂这种苦。

他出生在一个中产家庭，父母是当年公费出国留学的大学生，后来留美任教，因为爷爷奶奶、外公外婆在国内，他从小被送回国念书，只有寒暑假才会去见父母，直到大学才到美国和父母团聚。父母思想开明，教育理念先进，对他的物质支持也从来不吝啬，他比99%的同龄人要幸运得多。

可总有人，没有他的运气。

韩麦慢慢走到了那个小伙面前，在他身边坐了下来。

小伙感觉到身边有人，立刻起身，顾不上擦脸就要走。

“哎，兄弟，你等等。”韩麦一把拉住了他的胳膊，把人拽了回来。

拉着他手腕的时候，韩麦才感觉到，这个人很瘦，手上都没什么力气，完全不能和热衷健身、沉迷养生的他相比。

被拽回来的小伙像是一头惊慌的小兽，胡乱抓打了起来，手臂在空气中一阵乱挥，吓得韩麦赶紧把人制住，大声道：“兄弟，你干吗呢？我没有恶意！就是想跟你聊聊天！”

那人张开嘴，喉咙里发出一阵“呜呜咿咿”的声音，不像是人在说话，倒像是某种野兽的嘶吼。

韩麦看着他那双充满防备的眼睛，突然意识到了什么——这个人，是个聋哑人。

所以别人喊他，他不应，因为他根本没有听见。

所以别人打他电话，他接一下就挂断，因为他根本说不了话。

所以他拿到一个差评就难过到流泪，因为这是他来之不易的工作机会。

他只是有一点不完美，生活就变得这样艰难。

百感交集的韩麦朝他比画了一个友好的手势。他在美国的时候定期做公益，懂一点手语，而手语这个东西，美国和中国的差别其实并没有英语和中文那么大，几个最简单的手语动作的意思是相近的。

那小伙愣了一下，也许是韩麦的手语让他有了一些亲切感，他没有像刚才那样抗拒了。

韩麦赶紧在手机上打字给他看：“兄弟，我叫韩麦，和你一个站点的，你叫什么名字？”

小伙子先是用手语比画了自己的名字，又担心韩麦看不懂，用手机打字给他看：“我叫郑小华。”

“哦，小华啊，来来来，我们坐下聊一会儿！”韩麦一边说一边打手语，把郑小华拉到花坛边坐了下来。

郑小华看起来有些紧张不安，但还是配合地坐了下来。

两人加了微信，开始用手机聊天。

韩麦："你以前没做送过外卖吧？"

郑小华："没有，第一次送，老板本来还不想要我，因为我是个残疾人，他以前没招过残疾人。"

韩麦："老板也是考虑你的安全吧，你骑车毕竟有点危险。"

郑小华打字道："我的助听器马上就可以配好了！"

韩麦感觉到郑小华是个自尊心很强的人，并不想让人觉得自己不行。

韩麦："兄弟，我很佩服你啊，你是怎么说服他的？"

郑小华从口袋里摸出自己的笔记本，一页页翻给韩麦看："我花了一个星期的时间，把这个配送站附近的区域都画出来了！还做了笔记！老板决定给我个机会！"

这本被韩麦误以为是"犯罪踩点图"的笔记本，竟然是这样的用处。

韩麦又是震惊又是羞愧，他先入为主地把郑小华当成了踩点的窃贼，差点就把人送到警察局去了。

郑小华："可我搞砸了，还拿了差评，要扣钱，他要是不让我继续做了怎么办？我真的不是故意的……"

郑小华满怀焦虑地发微信给韩麦："要是老板不要我了，我就只好回老家去，工作太难找了，人家一看我有残疾，就不要我了。可我爸妈年纪已经很大了，我不能让他们养我，该我养他们了。"

韩麦说不出话来。

他知道对郑小华这样的残疾人来说，要养家糊口很难，却不知道这么难。

哪怕为自己辩解一句，都做不到。

韩麦看着手机屏幕上不断跳出来的，来自郑小华喋喋不休的抱怨和忧虑，突然间有了一种责任感。

他今天遇到郑小华，一定是有什么意义的，他不应该只是一个路过的旁观者，他应该去帮助这个人！就像李一笑挂在嘴边的那句

“日行一善”，他今天也要日行一善！

韩麦下定决心，手指飞速地在微信里打字：“不就是一个差评吗？打了也能撤销啊，走，我带你去解释一下！”

郑小华连连摇头，不肯上楼，他大约是真的怕了，旁人的冷漠和拒绝让他更加敏感，也更加害怕挫折。

“去吧，兄弟，你要是不试一试，怎么知道自己行不行呢？”韩麦发微信给郑小华。

郑小华满脸迟疑。

“残疾证带了吗？”韩麦问道。

郑小华从口袋里掏出了一本绿色的小本子，是他的残疾证。

“有这个就行了，我们走！”韩麦拉着郑小华，往电梯走去。

韩麦：“一会儿我来说话，你在旁边站着就行。”

郑小华：“嗯。谢谢你，大哥。”

韩麦：“嗨，兄弟之间客气什么，我们相逢即是有缘，我不帮你谁帮你。”

郑小华感激地看着韩麦。

韩麦突然间意气风发，觉得自己终于像是那么回事了，原来能帮助到别人，真的这么快乐。

“来，喝点我泡的枸杞菊花茶，健脾、养胃、安神、降火、美容、养生，喝了不吃亏，喝了不上当，谁喝谁知道！”韩麦把随身携带的保温杯递给郑小华，使劲推销起了自己的养生理论。

郑小华推却不过热情的韩麦，皱着眉喝了一口，忙不迭地把杯子还给韩麦。

韩麦这才心满意足地带着他上楼去。

韩麦敲响了门。

门没开，那个中午点了午餐又点了奶茶的姑娘在门后警惕地问道：“你们想干什么？”

“姑娘，我们来解释一下今天午餐迟到的问题。”韩麦说。

“不用解释了！我给了差评是不会撤销的！你们一定是想报复我！快走开！不然我要报警了！”姑娘警惕性极高。

韩麦哭笑不得，万万没想到还会有这样的误会：这姑娘把他们当成被打了差评后上门报复的外卖小哥了。

“不是的，姑娘，你听我解释。这个小兄弟是我们配送站新来的，是个聋哑人，他今天挂你电话不是故意的，是因为他说不了话，没办法跟你解释。我刚才在楼下看到他哭了，这才知道他的情况。喏，这是他的残疾证。”韩麦拿出了郑小华的残疾证，通过猫眼展示给姑娘看。

门后面的人沉默了，显然没有想到这个发展。

韩麦好声好气地说道：“今天他送餐晚了，是他不对，我代他道歉，我们愿意赔偿你。能不能请你把那个差评删掉，他今天第一天上班，之前老板是不答应录用他的，他自己花了一周的时间把附近摸了个遍，仔仔细细画了地图，这才让老板答应试一试他。如果今天他表现得不好，也许他就没办法继续工作了。你知道，现在就业也不容易，尤其是一个残疾人……”

韩麦苦口婆心地说着，大门突然打开了。

姑娘红着眼睛，把韩麦送来的两杯奶茶递了出来：“别说了，我这个人容易哭，你别说了，奶茶送你们，差评我会删掉的……对不起，这位小哥，我向你道歉！”

“别别别，我们不能收客户的礼物的！”韩麦赶紧拒绝。

“我让你拿着！”姑娘一声怒吼，恼羞成怒地把东西往他怀里一塞，再次甩上了门。

韩麦愣愣地抱着两杯没开封的奶茶，和郑小华交换了一个眼神。

“她答应了吗？”郑小华比着手势问道，神情焦急。

他只看到韩麦说个不停，那个姑娘突然开门扔了两杯奶茶出来，也不知道是答应了还是没答应。

“她答应了！”韩麦高兴地说道。

郑小华迫不及待地掏出手机去看后台评价，后台刷新了一下，他的差评消失了。

郑小华激动地在原地转了两圈，用力抱住了韩麦，捶着他的背，激动到整个人都在发抖。

“你看，不试一试怎么知道呢？”韩麦给他发微信说道。

郑小华回给他一个大大的笑容，那一股忧愁的阴霾从他年轻的脸上褪去了，留下满满的活力和希望，他用力点了点头。

“下次你也要改变一下方法，接到订单先给客户发一条短信，让他们有事发短信。一般人都是愿意理解你的，这个世界总是好人多。”韩麦在微信里写道。

郑小华腼腆地笑了。

两人一人一杯奶茶，高高兴兴地下了楼。

“这个工作不错吧？”韩麦问道。

郑小华在微信里，回给他一个大大的笑脸。

“我会好好干的，我要当个，零差评的配送员！”郑小华写道。

韩麦看着他光彩熠熠的眼睛，不禁露出了一个微笑。

加油啊，郑小华，你可以做到的！

“啊？这是什么新操作？让我拍人物专访？谁还记得我是个美食主播吗？”李一笑对韩麦突如其来的要求，一阵惊讶。

“我觉得这是个很好的题材。除了美食之外，你也可以做一些其他的视频啊，比如上次你给妞妞做的那一期，就是公益方面的，反响也很好。郑小华这个人就是个很好的切入点，我特地去了解了一下，我们全市有十几个残疾人在做配送员呢，他们开车送外卖安全吗？他们不能说话要怎么和客户沟通？被客户误解了会怎么样？大众对于这群人的酸甜苦辣一点都不了解，你觉得这样是正常的吗？如果你的节目能够增进人与人之间的了解，那一定是一件很有意义的事情。你就当日行一善吧。”韩麦说道，“再说了，谁还不知道你这个美食主播从来都不务正业。”

李一笑抓了抓头：“行吧，你说得有点道理。我先策划一下，这节目挺有意思的。”

韩麦笑了笑：“就知道你策划能力强，全靠你了。对了，我的歌已经写好了，就叫《外卖小歌》，唱歌的歌，刚好可以用在这一期视频里。”

李一笑一听，来了兴趣：“写好了？之前看你卡了这么久，还以为你写不出来了呢。来来来，我听听看！”

韩麦也不推辞，回房间拿了把吉他，一边弹一边唱给李一笑听。

今年又是最热的一年，夏天气温四十度没商量。

这么热的夏天，不想出门怎么办，

打打打打打开手机，下下下下下个订单，

送送送送送你外卖，催催催催催也没用，

马马马马马上就到，别别别别别给差评。

…………

你要什么我都给你送，菜单你今天给我听好了。

可乐汉堡肥宅最快乐，水果蔬菜沙拉能减肥，

汤包米粉豆皮热干面，少吃哪个都后悔。

要是吃啥都不过瘾，卤味小吃消夜再来一顿，

我从 WH 博物馆，送货送到汉口站，

淮海路香港路惠济路青年路，条条大路都很堵。

暴雨马路变河道，皮艇开到你家门。

系统发我一万个订单，让我现在、马上、立刻送完。

韩麦唱完，一脸期待地看着李一笑：“怎么样？”

李一笑还在回味这个旋律和歌词，兴奋地给他鼓掌：“可以，绝对可以！这个节奏太带感了，我预感这首歌绝对比你之前写给秋宁的那首还要火！”

韩麦非常高兴：“可以用在视频里吗？我有预感，这一期视频

会火爆的，让我蹭个热度吧。”

“哎，甭管视频爆不爆了，总归是在做好事嘛，日行一善，日行一善！”李一笑说道，倒也没计较得失问题。

可事情有时候偏偏就是这样，有心栽花花不成，无心插柳柳成荫。

李一笑认认真真地做完了这一期节目，还特地学了基础手语，把W市愿意接受采访的残疾配送员都采访了一遍，把节目做得深刻又不刻意煽情，非常具有社会性。他还快剪了一段外卖小哥们风驰电掣送外卖的场景，配上韩麦的那首新歌，让人不禁跟着旋律一起抖腿。

结果还真被韩麦说中了，李一笑这一期节目发布后突然走红，微博上不知道被多少个营销号盗用，就连外卖平台方都转发了，还表示近期将增加功能，如果是残疾人配送员接单，将在平台软件中告知客户配送员是残疾人，还会为听力障碍者免费配助听器。

李一笑震惊地对韩麦说道：“不知道为什么，我一个做美食视频的美食博主，突然成了一个公益先锋，好多残疾人发私信感谢我！”

韩麦冲他笑：“这不是很好吗？开创了新的事业路线。”

李一笑挠了挠头：“总觉得有点怪怪的，我的美食视频都没这么火爆呢。”

“这说明，现在网友素质高了，不光关心明星八卦，也关心困难群体的生活现状，很有意义啊。”韩麦说。

韩麦的歌也火了，被无数主播翻唱了起来，大街小巷都能听到这首歌曲，他开直播的时候，观众也总是让他唱这首，觉得带劲又好玩。韩麦斟酌了一下，把这一期节目发给远在美国的父母，获得了双亲的肯定，母亲更是兴奋地跟韩麦唠嗑了一个小时，称赞他这首歌很有特色，这给了韩麦很大的鼓励。

韩麦知道，自己在这段打工之旅中收获了很多，不仅仅是送外卖的技巧，更多的是对这个世界的认识，以及自我的成长。

喊麦，真有意思。他开始发自真心地喜欢了。

第十八章

弟弟
也想做网红？！

“你们有弟弟吗？”金锋问道。

几人面面相觑，不知道为什么金锋出去接了个电话之后，回来就这么满脸苦恼地询问几人。

“我没有，独生的。”李一笑抓了抓头发，“小时候可羡慕人家有兄弟姐妹的了。”

“我也没有。”韩麦遗憾地说，“堂表亲戚倒是有几个，不过也就逢年过节会走动。”

秋宁的回答就很耐人寻味了：“我也没有……家里没有，外面嘛……呵呵。”

几人惊恐地看着秋宁，她温婉一笑：“我爸生气的时候说过，我要是不听话，他就要把弟弟带回家。不过没关系，一个两个都不怎么争气，除了把我爸的心脏病气得更厉害一点，派不上其他用场。”

可怕，你们大户人家都这么可怕的吗？

夏甜雨惊愕地问道：“难道只有我有吗？我恨不得没有啊！”

几人沉默不语。

李一笑问金锋：“所以到底怎么回事？”

“弟弟，叛逆了，怎么办？”金锋瞅准了唯一有弟弟的夏甜雨问道。

夏甜雨一下子紧张了起来：“怎么了？你爸妈是不是要打你？”

嗯？这是什么逻辑？几人顿时迷惑了。

夏甜雨心有余悸地说道：“我小时候但凡弟弟犯了什么错，都是我的锅，我爸老打我！最惨的一次，我弟那时候疯狂想上网，他竟然偷了家里的钱半夜三更偷偷跑出家，跑到镇上的网吧里去了！找了两天才找到人，怪我没看好弟弟，可把我一顿好打，差点断气！”

这也……太惨了吧，李一笑听着都替夏甜雨感到心塞。

秋宁安慰地说道：“都过去了，他们现在不敢打你了。”

夏甜雨噘了噘嘴：“我现在才不会乖乖挨打呢……”

哟，这姑娘长进了啊，李一笑刚欣慰了一下，只听夏甜雨说道：

“我现在会跑啊！跑得可快了！只要我跑得够快，他们就打不到我！”

她还挺得意！

“咳咳，金锋，你弟弟到底怎么回事？”韩麦转移了话题，问金锋。

让金锋解释事情经过发展实在是有些困难，因为他此时有点紧张，一紧张，这个帅哥就会结巴，说起话来都断断续续的，好半天才把事情说清楚。

原来金锋有个弟弟叫金晓宇，金晓宇马上要念高三了，但是现在他突然叛逆了，表示过完这个假期，他再也不要去学校了。金锋的母亲非常担心小儿子，又不知道如何是好，只好求助大儿子。

“我弟，明天就过来，住几天。我得想办法，让他去念书。”金锋苦恼地说道。

帅哥发愁也别有一番风味，几人纷纷答应为他排忧解难。

特别是夏甜雨，得知男神弟弟要来暂住，那叫一个心潮澎湃啊！

虽然男神向来对她不假辞色，但要是她能拿下男神的弟弟，让他帮着她，跟哥哥说说好话，吹吹风，那男神岂不是会多注意她了？

好！好极了！一定要搞定这个金晓宇！夏甜雨暗暗握拳。

“等你弟弟来了，你先和他谈一谈，了解是什么原因导致你弟弟突然叛逆厌学，是因为早恋、游戏成瘾、和社会人士交往过密，还是因为学校里人际关系不和谐，甚至可能是校园霸凌，这些都可能是孩子抗拒上学的重要原因。”韩麦自从暴露了自己不是个“社会大哥”之后，再也不掩饰自己是个学霸了，说什么都是一套一套的。

“其实实在不想念书也没什么啦，我也没上大学，现在不也混得挺好的吗？”李一笑对学历倒是没有特别执着。

“还是希望，他能念完大学。”金锋遗憾地说，“我没有念完，一直很可惜。”

李一笑想起金锋曾经跟他说过的事，他因为父亲生病急于赚钱，大学肄业去战队了。没有读完大学这件事他一直非常遗憾，本能地希望弟弟能够弥补这个遗憾。

但是，弟弟显然不是这么想的。

“你们觉得，金锋的弟弟会是什么类型？”金锋已经出去接弟弟了，在七号别墅里坐等的几人聊了起来，李一笑率先问道。

“会不会是那种，头发染得花花绿绿，衣服穿得破破烂烂，脸蛋长得歪瓜裂枣，身上刺青红红紫紫的那种？”夏甜雨展开了想象的翅膀，把街头小混混的样子代入到金晓宇身上。

虽然想好了要讨好男神弟弟，但万一是个小混混，她还是有点害怕啊！

“金锋这么帅，可见他爸妈的相貌很好，他弟弟应该也很帅。”秋宁猜想道。

“希望是个爱学习、有礼貌、懂事又听话的小伙子。”韩麦说。

“醒醒，要是这么好，他就不会因为叛逆被妈妈扫地出门赶到哥哥这里接受再教育了。”李一笑吐槽道。

几人一想，也是哦，立刻调低了对金晓宇的期待值，只求不是个性格暴躁、举止粗鲁的小伙子。

别墅的大门开了，金锋率先走了进来，对身后的人说道：“换鞋子，我给你介绍。”

“不用介绍，我都认识！”一个年轻男孩的声音传来，他兴奋地从哥哥的胳膊下钻了过去，飞快地换好拖鞋冲了上来。

“哥哥姐姐好！我是金晓宇，金锋的弟弟，我今年十八岁已经成年了！”和大家想象中的模样不同，金晓宇是个高高帅帅的小伙子，和金锋有几分相似的脸上挂着灿烂的笑容，笑得露出一嘴大白牙，第一印象就十分讨人喜欢。

不等几人开口，金晓宇已经连珠炮一样说了下来：“你们几个我都认识！我看过你们的直播，可喜欢了！你是‘老韩不做大哥好多年’，我听过你写的那首《外卖小歌》，现在大街小巷送外卖的都会公放这首歌，我们学校旁边的小卖部也老放呢！你好你好，大哥你好！我是你的小粉丝！”

韩麦被小粉丝一套当面吹捧打蒙了，金晓宇趁机握住他的手上下摇晃：“大哥记得罩着我啊。”

“哦……好……好说好说。”韩麦被一碗迷魂汤灌得云里雾里，已经不知道自己在哪里了。

金晓宇一个移步，来到李一笑面前，握住他的手：“你是李十三笑！我们班的同学可喜欢看你的视频了！每一期都看！我也看了！”

“真的啊？”李一笑喜上眉梢。

“你简直是美食界的一股……泥石流！”

“啊？？？泥石流？？？”李一笑蒙了，这是在夸他吗？人家不都夸是一股清流吗？怎么他是泥石流？

“和那群滤镜打了十八层的美食博主完全不一样，你这叫清纯毫不做作，画风写实，教人修电脑、修水管、剪视频，除了做菜，其他并没有什么用的技能我们都学会了！”金晓宇一通狂吹，只是吹得有点怪。

“额呵呵呵……你们喜欢就好。”李一笑一边尴尬一边还要笑，使劲给金锋使眼色：你弟弟怎么回事？他是在夸我呢还是在损我呢？

金晓宇又攻略了一个，接着来到秋宁面前：“小姐姐你好，你是秋宁吧！你的那首《我在喜欢你》太棒了！本来我看照片上你这么漂亮，心想哪有人真的这么好看啊，一定是个‘照骗[①]’，万万没想到，我刚才一进门，看到你，整个人都呆住了——哎呀妈呀，原来这个世界上真的有神仙姐姐！神仙姐姐不但长得漂亮，唱歌还这么好听！你不会真的是从天上下来的吧？我们凡间大猪蹄子一茬接一茬，你可千万别对人间失望回到天上去了！”

普通人对着美女这么一通夸奖，难免显得太假太虚伪，但是金晓宇不一样，他年纪小，长得帅，看着你的眼神又这么真诚，好似他心里一点虚假都没有，说的字字句句都是真心话。

---

① 网络词汇，指的是图片上的人、景点、事物与现实之间的差距过大，让人有被欺骗的感觉。

秋宁微笑了起来："晓宇你好，谢谢你的夸奖，我很高兴有你这样的小粉丝。"

金晓宇嘿嘿笑着："做神仙姐姐的粉丝是我的荣幸！"

还剩一个夏甜雨了，看到金晓宇对他们如此熟悉，把其他人都夸了一遍，夏甜雨不禁美滋滋地等待这个小粉丝上前来夸奖她，最好是一通胡吹海捧，把她吹到天上去才好。

只要小叔子对她印象好，还怕拿不下他哥吗？夏甜雨脸上已经忍不住露出了胜券在握的笑容。

不料，这个小弟弟三两步来到她面前，脸上的表情从笑容变成了疑惑，疑惑变成了冷漠，他仔细看着夏甜雨，反复打量，最后回头问金锋："哥，这女人是谁啊？我不认识，看起来不像个主播，是给你们做饭的阿姨吗？"

夏甜雨脸上的笑容一下子僵硬，然后飞快风化，活活给几人表演了什么叫"笑容逐渐消失"。

金锋压着金晓宇上前道歉："不好意思，这小子，有个前女友，和你长得像，他被甩了。"

"所以看我不顺眼是吗？嘤嘤嘤。"夏甜雨委屈极了。

"嗯，是的。"金锋无情地在她的伤口上撒盐。

一心想着讨好男神弟弟的夏甜雨，心如死灰。

"什么我被甩了？是我甩了她！我可是我们学校电竞社社长，全校多少女粉暗恋我！她却劈腿我社员，把全队都劈了一遍，她是蜘蛛精吗？八条腿都不够劈了吧？我可是队长啊！我脸往哪里搁啊！"金晓宇想起这件事，仍然觉得气不打一处来。

"你们学校还有电竞社？"秋宁惊讶地问道，"想不到现在的学校还挺开明。"

"没有的，我们自己建的，地下组织，成员一个个都是地下党，要注意保密工作，不然我们就会被围剿了！"金晓宇严肃道。

"你们的社团活动怎么办？借计算机教室吗？"韩麦也很好奇。

“怎么可能，老师知道了，我们的社团可要原地解散，集体喊家长了。我们都是自己出钱，大家一起去网吧打游戏，轮流站岗放哨观察老师有没有来检查的！好几次都被我们惊险跑掉，可谓是胆大心细、组织严密、有勇有谋！”金晓宇对自己的成就非常得意，“虽然我们这社团全是自费项目，可是参与者众多，可见这个社团是有生命力的，是群众喜闻乐见的。官方不支持，那是官方的问题，都是这个社会的错啊！”

现在的小朋友怎么这么皮！李一笑心想。

“你们社团现在多少人啊？”李一笑问道。

金晓宇的表情垮了：“原来有二十人，现在全散了，都是那个蜘蛛精的错！我再也不要当电竞社社长了，我要当主播！”

几人目瞪口呆：“啊？当主播？”

金晓宇神采飞扬道：“对啊，就是你们现在做的工作啊！我可真是羡慕你们，现在的主播行业，还是一片蓝海，朝阳产业啊，等过几年再入行，主播产业就是一片红海了，那个时候竞争激烈，根本出不了头。所以，出名要趁早，我决定辍学当主播！”

还蓝海红海的，这小子……几人听得一愣一愣的。

金锋脸色铁青：“不行！”

“哥，你已经老了，过时了，不懂我们年轻人了。不瞒你说，我们班上一次考试命题作文是《我的理想》，我们班五十几个人，四十个写的都是——我想当网红。这个网红里就包含了主播。你们看，一个班里我就有四十个竞争对手，我要是不比他们起步早，等到我念完大学，黄花菜都凉了！我只好辛辛苦苦去卖红薯，那个日子……哎，不了不了。”金晓宇唉声叹气了一番。

“你们班真的有这么多人想当网红啊？”夏甜雨惊讶地问道。

“对啊，就是有这么多。现在谁还想当科学家、老师、公务员老老实实天天上班啊。我们00后现在的理想就是——不上班。”金晓宇义正词严地说道。

在座的落伍的90后主播，纷纷沉默了。

老了，过时了，90后被00后嘲讽了，这日子真是没法过了。

“我说不行就是不行！你不读书，没个学历，以后怎么办？”金锋十足的操碎了心的老父亲心态，人家说长兄如父，在他这里还真是没错。

“哥，都什么年代了，学历不等于能力，知道不？学历只是一块敲门砖，比如说我现在想去大企业，那我没个985、211的学历还真是进不去，但是我现在是想去当主播啊，主播又不用这块敲门砖，我为什么去大学浪费四年时间啊。”金晓宇振振有词。

韩麦干咳了一声：“大学也不是浪费时间，大学里可以学到很多有用的知识，还有很多社团活动，学生会什么的，能够结交好友，很有意义。”

“大哥，你说的是国内的大学吗？我们国内的大学什么情况你也知道，四年下来不是在寝室打游戏就是在网吧打游戏，放假了回家打游戏，平常上课点个卯，期末考试突击一下，日子就这么混过去了。至于什么社团活动，是去打杂的吧？学生会，啊哈哈哈哈哈，这不是去给那群提前过官瘾的学长学姐当不要钱的奴隶使唤吗？至于结交朋友，干什么结交不到朋友啊。再说了，大哥你现在还有什么关系特别好在来往的大学同学吗？”金晓宇伶牙俐齿地问道。

韩麦哑口无言——他的大学同学都在国外！几乎没有在交流了！

金晓宇一副舌战群儒的架势，将几人的提问一一反驳，思路清晰，逻辑缜密，此子必成大器！

最后，金晓宇总结道：“高中才是一个人知识的巅峰，我现在就很有文化了，可以就业当主播了。主播这行是不需要学历这块敲门砖的，靠的是你的技术，你的个人魅力，我觉得我很有魅力！主播好啊，赚钱养家还能打游戏，这不是美滋滋吗？我才不要去上学了呢！”

天哪，这小子可真能说，还真是一块当主播的料啊。

李一笑都快叛变了，对金晓宇十分欣赏，就差拍板对他说“来吧，来给我打下手吧！”

李一笑是这么想的，金锋这个当哥哥的可不答应，他的脸色越发难看，强硬地对金晓宇说：“我不会答应的，你说什么都得给我去念大学！不然别想问我要生活费！”

“哼，你就知道用生活费来压迫我，你是个暴君，用的是暴政，干的都是暴行！你这是对我这个未来天才主播的无情打压！”金晓宇不满地叫嚣道。

金锋的额头上青筋暴起：“天才主播，就凭你？好好念书去吧！”

金锋入行这几年，见过太多满怀希望来到这个行业，最后黯然离开的年轻人了。每个人都觉得自己有着过人的才华，觉得自己会是特别的那一个，相信自己会大红大紫。

但事实呢？事实是，一个知名主播的背后，是几百上千个默默无闻甚至养不活自己的主播。

金锋毫不留情的嘲讽戳中了弟弟的逆鳞，这个青春期的男孩子正是自我膨胀、反抗权威的年纪，听到哥哥如此嘲讽自己，他顿时气不打一处来，像一根点燃的炮仗一样炸了开来：“你凭什么看不起我！你从小就看不起我！你不过就是比我大了几岁，你没有资格决定我的未来！”

说着，愤怒的金晓宇又感到委屈，他控诉道：“妈妈从小就说你比我聪明，我也不差啊！你平常不关心我，连我在哪个班级考了第几名都不知道，现在却要对我的指手画脚，我不服！我不服！我最烦你了！”

说完，金晓宇气急败坏地摔门而去。

金锋被弟弟劈头盖脸地一顿指责，愣在了原地，半晌才想起要追上去。

“你别去了，他现在肯定不想看到你，我去吧，我跟他比较有共同话题。”李一笑对金锋说道。

金锋身上的那股劲一下子泄了下来，他颓废地坐在沙发上，对李一笑点了点头："拜托你了。"

"嗨，咱俩谁跟谁啊，你弟就是我弟，别跟我客气。我看这小子挺不错的，思路清晰，有想法，在学校里成绩不错吧？"李一笑问道。

金锋勉强笑了笑，又是欣慰又是伤感地说："是啊……成绩很好，从小就好。小时候还很听话，现在不听了。"

李一笑拍拍他的肩："交给我了！我对付叛逆小孩可有一手了！"

金晓宇没走远，他对这一带的路不熟，走着走着来到了隔壁一栋别墅楼，看到院子里放着木质的桌椅，有个黑长直的漂亮姑娘在浇花。

这姑娘是真漂亮，比他前女友好看一万倍，金晓宇被美色所迷，不由得停下脚步，隔着篱笆跟姑娘打招呼："小姐姐，小姐姐，你也是主播吗？"

姑娘微微一笑，点了点头。

"你是主播，我哥哥也是主播！我以后也是主播！这样我们就是同行了，应该现在就认识一下，我叫金晓宇，你叫什么名字？"金晓宇嘻嘻笑道。

女主播眼珠一转，问道："你姓金，哥哥也是个主播，难道你是金锋的弟弟？"

"对啊！小姐姐你真聪明，人漂亮，声音还好听，女神本神没跑了！我有幸能加入你的粉丝团队吗？我保证是个自带干粮给你加油的好粉丝！"金晓宇举起手坚定地说道。

这位美貌的"女主播"李师师，顿时笑得温柔又淑女："好呀，我加你微信哦。"

"好好好好好！女神你太好了！女神万岁！"金晓宇激动地掏出了手机。

此时，李一笑赶到现场，一声咆哮："李师师，你又在骗纯情小男生！金晓宇，你不要被他骗了，这家伙是个纯爷们！男的！"

金晓宇目瞪口呆地看了看李师师，又回头看李一笑，仿佛不相信这个世界上竟然有这般以假乱真的女装大佬！

“你看你，把人家小男孩骗得……打击多大啊！”李一笑回想起自己被李师师骗得好惨的经历，气急败坏道。

“哦，是吗？你倒是看看人家什么表情？”气定神闲的李师师指了指金晓宇。

金晓宇脸上震惊的表情慢慢扭曲了，最后竟然露出了一个古怪的笑容，他兴奋地说道：“原来你是个女装大佬，这不是更好吗？”

李师师鄙夷地看着李一笑，用男人的声音说道：“哼，落伍了吧，现在的00后的小弟弟们就喜欢女装大佬。你倒是去看看漫展啊，土鳖，你以为现在出美少女COSPLAY[①]的真的是女孩子吗？信不信去男厕所看一看，一个个都是纯爷们！”

金晓宇崇拜地看着李师师：“小姐姐……啊不，小哥哥，你果然是同道中人，太懂了！和我哥那个土鳖不一样！”

李师师得意地笑了。

李一笑一脸问号，00后的世界，他是真的不懂啊！

李一笑和金晓宇没有在李师师那里久留，李一笑主动请金晓宇喝奶茶，两人到小区外的奶茶店买了奶茶，一边喝一边聊天。

“其实我挺支持你的。我也不是那种觉得年轻人一定要念大学才是有出息的老古董，不过你哥不一样，他因为你父亲的病，辍学去战队，这件事他一直很遗憾，所以更希望你能弥补他的遗憾。”李一笑对金晓宇说道。

“我知道啊，他是把自己的遗憾寄托在了我的身上，但是这样对我是不公平的。自己的遗憾要自己去弥补，不是让自己的亲人去代替自己完成，这很不负责任，我想过我自己的人生。”金晓宇对哥哥抱怨颇多。

这00后小弟弟谈话不按套路啊！李一笑幽怨了起来，一般来说，

① 指扮演动漫、游戏中人物角色的一种表演艺术行为。

这种时候不是应该感慨一下哥哥的付出，表示自己会去实现哥哥的梦想吗？果然是00后吗？想法和他们不一样了！

“嗯……呃……挺好的，当主播。不过我也要给你提个醒，这行不好干，你看到我们这几个人还算小有成就，但实际上嘛，糊到地心查无此人的主播更多。无论是多红的主播，都有被淘汰的一天，一个主播的职业寿命最多也不过是三五年，你哥哥肯定是不想你因为这三五年的光景，把一辈子都赔进去。”李一笑说道。

“但是当主播还可以转行啊，像我哥，我知道有战队来邀请他当教练，如果他想的话，他还可以重组战队再来一次，只是他现在没了这个斗志，不思进取，就想着混日子。我可没打算当一辈子的主播，这个职业可以让我认识很多人，以后我不当主播了，我可以转幕后啊，做平台管理，做经纪人，开网红经纪公司，都可以啊。”

出乎李一笑的意料，金晓宇并不是一时冲动，他是经过深思熟虑的，甚至连未来职业发展都想好了。

“嗯……你……挺有想法的。”李一笑为难地夸奖道。

“当然了，你们老看不起我们00后，觉得我们是垮掉的一代，你想想你小时候人家70后80后不也是这么吐槽你们90后的？一代又一代，都是垮掉的一代，我看是越来越好的一代！素质比前面的不知道高到哪里去了！”金晓宇挺得意。

这小子，夸他一句还喘上了，李一笑又好气又好笑：“那你现在准备怎么办？跟你哥硬杠是不行的，你得迂回着来。”

“你这是要支持我的意思了？”金晓宇两眼放光地问道。

“嗯……我不支持，但也不反对，我甚至可以偷偷地帮助你。”李一笑说。

“懂，就是我们电竞社的情况，偷偷地进村，打枪的不要！”金晓宇嘻嘻笑道。

李一笑心道：小样儿，嫩了吧，我这是明修栈道暗度陈仓，说是帮你，其实还是帮你哥。看我不治了你这个熊孩子，让你回去乖乖念书！

“你先回去跟你哥服个软，说会认真考虑，之后你听我的，要先把其他几人都拿下，最后再如此这般……”李一笑给金晓宇传授起了经验。

金晓宇一听，觉得此计可行，当即道：“我就知道李哥你和其他人不一样。”

李一笑得意地笑道：“那是。”

“你没念过大学，我们学历差不多，所以想法也相近，只有你可以理解我。”金晓宇说。

“……”这熊孩子会不会夸人啊？我职高毕业怎么了？！李一笑郁闷了。

但是好歹金晓宇听从了李一笑的建议，回去和金锋道歉了。

“哥，对不起，之前是我不懂事！我不该冲你大喊大叫的。”金晓宇低头道歉。

金锋听到弟弟的道歉，有些惊讶，怀疑地看着李一笑，不知道他给弟弟使了什么妖术，竟然让一个青春期的小屁孩乖乖低头道歉了。

李一笑挠了挠脸，没把他弟弟暗中谋划的事情说出来，不然金锋得和他翻脸！

弟弟嬉皮笑脸地扒上了哥哥：“哥哥，再让我住一阵吧，我想了解一下你的生活啊，给我个机会呗。”

金锋心中的怀疑越发浓重了，这熊孩子到底在计划什么？

总觉得他在动什么歪脑筋。

金晓宇在七号别墅楼住了下来，开始观察主播们的日常生活。

李一笑是这样对他说的：“一个新人主播起步是很难的，如果没有经纪公司推你，没有土豪粉丝砸你，还没有其他主播宣传你，你就没有知名度。想单打独斗混成大主播，万中无一。所以你要和其他主播们搞好关系，说服他们宣传你，比如我们这里的几个主播。”

金晓宇听进去了，每天铆足了劲向几个前辈取经，还费尽心思讨好大家。

实在是不能小看00后的小朋友啊，比大猪蹄子可绅士多了。

“小姐姐，小姐姐，你们要去哪里啊？”金晓宇见秋宁和夏甜雨要出门，殷勤地问道，当然，他的眼神是盯着秋宁的。

“我们现在要去上课，今天是声乐课。上完课之后我和甜甜去逛街。”秋宁温和地回答。

“啊？主播还要上课啊？”金晓宇吓了一跳。这和他想象中的主播生活不一样啊！

“当然了，你想什么呢？我可是每天都要练歌的，现在直播界竞争这么激烈，你不进步，人家就会比你进步，那你就被淘汰了。”夏甜雨抢答道。

“我知道，我知道，这个叫逆水行舟，不进则退！”金晓宇笑嘻嘻地说。

“嗯……对……就是这个道理，哈哈哈。”夏甜雨干笑了两声，又问道，“你有什么事吗？”

“哦，我也没什么事，就是看你们要出门了问一声。你们要去逛街的话，需不需要劳动力呀？我觉得我就很可以嘛，任劳任怨，能走能提，你们要是买了衣服鞋子拎不动了，我可以帮忙啊！”金晓宇毛遂自荐了起来。

夏甜雨和秋宁交换了一个眼神，不知道这小子葫芦里藏了什么药，这么主动，男生不都很讨厌逛街的吗？特别是陪女生逛街。

“可以，我给你我们上课的地址，麻烦你十二点去那里等我们下课。”秋宁点头答应了。

“噢耶！”金晓宇跳了起来，激动地说，“保证在那里准时等候两位女士！”

转眼时间到了，金晓宇等来了上完课的两位女主播，三人打了一辆车到市中心的商业区去了。

金晓宇同志，虽然年仅十八，不具备丰富的陪女朋友逛街的经验，但是他是个立志要做主播的男人，一个主播如果没有过硬的情商，那么就算他侥幸红了，也会很快因为种种原因糊掉，所以金晓宇从不放松对自己的严格要求。

“秋宁小姐姐，你穿这件衣服可太好看了，你要是不买走，你回家之后会日思夜想，天天后悔，你看这颜色，看这材质，穿在你身上那叫一个……完美！”金晓宇对从试衣间出来的秋宁进行了一番热情洋溢的吹捧，让在旁边准备例行夸奖顾客的服务员无所适从：她是谁？她是在哪？她要做什么？这个小伙子怎么好像代替了她的职责？

秋宁不差钱，高高兴兴地买了衣服，夸奖了金晓宇：“看起来，你还挺适合当主播的。”

得到了前辈肯定的金晓宇就差兴奋地在地上打滚了。

夏甜雨见状，随手拿了件衣服进去试，也想听一听小帅哥的夸奖。

“我这件怎么样？”夏甜雨换好衣服走了出来，摆了个妖娆的姿势。

金晓宇皱着眉，诚实地说道：“这件衣服的颜色，好像狗屎啊。”

“……”秋宁决定收回自己对金晓宇的评价。

夏甜雨气急败坏地冲回了试衣间，秋宁幽幽地看着金晓宇，金晓宇无辜地问道：“我说错了吗？”

秋宁叹了口气：“不要针对她。”

“我没有啊，她那件衣服真的丑，我一个‘直男’都看不下去。”金晓宇振振有词。

“真的不是因为甜甜像你前女友？”秋宁问道。

“呃……好吧，有那么一丝丝的关系。”金晓宇把大拇指和食指捏在一起，比了一个一丝丝的动作。

秋宁似笑非笑，问道：“你今天这么勤快地陪我逛街，意欲何为？”

“啊？我的天哪，女神你不但漂亮，还这么聪明，这让我可怎么活啊。”金晓宇惊讶道。

“说吧？”

金晓宇觍着脸笑道：“也不是什么大事儿，就是希望，一来你们能帮我说服一下我哥，二来嘛……等我开始做主播了，你们可不可以给我一个小小的推荐啊？这对一个新人主播来说，可是非常重要的。”

秋宁笑了笑说：“你可找错人了。你应该讨好一下甜甜，她很容易就会被说动。”

“那女神你呢？”金晓宇问道。

“我不赞同。暂时也没有改变看法的打算。我认为你应该去上大学，等毕业后再考虑自己的职业，过早开始走入职业生涯，对你的成长未必是一件好事。”秋宁说道。

她一直都是一个极有主见的人，并不会轻易改变自己的想法。

金晓宇的表情垮了下来：“说到底，你还是站在我哥那边。”

“不，我站在自己的判断这边。”秋宁微微一笑，“甜甜出来了，你抓紧时间。”

夏甜雨换回了自己的衣服，板着一张脸走了出来。

打定了主意要搞定她的金晓宇比服务员还殷勤地迎了上去，张口就来：“哎哟，我的甜甜小姐姐啊，刚才那件衣服是真的难看，不是你穿着难看，是衣服丑！”

服务员：这熊孩子怎么说话呢？？？

“这件，这件绝对合适你。看这蕾丝边蓬蓬裙，粉红条纹珍珠钉，绝对契合你年轻甜美的气质。要我说，那件狗屎色的衣服绝对是设计师报复社会的作品，但是这件衣服就不一样了，绝对适合你！”金晓宇拿出推销保险的劲头，对着夏甜雨一通推销。

“真的吗？”夏甜雨刚被打击了一通，现在还没什么自信。

“真的真的，比这衣服上的珍珠钉还真呢！赶紧去试试吧！”

金晓宇把人推进了试衣间。

服务员：我的工作……被抢了……

夏甜雨抱着衣服迷迷糊糊地走进了试衣间，这时才想明白：等等，这衣服上的塑料珍珠是真的吗？金晓宇这小混蛋还是在嘲讽她吧？！

换好了衣服，夏甜雨依旧板着脸，一脸“我就是要看看你还要耍什么花样”的表情。

可是这表情落在秋宁和金晓宇眼中，那活活就是“快来夸奖我”的表情。

“哎呀喂，甜甜小姐姐啊！我真是万万没想到，万万没想到啊！你平时不打扮吧，是个普通的小美女，今天穿上这件粉红条纹蕾丝蓬蓬裙，简直一下子原地飞升，从人间的小美女，变成了天上的女神仙！我都不敢认你了！”金晓宇对着夏甜雨一通胡吹海侃，把人哄得一愣一愣的，脸上当即由雨转阴。

金晓宇再接再厉：“甜甜小姐姐，我错了，我当初第一次见你的时候，觉得你像我前女友，所以对你生气，态度不好，我道歉，我瞎了眼！我前女友那个蜘蛛精，哪里能和你比啊！你比她漂亮一万倍！看看你穿得这一身……粉嫩、仙女、漂亮！再看这身段，这气质，你只要一走出去，满大街的男人都会为你转身，就算是我哥那个死冰山脸，都能被你迷倒！”

夏甜雨的脸色已经由阴转晴了，特别是金晓宇的最后一句，一下子打动了夏甜雨：“真的吗？你觉得……我穿这件，你哥会喜欢？”

金晓宇眼珠一转，感觉脑中的那根筋对上了，当即一拍手：“那当然，我哥就喜欢小姑娘穿粉色蓬蓬裙！就是你这身了！”

夏甜雨喜笑颜开，对服务员说：“这件我要了！”

秋宁在一旁不忍直视，感到自己的审美受到了重创：这件衣服，辣眼睛。

喜滋滋买了衣服的夏甜雨对这位未来的小叔子越看越顺眼，主动提议道：“你这次来都没有带几件衣服，我送你几件衣服吧。”

金晓宇连连摆手："不了不了，甜甜小仙女，我不要你送我衣服，我想你送我别的东西。"

"什么东西？"夏甜雨好奇地问道。

金晓宇一看人上钩了，立刻摆出一副热情的笑容："我想当主播你是知道的……"

"不行！你哥哥不同意，我不能帮你说话！"夏甜雨生怕金锋生她的气，不肯答应。

"不是呀，我不是让你跟我哥去说情……哎，不过说到说情，还有谁比你更有用呢？我哥别人的话不听，但是他听你的话啊，他跟我打电话好几次提起你呢，说你特别聪明漂亮、活泼可爱，他觉得未来女朋友就应该是你这样的。"

秋宁忍不住斜了这小子一眼，这简直是睁着眼睛说瞎话，金锋什么时候听过夏甜雨的话了，他听李一笑的话的次数都比听夏甜雨多呢。

谁知道，夏甜雨这个傻妞还真信了，她羞涩又惊喜地捂住脸："真的吗？他真的是这么说的吗？"

秋宁对夏甜雨的智商感到绝望。

算了，这不是早就知道的事情吗？

金晓宇嘻嘻笑道："那还能有假？我骗你做什么？我今天啊，就是求甜甜小仙女，以后帮我做个小小的推荐。"

说着，他还把大拇指和食指比在一起，做了个一点点的手势。

"推荐？推荐什么？"夏甜雨没明白过来。

"嗨，就是推荐一下我的直播间嘛。我以后当了主播，新人的时候肯定没什么人气，这种时候就需要甜甜小仙女你这样的人气女主播的推荐了！只要大家都给我一点推荐，我不是马上就能火起来了吗？"金晓宇嬉皮笑脸地说道。

"……就是推荐啊……呃……嗯……可以吧，只要你哥没意见，我就帮你推荐。"夏甜雨说。

"太好了，甜甜小仙女，比你漂亮的姑娘没有你善良，比你善良的姑娘没有你漂亮，你简直是行走在人间的天使，谁都比不上你。我哥没有当场下跪掏出八克拉大钻戒跟你求婚，只能说明，他是个大猪蹄子！”金晓宇义正词严地说道。

“哪有，你瞎说，你哥才不是大猪蹄子呢，他就是有点迟钝，还有点高冷，更有点小害羞，不知道怎么表达自己的好感，人还是很好的。”夏甜雨捂着脸羞涩地为男神辩解。

“嘿嘿嘿，秋宁小姐姐，你呢？能帮我推荐吗？”金晓宇见已经拿下了夏甜雨，虽然知道秋宁没有这么好糊弄，而且对他辍学当主播持反对意见，但是他还是不死心，想要试一试。

秋宁似笑非笑地看着他：“不行。”

金晓宇苦着脸问道：“真的没商量？”

“没商量。”秋宁面带微笑，语气坚决。

“秋宁，你也太冷酷了。晓宇不就是想追求梦想吗？你帮他一把又怎么了？”夏甜雨帮金晓宇说话。

“晓宇，主播这个职业，并没有你想得那么光鲜亮丽，幕后的辛苦你还没有看见。”秋宁说道。

“我知道会很辛苦啊！我也不怕辛苦！只要让我当主播，我现在去工地搬砖都行！”金晓宇说。

“一个新人主播，每天直播十二个小时都是常事。身体上的辛苦只是一方面，更多的是精神上的压力。主播这个行业，你再辉煌也不过是三五年的光景，更多的主播只红了一年半载就人气下滑，而且是再也回升不了的下滑。这个时候你的压力会有多大，你想过吗？但就算是这样的烦恼，也只有少数的主播才能体会到，更多的主播一辈子都没有红过。”秋宁看着金晓宇，一字一句都在拷问他。

金晓宇只知道当主播的光鲜亮丽，却不知道这幕后的心酸和泪水，这是他如今想象不到的。他张了张嘴，想要辩解，却又说不出话来。

“我新人期的时候真的好惨的……昼夜颠倒地直播，累到住院过，我还每天把直播间里来过的账号名称都背下来了，还要记录他们经常来的时间和送过的礼物，这样下一次看到了就可以和他们搭话，粉丝发现我记得他们，就会很高兴。”夏甜雨想起那段艰难的日子，还是心有余悸，“可是和我同期开始直播的人里面，有资格留下来继续直播的十个人里面还没有一个。他们都很努力，可是他们没法养活自己。而我刚开始直播的时候，最红的那些主播，一大半不是被封杀，就是人气下滑，能长久的没有几个。”

金晓宇愣愣地听着，半晌说不出话来。

真的是他对主播这个职业有太多的幻想了吗？

如果他真的红不起来，养不活自己，那该怎么办呢？

金晓宇第一次为自己的职业选择忧虑了起来。

“我注册好了直播间。”金晓宇突然找到李一笑，特别严肃地说道。

“啊？你说服你哥了？”李一笑问道。

“还没有，但是我很快就可以成功了。”金晓宇自信满满地说道。

“咦，谁昨天唉声叹气，跟我说被秋宁和夏甜雨批了一顿？差点找我哭鼻子。怎么睡了一觉又雄起了？”李一笑打趣他。

“男子汉大丈夫，不撞南墙心不死！我一定要试试看！我哥那边，我来想办法！”金晓宇气势汹汹道。

“哦，那你加油哦。”李一笑意思意思鼓励了一下，“友情提醒一下，你哥吃软不吃硬，建议你不要和他硬杠，要靠卖惨取胜。”

“卖惨啊……可我演技不好。”金晓宇苦恼道。

李一笑高深莫测地笑了：“来来来，哥哥教你一招。保准你打通任督二脉，哭戏不用滴眼药水。”

“啥？”

李一笑拿出一瓶辣椒油：“卖惨，就要靠它！”

金晓宇恍然大悟，对李一笑双手比出大拇指。

高，果然高！

金晓宇听了前辈建议，说干就干，当晚就在手上涂了辣椒油，来到了金锋的房间，跟哥哥软磨硬泡了起来：“哥，你就让我出个镜解解馋嘛。人家都说，兄弟同心，其利断金，你好歹让我过过主播瘾啊。你看你直播，就是个哑巴，我来当你的嘴巴不好吗？”

“不好。”金锋冷漠道。

“哥……你这么冷酷无情、无理取闹，以后是找不到女朋友的！”

“无所谓。”

“你就不能满足一下你弱小、无助又可怜的弟弟那小小的心愿吗？我只是要求在你身边坐一下啊，又不是要你的命。”

“差不多是要命了。”

金晓宇生气了，他叉着腰，气鼓鼓道：“你要是不同意，我今天就拔你的电源，剪你的网线，拿你的电脑中央处理器煎鸡蛋！”

金锋万万没想到弟弟“软磨”不成还要“硬泡”了，更是气不打一处来：“想也别想，没得商量！”

金晓宇气急败坏，上前又要和哥哥撕起来，想起李一笑给他的建议，硬是把气咽回了肚子里。

卖惨，记得卖惨，卖惨是让他哥点头的最好办法！

金晓宇心一狠，一屁股坐在地上号啕大哭了起来，把金锋都吓傻了。

“我现在都不去当主播了，我就是想感受一下那个感觉，你都不答应，哇……我怎么会有你这样的哥哥啊！我恨死你了呜呜呜呜呜……”金晓宇在地上撒泼打滚，拿出了当年讹诈哥哥零花钱的做派。

金锋被他吓住了，赶紧把他从地上拉起来。

“我好惨啊，爸爸走了之后，你就对我这么坏，平时对我不闻不问，现在又要拦着我实现梦想。我就是想看你直播，一起露露脸，你还不答应我，我就是冬天里的小白菜，好惨好惨啊！我要打电话给妈妈，说你欺负我！”金晓宇连哭带闹，完美演绎了一个混账弟弟跟哥哥撒泼时的样子，甚至还在金锋看不到的角度，用涂了辣椒油的手使劲搓了搓眼睛。

这下可好了，鼻涕眼泪一下子涌了出来，让他浮夸的演技有了充分的说服力！

“起来，你起来，行，你露脸，先起来！”金锋没辙了，心想弟弟只是想露脸也不是什么原则问题，他还是退一步吧。

“你答应了？”金晓宇一听，一下子从地上坐了起来。

“嗯，你先起来。”金锋说到做到。

金晓宇喜上眉梢，赶紧用手去擦眼睛，想把眼泪擦掉，结果忘了自己手上抹了辣椒油，这一下子哭得更惨了，一把鼻涕一把泪。

“别哭了，赶紧起来。”金锋把弟弟拉了起来。

“我……我就是激动……太激动了……”金晓宇被辣椒油呛得哽咽了起来，总算把哥哥糊弄了过去。

金锋老实人，答应了弟弟，就没有反悔的意思。

当晚直播，等在直播间的粉丝们见到出镜的人除了金锋，竟然还有一个高高帅帅的小男生，小男生看到自己出现在镜头前，激动不已：“嗨呀，各位观众老爷们大家好。我是主播的弟弟，亲生的，大家叫我晓宇就好啦！”

金锋无奈地看了弟弟一眼，对着镜头点了点头：“嗯。”

“我哥是个哑巴的事情，大家都已经知道了。最近放假我没事干，就来当他的小喇叭了。我可是死皮赖脸、撒泼打滚才让我哥答应的！哥，你有什么要对观众老爷们说的吗？”金晓宇问道。

金锋：“没有，开始玩吧。”

“哦，我哥说没有。他这个人从来没有多余的话要讲，实话说他告诉我他去当主播了的时候，我整个人都惊呆了，让他这个哑巴当主播，这和盲人开车有什么区别？这是对观众老爷们极大的不负责任啊！但是万万没有想到，我哥竟然干得还不错，可见我哥真是身残志坚，也可见观众老爷们真是宽宏大量。”

金晓宇这小子，皮是皮了点，但是现在观众就喜欢皮的主播，金锋的粉丝们平日里习惯了他的沉默寡言，今天来了个嘴巴利索的小伙子，也觉得十分新鲜，很是捧场。

金晓宇一路给在玩游戏的哥哥解说，说着说着，他时不时还要套路一下哥哥。

“哥，哥啊，你还活着吗？”金晓宇在一旁叫人。

“……有事？”金锋一边专注打游戏，一边问道。

“有啊，你想不想上厕所啊？”金晓宇问道。

金锋莫名其妙：“不想。”

“这都两个小时了，你还不去厕所啊？憋尿对前列腺很不好的，你不要勉强哦。”金晓宇好像很想让金锋去上厕所。

金锋越发莫名其妙。

“来来来，我给你倒水，当主播吧，就要多喝水，喝水有益身心健康，喝多了就想上厕所。”金晓宇殷勤地给哥哥倒水，鼓励他多喝。

金锋对弟弟心生警惕，看他这架势，活脱脱是以前问他要零花钱的做派啊。

他到底打什么鬼主意？

又是一个小时过去，喝了两大杯水的金锋起身去洗手间，金晓宇兴奋极了，竖起耳朵听哥哥关上了洗手间的门，以迅雷不及掩耳之势，冲到了屏幕前，从裤袋里掏出一张写了直播间房间号的大字报。

“观众老爷们，观众老爷们，现在是厕所广告时间！我哥留给我的时间不到一分钟，我们时间紧迫，我只说关键点。我，金晓宇，一个新人主播，直播间号码是××××××，观众老爷们如果对我今天的表现满意，请现在就进去点个订阅关注我！我本周日零点开始直播！再重复一遍，我的房间号如纸条所示，××××××，观众老爷们请务必支持我这个新人！”

洗手间门开了，金锋洗完手走了出来，金晓宇飞快地撤回到自己原来的座位，把大字报藏回了裤袋里，一副无事发生的样子。

打广告任务完成！

金锋回到电脑前，看着弹幕框里一串“66666”和“广告鬼才”，疑惑又警惕地问金晓宇：“你刚才做了什么？”

“没有没有，我什么都没做，哥，你上个厕所的时间，我能干吗啊。”金晓宇当然死不承认。

金锋只好将信将疑地继续玩了下去。

可怜的金锋不知道的是，他每去一次厕所，都是他弟弟疯狂打广告的时间。

但是纸包不住火，金锋还是知道了。

——因为最新一期的“主播搞笑段落合集”里收录了他弟弟趁他上厕所的时候打广告的画面。无数金锋的粉丝疯狂发链接给他，于是金锋知道了这个家门不幸的秘密。

金晓宇惨遭“狗与金晓宇不得入内”的待遇。

“无所谓，我不在乎，我已经打完广告了，夏甜雨和你都答应给我做推荐了，我这周日就开始直播，啦啦啦啦啦……”金晓宇愉快地畅想着自己一夜爆红的光明未来，心情非常愉快。

金晓宇这边兴高采烈，金锋那边却愁云惨淡。

“这小子，瞒着我，要开直播了。”金锋苦恼地对李一笑说道，“怎么办？”

“啊……嗯……金锋啊，我是这么想的。你管得了一时管不了一世，他现在正是心热的时候，你还不如坐等他直播碰壁，自己回心转意。刚开播的新人主播是什么情况，你也是知道的，根本没几个人会看他的直播。等他没吃没喝累得要死，压力又大，自然会想回去念书了。”李一笑说道。

金锋冷冷一笑：“想得美。他在这里，有吃有喝，天天直播打游戏，就算没人看也饿不死，哪来的压力？”

“那你把他赶出去咯，给他租个小房间，让他自负盈亏，看他能支撑多久。”李一笑说。

金锋使劲摇头：“不行，会饿瘦的，身体要紧。”

这种时候了还在担心叛逆弟弟的健康问题，哥哥就是操不完心。

李一笑无奈了，抱头琢磨了半天，也没想出主意来。

刚好韩麦回来了，见到客厅里相顾无言的李一笑和金锋，不由问道：“你们两个在这里干什么呢？”

“哎，韩大哥啊，我们发愁啊，青少年教育问题，真是个大学问。你爸妈不都是老师吗？有什么好的建议吗？”李一笑求助起了学霸。

韩麦往沙发上一坐：“还在发愁你弟弟的事情啊？”

“嗯。”金锋苦闷地应了。

“现在金晓宇已经开了直播间了，这周末就要开始直播，我们拦是拦不住的。我的意见是让他自己单干试试看，如果他干出来了，说明确实适合这一行。要是没什么成果，他自然就会回去上学了。我们现在在这里操碎了心，他还不一定领情呢。”李一笑说。

“这个问题，我站在金锋这边，现在不是让他自己闯荡的好时机。”韩麦思索了之后说道。

“嗨，你们几个念书多的都是这个想法。”李一笑抓了抓头发，“我和甜甜就挺支持他的。”

“因为念书是一个普通人能够选择的，获得成功未来概率最高的一条路。虽然捡破烂的、端盘子的、酒吧唱歌的都有成功案例，但是我们要从统计学的角度来看待这个问题。当主播可能成功吗？当然有可能，任何职业都有可能成功，我上次还见过一个小学生退学当主播大获成功的，父母还很支持。但是这样的例子不具有普适性，只是极端情况下很罕见的一种成功，难以复制，效仿的人越多，这条路上的失败者和牺牲者就越多。晓宇现在的情况，就是他想走这样一条路。”韩麦说道。

李一笑想了想，觉得韩麦说得有道理：“可是现在他已经铁了心了，我们也说服不了他。”

“你和他说教，那是没有用的。教育孩子最拙劣的办法就是说教，一般来说，言传身教对孩子是最有效的，但遗憾的是，我们这个宿舍的所有人都给金晓宇带来了不好的导向作用。”韩麦说。

“啊？”“什么？”金锋和李一笑两人不知道自己是怎么成了负面导向的。

“因为我们都是比较成功的主播了，虽然经常自嘲是个十八线小主播，但是你放在整个平台几万几十万主播里面，我们好歹也是收入前10%，能够养活自己的主播了。这会让晓宇有一种错觉：主播都能成功，都能养活自己。因为他没有见过失败的主播，自然不会去考虑失败的可能性。你说得再多，还不如让他自己亲眼去看一看。”韩麦说道。

“你说得有道理。那我们应该怎么做？”李一笑问道。

“我想一想……从两个方面吧，一个是数据方面，最好有各大平台主播人数、收入状况的分布表，还有主播收入和学历相关性的论证。第二个是案例方面，最好有一些对各类主播的个人采访，成功的和失败的都要，总结一下成功主播有哪些特质。”韩麦说。

李一笑给他鼓掌：“这个主意不错，我问问陈阳行不行，最好问平台捞点投资，我们搞一期这类调查统计，肯定会有人感兴趣的。”

李一笑说干就干，当天就冲到陈阳办公室逼着他和平台去交涉，最后批下来一期节目《虎鱼直播平台主播大调查》。

“我再也不是一个纯洁的美食主播了。”李一笑这样对金锋说道，“这一切都是为了你和你的弟弟，你要记住，我为你们做出了多么伟大的牺牲——所以今晚你做饭，好吗？”

夏甜雨见不得李一笑“套路”她男神，不屑道：“你哪天纯洁过？你的美食直播有在好好做菜吃饭吗？全都在搞事情！”

李一笑耸了耸肩：“无所谓，至少我红了，某人没有资格说我。”

夏甜雨气得磨牙：“我会红的！《天籁少女》的选秀我过海选了！”

“哦，祝你早日大红大紫。”李一笑做了个鬼脸，把夏甜雨气得够呛。

金晓宇有了个新任务。

“啊？陪你去采访？我……我要直播啊。”金晓宇为难地说道。

“嗨，小伙子，我们这是去采访主播啊，有很多漂亮的小姐姐等着你。这不是一个认识未来新女友的好机会吗？再说了，我们还可以顺便推销一下你啊，这样不是有更多关注了吗？”李一笑一顿忽悠。

“有李师师这样的主播吗？”金晓宇问道。

“这就给你安排上！”李一笑继续忽悠。

“好！我帮忙！”金晓宇哪里见过这种套路，一下子就上钩了。

年轻人，真的很天真呢。

说是去采访，其实还是先整理资料，陈阳扔了一堆主播资料给李一笑，让他自己慢慢挑选，还有平台主播的一些统计数据之类的东西，把李一笑搞得头大，抓了沉迷游戏的金晓宇来帮忙。

“来，这些数据都要做成表格，姓名、年龄、学历、直播时间、收入，这些都要录入进去。”李一笑把资料打包发给了金晓宇。

金晓宇开始了干活模式，吐槽自己成了李一笑的免费劳动力。

这小子一边干活，一边还要叽叽喳喳。

“哎哟喂，这个主播麻省理工的，开玩笑的吧？”金晓宇看到一份主播个人简介惊呆了，一嗓子把李一笑给喊了过来。

李一笑伸长脖子看了一眼，姓名一栏写着“李宇荣”，顿时哈哈大笑：“这就是你‘李师师’大佬啊，他真名叫这个。”

金晓宇目瞪口呆：“他麻省理工的？”

“对啊，IT 专业的。”

“那他为什么来当主播？”

“这有什么不可以？需要我给你报一遍我们宿舍的学历吗？”李一笑坏笑道。

“你……你……说……说……说看？”金晓宇有种不祥的预感。

“韩麦大哥，你别看他一副‘社会大哥’的样子，人家父母都在美国，一家书香门第，他美国伯克利音乐学院毕业的。”

“那他怎么会来激情喊麦？”金晓宇震惊了。

“可能是因为梦想吧。”李一笑别过了脸，隐瞒了韩麦被忽悠的经过，“再给你介绍秋宁，秋宁，姓叶，不折不扣的白富美一个，目前离家出走当主播中，和郑仙仙合作开发的女装品牌大获成功，她是伦敦政治经济学院毕业。”

“我的天哪，女神这是学霸白富美啊！”金晓宇一屁股坐在了沙发上喃喃道。

“我们这儿还有个叫郑仙仙的，她是985毕业的。我还认识好几个主播，差不多都是这个学历，让我压力很大。”李一笑叹气道。

“所以我们宿舍，就你学历最低了？”金晓宇问道。

“还有甜甜！甜甜和我一样！”李一笑毅然卖掉了队友。

“哦，你们俩啊……嗯……加油。”金晓宇比了个加油的手势，莫名有种嘲讽的意味，让李一笑气不打一处来。

他职高碍着谁了？！

两人忙了几天，总算把初步的统计数据做好了。

这不调查不知道，一调查吓一跳，金晓宇迫不及待地在餐桌上向大家分享了自己的发现：“……根据我和李哥最近统计出来的数据，主播获得的收入和以下两个条件有强烈的相关性。一个是直播从业时间和直播长度，简称时间，另一个是学历。”

“学历相关性很大。”李一笑说。

“我们又把主播根据不同收入层次分为低收入、中收入、中高收入和高收入四类，其中中低收入的主播里，低学历的较多，到了中高收入和高收入层次的主播，大部分学历都挺高。”金晓宇说到这里，沮丧地抱怨道，“但是游戏类比较例外，低学历主播也不少。”

李一笑冷酷地说道：“但是依旧和学历有相关性。观众可不只是来看你操作的，而且你操作也不咋的，被你哥吊打。”

金锋冷笑了一声，嘲讽满级。

“主播月收入在 1 万以上的，仅 5%……暴富好难。”金晓宇更加沮丧了。

“啊？才 5%，我竟然是前 5% 了？”夏甜雨震惊了，她不是一个十八线小主播吗？

“你是全职主播，签了经纪公司，比那些自娱自乐玩几天就不播了的兼职主播有很多优势的，你更专业。”秋宁说。

“对，这个数据是算上了兼职主播的。全职主播里好一些，35% 能月入 8000 以上。”李一笑说。

“才 35% 啊？”夏甜雨惊恐道。

“是啊，不错了呢，兼职主播里只有 5% 能有这个收入。”李一笑说。

几人都沉默了，就连从业人员都想不到这个数据这么残酷。平日里谁也不会去关注平台里那些只有几个人十几个人看的直播间，但这种直播间才是大多数。

“另外 85% 的主播都有职业病，睡眠、心理、嗓子、颈椎等方面，都是特别容易得病的地方。”李一笑抓了抓头，“我前阵子直播时间长的时候，嗓子就不太好。”

“兄弟，胖大海来一杯吗？”韩麦关切地问道，“我天天喊麦，为了保护嗓子每天都吃点保健的东西，胖大海不错。”

李一笑扶额，大哥就是大哥，养生保健走在同行前列。

“总结下来，晓宇，你要多读书。”金锋对弟弟说道。

金晓宇有点不服气，但是态度已经没有一开始那么坚决了，嘴硬道：“说不定我就是特别行的那种主播呢？”

李一笑拆台道：“你昨天直播多少人看啊？”

金晓宇扁扁嘴，他本以为自己费尽心思找人推广宣传，应该会有人看吧，结果直播间的订阅才八十几，到了下半夜直播间更是没几个人影，他精神都提不起来了。金晓宇白天整理资料晚上直播，困得不行，提前下播睡大觉去了。

见金晓宇不说话，众人知道肯定是不怎么乐观。

“还有几个采访晚点你跟我一块去哦，让你见识一下小主播们的生活。”李一笑嘻嘻笑道。

金晓宇闷闷地应了一声。

李一笑是个不折不扣的行动派，在确定了这一期节目之后，立刻安排上了，带着金晓宇前去采访几个十八线女主播。

“你好你好，我是李一笑，今天负责采访的人，您贵姓？”李一笑和一个白白胖胖的经纪人接上了头，今天他要采访的几位女主播都是这位经纪人手里的。

“免贵姓白，叫我白经理好了。”白经理推了推鼻梁上的厚镜片，用一种牛气烘烘的口吻说道，“你迟到了三分钟，下次记得提前十分钟到前台预约登记。”

李一笑的表情瞬间尴尬了。

听这位白经理的口气，不知道的还以为是多大多正规的一个公司呢，其实就是在W市城乡接合部一栋居民楼里的办公场所，他今天会迟到完全是因为这个公司实在是太偏僻了，他提前了两个小时出门，到这里的时候竟然还迷路迟到了。

至于前台……他见识少，还是第一次见到搬了把椅子坐在楼梯口就当前台的公司。

一番商业吹捧——而且是李一笑单方面吹捧之后，白经理的脸色终于由阴转晴，开始显摆起了这家公司：“我们公司成立两年了，现在一共签了三十三位主播，大多是女主播。我们在附近给她们租了房子，这里是她们直播的工作室……”

李一笑一边听一边点头，跟着白经理逛了一下这里的工作室。

这家经纪公司和李一笑所在的经纪公司不一样，肉眼可见地贫穷。红星经纪公司出手还是很大方的，给签约主播们租了别墅，工作室和日常住的地方在一块，免去了主播们来回奔波的时间，还配了车和司机，方便主播们平时上课和外出参加活动。

但是这家公司，办公场所就在居民楼里，硬是把这一层的几间房子隔成了一间一间的小工作室，每一间工作室还没有厕所大，看门上贴的名字，每一间工作室还是几个主播共用的。

金晓宇小声在李一笑耳边吐槽道：“这家公司也太穷了吧，还这么摆谱？谁会签这家公司啊？”

李一笑摊摊手，还真有三十三个主播签了呢。

比起红星，这家公司的规模算是小的了。但是小公司不代表没有纷争，白经理正要给李一笑介绍他们这里的女主播，突然一个小工作间的门被人一把拉开，一个长发姑娘高声说道：“凭什么啊！这间工作室是我先预约的，我就要直播了，你临时改了直播时间不先预约，抢了我的工作室算什么啊！”

“谁说我没说，我和白经理说过了，他都答应了。你一个过气女主播，就那几百人的观看量，还和我抢什么抢？我要是你早就回老家种地去了。”门里面的女主播牙尖嘴利地嘲讽道。

长发姑娘气不打一处来，看到白经理就在门外，委屈地说道：“白经理，小云她抢我的房间。”

“小云跟我说过了，你换一间吧，最里面还有一间空着的。”白经理面无表情地说道，“为了这种小事吵吵闹闹的像什么话，影响人家直播。”

长发姑娘眼眶都红了：“可明明是她抢我的，凭什么我要换房间？里面那间的声卡不太好，时灵时不灵的，让我怎么直播啊？”

“没什么可是，赶紧去啊，别耽误时间了！”白经理一下子严厉了起来。

长发姑娘委屈地回头看了一眼原本属于自己的房间，默默走开了。

“我给你介绍一下，这是我们公司的女主播小云，待会儿你采访她吧，不过她半小时后要开始直播了，你们抓紧时间。”白经理说道。

李一笑和里面的女主播打了个招呼，女主播正在给自己涂指甲油，漫不经心地看了他一眼，开口道：“喂，采访的，你可要把我拍得好看点哦。”

“那是肯定的，我拍人，那是妥妥儿的，像小云美女这样九分的颜值，我给你拍成十二分，那是一点问题都没有的。”李一笑习惯性地贫了一句。

小云笑了，态度好上了一些：“那赶紧开始吧，我待会儿还要直播呢。”

李一笑招呼金晓宇摆放起了拍摄器材，他和女主播小云随口聊了起来，白经理在一旁虎视眈眈地看着，一旦李一笑问出什么他觉得不合适的问题，他马上就会打断提问。几次下来李一笑觉得不胜其烦，感觉这个采访很没有意思，两人只说他们想要让人知道的东西，真正的内容却被隐藏了起来。

金晓宇什么都不懂，茫然地看着采访结束了。

小云理了理头发，对李一笑笑盈盈的，再三要求他做一下后期，把自己美颜一下，李一笑心里有一万句吐槽，但脸上还是保持着尴尬又不失礼貌的笑容，告别了白经理和小云。

“哎，没劲，太没劲了。”下楼的路上李一笑摇头叹气。

“怎么了？”金晓宇不明所以地问道。

“太假了。你看她回答的都是什么话啊，假得不行。说话颠三倒四，逻辑不清，还乱用成语，就这水平还敢吹自己交大毕业。交大突然多了这么个‘杰出’校友，交大知道吗？”李一笑吐槽道。

金晓宇若有所思地问道：“学识怎么样，真的这么容易看出来吗？”

李一笑理所当然道：“当然啦，一个人学问怎么样，影响着他的知识面，看待事物的角度，当然也包括遣词造句。告诉你，我看到秋宁的第一时间，就猜到这个姑娘很有文化了！”

“这么厉害。”金晓宇惊叹道。

“当然没想到她来头这么大……”李一笑在心里汗颜。

“那韩麦大哥呢？你也这样火眼金睛地看出了他的学霸身份？”金晓宇好奇地问道。

李一笑噎住了，一时语塞，含含糊糊道：“我……那个……韩麦他……我觉得……他扮演‘社会大哥’扮演得特别好！所以我觉得他应该是个有文化的大哥！”

金晓宇斜睨了他一眼，没说话，但是露出了一个嘲讽的笑容。

特别像他哥了。

两人走下了楼梯，在居民楼外看到了刚才和小云吵架的长发女主播，坐在花坛边上擦眼泪。

李一笑和金晓宇交换了一个眼神。

“你等着，我去问问情况。”李一笑说着，使劲在包里翻纸巾，“哎呀我去，今天竟然没带刷妹子好感度的重要道具，重大失误啊。”

“我带了。”金晓宇掏出一包纸巾递给他。

“可以啊小子，怪不得小小年纪都有女朋友了，比你哥强，他这个死‘直男’从来没带过。”李一笑说着，走上前去给妹子递纸巾。

女主播猛然抬起头，看到李一笑，一脸警惕。

“妹子，我们采访结束啦，随便聊两句？”李一笑挤出一个靠谱的笑容。

女主播没说话，接过纸巾擦了擦眼泪，但也没有拒绝。

这就是同意的意思了。李一笑心中一喜，在她身边坐了下来：“我刚才采访了那个叫小云的女主播，嗯……她这个人……怎么说呢，有点假。你和她是同事，她以前也这样吗？”

李一笑使出了第一招——说人坏话。要想拉近和一个女孩子的距离，一定要在她面前说她讨厌的人的坏话，这可比夸妹子还有用。

果不其然，女主播的神色稍霁，语带怨念地说：“她这个人可不要脸了！仗着自己有点人气，到处欺负新人，白经理还总帮她说话。”

“那是挺过分的，她怎么欺负你了？”李一笑问道。

他使出了第二招——不耻下问。在妹子愿意说话的时候，就一定要多问问题，这样妹子才会为你解答，让聊天不至于陷入尴尬。

“我和她住在一块……我们公司没钱，给我们提供的是群租房，一个屋子三个房间，每间两三个人住，你说十来个有竞争关系的女人住在一起这能好吗？每天都是各种各样的糟心事。听说她第一周就把一个女主播给气得解约卖饭团去了，那时候我还没来呢。”女主播说。

“哇，这么凶的啊，这就有点过分了，她为什么要这么做啊？”李一笑继续问道。

“为了自己住单间吧，反正把人挤走了后，她就是一个人住单间了。”女主播冷笑了一声，“你别看她装模作样一副知性优雅的样子，私底下连内裤都堆着不洗，洗脸台下泡着的内裤都长毛了！”

旁边的金晓宇一脸惊恐：“你们女孩子，私底下都这么邋遢的吗？我以为我沉迷游戏的时候内裤穿完正面穿反面已经挺过分了……”

女主播也一脸惊恐：“内裤还能正反面穿？”

“是啊，翻个面又能坚持几天，总比泡水里不洗长霉好。”金晓宇理所当然道。

两人都是一副被恶心到了的样子。李一笑无奈地打了个岔子：“还没问你的名字呢？我叫李一笑，这小子是我朋友的弟弟，叫金晓宇，我们两个今天是来采访主播，了解一下他们的生活状况和收入情况的。”

“你叫我小梦好了……哎，这也没什么好说的，反正我挺后悔的。”小梦苦笑了一下。

金晓宇面带诧异之色，他完全不觉得当主播有什么好后悔的，不由得问道：“为什么后悔？当主播不好吗？”

小梦脸上的笑容越发苦涩：“小弟弟，我以前也像你一样，觉得当主播千好万好，轻轻松松就能赚大钱，但是入了这一行才知道，这背后有多辛苦。”

小梦打开了话匣子，对两人倾诉起了自己的生活：“我十八岁的时候就辍学了，买了台二手电脑和耳麦开始当主播，那时候这个行业刚刚开始，竞争少，我干得还不错，最多的时候确实是月入过万了呢。后来陆续签了几家经纪公司，但都做不长，有的是因为公司倒闭了，有的是因为公司花言巧语把我骗去，实际业务能力很差，还抽了很高的分成……总之这行里，靠谱的公司十个里面还没有一个，全都一门心思想着从你身上赚钱，至于你的未来，他们才不在乎呢。”

“这家公司怎么样？”李一笑问道。

小梦没了笑容：“你看看白经理这个人，就知道这家公司怎么样了。我也是惨，原来的公司不行了，一万块钱把我卖到了这家公司，白经理跟我说自己有很多渠道，手头资源丰富，和平台关系很好，捧出过多少顶级主播，全是骗人的，就是为了安抚我罢了。这里就是个家庭小作坊，白经理就是房东兼老板，签了几十个主播在这里卖命，连发工资都拖延。我倒是还好，毕竟干过几年主播了，有几块钱积蓄，认识一些人，还能琢磨着跳出去。惨的是怀着梦想来这里的小姑娘，一个个上当受骗签了长约，只好拼命干活，穷的时候天天在出租屋里发豆芽吃，闻到肉味都流口水。”

金晓宇听呆了，他见到的主播都是光鲜亮丽的，哪怕夏甜雨这种自嘲十八线女主播的，也好端端地住在别墅里，买包买衣服从不手软。虽然数据告诉他，主播是一个符合“二八定律”的行业，但是冷冰冰的数字不能说服他，直到他亲眼看见。

“一个主播最好的光景也就一两年，能红上三年的都算厉害的大主播了。我也不知道我做错了什么，但是好像突然之间，观众的口味就变了，他们不喜欢我了，我就过气了。我红的时候，怎么也想不到自己还有为了一个好一点的工作间和别人撕破脸的时候。”小梦的笑容逐渐淡了下去，黯然神伤的样子。

金晓宇惴惴不安地问道：“那你以后，打算怎么办？转行吗？当经纪人什么的，也不错啊。”

小梦看着金晓宇年轻稚嫩的脸庞，似哭似笑地问道：“转行？

一百个主播里九十九个都要转行，你猜有几个能继续主播相关的行业？小朋友，经纪人不是那么好当的，你别看白经理这傻……这人，他好歹家里有几套房子，省了租金，又能说会道、能哄能骗，这才有人和他签约，你说我一个过气女主播，存款还不到十万块，能当得了经纪人吗？绝大部分主播，最后都做了和直播毫无关系的工作……但也错过了最好的年纪啦，人家比你早起步几年，已经做出一番事业来了，你和一群应届生一起竞争，要学历没学历，要经验没经验，还一身颈椎病之类的职业病，你怎么和人家竞争呢？”

金晓宇被噎得说不出话来。

“我在这行摸爬滚打这么多年，虚度时光，混得一事无成……小朋友，我看你年纪不大，还是好好念书吧，这才是真的。”小梦语重心长地说道。

李一笑一边为小梦惋惜，一边在心里为她竖起大拇指。看金晓宇这如丧考妣的脸色，她这一席话比他们苦口婆心说上半天还有用。

“肯定也有混的好的吧？”金晓宇不甘心地问道。

小梦笑了：“那你猜我们这里混得最好的是谁？”

金晓宇大胆猜测：“那个小云？”

小梦冷笑了一下：“就凭她？呵呵。告诉你吧，我们这里混的最好的，是被她挤走的那个室友！”

“那个解约去卖饭团的？”金晓宇惊呼道。

“对，她解约之后做起了小摊贩，专门半夜卖饭团，卖得贵了点，但全城没有人和她竞争。还有人半夜唱完 KTV 专门打车去她那里买个饭团呢。”小梦露出艳羡之色，“听说她现在都年入百万了，买房买车，混得可比当主播的时候强多了。”

“嗯，可以的，可以的，这个姑娘很不错，三百六十行，行行出状元。”李一笑感慨道。

“反正我现在挺后悔的，要是当年听爸妈的话，好好念书，哪怕念个专科，我也好去找别的工作啊。现在我年纪不小了，在女主播里算是大龄了，又没什么技能，找到了工作也竞争不过人家应届生。好光景已经过去了，青春饭总会吃完，我只是个过气女主播啦。”小梦的笑容苦涩。

自从那一次采访之后，金晓宇就陷入了情绪低潮，具体表现在他吃饭的时候饭量从三大碗减成两大碗，做深夜直播也不来劲了，三天打鱼两天晒网，成绩惨烈，一周下来赚到了八十块钱，还不够吃泡面。

李一笑看时机成熟，从旁敲侧击、明示暗示切换成了强攻模式，拉上金锋对金晓宇来了一番深入谈话。

“最近的直播成绩怎么样啊？”李一笑哪壶不开提哪壶。

金晓宇像是一只斗败了的小公鸡，垂头丧气：“不怎么样。”

金锋脸上的表情逐渐变得嘲讽，硬是被李一笑捂住了嘴拖到一边：“大哥，你行行好，不要在这种时候嘲讽你弟弟，会激起孩子的逆反心理！”

金锋：“哦，没忍住……”

李一笑翻了个白眼，回到金晓宇的身边，语重心长地问道：“那你对提高直播成绩，有什么想法了吗？”

金晓宇扁扁嘴：“根据我们做的研究，主播收入两个最相关要素是时间和学历……我……我……我还没想好。”

有戏，这小子动摇了。

李一笑眉开眼笑，对金锋使了个得意的颜色。

金锋面无表情：“回去念书吧，别让妈妈担心了。”

要完，金锋这人就不知道什么叫委婉，一下子就把主题给抛出来了！也不给弟弟一点准备时间！

李一笑着急，生怕金晓宇这下又逆反心理发作，偏要和哥哥对着干。

不料，金晓宇竟然没闹开，只是偷觑着哥哥的脸色，小声嘀咕：

“我都和同学说好了要当主播，就这样回去念书多没面子……”

这理由太绝了，两人都愣住了。

金锋冷笑了一声，嘲讽道：“好好念书，不然你十年后同学会都没脸参加，这才叫没面子。”

哎，和金锋这家伙组队，就是不能暗着来，只好正面上了！李一笑打定主意，也切换了画风：“是啊，十年后你的前女友事业家庭双丰收，你却是个过气主播每天泡面度日，苦苦哀求观众老爷打赏一点泡面钱，这才叫没面子呢。晓宇啊，我真诚建议你好好回去努力一年，高考结束到了大学之后，你想业余时间开直播，我和你哥绝对不反对！一年时间，你总等得起吧。”

金晓宇有所松动，将信将疑地问道：“真的不反对？”

金锋抱着手臂，不想说话。

李一笑在旁边点头：“看吧，你哥没说话，那就是不反对的意思了。大学里你可以用课余时间尝试一下直播，如果四年下来有了成绩，那你以后做什么我们都没有意见。四年的时间，足够你明白自己有没有这方面的才能了吧？退一万步来说，哪怕未来你直播不利，你也可以找其他的工作，甚至去做直播相关的工作。”

金晓宇抱着头想了想，抬头道：“但我回去念书，还是很没有面子！”

这熊孩子到底有没有完了！小小年纪这么要面子！

“你等着！”李一笑灵机一动，上楼回房间拿了一盘刻录好的光碟下来，往金晓宇身上一扔，“看，我们这次调研视频做好了，策划和导演里我会加上你的名字。拿去给你的同学看，这就是你的暑期实践活动，采访了一堆主播，搞了个平台课题《虎鱼直播平台主播大调查》。业内目前还没有针对主播这么全面的调研成果，绝对能被大量引用，够有面子了吧！”

金晓宇抱着光盘，惊喜地看着他：“真的写我的名字？”

“对对对，有你的名字！”李一笑原本就打算写上小助手金晓宇的名字，只不过还没有告诉这小子。

金晓宇抱着光盘一跳三尺高：“哇！这个棒！我要发给我同学看！这个暑期实践太时髦了！我可以跟他们吹一年！一百分一百分！”

“愿意回去上课了？”李一笑问道。

“既然你们这么诚心诚意，那我也不好不给你们面子，我回去上课，好好高考，但是大学里的事情你们就别管我了哦！”金晓宇和哥哥约法三章。

金锋冷冷一笑：“行啊，你别问我要生活费。”

金晓宇瞬间蔫成了霜打的茄子，连连讨饶：“别啊，哥，亲哥，你忍心看弟弟饿死吗？生活费还是要给点的嘛。弟弟以后赚钱了也会孝敬你的，保证你吃香的喝辣的，电脑都给你买顶配！”

金晓宇还是了解哥哥的，上去一通好话，把哥哥哄高兴了，数着一沓人民币开心地回房间了。

李一笑恨铁不成钢地看着刚给了弟弟零花钱的金锋：“怪不得晓宇被你养成这副德行。”

金锋不认账：“我弟弟很听话的，你看，他都回去念书了。”

李一笑摇头叹气：“慈兄多败弟啊。”

金锋没反驳，却对李一笑郑重道：“这件事，谢谢你。”

李一笑被他郑重其事的态度弄得怪不好意思的：“别了别了，咱俩谁跟谁啊，你弟就是我弟，你有困难那我必须帮忙的，总之，皆大欢喜啦。”

金锋微微一笑：“嗯！”

真好，这场闹剧皆大欢喜。

第十九章

李师师的故事

“高中同学会，去吗？”秋宁看到了高中同学群里的消息，立刻转给了李师师。

李师师回道：“什么时候？”

秋宁：“这周末。”

李师师：“约了医生要陪外婆去体检，不去了。”

秋宁又发了一条信息：“我们这种班级要凑齐这么多人在国内机会难得，真的不去？”

说来也很巧，秋宁和李师师是高中同学，所在的班级是为了出国做准备的留学班，全班没有几个学生参加高考，都准备一毕业就出国，如今很多直接定居在了国外，过得都还不错。物质条件上去了，精神需求就增加了，这一次班长组织了同学会，有不少同学是从国外飞回来参加的。

李师师：“相见不如怀念，要是让他们知道我在做什么，非吓死他们不可。”

秋宁失笑。

“你不去的话，我怎么说比较好？工作太忙？家里人病了？”秋宁问道。

“你就当不知道好了，他们可能还以为我在美国工作吧。”李师师说。

秋宁看着手机里李师师的回复，久久没有打字。

谁会想到呢，高中时那个桀骜又耀眼的少年，会在一飞冲天之后突然间收敛了羽翼，从天空中降落回了人间。

究竟是为了什么……

“秋宁，你发什么呆呢？”李一笑下楼，看到秋宁坐在沙发上不知道想什么，随口问道。

秋宁对他微微一笑：“没什么，就是在想要不要参加高中同学会。”

“那敢情好啊，去呗，最多也就一天的时间。”李一笑理所当然地说道，“我就喜欢同学会，大佬们把场地定在最好的地方，还争着抢着买单，你不但可以现场聆听大佬吹牛，还能吃喝玩乐不付钱，不去亏了一个亿啊！”

秋宁笑了笑：“这倒是个好理由。”

李一笑开始贫嘴了，露出一脸促狭的笑容，“你这么犹犹豫豫，莫非是害怕见到初恋情人？哎哟，初恋情怀总是诗嘛，如今再见男神，说不定已经油腻秃顶两百斤了，那确实不如不见。”

秋宁无奈地说道：“哪来的初恋情人啊？”

“欸，我不信，就算你没有初恋情人，你肯定是广大高中男同学的梦中情人，暗恋你的男生能从教室门口，排队排到校门口。所以这会儿你更应该要去了，告诉他们，你们这群小兔崽子的初恋女神比从前还要女神！”李一笑笃定地说道。

“我是打算要去的，不过现在的问题是……李师师不想去。”秋宁叹了口气。

“哦对，他是你同学……”李一笑想起了两人是高中同学，“李师师那货怎么敢去，他去了还不吓死老同学啊？说起来，你的同学知道你们两个在做主播吗？”

“知道我，不过好像不知道李师师。”秋宁说道。

她之前因为《我在喜欢你》这首歌火了一把，用的还是本名，被同学发现了，不过李师师那边情况就不一样了，他换了名字，还男扮女装，受众又和同学圈不一样，一直都没有人发现。

李一笑在秋宁对面坐了下来，好奇地问道：“欸，秋宁啊，你既然和李师师是同学，那你肯定知道他高中的时候是什么德行了？他那时候也喜欢穿女装吗？”

秋宁露出了回忆的眼神，低声说道：“不，那时候，他是个非常酷的男生……”

李师师本名李宇荣，从小就长得俊，肤白貌美大长腿，高中的时候活脱脱就是漫画书里走出来的清俊美少年，身材纤细唇红齿白，迷倒全校女性，就连食堂阿姨都给他多打一勺菜，怜爱地让他多吃点。

虽然看起来弱不禁风，但是李宇荣内在完全是个大老爷们糙汉子，有点狂，还有点野，仗着自己聪明，不好好学习，成天逃课泡网吧，还和校外的不良团伙对上了，召集校友组团对抗，带头打架浪得飞起。

所以男生里可没有什么人把他当小白脸看，都尊称他大佬。

女生们则被他身上这种“坏小子”的气质迷倒，胆大的当面表白，胆小的短信表白，害羞的还会用情书表白。

李宇荣从来也没有接受过，他冷漠地拒绝了每一个向他告白的女生，酷到恋爱绝缘。被他拒绝的女生私下里还和小姐妹抱怨他不近人情，铁石心肠。

是个货真价实的酷男孩了。

“大佬大佬，‘社会社会’。谁知道之后这位大佬好像突然去了泰国一样，脱下戎装换女装，留长头发当主播，虽然大佬还是大佬，但已经是个女装大佬了。所以这些年大佬的身上到底发生了什么啊？”李一笑听着秋宁形容的高中时期的李师师，顿时觉得画风突变，好像骤然从《拳皇》变成了《女装山脉》。

“我也不清楚。同学群里他的话不多，我就记得那时候他晒过一次麻省理工的录取通知书，后来听一个朋友说他收到了微软的录用通知，马上就要入职了。”秋宁说。

“啊，那他为什么突然回国啊？”李一笑不解道。

突然放下自己努力来的一切回国，穿起了女装，当了一个小主播，在一个陌生的圈子里从头开始。

秋宁摇了摇头。她是个很礼貌的人，这种礼貌有时候会成为冷淡疏离，她猜想这一切背后应该有某种很重要的原因，却从来没有问过，她只是沉默地为李师师保守着秘密，假装对他一无所知。

“可能是家庭原因吧。”秋宁突然说道，“高中家长会一直是他的外婆来参加的。我们高中是私立学校，住宿的，他外婆经常来看他，给他带的好吃的，搬了一把藤椅坐在宿舍门口等他下课。”

“他外婆真好，怪不得李师师把外婆接到这里来照顾，我经常看到他推着外婆的轮椅出去晒太阳呢。”李一笑说。

“不过他们以前关系好像不怎么好，我听到过他们吵架……也不算吵架吧，就是说话很冷淡。”秋宁说。

“啊？他们说啥呢？”李一笑好奇地问道。

秋宁的嘴唇轻轻动了一下，最后化为一个微笑：“我忘了。”

“忘了？！”听八卦听到关键时刻竟然烂尾了！李一笑一脸难以置信。

“都这么多年了，我怎么可能记得住？”秋宁说。

“女神，你变了，你再也不是那个人美心善的女神了……”李一笑一脸欲哭无泪地看着她，“你现在是一个，让人欲罢不能的小妖精！”

秋宁对他假笑了一下：“不说了，我要去洗澡了。”

“来了，每一个女神的必备技能——我要去洗澡了。你为什么这么熟练啊！你到底用这一招欺骗过我们这些底层男人多少次？”李一笑一脸谴责地质问道。

“所以你是……底层男人？”秋宁和他开了句玩笑。

“没错，我李一笑行不更名坐不改姓，就是一个没车没房，没钱没妞，没有固定工作的……微博粉丝一百万的网红美食主播是也！”李一笑说到最后，挤眉弄眼一副贱贱的表情。

“加油，我一百五十万了。”秋宁微微一笑。

“没事，我们的差距就只有五十万而已，你看看甜甜，她只有十五万，其中十四万还是买的。”李一笑嘻嘻笑道。

刚好下来倒水的夏甜雨闻言尖叫了一声，飞奔下楼来暴打李一笑：“李一笑！我们什么仇什么怨，你凭什么要揭我的短！你还算是个人吗？我今天就要拔了你的舌头杀你祭天！”

“哎哟哟小祖宗啊，我这不是贫嘴一句吗？你犯得着这么打打杀杀的吗？哎哟哟哟哟……你来真的啊，我道歉，我反省，我错了，我再给你买十万粉怎么样？饶命啊！”李一笑见夏甜雨是真的怒了，赶紧跑路。

秋宁看着别墅二宝又在闹事，已经习以为常的她淡淡地笑了笑，低头继续看手机，看着看着，她的思绪情不自禁地回到了高中的校园。

…………

秋宁一直都记得李师师的外婆，那时候她还没有现在这么苍老，但已经是个伛偻的老人了。她印象最深刻的画面，是李师师的外婆蜷缩在藤椅中，在夕阳下看着教学楼的方向，静静地等待自己的外孙放学回来。

有一次秋宁因为发了低烧，下午在医务室挂了水之后回宿舍休息，远远地看到老太太拿着一串佛珠喃喃念经。念珠突然断了线，珠子散了一地。老太太愣了半晌才反应过来，慢吞吞地起身找珠子，可是老眼昏花，没走几步就头晕了，差点栽倒在地上。

好像她的奶奶啊，她们都信佛。秋宁心中一动，走上前去，帮她拾了佛珠，一颗一颗地攒在手心里，最后交给了老太太。

老太太感动得红了眼眶，抓着她的手连连感谢道："闺女你真好啊，真是善良，太谢谢你了。"

"奶奶不客气。你是李宇荣的外婆吧？我和他是同学。"秋宁说道。

"对对对，我是荣荣的外婆，我来看荣荣。你是他同学，那可太好了，你给我讲讲荣荣吧，他长大了，学校里的事情都不高兴跟我说了。"老太太恳求道。

大约是这个冬日的午后阳光太温暖，秋宁忍不住想要坐下来陪这位孤独的老太太聊聊天，她将李宇荣在学校里的成绩娓娓道来，绝口不提他在外面泡网吧打架的糗事，只拣了好事来说。

老太太听得眉开眼笑，竟然说了一句让秋宁莫名其妙的话。

她说："闺女，你说话的样子，真像我女儿。"

"是李宇荣的妈妈吗？"秋宁愣了一下之后问道。

老太太眼睛里的光芒突然黯淡了下来，她突然哭了，苦痛的眼泪沿着她布满皱纹的脸滑落，她下意识地去抚摸自己手腕上缠着的念珠，却摸了个空。

“她已经死了，我的女儿死了，她不会回来啦。”老太太好像突然间被失去女儿的痛苦打倒，在陌生的少女面前泣不成声，“我不该骂她的，早知道她会死，我应该让她高高兴兴的啊，也许她就不会死了。她要给荣荣买玩具，那就让她买吧，买多少都行……”

突然间听到了一个大秘密的秋宁怔住了。

李宇荣的妈妈去世了？

班级里没有人知道这件事，她听说的版本，是李宇荣的父母都在英国。

少年人的自尊心，不允许他把自己不完整的家庭暴露给任何人看到。他若无其事地上学，逃课，和小混混打架，把女孩子的情书一口气扔进垃圾桶，他活得比谁都骄傲，从来不低头。

“我不怪荣荣。”老太太突然拉着秋宁的手，再一次说道，“我不怪荣荣，他不是有意的。他妈妈只是……运气不好，我也是命苦，这不能怪荣荣。”

秋宁突然好像被一盆冰水从头浇到了脚底。

她知道了一个可怕的秘密。

关于李宇荣母亲的死的秘密。

他母亲的死，和他有关。

放学铃响了，学生们从教学楼倾巢而出，浩浩荡荡地冲向食堂——除了李宇荣。

他老远就看到了坐在宿舍楼下的外婆，还有自己的同学秋宁，不由得皱了皱眉走上前去。

“你怎么又来了？”李宇荣冷冷地问道。

秋宁猛地哆嗦了一下，心虚地回过头去。

老太太猛地从藤椅上站了起来，欣喜地叫了一声：“荣荣。”

喊完，老太太好像突然意识到外孙对她的不欢迎，她低声说道：“我来给你送点吃的。”

李宇荣上前两步，一把拎起她手里的食品袋，冷淡地说道：“你该走了，晚了公交车很挤。”

“荣荣，外婆想跟你说说话，就说几句。”老太太舍不得外孙，拉住李宇荣的手。

“边走边说。”李宇荣也拉住了她的手，强硬地拉着她往校门口走去。因为力气太大，老太太还踉跄了一下。

“李宇荣，你外婆好心来看你，你就不能陪她说说话吗？”秋宁想起自己的奶奶，看不过去，帮老太太说了句话。

李宇荣抬起头，露出刘海下那双充斥着讥诮的眼睛：“你什么都不知道，就不要多管闲事。”

少年人的冷漠几近刻薄。

秋宁皱了皱眉，教养让她不会在大庭广众下和同学争执，只好目送两人在夕阳下远去。

老太太一路都在和李宇荣说着什么，喋喋不休的样子，李宇荣一句话都没有应，拉着她径直朝前走去。

夕阳西下，冬日的凛风之中，老太太伛偻的背影和李宇荣的背影，一同被落日映成两道拉长的剪影。

秋宁在原地踌躇了一会儿，朝着相反的方向，走向了人满为患的食堂。

她从来都知道家庭不是一个完美的童话，也不是永恒的避风港，父母会冷战，会吵架，会心灰意冷各奔东西，正是因为知道亲情有多可贵，她才格外不忍心看到一个和她奶奶相似的老太太被她爱的人冷漠以待。

可那终究是别人家的故事。

那时候的她已经决定将这个故事轻轻放过，不去翻开封面下别人的伤疤，可既然伤疤已经存在，它就不会因为不去揭开而愈合。

高中的晚自习一直要持续到十点，已经是高三了，虽然留学班没有其他班级那样面临沉重的高考压力，但是在这样的氛围下，所有人还是比从前认真了一些。

秋宁用晚自习的时间做完了作业，还预习了明天的课程，管家突然给她发了一条短信，说她的父母正在家里吵架，希望她来劝劝他们。

自从最爱她的奶奶去世后，这样的事情发生得越来越频繁，短短半年里就已经三次了。想到半年前去世的奶奶，秋宁恍然间眼眶一热。

她的奶奶，和李宇荣的外婆很像，都是佝偻着腰的老太太，信佛，喜欢给她买各种各样的好吃的。这个家庭中最爱她的人，不是她的爸爸，也不是她的妈妈，而是她的奶奶，只有她给了她毫无保留的爱。

有一瞬间秋宁想要关掉手机，让他们自己吵到天荒地老，最好马上就离婚。

可最终她还是会尽到一个好女儿的义务，她知道自己会这样做，因为她从小到大受到的教育不允许她在这种时候撂担子。她也不知道自己还能忍多久，也许有一天，她终会离开这个压抑的家庭，寻找自己的人生。

秋宁趁着晚自习的课间时间和老师请了假，朝着学校后门走去，司机的车很快就会在那里等她。

学校的后门很低矮，负责管门的大爷已经回到了门边的小屋里，窗帘拉上了，也没有亮着光，可能已经睡了。

秋宁停下了脚步，摘下书包，从里面掏出钱包，抽出一张一百元的人民币充当小费，叠好了捏在手心里，然后才走到小屋的门边准备敲门。

身后的阴影处突然传来了一个熟悉的声音，越来越近，那人好像是在打电话，声音被这夏夜的风轻轻地吹到了秋宁的耳边。

“外公，嗯……我知道，我在上晚自习呢。”

是李宇荣！这家伙又逃了晚自习想翻墙出去泡网吧。

不知道为什么，这一刻的秋宁下意识地闪身到了门卫屋后的阴影中，不想让李宇荣见到她。

“……不，我不想去英国，我打算去美国。”李宇荣一边接电话一边走到了后门的门边。

“就是因为他在英国，所以我才不想去，反正他现在有新老婆了，哦，好像还生了个女儿，我何必去打扰他们一家三口的幸福生活呢，我还没丧心病狂到特地去硌硬他，呵呵。”少年嘲讽地笑了笑。

秋宁立刻听出了他在说什么——李宇荣的父亲在英国，再婚生了一个女儿。李宇荣的外公想让他申请英国的大学，这样他父亲好照顾他，但是他不想再和父亲有什么牵扯。

“就这样吧，外公，我待会儿还有课，下次再说，你自己注意身体……还有外婆。”李宇荣准备挂了电话。

电话那头的人似乎说了什么，李宇荣突然停下了脚步：“我没有对她怎么样！是她对我怎么样！我们食堂挺好的，不要再给我送东西了，我不缺吃的！我现在只想求她不要再说妈妈的事情了，妈妈都去世这么多年了，你让她放过她自己，也放过我吧！她已经疯了，我也快被她逼疯了！那些事情不是我的错啊！”

挂了电话，李宇荣站在门边，久久没有说话。

两人的直线距离还不到五米，如果不是灯光昏暗，李宇荣是能看到她的，秋宁又向后退了一步，将自己藏入更深的阴影中，却一脚踩到了地上的塑料袋，发出了沙沙的声响。

“谁在那里？”李宇荣听到了动静，低声问道。

秋宁知道瞒不过去，应了一声：“是我。”

夜晚的校园后门，路灯是熄灭的，只有校门外马路的街灯散发出的微弱光芒，照亮了少年和少女的身影。

李宇荣冷冷地看着她，似乎在思考她究竟听到了多少。

“你的事，我不会说出去的。”秋宁率先说道。

“无所谓。”李宇荣冷漠道。

“你又要逃课？”秋宁问道。

“哦，叶秋宁大小姐又要多管闲事了？你倒不如说说，你为什么会在这里？难道你也要逃课？”李宇荣讥诮地笑了笑，反问道。

“我和老师请了假的。”秋宁说。

“这和我没关系，你别烦我就行。”李宇荣说着，走到后门旁边的围墙栏杆下，先把书包甩了过去，然后身手敏捷地踩着围栏翻了出去。

秋宁见他已经翻过去了，默默走到门卫的屋子外，敲了敲门：“师傅，您在吗？麻烦帮我开一下门。”

门内没有反应，不知道是不是睡着了。

校门外传来李宇荣嘲讽的声音：“别瞎费劲了，他晚上经常出去喝酒，现在还不知道人在哪里呢。你要么翻墙，要么待在学校里乖乖上自习课吧。”

翻墙？

秋宁还从来没有做过这样出格的事情。

大约是看出了秋宁此时的犹豫，李宇荣勾了勾嘴角：“谅你也没这个胆子，大小姐。”

“这和胆量没有关系，我没有必要冒着摔断腿的风险翻墙，我完全可以打电话给老师，然后就会有人来开门。”秋宁淡淡地说道。

“一分钟就可以搞定的事情，你非要耽搁成半小时，那你就在这里乖乖等着吧。”李宇荣冷笑了一声，准备走人。

眼看着李宇荣要走了，秋宁突然无法就这样看着他离开。

半年前，她会选择沉默，可是半年后，随着她的奶奶的去世，她突然无法再保持沉默。

“李宇荣，你外婆对你很好，我奶奶从前也这样对我好，可她已经去世了……我很后悔，后悔她还在的时候我没有多陪陪她。”秋宁站了出来，大声对李宇荣说道，“等你出了国，一年也回不来一次，她会慢慢变老，你们见一面就是少一面。珍惜现在的时间，对她好一点吧。”

李宇荣停下了脚步，他冷笑着回过头，质问校门后的少女：“你又知道些什么呢？你了解她吗？了解我吗？你什么都不知道，却在这里讲几句大道理，很有意思吗？”

“我是不知道，但是人与人的感情是相似的，也是相通的。她一趟又一趟地来看你，哪怕被你嫌弃，她还是要来，这是因为她爱你啊！”

李宇荣像是听到了一个天大的笑话，竟然大笑出声，清俊的脸上满是嘲讽。

校门外马路边的灯光照亮了他的眉眼，秋宁竟然看到了他眼中有一闪而逝的泪光。

“不，你错了，她恨我。”这一刻，李宇荣突然撕开了身上的伤口，把一切赤裸裸地展示给她看，“因为妈妈是为了救我死的！”

果真是这样。秋宁回想起老太太那一句“我不怪荣荣”，一切都了然。

“她爱我，是因为我是妈妈生命唯一的延续，她需要一万个理由来爱我，来原谅我。可是要恨我，她只需要一个理由，我害死了她唯一的女儿！”李宇荣脸上的笑容逐渐变得冷漠尖锐，他突然爆发，歇斯底里地质问道，“她已经疯了！你知道被人一千次一万次恶毒诅咒的感觉吗？她疯起来的时候就是这样的！她只爱我一点，却恨我那么多。OK，我接受，我忏悔，我努力赎罪。可总有一天我会不在乎的，我现在只想离开这里，过属于我自己的生活，可以了吗，大小姐？”

这段话里，有他带着哭腔的控诉。说完，李宇荣转身离去。

“李宇荣，她对我说过，她不怪你！”秋宁跑到栅栏旁，对李宇荣大声喊道。

少年回过头，对她露出一个扭曲的笑容：“我也不怪她，我只是欠了她。”

每个人都有错，可又没有人应该为此负全责。责骂母亲的是外婆，带着孩子负气出走的是妈妈，玩具丢了跑到马路中央的人是他，车祸肇事的是酒驾的卡车司机。

谁也不知道各种各样的意外，最后会酝酿出这样一场悲剧。

十三年过去了，这道伤口仍然横亘在他的心头，也横亘在外婆的心头，没有人痊愈。也许他们终将花费一生的时间，等待时光抹平这道创伤。

此时此刻，李宇荣只想逃离令他窒息的环境，他想要有新的生活。

那时候的李宇荣想不到，自己还会有回来的一天。

他坐上去美国的飞机的那一天，外公和外婆都来送他，两个老人互相搀扶着，一直送他到了海关。外婆死死地抓着他的手，已经哭肿了的眼睛泪如雨下，她哀求道：“荣荣，你别走了好不好？外婆舍不得你，外婆只有你了。”

已经被自由带走的那颗心怎么会愿意留在原地，李宇荣安抚着外婆：“我会回来看你们的，你们别担心，四年很快的……”

说谎，他说了谎，他根本没有打算回来。

外婆依依不舍地拉着他的手，絮絮叨叨地诉说着自己对他的不舍。听过了无数遍的话，已经无法再激起李宇荣心中的留恋，他像一只过分早熟的小鸟，在巢穴中等待着自己羽翼丰满，然后迫不及待地飞向属于他的天空。

“要过关了，我先走了，外公外婆，再见。”李宇荣挣脱了外婆的手，对他们挥了挥手，拖着随身的行李箱走向了海关。

再见了，从前的李宇荣，他即将要离开这片生活了十八年的土地，开始全新的生活。

他并不是很留恋，也没有多少不舍，只是在过关的那一刻，他回头看到哭倒在外公怀里的外婆，一声一声地喊着他的名字。巨大的愧疚感扑面而来，这一瞬间的他仿佛是一个懦弱的逃兵，抛弃了自己的责任，连滚带爬地逃离了战场。

他不敢再看一眼，强迫自己抬头挺胸地往前走，再也不回头。

四年的时光转眼过去，李宇荣忙于学习和打工，其间只回国了一次——因为外婆病了，阿尔茨海默，俗称老年痴呆。

他们没有多少本地的亲戚，只有外公在照料她，两个老人在这间生活了几十年的屋子里相依为命。

这间熟悉的房屋里，有太多属于李宇荣的回忆，氤氲在了佛龛的檀香气息里。

四岁的时候他的父母离婚了，父亲去了英国，母亲带着他回到了娘家，一年后车祸身亡。外公外婆老来得女，就只有她一个孩子，将她视为掌上明珠。女儿去世之后，外婆突然间就垮了。

年轻时她是个念过书的地主家的小姐，不信教，对一切宗教迷信嗤之以鼻，可是老来丧女，她被这人世间的苦楚击败，将对女儿的思念寄托在了信仰里。她出入寺庙，烧香拜佛，捐钱做法事，向神佛苦苦乞求自己不幸横死的女儿在阴间能够少受点苦。她吃斋念佛，成天不是念经拜佛就是以泪洗面，精神状态每况愈下，清醒的时候她爱着女儿唯一的儿子，突发癔症的时候她就会追着李宇荣疯狂咒骂，咒骂他害死了她的女儿。

年幼的李宇荣在一个失独老人的爱与恨里过早地长大了，他学会用冷漠和叛逆伪装自己敏感的心灵，计划着逃离这个家。最终，这个计划成功了，他拿到了心仪的学府的录取通知，离开了这片生养他的土地，开始了全新的生活。

他以为自己不会回头。可当他再一次见到苍老痴呆的外婆，那种久违的愧疚感再一次涌上了他的心头。

他突然间，开始怀疑自己的决定是不是正确。

陈旧的卧室里，他和外公一起陪外婆看李宇荣母亲结婚时的录像，只有这个时候，已经痴呆的外婆才会露出开心的笑容，喃喃地说："师师，这是我的师师。"

这是他母亲的名字，李师师。

此时此刻的李宇荣不知道，他会背负起这个沉重的名字，连同责任一起。

外公是个通情达理的老人，他握着外婆的手，对李宇荣说道："我知道你会有出息，我也盼望着你有出息……孩子，你走吧，不要担心你外婆，我会照顾她的。你只要有空的时候，来看看我们，我就很高兴了。"

李宇荣的喉咙突然被一团东西堵上了，他呼吸困难，无法言语，甚至不敢去看外公的眼睛。

他突然间，发现了自己有多自私。

亲情的牵绊最终没有胜过自我的渴望，李宇荣最终告别了外公外婆，再一次去往美国，继续他的学业。

"荣荣，荣荣！"

过海关时他恍惚间听见了外婆呼喊他的声音，他猛然回过头，外婆不在那里。

太多的陌生人从他眼前走过，每一个都行色匆匆，无人关心这一刻那个清俊的年轻人眼中突然落下的泪水。

她不会再来了，不会像从前那样，千里迢迢地来学校看他，为他送来好吃的。也不会送他送到海关外，只为了再对他诉说一番她的舍不得。

他孤身一人，在沉重的爱与思念里，飞过太平洋。

生活一下子回到了既定的轨道里，他认真学习，努力兼职，每周一次视频电话问候外公外婆，忙碌到没有时间去思考那份被他压在心底的思念。

两年后，他大学毕业，拿到了心仪的公司的录用通知，正要入职，一通来自老家的电话让他坐上了次日回国的飞机。

他的外公去世了。

外公的身体一向硬朗，李宇荣一直觉得外公可以长命百岁，可万万没有想到，一个小小的意外就轻易带走了这位老人。外公晚上出门买东西的时候在楼道里跌倒了，后脑磕上了楼梯，颅内出血严重，抢救无效去世了。

李宇荣坐在飞机上的时候，只觉得自己好像还在梦中，他一张张翻着手机里外公的照片，最后只找到了一张从相片册子里翻拍下来的照片——那时候妈妈刚离婚，为了缓解她糟糕的心情，他们一家人去游乐园，外公让他骑在自己的肩膀上，外婆和妈妈走在他们的两侧，微笑地看着笑容灿烂的他。

那一天是如此美好，一切悲剧都还没有发生，他们都还在人世间，共同沐浴着阳光。

李宇荣对着照片泣不成声。

他总以为自己还有时间，亲人不会老，世情不会变，自己永远都是少年，可人世间的离别总是那么匆忙，不经意间的最后一眼，也许就是一场生离死别。

“兄弟，要不要擦擦？”邻座的年轻男人问道。

李宇荣吸了吸鼻子，低声道了谢，接过了纸巾。

邻座的青年人是个自来熟，他絮絮叨叨地说起了自己在美国留学的经历，最近他完成了毕业环美旅行，准备回国搞音乐，李宇荣心不在焉地听着，应和着，悲伤的心情逐渐在男人的声音里淡去了。

下飞机的时候李宇荣终于认真地看了他一眼，那是个发型前卫，穿得花里胡哨的潮男，看起来像个朋克艺术家。

朋克青年对他挥了挥手：“说了一路还没自我介绍呢，哥们你好，我叫韩麦。”

“李宇荣。”

“加个微信不，下次约了出去玩玩？”韩麦问道。

李宇荣勉强笑了笑：“不了吧，我打算留在美国，应该不会再碰面了。”

他只是回来为外公料理后事，然后把外婆安排到本地的养老院，很快就要回美国。

韩麦遗憾地点了点头，却也很洒脱，只是临走前在他的肩膀上拍了一下，低声道：“哥们，你……节哀顺变。”

原来他都知道。

李宇荣突然有些后悔，他应该留一下他的号码，可是那个人已经走远了。

下了飞机，李宇荣一路风尘仆仆回到了那个熟悉的房子。

熟悉的楼梯，熟悉的涂鸦，熟悉的大门……一切都是旧时模样，只是浸满了时光的痕迹。

他没有带钥匙，敲门没有人应，负责照顾外婆的阿姨不知道去了哪里，他只好蹲下来，移开门口的花盆，一把磨损了的旧钥匙静静地躺在那里，和从前一样。

旧门被推开，粉尘在狭小的客厅里上下翻飞，他踩着吱吱作响的旧地板，来到了外婆的卧室前。

门开着，窗帘却合拢着，只有一束阳光穿过窗帘之间的缝隙照亮了这个房间，落在已经斑驳脱落的墙纸上，照亮了他童年时随手留下的涂鸦痕迹。

浓郁的檀香味传来，佛龛里的录音机机械地唱着佛经，外婆就坐在阳台的躺椅上，静静地睡着了。

这一幕的画面和记忆里外婆在宿舍楼等他下课的样子重叠在一起，宛如昨日重现。他从来也不知道，那个在夕阳里等待着他下课放学的身影，原来烙印得这样深刻，这样清晰。

一切明明和从前一样，却又和从前不一样。

李宇荣从未像这一刻一样清晰地感受到，这个房子已经老去了，因为住在房子里的人老去了。

外婆苍老的脸上已经布满了数不清的皱纹，她成天睡意昏沉，不知道哪一天就会永远闭上眼。

可是在李宇荣回到这里的时候，她突然从睡梦中醒来，睁开已经混浊的眼睛。

他们的视线在这个装满回忆的房子里交织在了一起。

刹那间，光阴回转，岁月倾覆。

外婆咧开嘴笑了，喃喃地说道："师师，你回来了。"

她老了，病了，已经认不得人了，也不再有多少时间了，万幸，那道贯穿她后半生的名叫生离死别的伤口最终被疾病和时光抹平，她终于忘记了失去女儿的悲痛欲绝，全身心地为女儿的归来喜悦。

这一刻的悲伤，排山倒海，摧枯拉朽，一刹那就能击溃一个人。

李宇荣潸然泪下。

他们一个失去了母亲，一个失去了女儿，他们都责怪自己，也责怪对方，这份怨恨与责怪，是因为他们深爱着死去的那个她。

他们一个缔造了她的生命，一个延续了她的生命，名叫亲情的东西将他们维系在了一起，在这间老屋里相依为命。

这份感情，将他带回了他曾经千万次想要逃离的地方。

泪流满面的李宇荣丢下行李，一步步朝着外婆走去，外婆温柔又期盼地看着他，看着他向她走来。

李宇荣缓缓跪倒在了她的面前，握住了她枯树一般消瘦却依旧温暖的手，就好像童年里外婆无数次牵起他的小手。

他越来越高大，越来越强壮，即将展翅高飞，可是抚养他的人却越来越瘦小，越来越虚弱，即将告别人世。

他们能够在一起的时间，已经所剩无几。

他就快要失去她了，失去陪伴他长大的最后一个亲人。

李宇荣埋首在她的膝头，为了这场他不能承受的死亡放声大哭。

他哭得是如此伤心，惊飞了停在窗外的鸽子，他无知无觉，只是沉浸在这一份愧怍的悲痛中，号啕着用眼泪倾诉自己的舍不得。

外婆抚摸着他湿润的脸庞，呢喃地说道：“师师不要哭。”

李宇荣使劲擦着自己的眼泪，可是无论他怎么用力去擦，更多的眼泪都会从他的眼眶中滚落。

外婆帮他擦眼泪，傻傻地问道：“你为什么把头发剪得这样短，像是男孩子一样。”

李宇荣哽咽着说道：“很快就会留长了。”

他无法告诉她，她的女儿很多年前就已经去世了。

她已经为这个事实痛苦了太久太久，如果谎言能让她快乐一点，他情愿在她有生之年，都为她编织一个美梦。

外婆抚摸着他短短的头发，喃喃地说道：“师师，你别走了好不好？妈妈舍不得你。”

——荣荣，你别走了好不好？外婆舍不得你。

四年前的他是有多冷漠，才可以轻描淡写地谎称自己会回来？

心脏好像被愧疚捅穿了一个洞，那样冰冷，那样刺痛。

“我不走了，我不走了！”李宇荣哭得浑身发抖，他恨不得回到四年前，一巴掌扇在从前的自己的脸上，撕了那份通知书。

这是他唯一的亲人，他们相依为命，可她已行将就木。

所以他不想再远行。

未来他还有很多时光，去追逐他的梦想。

可是现在，他要陪着她，度过她人生中最后的时光。

“你真的不回来了？这么好的机会，放弃了真的太可惜了。”电话那头的朋友遗憾地说道。

李宇荣站在阳台上吹风，老式住宅的阳台是露天的，四周摆满了外婆种的花，她一直都喜欢种花，能把每一种植物都照料得很好。

小时候的李宇荣喜欢待在阳台看外婆养的花，手痒的时候还会偷偷掐几朵下来，但是自从两年前外婆老年痴呆之后，外公疏于照料，这些花草已经不复当年的繁茂，逐渐枯萎了。

李宇荣拨弄着一株卷了叶子的月季，淡淡道："我会回来一趟办一下手续。我家里现在这样，我不可能一走了之，外公现在还在停尸间，后事还要我来操办，我外婆更是离不开人……"

"你可以把她送到好一点的养老院啊。"朋友说道。

"原本我是这么想的，但是……"李宇荣回过头，看到卧室里呆呆地看着李师师结婚录像的外婆，心中那一块柔软被一次次地熨烫着，"但是我想陪陪她。"

哪怕她已经不记得他是谁，哪怕她错将他认成自己的女儿，都没有关系，他要陪着她。

"阿荣，你不必把所有责任都背在自己身上，你外婆要是清醒，也不会希望看到你为了她放弃大好前程的。"朋友劝道。

"有句话是这么说的，真正的成熟不是学会权衡利弊，而是学会背负责任。"李宇荣坦然地说道，"况且，她不仅仅是我的责任，她是我的外婆。"

这是他所认可的亲人里，唯一还留在世上的人。他已经错过了母亲，错过了外公，他不想再错过她。

"那你以后还回美国吗？"朋友问道。

"再说吧，我想，留在国内也不错，现在发展这么快，总会有不错的工作的。"李宇荣看得很开。

朋友却为他惋惜，说了半天后问道："你打算找个对口工作吗？"

"国内这行都是往死里加班的，我恐怕没办法……慢慢找吧，工作总会有的，最好是那种一天工作几小时，每周固定休息两天的，还得给钱多，毕竟我现在可不是一人吃饱全家不饿了。"李宇荣笑道。

"哪有这种工作啊！"

"说不定呢。哦，要是这工作还能让外婆经常看见我就好了。"

“做梦呢！”

“我现在不是在做梦，我是在帮一个人圆她的梦。”李宇荣靠在阳台上，看着卧室里看到女儿的结婚录像笑得咧开嘴的外婆，万千温柔都涌上了心头。

卧室和阳台之间的玻璃门倒映出了他此时的模样——一头和母亲一样的黑长直假发，一身母亲遗留下来的连衣裙。

并不是很合身，他自己拿着针线笨手笨脚地改了腰身，这才勉强穿得下。

他一直很好看，是清秀中性的那种好看，穿上女装戴着假发的时候，哪怕不用妆容修饰，看起来都像是一个身材高挑的女孩子，和照片里的李师师有七八成相似。

李宇荣推开门，外婆对他笑了：“师师，你去哪里了呀？”

李宇荣不太习惯地拨弄着假发，若无其事地对她微笑：“没什么，我就是打个电话。”

符合李宇荣要求的工作不好找，头两个月里他忙着操办外公的后事，更换照料外婆的阿姨，东奔西跑地找工作，身心俱疲。

一次面试结束之后，李宇荣估计自己是不会被录用了，因为这家公司也是“996 工作制”，他要照顾外婆不可能做这种严重加班的工作。面试官是个很自来熟的人，他和李宇荣闲聊了起来：“看到你简历上照片的时候，我就想一定要让你来面试，毕竟像你这么帅的男生很少见。”

李宇荣的心情有点复杂，这个面试官都不多关心一下他的学历吗？他的学历也很少见啊！

“见到真人之后，我更坚信了，你应该去当明星。”面试官说道。

“明星就算了，我又不会演戏，唱歌倒是还能唱两句。”李宇荣说。

“唱歌好啊，你要是会唱能说，当个主播一天工作三小时也能月入几万。”面试官说。

李宇荣怔了一下：“当主播这么赚钱吗？”

“是啊，现在看直播的人这么多，每个人打赏你一点，就比你辛辛苦苦干一个月赚得多多。你不看直播的吗？我给你推荐推荐！”面试官愉快地加了李宇荣的微信，开始说起了心仪的主播。

李宇荣莫名其妙地听了一小时直播故事，终于对这个行业产生了一些兴趣。

能在家工作，时间自由，时薪高，甚至还能让外婆在屏幕里看到他，这不就是他梦寐以求的工作吗？

李宇荣立刻对这个陌生的行业产生了浓厚的兴趣。他是个行动力很强的人，回家之后就注册了直播平台，开始看热门主播的直播，游戏类型他水平一般，恐怕混不出头，但是秀场板块让他信心大增，看了几个男主播之后迅速产生了“我上我也行”的自信。

再了解一下主播入行的途径，李宇荣觉得他作为一个新人最好先找一家经纪公司，这样可以少走不少弯路。于是他筛选了几家本地的经纪公司，投了自己的简历。

有趣的是，这几家经纪公司打他电话的时候，第一个问题都是：“你真的是麻省理工毕业的？你为什么要来当主播？”

李宇荣含糊地糊弄了过去，也许是因为态度暧昧，最后只有一家经纪公司让他去面试了。

面试他的经纪人叫陈阳，他见到李宇荣的第一眼，就激动地冲上来握住了他的手：“大兄弟，我有个很棒的企划，就差你这样天赋异禀的人才了！”

“什么企划？”李宇荣莫名其妙地问道。

“大兄弟，我看你长得不男不女……啊呸，雌雄莫辨，正好贴合当下女装大佬的潮流，你完全有成为平台第一‘直男扳手’的潜力，这一块主播人才稀缺，我物色了好久也没有看到合适的人选，直到看到了你！考虑一下吧，我们公司有保底工资，缴纳五险一金，还提供别墅住宿，为你的职业道路保驾护航！”陈阳心情激动，一通吹嘘之后，看到李宇荣脸色淡淡的，他终于意识到自己的举动可能会得罪一个钢铁“直男”。

“你想让我女装直播吗？”李宇荣问道，面上神色不明。

“是，是啊。不过……大兄弟，这个关键还是要看你自己愿不愿意了……”陈阳忐忑地说道。

李宇荣突然笑了，明明是清俊的脸上，笑容却有一丝狡黠的意味。

“好啊，我愿意。”李宇荣说道。

“你真的愿意？真的？”陈阳还难以置信。

“嗯，不过我要求公司提供的住房要两间，我外婆需要照顾。”李宇荣说道。

“这个完全可以，我给你安排！”陈阳喜不自胜。

“你都不考校一下我的才艺吗？”李宇荣问道。

“没关系！才艺可以学，但是天赋是学不来的！一般男人长不成你这样！这就叫天赋！”陈阳说道。

两人迅速谈妥了合同待遇，爽快得惊人。

“好了，我带你去看看宿舍，你有空可以想一下艺名了，不过这个倒也不急，新人还要进行一段时间的培训，特别是你这种才艺主播。”陈阳说。

“我已经想好了。”李宇荣说道。

“啊？”

李宇荣对经纪人微微一笑，眉眼间绽开一个狡黠的笑颜：“李师师，我叫李师师。”

这一天起，李宇荣变成了李师师。

他肩负起了自己的责任，也必将做出属于他的一番事业。

李师师一直都是很聪明的人，任何需要他学习的新事物，他都能很快掌握。

不到一个月的时间，他完成了新人才艺主播的培训课程，从唱歌到化妆全都学了个遍。经纪人陈阳第一次见到乔装打扮的李师师的时候，那又惊又喜的表情活脱脱就是在说“你会红”。

事实也的确如此，李师师认认真真地和陈阳一起敲了个炒作方案，迅速以麻省理工 IT 女装大佬的身份出道了。

可以这么说，同类型的主播里没有可以和他竞争的——比他漂亮的，学历没有他高，比他学历高的……没有了。要是读了研究生再来当主播的话，年龄上就没有优势了。

李师师脑洞很大，骚操作层出不穷。唱唱歌、打打游戏这是基本操作，说话温柔好听偶尔还会开嘲讽这是主播的基本素质，他还会在线写代码，甚至还会帮别人找代码漏洞，新一代的宅男“女神”就是他没错了。

要问李师师对主播这个职业最满意的地方是哪一点，无疑是他几乎可以 24 小时陪伴在外婆的身边，哪怕是他开直播的时候，他都会用电视打开平台的直播间，让外婆看他工作。

外婆的脑子已经不太清醒了，但是看到“女儿”出现在电视里，她总是会咧开没了牙齿的嘴，一脸开心，喃喃地夸奖他有出息了。

时间就这样悄然过去了，李师师兢兢业业当主播，事业发展有声有色。

外婆虽然得了无法痊愈的老年痴呆，但是在李师师的照料下，身体很健康。

她和李师师一起住在白云商墅的别墅里，天气好了，李师师会推着她坐的轮椅出去晒太阳，外婆絮絮叨叨地说着不知道重复了多少次的话，李师师耐心地听着，应和着，从不觉得这有什么好不耐烦。

他牙牙学语的时候，外婆也是这样不知道听过他多少次重复几个简单的词语。

当她老了，就轮到他来听了。

一路走一路说，李师师和外婆来到了白云商墅的大门口，一辆出租车停了下来，秋宁推开车门，对李师师和外婆打了个招呼。

“出去逛街了？”李师师问道。

“今天同学会啊，你忘了吗？已经结束了。”秋宁微笑道，“大家都很想见你，到处问你的近况，还问你结婚了没。”

李师师皮笑肉不笑：“欢迎来我的直播间看我。”

秋宁看向外婆，外婆也看着她，她已经不记得这个帮她捡过佛珠的姑娘了。

“实话说，高中的时候，我一直觉得你和你外婆关系很不好。那时候她来给你送吃的，你总是态度很冷淡。”秋宁说道。

“你那时候也没表现得有多好啊，大小姐，同学们每周都是校车接送，只有你上学放学坐豪车，手机必是最新款，衣服鞋子加起来比我们全班都贵，性格说好听了是礼貌说难听了就是冷淡。你知道为什么你没有朋友了吗？”李师师说。

秋宁苦笑：“我人际关系有这么糟糕吗？”

李师师撇撇嘴：“反正比我糟糕。”

“这么看来，这些年，大家都长大了很多啊。”秋宁感慨道。

李师师耸耸肩，推着外婆的轮椅走了。

冬日阳光明媚的午后，一老一少在树荫下慢慢地走，步履变得轻缓，就连时光都好像变得温柔。他们一路说着话，就只是说话，颠来倒去地说话。

“师师，天气冷了，要多穿衣服。”

“嗯，我知道，你也多穿点。”

“你饿不饿啊？”

“不饿，你饿了吗？”

“不饿，那睡觉吧。”

“现在还太早了，你看太阳还在天上呢。”

“哦，那起床吧。”

“你已经起来了，我们在散步呢。”

两人一路回到别墅，李师师把外婆扶到院子里的躺椅上，让她再晒一会儿太阳，然后自己拿出浇水壶，给从外婆家搬过来的花草浇水施肥。

外婆摩挲着手腕上的佛珠，目光温柔地看着他忙东忙西。

“荣荣。”

正在浇花的李师师僵住了，猛地回过头看向她。

外婆眯着眼，喃喃地说道：“我来给你送点吃的……外婆想跟你说说话，就说几句。

“外婆好想你啊。”

她根本不知道自己叫了谁的名字，也不知道自己在说什么，她只是在重复已经被时间摧毁的记忆里的那些只言片语。

可只要她一句话，就可以让他泪流满面。

他们都曾经因为爱而偏执，最后都因为爱被救赎。

这样就很好了。

李师师握住她的手，擦掉自己脸上的泪水，他终于可以叫出那个隐藏在心中太久的称呼：

“外婆。”

第二十章

山雨欲来的气息

“大清早给爸爸打什么电话啊？不知道爸爸是起床困难户吗？”李一笑大清早接到了陈阳的电话，打着哈欠问道。

“好消息，天大的好消息啊！你还睡个头！赶紧起来！你被提名年度最佳美食主播了！”陈阳一声咆哮，把李一笑吓醒了。

“啊？真的？我？”李一笑一激动，从床上滚到了地上还舍不得放下手机，“消息准确吗？还有谁啊？”

“还有几个老面孔，希望都不大，另外还有一个你认识的，红烧大叔，他也被提名了。”陈阳说道。

“那孙子怎么也是。等着，我先看看……”李一笑已经卷着被子打开了电脑，一通搜索之后看到了提名界面，然后看到了一个熟悉的名字，圆圆。

圆圆也被提名了。

李一笑看着照片里那个巧笑嫣然的圆脸姑娘，心中感慨万千。

虽然这一年她的人气不如从前，但基础还是在的，被提名也不奇怪了。

只是圆圆越来越消瘦的身体和越来越勉强的笑容，证明了她并不快乐。就像她自己说的，她也想离开这个黑心的经纪公司，但是她拿不出两百万的违约金。

没有关系，他很快就能攒够两百万了，李一笑心想。

他自从开始红起来，发展势头一直都很好，之前的主播野餐大访谈系列大获成功，之后还做了很多公益性质的短视频，反响也很好，如今已经是一个大红大紫的美食主播了。

就算是看在当年的情分上，他也一定会帮她一把，让她有机会离开那里重新开始。

“你最近好好做视频做直播，千万不要闹出什么幺蛾子。每年这个时候落马的主播特别多，什么黑历史都会冒出来……你可千万不要给我掉链子！”陈阳警告道。

“放心吧，我这人靠谱不靠谱你还不知道吗？告诉你，爸爸我可是靠谱人士。欸，我们宿舍还有没有被提名的？”

“有，金锋，最佳游戏男主播。韩麦，年度最佳原创单曲《外卖小歌》。秋宁，年度最佳才艺女主播。可以啊，你们七号别墅出息了。”陈阳说。

李一笑听完：“甜甜没有吗？”

“甜甜……哎，你也不是不知道，她人气够不上。”陈阳说。

李一笑想象了一下甜甜得知全宿舍就只有她没有进候选名单时的表情，不禁叹了口气。

“你最近可把皮给我绷紧了！千万别出岔子！”陈阳又叮嘱了一遍。

“知道了知道了，你这个老母鸡还能不能好了？咯咯咯咯哒！”李一笑嘲笑完了陈阳，立刻就去隔壁敲了金锋的门。

“金锋，金锋，你拿到提名了！”李一笑一边敲金锋的房门一边喊道。

金锋打着哈欠开了门，听到李一笑激动的声音也愣了一下：“真的？”

“真的，真的，赶紧看看！”李一笑把手机页面伸到了金锋脸上。

金锋接过手机仔仔细细看了三遍，释然地笑了笑，可是笑容还没保持三秒，就被下面的名字弄没了。

杰哥，吴俊杰，他原本战队的队员兼投资人。

一个他一辈子都无法原谅的人。

“怎么了？”李一笑问道。

金锋平静道：“没什么，看到秦时，也入围了。”

李一笑抢过手机一看：“哎，真的，你的老队长……还有，杰哥！”

李一笑这下也看到了吴俊杰的名字，气急败坏道：“他这个‘挂子’怎么也进来了！要不要脸？”

李一笑深深记得，金锋曾经对他说过，这个人是他曾经的队友，也是战队的大股东，害他退役的幕后真凶，现在也成了个主播，打游戏还开挂。金锋觉得他迟早会翻车，但到现在为止，杰哥还是混得好好的，还有越来越好的趋势。

“要不，你举报他吧。”李一笑突然提议道，“你看，你们本来就有仇，他看到你入围了说不定还会心虚来搞你，你还不如先下手为强，有怨报怨有仇报仇，反正他本身就行不端坐不正，你举报他也算为了维护评选公正，这可是日行一善。”

金锋想了想，摇了摇头：“我已经，不想再留在过去了，就这样吧。”

李一笑还是气：“就这么算了也太便宜他了！”

金锋淡淡道：“现在对付他，显得我是为了评选……他多行不义必自毙，总有报应。”

李一笑无奈，金锋不想举报杰哥，自己作为朋友虽然心有不甘，但这总归是金锋的选择，自己得尊重他的选择。

楼上突然传来惨叫：“啊啊啊，完了，全完了，我这辈子都完了，我不做人啦！”

是夏甜雨！

李一笑用胳膊肘碰了碰金锋：“甜甜没进大名单，要去安慰一下吗？”

金锋面色一变，冷酷地摇头，干脆果断地关上了房门。

呵，男人。

隔壁的秋宁听到从夏甜雨房间传来的惨叫声，忍不住敲了隔壁的门，关切地问道：“甜甜，怎么了？”

门后的夏甜雨眼睛通红，没好气地对秋宁吼道：“没事！我瞎叫唤！”

走到三楼楼梯口的李一笑一手捂在嘴边，对秋宁轻声说道：“评选。”

什么评选？秋宁完全没意识到，迷茫地看着李一笑。

李一笑无奈，秋宁果然没有注意每年各大平台联合评选的年度主播大名单已经出来了。她自从开始和郑仙仙共同创业、开始做品牌推广后，对直播的事情并不上心，但就算如此，她的人气依旧居高不下。

这时，秋宁的手机响了，她接起电话，电话那头的陈阳兴奋地说道：“秋宁，你入围年度最佳才艺女主播了！”

秋宁愣了一下，不太确定地问道：“我入围了？”

她如今大半精力都花在和郑仙仙一起经营服装品牌上，直播也多半是为了给品牌做推广，但是意外地，竟然吸引了很多女粉丝，大家欣赏她的品味，跟她学习穿搭衣服和化妆，她不知不觉从一个半吊子的游戏主播转型成了时尚博主。不过评选时她还是被归类在了才艺女主播里，这点让秋宁有些纳闷。

“快去看看吧！你今年很有希望，公司很看好你，决定把资源运作在你身上。”陈阳说道。

“陆霏霏呢？”秋宁下意识地想到了公司女主播里的一姐。

“陆霏霏……哎，她心气高，看不上我们这尊小庙，一心想往娱乐圈跑，入围了也不珍惜，随她去吧。”陈阳不悦地说道。

秋宁虽然和陆霏霏这位一姐不熟，但是她平日里的性格还是略知一二的，她和甜甜一样参加了《天籁少女》的选秀节目，现在也过了海选，她在这方面下了很多心思，大概是想借这个平台进娱乐圈吧，她现在的势头也着实不错。

夏甜雨听到了门外秋宁的电话，猛地打开门：“陈阳告诉你我没有入围了？”

李一笑捂住了额头，这小姑奶奶如今正在自己没入围的强烈失落感里，浑身是刺，听到什么都觉得是在嘲笑她。

秋宁挂了电话，对夏甜雨说道：“陈阳来通知我入围的消息。”

夏甜雨的眼眶更红了，哇的一声哭了起来：“就我没入围！怎么这样啊！一定是他们针对我！完了完了，我这辈子都完了！”

秋宁知道她又开始钻牛角尖了，把人揽进了房间里，按在沙发上安慰道：“只不过今年没入围，你好好加油，明年一定可以的。”

夏甜雨心态崩了，哪里听得进去：“我就知道我这辈子都完了，没希望了，我还是回家嫁给傻子去吧！”

秋宁又好气又好笑，李一笑也一脸无奈，两人对视了一眼，不约而同地叹了口气。

就在这时，夏甜雨的手机响了，她拿起来一看，是陈阳。

“啊啊啊啊啊啊，陈阳一定是来骂我的！我不就是没有入围吗！他怎么这样啊！”夏甜雨还没接电话就已经哀号了起来。

“说不定是有别的事情呢，赶紧接吧。”李一笑对她说道。

夏甜雨哭丧着脸接起了电话，战战兢兢地问道：“陈哥，什么事啊？”

“甜甜，好消息啊！”电话那头的陈阳声音很是兴奋。

夏甜雨愣愣地问道：“什么好消息？”

“你入围了啊！”

“啊？我不是没入围吗？名单我都看了三遍了！”夏甜雨难以置信地说道。

“是《天籁少女》！你过复赛了！你可以去北京参加巅峰总决赛了！甜甜，你要飞升了啊！”陈阳的嗓门都响亮了一个级别，跟扩音喇叭似的。

夏甜雨傻住了，足足呆滞了好几秒才回过神来，发出了一声惊天动地的尖叫声：“啊啊啊啊啊啊啊啊啊啊啊，我入围了！我入围了啊！”

她从沙发上跳起来，一把抱住秋宁，几分钟前那消沉的情绪一下子从地下飞到了天上，她激动得忘乎所以：“我要红了，我要红了啊！我这辈子值啦！”

门外的李一笑露出了一个愉快的笑容。

这下要恭喜甜甜苦尽甘来了。

“我要收拾行李去北京了！赶紧的，现在北京应该降温了吧，我要多带点衣服，啊，不知道比赛是什么样的呢，我得赶紧准备好，不能输给其他人！”夏甜雨松开秋宁，赶紧把自己的大行李箱拖了出来，准备要收拾东西了。

秋宁哭笑不得：“你现在都不知道参赛时间是什么时候，不用着急。”

李一笑也说：“是啊，等正式通知吧。”

夏甜雨还在激动中，如今她已经一扫之前的低沉，迅速膨胀了起来，还尽情展望了一下未来：“我一定会拿个冠军回来，一夜爆红，红遍大江南北，所有人都知道我是最棒的！”

哟，很自信嘛。李一笑看着夏甜雨兴致高昂的样子，在心里默默给她加油。

电话响了，刚刚结束了直播工作的秋宁看到来电显示人是夏甜雨，马上接起了电话。

“喂，秋宁，你在忙吗？”夏甜雨的声音传来，是压低了的声音。

“怎么了？你那边不方便打电话吗？”秋宁感到有些奇怪。

距离夏甜雨去参加《天籁少女》选秀节目已经过去有一周的时间了，夏甜雨陆续给秋宁和李一笑打了电话，抱怨了其他的参赛者特别是陆霏霏，还有主办方变态的管理模式。

他们如今在一个全封闭的环境里进行集中训练，参赛的一百多名选手都是“素人”，也就是非娱乐圈人士。但是还是有不少公司打了擦边球，把公司未出道的练习生送了过来，所以现在的一百多名选手里真正的“素人”还不到一半，其余的不是有一定粉丝基础的网红就是未出道的练习生。

正因为如此，现在节目组内部的竞争相当激烈，每天的课程都是高压状态，让夏甜雨感受到了巨大的压力。

但她并不是一个会轻易放弃的人，她现在全身的斗志都被点燃了，说什么也要在比赛里拼出一个名次来。

也正是因为压力巨大，所以她时不时就要给室友们打电话吐槽一下，也给自己减减压。

“我们最近越管越严了，自从有个选手打电话和公司讨论潜规则被人发现后，我们手机都被没收了！每天打电话时间不许超过十分钟，还得有工作人员在场。还好我聪明，偷藏了一个手机，现在在厕所里打电话呢！哎，真不知道主办方怎么这么变态，真是受不了。”夏甜雨抱怨道。

“那可真是严格。”秋宁笑了笑。

“欸，秋宁，我跟你说哦。我最近发现，我们这里有点不对劲。”夏甜雨压低了嗓音说道。

“什么不对劲？”秋宁听着皱起了眉。

“是陆霏霏，我觉得她有问题！我们手机上交之后，我亲耳听到她在走廊里和她干爹打电话！哇，她那个声音，我鸡皮疙瘩都起来了，恶心死了！怪不得老师对她睁一只闭一只眼，还老夸她唱得好，我呸啊，论唱功我吊打她十条街！”夏甜雨最看不惯这种潜规则，一副被恶心到了的样子。

“你想举报她？甜甜，这件事要深思熟虑，她背后那个人恐怕不简单。”秋宁知道这背后水有多深，担心夏甜雨一个冲动就冲出去举报了，她没权没势没有后台，现在还在人家主场参赛，简直任人拿捏。要举报的话，也得仔细规划。

“我知道啊，我又不傻，我不会去举报的。”夏甜雨平日里胆子不大，知道黑幕之后也只敢嘴上抱怨，此时认尿之后又有些不好意思，于是又说，“再说我也没有证据，要举报也只能举报她偷藏手机，我也偷藏手机啊，我们算打平了。哼，反正我们走着看吧，我就不信观众的眼睛也是瞎的！”

挂了电话之后，秋宁坐到了电脑前，在浏览器中搜索起了《天籁少女》的信息。突然间，她的视线落在了主办方之一的名字上，叶江影视股份有限公司。

秋宁不禁蹙了蹙眉。

别人也许不知道，但是秋宁却很清楚，这个公司由叶氏集团注资，主要经营明星经纪，也是叶氏集团目前的主营业务之一，它的另一项主要业务是服装，知名品牌叶朗就是叶氏集团的主打品牌。

叶氏集团……秋宁的大半人生一直和它纠缠在一起。

如果不是她离家出走，她现在应该已经和一个门当户对的男人结婚，然后开始逐渐接手家族产业了。她的父亲是个多情种子，年轻时对公司经营殚精竭虑，但是老来昏聩，他逐渐沉迷酒色，特地搞了个娱乐公司，精力分散之后，原本的产业发展不佳，只能说勉强维持。他还任人唯亲，不乐意把家族产业交给外人打理，偏要生个争气的继承人来继承“皇位”，可笑的是他那些私生子一个比一个纨绔，到最后竟然还是她这个女儿最像那么回事。

秋宁关掉了电脑，坐在椅子上沉思了许久，隐隐约约地，她感到了山雨欲来的气息。

“金锋，金锋！你们游戏圈出大事了！还都是你熟人！”早上起来习惯性刷了一下新闻的李一笑被其中一条消息震惊了，顾不上穿好衣服，连滚带爬地跑出去砸金锋的房门。

金锋还睡意蒙眬，打着哈欠开门问道：“怎么了？”

“你的老队长，剪了个视频揭露杰哥开挂！你快看！”李一笑把手机按在了金锋的脸上。

金锋皱着眉，仔细看起了新闻。

“哼哼，杰哥那个贱人终于有人出来收拾他了！还是秦时不见月，我看他这次怎么收场。目前被揭露开挂的主播可都退播了，我看这个杰哥也是迟早的事。”李一笑想象了一下杰哥退播之后的惨状，不由喜笑颜开。

虽然这人没有得罪他，但得罪了他的兄弟，现在看他被人揭露真面目，这个瓜吃得他真是快乐。

金锋看完新闻，又搜起了秦时不见月和杰哥的微博，眉头越皱越紧。

“怎么了？你好像不怎么高兴？”李一笑纳闷地问道。

金锋的心情有些沉重：“你看看下面的评论。”

李一笑愣了一下，赶紧看了起来。出乎他的意料，热评里有大量杰哥的粉丝在给杰哥洗白，还分工明确：有的质疑秦时不见月为了评选故意黑竞争对手杰哥，有的质疑他剪辑的杰哥开挂视频有极大的主观成分，杰哥身为前职业选手，这些操作不需要开挂也做得出来，还有的拉出了两人曾经是同个战队队友的旧事，说秦时举报杰哥完全是背后捅刀，令人不齿。

平日里最多的那些吃瓜群众的看热闹评论，早已不知道被刷到哪里去了。

“这……好像是不太对劲……是‘水军’在控评？”李一笑懵懂地说，“要不你给秦时打个电话问问情况？”

金锋点了点头，给秦时不见月打了个电话。

秦时的电话一直打不通，他一直在通话中，金锋打了三次之后对李一笑说道：“打不通。”

“大概都在给他打电话吧。”李一笑叹了口气，“你待会儿再试试吧，打通了告诉我一声，让我吃一口来自当事人的瓜。有什么需要我帮忙的尽管说，爸爸我就当日行一善了。”

金锋点了点头。

之后金锋陆陆续续地给秦时不见月打电话，但是秦时却关机了，他在微信和QQ上找秦时，也得不到回复，这不禁让他有了些不妙的预感。

联系不上秦时，金锋只好去网上看看评论，又把秦时不见月剪辑的杰哥疑似开挂的视频看了一遍又一遍。其中有几段模棱两可，连金锋都吃不准这是开挂还是杰哥灵光一现的神级操作。

秦时这个视频剪得可不算好，金锋在心里叹了口气。

秦时音讯全无，金锋不禁为他担忧。

他在自己的微博上发了一条表示相信秦时的话，下面的评论里除了一些不明真相的吃瓜群众，更多的是杰哥的粉丝，把他和秦时拉成一派，一起问候了一下祖宗。金锋不在乎，他现在更担心秦时的下落。

直到第三天的下午，金锋终于接到了来自秦时的电话。

“喂，你总算接电话了。”金锋看到来电显示，激动地接起了电话。

“是我。”电话那头的声音有些沙哑。

“我看到了，到底怎么回事？”金锋赶忙问道。

秦时沉默了许久，低声道：“你应该看出来了吧？以你的眼力，应该看得出来。”

金锋也沉默了，半晌才道：“是，我看出来了。”

“不只是你，许多人都看出来了，但就是没有人站出来，所以我站出来了。我也不全是为了什么公平正义，我只是看不惯他。”秦时声音嘶哑地笑了两声，莫名悲凉，“我们还是队友的时候，我就看不惯他，他做的那些事情……我觉得恶心。”

秦时继续道：“我没有指责你什么，兄弟，我知道你不是个爱计较的性子。忍一时风平浪静，退一步海阔天空，呵呵，那时候你出了那么大的事，一句话都不跟我说，等我销假回队，你他妈家里有事突然退役！你有什么困难告诉我啊！要不是车程那狗崽子喝醉了说漏嘴，我他妈到今天都不知道是怎么回事！”

“我知道，谢谢你，队长。如果不是你拉我一把……”金锋说着，心中泛起深深的愧疚。秦时对他那么好，在他退役回老家之后还惦记着他，拉他出来做主播。他呢？他明明知道吴俊杰的所作所为，却选择沉默。

“你能忍，可是我忍不了，你知道，我这个人狗脾气，忍不了。我就是要去揭露他，就是要曝光他，他吴俊杰能瞒过他的粉丝，可我不信所有人都是瞎子！我就不信他吴俊杰能一手遮天！”秦时越说越激动，竟然哽咽了起来。

这个激动的态度让金锋愣了一下，他赶忙说道：“有什么我能帮上忙的……”

“别，兄弟，你别掺和了。这潭水太深了，你听我的，不要管，什么都不要说，无论你听到什么消息，都不要冲动，你还有一家老小要养……”

金锋突然听到秦时那一头有人在喊他的名字，语气很急迫，几乎是气急败坏。

秦时压低了声音匆忙地对他说道：“我有事，得先挂了。兄弟，你听我的，什么都不要做，事已至此，我不想连累你，我真的不想连累你。”

电话挂了，金锋呆呆地坐在椅子上，看着手机发呆。

秦时不见月的态度不对劲，金锋意识到了。

到底发生了什么，让他失踪了三天，不开播，不发言，任由吴俊杰带领舆论发酵，倒向不利于他的方向。

金锋的手机突然振动了一下，他激动地捧起手机，却发现是李一笑发来的一条链接。

金锋顺着他发过来的链接点开一看，是一篇八卦，里面信誓旦旦地称：秦时当年还在ZBM战队时，自己明明状态不佳却强行比赛，导致战队成绩不佳最后解散。他这个队长立刻转型当主播去了，如今混得风生水起，还为了评选奖项，对昔日战友杰哥捅刀，实乃人品低劣。

不是的，不是这样的！

没有人比金锋更清楚当初的情况了，他因伤退役，车程上位，秦时作为队长已经做到了他所能做的一切，成绩不佳完全不能归咎于他。

真正的罪魁祸首……如今正在颠倒黑白。

金锋再也忍不住了，他编辑起了微博，决定把关于吴俊杰的一切都揭露出来。

就在这时，秦时突然发来一条消息。

“听我的话，无论接下来发生什么，你都不要站出来。”

金锋摁掉了消息，继续编辑微博。一股无法消弭的气愤之情在他胸中蔓延。

李一笑突然大喊着敲开了金锋的门："金锋，出大事了！秦时的直播间被封了！公告里说，他因为诽谤同行，进行不正当竞争，所以封号了！"

金锋的手一抖，手机掉到了地上，他愣愣地看着李一笑，浑身冰冷，一句话都说不出来。

这世间有颠倒黑白、指鹿为马的荒诞之事，可他没有想到，这一切会这样在他眼前上演。

下雨了，夏甜雨没有带伞，拖着行李在雨中艰难前行，前往机场。

今天发生的一切反复在她眼前闪现，过关斩将的她满怀期待地走上舞台，献出了自己最好的一场表演，最后被告知自己被淘汰了。

淘汰了？

夏甜雨难以置信地看着镜头，直到录制结束，她回到了房间里，她还是没有接受这个事实。

怎么可能，平时大家都在一起上课，和她同一组的人的表演水平她很清楚，她就算不是最优秀的那一个，也绝对不会沦落到被淘汰的那一档啊！

夏甜雨行尸走肉一般签完了保密协议，保证在节目播出前不剧透任何比赛的内容，然后行尸走肉一般收拾行李，她一秒都不想在这里多待了，她今晚就要回家。

回家。

夏甜雨回想起自己信誓旦旦要拿个冠军回去的壮志雄心，忍不住号啕大哭。

她不甘心就这样回去，明明、明明她已经那么努力了，明明、明明她表现得那么好，为什么所有人好像看不见一样？

手机已经被还回来了，秋宁给她发了好几条信息，但是夏甜雨却没有回复。

她一败涂地，不知道该怎么回复她。

想到这里，夏甜雨又委屈地抹起了眼泪。

四个室友已经走了两个，还有一个叫婉婉的姑娘没有被淘汰，她听到夏甜雨的哭声，小声安慰道："甜甜，你别哭了，把眼睛哭肿了就不好了。"

"哭肿就哭肿，反正我也不用上台了。"夏甜雨哽咽着说道。

婉婉看到夏甜雨如此难过，自己也不禁难过了起来："我恐怕……哎，下一轮就该是我了。"

"你唱得那么好，才不会被淘汰呢。"夏甜雨的话里带着一丝酸味。

婉婉苦笑道："淘汰不淘汰，和唱得好不好又没有关系。你唱得那么好，还不是……"

夏甜雨愣了一下："你是说……"

"我看也就你不知道了，谁让你老是不跟大家一起行动。"婉婉压低了声音，"我们这样的啊，只能叫炮灰。冠军早就内定好啦，反正我们都是衬托红花的绿叶，早退晚退都是一个样。"

夏甜雨的抽泣声都停住了："冠军是谁？"

婉婉的笑容越发苦涩："你还看不出来吗？平日里老师都表现得那么明显了，你不还和人家一个公司的吗？"

夏甜雨的脑中闪过一个名字："陆霏霏！是她！"

"嘘嘘嘘，轻一点！"婉婉被吓了一跳，赶紧捂住夏甜雨的嘴。

"原来是她！怪不得！她有干爹！我亲耳听到她在和干爹打电话！"夏甜雨掰开婉婉的手，紧紧攥住她，急切地说道。

"啊，原来是这样！"婉婉恍然大悟。

如果说这些还只是捕风捉影的猜测，那么夏甜雨离开前，陆霏霏对她说的话，就是铁证！

陆霏霏看到拖着行李离开的夏甜雨，对她幸灾乐祸地笑了笑，两人擦肩而过的那一刻，陆霏霏在她耳边低声说道：“何必千里迢迢来这里当炮灰，你唱得再好，冠军还是我的。这个世界上，背景比实力更重要。”

说完，陆霏霏已经头也不回地走进了人群，一个培训的老师热情地拉着她说起今天的训练。

夏甜雨呆呆地看着热闹的人群，而她，失魂落魄，形单影只。

李一笑帮金锋捡起他掉在地上的手机，情绪还没缓和下来，急匆匆地问道:“秦时怎么会被封号呢？他不就是举报了杰哥开挂吗？”

金锋回想起几分钟前秦时发给他的那条信息——听我的话，无论接下来发生什么，你都不要站出来。

秦时恐怕已经知道了平台对他做出的决定，也知道杰哥背后的力量，所以才不想让他陪他一起送死。

“金锋，金锋？你有没有和秦时联系上啊？他怎么说？”李一笑追问道。

金锋张了张嘴，用沙哑的声音说道：“他说，让我别掺和，这潭水太深了。”

李一笑也默然了。

从秦时爆出杰哥开挂，到秦时被封号，只过去了三天。

“我拿秦时的事问了陈阳，陈阳去打听了一下消息，说是吴俊杰和公司的关系很铁，公司也很烦秦时不见月挑事，一定要牺牲一个的话，秦时很危险。”李一笑讷讷道。

果真，最后被放弃的那个是秦时。

金锋深深地吸了一口气，压抑在胸口的那一捧热血一次又一次地冷下来，又一次又一次地因为种种现实而燃烧沸腾。他一直是个善于忍耐的人，现实落在他身上的种种折磨，他可以忍受。可他唯独不能忍受，一个正直、善良、热血的人被这样污蔑。

秦时是他的老队长，是从茫茫玩家中发掘他的伯乐，是对他有再造之恩的朋友，他是个什么样的人，金锋比谁都清楚。

如果今天被封号退播的人是他自己，他未必会有如今这般愤怒。

可偏偏，这一切落在了秦时身上。

金锋看着一脸关切的李一笑，低声说道："你说得对，我早该举报他的。"

"喂喂喂，金锋，你可别冲动啊。现在秦时都被封号了，可见吴俊杰来头大得很，你冲出去肯定也是一个死字啊！"眼看着金锋要冲动，这下拦着他的人反倒是李一笑了。

"我没有冲动。"金锋冷静道。

"可拉倒吧，你现在看起来分分钟就是要拿着菜刀去和吴俊杰拼命！"李一笑说道。

金锋不说话，看来是默认了。

李一笑把人推回了房间，语重心长道："你现在冲出去也没用啊！真要和吴俊杰决一死战，也不能用这种方式，我们好好想想吧！"

金锋不吭声。

"你说说，你想怎么做？真的只是冲上去送死的话，我绝对不会同意的！"李一笑说道。

"……不知道。"金锋喃喃道，他不知道该怎么做。

最初的怒火冲天已经过去了，剩下的是一身的无力。

他不知道怎么做才能帮到秦时。

"哎，这事儿看来真的不容易，你也没办法证明他开挂啊，这又不是你把他打一顿就能解决的事情……"李一笑说道。

"可以，我和他一对一！"金锋突然说道。

李一笑看着他："啊？"

金锋却突然振奋了起来，激动道："我和他一对一！"

"醒醒，你是不是气疯了！你们用什么游戏一对一啊？就算答应了，也不能证明他开挂啊！"李一笑说。

金锋满脸都写着不高兴。

“那让他自证。”金锋说。

“自证啊，我想想……目前为止我看到过的操作，都是嫌疑人自己站出来答应自证，方法比如一边拍电脑屏幕一边拍摄手部的动作，再比如线下自证啦。如果嫌疑人自己不答应自证，谁也没办法逼他呀。”李一笑说。

金锋的嘴紧紧地抿了起来，情绪再次低落。

“但是，这里有个但是。金锋，我记得你说过，你和之前的战队签过一份保密协议，对吧？”李一笑问道。

金锋猛地抬起头，看着李一笑，点了点头。

“所以我有个主意。”李一笑露出了一个得意的笑容，“你打电话给吴俊杰，告诉他，要么他去线下自证，要么你公布这份保密协议，告诉所有人，当初是战队为了息事宁人包庇车程和吴俊杰，所以才让你走人。”

金锋愣愣地看着他。

“虽然保密协议里不会写这些原因，但是你有这个，就说明了当初你确实是不得已地离开了战队，战队出于心虚才给了你一大笔补偿。至于到底你是因为什么不得已的原因，那简直是随便你说啊！如果你够狠，你说是吴俊杰打断你的手都行。当然，我不是让你这么干啦，我也知道你这种人干不出这样的事情，但是你可以用这个逼吴俊杰答应线下自证。”李一笑得意地说道，觉得自己简直是个天才。只可惜当初金锋签协议时没有偷偷录音，要是录音了，那要弄死吴俊杰可简单多了。

谁料，金锋听完，一脸痛心疾首：“我，那个协议，只有公司有，我没有。”

“你们不是一式两份的吗？讲不讲规矩啊！”李一笑简直要哭了。

“不是，只有一份，给我打了预付款我才签的。”金锋说。

李一笑欲哭无泪：“那只好这样了，你把银行打款记录拉出来，只要能证明是战队给你打的钱，那你再说是因为签了保密协议也不算是口说无凭。只要确定有保密协议，你照样拿这个逼吴俊杰自证，他要是不答应，你就站出来和秦时一起揭露他，两个昔日队友都出来做证，他再说自己是无辜的那也会让别人起疑了。”

金锋沉思了半晌，点了点头：“好。”

“你有吴俊杰电话吗？”李一笑问道。

金锋摇了摇头。

“这样吧，我去问问车程好了，他说不定知道。不过我得先把他从黑名单里放出来。”李一笑说。

车程当年和吴俊杰狼狈为奸，关系肯定不错，应该会有电话号码。如今车程已经退圈，还承认了当初对不起金锋的事情，金锋虽然没有原谅他，但也已经不再记恨他了。

李一笑计划完了，突然想起自己是来阻止金锋冲动的啊！他怎么就加入了进来，还帮他出谋划策了？！

金锋看着他一脸崩溃的表情，露出了一个浅浅的笑容：“我就知道，你会帮我的。”

李一笑无奈地叹了口气：“我不想帮你的，我不在乎吴俊杰是不是开挂，是不是能拿到奖项，但是我在乎你的安危……事已至此，我也劝不住你啦，只好和你共进退，大家有难同当吧。我记得你以前对我说过，‘你可能在某些时候欺骗所有人，也可能在所有时候欺骗某些人，但你却不能在所有时候欺骗所有人’，我觉得你说得对。吴俊杰的骗局总有一天要被所有人知晓。”

金锋看着李一笑的眼睛，用力点了点头。

这一次，他不再是为了梦想而战，而是为了公平与正义而战。

他无比渴望着，自己能获得胜利。

第二十一章

一起战斗吧

“秋宁，大半夜的你要去哪儿啊？”晚上下播了的李一笑看到秋宁拎了个旅行袋，似乎要出门的样子，疑惑地问道。

“我要去一趟北京。”秋宁平静地说道。

“北京？现在？大晚上的坐飞机很累的。”李一笑坐过“红眼航班”，是真的累，要是隔壁有个熊孩子一直哭闹，那简直是能把人弄得崩溃的经历。

“没关系，才两个小时，我买了商务舱，稍微躺一会儿就到了。”秋宁说。

“哦……啊……嗯，那就好。”从来没想过自己买商务舱的李一笑呆了一呆，又赶紧追问道，“你是去做什么？出差吗？”

秋宁摇了摇头：“是甜甜的事，甜甜她……被淘汰了。”

“啊？怎么会？她唱得很好啊！比那个陆霏霏唱得好多了。”李一笑惊讶地说道。

“最新一期还没播出，但是已经确定淘汰了。我从内部得到的消息……她现在肯定很受打击，都不回我消息，我去接她回来吧。”秋宁说着，在玄关换好了鞋子，又回头问道，“对了，先前你说秦时不见月的事情，我去打听了一下，现在谁都联系不上他。”

李一笑无奈道：“我知道了，谢谢你啊。现在金锋也要出来揭发吴俊杰了，我也拦不住……哎，随他去吧，反正我总是站在他这一边的。”

秋宁微微一笑：“嗯，加油，有什么困难尽管跟我说。”

说完，秋宁提着轻便的行李袋出门去了。

李一笑看着秋宁的背影，感觉这个姑娘比起他刚到这里的时候，多了不少人情味，也更关心身边的人了。

至少深更半夜一接到消息就订了商务舱去北京接朋友回家的事情，他是做不出来的，大概是贫穷限制了他的想象力。虽然现在他事业发展得很顺畅，赚了不少钱，但是潜意识里，他还没有习惯这一切。他还觉得自己是那个背着一个破包离开家来到外面闯荡的穷小子。

等等，秋宁到北京的时候天还没亮呢，她这是要在机场过夜吗？

机场酒店她睡得下去吗？

真是感天动地的友谊，李一笑在心里嘟哝了一声，给夏甜雨发了个消息：“秋宁来北京接你了，你记得和她联系，可别又不回人家消息了。大半夜去接你，估计得睡机场酒店，真是难为叶大小姐了。”

夏甜雨没有回他，她根本没有看手机。

此时的夏甜雨正在机场，原本她可以第二天再走，但是她再也不想留在这个让她无能为力和一败涂地的地方。她收拾好行李，像一条丧家之犬一样来到机场，等待已经显示要延误的航班。

深夜，机场外下着大雨，夏甜雨已经被淋了个半透，机场的暖气让她稍稍好受了一些，可还是浑身不舒服。

但此时此刻，身体上的不适已经不会让她在意了。

她满心都是婉婉告诉她的话，还有临走前陆霏霏的那句嘲讽。

夏甜雨不甘心，明明她已经距离梦想如此之近，眼看着就要触碰到那一缕灿烂的光芒，可是她还是被无情地打回原形，重重地摔在了地上。她一直以来的坚持，一直以来的信念，还有一直以来的梦想，都在这一刻被现实无情击碎。她的努力、她的才华、她的梦想，比不上别人的一条潜规则。

眼泪不由自主地落了下来，她坐在冰冷的等候椅上，把头埋进两腿间，小声抽噎了起来。

为什么？为什么她就是不行？

就是因为她不肯接受潜规则？

她不甘心。

她竭尽全力挣脱与生俱来的枷锁，逃出那个封建愚昧的家庭，来到热闹的城市中。她卑微弱小，依靠着自己的天赋挣到了能够养活自己的钱，她是自卑的，自卑自己的过去，她又是骄傲的，骄傲自己没有一路沉沦，而是靠自己的努力，成为从前的自己想也不敢想的那种人。

可那又怎么样呢？她还是撞到透明的天花板上，撞得头破血流。

这也许就是她的极限了吧？

她比不过那些天之骄子，也比不过那些靠潜规则上位的人。

浓浓的不甘心在她的胃里翻江倒海，夏甜雨抱着自己的膝盖，眼泪浸透了脸上的口罩。她不想被任何人看见，前几天还在电视节目里容光焕发的自己，如今蜷缩在机场里哭得不能自已。

她不想被任何人知晓，她是个失败者。

可冥冥之中，她还是在渴望着，渴望有一个人对她伸出手，对她说：这不是你的错。

迷蒙之中，夏甜雨感觉有人走到了她的身边，在她旁边的座位上坐了下来。她突然非常讨厌这个不识趣的路人，为什么不让她一个人静静地哭个够呢？

可不论她怎么在心里祈祷这个人赶紧走开，这个人就是不为所动。

夏甜雨埋头在自己的腿上，从手臂和大腿的缝隙中看到了旁边那个人，穿了一双熟悉的漂亮的黑色高跟靴子。

秋宁也有这双鞋子，是郑仙仙出品的女靴，卖得火热，夏甜雨印象深刻。

这个人也买了这双鞋子啊，看来郑仙仙的生意是越做越好了。夏甜雨的脑海中飘过这样一个念头。

“要纸巾吗？”靴子的主人用温柔的声音问道。

夏甜雨惊呆了，她猛地侧过脸，看向脸上略有倦容，可无损她惊人美貌的“路人”。

是秋宁。

“你……你……你怎么会在这里？”夏甜雨又气又急地问道。

一想到自己偷偷抹眼泪的样子被秋宁看在眼里，她顿时闹了个大红脸，假装气急败坏地问道。

秋宁递了一包纸巾给她，平静地说道：“我来接你回家。”

简单的一句话，突然间将夏甜雨内心好不容易筑起来的防线击得粉碎，她再一次泪如雨下，抱着秋宁号啕大哭。她闻着秋宁身上淡淡的香水味，使劲把眼泪蹭在了这件一看就很贵的羊绒大衣上，诉说起了自己的委屈。

“我被淘汰了！”

“我听说了。”

“我不甘心！我明明唱得那么好！”

“嗯，你唱得最好。”

“陆霏霏什么玩意儿！她全靠干爹！”

“嗯。”

“她就是靠干爹混上来的！唱得稀巴烂还能晋级！我不服！”

秋宁拍着夏甜雨的背，安慰着她，心里刹那间转过了千百个念头。这场选秀比赛，果然不简单。夏甜雨现在被淘汰也未必是一件坏事。

可就这么悄无声息地走人，却又太委屈。

秋宁轻声问道：“甜甜，你想报仇吗？”

夏甜雨颤抖着的身体一瞬间僵住了。

“你被淘汰，不是因为你唱得不好，是比赛有黑幕，这对你来说不公平。你愿意站出来吗？只要你愿意，我一定帮你。”秋宁扶住了夏甜雨的身体，直视着她的眼睛。

夏甜雨的眼神慌乱了起来，她惊慌失措地说道：“我……他们……没有人会相信我的，我也没有证据。他们会不会以后都不让我直播啊？”

她胆怯了。秋宁一听就明白了。

“这是你的意愿，无论你想怎么做，我都站在你这一边。哦，你不在的时候，别墅那边也出了点事，和金锋有关系。这要从秦时不见月举报杰哥开挂开始了……”秋宁握着夏甜雨的手，把这几天的事情娓娓道来。

从秦时不见月举报杰哥反被封号，到金锋决心站出来逼杰哥线下自证。

夏甜雨听完之后，着急地问道：“那金锋真的要站出来啊？”

秋宁点了点头：“是的，他一定会这么做的。”

“为什么呢？这也太危险了……万一……万一金锋也被封号……”夏甜雨呢喃着，心中满是担忧。

“如果没有人揭穿皇帝的新衣，那他就会坦然地赤身裸体前行，荒诞的事情就会一再上演，直到所有人都开始穿起皇帝的新衣。没有不流血的革命，总得有人站出来揭穿他。”秋宁说道。

夏甜雨抱着头坐在椅子上，脸上的表情时阴时晴，似乎陷入了自我斗争之中。

终于，她颤抖着声音看向秋宁：“我，我想曝光这件事。”

秋宁握着她的手，轻声说道：“好。”

李一笑那边正在琢磨该如何对付吴俊杰，吴俊杰这边也没有放松，虽然扳倒了出头的秦时不见月，但是大家的眼睛不是全瞎的，总有些人看出了吴俊杰直播时的不对劲，一帧一帧地研究起了他的游戏录像。特别是在秦时不见月被封号后，秦时的粉丝们勃然大怒，认定了这件事有黑幕，在微博、论坛等地方为秦时发声。

然而秦时不见月却突然人间蒸发，谁也联系不上他。

吴俊杰很是得意，又不禁有些烦心。前些天他的经纪公司约了平台方的高层吃饭，一群人吃喝嫖赌一条龙，撒了大笔钱这才敲定了搞死秦时不见月。几天折腾下来吴俊杰觉得自己还没从宿醉中清醒过来，可他还没有放松警惕，此时，他的狐朋狗友、狗头军师们正聚集一堂，研究接下来的策略。

一群人在吴俊杰的房间里吞云吐雾，如果李一笑在这里，他就会惊讶地发现，这群人里不但有他的老朋友车程，还有红烧大叔。

红烧大叔竟然和吴俊杰认识！

“奇怪了，我的一个朋友，突然跟我要你的联系方式。”已经退出直播界，转投老朋友吴俊杰麾下的车程，看到了李一笑发来的微信，困惑地对吴俊杰说道，“他和金锋是好朋友，关系特别好，跟穿一条裤子似的，金锋又和秦时是好朋友，会不会是因为这个？”

吴俊杰正在抽烟，一边抽一边冷笑道：“怎么？想帮秦时不见月出头？呵呵，我还以为现在有骨气的主播都死光了，这不是还有吗？现在他们想做什么都晚咯，老秦怕是已经回家吃软饭去了。”

红烧大叔却想得更深一些。

“你那个朋友怎么会知道你清楚吴俊杰的号码？”他问道，“他是不是有什么渠道，知道你现在来老吴这里办事了？”

吴俊杰一下子坐直了：“对啊，你赶紧问问他找你问我号码是几个意思？他是不是知道你在我这边打杂？关键时刻，你可别给我掉链子，不然可别怪我不讲情面了。”

车程被“打杂”两个字噎了一下，有些尴尬地应了一声：“好的，我问问。”

说来车程这几年事业就一直不顺。当初打职业比赛时他和金锋就结下了深仇大恨，退役后当了个游戏主播，可惜头发掉得比红得快，几年下来身体也大不如前，这才生了退出之心。上一次他生病住院，李一笑来看他，还带上了金锋，他见金锋如今混得不错，又是心虚又是嫉妒，想退圈又不甘心，毕竟这些年浑浑噩噩，除了打游戏什么都不会。

机缘巧合之中，他和老队友吴俊杰凑到了一起，给他打工干活，处理些杂事，有时候当“演员”，直播时开着小号马甲和吴俊杰联机，弄出一些搞笑操作来。吴俊杰为人跋扈，哪怕有着队友的交情，对他也不甚尊重，平时呼来喝去，把他当个仆人使唤，车程觉得颇为受辱，但形势比人强，只得一时忍耐，他觉得吴俊杰这人迟早要翻船，他可不想给人陪葬，但是现在也没钱单飞，只好忍着。

此时此刻，愧疚劲已经过去的车程，万分后悔当初一时冲动，把吴俊杰才是幕后黑手的事情爆料给了金锋，这万一被吴俊杰知道……车程有些不敢想下去了。

车程偷偷打量了红烧大叔一眼。

这个人不是省油的灯，听说利用自己的主播身份做了些秘密的勾当，赚了不少钱，他疑心此人干了些违法的事情。所以他虽然没有吴俊杰那么出名，但是赚的钱却不比吴俊杰少。

这两人不知道怎么勾搭上的，平日里红烧大叔给吴俊杰出谋划策。让吴俊杰联系平台方，把秦时不见月直播间封掉的人正是他，红烧大叔还联系了“水军”，在网络上打压吴俊杰开挂的言论，能删帖的删帖，不能删帖的就带节奏，总之把吴俊杰开挂的消息压了下来。

如今网上大体的风向认为吴俊杰是冤枉的，秦时不见月人品低劣，打职业时战队成绩不佳，他要负主要责任，如今当了主播挖空心思红了起来，为了一个奖项竟然对昔日队友背后捅刀。如今平台都封了他的号，可见秦时不见月确实有问题。

红烧大叔喝了一口啤酒，对吴俊杰说道：“你回他的时候，就说你没有杰哥号码，但是可以帮他打听一下。然后再问问他要杰哥号码做什么。”

吴俊杰嗤笑了一声：“难道真的是金锋想帮秦时不见月出头？嘿，真是不怕死。”

“有这个可能性，我好奇的是，他想怎么做。如今秦时都封号了，消失得无影无踪，不知道是不是死外边了，现在谁也不想沾得一身腥。干我们这行的人啊，门清得很，知道什么时候该说话，什么时候该闭嘴，现在可不是出来带节奏的时候，还是都做缩头乌龟吧。”红烧大叔冷笑着说道。

“哼，他做什么都没用了。车程，你把我的备用手机号码告诉他，我倒要看看他到底想做什么。”吴俊杰发话道。

“好的，我知道了。”车程应道。

“他打来电话就开免提，不该说的你一句话都别说，小心对方录音。”红烧大叔是个老江湖了，心思缜密，“哦对，你最好不要自己接电话，我来接，我说你不在，我是你的经纪人。这样无论他说什么，我都可以用须要当面询问你的意见来搪塞，有一个缓冲的余地。”

吴俊杰闻言道：“还是你套路多。”

“电话问到了！车程果然有吴俊杰的号码。”李一笑献宝似的把号码显摆给了金锋看。

金锋拿起手机就要打电话，被李一笑拦住了。

“别啊，金锋，你对自己的语言水平有点数好吗？你紧张起来简直结巴到无法交流！沟通这种事情还是交给我吧！”李一笑夺过金锋的手机，拨起了吴俊杰的电话。

金锋怨念地看了他一眼，但他对自己的问题心知肚明，只好默认了李一笑越俎代庖的行径。

李一笑不仅打电话，还开了免提，自己的手机则打开了录音软件，看到金锋震惊的眼神，李一笑得意地笑道：“哎，傻孩子，这叫搜集证据，未来你们撕起来，我就可以放出通话证据，要是能让吴俊杰在电话里承认自己做的事情，哎呀，那简直不战而胜，懂不？”

金锋猛地点头，似乎学会了什么。

电话响了几声，那边接了起来，是一个中年男人的声音：“你好，哪位？”

李一笑愣了一下，觉得这声音很是耳熟：“吴俊杰？”

那边沉默了一会儿，声音突然变得尖细了起来，好似有人捏住了鼻子说话：“你打错电话了。”

这声音的变化太突兀了，李一笑猛然想起最初听到的声音是谁：“红烧大叔！是你！”

电话那头的红烧大叔用力拍了一下脑袋，用口型骂了一句脏话，万万没想到打来电话的人是李一笑啊！他俩关系没有破裂之前，两人可算是朋友，都看过对方的直播视频，所以对方是什么声音简直一清二楚，根本瞒不过去。

但是自从红烧大叔买通了李一笑的粉丝，黑李一笑送的食物变质有毒，害粉丝住院之后，李一笑找出了幕后黑手红烧大叔，却迫于公司要求也没有说出来。红烧大叔也知道自己已经被发现了，从此心照不宣的两人再也没有联系过，算是绝交了。

都怪车程，他怎么不说清楚问吴俊杰号码的人是李一笑啊！

这他妈，现在暴露了他和吴俊杰的关系！

“对，是我。”红烧大叔眼看瞒不过去，承认道，“李一笑，你有什么事？”

“我找吴俊杰，为什么你接的电话？你们认识吗？”李一笑质问道。

“我和他是朋友，接个电话怎么了？”红烧大叔反问，一边恶狠狠地瞪了车程一眼。

不知道李一笑和红烧大叔过往恩怨的车程莫名其妙，红烧大叔为什么要瞪他？

“你能接到他电话，说明你们在一块，把电话给他。”李一笑反应很快，意识到了吴俊杰应该就在红烧大叔身边，于是说道。

“他出去买东西了，没带手机，你有事就说吧，我转告他。”红烧大叔说。

“我就一句话，当年金锋签的保密协议，他还记不记得。记得的话，现在就接电话。”李一笑笃定吴俊杰在场。

红烧大叔一听就知道不妙，使劲对吴俊杰使眼色，让他不要开口。但是吴俊杰是什么人啊，他怎么可能听得进去，当即要抓起电话，被车程拦住，抱着他使劲摇头。

红烧大叔给吴俊杰比手势，示意他闭嘴，自己则对着电话说道：“他确实不在，不过我回头会问他的。”

“呵呵，是真不在还是装不在？黑人的时候很嚣张嘛，现在怎么做了缩头乌龟？”李一笑嘲讽地大声说道。

“谁他妈是缩头乌龟，李一笑你算哪根葱？什么保密协议，我没听说过！”吴俊杰虽然冲动，但也不傻，他知道保密协议当初就只有一份，金锋手中是没有的，就算说出来也是口说无凭，他当然要装不知道。

电话那头响起了金锋的声音：“协议我没有，但是我有，那个，转账记录。”

“对，转账过来的户头是ZBM战队的，平白无故战队为什么要给金锋这么一大笔钱？再说了，你以为当初战队的人都会听你的吗？早有人看不惯你了，你能让秦时滚蛋，你还能让所有知情的人都滚蛋吗？人家可不吃主播这碗饭。现在我们只有一个要求，想让我们不说出来，你答应接受线下自证，证明你没有开挂。”李一笑一字一句地说道。

吴俊杰脸色发白，这下他是真的没法笃定了，当初战队的队员早已四散他乡，大部分都找了份其他的工作，万一有几个人站出来把金锋当初退役不是因为家庭原因，而是因为被战队的队友打伤了手不得不退役……等等，作案的人是车程啊，关他吴俊杰什么事？他不过是唆使了一下，事后给了一笔封口费。只要车程不站出来说话，这锅他就要背到底！

吴俊杰闻言看向车程，车程刚被红烧大叔瞪了一眼，又听了李一笑的话，此刻正紧张不安，看到吴俊杰的眼神，顿时慌乱了起来，使劲摇头。

红烧大叔正摸不着头脑，他根本没听说过什么保密协议的事情，不知道该怎么说话。

“哎，金锋啊，我真不知道你在想些什么，到这种时候了你还要帮着秦时。他在战队里的时候确实对你不错，但你也不能因为交情就颠倒黑白啊？当初你退役确实是因为车程弄伤了你的手，战队为了名声，为了接下来的比赛，不得不保密，还给了你一大笔钱，你却因为和秦时的私交，在这种时候跳出来包庇他，我真的很痛心。你知道被人污蔑开挂对我来说是多大的羞辱吗？我吴俊杰不要面子的啊？被人空口白牙说开挂，我还怎么吃这口饭啊！我真没想到你们两个会为了一个年度最佳的奖项这样对我这个老朋友。让我线下自证？我没有开挂，我为什么要自证？这种侮辱，我不接受！”吴俊杰一副痛心疾首的样子。

车程目瞪口呆，万万没想到这个世界上竟有这等厚颜无耻之人，当初这明明是吴俊杰指使！现在竟然全是他的错了！

车程尚且如此，金锋和李一笑就更别提了，金锋的脸色阴沉，深呼吸了几次都没有压住胸中的怒火。李一笑更是恨不得顺着电波飞过去暴打吴俊杰一顿。

没想到吴俊杰竟然承认了当初是车程打伤金锋的事情，还承认了战队确实给了金锋一笔钱，虽然搭上了车程的名声，但也让李一笑的计划完全泡汤。这下他们可没有什么可以逼迫吴俊杰答应线下自证的筹码了。

“你看着吧，你做的一切，总有一天是要真相大白的。”金锋勉力冷静地说出了最后一句话，挂掉了这通电话。

李一笑已经气疯了，使劲捶着桌子暴怒道：“我他妈就没想到这个人这么不要脸！”

“我也没想到，他直接，卖了车程。”金锋情绪低落地说。

“他不承认，这通录音就没用了，可恶。我没想到红烧大叔都跟他是一伙的！真是人渣都凑一块了。”李一笑越想越气。

“再想想吧，他做过的事情，总有破绽的。”金锋劝道。

李一笑深吸了一口气，用力点了点头。

“车程！你怎么不说清楚问你号码的人是李一笑啊！这下我暴露了！”红烧大叔气急败坏地质问车程。

车程被他吼了一嗓子，小声为自己辩解：“我不知道你们认识啊……”

“还狡辩！认不认识是我的事！说不说是你的事！你既然拿着老吴的钱给他打杂，关键时刻掉链子，要你有什么用！”红烧大叔怒道。

吴俊杰在一旁一边抽烟一边凉凉道：“是啊，你看你，让你跑商务你屁都不懂，让你当幕后直播演员，你又老是搞笑不起来，让你打打杂你还老掉链子。车程啊，我是看在我们当年队友一场的情分上才收留你的，你要是这也不行那也不行，我也不知道让你做什么去呀？”

房间里的其他人也是一阵附和。

车程的心一下子沉了下来，只好道歉道：“对不起，是我大意了，下次一定不会再犯了。”

吴俊杰看到车程低眉顺眼的样子，这才满意道："这才像话嘛。阿宏，这李一笑什么来头？"

阿宏正是红烧大叔的名字，他说道："我说他的网名你肯定认识，叫'李十三笑'。"

"哎呀我去，是李十三笑啊，我还看过他的直播呢，这人挺逗的啊，没想到和金锋是一伙的。"吴俊杰一脸惋惜，又问道，"你们俩也认识？"

红烧大叔闻言不怀好意地笑了笑："岂止认识，我俩还有点过节呢。这次他也入选'年度最佳美食主播'了。"

吴俊杰又问车程："你们俩一个美食频道扛把子当红主播，一个游戏圈十八线小透明还退圈了，怎么认识的？"

车程觉得被羞辱，低着头咬牙道："我认识他前女友，也是个美食主播，叫圆圆。圆圆当时把她男朋友介绍给我了，那时候李一笑还在给她做幕后呢。"

"又是个认识的，这圈子也太小了。"红烧大叔又笑，"不过他前女友现在可混得不怎么样，竟然也让她进了大名单。嘿，这个圆圆不会是李一笑捧起来的吧？"

车程迎合道："是他，李一笑还是有两把刷子的，当初给圆圆做策划捧红她的人就是他，他走了之后圆圆的人气就一落千丈，沦落到做大胃王吃播过活，我看到好几次有人扒她催吐了。"

"这倒是没听说，你给我说说。"红烧大叔仿佛听到了什么劲爆消息，一下子从沙发上挺直了身，感兴趣地问道。

"我也不是很清楚，我就是看到贴吧有人在扒她。"车程心里猛地一突，心中有种不好的预感，含含糊糊地想把这一茬糊弄过去，他还不想坑害自己的好友。

"啧，我自己去看看。"红烧大叔说着，自己用手机搜索了起来。

吴俊杰问道："你对人家女朋友这么感兴趣做什么？"

红烧大叔笑了笑："我哪是对人家女朋友有兴趣，醉翁之意不在酒，在李十三笑身上也。”

吴俊杰也精神了起来：“怎么，你要搞他？”

“这次评选我还真没有什么把握赢过李一笑，现在人在家中坐，机会天上来。让我好好琢磨琢磨，一个弄死竞争对手的机会就这样轻轻放过，评委都不会饶恕我。”红烧大叔得意地说道。

“你想怎么做？”吴俊杰问道。

红烧大叔不明所以地笑了笑：“这年头主播拼的可不只是水平，还有套路。你们以为现在主播们一个个爆出黑料落马封号的，都是吃瓜群众找的黑点啊？挡人财路犹如杀人父母，没有什么深仇大恨的，谁这么闲？组织一伙人把一个主播几年的直播录像全看完，逐字逐句抠字眼？就算内容没黑点，谁知道他会不会有点家暴前女友这样的黑历史？就算真的没有，嘿，他前女友催吐啊。”

车程紧张地看着两人。平心而论，他不讨厌李一笑，当年两人还颇有交情，现在看到红烧大叔一副成竹在胸的样子，他不但感觉到一阵恶心，还有一种兔死狐悲的悲凉。

他看着红烧大叔深藏不漏的憨厚脸庞，心中戚戚然。红烧大叔能红起来，还不知道整死了多少个同行，这样的人，有心算无心，跟他做对手真是太可怕了。

“怪就怪他是金锋的朋友，那就是我们的敌人了，对敌人就要像秋风扫落叶一样无情。”红烧大叔笑眯眯地对车程说道，“这个不急，到时候还要请你帮个忙了，你有什么‘好东西’记得给我一份，我不会白拿你的。”

车程悚然一惊，慌乱地点了点头，他看了一眼吴俊杰，他一脸无动于衷，甚至还点了点头，似乎对红烧大叔的行为十分认可，两人热烈地讨论起了对付李一笑的方法。车程越听越毛骨悚然，不禁怀疑起了自己的选择正确与否。

果然还是要找个退路啊。

车程一边想着，脑中浮现出金锋和李一笑的脸。他手里有一张照片，还有一段录音，也许金锋会想要买下它。

就在金锋和李一笑因为吴俊杰的事情气得火冒三丈的时候，秋宁和夏甜雨也没有闲着。秋宁联系上了几个和夏甜雨有着同样经历的被淘汰选手、叶江影视公司的工作人员和娱乐圈的八卦博主，将这件事曝出来。

选秀黑幕的事情，说大不大，说小却也不小，因为秋宁这边搜集到了一些录音和书面证据，还请了圈内的专业人士爆料这件事情，选秀黑幕的事件从一开始的捕风捉影到逐步披露证据，受到了很大的关注，关键词还上了热搜。

从事情发酵开始，夏甜雨就处于焦虑不安的状态中，两人为了寻找当事人和搜集证据，一直在全国各地飞来飞去，已经有一周的时间没有回家了。秋宁却很镇定，她一直有一颗大心脏，从小到大的教育和她本身的性格，都让她有一种临危不乱的沉稳气质。

但事实上，秋宁面临着比夏甜雨更沉重的压力——她对付的人，是她的血脉至亲，她的父亲。

叶以荣，叶氏集团的创始人，叶秋宁的父亲。

如今他们的父女关系并不和睦，但是在秋宁童年的时候，他们的关系远比现在好得多。叶以荣虽然个性风流，重男但不轻女，妻子江婉生下一个女儿之后，他非常高兴，对长女寄予厚望。秋宁也没有让他失望，她乖巧听话、天资聪颖，叶以荣非常疼爱这个女儿，秋宁也非常依赖自己的父亲。

但是这份亲昵的关系也只持续到秋宁长大到能够明白父亲的情人是怎么回事。她风流成性的父亲在外面有三个儿子，还有数不清的情人。那一天，秋宁终于明白了为什么母亲的脸上总是带着那一抹金钱也无法抚平的阴郁。

秋宁自己也不知道，她最后选择离开家里为她安排好的道路，选择走自己的路，是否与童年时的经历有关，也许有，也许没有。

“原来陆霏霏的金主叫叶以荣，是个影视公司的老板，怪不得这么横。”夏甜雨嘟哝着这几天得到的消息，扯了扯秋宁的袖子，“我搜了一下这个叶以荣，虽然年纪大了点，但还挺帅的嘛，怪不得陆霏霏这么嘚瑟。”

秋宁苦笑了一下，夏甜雨至今都不知道这个叶以荣就是她的父亲，她也没打算把这个关系告诉夏甜雨，免得她知道了之后心有愧疚，担心是自己破坏了秋宁父女的关系。

可秋宁不在乎。不是说她在乎朋友多过亲人，非要揪着父亲的错误“大义灭亲”，而是因为她只想站在正义的那一边。

秋宁的电话响了，她看了一眼来电显示，神情一下子肃穆了起来。

她按掉了电话，跟夏甜雨说她要出门买点东西。她一直走到酒店走廊外，这才回拨了电话。

“什么事？”秋宁语气淡漠地问道。

“什么事？你看看你做的好事！”电话那头的男人的声音一下子拔高了，“你出手黑你老子我，简直大逆不道！”

来电的人正是秋宁的父亲，叶以荣。

秋宁淡淡地说道：“把别人做的龌龊事广而告之，这可不叫黑，叫曝光。”

叶以荣被女儿揭短，顿时怒不可遏：“叶秋宁！我看你是忘了自己姓什么！”

“这倒不至于，我的记性比起您，还是要好上一些的。您从前跪在奶奶病床前痛哭流涕保证从此再也不在外面拈花惹草的事情，我记得清清楚楚一字不差，您却连个大概都不记得。听说您又给我添了对双胞胎妹妹？恭喜恭喜，改天我送一份大礼过去。”秋宁的用语非常礼貌，但是字里行间的嘲讽之意却几近刻薄。

果然，叶以荣气急败坏地说道：“老子的事情，你没资格管！”

秋宁平静道：“那我的事，也不劳您操心了。”

对面传来一声东西被摔碎的声音，还有一声惊呼声，有个女人的声音正在劝他消消气，声音仿佛是陆霏霏。秋宁一听就知道她爹艳福不浅，心中更是冷漠。

“行，我不管你，你翅膀硬了，你老子我管不着你了！你这个兔崽子非要气死我了才甘心！”叶以荣恨恨道，语气有些急促。

陆霏霏劝他：“你心脏不好，千万别动气，医生都警告你了。”

秋宁怔住了，她一直都知道父亲的心脏不太好，要是这下被她气得心脏病犯了，她仍是不忍心。

“抱歉，我不是故意惹您生气，您要多注意身体。”秋宁的语气软了下来。

“哼，你还知道让我注意身体？你要是肯回来帮我做事，让我少为公司操心，我的身体早就好了！”叶以荣听女儿服了软，语气也软和了下来，开始老调重弹。

他一直都希望秋宁回去继承家业。他三个成年的私生子都不成器，一个愚笨，一个好赌，还有一个吸毒，把他气得一佛出世二佛升天。唯一争气的女儿秋宁是个冷淡的性子，长大之后干脆离开了家，他原本计划的退休生活迟迟没有到来，到现在仍要为公司操心。他也知道自己已经老了，懈怠了，没有从前那股狠劲，公司发展不温不火，已经是换一个掌门人的时候了。

可是他中意的掌门人却对此毫无兴趣。

“您知道我不会回来的，那不是我想要的。”秋宁说。

“你老子我年轻时还想当个画家呢，现在还不是满身铜臭味？”叶以荣的声音有些幽怨，又有些无奈。

秋宁从来不知道自己的父亲年轻时还有这样的想法，她不禁追问道：“那您后来是为什么选择从商？”

叶以荣平静道：“因为你爷爷赌光了钱，家道中落，我总不能看人真的剁了他的手。”

秋宁的爷爷在她出生前就去世了，她很少听到家里人提起他，只是依稀知道他生前喜欢赌钱，后来病死了。是以她从来不知道父亲选择从商是因为爷爷。

“秋宁，人这一辈子，不可能事事如意，你总会为什么妥协。如果你没有妥协，那不意味着你坚定，只是代表你狠心，狠心到从来没有因为什么人委屈自己。”

秋宁停住了脚步，愣愣地站在原地，胸口被什么东西狠狠击中了。

是啊，她从来没有为谁委屈过自己。父亲也好，母亲也罢，她从来没有为了他们妥协。她拒绝沿着父母铺好的道路走，也拒绝父亲安排好的婚姻，她拒绝的时候，甚至没有多少愧疚之情。

她是狠心的，也是自私的，她不为任何人妥协。

“你的那个朋友，叫夏甜雨是吧？我让人调查过这个小姑娘，她什么来历你很清楚，跟你天差地别，你们根本不是一个世界的人。我没想到的是，你竟然会把她当成好朋友，还为了她和你老子我杠上，我万万没有想到啊。”叶以荣的声音冷酷了起来，秋宁熟悉这样的他，年轻时在商场上杀伐果断的那个他。

她已经很多年没有见过这样的父亲了。

“我这一辈子只栽在过女人的手上，没想到我女儿也一样。老子我年轻的时候，一心一意地爱着一个姑娘，我以为我克服万难总能娶到她，谁知道我家败落的时候，她立刻嫁了别人。你以为你一片痴心人家就会领情？让我看看你究竟愿意为这个朋友付出多少，秋宁，你可别让老子我失望啊。”叶以荣低声笑道，挂断了电话。

秋宁看着手机屏幕上的通话记录，许久没有动作。

窗外的晴空不知何时已经聚起了大片乌云，厚厚的雨云中时不时闪过一道道闪电的光芒。

快要下雨了。

第二十二章

危机来临，接受考验

眼看着秦时不见月被封号后，吴俊杰的人气越发上涨，如今在年度最佳投票区的游戏主播模块稳居第一，李一笑异常气愤，隔三岔五和金锋吐槽这个开挂狗。

李一笑还和经纪人陈阳打电话吐槽了吴俊杰，陈阳经验丰富，闻言再三告诫李一笑不要在这种关键时刻和别人结仇，他现在势头很好，票数增长迅速，占据着第一的宝座，很有可能拿到本年度最佳美食主播的奖项，陈阳不希望他在这时候栽跟头。

李一笑嘴上答应得好好的，心里却颇不是滋味，他知道陈阳这个好兄弟是为了他好，但是如果要为了一个奖项违背自己的良心，做自己都看不上的人，他觉得不值得。

当初他选择做主播，是为了和圆圆争一口气，向她证明不搞那种歪门邪道也可以成功，后来他成功了，还用自己的成绩打动了爸妈，让他们认可了自己的职业，再后来他看到落魄的圆圆，回想起两人相爱时的种种，又决心给圆圆凑够两百万解约的违约金。如今距离这个目标已经不远了。

李一笑打开微博，从特别关注里点开了圆圆，想知道她的近况如何。

奇怪的是，圆圆最近几天都没有发什么微博，李一笑觉得有些不对劲，圆圆从前可是一天至少要发三条微博的人。他立刻点开了她四天前那条微博下面的评论，冷不防地看到了几条刺眼的评论。

“这个主播也是催吐的，被扒出来了（附上一条网页链接）。”“我说她怎么能吃这么多呢，原来是催吐的啊。”“最近越来越不行了，人也越来越瘦，声音都哑了，怀疑很久了，现在被扒出来果然是在催吐。”

李一笑的呼吸一滞，万万没想到，他一直替圆圆隐瞒着的事情，竟然在这时候被曝了出来。

“叮”的一声，一条微信发到了李一笑的手机里。

李一笑打开一看，整个人都傻眼了。

这条微信来自许久没有和他联系的圆圆。

“原来你是这样的人，我今天才算是看清你。”

这话没头没尾，但是结合刚才李一笑看到的催吐丑闻，他立刻就明白了这是怎么回事——圆圆以为是他做的！

李一笑赶紧为自己辩白："不是我啊，不是我做的！"

圆圆回道："你都知道……果然是你，我真是看错你了。"

李一笑再回复的时候，信息发出去却显示被拒收，他被圆圆拉黑了！

这到底怎么回事？

李一笑呆呆地捧着手机，又是心酸又是委屈。他做男朋友的时候，凡事尽心尽力，做前男友之后，也没有狼心狗肺，还惦记着要帮前女友"赎身"，这样的好前任哪里去找？

现在却被人从头到脚泼了一盆脏水。

李一笑气得要给圆圆的微博发私信，却看到圆圆发了一条新微博。

"最近针对我的一些负面言论，稍后我会说明，谢谢大家一直以来对我的支持。最后我要说一句，李十三笑，我真的没想到你是这样的人，畜生！我和你没完！"

李一笑气结，那股委屈劲儿就别提了！恨不得现在就冲到圆圆面前让她清醒一下。

楼下传来了敲门声，李一笑没理会，等韩麦去开门，但是半晌也没有人去，他的电话还响了，是李师师的电话。

"开门啊，死里面了吗？"李师师没好气地说。

"我先警告你我现在心情很不好。"李一笑给他开了门，黑着脸说道。

李师师挑了挑眉："哟，来姨妈了啊？"

李一笑气急败坏："我是男人，哪来的姨妈！"

"那怎么一张内分泌失调的脸？来来来，有什么不开心的事情告诉我开心开心。"李师师把人拉到了沙发边，自己坐好，捧着脸就等李一笑八卦了。

李一笑丧气地坐了下来，把圆圆的那条微博反复看了好几遍，视线就是无法从“畜生”两个字上挪开。

半晌，李一笑咬牙切齿地问道：“你说，我是个畜生吗？”

李师师做惊讶状，安慰道：“不要这么贬低自己，你还算不上是个畜生。”

总觉得好像被人黑了一把，李一笑看着李师师认真的眼神心想。

“怎么回事？”李师师又问。

李一笑扭捏了一会儿，问道：“圆圆你还记得吗？做大胃王吃播的那个女主播？”

“记得啊，在医院里见过，差点废了你的命根子，这姑娘我喜欢。”李师师问道，“怎么了？她来找你复合了？”

“那倒没有，她对我有点误会，现在大概是要在微博上挂我了，陈阳知道了会撕了我的。”李一笑尿尿地说。

李师师冷笑一声：“看来她不是一个好前任。”

李一笑苦笑了一下：“还行吧。”

“一个好的前任，分手之后就要像死了一样不再联系。”李师师义正词严道。

……说得很有道理的样子。这家伙虽然连个女朋友都没有，但好像很懂嘛。

“总之你看看吧。”李一笑展示了一下手机给李师师。

李师师接过李一笑的手机，扫了一眼之后说道：“你这前任，也入选最佳美食主播了？”

“你怎么知道？”李一笑惊讶道。

“不然为什么这个时候挂你？”李师师说。

李一笑心一沉：“她不是这种人。”

李师师揶揄道：“你前任是什么样的人我不清楚，但你作为前任，倒是个好前任了。”

李一笑苦笑了一下：“这里面肯定有什么误会。”

李师师继续看圆圆的微博评论，看到了一些有趣的东西：“看评论，好似是有人爆料了你前女友的催吐丑闻，这对一个大胃王主播可是个沉重打击，你前女友认定是你干的。”

“我绝对没有！”李一笑坚决否认。

李师师继续往下看：“她催吐？”

李一笑沉默地点了点头。

“哦，竟然还有她在催吐贴吧里的发言，虽然是个小号，但是被人扒出来了。还有一张她在医院消化内科的照片……这好像是我们这里的医院，这是三院吧？”李师师问道。

李一笑抢过手机看了起来，果然是熟悉的医院！

看照片里圆圆的打扮，好像是李一笑去医院看车程的那一天！

怪不得圆圆觉得是李一笑爆料的！他都觉得自己像是幕后真凶了！他还威胁过，要是圆圆再执迷不悟他就要去曝光她了！这下好了，圆圆被爆料第一个就想起他了！

“我也不知道怎么回事，但这个绝对不是我发的……我要和圆圆联系一下，跟她说清楚。”李一笑急忙道。

“你觉得她现在听得进去吗？”李师师反问。

李一笑脸上一僵，无法回答。他了解圆圆，以她的个性，现在正在气头上，根本谁的话都听不进去。李一笑去辩解根本没有作用。

“我不觉得这种时候出现这些东西是个巧合，一定是有什么人为了某个目的做的。你可以排查一下，看看谁最有嫌疑。”李师师说道。

李师师的话给了李一笑一些启发，他把这一次获得了美食主播提名的人都筛选了一遍，最后注意力落在了一个熟悉的对手身上。

红烧大叔。

李一笑立刻想起他帮金锋打电话给吴俊杰的时候，接电话的人正是红烧大叔，他和吴俊杰是一伙的。

这个人：有动机——他也得到了提名，而且李一笑是很有力的竞争对手；有前科——红烧大叔曾经买通李一笑的粉丝挂他抽奖的食物不卫生导致粉丝食物中毒；有作案能力——这个暂时还没证据。

李一笑捂住了脸：“看来就是他了。”

就在李一笑琢磨着的时候，圆圆发了一条长微博。

标题就叫：《分手两年，我才知道你是这样的人》。

李一笑不敢打开，把韩麦、金锋和李师师叫到了一起，研究对策。

“你先打开看看吧。”韩麦说道。

李一笑捂住眼睛：“我不敢看啊！太夭寿了！”

“我们帮你看。”恶趣味的李师师打开长微博，声情并茂地念了起来，“三年前，我认识了李十三笑，那时候他在送外卖，看到我在做吃播，给我提了一些意见，我觉得他是很有想法的人，后来我邀请他和我一起做吃播……”

李一笑趴在桌子上抱着头听，像是个听法院判决的嫌疑人。

“……他成了我的幕后，我们一起创业，一起做吃播，吵吵闹闹地成了一对情侣。

“……我以为这样的关系可以永远持续下去，我们可以一起成功，我和你，永远在一起。但是渐渐地，你变了。

“……你开始不满足于现在的人气，希望我做一些改变，例如大胃王吃播。奈何我天赋有限，吃不下这么多东西，吃到最后，我觉得自己的胃快要爆炸了。然后你对我说，只要吐出来就好了。”

听到这里，李一笑终于忍不住了：“我根本没有说过！”

“你前女友要甩锅了，你赶紧背好。”韩麦同情地看了李一笑一眼。

“接下来大概就是指责你人渣，她患上了暴食症，一直在暴饮暴食和催吐之间反复折腾，身体很不好。你一点也不体谅她，还嫌弃她不好好做吃播，想要自己出来单干，就把她甩了。现在还为了最佳美食主播的名头爆料她的黑历史，嗯……确实很渣，女网友就喜欢喷你这样的渣男，一听就义愤填膺，不喷到你退圈决不罢休。”李师师总结道。

“我不是，我没有，我是冤枉的！”李一笑委屈极了。

金锋看着李一笑，认真道：“我相信你。”

“好兄弟！”李一笑握着金锋的手，一脸感动。

“我们当然知道，但现在的问题是，吃瓜路人可不知道。”李师师耸耸肩说。

李一笑看了一眼评论里的一片骂声，这群不明真相的路人已经占领了他的微博，在下面疯狂骂他，把他祖宗十八代都喷了一遍。

“所以当初你和圆圆到底是怎么回事？”韩麦问道。

李一笑无奈地苦笑了一声：“还能怎么样？提出分手的人确实是我。圆圆在认识我之前做过一些大胃王吃播，但没什么名气，我认识她之后重新给她策划，做创意吃播，效果很好。后来她看大胃王吃播越来越火，有心重操旧业，我不是很赞同，但是她非常坚持，还说她确实能吃下那么多，我就勉强答应了。我实在没有往她会催吐的方向去想，但是后来，每次下播之后她在洗手间待的时间越来越长，水槽里冒出来的胃酸的味道那么明显，她越来越瘦，还被胃酸腐蚀了牙齿蛀牙了好几颗，我哪里会不知道……”

“因为意见分歧，所以你们分手了？”韩麦问道。

“很多原因。这应该是导火索吧。我不赞同她这样伤害自己的身体，也不赞同这种欺骗观众的做法。”李一笑闭上了眼睛，回想起他冲进卫生间亲眼看到圆圆趴在洗脸台边呕吐的样子，那时候他是那么痛心，他怎么也没想到这个他曾经心爱的姑娘会做这样的事，“其实更多的，还是我们一直以来的性格矛盾吧。她脾气不算好，我工作起来也是个暴脾气，我们俩在一起的时候，成天吵架，吵着吵着，感情就吵崩了。”

“你现在准备怎么办？再这样下去，你基本可以第一轮就告别最佳美食主播了。”李师师问道。

李一笑叹了口气：“我能怎么办？总不能我也来一条长微博和她对喷吧？我可拉不下这个脸。”

几人沉默了。

“不管怎么样，你总得澄清一下，不然对你的名誉是很大的损害。”韩麦说道。

不等李一笑回答，陈阳的电话就打进来了：“大兄弟，你怎么回事啊？！刚说了让你小心小心再小心，你一下子就爆出个巨大八卦，现在整个圈子都在看你们热闹你知道吗？！我他妈都快急死了！”

李一笑被陈阳一通狂喷，蔫蔫地说道：“这件事说起来比较复杂，但我保证我绝对没有干那种事！我是被黑的！”

“现在谁他妈管你是不是被黑，都在看热闹呢！你的几个竞争对手就差放鞭炮庆祝一下了。你赶紧过来我们商量一下对策，不能让事情发酵下去。”陈阳着急道。

李一笑赶紧答应，对几人说道：“兄弟们，我要去陈阳那里接受组织的考验了。”

“一路走好。”几人郑重道。

话音刚落，李一笑的电话响了，是许久没有联系的陈一路。

李一笑刚接起电话：“喂？”

那边劈头盖脸一顿臭骂：“李一笑！你是不是人？你还是不是人？我他妈……我他妈和你没完！”

李一笑满头问号：“我怎么了？”

“你还敢做不敢当？说，你是不是我女神的人渣前男友！”陈一路气急败坏地质问道。

李一笑猛然想起，这个陈一路可是他前女友的忠实粉丝啊，曾经还在他面前当面表示欣赏圆圆。让他这个前男友非常尴尬。

“喂，我是她前男友，但我是冤枉的！”李一笑反驳道，“现在完全是圆圆在黑我！我根本没做过那种事！”

“李一笑！你还敢说！这要是不是你还能是谁？我女神吗？！可恶，你竟然是我女神的前男友！我呸你一口番茄炒蛋油焖皮皮虾！我和你势不两立！”

“真不是我！我就是因为她催吐，我劝不动，才和她分手的！”

“那你更加是个畜生了！”

李一笑：“啊？”

“我女神都这么艰难了，你还甩了她，你难道不是个畜生吗？我不管，我不听，我这就来和你拼命！我已经到你们小区门口了！”

李一笑崩溃地对几人说：“秋宁的未婚夫是我前女友的脑残粉，现在来找我拼命了，这可怎么办啊？”

韩麦比李一笑还急，大声喊道：“什么未婚夫，不算数的！包办婚姻不算数的！”

这着急的点是不是不太对头，几人不禁在心里默默吐槽了一句。

李一笑仿佛回到了被爸妈找上门的时候：“同志们，记住，我们这里没有一个叫李一笑的人，李二笑，李三笑，李十三笑通通都没有！”

李一笑夺门而出，还没跑出两步，迎面就看见正气势汹汹朝他冲来的陈一路：“李一笑，你给我站住！渣了我女神还想跑！”

“我不是，我没有啊！这都是误会啊！”李一笑哪能听他的，拔腿就跑。

两人在小区里展开了一番激烈的赛跑，李一笑绕着水池狂奔十圈，刚好和陈一路在水塘的左右两侧，陈一路往左边走两步，李一笑也往左边走两步，陈一路往右边走两步，李一笑也往右边走两步，形成一个僵持的状态。

“你听我说！我真的不是那种人！那些黑料也不是我放的！我是冤枉的！”李一笑大声喊道。

“你以为我会相信你吗？当初绑架我的人被警察抓到后，也一把鼻涕一把泪地说自己是无辜的！”陈一路喊道。

“那你要怎么做才能相信我？”李一笑问道。

“你做什么我也不会相信你的！我女神是完美的！”陈一路说。

“滚吧！你女神私底下一周不洗头！天天狂骂我是个废物点心！我和朋友去网吧开个黑，她能打六十六个电话喊我滚回家！随便一个推销电话打到我这里，她就说这是外面的狐狸精，非要我跪搓衣板，我容易吗我？”

“你污蔑我女神！你以为我会信吗？”

“信不信随你！总之我是无辜的！我现在要赶紧去找我的经纪人，你别追我了！”

“别做梦了，我今天就是要让你知道得罪我女神的下场！”

双方像是开战前互飚垃圾话一样，喊完就开打，陈一路再次绕着水塘狂追李一笑，李一笑跑啊跑，陈一路追啊追，两个人像是在玩跑圈游戏似的。李一笑很有信心，他一定可以凭借被前女友锻炼出来的逃跑能力甩掉陈一路。

然而，然而李一笑此人，是个事故体质。

李一笑在狂奔过程中，因为没有注意地面起伏，一脚磕在了石头上，咕噜咕噜地滚进了池塘里。

真是冰冰凉透心凉。

“你又有新哏了。渣男李十三笑，因为被圆圆粉丝追杀，慌不择路摔进池塘，丑态百出，被人拍下来发到了微博上，一千转了，你可真是很棒棒。”陈阳左等右等没等到人，打电话给韩麦才知道情况，立刻赶到了七号别墅，冷笑着看李一笑。

李一笑蔫了吧唧地说：“这也不能怪我啊。”

“不怪你怪谁！怪我女神吗？！”陈一路愤愤道。

陈一路被姗姗来迟的韩麦等人按住了，现在也来到了别墅，现在被绑在了椅子上，以免对李一笑造成更大的人身伤害。他还不甘心地叫嚣道：“让我见宁姐！我要和秋宁说话！她会放我下来的！”

李师师呵呵一笑：“别想了，你宁姐现在带着‘小情人’全国各地跑，就为了打倒大恶魔，捧红‘小情人’，根本顾不上你这个未婚夫。”

李一笑在一旁点头："就是，现在秋宁和甜甜忙着呢，没空理会你。"

"你们包办婚姻不算数的。"韩麦再次强调道。

夏甜雨和秋宁把她们最近发生的事情都告诉室友了，他们虽然行动上帮不上忙，但是嘴上还是要帮忙的。陈阳有点烦躁，生怕她俩这么做会连累公司，但是秋宁根本不听他的，连带着夏甜雨都硬气了起来，他也没辙。

"我不管了！反正这一切都不是我女神的错！我女神是不会有错的！"陈一路发出了脑残粉的宣言。

李一笑委屈极了："就没什么办法自证清白吗？"

"有啊，你和你前女友肯定有一些内幕聊天记录吧，拿出来，我让人起草个公关的长微博。"陈阳冷漠道。

李一笑回想着他和圆圆的聊天记录，如果要找的话，确实有很多可以证明他的东西。

但是，他还是不愿意。

"我觉得这件事还是有蹊跷。"李一笑低着头，低声道，"圆圆被爆出来的那些照片和证据，说明是有人在幕后黑她，她觉得是我做的，所以才会反击。"

"别天真了，你以为你前女友是什么小白兔吗？"陈阳翻了个白眼，"我见过的女主播多了，多的是心狠手辣的。"

"喂，你怎么说话的？我女神又不是那种人！"陈一路这个脑残粉先不答应了。

"我想和圆圆见一面，跟她说清楚！"李一笑抬起头，对陈阳说道，"你有没有办法联系上她，我被她拉黑了。"

陈阳气愤道："现在不是妇人之仁的时候，你前女友摆明了这么黑你，就不会收手了！她但凡和你还有一点感情，就不会这么做！"

"大柱，我比你了解她。她这个人，气性上来的时候什么都不管，脑子一热什么都会做。但如果她知道自己冤枉了我，她就会很懊悔，一辈子都懊悔。她虽然做错了事，但她不是那种很坏很坏的人，我知道，哪怕我和她分手了，我也相信她不会变。”李一笑深吸了一口气，郑重地说道，“我一定要和她谈一谈，把一切都说清楚。”

“她还会相信你吗？”被绑在椅子上的陈一路幽幽地问道。

“会的，只要我好好解释，她会的。”李一笑说道。

陈一路看了李一笑几眼，冷静道：“把我解开吧，我知道圆圆在哪里。”

“你怎么知道？”李一笑问道。

“我可是她头号粉丝欸！请她线下吃过饭的！还参观过工作室，我怎么可能不知道！”陈一路说着，脸上涨红了，“我还追过她呢！”

李一笑，一个和前女友分手的男人，仍然感到心情微妙。

“看你现在还满口女神女神的，看来是没追到了。”李师师嘲笑道。

“她说她不跟粉丝谈恋爱，我迟早会追到的！”陈一路嘀咕了一声，分外凶恶地瞪着李一笑。

李一笑倍感无辜。

“走吧，我带你们去找圆圆。”陈一路不爽地说道。

北京难得有个大晴天，冬日的天空是带着灰调的蓝，夏甜雨也短暂地抛开了这段时间的糟心事，开开心心地看着自己不断上涨的微博粉丝，心情愉快。

自从夏甜雨站出来曝光选秀黑幕之后，新的爆料一阵接一阵，她作为第一个站出来的人收获了大量粉丝，这让她欣喜不已，不由得确信自己当初的决定是正确的。

她确实应该站出来揭露这种不公平的黑幕。

比起夏甜雨此时的喜笑颜开，秋宁却好似有什么心事，从昨天开始她就有些走神，夏甜雨叫了她几次她都没听到，专心地看着自己的手机。

“秋宁，你到底怎么回事啊？”夏甜雨不禁问道。

秋宁放下手机，静静地看着夏甜雨年轻的脸庞，突然说道："甜甜，未来有一天，你会不会后悔今天的选择？"

夏甜雨眨了眨眼："为什么要后悔？"

是啊，她为什么要后悔？如今她名利双收，正是收割这波红利的时候，为什么要后悔？

"因为我们做的事，触动了很多人的利益，他们绝对不会善罢甘休。"

"你说陆霏霏吗？哼，我看她也就在自己微博上哭诉一下，装一下委屈，谁还不知道她是个'白莲花'。"夏甜雨第一个想到的就是陆霏霏。最近陆霏霏可不顺利，自从爆出选秀黑幕之后，她首当其冲，人气下滑得厉害。

秋宁闻言笑了，她从来没有把陆霏霏放在眼里，在她看来，正当红的陆霏霏不过是棋手的一颗棋子，她不会把注意力投放在棋子的身上。

她在乎的那些棋手，他们还没有开始行动呢。

"甜甜，我相信你。"秋宁突然没头没尾地说了一句，让夏甜雨摸不着头脑。

"我当然也相信你啦。"夏甜雨说道，"秋宁，你今天真的怪怪的，是怎么了？"

"没什么，我有点事要出去一下，午饭你自己记得吃。"秋宁说着，背着包出门去了。

夏甜雨躺在酒店宽敞舒服的沙发上，翻来覆去思考秋宁是怎么回事。她不是一个聪明的人，也不算敏锐，但是秋宁的情绪她能感觉到，秋宁似乎感觉到了压力。

手机忽然响了，夏甜雨看着来电显示，突然哆嗦了一下。

来电备注的名字是"干妈江婉"。

夏甜雨很久没有和这位干妈联系了，自从她知道这个人是秋宁的母亲之后。

秋宁的母亲找她做什么？

夏甜雨接起电话，乖巧地打了个招呼："干妈。"

“……甜甜。”江婉的语气有些僵硬。

“干妈，有什么事吗？”夏甜雨问道。

“甜甜，我有一件事要拜托你。”江婉的语气和缓了下来。

“您说。”

“我给你W市的一套独栋别墅，还有一千万现金，你收手吧。”

夏甜雨的呼吸停滞了一瞬，心跳突然加速，一套独栋别墅，一千万现金，这是她想也不敢想的数字。

“什……什么，收手？阿姨，我不明白。”夏甜雨连“干妈”的称呼都忘了，颤抖着问道。

“看来秋宁没有告诉你啊。”江婉发出了一声轻笑声，“我现在在北京，我们见面谈。”

夏甜雨呆呆地放下手机。

一个小时后，她局促不安地坐在包厢里，坐在她对面的人是江婉，人到中年依旧妆容精致、打扮入时，她啜了一口咖啡，把来意娓娓道来。

“我不知道秋宁为什么要瞒着你，但事到如今，我认为你有权知道这件事。”江婉看着夏甜雨不安的面容，脸上浮现出一丝笑意，“叶江影视公司的所有人，是秋宁的父亲，叶以荣。我的女儿现在正为了你，和她的父亲对着干。”

夏甜雨的眼睛一下子瞪大了。

她蓦然想起，陆霏霏打电话给她干爹的时候，亲昵地叫他“阿荣”。

所以……

“我的丈夫不算一个好丈夫，但他是一个好父亲，秋宁出生的时候，他很高兴，对这个女儿寄予厚望。秋宁也没有让他失望，她是一个聪明乖巧的女儿，很像她的爸爸，我们都相信她能继承她父亲的事业，并将它发扬光大。我人生里最大的意外，一是她突然离开家，决定要自力更生。第二，就是她为了你，和自己的亲爹闹翻。”江婉定定地看着惊呆了的夏甜雨，意味深长道，“如今他们父女关系破裂，甜甜，你不觉得羞愧吗？”

夏甜雨的脸涨得通红，一个字也说不出来。

“我作为一个母亲，恳求你，收手吧。秋宁是我唯一的女儿，我下半辈子的希望和依靠，我不能看着她因为你，最终一无所有。她是天之骄女，含着金汤匙出生，她值得更好的一切。你能带给她什么呢？家庭关系破裂，和父母断绝关系，万贯家财任由外面的野种挥霍……我不能忍受，你能吗？她那么喜欢你，愿意为了你付出一切，这样的朋友，你忍心她因为你一无所有吗？”江婉一字一句地问道。

夏甜雨再也忍不住眼泪，她抽泣着，一边擦着眼泪，一边哽咽道：“我不忍心，我当然不忍心！”

“拿着吧，这是五百万的支票，剩下五百万事后我会交给你，连同房子一起。”江婉把一张支票推到夏甜雨面前，“谢谢你愿意为了秋宁妥协。”

夏甜雨突然清醒了过来，她猛地站了起来，脑中回想着秋宁临走前对她说的话，她说“我相信你”。

“我不要这个钱，我这么做，不是为了钱。”夏甜雨别开眼，不敢再看，“我……我……我是为了秋宁才这么做的！”

夏甜雨跑出了包厢，一直走到了大街上，她浑浑噩噩、失魂落魄，不知道自己应该怎么做。

一直以来她都是羡慕秋宁的，秋宁长得漂亮，学历高，家境好，简直是她梦想中的那个自己。

她简直不敢相信她们竟然会成为朋友。

她们之间唯一的相似之处，是和父母的关系都不好，但是今天来看，并非如此。

夏甜雨坐在路边的花坛上，回想着自己的过去。她和父母之间的关系是真的无可挽回，从小到大她看到同龄人的父母疼爱子女的样子，都会羡慕不已，她假装得多么高傲多么不在乎，她的内心深处就有多渴望。

江婉想认她当干女儿的那一天，她真的以为会有一个疼爱她的干妈，上天终于看到了她一生的苦楚，愿意补偿她。

可是这一切都是假的。

再看秋宁，至少她的父母是爱她的，对她抱有期望……

她不想毁掉这份期望。

就像江婉说的，秋宁是天之骄女，是含着金汤匙出生的富家女，她值得拥有更好的人生。

自己却一直在拖累她。

夏甜雨抱着膝盖，默默掉着眼泪。

江婉发了一条微信给她，夏甜雨打开一看："我会告诉秋宁你决定退出，请你告诉她，你希望她收手回家。等她回家之后，我会为你解释的。谢谢你为秋宁做的一切。"

夏甜雨看着微信里的字眼，抱着头号啕大哭。

你值得更好的，而我，我什么都不配。

圆圆搬了家，搬离了从前的工作室，李一笑没有来过她的新家，也不知道她住在这里——距离白云商墅不到三公里的地方。

他们竟然没有在除了医院以外的地方见过，可见确实是缘分尽了。

"待会儿我先进去，你在外面等着吧，我们手机保持通话状态。先说好，要是我女神真的做了对不起你的事，我也不会站在你这边的！"脑残粉陈一路严肃地对李一笑说道。

李一笑又好气又好笑："那你为什么带我来这里？"

"我要证明我女神的清白！"陈一路义正词严地说道。

李师师斜了他一眼，问李一笑："这家伙可靠吗？"

李一笑坦白道："听说搞砸过秋宁不少任务。"

陈一路顿时尿了："我虽然从小到大一直在搞砸宁姐给我的任务，屡战屡败，但我屡败屡战，从来没有推托过啊！"

这有什么值得夸耀的吗？几人都是一脸不解。

“这小子不靠谱，你还是自己上吧。”李师师冷酷道。

金锋和韩麦在一旁点头。

陈一路受伤地看着自己粉转黑的偶像金锋，委屈地说：“我就这么不靠谱吗？”

这下所有人都开始点头。

“你今天的作用就是骗圆圆开门，其他的事情还是交给我吧。”李一笑说道。

“那我女神岂不是要恨死我了……”陈一路嘀咕道。

“她会理解你的。”李一笑拍了拍陈一路的肩膀，“我帮你跟她说好话。”

陈一路嫌弃地看着他：“你还记得自己是前男友吗？前男友不等于死了吗？死人还能说什么话？鬼话吗？”

“……”竟然无言以对。

来到了圆圆家门口，陈一路深吸了一口气，在原地转了三圈之后毅然去敲门了。

门开了，神情憔悴的圆圆问道：“是你，陈一路？你来做什么？”

“啊……嗯……圆圆，我知道你心情不太好……我有点担心，所以想来……给你送点温暖，对，送温暖！”陈一路一边说，一边眼神乱飘。

圆圆疑惑地看着他：“不用了，谢谢你的好意，我想一个人待一会儿。”

“别，你先别关门！其实今天我带了个人来见你……李一笑！滚出来啊！”陈一路编不下去了，对着李一笑藏身的地方一声大吼。

李一笑飞快地冲了出来，挡住了圆圆想关门的手：“哟，前女友，又见面了啊。”

圆圆惊慌失措：“你来做什么？”

“来跟你聊聊，关于你的那条长微博，我有话说。”李一笑假笑着，硬是挤进了圆圆的家里。

圆圆近来诸事缠身，根本无心收拾房间，一走进去到处都是乱糟糟的，从吃完了没收拾的厨余垃圾，到随手拆下来的快递包装，堆得到处都是，乍一看还以为是走进了垃圾场。

“你给我滚出去！我现在一点也不想看到你！谁准许你进来的，你这是私闯民宅！”圆圆大声叫道。

李一笑没有理会她慌乱的声音，只是说道：“你看看你，东西也不好好收拾，哪有你这么邋遢的女孩子。都分手这么久了，还没学会自己收拾房间，让我说你什么好。”

圆圆气急败坏道：“我不用你管！”

探头探脑地跟进来的陈一路看到女神房间如此脏乱，不由得倒吸一口凉气：“妈妈咪啊，这要是让我妈妈看到，她非当场发病不可。”

圆圆被头号粉丝挑剔，气得怒瞪了他一眼：“也不用你管！”

“我管，我必须管，我别的不会，收拾家里很擅长的，我家的别墅地下室进水，都是我一瓢一瓢舀干净的。”陈一路说着，主动拿起了扫把，“我打扫一下，你们聊吧！”

跟着走进来的金锋、李师师和韩麦，默默地看着这个家里有矿的傻富二代欢乐地给别人打扫房间，动作还挺麻利，一看就是真的在家做家务的那种。

李一笑往沙发上一坐，看着圆圆貌似生气实则心虚的表情，心里一下子有底了。

他是多么了解这个姑娘啊，见到她此时的样子，哪里还看不出异样。

她从来都学不会伪装。

“你就没有什么要跟我解释的吗？”李一笑气定神闲地问道。

圆圆站在一边，冷冷道：“我有什么好解释的，你倒是给我解释一下你干的那些不要脸的事情！禽兽！下作！垃圾！”

李一笑长长地叹了一口气：“圆圆，我之所以来找你，是因为我相信这些事不是你做的。那么你相不相信，那些事情也不是我做的？”

“我不相信！”圆圆大声道，眼眶里却涌出了泪花，“我不相信你了！我再也不会相信你了！”

“可我相信你。”李一笑一字一顿地说道，“我一直相信你是个心地善良的姑娘。你也许脾气暴躁，气性上来就不管不顾，要是有人一挑唆，那就更了不得了，说地球是方的你都能信。可是你总是会冷静下来的，等你冷静下来的时候，你就会心虚，会懊悔，会愧疚。圆圆，你现在已经冷静下来了。”

圆圆的嘴唇翕动了几下，她不敢看李一笑的眼睛。

“先跟你解释一下，在网上爆料你的人不是我，我也不会这么做。”李一笑说。

“谁知道你会不会呢！”圆圆色厉内荏地说道。

“圆圆，你好好想一想，如果我要曝光你，我何必发那些似是而非的东西，我跟你的聊天记录难道不是更好的‘证据’吗？我俩发微信还用语音呢，这些难道不比几张不知道哪里来的照片和截图有力吗？”李一笑循循善诱道。

圆圆傻住了，愣愣地站在原地，不知所措。

李一笑无奈地叹了口气：“我知道你这个人不太聪明，一生气就没脑子。”

“谁没有脑子啊！你才没有脑子！”圆圆怒道。

“好好好，我没有脑子。那聪明的圆圆小姐，你现在能相信我了吗？”李一笑问道。

圆圆呆呆地看着李一笑，眼中的泪花落了下来，她抽噎了一声，用袖子捂住嘴喃喃道：“对不起……对不起……我……对不起……”

“那条声明，是你发的吗？”李一笑问道。

圆圆一边哭一边摇头：“不是我，是公司拿了我的账号发的，你走之后我的账号就被公司收走了，我登录还要跟经纪人要验证码。我……我那时候很生气……相信了他们的话，就同意了……我……对不起。”

“我就知道……你编不出这么恶毒的话来，你虽然脾气坏，但不是那样的人。”李一笑说，“所以我执意要见你一面，跟你解释清楚，总不能白白背了这口锅吧。”

圆圆大声哭了出来，一边哭一边道歉。

看着曾经心爱的姑娘如此难过，李一笑的心也沉沉的，他知道自从他走了之后，圆圆受了很多苦，她不得不自己面对一切。

曾经有人帮她打理好一切，可后来，再没有人这样尽心尽力地为她考虑了。

“我会澄清的，我现在就澄清。对不起……一直以来你帮了我那么多，我却不知满足……我做错了很多事，我都明白……你是对的，阿笑，你一直都是对的。”圆圆泪中带笑，一边擦着眼泪，一边对李一笑道歉。

她拿出手机，开始编辑微博。

“等一等，你这样你公司肯定不会答应的。”李一笑拦住了圆圆，“你说之前就是公司发的长微博，你现在发了，公司肯定会找你算账的。”

“管他去死！我不管了！有本事和我解约啊！反正我早就不想干了！”圆圆的眼神燃起愤怒的火焰，“这个垃圾公司，我早就待够了！”

说着，圆圆迅速发了一条微博：“很抱歉，现在我才拿回我自己的账号。之前那条长微博并不是由我本人发出，请注意那条微博的后缀，并不是我的手机型号。但我仍然要承认错误，我听信了有心人的片面之词，以为是我的前男友李十三笑故意宣扬我的负面言论，同意了公司出面引导舆论。但现在我知道了，这些并不是他做的。我们在一起的时候，他一直是我的策划，尽心尽力为我出谋划策，我有今天的成就，离不开他的帮助。

“……我也要承认，我确实做错了事，对不起一直支持我的粉丝和李十三笑，他一直试图阻止我这么做，但是当时的我根本听不进去，这也是我们分手的导火索，我自食恶果、咎由自取。他离开我，自己重新开始，向我证明了一个真正合格的美食主播应该怎么做，现在他已经做到了。

“……我发誓，从今以后我不会再这么做，无论你们是不是还支持我，我都会改正自己的错误，做一个真正优秀的主播，谢谢大家。”

微博刚一发出，就有了几百条转发，圆圆不去看评论，对李一笑露出了一个真诚的笑容：“这段时间，我一直很痛苦，现在心里好受多啦。”

“圆圆，这件事情我一直觉得很古怪，我怀疑背后有其他人故意爆料，想让我们两个人互相攻击，最后渔翁得利，你有什么线索吗？”李一笑问道。

圆圆神色黯然：“我也不知道……我和公司的关系不太好。公司方面对我的说辞是，你故意黑我，想博眼球，之前你的投票势头很好，很有希望拿到美食类目的最佳主播……对不起，因为我的关系，你最近被别人超过了。”

“啊，超过我的那个人我还认识呢，老仇人了，红烧大叔。其实我怀疑的人就是他。”李一笑咂了咂嘴，“我俩的梁子可大了。”

“这个名字……我好像听我经纪人说过，啊，我想起来了！他好像要和原来的公司解约，签约我们公司了！”圆圆突然想了起来。

几人对视了一眼，有些了然。

“所以，你们公司决定牺牲你，换取一个大红主播的加入，这也不无可能。”李师师耸了耸肩，“说到底，你们两个都是炮灰。”

韩麦皱着眉：“这也太不厚道了，你在这个公司也有好些年了吧？”

圆圆苦笑：“那又怎么样？如今我已经过气了，没什么利用价值了。”

圆圆的电话突然响了，她看到来电显示是自己的经纪人，皱着眉按掉了电话：“肯定是来让我删掉微博的，我才不理他们。”

在一旁一边看手机动静一边打扫卫生还一边竖起耳朵听动静的陈一路惊叫了一声：“你的微博，你的微博被删掉了！”

几人大惊，赶紧打开微博去看，圆圆的那条新微博果然被删除了！

圆圆惊呼道：“糟糕，我的微博密码经纪人是知道的！平时都是他在管理，绑定的手机也是他的！”

圆圆赶紧登录账号，却发现密码已经被改掉了，她上不去！

她急得浑身冒汗：“不行，我要给经纪人打个电话。”

“我建议你做一下心理准备，你的经纪人肯定不会善罢甘休。”冷眼旁观的李师师冷静地说道。

李一笑见情况急转直下，一通声明竟然害圆圆失去了自己的账号，顿时愧疚难当。

圆圆的电话打通了，经纪人冰冷的声音传来：“你还记得自己是哪边的人吗？圆圆，公司对你非常失望，你最近很不冷静，我会让公司暂时关停你的直播间，微博账号也由我来管理，等你冷静下来了再说。”

说完，经纪人挂掉了电话。

众人绞尽脑汁，一边苦思对策，一边安慰圆圆，其中又以圆圆的忠实粉丝陈一路最为义愤填膺，他一边痛斥经纪公司落井下石，一边抱怨现在的主播竞争怎么这么畸形。

到最后，最冷静的人反倒是圆圆。

她在接到经纪人的电话后彻底冷静了下来，平静得有些出人意料。

圆圆在沙发上静静地坐了一会儿，突然开口说道：“李一笑，我准备退出了。”

“什么？”李一笑惊讶道。

“什么！”正在指天骂地的陈一路比李一笑还要惊讶。

“我准备不再做吃播了。”圆圆泪痕未干的脸上硬是挤出了一个笑容，“两年了，我以前以为，我会一辈子喜欢做主播，后来我发现，其实我不喜欢了。做到后来，一切都像是在完成一个永远完不成的任务，我为了成绩患得患失，每一天都活得很煎熬。你可能不知道，我这一年身体很不好，精神也不好，一直都失眠焦虑，胃也坏了，吃药也没用。一到夜深人静的时候，就疯狂想往胃里塞东西，塞满了再吐出来，哪怕我不想吐，身体也会自动把食物吐出来……医生说是压力太大引起的暴食症。如果我再继续做下去，根本不可能好起来。前些日子妈妈给我打电话，劝我回家，以前我从来都不答应，可是这一次，我想回家了……我真的已经很累了，已经不想再继续做直播了。李一笑，我想退出了。”

李一笑难以置信地看着圆圆：“暴食症，是什么时候开始的？”

圆圆苦涩地笑了笑：“什么时候开始的呢？我已经记不清了……你不用愧疚，和你没有关系，我做错了很多事情，一切都是我咎由自取。”

李一笑打量着圆圆，她的脸上有一种异乎寻常的坚定，他确定，这个姑娘并不是一时赌气，而是真的做了决定。

“我明白了。圆圆，你要和公司解约的话，我这里攒了一百五十万，算我借你的，还差五十万……”李一笑说着，被圆圆打断了。

她露出了一个痛快的笑容：“要什么违约金，他们这么对我，还想我掏违约金给他们？做梦去吧！我要告他们！”

几人惊讶地看着圆圆，圆圆嘟哝了一句：“他们凭什么抢走我的账号，骗我是你在网上黑我，这些年还克扣我的工资……他们干的事情，我不爽很久了！”

李师师歪了歪头：“可以，我欣赏你的做法。不过你有什么具体的打算吗？需要律师的话，我可以把我的律师介绍给你。”

“还没有具体的计划，律师方面，麻烦你把联系方式给我吧，多谢了。”圆圆对李师师说道。

李一笑也问：“那你以后有什么打算吗？”

陈一路在一旁点头：“是啊是啊，你以后打算做什么？”

圆圆看着自己的手，喃喃道：“回老家开一家奶茶店，做点小生意，什么都好，只要不再做主播。”

李一笑感伤地想，她曾经是一个多么喜欢这个行业的姑娘啊。她神采奕奕地对他说自己理想的时候，那种耀眼的光芒，他至今都没有忘记。

也不过是短短两年时间，她身心受创，宣告放弃。

“微博账号还在公司手里，不过我会要回来的，你放心吧，退圈之前我一定会还你一个清白的，我发一遍，发两遍，发一万遍，各个网站、贴吧都发，我就不信他们能把我全网封杀！李一笑，以后我们就不再是竞争对手了，祝你……一切顺利。”圆圆说道。

李一笑深深地看着圆圆：“想清楚了吗？”

“嗯，想清楚了，突然间就松了口气，一下子就轻松了下来。”圆圆笑了，轻快的笑意回到了她的脸上，她突然如获新生。

“圆圆，我可以介绍医生给你，你先把病看好吧，我介绍的医生，很可靠的！嘴巴也很严！”陈一路小声说道。

“谢谢你，我会考虑的。”圆圆说道。

陈一路看着圆圆，脸上微红：“那……你以后……不做主播了，我也不是什么粉丝了。我……嗯……可以……当……那个……这……”

所有人都看着陈一路，等他来个惊天告白。

不料，这个㞞货憋了半天，憋出了一个石破天惊的问题：

“当你的奶茶店股东吗？”

圆圆愣了一下，笑道：“好啊，我正缺投资呢。”

陈一路激动到原地飞升！

他发出了一个脑残粉失格的声音：“退圈吧，马上退圈！”

圆圆安静地笑了，她以为自己退出之后，就不会再有粉丝记着她，可现在看来，真正在乎她的粉丝，也许更希望她拥有平静幸福的生活，哪怕她不再做直播。

这样也好，退出也好。

她心中最后一丝不甘心也淡去了。

她该有新的生活了。

不再是在镜头前为观众表演，而是真真正正地，为了自己而活。

眼看着一切都在往好的方向发展，告别圆圆之后，李一笑一行人回到了家中，开始商量接下来的对策。

幕后凶手差不多可以锁定了，是红烧大叔和吴俊杰，看来这两人对这一次评选都势在必得。如今他们没法逼吴俊杰线下自证，也没办法还李一笑一个清白，好在圆圆答应无论如何她一定会积极澄清事件，为李一笑消除影响。

李一笑一直悬着的心也稍稍放下，他这个事故体质，心态不好是不行的。

谁料，来自陈阳的一个电话，让他转好的心情一下子跌落回了谷底。

“李一笑，不好了！平台给我们下达了通知，说把你的直播间封了，理由是你进行了不正当竞争，给自己买了评选投票！”陈阳惊呼道。

窗外的光线突然暗了下来，李一笑看向天空，沉沉的雨云再一次笼罩了整个天幕，噼里啪啦的雨打在窗户上，顷刻间，暴雨如注。

秋宁站在酒店房间的门外，房卡就拿在她手里，她却迟迟没有刷开房门。

几分钟前，她的母亲江婉给她打了一个电话。

“你的父亲心脏病突发，住院了。”江婉说道。

“……情况怎么样？现在在哪家医院？”秋宁立刻问道。

“你关心吗？你真的关心吗？”电话那头的江婉发出了一声冷讽的笑声，“你从来不关心别人，你只关心你自己。”

“……”

“一个多大的笑话啊，已经传遍了圈子，所有人都知道，我江婉的女儿，不但离家出走当了个丢人现眼的主播，还亲手揭露了父亲在外面包养小三、公司选秀黑幕，把你爸气得心脏病住院，我现在出门都恨不得捂着脸，叶秋宁啊叶秋宁，你可真是了不起。”江婉冷冷地说道。

“没有人揭露出来，这些丑闻就不是丑闻了吗？您不去质问制造丑闻的人，却来质问揭露的人，您不觉得，自己本末倒置了吗？”

秋宁反问道。

江婉被噎住了，她意识到自己说不过女儿，便开始转换策略："你知道要平息这些事情，要花多少人情多少钱吗？！"

"行得端坐得正，这些人情这些钱，都是可以省下来的。"

"现在事情已经发生了！我们要做的是解决问题！"

"您想怎么解决？"

电话那头传来急促的呼吸声："这个世界上，没有钱解决不了的问题。要么解决问题，要么解决提出问题的人，不过是这样而已。"

"什么意思？"秋宁有一种不祥的预感。

"一千万和一套别墅也许打动不了你，但是总能打动你的朋友。秋宁，你可以去问问你的好朋友，她是愿意拿着钱从此不用为了生计发愁，还是愿意跟着你玩一场注定失败的游戏。这个世界上，不是每个人都像你一样玩得起。你的朋友，已经拿着钱退场了。"江婉意味深长地说道。

电话挂断了，但是江婉的话却不断地萦绕在秋宁的耳边。

果然……

秋宁早就猜到了，她的父母总会对夏甜雨下手的，只是她不确定，夏甜雨的选择。

她平生第一次这样忐忑不安，她想要相信这个姑娘会抵御住魔鬼的诱惑，和她一起并肩作战，可是内心深处，她还是忍不住怀疑——她会动摇吗？

这不是一万两万一百万，绝大部分人对千万级别的数字没有一个切实的概念，一千万足够普通人摆脱为了生活而工作的状态，上升到另一个层次。一千万的本金，哪怕根本不懂理财，这个人也都无须再忍受 3% ～ 5% 的利率，进入私募基金领域之后，这笔钱会以 10% 甚至更高的速度增值，而且是复利，不到六七年的时间就能够翻一倍。只要不误入歧途，一生都无须为生活担忧。

拿钱走人，从此过上自由自在的生活，这对一个出身贫寒的姑娘来说是一个多么可怕的诱惑。

江婉言之凿凿地说她收下了这笔钱，也许……

秋宁打开了房门，夏甜雨正站在套房客厅的窗口，眺望着天空。

今天早上是个难得的大晴天，下午却阴云密布，没有下雨，却刮起了恼人的大风。

听见开门的声音，夏甜雨回过头来，秀美的脸庞上有一种决绝的坚定。

“你回来啦？”她的脸上拧出了一个僵硬的笑容，毫无生气。

秋宁的视线瞥向放在沙发旁的行李箱，它已经被打包好了，甚至站起来了，仿佛下一秒她的主人就会带上它走向一个新世界。

“你要去哪里？”秋宁冷静地问道。

夏甜雨张了张嘴，从喉咙里挤出干涩的声音：“我要回家了。”

“秋宁，我们都应该回家了。”她说。

秋宁的手不自觉地攥成了一个拳头，她的胸口顷刻间被这一句波澜不惊的话语捅穿，那狰狞的疼痛让她禁不住蹙起了眉。她几乎以为自己遗传了父亲的心脏病。

这一刻，她恍惚地闻到了背叛的血腥味。

不要说，不要问，不要指责，她只是做了一个绝大部分人都会做的选择。

可是那股尖锐的痛楚让她抛开了所有的矜持和教养，让她失去理智。

“我妈，来找过你了，对吧？”秋宁死死地盯着夏甜雨的眼睛，质问道。

夏甜雨哆嗦着嘴唇，低声说道：“阿姨……阿姨希望你回家。”

“所以你就擅自给我做好了决定？在你拿了我妈的钱之后？”秋宁感到自己的五脏六腑都在愤怒激烈的情绪中熊熊燃烧。

一瞬间，夏甜雨好似被人扇了一巴掌，她的脸色涨红，咬牙道：“这是最好的结果！你回家，当你的大小姐，我也回家，拿着钱过我自己的人生！我不管这个选秀公不公平，我也不想唱歌了，我只想去过你已经过腻了的生活！”

秋宁上前几步，直逼夏甜雨，她脸上那冰冷肃穆几近杀意的神情，夏甜雨从来也没有见过。有一刹那，她以为秋宁会给她一巴掌。这种没来由的恐惧让她后退了一步，整个人都贴在了窗户上。

秋宁停住了脚步，在她目睹夏甜雨脸上那显而易见的惊恐之后。

她情不自禁地感到悲凉。

“你真的确定，要退出？不后悔？”秋宁问道。

她几乎要向满天神佛求救，乞求一个她渴望的回答。

可是现实却是如此冰冷，她听到那个平凡庸俗却因为梦想闪耀着勃勃生命力光芒的姑娘说道：“我不后悔。”

这一刻，曾经深深吸引过她的那团光芒火焰，熄灭了。

打动过她的那个人，让她改变了的那个人，骤然之间，泯然众人。

“钱，比理想，比名誉，比尊严，更重要吗？”临走前，秋宁问道。

这是她能问出的最刻薄的问题。

“大小姐会在乎牛排几分熟，可是一个挨饿的人，是不会在乎地上的面包干不干净的。”夏甜雨是这样回答她的。

她是在乎，务必得在乎。但是夏甜雨想说的是，如果朋友比她更需要面包，她愿意让给她最好的朋友。

对她来说，她更在乎她最好的朋友，所以她选择沉默。

就像江婉说的，秋宁值得世界上最好的一切。

夏甜雨走了，她拖着那个快比她还要巨大的行李箱，吃力地在铺满了地毯的酒店过道间行走，她走进电梯，离开酒店。

秋宁站在刚才夏甜雨站过的窗台边，看着窗外的马路，人来人往，车水马龙。

夏甜雨的身影再一次出现在她的眼前，她拖着沉重的行李，走向几百米外的地铁口。

哪怕拿到了一千万，她还是在不值得的地方克扣自己，花上几百块打车去机场，对她来说完全不值得，还不如再买一个假包。

不凑巧的是，北京起了大风，她逆着风行走，头发被吹得一团糟，她一手捂着头发，一手拉着行李，顶着可怕的风压艰难前行，像极了在简陋舞台上表演的拙劣小丑。她意识到了这一点，于是这份可悲变得更加可怜。

秋宁一直看着她消失在自己的视野中，她平静地从酒店套房的客厅书架上抽出了《了不起的盖茨比》，在沙发上坐了下来，翻开书本。

开篇菲茨杰拉德是这样说的：

在我年纪还轻，阅历不深的时候，我父亲教导过我一句话，我至今还念念不忘。

“每当你觉得想要批评什么人的时候，你切要记着，这个世界上的人并非都具备你拥有的那些优越条件。”

秋宁把这句话看了一遍又一遍，最后翻到了末页，念出了那段她能够背诵的话：“我们继续奋力向前，逆水行舟，被不断地往后推，直至回到往昔岁月。”

第二十三章

有了软肋，
也有了铠甲

“我绝对没有买票！陈阳，你是知道我的人品的！我绝对不会做这种事！”李一笑对着电话咆哮道。

“我知道，我当然知道，但问题是，现在别人不知道啊！”陈阳也是急得嘴里长泡，“现在平台封了你的直播间，还出了一通这样的公告，别人当然是相信平台了！你赶紧想想自己是得罪了什么人。”

李一笑深吸了一口，在原地踱了几步，沉声道：“红烧大叔，只有他。我说最近我的票数怎么长得这么快，被圆圆挂了一通反而涨了那么多，看来是有人‘好心’给我买了票，就在这里等着我。”

陈阳倒吸一口冷气：“该，我算是知道你是怎么栽的了。他的经纪公司的老板，和平台的老大是好哥们。”

“……那现在怎么办？”李一笑问道，心里慌得很。

“阿笑，我一定竭尽全力帮你想办法，能走关系的走关系，但是你千万要忍耐，你的微博我来管，我们现在一定要稳住局势，不然你就真的要完蛋了。”陈阳语重心长地说道。

“那我现在要做什么。”李一笑问道。

“什么都不要做，你正在浪口风尖上，多做多错，忍得了这一时，以后才有挽回的余地啊。”陈阳苦口婆心道。

李一笑坐在沙发上，呆呆地看着天花板，半晌才道：“好吧，我知道了，先这样吧。”

挂了电话，李一笑对几人露出了一个苦笑：“自从知道红烧大叔和吴俊杰认识之后，我就在想，迟早会有这么一出，现在事情真的发生了，我反倒是放下心来了。”

金锋、韩麦、李师师和陈一路此刻都在七号别墅，清楚地听到了陈阳的大嗓门都说了些什么。

金锋愧疚难当：“都是因为我……”

“不，你别这么说，就算没有你，红烧大叔也不会放过我的，我可是他竞争对手，我俩早就撕破脸啦。”李一笑心中郁结难当，面上却很坦然，他不能让金锋如此愧疚。

“玩这种手段，真是恶心。”李师师没好气地说。

“人家就靠这招，玩死了不少人呢。”李一笑说。

李师师翻了个白眼：“不行，你忍得了，我咽不下这口气，我就是要搞他！非搞死他不可！”

“那拜托你了，你帮我留心一下红烧大叔和吴俊杰，看看有没有什么消息。”李一笑拜托道。他心里有些感动，没想到李师师平日里对他没个好脸色，关键时刻还是靠得住的。

“不用你说我也会这么做的，这几个渣滓真是恶心到我了。”李师师一脸愤慨。

“为什么会这样呢？他们怎么能这样就封了你的号呢？都不跟你打一声招呼。”陈一路坐在沙发上，这短短一天的时间里，发生了太多事情。他入行不久，因为家里有钱甚至还有人情，一直都被多多关照，在这个行业里发展得顺风顺水。是以他从来没见过这样赤裸裸的构陷，最可怕的是，原本应该主持正义的那一方却在和别人狼狈为奸。

陈一路呆坐在沙发上，久久没有缓过神来。

“他为了诬陷你，应该是花了不少钱，一面要打通关节，一面还要给你买票……哎，真是名利动人心。”韩麦郁闷地感叹道，灌了一大口菊花枸杞茶冷静冷静。

“不行，我忍不了了！这也太恶心人了！李一笑，你也退圈吧，我给你投钱，你想做什么就做什么去！”陈一路再次发出了地主家傻儿子的宣言。

李一笑看着他气愤的表情，心中的郁闷之情倒是好了许多。

“这不是钱的问题，”李一笑说道，“我不想就这样离开，放弃我喜欢的事业，就这样背着黑锅走人。佛烧一炷香，人争一口气，我要是认㞞滚蛋，我就承认自己输给他了，我受不了这个侮辱，我一定要给他点教训！”

李师师在一旁点头赞同：“这话还有点出息，不过这事儿还是要从长计议。”

几人商量起了对策，但都不得其法。最后陈一路忍无可忍地从沙发上一跃而起，大声道：“我呸他一口番茄炒蛋皮皮虾，这些主播、这些公司、这些平台都围着钱转，干的都是这种龌龊事，我们什么也做不了，只能看朋友在这里受委屈，图什么呢？我们干脆自己来搞个平台吧！以后想做什么做什么！别再受这种鸟气了！”

李师师凉凉道：“现在平台都在烧钱，你就算家里有矿想入行，你爸妈同意你这么烧着钱玩吗？”

陈一路顿时萎了，委委屈屈地说道：“我……我……我写个策划书给我爸爸看去！”

“如果我没记错，你家只有能源生意在赚钱，其他都亏，令尊想再加个赔本生意？”李一笑问道。

金锋也是一脸怀疑。

陈一路抱着头：“哇，我不管，我就是要自己搞平台，我爸不投钱，我自己融资去！”

李师师嘲笑道：“就凭你，能拉到才有鬼。我看也就秋宁大小姐愿意给你砸点钱了。”

陈一路更委屈了：“宁姐现在都不在这里，我想找她要钱……啊不，融资都不行啊！再说了，她还跟家里僵着呢……”

“哎，也不知道秋宁和甜甜怎么样了。”韩麦说道。多日不见秋宁，他格外想念。

“应该还挺顺利吧，闹得很大呢，我刷个微博首页都能看见好几次选秀黑幕爆料。秋宁还是很有两把刷子的。”李一笑说道。

李师师和秋宁是同学，非常清楚自己的这位老同学是个什么样的人：“我比较惊讶的是，《天籁少女》的主办，是秋宁家的公司。”

“什么？”李一笑大惊。

“啊？”金锋立刻坐直了身体。

“我怎么不知道！”这是韩麦。

“你们不知道吗？”陈一路四顾茫然，“秋宁和叶叔叔都不知道斗法几轮了，江阿姨已经去北京说是要和秋宁面谈了。”

“我不知道啊！”几人异口同声。

“哎，听说叶叔叔气得心脏病都犯了……宁姐，她会这么做，也是为了夏甜雨吧，我看她是挺冤的，明明表演时唱得很好，但是平时剪辑里就挺吃亏的。”陈一路叹了口气。

“所以，现在秋宁是为了甜甜，跟自己亲爹杠上了？”李一笑总结道。

“是啊，哎，我真的很发愁。其实我还是挺希望宁姐回家的，她真的很聪明，也很有才华，她真的应该经商的。我爸爸说当初让我和宁姐订婚，就是看中她的能力，我爸说我以后肯定是个只会花钱的傻白甜，要给我找个厉害的老婆，能赚钱能管得住我的，我只要在家吃吃喝喝、花钱、带孩子就行。”陈一路说着，一脸不服。

几人斜眼看着陈一路，觉得他爸爸真是慧眼如炬。

“好了，我再想想办法，办法总比困难多嘛。”李一笑貌似乐观地说道。

但是内心深处，李一笑已经嗅到了那一股暴风雨的气息。

他就像一只无辜的小鸟，被卷入了一场超乎寻常的暴风雨中，他不觉得自己一定可以从中逃脱，更大的可能性是——他会葬身于这场灾难之中。

李一笑已经尽力了。

他拜托陈阳约见了公司的老板，又到处托关系见到了平台方的管理层，但最终的结果仍然没有改变——他被放弃了。

网上的舆论沸沸扬扬，但绝大部分人都选择相信平台的处理，到处宣扬李一笑是一个心机小人，先是抛弃了前女友，再是为了评选买票，更多小道消息里，他是一个为了上位不择手段的心机主播，不知道给自己买了多少营销，不然凭什么他一个“平平无奇”的美食主播，在这个主播饱和的年代迅速崛起。

圆圆竭力为他澄清，但是总比不过墙倒众人推。

“早知如此，你还不如跟我一起去开奶茶店呢。”圆圆打电话给李一笑，一边安慰他，一边建议道，“我已经加盟了奶茶店，租好了一个不错的商铺，现在正是缺人手的时候，你要不要先给我帮个忙？”

颓废的李一笑坐在床上，他昨天睡了十五个小时，但睡眠并没有给他的精神状况带来多大改善，相反，他一直在半梦半醒的状态里，一会儿噩梦，一会儿冷汗，越睡越疲惫。

“我就是不甘心，你知道的，我这个人，总是不认命。”李一笑低声说道。

“我知道，我怎么会不知道呢？你当初一边送快递，一边琢磨未来，说真的，我很少见到你这样目标明确，对未来充满期待的人。就是因为这样，当初我才会被你吸引吧。可惜我们不合适。虽然我们分手了，不过我还是想做个很好的前女友，你要是真的撑不下去了，来找我吧，我自己有一口饭吃，就不会让你饿死。”圆圆说道。

离开主播界之后，圆圆的精神状况好了很多，现在没有了那股疲惫的戾气，心态平和，暴食症也好了许多。

李一笑有些感动，又有些好笑：“那可不行，我岂不是陈一路追妻道路上的绊脚石？我可还等他搞个新平台怂恿好友们一起跳槽共富贵呢。”

“呵呵，就他啊，我看不行，他这个人满脑子骚话骚套路，但是做事嘛，还是欠点火候。”圆圆说道。

“哎，要是所有人都像他一样就好了，至少他是个好人。可惜啊，好人总是没有好报。”李一笑喃喃道。

他自认为是个好人，信奉日行一善，非但没有主动害过别人，还总是帮别人解决麻烦。可是就是他这样一个好人，却总是遭罪。

“对了，金锋那边……最近有很多针对他的流言蜚语，什么撬别人女朋友，什么在队内作威作福，什么都有，我估摸着是吴俊杰想针对金锋，然而金锋实在是个宅男，找不出什么大的黑点，只好弄点似是而非的东西恶心他。你别说，还真有人信，现在金锋在榜上被吴俊杰超得厉害。”李一笑说着，又是一阵发愁。

“多事之秋啊。”圆圆叹了口气。

挂了电话之后，李一笑的精神一下子垮了下去，他蜷缩回了被子里，渴望被窝的温暖给他一点力量。

要是真的过不了这一关，也许他也可以考虑回家了？

他攒了一笔钱，原本要借给圆圆付违约金，圆圆现在找了个律师正在琢磨怎么告老东家，不需要他出违约金了，这笔钱他自己留着，回老家足够他衣锦还乡盖一栋小洋楼了，剩下的钱给爸妈，他们也不用一把年纪出远门打工，和一群小年轻抢工作，可以安度晚年了。

至于他，他还年轻，有一身力气，也有一点见识，哪怕不再做主播，做幕后也不是问题。

只要他勤快，肯干，哪会养不活自己。

只是……

只是他不甘心。

李一笑钻在被窝里，感受着心底那股小火苗不断地烧啊烧，不断有雨滴落下，让火焰遇水熄灭，可是又不断有小小的火苗，在这雨中挣扎燃烧。

也许总有一天，他会磨灭所有的不甘心，黯然离开吧。

手机响了，李一笑看了一眼来电显示，是妈妈。

李一笑顿时瑟缩了一下，不想接电话。

他妈妈一定是听说了网上的消息，现在说不定是来劝他回家吧？虽然在他完成了和父母的三十万约定之后，妈妈勉强认可了他的职业，但是内心深处，这个保守的母亲还是希望自己的孩子从事一项稳定体面的工作。

“喂，妈？”李一笑接起电话。

“儿子，我在网上看到你的消息了！”张招娣的声音传来。

李一笑顿时更加萎靡，但还要勉强解释：“妈，你要相信我，网上说的都不是真的！我是被人陷害的！”

“我知道，知道的！我儿子怎么可能会做那种事情呢！那些人太坏了，竟然这样说你！”张招娣气愤道。

李一笑不禁露出了一丝笑容：“嗯，反正你们别相信就好，都是别人诬陷我的。”

“儿子啊，那你现在怎么样啊？我看你那个直播间都被封了……”张招娣担忧地问道。

李一笑的情绪又低落了下来，他故作轻松地说道：“我还没想好啊，说不定我就换工作了呢，反正你们也不喜欢我当主播，我可以找个稳当的工作，反正我也攒了一笔钱，饿不死的。”

母亲张招娣在电话那头沉默了一会儿，轻声说道：“可你喜欢当主播啊。”

李一笑愣住了。

“我知道你喜欢当主播啊，你当得很好啊，我上次还在公交车上看到有人在看你的视频呢。妈妈也许是个老封建，不了解这个行业，但是妈妈也去了解了，我知道你说得对，这是个正经的职业，没什么见不得人的，我看现在的小朋友可喜欢你们了呢。”张招娣的声音温柔了下来，她说道，“你要是喜欢，就去做吧，儿子，我和你爸爸为你感到骄傲！我们相信你会成功的！无论你能不能拿到那个什么奖，我和你爸爸都认为你是最棒的。”

李一笑的眼泪一下子涌了出来，他第一次听到他的母亲说这样的话，他知道她是一个多么固执的人，她说不喜欢，那就一辈子都不会喜欢。可是为了他这个儿子，她用一个母亲的包容和耐心努力去学习，去了解，试图弄懂她不明白的领域。

现在，她认可了他，还鼓励了他。

李一笑呜呜地哭了出来，他咬着被子哭，不想发出声音，那么多压力那么多委屈，他以为自己可以承受，可是来自母亲的问候和鼓励，终于让他再也无法克制自己。他也会害怕，也会退缩，也会怀疑自己，可是妈妈相信他，她觉得自己的孩子是最优秀的。

这份毫无保留，也毫不客观的信任，让他感到被爱，也变得勇敢。

他有这个世界上最好的父母。

他哭了多久，她就听了多久，等他哭完了，满脸鼻涕眼泪地和妈妈说再见。

“我不会认输的，我要继续努力下去，妈妈，你和爸爸就看着吧！”李一笑对张招娣说道。

挂了电话，他掀开被子，在洗手间里洗干净脸，刮了胡茬。镜子里的那个他眼睛还是红肿的，但是他的心却是坚定的。

他也许不会成功，但他绝不认输！

“车程这个人，你们认识吗？”李师师的一个问题，让李一笑和金锋都精神一振。

“认识啊，怎么不认识！金锋的队友！我上次还找他打听过吴俊杰的电话呢。”李一笑立刻抢答。

“他，怎么了？”金锋问道。他最后一次见到车程，是在医院里。李一笑和车程算是朋友，听说车程长期深夜直播熬坏了身体住院了，就准备去探望，见他无所事事，干脆拉了他一起去。

在那之后，金锋听说车程退圈了，他想这个人应该是转行了，没想到会在李师师的嘴里听说这个名字。

“我多方打探，发现了一点线索。这个车程啊，签约了吴俊杰的那个公司，职务是助理。我辗转加上了他，现在正在套话。”李师师得意地说道。

李一笑不得不服，李师师这个人，钓鱼手法之娴熟，只要是个“直男”，没有不上钩的。

“你们认识就好，那我继续吧，我有预感，这个人是我们未来的突破口。”李师师郑重道。

李师师这边进展顺利，他的老同学那里却并不顺利。

秋宁那边的形势突变，原本站出来揭露选秀黑幕的一个个选手，突然不再发声，所有消息都被撤了下去，不到两天时间，大规模删帖撤热搜之后，吃瓜群众就好像把这件事情抛到了脑后，沉浸在了更多更刺激的新闻中。

李一笑给秋宁打电话询问是怎么回事。

秋宁的声音听起来很低沉：“甜甜回来了吗？”

“啊？”李一笑愣住了，“甜甜不是和你在一起吗？”

秋宁也怔了一瞬：“不，我们已经分开了。”

“分开了？为什么啊？怎么回事？”李一笑莫名其妙。

秋宁似乎觉得难以启齿，她苦笑了一声：“甜甜走了，她退出了。”

“退出？她退出？那你呢？”李一笑问道。

秋宁轻声道：“我也不知道。”

“发生了什么？”李一笑问道。

“我母亲……她，来北京了。她找到了甜甜，给了她一笔钱，让她退出了。”秋宁说着，自嘲地笑了笑，那笑声里满满的都是无可奈何。她一帆风顺的人生里从来没有遇到过这样苦涩的挫折。

“不可能！甜甜她不会这么做的！”李一笑当即否定了秋宁的话。

“是真的，我和她谈过，她承认了。”

李一笑的心情也很沉重：“甜甜，她确实在乎钱，这不是她的错，如果她有你这样的家庭，她也可以很大方。可是秋宁，我相信，比起钱，甜甜更在乎你。”

秋宁许久没有言语。

“你给她打电话，和她好好谈一次。我想，她也许有其他什么原因……啊，秋宁，我之前才听说，《天籁少女》的主办方是……”

“是我父亲的公司。”

“甜甜知道这件事吗？”

“她不知道，我没有告诉她，她也不清楚我家的产业。”

李一笑脑中灵光一闪，他问道：“你确定？”

“我不确定。”秋宁猛然意识到了李一笑为什么要这么问，“你是说……甜甜她，知道了这件事？”

“你不是说阿姨见过甜甜了吗？她俩还是干妈干女儿呢，如果她从这方面入手，甜甜是很可能会退缩的。甜甜她自己的家庭关系不好，她内心深处是很渴望感情的，她一定希望你和父母和好。”李一笑说道。

秋宁开始思考这个可能性，然后她发现，这是极有可能的。

“我明白了，我会约甜甜再谈谈的。她可能不想接我电话，麻烦你跟她联系，告诉她，无论她因为什么选择退出，我仍然……在乎她。”

挂了电话，李一笑立刻给夏甜雨打电话，然而电话那头传来的却是“您拨打的用户已关机……”。

整整两天，夏甜雨的电话始终没有开机。

她失踪了。

夏甜雨失踪了，她在离开北京之后，没有和任何人联系，突然消失在了茫茫人海之中。

回到七号别墅的秋宁非常着急，她的第一反应就是报警，恨不得现在就把人找出来，李一笑却另有想法：“甜甜这么大一个人不会丢的，说不定是故意不接我们的电话。”

秋宁顿时沮丧了起来。

“好了，你也别多想，我们发动认识的人问问看，也许她躲到别人家里去了。”李一笑说道。

“我不知道她有什么朋友，除了你们。”秋宁为难地皱了皱眉。

“她从来没带你见过她的朋友吗？”李一笑惊讶地问道，她们两人经常一起出去，李一笑还以为秋宁肯定知道夏甜雨的其他朋友。

“我见过一两个，但是没有留联系方式。”

李一笑沉吟了一声：“好吧，可能我们都对甜甜不够了解。”

秋宁怔了怔，喃喃道：“是啊，也许，是我不够关心她。”

就在两人各自反省的时候，楼下的大门突然被敲响了，李一笑去开门，门外站着一个高大沉稳的青年，神色从容，仪容整洁，见到李一笑，他露出了一个微笑：“你是李十三笑吧，金锋在吗？我有事找他。”

李一笑目瞪口呆地看着来人，仿佛看到了什么不可思议的奇迹：“秦时不见月！你是秦时不见月对吧！”

秦时对他点头微笑：“是我。”

自从秦时不见月被封了直播间之后，他就音讯全无，金锋也没有找到他。

“天，金锋担心你很久了，你前阵子都去哪里了！”李一笑赶紧把人迎了进来，却发现门外还有个熟人，李师师。

李师师对他做了个鬼脸：“你们可要谢谢我，我可是从山坳坳里把他给挖出来的。”

李一笑纳闷地看着李师师，不知道他俩是在哪里扯上的关系。

秋宁把秦时到来的消息告诉了金锋，金锋立刻从房间冲了出来，激动地说道：“队长，你去哪了？”

秦时见到金锋，颇有些不好意思：“我那会儿情绪不太好，被我外婆拉到庙里清修去了，天天听师父念经，差点剃度出家了。哦，山里信号不好，不下山我手机都打不了电话，让你们担心了。”

几人无言以对。

“那你怎么找到他的？”李一笑问李师师。

李师师面无表情地说：“因为庙里的师父是我的粉丝，隔三岔五溜下山看我的直播，还在我群里出没，偷偷跟我说他们庙里来了个游戏大神，他想偷偷找他下山一块玩*LOLO*，但不太好意思。”

李一笑在心里吐槽，这师父六根不净啊，不但打游戏还看伪娘直播！

秦时大惊："什么，他早说啊，我在山里闲得长蘑菇，我也想下山打LOLO啊！"

总之，李师师就是这么知道了秦时不见月原来在庙里蹲着，这才辗转联系上了他。

"我还搞到了一个神助攻，这恩情，你们不跪下来叫我爸爸那是说不过去的。"李师师不知不觉也被李一笑传染了"叫爸爸"的毛病，此刻有些得意地说道。

"怎么了，你倒是说啊，说了我们再考虑要不要叫你爸爸。"李一笑说。

李师师叉着腰，一脸嘚瑟："车程，还记得吧？我搞定这家伙了，他明天就来这里。"

李一笑大惊："爸爸！"

秦时也大惊："爸爸，别说爸爸，叫你爷爷都行！"

金锋有些难为情，不好意思叫爸爸，只好装死。

"我帮了你们这么大一个忙，叫声爸爸怎么了，叫！"李师师不肯这么放过金锋。

金锋红着脸，不好意思地小声叫了一声"爸爸"，李师师这才心满意足。

"行了，我帮你们办了这么大的事，经费总不能我自己掏了吧。一百五十万拿来，这是给车程准备卖队友的精神损失费。"李师师手一摊，直接要钱。

李一笑捂住了钱包，金锋后退了半步，秦时……秦时他勇敢地站了出来。

"卡号报一下，我转给你。"秦时不见月爽快地说道。

李一笑和金锋顿时用崇拜的眼神看着秦时，不只是女人，男人也觉得买单的男人最有魅力啊！

"哦，另外车程手里还有一个大料。"李师师说，"他说，他在战队的时候，用手机拍过一张保密协议，还录了一段音，对吴俊杰很不利，他猜金锋会想要这个。”

还不等金锋说话，秦时不见月已经激动疯了：“这份东西我要了！”

“照片录音打包一百万，车程的报价。”李师师再一次摊出手。

“我买了！”秦时不见月再一次爽快地给李师师转钱。

李一笑眼神复杂地看着秦时不见月：“你好歹还个价啊。”

“只要弄死这孙子，五百万我都出！”秦时不见月怒道。

“你想怎么做？”李一笑问道。

“那还用说，要么他线下自证，要么曝光协议和录音，现在是评选的关键时刻，他不会想爆出这种黑料的。就算这个弄不死他，车程，只要他肯出面卖了吴俊杰，吴俊杰就死定了！”秦时不见月气势汹汹地说道。

“可惜线下自证，未必能让他暴露，吴俊杰本身还是有水平的，不全是靠外挂。”李一笑担忧地说道。

“我想和他再打一局。”金锋突然说道，“打*LOLO*。”

秦时没想到金锋会提这个：“你要是想的话，可以啊。”

金锋的眼中燃起信念的火焰，他想证明，哪怕吴俊杰曾经用那么龌龊的手段让他黯然退出电竞圈，他仍然没有被打败，他会卷土重来。

车程这一趟来去匆匆，他看起来比还在直播时更形容憔悴了，他话也不多，拿了钱，给了东西，默默地就走了。李一笑问他是否愿意站出来爆料吴俊杰的行径。

看得出车程犹豫了，他似乎很想答应，又觉得不安，生怕吴俊杰报复。

虽然他已经出卖了吴俊杰，但是目前的东西不至于让吴俊杰发现是他干的，吴俊杰也万万想不到他身边的小跟班会有这个胆量，他最多怀疑是已经退役的其他队友做的。

但是如果他站了出来，吴俊杰就一定会把事情的前因后果串联起来。

最后车程报了一个所有人都无法接受的价格，作为委婉的拒绝。

车程离开后，秦时立刻和吴俊杰联系上了，甩出了关键证据，吴俊杰顿时慌了，答应了这场线下自证。

对于金锋提出的，希望在“吃鸡”自证开始前进行一场*LOLO*对决，三局两胜制，吴俊杰也答应了，但要求这段对决不公开直播。

金锋这边的人已经找齐了，他、两个从前的队友、秦时不见月，还有陈一路。

“我我我，我一定要参加！”陈一路激动地说道，“等我从H国回来！你们一定要等我回来啊！”

“你去H国做什么？”李一笑问道，这家伙自从带队帮他们找圆圆之后，就突然失踪了。

“哎，别提了，上次我和我爸说，我想搞个直播平台，我爸不同意，我俩吵崩了，现在我被赶出家门。我妈给了我一点私房钱，还有几个人，让我自己找项目去。我拿着钱不知道干什么好，到处考察找项目，现在带着一队人在H国谈生意。哎，我都半个月没直播了，再这样我就要变成过气主播了！”陈一路的声音里充满了烦恼，显然，比起经营公司，他更想简简单单地当个主播。

李一笑不太懂这种地主家傻儿子的烦恼，转而问道：“你打算投资哪方面的生意？”

“游戏这块吧，其他我也不太懂……”陈一路说着，语气有些沮丧。

“游戏……你和LD公司的人认识吗？就是开发‘吃鸡’的那个公司。”李一笑问道。

“认识啊，我刚去过呢！”陈一路说。

李一笑脑中突然有一根天线竖起来了：“听说他们最近一直在严厉打击外挂，我想请你帮个忙……”

…………

拜托了陈一路之后，李一笑松了一口气，虽然不知道能不能成，但是只要有一线希望，他都要试一试。他已经考虑好了，有必要的话，他会陪金锋去一趟H国。

这口气还没叹完呢，秋宁就敲开了他房间的门。

“怎么……”李一笑话音未落，就被眼前这个一脸冰冷杀意的秋宁震惊了。

“李一笑，我知道甜甜的下落了。”秋宁语气森冷地说道，“她被我妈软禁了。”

软禁？

夏甜雨被秋宁的妈妈软禁了？

瞬间感到自己穿越到了什么警匪片频道的李一笑几乎是惊恐地问道：“你确定？”

“我和管家打电话的时候，他说漏嘴了。我又买通了家里的用人，这才确定夏甜雨在我家，我妈把她从北京带回来之后，她一步都没有走出过我家。”秋宁的声音有些冰冷。

“可是……可是阿姨为什么要这么做？”李一笑震惊地问道。

话一出口，他就明白了什么。

选秀黑幕热度最高的时候已经过去了，如果没有新的证据被爆出来，这个热度就会逐渐下降，直到被所有人遗忘。所以要平息事态最好的方法就是让她们保持沉默，特别是第一个站出来的夏甜雨。

无论夏甜雨是为什么答应了秋宁的父母，他们接下来都不会让夏甜雨说话了。而不让她说话的最好方式，莫过于将她掌控在自己手中，以免她被秋宁说服，关键时刻倒戈。

“那你想怎么做？需要我帮忙吗？”李一笑问道。

“我要见甜甜一面。无论如何，我都要见她一面。”秋宁说道。

她一定要问明白，夏甜雨为什么要选择退出。

“甜甜，今天有空吗？”吃早饭的时候，江婉突然问夏甜雨。

夏甜雨正在和面前的美式早餐较劲，她虽然对观众说自己喜欢吃西餐和日料，但实际上，她觉得这两样东西都比不上热饭老干妈，特别是日料的生鱼片，吃进嘴里的一瞬间就让她想起童年时被村里的男孩子欺负，硬是把毛毛虫塞到她嘴里时的感觉，恶心至极。

听到江婉的声音，夏甜雨立刻抬起头，挤出一个礼貌的笑容："我有空的，干妈。"

"那你待会儿跟我一起去一趟医院吧，去看一下她爸。"江婉说得很含糊，但是夏甜雨却明白，她说的是秋宁的父亲——叶以荣。

"好的，干妈。"夏甜雨赶紧应了下来。

她有些心慌意乱，不知道要怎么面对秋宁的父亲，秋宁的父亲对她这个揭露公司黑幕的人又是什么看法？他不会要打她吧……夏甜雨胡思乱想着，越想越是不安。

江婉礼貌地笑了笑："在这里住了几天，还适应吗？"

"很好呀，我还是第一次住这么好的房子呢，您还每天陪我逛街买东西，都不让我掏一分钱，我亲妈都没有您对我这么好呢。只是……我，我有点无聊，能不能……"夏甜雨委婉地想要拿回自己的手机。

"我怕秋宁三言两语又说得你改了主意，再等等吧，你要是无聊，下午我再陪你逛逛？"江婉说道。

夏甜雨赶紧改口："不用啦，不麻烦您，我玩会儿游戏就好了。"

江婉满意地点了点头。

夏甜雨哪里真心想玩游戏，她只是不想惹江婉生气。在叶家住的这一阵子，她是得到了前所未有的物质待遇，家里的管家用人对她有求必应，只是，她还是不习惯。

她知道自己不属于这里，她如今所拥有的一切，都不过是灰姑娘的盛装华服，在零点的钟声敲响之后，一切都会离她而去。

哪怕她住在秋宁曾经住过的家中，享受着她曾经享受过的一切，她仍然没有那一股自信和底气，生怕下一秒自己就会被赶出去。

秋宁……秋宁现在，会在哪里？

夏甜雨止不住地想知道，可是没有人告诉她，她也联系不到他们，她只能将这一份思念和不安深深地藏在心底。

吃完早餐后，江婉带着夏甜雨坐上了车，司机将她们送到了一个环境清幽的疗养院。

两人站在疗养院大楼的电梯前，看着电梯缓缓停在她们眼前。

“叮”的一声，电梯门开了，一个年轻美貌的女人站在电梯里，眼眶微红仿佛才刚刚哭过。她抬头看见夏甜雨和江婉，愣了一下，脸上的表情一下子变得冰冷。

她轻哼了一声，仿佛什么都没看见似的，大步跨出电梯。

她想装作不认识，夏甜雨却不会放过她，她一口叫破那人的名字：“陆霏霏！你怎么在这里！”

陆霏霏甩了甩头发，精心打理的酒红色长卷发在空气中散发出甜腻的香味：“怎么，我去哪里还要跟你汇报？”

江婉的脸色阴沉，她死死盯着陆霏霏，这个女人年轻、漂亮，还有野心，正是叶以荣喜欢的那种女人。凡是他喜欢的，她就讨厌，不是因为他们之间还有某种可以称之为爱情的东西，这种天真的念头，她早已抛开了。但这并不意味着她喜欢看到丈夫的情人在自己的眼前耀武扬威。

自从夏甜雨联合一群人爆料陆霏霏有干爹包养，《天籁少女》选秀有黑幕之后，陆霏霏只发了一句“清者自清”就销声匿迹了，无论事情闹得多大，她都没有站出来当炮灰。如今在这个疗养院里见到许久未见的陆霏霏，夏甜雨不禁感到讶异。

她在这里做什么？对了，秋宁的爸爸也住在这里！

夏甜雨一下子明白了过来，也明白了为什么江婉的脸色这么糟糕。

陆霏霏无意和江婉发生争执，万一江婉和她大打出手，被人拍下来，吃亏的肯定是她，这点自知之明她还是有的。

但是夏甜雨，她可不怕。

“你问我为什么在这里，我倒是要问问，你为什么在这里。”陆霏霏看着和江婉站在一起的夏甜雨，脸上露出一个了然的笑容，她得意地看着她，满脸都是嘲讽和炫耀，“有的人啊，装得多清高多正义，紧要关头还不是一尿了之，也不知道是被什么样的铜臭味的糖衣炮弹打倒了呢。”

说完，陆霏霏讽刺地对夏甜雨笑了笑，头也不回地离开了。夏甜雨呆呆地站在原地，她想为自己辩解，却一句话都说不出来。

不是的，她不是为了钱才这样做的，不是的。

“不用理她，这种人我见多了。”江婉镇定地对夏甜雨说道。

心里堵得慌的夏甜雨乖顺地应了一声，默默跟着江婉走进了电梯，前往叶以荣所在的房间。

这里的病房和夏甜雨见过的医院截然不同，叶以荣住在疗养院顶层的套房里，不但有客厅、厨房、卧室，甚至连书房、健身房等配置都一应俱全，看起来丝毫不像是医院，倒像是自己家。

叶以荣躺在病床上用着笔记本电脑，床头的电子仪器兢兢业业地显示着他现在的身体状况。

见到江婉和夏甜雨，他随意地点点头：“坐，五分钟。”

两人于是坐下，夏甜雨不无好奇地看着叶以荣，她在得知他是秋宁的父亲后就偷偷在网上搜索过他的照片，而现在见到了他本人，他比照片上苍老了一些，眼角早已有了清晰的鱼尾纹，但仍是气度过人，哪怕躺在病床上都有一种雷厉风行的气场。

大约四分钟后，叶以荣合上了笔记本电脑，看着两人说道：“这就是老子的干女儿甜甜？”

江婉早已收拾好了几分钟前见到丈夫情人的阴沉，淡定地说道：“是，她和秋宁关系不错。”

夏甜雨赶紧和他打招呼问好。

叶以荣于是认真地看着夏甜雨说道：“你看起来比视频里还小一些，不像是那种果断决绝的人，当初你是怎么想着站出来爆料的？”

夏甜雨心中一慌，没想到叶以荣这么随意地就提出了这个危险的话题。

“不用紧张，我对你没什么意见。就算你不说话我也知道，这事情十有八九是老子那个不孝的女儿在一旁煽风点火，真是气死老子了。”叶以荣一想起秋宁做的事，顿时火冒三丈，心跳呼吸骤然加快，仪器立刻发出了警报声，把夏甜雨吓得够呛。

医生就像守在门口一样迅速赶到，检查了一番后说道：“叶先生，我已经跟您说了很多次了，要保持心态平和，你这个毛病最忌动怒。”

医生走了之后，叶以荣坐在床上，叹了口气：“老了，真是老了，是该退休享受人生的时候了，可惜我那个不孝的女儿啊，活活把我气得折寿。”

夏甜雨顿时一阵愧疚，这件事说到底是因她而起，却把秋宁的父亲气得心脏病住院，她实在有些过意不去。

“婉儿，你不是还有个老同学在这里疗养吗？你先去吧，我和甜甜聊一聊。”叶以荣说道。

江婉点点头：“行吧，那我先去了，你们聊。”

说完，江婉走出了房间。

夏甜雨越发紧张，不知道秋宁的父亲要和她说些什么。

叶以荣喝了一口水，放下杯子，看着夏甜雨说道：“现在秋宁她妈也不在了，你不用怕，说说吧，当初都是怎么回事？”

夏甜雨没敢隐瞒，将事情一五一十地说了出来，说到陆霏霏的时候，她有些不好意思，不敢看叶以荣，只是含含糊糊地带了过去。

叶以荣轻笑了一声：“哎，让小姑娘看笑话了。我确实不是一个好丈夫，但打心底里觉得，自己还算得上是个好父亲。你看吧，我在物质上从来没有亏待过她，精神上，我除了对她要求严格，大体上还是尊重她的个人意愿的。可不知道为什么，我这女儿小时候没叛逆，大学都念完了却突然叛逆了。”

夏甜雨欲言又止，叶以荣又自嘲道：“其实她小时候和我还是很亲的，怪只能怪我自己不检点，让她心目中好爸爸的形象毁了，她长大后就对我冷淡了，和她母亲也是。可我还是喜欢她，她聪明、懂事，为人处世最像我。我早就在公司里给她留好了位置，可惜她不领情，非要出去当主播，你倒是说说，当主播就这么有趣？”

夏甜雨摇了摇头：“不是的，秋宁她并不喜欢当主播。”

“哦，那她为什么要离家出走？”叶以荣好奇地问道。

“她只是不想按照家里的安排，工作也好，结婚也好，秋宁她不喜欢被安排好的一切。”夏甜雨说道。

“奇怪了，她小时候不是这样的。小时候让她学什么，她都很听话，也学得很好，我还担心我女儿长大了没主见，被男人牵着鼻子走，偌大家业拱手送人。呵呵，没想到她现在是太有主见了。”叶以荣伤感地说道。

“秋宁她，很厉害，无论做什么都做得很好，哪怕随随便便做，也比别人竭尽全力做得更好，但她并不一定喜欢做这些。做主播也好，现在做女装品牌也好，她都做得很好，她真的很聪明。”夏甜雨想起秋宁直播时漫不经心的态度，仍然对她竟然比自己红小有怨念。

“那你说，她到底喜欢做什么？”叶以荣问道。

夏甜雨怔怔地看着他，竟然不知道怎么回答。

“我不知道。”她只能这样承认。

她不知道，秋宁究竟喜欢做什么。

叶以荣哈哈大笑：“我还以为你知道，原来你也不知道。我女儿啊，心思藏得太深，总是伤别人的心。别提她扫兴了，来说说你吧，你小时候是什么样的？”

夏甜雨立刻露出一抹痛苦的表情：“我小时候，不太开心……我家……我家……在，农村里，很穷。”

承认这件事让夏甜雨下意识地感到羞耻，可是她还是勇敢地说了下去：“我爸家里穷，年纪很大才娶到老婆，我妈的脑子有点问题，家里安排她嫁给了我爸，拿到的聘礼给我舅舅娶媳妇。我有个弟弟，很笨，但是大家都喜欢他，他们不喜欢我，他们还打我……”

夏甜雨的眼眶里泛起了泪花，可是眼神里却充满了力量：“我就跑，跑到山里去，他们说山里有老虎会吃了我，那时候我不怕，要是死了那也一了百了。我喜欢在山里，自己一个人唱歌，我就是喜欢唱歌……后来我爸想把我嫁给隔壁村的傻子，因为他家肯出大价钱，我觉得不能再这样下去了，我就跑了。”

“后来还发生了一些事情，我摆过地摊，在工厂打过工，还差点被骗去黑心娱乐公司签了‘卖身契’，可是我一直想唱歌，我喜欢唱歌，可是我没有办法唱给别人听，也没有人夸我唱得好。后来我在地铁里卖唱，遇到了陈阳，他是我的经纪人，他觉得我唱得很好，让我试一试能不能成为一个主播，我就去了。现在我真的很高兴，终于有人夸我唱得好了。我基础不太好，声乐老师纠正了我很多错误，现在我唱得更好了，老师都夸我呢。因为当主播，我还遇到了秋宁。”夏甜雨的眼神变了，她羞涩地低下头，“我们刚认识的时候，其实关系不太好呢。可能是第一印象的关系吧，我以为她是一个很冷漠很傲慢的人，但是后来我知道了，并不是这样的，秋宁是个很好的人。”

说完，她赧然地笑了笑：“我的故事就是这样了，没什么好说的。我觉得我很幸运，我现在能唱歌，有人听，还能靠这个养活自己，这是我小时候想也不敢想的事情。”

这些叶以荣都知道，他当然调查过这个姑娘，也知道她的来龙去脉，可是从她自己嘴里说出来的时候，他却有了一种与众不同的感触。

眼前的这个姑娘是真的喜欢唱歌，她说起唱歌的时候眼中有一种与众不同的光彩。

“你唱一首给我听一听。”叶以荣说。

虽然他的公司主办了《天籁少女》，但是他没有完整地看过这个节目，没有听过夏甜雨唱歌，最多看了一下陆霏霏的节选部分。

夏甜雨的眼睛在发光，她没有害羞，而是兴奋地说道：“那我唱秋宁最红的那首歌吧！我偷偷练了很久，秋宁都夸我唱得好呢。”

说着，夏甜雨清唱起了那首《我在喜欢你》。

叶以荣听过自己女儿的这首歌，可是夏甜雨唱起来的时候，他产生了一种不同的感受。秋宁的音色很美，可以说比夏甜雨的先天条件要好很多，但是她的歌声里没有这么强烈的情感，这种卑微的、温柔的、小心翼翼的感情，秋宁唱不出来。

夏甜雨唱完歌，期待地看着叶以荣。

叶以荣为她鼓掌，眼神却很复杂："你唱得很好，非常好，就这样没有伴奏地清唱，你也唱得这么好，你的的确确是一个很有才华的歌手。"

夏甜雨想要忍住脸上的笑意，不要表现得太得意，可是她根本做不到，她笑得满脸都是被肯定的喜悦。

"我要向你道歉，甜甜。"叶以荣突然说道。

夏甜雨愣了一下。

"因为我的一己私欲，剥夺了你继续唱下去的权利，你应该站在舞台上，用你的歌声告诉所有人，你是最好的那一个。对不起，甜甜。"叶以荣看着这个姑娘，真诚地说道。她是那么喜欢唱歌，唱得那么好，她不该被淘汰的。

夏甜雨哆嗦了一下嘴唇，眼泪在眼眶中打转，这一刻，她仿佛回到了那个狼狈的舞台上，她竭尽全力地展现自己，却被黑幕裹挟，最终惨遭淘汰。

不是她唱得不好，她没有错。

委屈的眼泪从眼眶中滑落，她再也忍不住，在叶以荣的病床前呜咽了起来。

叶以荣没有打断她，等待她将内心激烈的情绪发泄完，逐渐止住哭声。

夏甜雨不好意思看秋宁的父亲，背过身去擦干了眼泪。

"还有一件事情，我也错了，"叶以荣看着天花板，说道，"我之前说你不是一个'果断决绝'的人，是我错了。你能够鼓起勇气离开你的家庭，独自一人支撑起你的生活，还不断追逐自己的理想。你确确实实是一个勇敢坚定的人。"

夏甜雨不好意思地低着头，用还带着哭腔的声音解释道："我会做这些决定，并不是因为勇敢，只是我没有选择。其实我很羡慕秋宁，她的家世，她的父母，她受过的教育，都比我好上千千万万倍，我们能成为朋友都是一件不可思议的事情……也许是因为我自己没有幸福的家庭，也没有爱我的父母，所以我才希望……希望秋宁能拥有。”

叶以荣问道：“这就是你选择退出的原因？”

“是的，”夏甜雨抬起头，用红通通的眼睛看着叶以荣，坚定地说道，“我离开，是因为我不希望秋宁为了我，和你们决裂，我不值得。”

叶以荣看了她很久，用一种好似这一刻才认识她的表情。

许久，他面带微笑，缓缓说道：“我现在明白，秋宁为什么会喜欢你了。对她来说，你什么都值得。”

…………

夏甜雨离开病房的时候还觉得自己在做梦。秋宁的父亲夸奖了她，他竟然没有对她生气，反而夸奖了她！还说以后一定会补偿她，让她实现自己的梦想。

这太不可思议了。

也许正是因为叶以荣的夸奖，她突然前所未有地渴望着，渴望自己能把一切都解释给秋宁听。

可是……

“干妈，我有点无聊。”夏甜雨轻声对江婉说道，试图要回自己的手机。

“无聊？干妈带你去逛街吧，最近新开了一家服装店，很合适你，我带你去。”江婉亲热地拉着夏甜雨，把她带上了车。

坐在车里的夏甜雨落寞地垂下眼帘。

要怎么样她才能联系上秋宁呢？

再这样下去，她真的要坚持不住了。

事情的转机发生在晚上她们回家之后，管家在四下无人的时候，偷偷塞给她一张字条。

夏甜雨莫名其妙地打开了字条，眼睛猛地睁大了。

秋宁她知道自己在她家了？她这是要……

带她“私奔”？

此时已经是凌晨两点钟，夜深人静，李一笑开车送秋宁“回家”。

“待会儿你要怎么进去啊？要爬墙吗？不如还是我来吧，我爬墙的技术肯定比你好。”李一笑说道，这一点他还是很有自信的，毕竟他小时候可是远近闻名的“皮猴”。

秋宁用仿佛看傻子的眼神看着他，扬了扬自己的手，一串钥匙就挂在她的手指上，发出“叮叮当当”的声音。

李一笑从后视镜里看到了，顿时语塞。

他怎么会没想到呢？秋宁当然有自己家的钥匙！

“那，你家有保镖的吧？被人发现了怎么办？肯定会吵醒你妈的。”李一笑又问。

车子在安全的地方停下，秋宁打开车门，从容道：“到了你就知道了。”

果然，秋宁早有准备，只见她来到庄园的后门，用钥匙打开门，管家似乎早就等在了那里，哪怕现在是深更半夜天寒地冻，他也一丝不苟地穿着西装三件套，他看到秋宁之后对她说道：“大小姐，欢迎回家。”

李一笑目瞪口呆，啊？潜入还可以这么玩？有钥匙有内应，还要什么自行车啊！

“回家还是算了，带我去找甜甜的。”秋宁说道。

“我也要去，我也要去！”李一笑在她身后压低了声音说道。

“你望风。”秋宁说道。

李一笑蔫了，只好回车里执行他的今天的“日行一善”工作——把风。

两人绕开摄像头的监控，悄无声息地来到主宅。秋宁轻声问道：“你跟甜甜说过了吗？”

中年管家淡定道："说过了，夏小姐很激动。"

秋宁的脑中立刻出现了夏甜雨连蹦带跳的样子，脸上不由得露出了一丝笑意："她最近怎么样？住得还习惯吗？"

"还不错，夫人每天都带她去逛街。今天还带她去见了老爷，老爷现在正在疗养院。"管家说道。

秋宁又问了一下是哪家疗养院，在哪个病房，琢磨着自己有空去看看他。两人就这样来到了夏甜雨的房间门口。

这一刻，秋宁无端把情景代入了罗密欧与朱丽叶的剧情中，她轻轻敲了三下门。

门开了，衣着整齐的夏甜雨激动地抱住了秋宁："秋宁，你可算来了！我们现在就走？"

秋宁愣了一下："走？"

"啊，你不是来接我'私奔'的吗？"夏甜雨惊讶地问道。

糟糕，更像罗密欧与朱丽叶了，还计划"私奔"。

管家干咳了两声："进屋说吧，我会在附近留意。"

夏甜雨立刻拉着秋宁进了房间。

最初见到人的激动过去，涌上来的情绪里更多的是不安。她有好多话要对秋宁说，可是事到临头却哑口无言。

她想要辩解，自己并不是因为钱才决定退出。可是她不敢肯定秋宁会相信她，有多少人都是用这样的无力的话语为自己辩解？秋宁凭什么要相信她？

可是，如果秋宁不相信她，她又为什么要来这里？

越是深思下去，夏甜雨就越是没有自信，委屈的眼泪在眼眶里转来转去，只要一句否定的话，就会让它们涌出眼眶。

"甜甜，我……"

"秋宁，我……"

两人异口同声地说着，都愣住了。

秋宁看着夏甜雨，她一脸局促不安，却又好似忍不住想要说什么。

“你说吧，我听着。”秋宁这样对她说道。

夏甜雨的眼泪一下子飙了出来，她哽咽着说道：“我没有拿干妈的钱，我不是因为这个才要退出的。”

果然。

秋宁看着她，追问道：“那是为什么？”

“因为你。我自己没有爱我的父母，我不能让你也失去。”夏甜雨哭着说道。

说出这番话后，这些日子一直压在她胸口的石头终于被挪走，她终于可以顺畅呼吸了。

“你要相信我，我没有骗你。我好羡慕你的爸爸妈妈这么爱你，我真的好羡慕，所以我不能让你失去他们。”夏甜雨半晌没听到秋宁的话，以为她是不相信自己，委屈的眼泪更是掉个不停。

她沉浸在自己的委屈和不安中，没有注意到秋宁此时此刻的表情。

一个温暖的怀抱包裹住了她。

秋宁抱着她，颤抖着说道：“我相信你。”

夏甜雨呆住了，甚至忘了哭，不是因为秋宁抱了她，而是因为，她听到秋宁声音里的哭腔。

这还是她第一次听到秋宁哭。

她心目中坚定勇敢、对一切困难挑战不为所动的秋宁，她哭了。

两人拥抱在一起，谁都没有说话，只是静静地听着对方的呼吸声，还有那沉重里带着一丝鼻音的呼吸声。夏甜雨一动也不敢动，她甚至不敢问秋宁，她是不是哭了。

“我很高兴，我真的很高兴……你走的时候，我甚至心想，如果你喜欢钱，我就给你，只要你愿意站在我这边。”秋宁声音里的哭腔已经消失了，可她还是没有放开夏甜雨，轻声说道。

她如此傲慢又如此天真，总是自以为是，觉得整个世界要围着她转，一旦有什么脱轨，她就觉得天塌地陷，无法承受。

可是太好了，谢天谢地，世界还是在围着她转。

夏甜雨没有离开她。

“对不起，我那时候没有考虑到你的感受，只是一厢情愿，觉得这样对你好……”夏甜雨小声道歉。

她没有拥有过父母全心全意的爱，所以她的灵魂里永远缺少了这一块，无论她未来会有多少来自别人的爱，这个遗憾都将伴随她一生。正因为不曾拥有，她才会如此渴望，才会认定所有的人都不该有这样的遗憾。

她以为秋宁也是如此。

可也许，秋宁比她想象的还要勇敢坚强。

“我妈对你好吗？”秋宁问道。

“阿姨对我很好，叔叔对我也很好。”夏甜雨没有用干妈这个称呼，她不好意思在秋宁面前这么说，好像她夺走了秋宁的母爱。

“你想真的当他们的女儿吗？”秋宁问道。

“我当然想，可是……”夏甜雨说不出话来，在她知道秋宁要来找她的时候，她就知道自己不可能和他们和谐相处了。

她再一次，再一次地叛变了。

她不想再纠结秋宁是不是要同父母和解，她只相信，自己应该站在她这一边。

“以后他们也会对你很好的，相信我，他们会喜欢你的。”秋宁抚摸着夏甜雨的头发，轻声说道。

她突然间，做了一个决定。

曾经，她的父亲对她说，她从不因为什么妥协，不是因为她坚定，而是因为她狠心，狠心到从来没有因为什么人委屈自己。

现在她可以告诉他，他错了，她并不是狠心，她只是没有遇到那个让她愿意妥协的人。

她有了软肋，也有了铠甲。

“走吧，过几天我再带你去见一见我的父亲。”秋宁说道。

第二十四章

大结局

杰哥的自证采取了线上线下同步进行的模式，赞助商提供了线下场地和设备，由业内品牌可靠的游戏公司进行监督，邀请了主持人和嘉宾解说，全程直播。

为了保证自证可靠，平台方在自证开始前先直播了一个上午的新机器拆封，从摄像机到电脑和鼠标都是未拆封的新品，由工作人员在直播间里现场拆解组装。几个小时后杰哥将在这个不到十平方米的小房间里开始直播吃鸡，四台摄像机对准他的各个部位，确保没有外力干扰。

在这种环境里长时间直播，是对主播心理素质的一大挑战。

而在机器安装后，直播开始前，还有一个项目要进行。

吴俊杰和自己的几个朋友正待在休息室，吴俊杰显得心不在焉，他一会儿想着秦时和金锋他们什么时候来，一会儿想着待会儿直播“吃鸡”可千万别出什么岔子。

其实他并不是很担心直播的结果，线下自证本来就是一件说不清楚的事情。你这一把运气好，技术没掉线，搞个三十杀吃鸡都是有可能的。可你运气不好，落地成盒，难道观众就能笃定你平时直播开挂吗？

这说明不了，尤其是吴俊杰这种本来技术就不错的主播。只要今天他不发挥失常，他的死忠粉不会离开他。

至于路人和黑子，他根本不在意。

车程假装在玩手机，眼神却不断往吴俊杰身上飘，他的脑中也不断闪过各种各样的问题，他的现在，他的未来，他的去向……他实在太乱了，比吴俊杰还要乱。

“别紧张啊老吴，就算一会儿输给了金锋他们也没什么，打*LOLO*谁能不输啊。”红烧大叔见吴俊杰坐立不安，劝慰道，“至于‘吃鸡’，你就更不用在意了，我已经联系好人了，一会儿你开始直播了就引导一下舆论。这一场保证让你轻松过关。”

“我没紧张这个，我就是……有点不好的预感。”吴俊杰说道，

“我昨晚做了个噩梦，梦见金锋搞断了我的手，你说，这是不是……”

他的狐朋狗友们笑了起来，取笑道：“哎哟，老吴㞞了啊，是男人就要刚正面！”

就在他们开玩笑的时候，休息室的门开了，工作人员领着一群人走了进来。

走在最前面的是秦时和金锋，然后是陈一路和李一笑，最后是两人的老队友。

吴俊杰看着最前面的两个人，眼神里闪过一丝阴狠的光芒：“哟，我道是谁呢，这不是那个已经查无此人的老秦吗？”

秦时一脸诧异：“你谁啊？哟，听声音好耳熟，好似是我那个卑鄙无耻、阴毒下流的老队友吴俊杰。不好意思，你脸皮太厚了，五官都看不清，你搓搓脸，让我看看是不是他。”

吴俊杰闻言冷笑了一声：“一个死人也敢这么嚣张，停播这些天怕是没少躲在被窝里哭吧？”

“呵呵，哭的马上就是你了。”秦时嘲讽道。

李一笑听着两人你一句我一句地当面对撕，用胳膊肘顶了顶金锋，小声问道：“这两人以前还有什么过节吗？”

金锋点了点头。他在战队的时候两人的关系就说不上太好，吴俊杰是战队的大股东，自己又是选手，理所当然地觉得全队都应该围着他转，但是秦时资历老，为人又正直仗义，队员们就算被吴俊杰收买，内心还是佩服秦时的。于是乎，两人就针尖对麦芒地杠上了，以前还能维持表面上的和平，如今连最后一层皮都撕破了。

吴俊杰嘴很硬，但是技术就不够硬了，当一群人坐在为了这一场比赛准备的电脑前，开始三局两胜比赛之后，他就开始接连犯错。

他身为一个前职业选手，有几个错误完全不应该犯，就连车程都惊讶地看向坐在他身边的吴俊杰，纳闷他是怎么回事。

第一局输得飞快，吴俊杰板着脸，脸色铁青。

第二局吴俊杰这边下路逆风，外塔被爆，经济差了 1500 多，中路还在僵持，最后吴俊杰被抓到了一个失误，直接被打爆。

第三局吴俊杰心态崩盘，被对面花式吊打，陈一路这猴憋不住，直接问候道：“你们以前真的是职业选手？”

李一笑没有上场，在一旁看得直摇头。

他觉得自己上都比吴俊杰行。

他又观察起了同样在观战的红烧大叔，对方注意到了他的视线，回给他一个憨厚的笑容。

李一笑第一次知道，竟然还有人能在憨厚的笑容里掺杂这么多刻薄和不屑。

记分牌上偌大的3比0让吴俊杰阴沉着脸，为自己辩解道：“我只是好久没有打*LOLO*了，你们知道，我这一年都在直播‘吃鸡’。”

金锋没说话，发出了一声冷笑。

秦时没有他这么客气，他把椅子往后推了一点，直接把脚放在了键盘上：“早知道你这么菜，我用脚都行。”

吴俊杰气得拍桌而起，上前要和秦时真人对打，被身边的车程拉住了：“别冲动，你待会儿还要直播呢！”

“你就看着吧！我会证明给你们看的！”吴俊杰怒道。

李一笑看着他气急败坏的表情，脸上露出了一个不易觉察的嘲讽笑容。陈一路戳了戳李一笑，两人交换了一下看热闹的眼神。

线下自证即将开始。

来参加解说的嘉宾们到齐了，金锋、秦时、车程和陈一路受到了自证监督方的邀请，此时也坐在了嘉宾席上。李一笑等人则坐在观众席看热闹。

主持人也是个游戏主播，为了保证主播立场中立，这一次请来的主持人和秦时、吴俊杰都不熟，只在年会等场合里见过，算是泛泛之交。

这一次已经被封直播间疑似退圈的秦时不见月竟然会答应参加直播互动，这让赞助商非常惊喜，立刻把他安排到了嘉宾的行列中。

秦时的粉丝听说自家主播退播后首度出现在公众面前，也是非常捧场，“百万无家可归的秦家军”齐齐打开了直播。

直播开始了，坐到嘉宾座位上的车程有些心不在焉，主持人开始介绍几位到场嘉宾的时候，他听到自己的名字都没有回过神来。

车程左边坐着金锋，右边坐着秦时不见月，从直播开始之后，车程左看也不是右看也不是，只能呆呆地看着主持人。

主持人介绍完了嘉宾，说了几个段子炒热了现场气氛，接着就开始一边看吴俊杰的自证直播，一边和几位嘉宾互动了。

主持人也知道这一次秦时不见月是主角之一，直播前就向他确认好了哪些问题可以问哪些不可以，此时他迫不及待地把话题引向了秦时：“秦时大大，关于你直播间被封一事，你的粉丝非常担心，这段时间你和外界失联，这一次是出于什么考虑答应参加本次直播了呢？”

秦时坚定地说道：“显然，我是为了看吴俊杰才来的。”

刚好吴俊杰来了个惊艳操作，主持人立刻把问题抛给了秦时：“这一把杰哥的运气不错啊，有希望‘吃鸡’成功，秦时大大，你对杰哥刚才的那个高难度操作有什么看法？”

秦时不见月笑了笑：“不错，不过这个操作我想每个玩‘吃鸡’的玩家都做出来过。”

陈一路也撇撇嘴：“是啊，哪怕让一只皮皮虾在键盘上抖动，它也会蒙出来，只能说杰哥的基本功是过关的。”

几乎是为了印证两人的话，杰哥迅速在一次冲突中被别人击杀出局。

镜头前的杰哥脸色阴沉得可怕，他抓了抓头发，打开了第二局。

主持人笑道：“对于杰哥的开挂质疑，是由您发起的，请问您主要是基于什么样的考虑决定爆料这件事呢？据我所知，你们曾经还是同个战队的战友。”

“是的，我们是队友，哪怕关系不好，我也不应该爆料这件事情。我纠结过很久，考虑过当作没看见，但最后我还是不能容忍这种欺骗观众的行为。你有什么样的能力就做什么样的直播，观众不一定是为了看你的胜利来的，无论如何，欺骗的行为是不可取的，我不能接受这股开挂风气在圈内蔓延，这对游戏环境是极大的破坏。”秦时不见月肃然道。

“所以您仍然没有改变看法，认为杰哥确实有开挂行为？”主持人兴奋地问道。

“他有没有，大家看他的直播就知道。我相信总有真相大白的一天。”秦时不见月坚定地说道。

现场人群中发出了接连不断的惊呼声，有人发出了一声尖叫：“快看杰哥的直播！”

主持人和现场嘉宾立刻看向大屏幕。

清晰的大屏幕上，映出杰哥游戏界面上醒目的系统提示：您的账号被检测出存在开挂行为，已被游戏开发者封禁。封禁截止时间……

一瞬间，来自游戏的系统通知，让吴俊杰的自证变成了“自爆”。

吴俊杰几乎是从座位上一跃而起，手忙脚乱地去关这则提示，可是因为过度紧张，他连续点了好几次鼠标都点错了位置，给广大观众截图留下了充足的时间。

现场的观众惊呼连连，嘉宾席上的嘉宾们也大多诧异不已：开挂的人很多，直接在自证时被官方封号这种事情可是头一遭啊。

这简直是当场打脸，还是当着所有人的面啪啪啪打脸。

结束了，所有人都知道，一切都结束了。

无论是不是巧合，吴俊杰都完了。

主持人惊讶得说不出话来，好半天才反应过来：“这真是一个意外的巧合。”

嘉宾席上的几位知情人交换了一个眼神，特别是陈一路，他简直要把尾巴翘到天上去了。

因为杰哥的直播“自爆”，这场线下自证以最快的速度结束了，散场之后所有人都捧着手机疯狂搜索杰哥的消息，一时间“杰哥开挂”这个话题就上了热搜，下面的吃瓜群众简直激动坏了，把之前因为爆料杰哥开挂被封号的秦时扒了出来，要为他平反。

秦时却表现得很淡定，他接了一个来自经纪公司的电话，经纪人说平台已经松口让他复播了，他趁机为他争取了很多个推荐。可惜现在投票已经快结束了，秦时因为之前的退播投票落下了一大截，几乎是垫底状态，如今怕是赶不上了，不然今年的“年度最佳游戏主播”非他莫属。

不过经纪人说，他会努力为他争取新增一个特别奖项：年度最佳公平奖。为了表彰他曝光开挂，维持直播界的公平正义。

秦时挂了电话，回头对陈一路说：“这次真的要谢谢你，要不是你专门和游戏公司去谈，杰哥开挂的事情怕是要不了了之。”

陈一路有些得意，又强装镇定：“别谢我了，我就是看不惯这种开挂狗，开挂也就算了还这么嚣张，把你搞封号了，我气不过！虽然我的直播平台是拉不到投资商了，可我总得做点好事吧，李一笑怎么说的？这叫日行一善！”

金锋瞥了他一眼，他的前黑粉现在显然是得意忘形了。

“不过本来游戏公司就在严打外挂，想找个醒目的家伙杀鸡儆猴，吴俊杰也是撞在了枪口上，人家早就监测到他开挂了，只是私下里封号没什么意义，听我说了线下自证的事情后，嘿嘿。”陈一路坏笑了一声，“这叫恶有恶报！”

几人兴高采烈地走着，突然被一个人拦住了。

来人不是吴俊杰，而是车程！

车程看到秦时和金锋，低下了头。

“爆料杰哥……吴俊杰的事情，还作数吗？我可以降价。”车程小声问道。

几人看着他的眼神不禁微妙了起来。之前他们通过李师师联系到车程，车程卖了保密协议的照片和录音给他们，这也是他们逼吴俊杰线下自证的关键。之后秦时还希望他站出来，作为吴俊杰身边人，爆料他一直以来做的那些事。

可是车程怕了，他不知道今天的杰哥会从一个一线主播变成人人喊打的开挂狗，很快就会社会意义上“死亡”，从此查无此人。他暗地里觉得秦时他们会失败，杰哥会安全度过这一次的线下自证，继续当他的大主播，所以他要给自己留一条退路，他不敢往死里得罪吴俊杰。

所以他退缩了，他开了一个天方夜谭的价码，让秦时放弃拉他当证人。

可谁料杰哥墙倒众人推，很快就要滚蛋回老家，秦时却一定能获得大量的关注，重新回到一线主播的行列中。

车程知道自己不可能抱上秦时的大腿了，这个人眼里容不得沙子，可是他至少要给自己争取一下，争取拿到足够的钱，回老家重新生活。

所以他站在这里，拦下了秦时。

秦时看着他，这个人曾经是他的队员，他天赋不是很好，肯定比不上金锋，在队内的时候他一直沉默寡言，像是吴俊杰的一个小跟班，谁也不知道他在想些什么。

到现在，他却有些明白了。

他只是一个简单的小人而已。

秦时的视线穿过车程，看向他身后，幽幽地说道：“你之前卖了保密协议的照片和录音给我，开价多少来着？”

车程不明所以：“一百万。”

“还有之前的联系费，一百五十万是吧，加起来我也给了你二百五十万了。没错，你的的确确是个二百五！”秦时冷冷地说道，用手指了指他的身后。

车程猛然回过头，看到了怒发冲冠的吴俊杰。

“杰……杰哥……不是……不是这样的……我……我……我可以解释！”车程看着吴俊杰那满是杀意的眼神，吓得肝胆俱裂。

刚被“确认死亡”的吴俊杰如今恍然大悟，原来给他挖坑的人是身边那个他最看不起的车程，顿时气急败坏，一声怒吼朝着车程冲了过来。

两人一路你追我逃，一直穿过人群冲到了场馆外，一路上还没散场的观众惊奇地拿起手机拍下了这个画面。

李一笑还在观众群中，他看到走廊上戴着口罩匆匆离开场馆的红烧大叔，快步上前拦下了他。

红烧大叔冷冷地看着他：“让开。”

“现在看吴俊杰倒台了，你不去安慰一下？你可是他的‘经纪人’呢。”李一笑说道，上一次他打电话给吴俊杰，接电话的人是红烧大叔，他谎称是吴俊杰的经纪人。

红烧大叔冷笑了一声：“你现在好像很闲嘛？果然被停播了就是不一样。”

李一笑被戳中痛处，气道：“我怎么被停播的，你自己心里清楚！”

“奇怪了，你自己被停播，关我什么事？让开，好狗不挡道！”红烧大叔说。

李一笑没拦着他，目送他绕过自己朝出口走去，他大声喊道：“总有一天，你这种卑鄙无耻、手段下流的害群之马，会得到惩罚的！”

红烧大叔没理他，头也不回地走出了场馆。

他要是信什么因果报应，现在可当不成什么大主播。

场馆外，几辆警车停在路口，红烧大叔看了一眼，有些心虚地停顿了一下，又若无其事地朝前走去。

不料刚走到警车边，车门打开了，两个警察从车里出来，一左一右地拦住了红烧大叔，给他戴上了手铐。

“李裕宏？你因为涉嫌洗钱被捕了。”

红烧大叔惊恐地辩解道：“我没有，我的钱都是正规收入……”

没人听他解释，在刚刚来到场馆门口的李一笑和纷纷掏出手机狂拍了起来的围观群众的目送下，他被押进了警车内。

李一笑呆呆地看着这一幕，喃喃自语道：“这惩罚也来得太快了吧？”

难道他平日里日行一善，现在好人有好报了？

这么想着，李一笑咧开了嘴，恨不得大笑三声。

真是报应不爽！

夏甜雨回到七号别墅之后，大家集体给她举行了一个派对。

自从夏甜雨去北京参加比赛，她和大家就没有再见过面，此时归来，大家给她举办了一个热烈的庆祝仪式，就连一直宅在自家基地的郑仙仙都带着范文怡来了。

郑仙仙还破天荒地对夏甜雨说了几句好话，表扬她唱得很好，然后开始痛骂主办方。夏甜雨不安地看向秋宁，秋宁对自家父亲被骂了祖宗十八代没有任何意见，甚至觉得骂得不错。

“你怎么了？看起来好像不太高兴？”派对现场，夏甜雨注意到了李一笑时不时玩手机，好奇地抓住他问道。

李一笑叹了口气：“之前发生了很多事情……”

“秋宁还没给我讲呢，你告诉我啊。”夏甜雨追问道。

“总之，金锋这边的事情解决了，吴俊杰坐实开挂现在被封号了。不过嘛，我这边出了点问题还没解决。”李一笑叹了口气。

“什么问题？”

“我被封号了。”李一笑苦着脸说道。

“啊？为什么啊？”夏甜雨惊呼了一声。

韩麦听到了两人的谈话，给两人一人递了一杯枸杞菊花茶：“喝点健康饮料，以免血压升高。”

李一笑把事情一五一十地和夏甜雨说了，最后说道：“圆圆现在不干了，去自主创业了，这个陈一路还是主要投资商，她一直在帮我澄清，可是被她公司删了个干净，自己的微博号也丢了。所以虽然现在幕后真凶红烧大叔已经被抓了，我还是个‘爆料前女友’的恶毒前男友。”

秋宁略一思索，说道：“既然现在红烧大叔已经被抓，我想圆圆的公司可能会改变主意了。”

李一笑眼睛一亮：“当真？”

“原本他就是用加入圆圆所在的公司作为借口，让他们决定放弃圆圆。可现在红烧大叔已经倒了，他们没必要再帮他。原本这样可能会伤害到他们名下主播圆圆的利益，但是现在圆圆已经退圈了。”秋宁从最基本的利益关系入手，给李一笑分析了起来，“……他们现在恨不得和红烧大叔撇清关系，你让陈阳再去帮你从中斡旋，我看有希望。”

李一笑听得狂点头：“对对对，是这个道理，我赶紧和陈阳打电话，我都好久没有直播了，虽然今年的最佳八成是拿不到了，但是好歹要把这个锅甩掉。”

秋宁笑了笑：“这还需要一点配合措施，先把你的前女友找来，我们一起录视频，让她澄清，然后我们来发，我就不信她的公司能把我们这些主播的微博都删了。引起舆论之后，再给圆圆的公司施压，他们就很可能顺水推舟，不然他们是不会轻易打自己的脸的。”

李一笑听得只想给秋宁鼓掌，当初圆圆事件的时候，要是秋宁没有跟夏甜雨出门去，说不定他早翻盘了！

还是秋宁靠谱！

只是这件事还需要大家配合，毕竟他现在名声臭大街，帮他说话说不定会惹一身腥，一个成熟的主播应当明哲保身。就像当初秦时站出来爆料吴俊杰开挂，虽然不少游戏主播心知肚明，但不会冒着得罪吴俊杰的风险出来站队。事实也是，当时出来帮秦时站队的主播，之后一个个都受到了打压，要不是最后吴俊杰翻车，这些主播未必能讨得什么好处，反而落下一身污名。

“这个忙我帮定了！李一笑兄弟来这里之后帮了我这么多忙，我义不容辞！”韩麦看着李一笑，义正词严地说道。

李一笑顿时面露感动之色，大哥就是大哥，太讲义气了。

“那我也勉为其难地帮你吧，这可是看在秋宁的面子上！”夏甜雨说道。

金锋也说道：“你是为了帮我，才这样的，我当然要帮你，这是我，应该做的。”

“啧，你们搞得这么热血，我都不好意思泼你们冷水。”李师师脸上嫌弃，手还是飞快地举了起来，“你知道我一条微博多少钱吗？你可欠我个大人情。”

郑仙仙豪爽地拍了拍李一笑的肩膀：“你当初帮我做策划，我一直想谢谢你，现在可让我找到机会了！”

范文怡腼腆地笑了笑，对李一笑点了点头：“我也会发的，谢谢你。”

陈一路双手对李一笑竖起大拇指，又看向金锋，说道：“看在我偶像的面子上，这个帮我帮定了！”

“大家……”李一笑看着众人，只觉得浑身都被热血充满了，这热血太多，还冲到了眼睛里，弄得他热泪盈眶。

哪怕再多人说他没事找事，说他不够成熟圆滑，他却觉得自己一直以来所做的一切，都是有意义的。看，此时此刻，站在他身边的人有这么多！

他当主播不到一年的时间，已经有了这么多的朋友。

“谢谢你们，谢谢大家，我真的，很感动。”李一笑说着，红着眼睛感谢道。

他所做的一切，都是值得的。

他为自己骄傲。

帮李一笑发完了视频之后，秋宁没怎么关注微博上的舆论，而是带着夏甜雨去探望自己住院疗养的父亲。

比起秋宁的从容淡定，夏甜雨还是很纠结，她一会儿刷微博看下面的评论，一会儿担心秋宁的父亲一怒之下心脏病又犯了，只觉得自己好是苦命。

“秋宁，你带我去见叔叔要说什么？我怕你把他气死了。”夏甜雨说着，觉得自己用词不妥，“呸呸呸，叔叔才不会有事呢！”

“没事的，他还年轻，死不了。”秋宁淡淡地说道，“我就是要和他谈谈。”

“谈什么？”夏甜雨好奇地问道。

“谈谈人生，谈谈未来。”秋宁说着，转过头看了她一眼，脸上流露出一个神秘的笑容。

夏甜雨被她笑得心惊肉跳，总觉得有什么不好的事情要发生。

所幸两人平安地来到了疗养院，一路走进了电梯里。

“其实，我……我已经不恨他了。”夏甜雨轻声说道。

秋宁回头看了她一眼：“他跟你说了什么？”

“他跟我道歉了，我没想到他会承认自己错了。他还夸我唱得好，我就……”夏甜雨有些不好意思。

“你就原谅他了？”秋宁无奈地看着夏甜雨。

夏甜雨小声应了一声。

电梯一路来到叶以荣所在的楼层，“叮”的一声打开了。

电梯外，一个戴着口罩的年轻女人看到她俩，惊得后退了半步：“夏甜雨，秋宁！”

“陆霏霏，你怎么又在这里？”夏甜雨也被吓了一跳，怒气冲冲地说道。

“我在哪里要你管？手下败将！”陆霏霏不甘示弱地回道。

“哼，你这个狐狸精，不要脸！要不是你找干爹，你能赢得了我！表演靠假唱，唱片靠修音，你的调音师一张单曲至少要收你一百万精神损失费！还要再收五十万去治听力损伤！”选秀因为黑幕而失败，一直是夏甜雨心中的痛处，此时被陆霏霏戳中，她哪里会放过她。

秋宁差点被夏甜雨的话笑出声，甜甜这张嘴真是越来越坏了。

陆霏霏同样被戳到了痛处。《天籁少女》的选秀因为夏甜雨的爆料而被议论纷纷，她更是站在了风口浪尖上，进退不得。她原本指望着通过这次选秀，从网红一跃成为真正的明星，可是却因为夏甜雨而功败垂成，如今她既不敢直播，又没有出镜的机会，只好天天来跟叶以荣卖惨，想先混几个角色进剧组。

可惜她那点心计根本不是叶以荣的对手，叶以荣给了她一些希望，又不让她真的得逞，吊得陆霏霏日日失眠。

“你以为自己唱得很好吗？论‘咖位’，你给我提鞋都不配！”陆霏霏气急败坏道。

“听说你整容都整到削骨了，怎么脸还这么大？怪不得要戴口罩遮着呢！陆霏霏，我告诉你，论唱歌，你给我洗脚都不配！”夏甜雨大声嘲讽道。

陆霏霏已经被气疯了，抬手就要给夏甜雨一个响亮的耳光！

秋宁眼疾手快，一把抓住了她的手腕，她沉下脸，在她耳边轻声说道：“看来你也知道我是谁了？你说，我和你打起来，我爸是站在你这边呢，还是站在我这边？”

陆霏霏脸色一黑，想要挣脱秋宁的手，秋宁拽了她一把，将她扔进了电梯里。陆霏霏穿着高跟鞋，脚步不稳，一个踉跄跌倒在地上。

秋宁站在电梯外，冷冷地看着她：“陆霏霏，我只警告你一次，别让我再看见你，否则可别怪我手下不留情了。”

夏甜雨冲陆霏霏做了个鬼脸：“听到了没，见一次打一次哦！”

秋宁绷着的脸都快板不住了，拉着夏甜雨快步走向病房。

病房里，叶以荣正在用笔记本电脑发号施令，见到两人走进病房，他瞥了两人一眼，这个动作让夏甜雨一下子就想起了秋宁。两人站在一起的时候，夏甜雨才发现，这两人的确很相似。

“怎么？还记得你老子在医院里孤苦伶仃、无依无靠，可怜可怜我来看看我？”叶以荣说道。

夏甜雨黑线，刚才陆霏霏难道不是在跟你嘘寒问暖吗？这么多护工这么多医生，把你当财神爷一样供着，你还有什么不满意的？

“还带上了甜甜，这看起来就像是摊牌了。”叶以荣看了一眼夏甜雨，揶揄道。

“您知道甜甜被母亲软禁了吧？”秋宁问道。

“这怎么能叫软禁呢？当干妈的请干女儿去家里住几天，有什么问题？”叶以荣反问。

秋宁的喉咙里发出了一声冷笑声，叶以荣顿时板着脸：“给老子礼貌点！”

虽然叶以荣看起来严厉，但夏甜雨还是注意到了他眼中的笑意。

真好啊，虽然他们表现得不喜欢对方，但实际上，他们仍然是关系很好的父女，夏甜雨不无羡慕地想着。当然，这只是她单方面的认为，秋宁可不这么想。

“无事不登三宝殿，你今天是来做什么？”叶以荣合上笔记本电脑，用手指了指旁边的水壶，让秋宁给他倒水。

秋宁假装没看见，平静道：“来和您聊聊。”

夏甜雨不好意思，跑去给叶以荣倒水，叶以荣满意地看了夏甜雨一眼，觉得这姑娘比自己亲生的还听话。看看秋宁这态度！越大越不像话！

“除了回家工作，我们没有别的可以聊的了。”叶以荣说。

秋宁笑了笑：“行啊，那我们开始吧。”

叶以荣一下子坐直了身体：“你想好了？”

秋宁看了夏甜雨一眼，又看向叶以荣：“对，我想好了。”

叶以荣深深地看着她，好像第一次见到自己的女儿一样。

夏甜雨给秋宁倒了杯水，有些茫然地看着这对父女，秋宁要回家了？真的？

“甜甜，我想和我爸谈谈。”秋宁对夏甜雨说道。

夏甜雨点点头，虽然心里好奇，可她还是乖乖地出去了，帮他们关好了病房的门。

秋宁在病床边的椅子上坐了下来，认真地看着自己的父亲。

他比自己记忆里的那个人苍老了许多，不过五十几岁，却已经有了不少白发。他年轻时是个非常英俊的男人，一个男人富有，还英俊，那么他就不会缺少艳遇。如果他对自己没有严格的要求，他很容易就会变得滥情。因为太容易犯错，也太容易被原谅。

平心而论，她并不憎恨自己的父亲。青春期的时候她的确讨厌他，毕竟谁也不希望自己的父亲背叛家庭，还在外面有了好几个私生子。如果她母亲想要和他离婚，她举双手支持，可是这对貌合神离的夫妻到现在还在一起。

她的父亲并没有亏待过她，无论是物质上还是精神上，他都不吝啬给她最好的。他尽到了自己的抚养义务，他亏欠了他的妻子，但是没有亏欠他的女儿。他最对不起的人是他的妻子，而不是她。

只是她永远都无法像小时候那样喜欢他了。

“您从前说我是一个自私冷漠的人，不会为了谁委屈自己，因为我不在乎。”秋宁开了口，对叶以荣说道。

“对，你不在乎，包括我。你能心平气和地和我谈话，是因为你不在乎。”叶以荣说，“你觉得你的母亲虚荣软弱，你的父亲不加检点，可你都不在乎。”

一股酝酿已久的怨气从秋宁的心底里涌出，她努力平静地问道：“可您有没有想过，我是天生的冷酷无情吗？”

叶以荣愣了一下，显然没有想过这个。

“您有没有想过，小时候的我一样会痛苦会怨恨，可没有人在乎。她目睹过父母的争执，知道自己父亲的不忠，也见过自己母亲一次次的歇斯底里，可她什么也做不了，到最后她只能学着去习惯这一切，努力不去在乎。只有不在乎，才不会受伤害。”秋宁平静地仿佛在说别人的故事。

叶以荣第一次听女儿说起小时候的事情，不禁愕然地看着秋宁。

“对不起……”叶以荣道了歉。

“没关系，已经没关系了。”因为她已经不在乎了。

两人沉默了许久，叶以荣问道：“从前的事情，爸爸已经没办法弥补了……我只能把我拥有的东西给你。”

“比如公司？”秋宁问道，既不带期盼，也不带厌恶。

“我没有别的什么可以给你了。”叶以荣的脸上流露出些许的茫然。他回顾自己的一生，怀疑自己白活了一场，以至于他想对一个人好的时候，都不知道应该怎么做。

“好。”

叶以荣以为自己听错了：“你说什么？”

“我说好。”秋宁再一次说道。

“你不是不愿意吗？”叶以荣纳闷地看着她。

秋宁的脸上流露出一个浅笑：“现在，我愿意了。”

叶以荣恍然：“是因为甜甜？”

秋宁说道：“也许吧。我现在有很多想做的事情，比如纠正你犯的错误。我也想证明给你看。一切的黑幕和潜规则都走不长远，最终观众会做选择，而被选择的人，一定是真正有实力的人。”

她记得，这就是李一笑当主播的理由，也是他一直以来证明给所有人看的事情。现在，她也一样。

叶以荣不悦地说道：“你在嘲讽你老子？”

“对，我在嘲讽你。”秋宁不留情面地说道，“现在要平息事态，最好的做法不是让所有开口的人闭嘴，你堵得了一个人两个人的嘴，你堵不上所有人的嘴。现在的平静不过是公司声誉败坏后的沉默。有什么比捧红夏甜雨这样的人更能证明公司的吗？她有才华，就应该红起来，否则等到劣币驱逐良币，这个世界上就全是滥竽充数的无能之辈了，比如你的小情人们。”

叶以荣气结："你就是想捧夏甜雨！"

秋宁点头："对，我就是想捧她。"

叶以荣觉得自己的心脏病要犯了："行，你行！老子我管不了你了，你就去折腾吧，可别把老子一生心血搞没了！"

"放心吧，你砸了这么多资源给一群脑袋空空的花瓶，公司也没垮。"秋宁说道。

叶以荣觉得自己真的要犯病了，他到底是造了什么孽，为什么会生出一个嘴巴这么坏的女儿！

"我会看着你的，看看你到底是能说，还是会做。"

秋宁对他微微一笑："你就等着看吧。"

等到夏甜雨回来的时候，她惊讶地发现秋宁在给叶以荣削苹果，叶以荣看到夏甜雨来了，对她笑道："甜甜回来了。"

夏甜雨一阵茫然。

"有空多去你干妈那里住住，她一个人成天打牌逛街，无聊得很。我的工作交给秋宁了，我也有空多在家里待着了，你可要多来陪陪我们。"叶以荣说道。

夏甜雨一边应着，一边迷茫地看着秋宁，这到底怎么回事？

秋宁削完苹果，直接用手掰成了两半，一半给叶以荣，一半给了夏甜雨。

"我妈一定会很喜欢你的。"秋宁对她说道。

江婉当然高兴，她都没做到让女儿继承家业，但是夏甜雨做到了，她当然会喜欢她。

夏甜雨迷惘地看着这个温馨的病房，陷入了"我是谁，我在哪，到底发生了什么"的沉思之中。

秋宁对夏甜雨微微一笑："你准备一下，我要签下你了。"

夏甜雨惊讶地看着她。

"你不是想唱给全世界听吗？我会让你实现这个愿望的。"秋宁说道，她的语气是如此理所当然，好像这一切都是可以轻松实现的。

因为，她们都值得最好的。

李一笑又忙碌了起来，在好友们纷纷为他发声澄清之后，舆论一下子转变了过来，虽然有不少观众觉得他们是在包庇李一笑这个渣男，李一笑一定是用钱买通了圆圆和其他人，但是还是有人觉得此事有蹊跷。

至于买票的事情，还要感谢李师师，他查出了一家专门做“水军”生意的公司，那家公司一收到律师函就尿了，再看红烧大叔已经倒台，他们承认这件事是由红烧大叔指使，他们已经合作了很多次，还把之前恶意攻击过的主播交代了出来，一时间引起轩然大波。

李一笑拜托陈阳联系了圆圆的公司，在红烧大叔倒台后，他们的态度果然没有以前那么坚决了，陈阳终于靠谱了一回，没有再坑李一笑了，他态度强硬，要求他们不再干涉此事，把圆圆的微博号还给她，不然就要给他们寄律师函了。

最后公司松口了，圆圆拿回了自己的微博号，还顺利和公司解了约，圆圆也很高兴，她撤回了对公司的上诉。

因为舆论反转，最后平台给李一笑的直播间解封了，李一笑因祸得福，人气上涨，在年度最佳美食主播的投票榜单里力压一落千丈的红烧大叔。

红烧大叔如今人虽然被取保候审了，可是情况却依旧复杂，他因为常年雇佣水军恶意攻击他人，以侵权行为被联合起诉，再加上洗钱，这下被封号的人轮到他了。

李一笑有些报仇的快意，又有些感伤。

平台是这么冷酷，他随随便便被封号，现在随随便便被封号的人轮到了别人，可是也许有一天，他还是会遭遇这样的事情。

可也没办法，他现在离不开平台。

李一笑叹了口气，最近他没有直播的心情，有空就帮吕平安送送外卖，去看看他的孩子们，给他们带点好吃的，这也算是日行一善了。

李一笑忙碌的时候，秋宁也没有闲下来，她没有搬出七号别墅，但是却鲜少回来，连带着夏甜雨也被她拎走了。夏甜雨放不下直播，哪怕在秋宁家里也要坚持直播。

秋宁是真的很忙，她虽然聪明，但是乍一接手家里的公司，还是忙得脚不沾地。

这天，秋宁照旧在公司里忙碌，前台告诉她陈一路来了。

这猴怎么来了？秋宁有些纳闷，但还是让他上来了。

陈一路怀里捧着个鼓囊囊的文件夹，兴冲冲地来到了秋宁的办公室："哇，宁姐，你今天真漂亮！"

秋宁今天穿了一身白色的休闲女士西装，又酷又干练，光是看着就让人觉得她可信。

秋宁笑了笑："进来坐吧。"

陈一路像只猴一样蹿了进来："你还改了装修啊，这个办公室我以前来的时候不是这样的。"

陈一路清晰地记得，秋宁父亲喜欢新中式的风格，所以在办公室里置办了整套红木家具，但是这些东西现在已经不见踪影，变成了简洁干净的北欧风。正好似秋宁接手公司之后，大刀阔斧地整改了公司，如今这个老派的叶氏集团又有了新的生命力。

秋宁看着他，脸上绽开了一个笑容："今天怎么有空来看我？你不是忙着直播吗？"

"不忙不忙，见甲方爸爸哪里会忙！爸爸，您看看我的企划，虽然要投资不少钱，但以后可是大赚特赚啊！来来来，了解一下，我保证你立刻想骑着皮皮虾投资我！"陈一路把文件夹在秋宁面前一放。

秋宁打开一看，第一页赫然是《直播平台商业计划书》。

秋宁抬头看着他，陈一路立刻解释道："我真的很想搞这个，但是我爸，你知道的，他就是个煤老板，啥都不懂，一看我的企划就直摇头，说不行不行要亏本，我跟他大吵一架还被赶出家门。虽然我妈给了我一点私房钱，但是不够啊，我得找融资！”

秋宁又是无奈又是好笑，从小到大她都觉得陈一路是自己的弟弟，现在看他这个做派，果真像是跟姐姐要零花钱的弟弟，只是这个零花钱的数额实在有些大。

秋宁翻看着他的计划书，意外地觉得陈一路还挺有想法的，她随口问了几个问题，陈一路回答得头头是道，可见这个计划书真的是他写的，就算不是，他也参与其中了。

“不错，有点意思。你说，如果真的建立了这样一个新平台，你觉得挖哪些主播过来比较合适？”秋宁问道。

“那还用说，把李一笑他们一网打尽！你们七号别墅的，我一个都不放过！”陈一路说道。

秋宁笑了笑，合上了计划书：“我会认真考虑的。”

两人聊了一会儿，陈一路问道：“宁姐，你现在是真的接管公司了，那你以后是真的不直播了？”

秋宁回道：“谁说的？”

“可你现在这么忙，哪里还有空。”陈一路想起来就觉得闷闷不乐。

“我迟早会回去的。我现在努力工作，不是为了一辈子为资本打工。企业要继续发展下去，家族企业总有一天要变成公众公司，由职业经理人来操盘。”秋宁看向窗外，嘴角露出一个笑容，“所以，我迟早会回到七号别墅去。”

那里就好像是她的家一样，也许，那才是她梦想中的“家”。

“送送送送送你外卖，催催催催催也没用，马马马马马上就到，别别别别别给差评……”李一笑嘴里哼着韩麦写的歌，开着电瓶车帮吕平安送外卖。

吕平安平日里太忙了，早晚都兼着工作，几乎没时间和孩子们相处，李一笑就干脆帮他送了几天外卖，让他带孩子们出去走走。

没想到今天点外卖的人还真不少，他一忙就忙到了晚上。

广场的大屏幕上突然出现了秋宁的脸，把李一笑吓得一个激灵，差点车祸，赶紧停下电瓶车看向大屏幕。

秋宁代表公司宣布最新收购了一个直播平台，正在签约主播。

李一笑不禁露出了一个笑容。

毫无疑问，在秋宁告诉他自己的新计划之后，他就准备跳槽了，也许在新的平台，他会有新的发展。

大屏幕上的新闻切换到了今年各大平台联合举办的年度评选大会直播。

李一笑的手机响了，他接起电话，是韩麦:“兄弟，你赶紧回来啊，评选直播马上就要开始了，你板上钉钉，赶紧来看啊。”

这种评选不会是最后一刻才揭晓的，公司会提前收到消息，让主播有所准备，李一笑当然不例外。

在陈阳问他要不要前去领奖的时候，李一笑选择了让公司代领。金锋老老实实地去参加了，看来今年的年度最佳游戏主播确定是他了。

“好，我马上回来。”李一笑对韩麦说道。

挂掉电话，骑上电瓶车，踏上回七号别墅的路。

李一笑哼着歌，满怀期待地驶向明天。